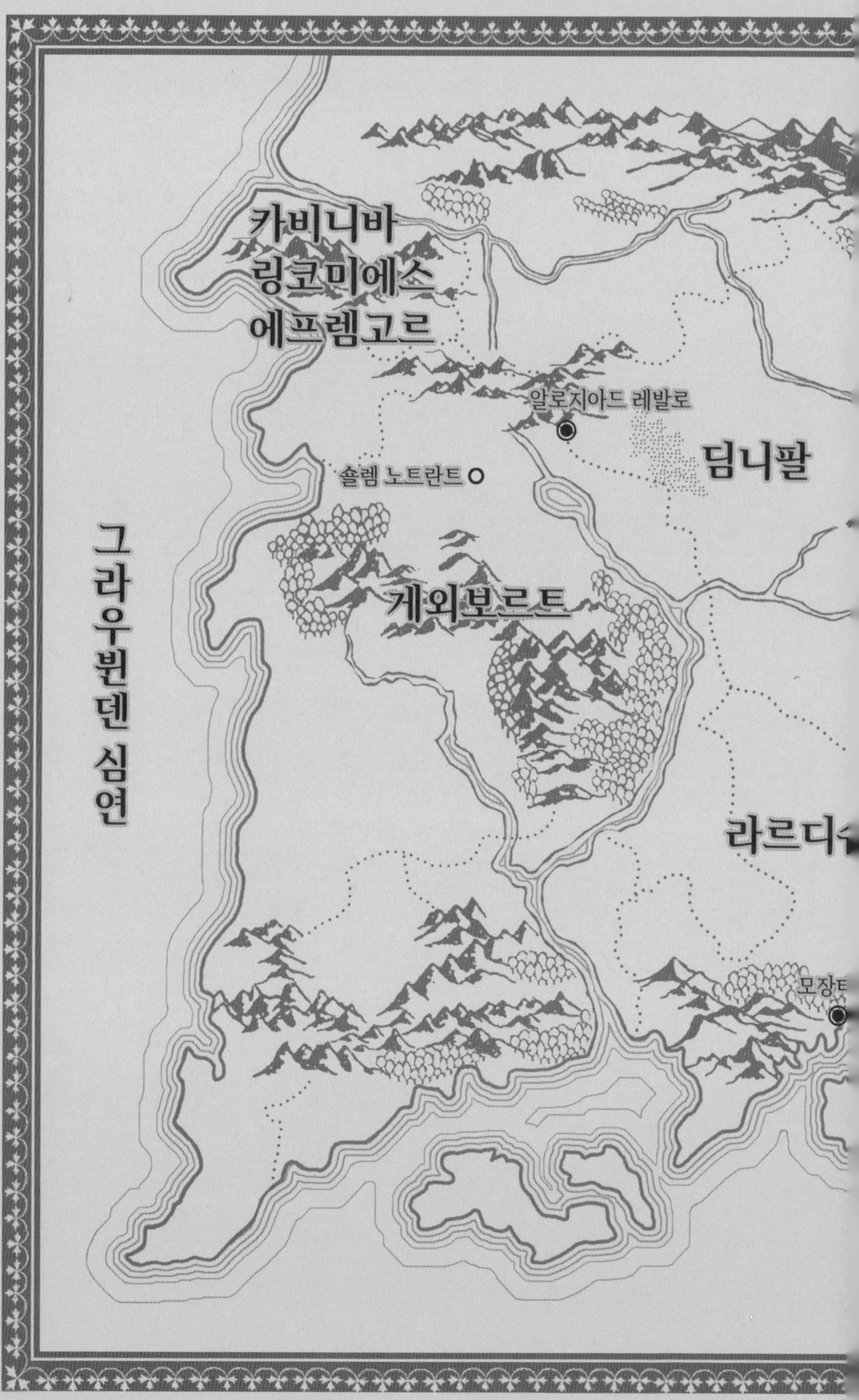
카비니바
링코미에스
에프렘고르
알로지아드 레발로
딤니팔
숄렘 노트란트
그라우뷘덴 심연
게외보르트
라르디
모장

북부 산맥
N
W
E
S
반-나티나모
일라리쿰
동부 연합
오스페다
알로지아드 졸피
알론조
캄비
포티미외
무타스 민지대
사막
남부 상업 조합
생 로욜

나무를
담벼락에 끌고
들어가지 말라

나무를 담벼락에 끌고 들어가지 말라

제 1.5 부

윤진아 장편소설

파피루스

CONTENTS

1.5부

열아홉, 겨울

발렌시아는 고개를 기울여 바닥을 내려다보았다. 잉그레의 매끄럽고도 흰 돌에 얼굴이 비치고 있었다. 아직 성숙하지 않은 인상이었지만, 그 푸른 눈만큼은 충분히 깊다. 태생처럼 가지고 있는 거리감이 참 선연했다.

열아홉. 오스페다에 머무른 지도 이제 두 해가 다 되어 간다. 그는 속으로 실소했다. '머무른 지' 도? 이곳에서 태어나 열세 해 동안 곱게 자랐다. 고작 삼 년 반을 전장에서 다듬었다는 이유로 '머무른 지' 운운하고 있는 것이다.

"발렌시아 경? 듣고 계세요?"

"예. 듣고 있습니다."

"이럴 때 보면 제게 마음이 있으신지 아닌지 잘 모르겠어요……. 괜히 부끄러워져서……."

"저는 당신을 깊이 아끼고 있습니다."

"이름 한 번 안 불러 주시는데 그걸 어찌 믿나요?"

발렌시아는 그제야 데밀라를 바라보았다.

"예의가 아닙니다."

"데밀라라고 불러 보세요."

"리베 몬테."

"데밀라."

"불가합니다. 저는 당신의 약혼자에 지나지 않습니다."

데밀라는 두 손으로 제 얼굴을 감쌌다. 여자의 손이 연민을 요구하는 양 미세하게 떨렸다. 발렌시아는 한숨도 없이 그 얼굴을 바라보았다. 위로하지도 달래지도 않는다. 어리광에 그럴 필요를 못 느꼈다.

"형님!"

그의 시선이 옆으로 돌아가 동생을 향했다. 자신의 약혼자를 보는 눈보다 배는 더 감정이 어린 시선이었다.

앙히에는 종종걸음으로 동기 옆에 서려다, 아직도 기울어 있는 여자를 바라보았다. 쾌활한 인상이 단박에 일그러졌다. 무슨 불쾌한 벌레를 보는 듯한 시선이라 발렌시아는 아우에게 주의를 주려 했다.

그러나 앙히에가 먼저 입을 열었다. 제 형님에게 말한 것은 아니었다.

"리베 몬테, 앙히에 르나치 기지 얀 미라이예입니다."

침묵이었으나 아주 잘 들렸다. '그러니 자리 좀 비켜 주시죠.'

데밀라는 그제야 누군가 제 옆에 다가왔다는 사실을 깨닫곤 고개를 들었다. 발렌시아의 키 큰 아우가 저를 서늘하게 쏘아보고 있었다.

그녀는 약간의 오기와 미움을 담아 그를 노려본 뒤 벌떡 일어섰다.

앙히에는 경우 없는 행동이라는 듯 큰 소리로 혀를 찼지만 데밀라 역시 그의 호의를 포기한 사람처럼 행동했기에 큰 파란은 일지 않았다.

그녀는 동기를 무시한 채 재깍 발렌시아에게 인사했다. 발렌시아는 마치 남남인 듯 자연스러운 예의로 그녀를 배웅하려 했다. 물론 데밀라는 눈길도 주지 않고 몸을 돌렸다. 뾰족한 구두 소리가 사람을 죽일 모양으로 요란하다. 화려한 차림, 붉고 찬연한 고양이 한 마리가 도망가는 듯했다.

앙히에는 발렌시아의 옆자리에 앉으려 했다. 그러나 그전에 발렌시아가 일어섰다. 아무리 앙히에의 키가 크다지만 고작 열넷, 그들의 차이는 아직 뚜렷했다.

"형님, 형님, 저 여자는 언제 내치실 겁니까?"

"왜?"

"왜라니요?"

"왜 내쳐야 하나?"

"자고로 집착 많은 여자는 화를 부르거든요. 난 저 여자 진짜 싫어. 싫어 죽겠어. 눈앞에만 있어도 짜증 난다니까."

"내 일에 신경 쓰지 마라."

앙히에는 큰 충격을 받았다는 얼굴이 되었다. 그러나 지나치게 작위적인 표정, 비단 발렌시아가 아니었더라도 미안함을 느끼지는 않았을 것이다.

"말씀이…… 심하…… 저는 차마……."

"내달에 있을 서임식에나 관심 두어라."

"걱정 안 해 줘도 충분히 하고 있어……. 준비랄 것도 없잖아! 문제는 저 여자란 말이다. 형님은 상대를 몰라도 너무 몰라."

"서로 정을 두고 하는 결혼이 있다던가? 아버님께서 정해 주신 분이다. 입조심해라. '저 여자' 라니, 무례하다."

"내가 다섯 살이나 연상인 형님 코까지 닦아 줘야 하나?"

앙히에는 발렌시아에게 저런 말을 할 수 있는 유일한 사람이었다.

"난 형님이 걱정된단 말입니다. 아, 정말 걱정돼. 나 없는 동안 또 어딜 부딪혀 쾅, 어딜 박고 쾅, 눈앞에 선해서……."

"너 어디 가나?"

"전장 가잖아. 서임받으면 눈의 방패로 가겠지, 뭐."

"넌 그 꼴로 가면 죽는다."

서늘한 경고에도 그저 씩 웃을 뿐이다. 발렌시아와 닮은 곳은 그 입매, 턱 선밖에 없다. 그런데 발렌시아가 잘 웃지 않는 사람이다 보니 결국 그 둘은 참 남남처럼 비치곤 했다.

"그래도 형님이시라고 내 걱정은 해 주네. 아버지는 '네놈 빨리 없어지기나 해라.' 하고 울화통이시던데."

"네 사고란 사고는 전부 아버님께서 수습하셨으니 당연한 일이다."

"아니! 아니지, 아니지! 내 사고 수습은 항상 형님이 하셨지. 응? 그러니 내가 그 은혜를 알고 형님 여자 좀 제대로 잡으라고 이리 벙벙 뛰는 거 아니야."

다시 데밀라 이야기다. 발렌시아는 인상을 찌푸렸다.

"그만."

"나도 그 여자 부모님은 존경하는데, 쟤는 아냐. 진짜 아냐."

"너 내 말을 귓등으로……."

"형님, 지금 약혼자가 벌써 세 번째 바뀌었어. 처음 여잔 나도 괜찮다 생각했는데 그 여자 죽었지? 에라."

"너는 나보다 다섯 살이나 어리다."

"이 문제에 관해선 형님이 나보다 다섯 살 어려."

발렌시아는 무슨 일이 있어도 손을 올리지 않는 제 성정을 믿고 저 아이가 저리 방만한지 잠깐 생각했다. 손을 올려 버릴까.

"두 번째는 그럭저럭이었는데 이번에는 심지어, 형님이 싫다고 했다더라고? 왜 그랬대? 형님도 여자 취향이란 것이 있어?"

"아버지께도 감히 말씀드리지 못했으니 너 함구해라."

"뭣 때문이길래?"

"그 여자는 내게 최음제를 먹였다."

앙히에는 정말 충격을 받았는지 한동안 말이 없었다. 고작해야 작년 일이다. 그런데 그간 단 한 번도 이상한 기미를 느끼지 못한 것이다.

"앙히에, 내가 너를 믿지 못하는 이유가 바로 이것이다. 말리려면 지난해에 말렸어야지 않나? 엄한 여자보고 집착한다고 험담하지 마라."

"아……. 나는 정말 몰랐는데……. 그 얌전한 얼굴로…… 뒤에서……. 어찌 된 일이야? 언제? 어디서? 끝까지 갔어?"

"네게 말할 이유 없다."

더 큰 충격.

"우리 형님…… 불쌍해서…… 어쩌나……. 약혼자가 있어야 여자들이 험악하게 안 다룰 것 같아 붙여 놨더니…… 심지어 그 약혼자한테 당하고 다니네……. 진짜 동네 바보 같잖아……."

"……."

"아니지……. 약혼자 있어도 들러붙지? 저 여자, 리베 몬테가 계속해서 형님 주변에서 빙글빙글 돌고 있는 걸 보면 또 뻔하다. 불안해서 견딜 수가 없는 거겠지. 그런데 형님이 그럴 분이 아니란 건 하늘도 알고 땅도 알고 저 여자도 잘 알 텐데……. 그래도 기어이 자기만 보게 하려고 빙글빙글. 그리고 세간에서는 그걸 집착이라고 하더라고요?"

순식간에 이야기가 또 제자리로 돌아왔다. 발렌시아는 기가 막혀 헛기침을 했다.

"너는 그것을 꼭 그리 보나? 그리 비뚤어졌나? 애정이 있는 것이라고는 생각할 수가……."

“애정이 과하면 집착이지. 왜 이래, 형님? 애처럼.”

“너는 나보다 다섯 살 어리다.”

“여자에 관해서는…….”

“입 다물어.”

앙히에가 갑자기 비명 같은 신음을 질렀다. 발렌시아는 무슨 일인가 하여 제 뒤를 돌아보았다. 톨레도의 유일한 딸 레아가 고꾸라질 듯한 기세로 달려오고 있었다. 앙히에는 도망치려 했다. 그러나 발렌시아가 그의 뒷덜미를 잡아 반대편으로 던져 버렸다. 앙히에는 그 대단한 힘에 중심을 못 잡고 몇 번 비틀비틀 흔들렸다. 그리고 그 와중에, 레아가 도착했다.

“개자식!”

앙히에는 제대로 서지도 못한 채 레아의 발길질을 받아야 했다.

그녀는 앙히에가 한 번 엎어지자 아예 자근자근 그를 밟아 버렸다. 그와 같은 혼란 중에도 발렌시아에게 인사하는 모습이 용했다.

“오랜만에…… 아닌가? 아무튼 오랜만에 뵙습니다, 발렌시아 경.”

“정강이를 차십시오.”

“아?”

“그제 입은 상처가 있습니다.”

“고마워요.”

그녀는 호쾌히 앙히에의 정강이를 찼다. 끄흡 하는 소리가 났다. 앙히에는 잉그레의 바닥에 완전히, 대자로 드러누웠다.

“너지?”

“난 네가 무슨 얘길 하는지 도무지…….”

“내 방 와서 내 드레스 털어 갔지? 너지? 너밖에 못 봤단다. 너 드디어 정신 나갔나 봐!”

"야! 난 그딴 거 안 들고 갔어! 미쳤냐! 내가 그게 왜 필요해!"

"그러면 왜 날 보자마자 도망가려 했어?"

"너랑 나랑 키가 맞을 것 같기는 하냐? 어? 땅바닥에 붙어사는 게!"

레아는 그의 정강이를 다시 한 번 걷어찼다. 앙히에가 거북이처럼 몸을 웅크렸다.

"키가! 맞을 것! 같기는! 하냐니! 설마 입을 생각이었어? 와!"

"무슨 일입니까?"

"아, 경. 앙히에 저것이, 아차."

"괜찮습니다."

"앙히에 저 미친놈이 솔 톨레도에 들어와 제 방 옷을 싹 털었어요! 제가 자리 비웠을 때 제 방 쪽에서는, 어제 뜬금없이 찾아온 미라이예의 작은 공자님밖에 못 뵈었다고 해서……. 확실해요!"

"야! 그거 얘기해 준 사람 누구야!"

"진짜니? 진짜야? 우리 비앙카다, 왜!"

"그 비앙칸지 비엥컨지 덩치 큰 애지?"

"여자한테 말을 함부로……."

"맞아, 안 맞아?"

"그래! 맞다!"

"잘라!"

앙히에는 레아를 밀치고 벌떡 일어나더니 바야흐로 복도를 서성이기 시작했다. 횡으로 빠르게 오가니 더욱 정신이 없다. 발렌시아는 이제 그를 완전히 무시하고는 레아에게 말을 건넸다.

"그것이 진실로 밝혀진다면 마땅한 보상을 하겠습니다. 아니, 심증뿐이라도 미라이예가 모두 물어 드리겠습니다. 옷을 제한 다른 것에도 피해가 있습니까?"

"내가 안 했다니까!"

"옷에다 패물에다…… 값이 적지 않을 텐데요. 앙히에를 족쳐서 답을 내면 안 될까요?"

"무슨 의도로 했건 저 아이가 말을 할 리 없습니다. 값을 산정하여 솔 미라이예에 청구해 주신다면 바로 보내 드리겠습니다."

"그럴게요."

열세 살짜리 아이가 턱을 들고 도도하게 답하는 모습은 사실 조금 우스운 면이 있었다. 발렌시아는 조금도 미소 짓지 않았지만 앙히에는 지지 않고 비웃었다.

"비엥커나 잘라! 나중에 내 말 안 들은 걸 후회하게 될걸?"

"비앙카야!"

"어쨌든!"

발렌시아는 그 난장판을 보며, 데밀라에 대한 앙히에의 소견은 심각히 들을 필요가 없다고 판단했다. 몸이야 이미 쑥쑥 큰 열넷 예비 기사지만, 마음은 저처럼 꼬마 여자애와 싸우는 천방지축이다. 신경 쓸 것이 못 되었다.

"저는 이만 돌아가겠습니다. 솔 미라이예에 연통 주시는 것을 잊지 마십시오."

"얘도 데리고 가 주세요!"

레아는 홱 돌더니 왔던 것과 마찬가지로 빠르게 달려 나갔다.

앙히에는 미간을 좁힌 채 턱을 긁었다. 발렌시아는 그에게 일언반구도 하지 않곤 뒤돌아 잉그레의 뒷문으로 나갔다. 앙히에가 질세라 그의 뒤를 쫓았다.

"같이 가요, 형님."

"리베 몬테 이야기는 듣지 않겠다."

"제엔장. 안 해, 안 하면 될 것 아닙니까. 그래도 형님, 이건 기억해야 해. 이 앙히에가 내 목숨 걸고! 충심으로! 그 여자 반대했다는 거."

"그래."

앙히에는 그 무심한 답에 얼굴이 부루퉁해졌다. 데밀라에 관해 더 말하고는 싶지만, 그랬다간 정말 맞을까 봐 꾹꾹 눌러 담고 있는 것이다. 맞는 것은 두렵지 않았다. 그러나 발렌시아의 노여움은 무서웠다.

그들은 한참 동안이나 묵묵히 걸었다. 발렌시아는 특별한 이유가 아니면 한평생 조용한 일이 없는 제 아우가 침묵을 지키자 조금 이상한 기분이 들었다. 비단 데밀라 이야기를 하지 않더라도 다른 시답잖은 말들을 늘어놓아야 앙히에다.

"너 정말 리베 톨레도의 방에……."

"아니야."

"꾸짖지 않겠다. 실토해."

"아니라니까? 아니야. 내가 가슴에 손 얹고 이야기할 수 있는 건 비엥컨지 뭔지 하는 여자가 범인이라는 것뿐이야."

"그것은 또 어찌 알고?"

앙히에는 대답하지 않았다. 발렌시아는 이 사건이 어떤 식으로든 제 아우와 얽혀 있다고 판단했다. 그러나 동시에 그는, 앙히에가 입을 다물기 시작하면 한 달 가까이 굶겨도 침묵을 지킨다는 사실을 알고 있었다. 실제로 그러했던 기억이 있기 때문이다. 그러니 우선 이 사안은 뒤로 미뤄 두어야 할 것이다. 나중에 레아가 청구한 값을 아버지께 보여 드리며 논의할 생각이었다.

"더 언급하지 않겠다. 돈이 얼마가 지출되든 마음에 두지 마라. 네가 다음 달 서임식만 잘 치른다면 그것만으로도 충분한 보답이 될 거다."

"……."

"보답하길 바란다. 아버지께든, 내게든."

"응."

발렌시아는 아우의 이상한 기색을 즉각 눈치챘다. 위장이랍시고 비장하게 대답했지만 그것을 알아차리지 못할 발렌시아가 아니었다. 그러나 그는 이번에도 또다시 앙히에를 탓하지 않았다. 그저 눈감아 주었다.

어쩌면, 어쩌면 저 아이도 미안함을 느끼고 있을지 모르니까. 어쩌면 여태껏 자신이 굴었던 행동에 죄책감을 보이는 것일 수도 있으니까.

저 아이는 이 미라이예에서 태어나고도, 어울리는 이들이 죄다 평민들이었다. 친우는 물론이거니와 심지어는 그의 검 스승조차 떠돌이 검사였던 것이다. 그것이 나쁘다는 것은 물론 아니다. 발렌시아는 그런 생활 역시 그만의 이유가 있다면 이해해 주어야 한다고 보는 사람이었다. 이런 옹호로 공작과 대립각을 세운 일이 허다했을 정도로 명확한 용납이었다.

그러나 이런 발렌시아마저도 물러설 수 없는 선이 있었다. '이쪽 세계'에 기반을 쌓아 두는 것. 이것만큼은 그도 양보할 수 없는 부분이었다.

공작가의 일원된 사람으로서 그 의무가 막중한 까닭이다. 십이공회, 그리고 그 자손들 중 앙히에의 얼굴을 모르는 자가 없다지만 그것은 대부분 그의 특이한 행동 방식에 기인한 인지였다. 직접적으로 귀족들과 유대를 쌓고 대화를 나눠 얻은 명성이 아닌 것이다. 이것은 공작과 발렌시아 모두에게 항상 당혹스러운 일이었다. 요즘 작은 공자께서는 어찌 지내십니까? 하는 질문만 들어도 대답이 막막해지곤 했다.

그래도 저 아이의 검이 대단하니 기사로서 출전하게 된다면 위명이 자자하리라 안심하는 것이다. 본디 종기사에는 작위를 주지 않는 것이 당연한 일이지만 십이공회의 자손들은 아니다. 스무 날 뒤의 서임식에서 임시 작위를 받고 눈의 방패에 차출된다면, 적어도 지금 이곳에 있는 것보다는 더 좋은 평가를 받으리라 생각했다. 저 아이의 검에는 그도 조금 놀랐으니까.

"네가 보기에 어떻더냐? 쓸 만하더냐? 올메 경은 도저히 답이 나오지 않는다 말하던데."

"그것은 몰이해에서 나온 평가절하입니다. 아버지, 저는 작위가 없어 이름조차 받지 못한 검이 그리 대단한 것을 본 일이 없습니다."

"너와 비교하면 어떠하냐."

"잘 모르겠습니다. 제 검과 방식이 다르다 말씀드린다면 큰 변명이 될 것입니다. 어차피 검술이란 모두 다르기 마련이니 말입니다. 다만 저 아이와, 제가 겪은 기사 개개인을 맞붙인다면 목숨을 건질 이가 몇 없으리라 확신합니다."

"발렌시아, 지금 네가 하는 말이 진담이 맞기는 맞느냐? 내 듣기에는 너무 터무니없는 호언장담이로구나."

"이긴다고 말씀드리지 않았습니다. 죽인다고 말씀드렸습니다. 느낌이 다릅니다."

발렌시아는 한숨을 쉬었다. 그 색상이 어떠하든 칼에 뛰어난 것은 뛰어난 것이다. 그는 저 아이라면 전장에 나간 지 하루 만에 종기사에서 기사로 명패를 바꿀 수 있으리라 확신했다.

공작은 두 아들이 모두 검에 재능이 있다는 사실에 퍽 흡족해 했지만, 어쨌든 그것은 사람을 죽여야 드러낼 수 있는 재능.

그러니 앙히에는 작위를 받고, 전장에 나가야 했다.

스무 날 뒤면 이 모든 고생이 끝날 것이다.

잉그레의 정문에서, 왕궁과 가장 가까운 저택인 솔 미라이예까지는 걸어서 채 오 분도 걸리지 않았다. 고즈넉한 밤, 키 훤칠한 형제는 조금 어색하게 저택으로 돌아왔다. 발걸음은 겸연쩍을 수밖에 없다. 잉그레 주최 무도회에서 그대로 월담한 것이나 마찬가지였으니 무례도 대단한 무례가 아닌가.

발렌시아는 꿋꿋이 앙히에를 동반한 제 노력이 전혀 쓸모없었다는 사실을 깨달았다. 이제 귀족의 얼굴을 익힐 수 있는 무도회는 앙히에가 떠날 때까지 없을 것이다.

발렌시아는 체칼라스를 풀어냈다. 오늘 공작이 나오지 않아 대신 쓴 것이다. 체칼라스만을 따로 보관하는 하인이 발등에 불붙은 것처럼 달려와 천을 공손히 받아 들었다. 푸른 바탕에 흰 문양이 수놓아져 있다. 일견 긴 꽃술처럼 보이기도 하고 어찌 보면 나무를 형상화한 것 같기도 한 오묘한 도안.

앙히에에게는 애당초 그런 것이 없었다. 그는 인사도 없이 제 방으로 후다닥 올라갔다. 고풍스런 계단 위를 강아지처럼 뛰어가는 모습에는 이제 그저 한숨만 나왔다. 그와 거의 맞물리듯이 공작이 계단을 내려왔다. 그는 인사도 하는 둥 마는 둥 하고 올라가는 둘째 아들을 멍하니 바라보았다.

"일찍 돌아와 죄송합니다."

"아…… 아니, 괜찮기는 한데……. 너 오늘 앙히에까지 데리고 갔느냐?"

"예. 그 때문에 지금 나온 것입니다."

무도회장으로 다시 돌아가 리베 몬테를 보기가 꺼림칙했다는 이야기는 하지 않았다.

"굉장하구나. 어떻게, 회장에 엉덩이 붙이고는 있던?"

"의외로 발이 넓습니다."

"심심풀이 삼아 물밑 상단 하나 차리면서 서로 얼굴 붉힌 귀족들이 많을 게다. 열넷짜리가 벌여 놓은 것이 무슨……."

여기저기서 무엇을 배워 왔는지 앙히에가 도맡아 하는 일은 도저히 손에 꼽을 수도 없었다. 공작가家에서 조사한들 수효를 꼽기 번거로워, 지금에 와서는 딱 두 가지 알았다. 앙히에는 방금 미라이예 공작이 말한 상단의 장상고長商賈임은 물론이거니와 오스페다 외곽 '조각길'에서 이루어지는 허다한 불법 거래의 전문가였다.

이 지경이니 공작과 발렌시아의 골치가 아픈 것이다. 그런 것에 관심이 있다면 차라리 공작가에서 공식적으로 소유한 상단을 건드리지, 무엇을 저리 난잡하게 논다는 말인가.

발렌시아는 어딘가로 출타하는 공작에게 인사한 뒤 앙히에를 쫓아 올라갔다. 그의 방문은 활짝 열려 있었다. 앙히에는 옷도 벗지 않고 침대 위에 벌러덩 누운 채였다. 발렌시아는 문가에 기대어 말했다.

"새 검이 필요하다면 말해라. 기꺼이 준비하마."

"그렇게 반 강요하듯이 말하지 않아도 돼. 내 칼로도 충분해."

"네 칼, 조각길에서 벼린 것 다 안다. 모자란다."

"칼 솜씨는 칼에서 나오는 게 아니거든?"

"안다. 네 손에 이미 피가 묻은 것도 안다. 하지만 검에서 나오는 것은 검술이 아니라 그것을 쥐는 자의 마음가짐이다."

앙히에는 베개에 묻혀 웅얼거리는 목소리로 말했다.

"설교 안 들어. 나도 이제 꽉 찬 열넷이야. 두 달만 있으면 열다섯이고 성년이란 말이야."

"나는 어리광 안 듣겠다. 내가 만족할 만한 칼을 들고 올 때까지의 기한은 보름이다. 못 가져온다면 내가 준비한 칼을 받아라."

"어, 보름 내로 어디서 칼을 만드려고? 언제부터 이렇게 억지를 썼어?"

"항상 그랬다. 네가 듣지 않았을 뿐이다."

"그럼 나도 거기에 조건 걸면 안 돼?"

발렌시아는 의아하다는 시선으로 그의 엎드린 등을 바라보았다. 앙히에는 조용한 반문에 답했다.

"리베 몬테랑 약혼 깨."

"……."

"느낌이 안 좋아. 정말로."

정적이었다. 거의 몇 분여나 이어진 정적이다. 앙히에는 한참 뒤에야 고개를 빼끔 들어 문가를 바라보았다.

발렌시아는 이미 떠난 뒤였다.

발렌시아는 시뻘겋게 달아오른 쇳덩이를 보고 있었다. 얼굴에 땀이 찼으나 한 발자국도 뒤로 물러나지 않았다. 칼의 본새를 깡깡 다듬는 대장장이의 모습을 기어코 끝까지 보겠다는 고집이었다. 불티가 후드득 튀어 오르지만 시선이 집중된 곳은 그 검의 날뿐이다.

잠깐 정적이 찾아왔다. 귀청 떨어질 것 같은 소란이 삽시간에 가라앉았다. 대장장이가 제 작품을 살피고 있는 것이다.

발렌시아는 나직이 말했다.

"니소르는 그 많은 피를 배고도 육 년째 온전하다. 너를 믿겠다."

"제 덕이 아니라 잉그레의 호의 덕입지요. 다시없이 훌륭한 재료였습니다."

"그 귀한 것을 계속 쓰게 해 염치가 없다. 하지만 앙히에 역시 공작의 손, 검에도 명민한 아이다. 네가 후회하지 않도록 내 애쓰마."

대장장이는 벌건 얼굴로 웃었다. 왕실의 대장장이이기는 하지만 어쨌든 출세한 평민. 공작의 손이 일개 평민에게 예의를 차리고 있는 이 상황을 이해한다는 웃음이다. 그는 새삼 자신이 니소르를 참 훌륭하게 만들어 냈다고 생각했다. 칼의 가치도 가치지만, 저리 곧은 소공작에게 꼭 맞는 모양이므로.

발렌시아는 그 뜨거운 것에 한 발자국 가까이 가, 돌연 허리에 있던 니소르를 뽑았다. 흰 날은 붉은 열기에 비치고도 여전히 하얀빛으로 빛났다. 니소르의 칼 밑에서 얼마쯤 떨어진 부분부터 그가 한 뼘을 재었다.

"여긴 이것보다 좀 더 얇게 해라. 내가 그 아이의 검을 안다."

"그리합지요. 경보다 힘이 약하신가 봅니다."

"꽤……. 아직 어리니 모른다지만 그래도 악력이 크게 강해질 모양은 아니다. 뼈대가 달라서."

대장장이는 잠깐의 휴식을 멈추고 다시 쇠를 두드렸다.

담금질이 오래 걸릴 뿐, 칼의 모양을 만드는 시간은 본시 그리 길지 않다. 이것으로 하루를 들이고 제대로 된 검을 벼리는 데 나머지를 모두 들이면 간신히 서임식에는 맞출 수 있을 것이다.

발렌시아 자신 역시 태자의 호의로 왕실에서 니소르를 얻었고, 지금도 태자의 허락을 받고 앙히에의 검을 만들라 명하고 있었다.

그는 니소르를 손에 쥐며 어쩌면 이 칼로 평생을 버틸 수도 있지 않을까 하는 허황된 생각도 여러 번 했다. 그만한 강단, 유려함, 균형, 날카로움, 지속성이 있는 검이다. 보통의 철로는 정말 어림도 없는 일이리라. 그러나 이것은 네젠-롬바의 물건이 아닌가. 얼마 전 데군다가 폐하와의 큰 내기에서 이겨 그를 얻었다지만 누가 네젠-롬바를 쥔들 어차피 그것을 구부릴 수 있는 곳은 잉그레뿐, 발렌시아 역시 제 칼과 똑같은 재질을 찾기 위해 기어이 왕실로 온 것이다.

앙히에에게도 이런 칼을 쥐여 주고 싶었다.

자신이 왕실에 주제넘는 요구를 했다는 것은 발렌시아도 잘 알았다. 그러나 그 민망함을 넘어, 앙히에에게 반드시 이 검을 주겠다는 스스로의 결심이 더 컸다. 조각길 따위에서 얻은 칼로 그 솜씨를 썩히는 것은 용납할 수 없는 일이다.

"여기 계셨군요?"

발렌시아는 저도 모르게 고개를 돌렸다. 여자가 있을 리 없는 곳이었다.

"발렌시아 경, 태자 전하의 말씀을 들었어요. 왕가의 대장간에 계신다고요……. 그런데 대장간이…… 한둘이 아니라……."

"예, 한데 이곳은 당신께는 너무 덥고 불편한 곳입니다. 더불어 제가 해야 할 일이 있어 지금은 곤란합니다, 리베 몬테."

"기다리지요. 중요한 문제라서요."

발렌시아는 머리가 아찔했다. 그는 앙히에의 칼을 보고, 다시 대장장이를 바라보았다. 더 고칠 것은 없지만……. 대장장이가 쓰게 웃으며 말했다.

"이대로 잘될 겁니다. 어차피 저는 사흘 내리 날밤을 새워야 할 테니 필요하시면 아무 때나 오십시오."

"고맙다."

그는 고단한 노인처럼 말을 내뱉은 뒤 데밀라 쪽으로 걸어갔다. 대장장이가 고개를 숙였다.

발렌시아는 열기에 제 땀 냄새가 날까 걱정하여 데밀라에게서 몇 발자국 떨어진 곳에 멈췄다. 대장간의 열이 여전히 훅훅 와 닿았다. 그는 바깥으로 나갔다. 멀리 떨어져 대장간을 나가는 행동이 자신을 피하는 것처럼 보였는지 그녀가 한숨을 내쉬었다. 밖으로 나오고도 적지 않은 시간을 걸은 뒤에야 발렌시아가 입을 열었다.

"무슨 용건이십니까?"

"저……. 혹 합하께서 언질을 주지 않으셨나요?"

발렌시아는 어제 뵈었던 아버지의 태연한 모습을 떠올리고는 고개를 저었다. 짐작조차 가지 않았다. 데밀라는 순간 얼굴을 확 붉혔지만 지지 않고 말했다.

"우리 결혼 이야기 말이에요."

머리를 한 대 맞은 듯한 충격이 있었다. 그는 걸음을 뚝 멈췄다. 그러고는 얼얼한 채로 더듬더듬 답했다.

"아…… 예……. 듣지 못했습니다."

"저도 이제 열여덟입니다. 혼기가……. 언제까지 이리 약혼으로만 묶어 두실 생각이세요?"

발렌시아는 아직까지 대장간에 있지 않나 싶을 정도로 얼굴이 화끈해졌다. 너무 당황스러워서 무슨 이야기를 해야 할지 갈피가 안 잡혔다. 그 완연한 기겁에 데밀라가 입술을 깨물었다.

"저 역시 저번 리베처럼 거절하실 건가요?"

그 여자는 내게 마땅치 않은 약을 먹여서.

"제가 리베 자밀과의 약혼을 파기한 것이 아니라, 그분께서 저를 거절하신 것입니다."

데밀라는 말도 안 된다는 듯 짧게 웃었다. 발렌시아는 결혼에 대해서 변명할 말이 조금 더 필요하다고 느꼈다.

"리베 몬테, 그것은 제 아우가 제대로 자리를 잡은 뒤에야 고민해 볼 문제입니다. 지금은 너무 이릅니다. 저는 제 아우의 여러 문제들을 감당해야 합니다. 그 아이가 한 사람의 기사가 되는 것까지 보아야만 결혼에 대한 이야기를 논할 수 있습니다."

데밀라는 눈앞이 깜깜하다는 표정이 되었다. 앙히에가 제대로 자리를 잡을 때까지라……. 내가 대륙 한 바퀴를 돌고 와도 그럴 일은 없을 텐데.

"경……. 경께선 지금 제게 십 년 수절을 하라는 말씀이신가요?"

"……곧 있으면 앙히에는 종기사 자격으로 눈의 방패에 나아가게 됩니다. 저 역시 그 일은 서너 해 만에 끝내고 왕도로 돌아왔습니다. 그쯤으로 생각하고 있습니다."

"발렌시아 경, 제게 혼인을 구걸하게 만들지 마세요. 여성에게 혼사는 빠르면 빠를수록 좋습니다. 만일 경의 말씀대로 서너 해를 기다리게 된다면 저는 벌써 스물둘, 셋. 다른 젊고 아름다운 여인들이 경을 바랄 겁니다. 저는 그것을 견딜 수가 없어요."

"스물둘, 셋 역시 대단히 젊으신……."

"아니요. 저는 경 앞에서는 제 주름 하나 더 느는 모습조차 보이고 싶지 않습니다."

발렌시아는 막막해졌다. 스물둘이든 셋이든 전부 새파랗게 어린 나이 아닌가? 도대체 내가 무슨 위로를 해야 하나.

데밀라는 인사도 없이 뒤돌아 걸어갔다. 발렌시아의 시선은 여전히 바닥에 있었다. 이를 어쩐다. 아버지께 무슨 말씀을 드린 것일까? 결혼 재촉이라도 했을까? 답답했다.

그때 누군가 다가오는 기척이 부스럭부스럭 선명했다. 그는 그자가 누구인지 알기에 고개도 채 들지 못하고 읍했다.

"결국 이리되는군. 내 불찰이야."

"전하."

"미안. 내가 알려 줬다."

"……."

"누가 묻기에, 경은 지금 왕실 대장간에 있는데 했다가 순간 고개 들어 보니 리베 몬테더라고. 검을 다듬는 데 방해가 됐나?"

"아니오……. 괜찮습니다. 모양은 거의 완성되었습니다."

딤니팔의 유일한 왕자는 제 손에 나뭇가지를 쥔 채 빙빙 돌리고 있었다. 그 가지에는 잎사귀까지 달려 있어 참 정신이 사나웠다. 발렌시아는 시선을 반쯤 옆으로 돌리고 말했다.

"왕실의 대장간을 유용하게 해 주신 것, 진심으로……."

"됐어. 내 칼을 넘긴다고 보면 되지. 넌 저번에 그리 말했으면서 지금 내 앞에서 송구하다 어쩐다 말할 거냐?"

"예? 무슨 말씀이십니까?"

"전하께서는 검에 큰 재능이 없으신 것 같습니다. 옥체 상하실까 저어되니 최대한 빨리 칼을 놓으시는 것이……."

왕자는 난처해 하는 말 줄임까지 세세하게 재현했다.

"말하려면 일찌감치 말할 것이지 날 그리 흠씬 두들겨 패고 검에 소질이 없다? 괘씸한 것."

"죄송합니다."

"내 검 준다는 마음으로 앙히에에게 넘기는 거야. 그 녀석, 잘하냐?"

"제가 보기에는 썩 괜찮습니다."

"너보다?"

발렌시아는 그 웃음 섞인 질문에 무언가를 참는 듯 아래를 노려보았다. 왕자 앞에서는 무례로 여겨질 수 있을 만큼 확실한 불만이다. 왕자는 상대의 경직된 표정에 놀라 같은 바닥을 바라보았다. 멀쩡한 잡초 한 포기만이 싹을 틔우고 있었다. 그가 고개를 들었을 때, 이미 시선을 마주한 발렌시아는 조금의 망설임도 없었다.

"왜 모두들 저와 제 동생을 비교하려 드는지 이해가 가지 않습니다. 앙히에가 저에 비해 모자란 점이 있다면 그만큼 뛰어난 점도 많습니다. 비하하는 답을 듣고자 하문하시는 것은 바람직하지 못합니다. 저와 그 아이는 다릅니다. 동기지간을 비교하는 것만큼이나 조야한 일 몇 없습니다."

왕자는 잠시 입을 다물었다. 그러고는 감탄처럼 내뱉었다. 그는 어차피 말을 조심할 필요가 없는 사람이었다.

"소공작이 제 동생을 많이 아낀다더니 진짜로군. 그만한 골칫덩이라면 형님이라도 머리 아파 손 놓고 싶은 일이 한둘이 아닐 텐데 말이야. 아, 아니! 야! 노려보지 마! 노려. 보지. 마라. 내가 앙히에를 싫어하는 걸로 보이냐? 그 자식이랑 나랑 쌓은 유대가 얼만데. 다만 공작가의 일원으로서 이야기하는 거다. 심지어 이건 내 말도 아니라니까?"

"……."

"앙히에가 직접, 제 입으로 내게 얘기한 거다. 손 놓고 싶은 일이 한둘이 아닐 텐데 끝까지 붙들고 있다고."

"그래서……."

왕자는 잠깐 말을 멈췄다. 제 칼날만큼 서걱서걱 싸한 발렌시아의 목소리였다.

"저마저 자신을 놓길 바란답니까? 형님까지 나를 놓았으면 좋겠다 앙히에가 말하더이까?"

왕자는 제 금발을 온통 헤집으며 불평했다.

"얘기가 어찌 그리로 새나!"

"대답해 주십시오."

"발렌시아!"

그는 조용히 서 있었다. 변치 않는 겨울나무다. 왕자는 자신이 답을 피할 수 없음을 깨달았다. 앙히에 그 녀석이 이것을 비밀로 하라고 한 적은 없지? 그렇지? 그는 뻐근한 어깨를 돌리며, 포기한 양 말했다.

"응."

"전하, 죄송하지만 먼저 물러나겠습니다."

"어?"

"편안한 저녁 되십시오."

왕자가 무어라 말을 할 사이도 없이 발렌시아는 잉그레를 떠났다.

"앙히에."

"응? 왜?"

"너는 전하께도 내 망신을 시키고 다니나."

무언가 길게 쓰고 있던 앙히에가 번뜩 고개를 들었다. 이내 그는 제 앞의 종이를 구겨 옆으로 던져 버렸다.

"무슨 소리야?"

"태자 전하께 네가 말씀드린 것 잘 들었다."

"무슨 말이요?"

"나까지 너를 놓았으면 좋겠다고? 진정 네 입에서 나온 말인가?"

앙히에는 놀라 무슨 말을 이을 수 없는 모양이었다. 발렌시아는 그것이 자신이 한 일 없는 말에 대한 놀람이 아니라, 왕자가 그것을 말했다는 사실에 대한 놀람이라는 것을 깨달았다. 화가 나지는 않았다. 단지 갑갑하고 힘이 들었다.

"너는 널 위한 내 노력이 그리 헛되어 보이나? 애초에 아무것도 위해주지 않았으면 부담이 없었을 것을? 넌 우리가 아예 남남으로 지내기를 바라는 건가?"

정적이 있었다. 팽팽한 줄 같은 침묵이었다. 앙히에는 눈을 꾹 감았다가, 겨우 떴다.

"미안한 말인 건 아는데, 진짜긴 해. 형님은 왜 날 못 놓아?"

"……."

"이 서임식을 강요하는 사람도 형님뿐입니다. 아버지도 이제 아무 말씀 없으세요. 정식으로 서임받지 않고도…… 대강 태자 전하께 가서 비비기만 하면 잉그레의 표장을 내려 주실 텐데…… 뭐야……. 서임을 받으면 난 꼼짝없이 전쟁에 나가야 하잖아?"

"그것이 싫으냐?"

"응. 난 그렇겐 안 살아."

발렌시아는 이번에도 화를 내지 않았다. 화를 내기에는 여전히 얕았다. 다만 반문했다.

"너에게는 내가 사는 삶이 '그렇게' 인가?"

"형님이 내가 노는 꼴을 탐탁지 않게 보시는 것처럼, 뭐 같은 이치 아닌가?"

"나는 네 삶을 부정한 적이 없다. 그런데 너는 이런 나를 비난하는군."

발렌시아의 목소리에는 노여움도 원망도 없었다. 변치 않을 차분함, 갈급함을 모르는 침착함. 앙히에는 자리에서 반쯤 일어섰다. 형님이란 사람은 도대체가 항상 저리 잔잔한 호수 같아서 그 속을 당최 가늠할 수가…….

"타협의 여지는 없다. 서임식에는 확실히 나가라. 아버지가 아닌 내 명령이다."

앙히에는 그걸 언제 저가 몰랐냐는 식으로 어깨를 으쓱했다. 서임식은 각오했던 일이다. 발렌시아가 고집을 부리기 시작하면 질기기가 쇠심줄 같아 감히 거절하기 어려웠으니까.

발렌시아는 여전히 문 안으로 한 발자국도 들어오지 않은 채였다. 앙히에는 문득 형님이 제 방에 제대로 들어온 것이 몇 년이나 되었던가 셈해 보았다. 도저히 기억이 나지 않는다. 무언가 말할 것이 있을 때에는 그저 저 문가에 기대어, 그 조용한 목소리로 선언하고 가는 것이다.

그가 말했다.

"앙히에, 네가 그곳에 다녀온 뒤에는 어떤 것도 강요하지 않겠다. 미라이예는 내가 승계할 테니 너는 조금도 분담할 필요가 없다. 너 원하는 대로 살아라."

"……."

"다만 이번 한 번, 한 번만 내 말 들어."

뺨에 무언가 까끌까끌한 것이 확 스치는 느낌이 들었다. 속이 울렁거리고 저도 모르게 턱에 힘이 들어갔다. 한 번만 형님 말을 들으라고. 단 한 번. 발렌시아의 입에서 나왔으니 번복될 이야기는 아니다. 그가 한 번이라고 말했다면 정말 한 번인 것이다.

앙히에는 자리에서 완전히 일어섰다. 열네 살답지 않은 벽안이 바닥으로 확 내리깔렸다.

"음."

긍정인지 부정인지 알 수 없는 모호한 신음이었다. 그러나 발렌시아에게, 그것은 긍정의 저음처럼 들렸다. 발렌시아는 그제야 긴 한숨을 내쉬었다.

"경께서는 약혼에 정말 운이 없으신 건지도 모르겠어요."

"맞아요, 맞아요. 위명 자자한 가문의 일원분 중 약혼을 세 번이나 하신 공자님은 정말 드물죠."

"아니지! 어쩌면 몰래몰래 리베를 만나고 다니시는 것은 아닐까 몰라요. 아니 땐 굴뚝에 연기 날까?"

발렌시아는 머리가 어지러웠다. 왕자가 불러 열흘 만에 잉그레에 나왔더니 또 이 모양이다. 왕자는 아직까지도 시야에 없었다. 그가 있다면 그나마 이 인파가 분산될 텐데 책임을 방기하고 아직까지도 나오지 않은 것이다.

그는 간신히 답했다.

"제 복이 없었을 따름입니다."

"그럴 리가! 이곳에 경만큼 훌륭하신 분이 어디 있다고요! 너무 좋으신 분께 필연적으로 따라오는 불행이랄까요."

"사실 경 같은 분은 약혼자가 있으셔도 리베가 조르르 붙기 마련이거든요."

여자들이 참새 떼처럼 까르르 웃었다. 발렌시아는 자세 한번 흐트러트리지 않은 채 왕자가 나올 곳을 노려보고 있었다. 어서 나오십시오, 전하.

그러나 이내 그 시야를 차지한 것은 또 다른 여성이었다. 그러나 반가운 여자이다. 서른 줄의 대꼬챙이 같은 미인. 발렌시아는 조금 숨통이 트인 얼굴로 자멘테 후작을 바라보았다. 그녀는 희미하게 웃더니 무언가를 요구하듯 손을 내밀었다. 발렌시아는 그 손등에 입을 맞추고 그녀를 따라나섰다. 소공작에게 저런 대우를 받는 여자는 그 약혼녀를 제한다면 십이공회의 일원, 서부의 대영주인 그녀밖에 없었다. 뒤에서 이를 가는 소리가 들렸다.

자멘테 후는 발렌시아를 인도하는 모양으로 회장의 중앙을 뚫고 나갔다. 발렌시아는 그 거리낌 없는 걸음이 고마웠다. 그녀의 곧은 뒷모습. 키가 거의 자신만큼이나 훤칠함에도 덩치가 크다는 느낌은 조금도 들지 않았다. 그녀는 회장의 틈새 쪽으로 쑥 들어갔다. 발렌시아 역시 그녀를 따랐다. 들어가자마자 옆으로 꺾어 어떤 방의 문을 여니, 놀랍게도 왕자가 뻗어 있었다. 발렌시아가 당황하기도 전에 자멘테 후작이 먼저 입을 열었다.

"전하, 일어나십시오. 해야 할 일이 있지 않으십니까?"

발렌시아는 영문을 모른 채 그녀에게 질질 끌려 자리에 앉았다. 그는 왕자의 허락 없이 앉았다는 사실에 놀라 다시 확 몸을 일으켰다.

"앉아."

"무슨 용건으로…… 아니, 애초에 전하께서 왜 이곳에 계시는 겁니까? 저를 회장으로 불러내셨지 않습니까?"

"데군다 백에게 네젠-롬바를 빼앗아야 해. 내기 이기게 좀 도와줘라."

발렌시아는 귀를 의심했다.

"예?"

"내기로 뺏겼으니 내기로 가져와야지. 내년 눈의 방패 승률로 내기 걸자. 네 생각은 어떤가?"

"전하, 농담이 지나치십니다. 핏값으로 내기를 치르지 마십시오."

"그래……. 농담이었다……. 근데 한 치도 안 먹히냐? 젠장. 내기 내용은 너한테 얘기 안 해. 그것 도와줄 사람은 여기 앉은 자멘테 후니까."

발렌시아는 자멘테 후작을 돌아보았다. 그녀는 여전히 의미심장한 미소를 짓고 있었다.

"자멘테 후작께서 전하와 데군다 백작의 내기를 도울 만한……."

"나는 백작과 모종의 관계를 맺고 있지."

"예?"

"아, 저 둔한 것이 알아듣지도 못하네. 후작, 이해하게. 불륜 중이라고."

"예……?"

"데군다가 큰 빚을 지고도 갚을 생각이 없지 뭔가? 그래서 그이를 좀 아는 내가 전하를 돕기로 했네."

그는 이마를 짚었다. 십이공회 데군다와 자멘테의 관계라. 자멘테야 이미 미망인이라지만 데군다에게는 정식 부인이 있지 않은가? 밝혀진다면 보통 소란이 아닐 것인데 자신에게 이리 쉽게 이야기해 주는 것이다.

"그걸 아시는 분이 얼마나 됩니까?"

"데군다하고 자멘테, 이 장본인 둘하고 나하고 공작하고……. 없어. 아버진 아시려나?"

"그런데 그것을 제게……."

"발렌시아 경, 경이 어디 쉽게 흘리고 다닐 인잰가? 알아도 상관없네. 좌우간, 경이 이곳에 온 것은 이와는 전혀 무관한 일일세."

전혀 상관이 없음에도 잡담처럼 비밀을 이야기해 준 것이다. 발렌시아는 골치가 아팠지만 우선 제게 있는 용건을 듣기로 했다. 왕자가 그제야 누워 있던 제 몸을 일으켰다. 그러고는 무언가 휙 던졌다. 발렌시아는 얼떨결에 그것을 품에 안았다.

자신이 받은 것을 본 그의 표정이 굳었다.

"전하."

"왜?"

"거둬 주십시오."

"왜? 안 좋아? 안 기꺼워? 앙히에에게 갖다 줘. 아, 아니지. '르나치 경' 에게 갖다 줘."

"앙히에는 서임식을 치를 예정입니다."

발렌시아는 기이하게 생긴 고리를 탁자에 턱 내려놓았다. 남자가 매기에는 줄의 길이가 마땅치 않아서 목걸이보다는 팔찌처럼 보이는 작은 모양이었다. 그에 매달린 은 펜던트에는 미라이예의 문양과 왕가의 문양이 양면으로 양각되어 있었다.

잉그레의 표장이다.

이것을 받는다면 앙히에는 이제 아무 공적 없이도 즉각 '르나치 경'이 된다.

"귀찮게 무슨 서임식이야? 앙히에 녀석이 전장에 나가려 들 것 같아? 발렌시아 네가 세운 공적으로 셈할 테니 공짜로 얻는 거라 불쾌해 하지 마라."

"이렇게 야합하여 주실 필요 없습니다. 그 아이는 서임식을 치를 것입니다."

"그럴 리가."

"제게 약속했습니다."

"그럴…… 리가?"

왕자는 멍청히 반복했다.

발렌시아는 자리에서 일어섰다. 그러나 그 즉시 자멘테 후작이 무지막지한 힘으로 그를 붙잡아 다시 앉혔다. 그는 비틀거리다 털썩 앉게 되었다. 발렌시아는 자멘테를 노려보았다.

"후작, 무례하십니다."

"내 생각에는 경이 더 무례한 것 같은데. 태자 전하의 호의를 무시하고 나가려 하다니."

"호의가 아닙니다. 조롱입니다."

왕자가 와 하고 입을 벌렸다. 자멘테 후작 역시 할 말을 잊었다. 그녀는 기가 막힌 얼굴로 발렌시아를 바라보았다. 왕자가 멍하니 반문했다.

"조롱이라?"

"……."

"발렌시아, 넌 지금 지나치게 민감하다."

"……."

"너 매양 동생을 이해한다 해서 그저 그러려니 했는데 지금 보니 전혀 아니구나. 그리 억지로 서임식 자리에 앉혀 놓게?"

그는 인상을 찌푸리며 발렌시아를 바라보았다.

"네 욕심이야."

발렌시아는 무어라 답하지 않았다.

"너 욕심이 과하다. 네가 사는 방식이 있는 만큼 앙히에에게도 그만의 방식이 있는 것이지."

"이해하고 있습니다."

"이해한다는 놈이 지금 이 꼴이야?"

"이번 삼 년만 치르고 온다면 평생 손대지 않을 예정입니다. 그것으로 제 손위 구실은 다한 것입니다. 인생에서 딱 삼 년만 참으면 됩니다. 그것이 제가 물러날 수 없는 선입니다."

"너는 지금 앙히에가 인생의 가장 첫 갈림길에 서 있단 것을 알아, 몰라? 지금 네가 하는 일이 굳이 방향을 선택해 주는 공연함이란 걸 알아, 몰라? 한 번 선택하게 되면 평생 그 길로 가게 되리란 것을 너 알아, 몰라?"

발렌시아는 대답하지 않았다. 왕자는 조곤조곤 타일렀다.

"삼 년? 너 설마 그것으로 끝날 거라 생각하는 거냐? 설마? 설마! 네가 명석한 것은 하늘도 알고 땅도 알고 나도 안다. 넌 그 삼 년으로 앙히에의 평생을 잡아먹으려 드는 거야. 절대 못 빠져나와. 더 무서운 것은, 발렌시아 네가 이 사실을 알고 있다는 거다. 한 번 그 길로 빠지면 나올 수 없다는 것을 알고 일단 억지로 보내 놓는 거야."

발렌시아는 조금 허탈한 표정이 되었다. 모르는 체하면서 다 알고 있었다. 왕자가 자신에게 항상 하는 말이지만, 그것은 왕자 자신도 지지 않았다. 모르는 체하면서 모두 알고 있다.

그는 조금 먹힌 목소리로 말했다.

"그래서 전하께서도 제가 걸어온 길이 사람을 망치는 길이라 믿고 계십니까? 앙히에를 그곳으로 보내고 싶지 않으실 정도로 말입니다."

"야…… 넌 무슨 말을 그렇게 꼬아 듣냐?"

"발렌시아 경, 그렇다면 경은 내 인생 놈도 망친 거라 여기겠군."

자멘테 후작이 웃으며 말했다. 발렌시아는 갑자기 답할 말이 면구해졌다.

"기사로서 당연한 길을 걸어야 하는 경과 달리, 내게는 그럴 하등의 의무가 없었네. 맏딸이라 해도 그 남편에게 작위를 물려주면 되니까. 그러나 아버지께서는 내게 그 위치를 강요하셨고, 나는 떠밀려 전장에 섰지. 경은 열여섯 소녀가 전장에 나가는 것이 얼마나 두려웠을지 그 감정을 이해할 수 있나? 나는 그 뒤 이십 년을 그와 다름없이 걸어왔네. 대답해 보게. 내 인생은 그럼 아예 죽어 사는 삶인가?"

"……."

"나는 내게 만족하네. 한데 경이 그리 자괴하고 있으면 나는 어찌 되는 건가?"

"……."

"아직 나이가 차지 않아 그리 맹목적인 것은 이해하지만 경이 항상 옳은 것은 아니네. 그것이 무엇이든 쉽사리 단정하지 말게."

"말씀 새겨듣겠습니다."

발렌시아의 말에는 충분한 사죄가 있었다. 왕자는 그 모습을 가만히 보다가 불쑥 말을 내뱉었다.

"그건 들고 가라. 앙히에한테 주고, 선택은 자기가 하게 해. 저걸 받고도 서임식에 나온다면 결국 네 뜻을 따르겠다는 것이겠지. 물론 내 생각에는 말이지, 그 펜던트를 쥐여 주는 것조차 참 첩첩산중일 것 같거든? 르나치 경이 얼마나 싫은 단어겠어? 기사가 되고 싶기는 하겠나?"

"태자 전하의 말씀에 따라 거두기는 하겠습니다. 두 분 귀한 조언 감사합니다."

그러나 왕자는 발렌시아가 앙히에에 대한 제 말에는 하나도 수긍하지 않고 있다는 사실을 눈치챘다. 절로 한숨이 나왔다. 앙히에도 발렌시아도 결국 평행선, 고생이 많을 것이다.

"말씀 나누십시오. 이만 물러나겠습니다."

발렌시아는 일어서서 인사한 뒤 방을 나갔다. 뒤 한번 돌아보지 않았다. 그는 좁은 길을 따라 다시 회장으로 나왔다. 밝은 빛에 순간 머리가 아찔했다. 손에 든 잉그레의 표장에 꾹 힘이 들어갔다.

앙히에.

"발렌시아 경, 자멘테 후작과 한참 전에 자리를 뜨셨다면서요?"

그는 바람이라도 일듯 빠르게 고개를 돌렸다. 넋을 놓고 있다 칼이라도 맞은 것 같은 속도였다.

데밀라는 그 매서움에 대단히 놀라, 뒤로 한 발자국 물러났다. 발렌시아는 고리를 품에 넣으며 사과했다.

"죄송합니다. 잠시 생각할 일이 있어서."

"아……. 지금은 괜찮으신 거죠?"

아니.

"예."

"경, 혹시…… 자멘테 후작님과 모종의…… 뭔가가 있으신가요? 그분과 너무……."

평소의 발렌시아라면 알아듣지 못했겠지만 그는 방금 전 자멘테와 데군다의 '모종의…….'를 듣고 온 뒤였다. 그는 정말 놀라서 눈썹을 치켜

떴다.

“그런 오해를 어떻게…….”

“평소라면 이해하지 못하실 말씀을 이리 즉각…… 정말…….”

그야 자멘테와 데군다가.

“그분은 제 배倍 가까이 나이가 있으신 분입니다. 어찌 그런 오해를 하십니까?”

“경께선 저보다 그분과 더 친밀해 보이셨어요. 그런 입맞춤에, 그리 손을 꾹 잡고……. 새 떼처럼 몰린 아가씨들 사이로 유유히 걸어 나가시는데…….”

미칠 것 같다. 지금 생각할 일이 너무도 많은데 이런 말도 안 되는 오해까지 사니 눈앞이 아득했다.

“결코 아닙니다. 그분께 저는 하룻강아지로도 보이지 않을 겁니다.”

“그야 상관없지요. 그리 아름다우신 분, 경께서 마음을 품지…….”

“리베 몬테, 그만하십시오. 제 위신은 개의치 않습니다. 다만 저는 지금 당신과 자멘테 후의 명예, 모두가 걱정됩니다.”

그녀는 입을 꾹 다물었다. 민망함은커녕 아직도 불안해서 어쩔 줄 모르는 얼굴이었다. 발렌시아는 그녀가 다음에 요구할 것이 무언지 벌써부터 알 수 있었다.

“발렌시아 경, 제가 집착하는 듯 보이는 것이 싫으시다면…….”

“…….”

“결혼 이야기를 진전시켜 주세요.”

“…….”

“그래야 제가 마음이 놓여요. 약혼한 지도 벌써 일 년이 가까워 오지 않나요? 짧은 시간은 아니었어요.”

“……마차까지 모셔 드리겠습니다.”

데밀라는 입술을 깨물었다. 발렌시아는 이미 앞서 나가고 있었다. 저 남자는 입맞춤, 포옹은커녕 심지어 손을 잘 잡아 주지도 않았다. 남과 살이 닿는 것을 아예 꺼리는 듯했다. 다른 여자에게 그러는 것은 크게 기꺼운 일이다. 하나 그녀는 그의 약혼녀였다. 그럼에도 그 격 있는 태도는 조금도 다르지 않았다.

내게 마음이 없는 것이다.

"형님, 거 뭡니까? 가짜야? 방바닥에 떨어져 있던데 난 지금 봤어."

발렌시아는 들고 있던 검을 바닥에 꽉 내리박았다.

"태자 전하께서 하사하셨다."

"진짜야, 그럼? 나 서임식은 어쩌라고?"

"나는 그래도 네가 나가길 바란다."

앙히에는 무어라 답하지 않았다. 발렌시아는 바닥에 반듯이 꽂힌 니소르를 바라보았다. 길지 않고 간소한 자루, 부드러운 칼 밑, 날씬하고 흰 날. 손이 절로 뻗어 그것을 꾹 움켜쥐었다. 이제는 완전히 한 몸 같은 느낌이다. 뽑아 올린다. 한 번 내리치는데 그 잔상조차 잘 보이지 않았다. 이리 밝은 달밤, 흰 날이 뚜렷할 법도 한데.

앙히에가 옆으로 가더니 진검 하나를 잡아 들었다. 잡았다기보다는 칼이 빨판처럼 붙었다. 그가 껑충껑충 뛰어 발렌시아 앞에 섰다.

"한번 하자."

"……."

그는 제 형님의 침묵이 기가 막힌단 기색의 침묵임을 알고 있었다. 그러나 그저 씩 웃고 말았다.

"서임식이 바로 내일이야! 형님 볼 날도 얼마 안 남았단 말이야."

"나 너에겐 조절 못한다."

"조절하지 마."

"부러진다."

앙히에는 딱히 어디가 부러지는지 묻지 않았다. 핏줄인데 목은 안 분지르겠지. 그는 더 이상 요청하지 않고 그대로 달려들었다. 뛰어들기 전 발렌시아의 한숨 소리를 들었다.

칼이 쨍 하고 부러졌다.

앙히에는 이해할 수 없다는 얼굴로 제 부러진 칼을 바라보았다. 칼 토막은 이미 멀리 날아가 저택의 벽돌 옆에 박혀 있었다.

"어?"

앙히에는 다시 새 칼 하나를 더 주웠다. 그리고 다시 달려들어, 다시 쨍.

앙히에는 두 번째로 부러진 칼을 던졌다. 그러고는 인상을 찌푸리며 삿대질을 한다.

"아, 뭐야! 왜 자꾸 부러뜨려!"

"네 평범한 검이 어찌나 보잘것없는지 알려 주려는 거다. 내일 내가 주는 검을 받아라."

"몰라. 난 그래도 익숙한 내 칼이 좋다."

"그럼 그것도 당장 이곳으로 들고 내려와."

부러뜨려 줄 테니.

앙히에는 그 험악한 말씨에 아연한 기색이 되었다. 이 정도로 경우 없이 구는 발렌시아를 본 일이 없다.

"싫어. 바깥에 형님만 한 사람이 깔려 있는 줄 아나? 대강 휘두르고 대강 살아남으면 되지, 누가 이렇게 강철을……. 됐네요."

"……."

"으악!"

앙히에는 돌연 자신에게 닥친 흰 칼날에 바닥을 한 바퀴 굴렀다. 그리고 즉각, 또 오는 칼에 다시 한 번 굴렀다. 이번에는 구르자마자 뒤로 후닥닥 물러났다. 그는 그 기세가 장난이 아니라는 사실을 깨닫곤 경악한 목소리로 외쳤다.

"왜 이래? 미쳤어? 왜…… 으악!"

이번에는 그의 목을 노려 왔다. 니소르가 그리는 호선이 희미하게, 언뜻언뜻 보이기는 했지만 칼이 없는 와중에 방어가 가능할 리 없다. 앙히에는 가까스로 제 옆에 있던 부러진 날을 잡았다. 그 순간, 니소르의 칼끝이 그의 얼굴로 쇄도했다. 쩌엉 하는 소리가 났다. 부러진 칼 토막으로 간신히 공격을 막은 것이다. 그것이 없었다면 정말 죽었을 것이라는 확신에 식은땀이 쭉 흘렀다.

그러나 잠깐의 안도도 사치였다. 발렌시아는 칼을 갈무리해, 다시 엄청난 무게로 그 칼 토막을 내려찍었다. 또 부러졌다. 앙히에는 기가 막혔다. 아니, 강철을 이리 무처럼 쓱쓱 베는 것이 말이나 되나?

제게로 다시.

쇄도하는 칼.

앙히에는 눈도 감지 못하고 그 흰 날을 바라보고 있었다. 아, 끔찍하게 아름답다. 칼이 홀로 살아 있는 것 같다. 보름달이 제게 닥치는 듯한 그 압도에 섬뜩한 감탄이 일었다.

그것은 그의 코끝에서 뚝 멈추었다. 오차도 없이 정지했다. 한참 질주하던 말이 벽 앞에서 정갈하게 멈춘 듯 믿기지 않았고, 믿고 싶지도 않았다.

앙히에는 그제야 제 심장이 다시 뛰는 것을 느꼈다. 압박감에서 서서히 풀려났다. 방금까지는 온몸을 줄로 꽁꽁 싸맨 듯하더니, 드디어 화한 고통과 함께 피가 통하는 듯했다. 그는 간신히 제정신을 차려 온몸 정직히 흥분했다.

"무슨…… 뭐 하는 거야!"

발렌시아는 칼을 겨눈 채 낮게 입을 열었다.

"이 기분."

아직까지도 속이 덜덜 떨렸다.

"평생 느끼지 못하면 좋으련만."

칼이 떨어져 나갔다. 발렌시아는 니소르를 던지듯 바닥에 박아 넣고 선 그 옆 의자에 가서 앉았다.

앙히에는 아직도 멍하니 흙바닥에 누워 있었다. 그의 입에서 긴 날숨이 새어 나왔다. 뿌연 입김이 제 눈앞에서 휘파람처럼 돋아났다. 고개를 돌려 형님의 모습을 보기보다는 그저 머리 위에 뻔히 드리워진 검은 하늘을 보았다. 오스페다의 하늘. 맑고, 투명하고…….

지겹다.

"형님."

대답은 돌아오지 않았다. 앙히에는 니소르의 그림자가 제 얼굴을 두 동강 낸 이 광경이 꽤 재미있다고 생각하는 모양이었다. 그는 그것이 제 얼굴을 정확히 반으로 자르도록 보이기 위해 몸을 몇 번 뒤척였다. 이내 만족스러운 웃음이 터졌다.

"이것 봐라! 하하하!"

"내일 나와라. 내가 주는 검도 받고."

웃음이 뚝 그쳤다.

"너 어차피 왕도 바깥으로 도망 못 친다. 내일 오전 중에 검은 머리 푸른 눈 소년은 그 누구라도 오스페다에서 나갈 수 없을 것이다. 미라이예의 권한으로 경비병에게 명해 두었다."

"……."

"칼 잘 받고, 그것으로 서임 잘 받아서 몇 년만 사막에 가 있어라. 죽음의 위협도 결국 타성이 된다. 겁내지 마라."

앙히에가 긴 한숨을 쉬었다. 답답한 속을 그것으로라도 풀어 보려는 것처럼 한참 동안이나 숨만 푹푹 내쉬었다. 그는 겨우 답했다.

"형님, 형님. 번지수가 틀렸어. 누가 뭘 겁낸답니까? 죽는 것이야 당연히 끔찍하고 무섭고 싫지. 방금 전 형님에게 죽을 뻔했을 때도 식은땀 천만이었단 말입니다. 하지만 나는 딱히 내가 죽을 실력이라고 생각하지 않거든? 건방이고 나발이고 일단 내가 몇 년 굴러 본 결과 그렇더라고."

"네 세계는 많이 좁다."

"나도 그건 알아. 그래서 더 알아보고 싶은 거지. 하지만 그 방법이 맘에 들지 않는 것뿐이다."

앙히에는 여전히 밤하늘만 바라보고 있었다. 발렌시아는 우울하게 그 천진한 뺨을 응시했다.

"형님, 날 이해해 봐."

"……."

"형님이 상식적으로, 올곧게, 매우 바람직하게 살고 있다는 건 나도 잘 압니다. 하지만 그와는 다른 방식으로 사는 사람들도 이 세상엔 많아."

발렌시아는 그에 답하지 않았다. 사실, 답할 말을 몰랐다. 다섯 살이나 어린 아우가 저런 이야기를 하고 있다는 사실을 그저 믿을 수가 없었다. 누가 더 머리가 굵은 것인지 가늠이 되지 않는다.

물론 그렇다고 그가 저 아이를 완전히 납득할 수 있다는 것 또한 아니었다. 자신이 너무 무지한가 싶어 순간 유해졌다가도, 앙히에가 후일 겪을 조롱과 비난을 생각하면 또 마음이 썼기 때문이다.

세상을 모르는 것이 누군데.

저리 날뛰다 나중에 정신을 차리면 누구를 원망하려고? 제대로 된 작위도 없이, 그저 허울 좋은 이름뿐인 공작의 아우 직함을 달고 홀대받는다 분해 하면 누가 그것을 책임져야 하나?

앙히에를 그리되게 하고 싶지 않았다. 돌아올 수 있는 곳을 만들어 두어야 했다. 아무리 나돌다가도 뒤를 돌아보았을 때 뒷걸음질 칠 수 있는 곳이, 기반이 있도록. 그것이 사람에게 있어서 얼마나 큰 안심이 되는지 저 아이는 아직 잘 모르는 듯했다.

왕자는 자신에게, 이것이 사실은 앙히에를 완전히 네 길로 몰아넣겠다는 의도가 아닌가 물었다. 그 말은 사실 전부 옳은 것도, 전부 틀린 것도 아니었다. 앙히에가 탄탄대로를 밟아 가며 기사의 길을 걷는 것은 물론 발렌시아 자신이 바라는 바이다. 하지만 저 아이가 기필코 제 길을 고수한다면 정말 보내 줄 생각이었다. 이번 삼 년을 치른다면 어쨌든 기반은 마련해 두고 떠나는 셈이니까. 마지막 배려였다.

나중에 삶을 상기했을 때 '그래, 내 외도 역시 경험이었지.' 라고 생각할 수 있도록.

자신의 바람이 인생을 망친 것이 아니라 누구나 한 번쯤 겪는 방탕함이었다고 여길 수 있어야 한다. 그것이 제 온 삶을 뒤엎은 일대 사건이라고 여겨져서는 안 된다. 다시 돌아와도 온전한 삶을 꾸릴 수 있어야 한다.

물론 발렌시아 역시 제 아우가 평생 저리 살 수도 있다는 가정을 배제하지는 않았다. 하지만 중요한 것은 가능성. 어차피 확률은 반반 아닌가? 모든 길을 생각해야 하기 때문에 제가 이리 애를 쓰는 것이다. 그리 태어났고 그리 자라 왔다.

한 가지에 맹목적이 되는 것은 어리석은 짓이다.

자멘테 후가 자신에게 '맹목적'이라 일컬었지만 그것은 옳지 못한 말이다. 자신이 유일하게 맹목적으로 추구하는 것이 있다면 그것은 여러 길을 강구하는 제 안배뿐이었다. 그것만큼은 양보할 수가 없다.

"앙히에."

"왜요?"

발렌시아는 잠깐 숨을 멈췄다가, 토해 내듯 말했다.

"하나만 생각하지 마라. 그리 살 수는 없다."

"그만……. 형님, 그만해."

어차피 아직은 평행선이다. 그것은 그로서도 어찌 설득할 도리가 없는 부분이었다. 발렌시아는 더 이상 이 논지에 대해 말하고 싶지 않았다. 더 말해 봐야 나오는 것은 그와 그의 아우가 얼마나 다른가, 이뿐이기 때문이다. 바위를 들어 올리면 금덩이보다는 벌레가 나온다. 그러니 가만히 있자.

그러나 앙히에는 그럴 생각이 아니었던 듯했다.

"나는 내가 형님과 너무 다른 것이 미안해. 마치 내가 형님께 갈 자유분방함을 모두 빼앗은 것 같잖아? 내 눈에는 형님이 그만치 안쓰러워 보인다는 거야. 할 일, 하지 않을 일, 해야 하는 일, 하면 안 되는 일. 형님에겐 이것밖에 없어."

"그것이 어때서?"

발렌시아는 그것이 어째서 앙히에의 우려가 되는지 이해할 수 없었다. 진심으로, 아무리 애써도 답이 나오지 않았다. 그 모습을 확인한 앙히에가 에효 하고 작게 한탄했다.

"하나만 보고 살 수도 있는 거야. 그런 삶도 있어. 사실 형님도 그렇잖아? 기사로 주욱 한평생 살 거잖아. 그게 나와 뭐가 다르다고?"

"그것은 너와 같은 맹목이 아니다. 전후 사정 다 살피며 가는 거지."

앙히에는 그 말을 무시했다.

"결국 형님은 내가 하는 짓들이 탐탁지 않은 것뿐이야. 하나긴 하난데 '틀린' 하나라고 보는 거지."

"……."

"원망하지 않아. 형님은 원래 그랬어."

앙히에는 자리에서 튕겨 오르듯 일어섰다. 그는 제 등과 다리를 탈탈 털어 내며 말했다.

"아무튼 미안하다고. 미안해. 내가 미안해. 진짜 미안해. 다 맡겨서 미안."

발렌시아는 앙히에가 제게 죄송한 것이 무엇인지 잘 파악할 수 없었다. 그러나 그는 계속해서 반복했다.

"정말 미안. 내가 전부 미안해. 미안, 미안, 미안. 화내지 않을 사람이라 더 미안. 무슨 일이 있든 나 탓하지 않고 혼자 곰곰이 따질 사람이라 더 미안. 항상 인내해 줘서 미안. 전부 미안해. 미안."

어지러웠다.

발렌시아는 앙히에가 뒤돌아 저택 안으로 사라지는 모습을 보았다.

빠른 걸음도 아닌데 순식간에 사라지는 것처럼 보였다.

그는 일어서 니소르를 쥐었다.

서임식 당일.

발렌시아는 아침, 앙히에가 제 방에서 홀로 차려입는 모습을 본 뒤에야 솔 미라이예를 벗어났다.

"형님, 이것 좀 어떻게 해 줘 봐."

"체칼라스 못 매나?"

"내가 이번에 매고 또 언제 매겠어? 이거 좀 해 달라니까."

발렌시아는 손길 몇 번으로 그것을 엮어 주었다. 앙히에는 짜증스레 제 머리칼을 뒤엎더니 돌연 고개를 휙 돌렸다. 발렌시아는 영문도 모른 채 자신을 응시하는 소년을 내려다보았다.

"레아한테 비엥커 자르라고 해. 꼭, 꼭. 그 여자가 도둑놈이니까."

"네가 직접 얘기하지 왜……."

"내 말은 안 들을 테니까! 짜리몽땅한 게 고집만 세서 누구랑 살까 몰라."

"……."

"에효, 그런데 지금 내가 누구 걱정을 하나. 형님, 내가 리베 몬테랑 파혼하랬지? 말 지지리도 안 듣지. 형님 결혼도 아주 죽어날 거야."

"너 돌아온 이후에나 혼인을 이야기할 거다."

"일찍 일찍 해. 미루지 말고. 언제까지고 젊을 줄 알아?"

"그만."

앙히에는 씩 웃더니 나가라 손짓했다.

"이따 봐."

앙히에가 이제 제 말을 듣기로 했나 싶어 안도의 한숨이 새어 나왔다.

발렌시아는 그 직후 바로 왕실의 대장간으로 갔다. 완성된 칼을 보고 대단히 만족한 뒤, 함께 온 미라이예의 하수인에게 맡겼다. 앙히에에게 안전하게 전달되리라. 싫다 싫다 했지만 역시 저 칼을 본다면 그 가치에 기겁하리라 생각했다.

"이름이 뭐라고?"

"태자 전하께서 지으시길 스투레라 하셨습니다."

스투레. 우슈탈어로 무슨 뜻이 있겠지만 그것은 결국 딤니팔 왕족의 언어이다. 알고 싶지도, 알 필요도 느끼지 못했다. 그저 그대로 전달될 것이다. 스투레.

발렌시아는 그렇게 흡족한 마음으로 솔 몬테에 방문했다. 모든 것이 마무리되었으니 리베 몬테를 조금이라도 달래야 하지 않겠느냐 판단한 것이다.

그러나 그녀가 그를 보고 처음 던진 말은 이러했다.

"애정도 없는 약혼녀의 저택에는 왜 오셨나요?"

발렌시아의 표정에는 별 변화가 없었다. 사실 그는 앙히에의 서임식에 온 정신이 팔려 그녀에게 온전히 관심을 두고 있지 못한 상태였다.

데밀라는 상대를 사랑하고 있는 여자의 민감함으로 사실을 알아차렸다. 정말 미칠 것 같았다. 어떻게 된 자가 그런 말을 해도 조금도 당황하지 않고 조금도 민망해 하지 않나? 처음에는 그것이 공작 자제 된 자의 오만함은 아닐까 생각했다. 그런데 그렇다면 앙히에는? 아니, 그 아이는 본시 귀족적이지 못하니 제쳐 두고. 미라이예 공작의 경우는 또 어떤가? 발렌시아보다 그 공작이 자신에게 더 애정을 쏟고 있는 듯한 기분이 들었다. 저 사람이 이상한 거다. 저 사람이, 내가 사랑하는 사람이 이상해.

어쩌면 저리 소름 끼치게 관심이 없나.

저리 잘난 사람의 약혼이 왜 두 번이나 파장이 되었는지 드디어 알 것 같았다. 예의 바르고 올곧지만…….

그래서?

그것이 나와 하등의 상관이라도 있나? 모두에게 그리 공정하다면 내가 특별히 약혼녀일 이유가 있는 건가? 도대체 나는 뭔가? 기르는 애완동물인가? 타성처럼 손길을 베풀고 타성처럼 밥을 주지만 결코 그 이상은 아닌 새끼 고양이인가? 아니지. 나보단 애완동물이 낫지. 적어도 그것들은 어여삐 여겨지기라도 하지 않나.

데밀라는 차라리 발렌시아를 동경으로 바라보던 나날들이 지금보다는 훨씬 나았다고 생각했다. 그때에는 그저 그가 공손히 대해 주기만 해도 온 마음이 희열에 들떠 하루 온종일 그 생각으로 지냈으니까. 자신이 그 예의를 받아 마땅한 사람이라고 생각지 않았던 것이다. 모두에게 그리하고 있다는 사실이 별로 크게 와 닿지 않았던 것이다. 괜히 자신이 특별한 것 같아 눈물 나게 행복했고, 어린 마음에 홀로 두근거렸던 것이다.

그리고 약혼녀가 되었다. 변한 것은 없었다. 가까이 가면 바르게 대해 주고 떠나면 찾지 않는다. 세상에, 맙소사, 사람이, 어떻게……. 자신이 그와 아무런 접점이 없었을 때와 조금도 다르지 않은 태도였다. 잘 웃지도 않고 감싸 주지도 않고 사랑한다는 말조차 하지 않는다.

데밀라는 자신이 집착하고 있다는 사실에는 조금도 동의할 수 없었다. 그들이 생각하는 집착은 애정 관계 하에 있는 사람을 구속하고 강박하는 것이다. 그런데 발렌시아는 자신을 조금도 사랑하지 않았다. 그저 그 자리에 계속 서 있는 천 년 묵은 나무였다. 자신만 마음이 쓰여 계속 그를 바라보는 것이다.

손이라도 한번 잡아 주지.

"저는 당신을 아끼고 있습니다."

내가 당신이 키우는 개니?

"믿지 않아요. 그것조차 믿기지 않아요. 지쳤어요."

발렌시아는 조금 미안해져 그녀를 바라보았다. 아름다운 여자라는 것을 부인할 수는 없다. 검은 머리, 녹색 눈. 누가 빚어 놓기라도 한 듯이 아름다웠다. 미안한 것은 자신이 그것에 별로 끌리지 않는다는 점이었다. 물론 발렌시아 역시 때때로 이성으로서 동하는 마음은 있었다. 긴 머리에 묻힌 목덜미, 농염한 여성의 선, 자신을 더듬는 손. 그것이야 사람으로서 당연한 일이다.

하지만 그것이 과연 애정이고 사랑인가? 전혀. 자신이 겪어 보지 못해 무엇이 사랑이고 무엇이 애정인지는 도통 가늠할 수 없었지만 적어도 그 동물적인 끌림은 아니었다. 사랑에 환상을 품은 것이 아니다. 그저 알았다. 이것이 아니라는 것을 알았다. 자신의 아버지와 돌아가신 어머니가 이렇지 않았다는 것을 알았고, 바람 잘 날 없는 왕자가 매번 여인을 바꿔 안을 때에도 순간순간 어떠했는지 알았다. 이 느낌이 아니고 이 표정이 아니고 이 끌림이 아니다.

내가 바라는 사람은 저 여자가 아니기 때문이라는 변명은 옳지 않다. 사실 발렌시아는 결혼할 여자가 누구든지 간에 별 상관이 없었다. 이 두 문장의 이유는 단 하나였다.

관심이 없다.

발렌시아 역시 자각하고 있었다. 그가 사람을 아끼는 반경은 너무 좁았다. 그 자신밖에 못 들어올 정도로 좁았다. 앙히에가 그나마 그 경계즈음에 근접해 있어 이처럼 신경 써 주는 것이다.

물론 가끔은 이런 생각이 들기까지 한다. 내가 정말 그 아이에게 애정을 두고 있기는 한 것인가? 발렌시아는 종종 자신이 그 아이에게조차 이럭저럭한 책임감으로 대하고 있다는 생각이 들면, 그때에는 사실 스스로에게 겁이 났다. 이런 사람이 있기는 하구나 싶어 자신을 객관적으로 보며 두려움을 가지는 것이다.

나도 그러한데 저 사람은 얼마나 무서울까.

그러나 역시 이 정도 어림짐작이 한계였다. 이 이상은 이해하고 싶은 마음이 없었다.

"저는 당신을 많이 아낍니다. 훌륭한 공비가 될 수 있으실 것입니다."

"제가 가장 바라는 것은 공비 자리가 아니에요."

"……."

"제가 가장 바라는 것은 당신의 애정이에요. 제발, 조금이라도, 날 사랑해 봐요. 나 원래 이런 사람 아니에요. 구걸도 동정도 정말 싫어하는데, 지금은 도저히 견딜 수가 없어."

발렌시아는 대답하지 않았다. 데밀라는 발코니 근처의 소파에 앉아 제 치맛자락을 꾹 쥐었다. 그 흰 손에 푸른 핏줄이 도드라졌다.

"발렌시아 경."

"리베 몬테."

"됐어요. 정말 포기할래요."

"저는……."

"대신 결혼해요. 이건 양보할 수가 없어요. 결혼해요. 내달이든 내년이든 계획은 잡아 둬요."

그는 문가에 서서 움직이지 않았다. 앙히에가 그 모습을 보았다면 어딜 가나 그 자세가 변하지 않는다고 비웃었을 것이다. 사람에게 가까이 가는 것을 원체 좋아하지 않으니까.

그의 입이 열렸다.

"결혼은 앙히에가 돌아온 뒤에 논의하겠습니다."

"그건 도대체 얼마나 뒤일까요? 저는 짐작조차 가지 않네요. 몇 살 차이 나지 않지만 저 역시 그의 큰누이 된 기분으로 그를 보살피면 안 되나요? 그런 의미로라도 공작가에 저를 넣어 주실 수는 없나요? 그렇게 한다 해도 당신과 혼인하는 것이 이처럼 먼 훗날이 될까요?"

"예."

데밀라는 숨이 막힌 듯한 표정이 되었다. 발렌시아의 얼굴은 고요하고 차분했다.

아, 얼마나 많은 여자들, 남자들, 사람들이 저 평온함에 미친 듯 화가 날까. 앞으로 얼마나 많은 사람들이 저 이기적인 곧음에 살의가 일까. 네가 나를 기어이 받지 않을 수 있나 어디 두고 보자.

"발렌시아 경."

데밀라는 자리에서 일어났다. 발렌시아의 눈썹이 조금 치켜 올라갔다.

"지금 당장, 청혼해 주세요."

"……."

"그리하지 않으신다면 저, 이 꼭대기 층에서 몸을 던지겠습니다."

"리베 몬테."

그녀는 정말 발코니로 걸어갔다. 난간을 짚고 돌아본다. 그녀는 협박하듯 그를 노려보았다. 발렌시아는 당황하여 앞으로 나서려 했다.

"오지 마세요. 절 잡는 것조차 평소 그리 끔찍하게 여기시는 분인데 어찌 구명을 바라겠습니까?"

"리베 몬테."

"말씀하세요, 당장."

"……."

"경, 나와 결혼할 것을 요청하십시오."

발렌시아는 어찌할 줄 모르고 우두커니 섰다. 그때 갑자기 그의 등 뒤에서 헛기침 소리가 났다. 그는 그 기척을 살피지 못할 만큼 경황이 없던 자신에게 놀라 확 뒤를 돌아보았다. 자신이 앙히에에게 보냈던 미라이예의 하인이었다. 어찌 이곳까지 올라왔느냐 꾸짖으려는 순간에, 그는 무언가를 발견했다.

그의 손에 아직도 스투레가 쥐여 있었다.

불길한 기분이 엄습했다.

"발렌시아 경, 둘째 공자가 자리에 없습니다. 솔 미라이예에도, 서임식이 치러지기 직전인 잉그레에도 얼굴을 비추지 않고 있습니다."

앙히에.

턱에 힘이 들어갔다. 불같은 노여움이 끓어올랐다. 생전 처음 겪는 지독한 당혹과 분노였다. 그 강렬한 충격에 순간 머리가 얻어맞은 것처럼 멍해졌다. 찰나, 정신이 멀어졌다 다시 돌아온 듯했다.

그는 간신히 자신을 참고는 데밀라를 돌아보았다.

"리베 몬테, 지금 제가 분주하여 침착한 대답을 해 드리기 힘듭니다. 다음에 다시 논하겠습니다."

발렌시아는 인사도 없이 하인을 쫓아 떠났다.

데밀라는 이를 악물었다.

죽일 거야.

개자식.

그녀는 난간을 넘었다.

나비가 내려앉듯 뛰어내렸다.

"잉그레의 정문을 지키는 기사들이 앙히에의 얼굴을 모를 리 없다. 그러니 잉그레에는 아예 들어가지도 않았으리라. 대수문, 이수문 둘 중 어떤 곳에서도 그 아이를 보지 못했나?"

"예. 경께서 일주일 내내 강조하지 않으셨습니까. 검은 머리의 벽안 소년은 오늘 결코, 오스페다의 어떤 문도 통과할 수 없다고……. 아직 왕도에 남아 계실 수도 있습니다."

"어, 애초에 어디서 장난을 치는 것은 아닙니까? 설마 이리 중요한 서임식 날에……."

"짐을 다 싸 갔다. 돈이야 저 가진 게 충분한지 패물은 그대로 있지만 평소 쓰던 칼……."

발렌시아는 속을 진정시키느라 잠시 침묵했다.

"제 칼과 관련된 모든 물품들, 창고에 쟁여 두었던 건량 일부, 옷가지 얼마. 죄다 사라졌다. 떠난 것이 분명하다."

내가 어젯밤에 그리 간청을 했는데.

"샅샅이 뒤져서, 잡으면 예의 차리지 말고 끌고 와라."

남자들이 인사를 하고 파드득 흩어졌다. 발렌시아는 한숨을 쉴 기운도 없었다. 어제 미안하다던 말이 무슨 뜻인지 이제야 알았다.

떠나서 미안?

기어코 내 명을 어기고 가는구나.

앙히에를 이 이상 탓할 수 없는 것은 어제 그 아이가 자신에게 확답하지 않았기 때문이다. 내가 주는 검을 받고 서임식에 나가라, 몇 번이나 반복해도 고개 젓거나 뚜하니 웃을 뿐 그리하겠노라 확언하지 않았다.

화를 낼 수도 없었다. 그저 지쳐 간다. 발렌시아는 스스로가 분을 표현할 수 있기는 한가 자문해 보았다. 화를 내야 할 때마다 어쩐 일인지 꾹꾹 눌러 담게 되어 이제는 인내가 천성이 되어 버렸다. 너무 참다 보니 지친 것일지도 몰랐다. 자신이 앙히에에게 했던 간절한 부탁이 이리 무참하게 묵살되었는데도, 멍하니 막막할 뿐 그 이상의 감정은 들지 않았다.

"발렌시아."

"……."

"발렌시아, 불렀다."

"예, 아버지."

"이리될 줄 몰랐느냐, 너는."

"……."

"내가 앙히에의 서임식에 집착하지 않은 것은 결국 그 아이가 이처럼 떠나리라 짐작하고 있었기 때문이다."

그는 옆에 선 공작을 바라보았다. 이미 자신보다 많이 작아진 공작이었다.

"이것까지. 이것만. 마지막으로 바랐습니다. 과한 소망입니까?"

"가두지 마라. 천성이다."

"아버지."

"이 아비는 네게 많이 미안하다."

왜 모두가 자신에게 미안하다 말하는지 알 수 없어 발렌시아는 속이 답답했다. 공작은 긴 의자에 앉았다. 그는 마른세수를 몇 번 했다. 주름진 손이 세월의 고단함을 담고 몇 번 쓸었다. 그 손 아래에서 말이 새어 나왔다.

"모든 것을 혼자 떠맡는구나. 단 한 번도 반발하지 않고 이리 커 주어서……."

"저는 제게 만족합니다."

그는 자신이 자멘테 후와 똑같은 말을 하고 있다는 사실에 놀랐다. 나 역시. 나 역시 결국 생을 긍정하는구나 싶어 적이 놀랐다. 자멘테 후가 무슨 사고 과정을 거쳤는지 이제는 빤히 들여다볼 수 있었다. 행동, 습관화, 미약한 반발, 타인의 인정을 받기 위한 노력, 실패, 다른 이를 제 길로 끌어들이려는 노력, 실패, 실패, 실패, 실패, 수긍. 생에의 긍정.

결국 모두 이리되는 것이다.

"너의 책임을 분담할 수 있는 앙히에가 저 꼴이라는 건 내게 참 절망이었다, 발렌시아. 미라이예는 지키기 힘들다. 유일의 공작가라. 홀로 가야 한다."

"……."

"혼자가 좋다. 합종연횡도 할 수가 없다. 그리 쉽게 움직일 수 있는 몸집이 아니다. 믿지도 멈추지도 마라. 진부한 이야기지만 그래도 곧이 들을 너라는 사실을 알아 노파심에 이리 이야기한다."

"이해했습니다."

"그것만 할 수 있다면 이 아비는 네가 무슨 삶을 살든 개의치 않으리라. 사람을 도살하든, 여인과 방탕히 놀든, 부를 축적하여 재물에 흡족해 하든, 폐하의 옆자리에서 무소불위의 권력을 휘두르든 어떤 것도 부정하지 않겠다. 삶을 즐겨라."

발렌시아는 저도 모르게 웃음이 새어 나오는 것을 느꼈다. 삶을 즐기라 하셨습니까, 아버지? 그 말을 입에서 굴리자면 제 혓바닥이 두 개로 갈라진 것처럼 느껴질 지경이었다. 결코 자신에게 어울리는 말, 자신이 가질 만한 단어가 아니었다. 어차피 이곳에는 저 외에 아무도 없었다.

홀로 즐겨 보았자 무엇을, 어떻게? 그저 깊은 잠만이 유일한 휴식이자 즐거움이 될 것이다. 물론 이것은 불평이 아니다. 사실의 인정일 따름이다. 무거운 짐이 결코 아니었으니까. 애초에 이것이 당연한 줄 알고 그리 살아왔다. 달라질 것은 없었다. 심지어 자신은 나기도 그에 딱 적합한 성정으로 나지 않았는가.

공작은 아들이 보이는 희미한 미소에 눈을 꽉 감았다. 그리고 반복하여 말했다.

"내가 미안하다."

"미안하실 것이 무에 있습니까?"

"네가 살 길을 정해 두어 미안하다."

"……."

"앙히에처럼 자유로이 맹목적일 수 없게 해 미안하다. 단 한 번도 선택할 수 없게 해 미안하다. 끝끝내 이리 살게 해 미안하다."

"아버지, 아버지도 그리 지내셨습니다. 공작위가 수형인 것처럼 말씀하지 마십시오."

"너는 나와 많이 다르다. 곁에 사람을 두기 힘들 것이다."

발렌시아는 그 말을 부정할 수가 없었다.

"어떤 것에 애정을 둘 수 있겠느냐?"

"……."

"보는 순간 정도 이상으로 미치는 것이 네게 있을 성싶으냐?"

공작에게는 그런 것이 있는 듯, 있었던 듯했다. 발렌시아는 그것이 무슨 뜻인지를 피상적으로만 납득했다. 그리고 이내 부정했다. 그럴 리가? 방금 전 데밀라를 만나며 제가 거듭 생각했던 것이 바로 스스로의 무감함이었다.

"너는 네가 그리 위했던 앙히에가 도주했음에도 순간의 노여움밖에 보이지 않았다. 또 이처럼 차분하다. 나는 그런 너를 이해할 수가 없지만 네 평생을 보다 보니 이것을 겪는 사람이 너라서 그렇구나 하고 그저 인정할 수밖에 없게 되었다."

"……."

"너는 나와 많이 다르다. 네 무슨 이유로 그런 성정을 가지게 되었는지 나는 감히 짐작할 수조차 없다. 그것마저 네게 사과하고 싶지만 네가 불쾌히 여길 것 같아……."

"저는 제게 만족합니다."

공작은 입을 다물었다. 발렌시아는 그가 무슨 말을 하든 결코 화를 내지 않을 것이다. 그러나 자신이 참기 힘들었다. 어떤 잔인한 말을 해도 저리 조용히 답할 것을 생각하면 속이 뒤틀렸다. 발렌시아, 너는 네 삶이 막막하지도 않느냐.

"예."

공작은 화들짝 놀랐다. 자신이 방금 전 생각했던 말을 입 밖으로 내었나 싶어 얼굴이 뻣뻣해졌다.

"속으로 무슨 질문을 하셨든 제 답은 항상 같습니다."

공작은 한숨을 쉬며 일어섰다. 저택 안으로 들어서려 했다. 그러나 그는, 모퉁이에서 냅다 달려오는 작은 그림자를 보고 잠시 걸음을 멈췄다. 아니나 다를까, 레아가 폭풍 같은 속도로 달려오더니 공작에게 안겼다.

"공작, 발렌시아 경은 어디 계세요?"

"여기…… 있지 않느냐, 레아."

담 쪽으로 조금 물러나 있어 잘 보이지 않았던 듯했다. 레아는 고개만 빼 그를 바라보았다.

" '소년' 을 찾으면 안 돼요!"

"무슨 말씀이십니까, 리베 톨레도."

"소녀 찾으세요! 소녀! 앙히에, 여자 옷 들고 갔어!"

"예?"

"제가 비앙카를 흠씬…… 어, 했거든요. 결국 자백하더라고요. 제 물건을 훔친 도둑놈이 고것이었어요. 앙히에 이야기는 왜 둘러댔냐 하니까 앙히에가 그날 온 것은 맞다대요? 자꾸 이 방 저 방을 보며 기웃대기에 저놈한테 덮어씌우면 되겠다 싶어서 냉큼 털었답니다! 그런데 나중에 비앙카가 제 물건을 들고 침소로 돌아갔더니 본인 옷을 싹 도둑맞았더래요."

"아."

"비앙카가 덩치도 좀 있고 하니까 계속 호시탐탐 노리다가, 그것이 자리를 비우자 얼씨구나 하고 훔친 거예요. 그 크기여야 제 몸에 맞을 테니까."

"그래서 그 여자가 앙히에를 범인으로 지목했을 때 그 아이가……."

"그렇죠. 뻔하죠. 하지만 앙히에는 그 여자 옷 입고 꽁지 빠져라 도망쳐야 하니까 자기가 한 진짜 도둑질엔 입 다문 거예요."

"솔 미라이예의 하녀 물건을 훔치지 않은 것은 금세 소란이 일까 저어한 것입니까?"

"그래요. 사실 지금 제가 말씀드리는 사달도 비앙카가 제 물건을 탐내지만 않았다면 그저 묻혔을 테니까. 누가 솔 톨레도까지 와서 캐묻겠어요……. 게다가 비앙카만 한 키도 솔 미라이예의 하녀들 중엔 없었을 거고요, 아마."

발렌시아는 결국 대수문과 이수문의 오전반 문지기를 다시 불렀다. 레아는 그 옆에 서서 인상을 팍 찌푸린 채 나름 진지한 흉내를 냈다.

짧고 검은 머리칼, 키 큰 벽안의 소녀가 문을 지났느냐 물었다. 그 옆에서 레아가 솔 톨레도의 하녀 복장을 열심히 설명했다. 솔 톨레도의 복장 역시 그만의 확 드러나는 문양이 있어 묘사는 쉬웠다.

아침 일찍 한 사람이 나갔노라 했다.

공작은 뒤돌아 솔 미라이예로 들어갔다.

레아는 어쩔 줄 모르는 얼굴로 발렌시아에게 고개를 돌렸다. 하나 발렌시아의 눈은 차분했다. 조금의 당혹도 분도 없었다. 그는 수고했으니 되었다고 그들을 보내며, 지금 오스페다를 수색하고 있는 모두를 물리라 명했다.

레아는 키 큰 소공작을 올려다보았다.

"바람이 찹니다. 들어가십시오."

"앙히에가 저리 떠나도 괜찮으세요?"

"잘 모르겠습니다. 하지만 돌이킬 수는 없을 것입니다."

"발렌시아 경."

"협조에 감사드립니다, 리베 톨레도."

그녀는 아이답지 않은 한숨을 쉬고 뒤를 돌았다. 발렌시아는 그 작은 등을 보며 묘하게 어른스러운 아이라고 생각했다. 외모보다는 그 성정이, 언뜻언뜻 드러나는 노랗고 말랑한 배려가 그러했다.

앙히에는 오늘 아침, 혹은 사는 내내 레아의 결혼을 걱정했다. 그러나 그 자신의 우려를 확인하기 위해 왕도에 돌아오지는 못할 것이다. 아마도 영영.

겨울 감기에 걸린 것처럼 목이 쓰리고 아팠다.

발렌시아는 데밀라 옆에 서 있었다. 항상 그러했듯 동요 없는 표정이었다.

누운 그 여자의 다리가 찢겨 나갔어도.

데밀라는 이를 악물고 허리를 세웠다. 펄펄 끓는 몸살에 고통 받다 이주 만에 겨우 정신을 차렸다. 깨어나자 양다리의 뼈가 죄다 부서져 있었다. 왜 죽지 않았는지 어이가 없어 생각해 보니, 높다지만 고작해야 삼층에서, 그것도 다리부터 뛰어내렸으니 그럴 만도 하다 싶었다. 허리 아래가 제 몸이 아닌 듯 고통스러웠다. 사람의 몰골처럼 보이지 않았다.

"이 꼴을 보셨으니 없던 정도 달아나셨겠지요. 당장 파혼해 주십시오."

자존심 배인 목소리에 발렌시아가 한 걸음 다가왔다.

"무슨 말씀이십니까?"

그녀는 그 아픈 와중에도 기가 막혀 그를 노려보았다. 저에 대한 집착으로 뛰어내렸다는 그 이유도 이유일뿐더러, 이처럼 처참하게 다리가 망가진 여잔데. 평생 걷지 못할 것이다.

"무슨 말씀이라니요? 저는 기가 딱 막힙니다. 이 꼴을 한 여자를 약혼자로 계속 들이시겠다고요?"

"저는 당신이 어떤 모습이든 상관없습니다."

발렌시아를 잘 모르는 사람이라면 감격하여 말을 못 이었을 것이다. 너무도 관대한 용납이 아닌가. 그러나 데밀라는 아니었다. 그녀는 지난 일 년간 그가 자신을 어찌 대해 왔는지 알았고, 그의 온전치 못한 성격이 어떠한지 알았다.

그것은 그녀에게, 그녀 자신도 놀랄 정도의 분을 일으켰다.

"저…… 이…… 미친놈……."

발렌시아는 그만한 욕을 들어 본 일이 없음에도 눈 한 번 치켜뜨지 않았다.

"당신…… 어떻게…… 당신은……."

그는 데밀라가 왜 저렇게 화를 내는지 이해할 수 없었다. 그녀를 받아주겠다고 했는데? 아이를 못 낳는다면 공비가 아닌 후처에게 자식을 보아 입적시키면 된다. 꺼림칙한 일이지만 어쨌든 공작가에 후계는 필요하니까. 무엇이 문제지? 공비로서 누릴 수 있는 호강이란 호강은 죄 가질 것이다.

누군가는 이 관대한 수용에 경기를 일으킬지도 몰랐다. 저런 엉망진창인 여자를 어찌 소공작의 약혼자로 계속 내버려 두느냐 분해 눈을 뒤집을지도 모른다. 하지만 발렌시아로서는 이것이 당연한 일이었다. 그녀가 다리가 부러졌든 눈이 멀었든 그것이 무슨 상관인가? 어쨌든 제 약혼녀가 아닌가. 발렌시아는 이 일에 무슨 특별한 반응을 기대하지도 않았다. 감사를 받는 사태를 상상하지 못했다. 분노를 받는 사태도 생각지 못했다. 그저 자신처럼, 약혼한 사이인데 무엇이 그것을 무너뜨릴 수 있겠느냐 무덤덤하게 생각할 줄 안 것이다.

"정신 나간…… 내가 어떻게 당신을 사랑해서……. 내가 미쳤지……."

"리베 몬테."

"당신 인간이야? 그렇게 이해를 못해? 지금 내가 얼마나 비참할지 그것 하나 짐작하기가 어려워? 그런데 또 받아 주겠다고? 이전과 다름없는 그 행태로? 그 무관심으로! 그 냉정으로! 그 무감정, 냉혹함, 거리감으로! 어? 응? 내가 미쳤어! 그 구렁텅이에 다시 들어가게!"

"리베 몬……."

"입 다물어! 내가 어떤 모습이든 상관없다고? 어? 하! 너는 내가 인간으로 보이긴 해? 내가 나로 보여? 내가 인간으로 보여? 다른 사람들이 인간으로 보이긴 하냔 말이다! 너는…… 넌……!"

"진정하십시오."

"나를 도대체 뭘로 보는 거야! 물건이야? 옆에다 두고 그저 그 존재감에 만족한 뒤 고개 돌리면 끝이야? 내가 네 장식이야? 난 인간이란 말이야! 왜 이해를 '안' 해? 내 감정이 어떨지 왜 헤아리지를 못해? 내가 지금 얼마나 비참할지! 얼마나 죽고 싶을지! 얼마나 부끄럽고, 얼마나 미칠 것 같을지 몰라!"

"……."

"넌 앙히에도 이해 못하지? 어! 암만 천방지축이라도 생각이 없는 건 아냐, 그 아이가! 그걸 이해하지 못하지! 이해 못했지! 지금 이 강렬한 내 분도 이해 못하는 것을 보면 앙히에를 모르는 것도 당연하지!"

발렌시아는 앙히에 이야기가 나오자 그제야 무슨 감정을 보였다. 분이나 당혹은 아니었다. 그저 관심이었다.

관심!

데밀라는 소름이 끼쳤다.

"넌…… 정말…… 죽을 때까지 도저히…… 누굴 이해할 수는 있겠니? 넌……. 굉장하다……. 정말…… 내가 이 꼴이라도…… 당장에 무도회장에 나가서…… 당신한테 눈 뒤집어진 모든 여자들에게 제발 가까이 가지 말라고 빌고 싶어……."

"……."

"가까이 가면 갈수록 미칠 거야. 죽을 거야. 말라죽을 거야. 그 몰이해에 사람이 말라죽을 거야."

그녀는 이를 악물고 소공작의 벽안을 바라보았다. 그 눈에는 약간의 동정심마저 깃들어 있었다. 그녀는 그 연민 섞인 시선에 또 화가 머리끝까지 치미는 것을 느꼈다.

"이 말을 듣고도 내게 연민이 들어? 화를 내란 말이야! 화를 내! 화! 화! 화! 차라리 난 당신에게서 나에 대한 노여움을 본다면 만족하겠어! 그러니 제발 화를 내! 내게 관심 두지 않아도 좋으니! 화를! 내!"

"제가 보여야 할 분까지 리베 몬테께서 모두 표현하고 계시는 것 같습니다. 저는 화가 나지 않습니다."

데밀라는 잠깐 경기를 일으켰다. 목이 뻣뻣해지고 눈이 잠깐 위로 들렸다가, 겨우 제자리로 돌아왔다. 그녀는 화가 나서 기절한다는 말이 무슨 뜻인지 드디어 이해했다.

이것은 거의 절망에 가까웠다. 결코 움직이지 않는 쇠 벽 하나를 제 맨주먹으로 두드리고 있는 듯했다. 와, 내가 사랑한 남자가 이런 사람이었구나. 넌 도대체 눈에 무엇이 씌었니. 아직도 그 감정이 식지 않은 너는 도대체 무슨 피를 더 봐야 저 남자를 놓을 수 있겠니.

알고도 빠지는 유사 같았다. 발렌시아는 그녀에게 그런 인상이었다. 결코 예절 이상의 관심을 받을 수 없다는 사실을 알면서도 별수 없이 흠뻑 뒤집어쓴다. 도대체 왜? 자신뿐만이 아닌 다른 모든 여자들이 시선을 쏟고 있는 것을 보면 그만한 이유가 있을 텐데. 도대체 왜?

그녀는 피를 토하듯 말했다.

"내가 지금 가장 억울한 것은! 내가 아직도 당신을 사랑한다는 점이야! 나 왜 이래……. 미친 것 같아……. 이렇게 보기만 하면 화가 나는데…… 어떻게 동시에 사랑해……."

"곧 진정되실 것입니다. 약혼은 파기하지 않겠습니다. 당연한 일입니다."

그녀는 이를 갈았다.

"파기해. 난 당신이랑 죽어도 못 살아."

"……."

"평생 애정도 못 받고 얼간이처럼 홀로 들뜨면서 살기 싫어. 차라리 혼자가 낫지. 꺼져."

"당신은 지금 흥분을 가라앉힐 수 없는 상태니 당신의 아버님과 이야기하겠습니다."

"하지 마. 당장 나가. 파혼하겠다 말만 던져 두고 나가."

"리베 몬테."

"제발 파혼해. 난 당신 얼굴 보는 게 무서워."

발렌시아는 잠시 가만히 있다가, 나직하게 입을 열었다.

"정말 파혼하기를 원하십니까?"

"그으럼! 물론! 정말로! 내 진심이야!"

"그동안 폐를 많이 끼쳐 죄송했습니다. 후일 뵙더라도 예의에 한 치 어긋남이 없도록 애쓰겠습니다."

데밀라는 헛웃음을 터뜨렸다.

"고마워요! 정말로! 진짜!"

"안녕히 계십시오."

"당신은 죽어도, 아무도 이해 못할 거야. 누구도 모르는 채로 길게 길게 살아."

발렌시아는 대답 없이 뒤돌아 떠났다.

그녀가 자살한 사실을 알게 된 것은 그로부터 다섯 시간 뒤였다.

발렌시아는 연무장에 앉아 있었다. 무엇이 잘못되었는지 잘 알 수가 없었다. 데밀라는 무엇 때문에 자살했지? 자신이 그녀를 이해하지 못해서? 그 몸으로 남은 평생 살아가기가 두려워서? 도대체 무엇 때문에? 답이 나오지 않았다.

다만, 그 이유는 몰라도 그 목적은 알았다. 이유는 동질감을 기반으로 접근해야 하지만 목적은 논리 하나로 충분하기 때문이다. 발렌시아 자신이 파혼하고 떠난 직후 자진한 것은 다분히 그를 비난하기 위함이다. 그녀가 원한 파혼이라 한들 타인이 그것을 알 리 없으니, 아마 세간의 평가는 이리될 것이다.

잠깐의 실수로 높은 층에서 추락하여 다리에 깊은 상흔을 입은 리베몬테에게 그 약혼자인 소공작이 찾아가 즉각 파혼을 요구, 그것에 충격을 받은 여인이 자진했다.

훌륭하구나.

그는 쓴웃음이 나는 것을 느꼈다. 자신이 무엇을 잘못했는지는 아직도 잘 알 수가 없었다.

"리베 몬테랑 약혼 깨. 느낌이 안 좋아. 정말로."

앙히에.

한 시간 전에 죽은 여자보다 이 아이에게 마음이 더 쓰이는 것은 내가 그녀 말마따나 인간이 아니기 때문인가?

발렌시아는 자신이 무슨 생각을 하는지도 모르고 벌떡 일어서서 스투레를 쥐었다. 앙히에를 위해 만든 검이었다. 주인을 아직 만나지 못해 여태껏 한 번도 들린 일이 없는 검이다. 그는 무표정하게 그 칼을 뽑았다. 무덤덤한 은빛 날이었다.

발렌시아는 그것을 들어 제 앞에 있던 철 받침대를 내려쳤다.

무도한 힘이었다. 불꽃이 튀며 칼의 비명 소리가 울렸다. 여인의 째지는 악이었다. 끔찍하다. 그는 다시 한 번 내리쳤다. 완벽한 호선, 완벽한 힘, 완벽한 균형을 맞춰 철에 내리찍는데도 스투레는 날 하나 상하지 않았다. 제 니소르와 쌍둥이 같은 강단이었다.

발렌시아는 포기하지 않았다. 이 악물고 부서져라 칼을 내리쳤다. 유례없는 정성과 힘으로 아득바득 내리쳤다. 오밤중이건만 만인이 깨어나리라는 걱정은 조금도 하지 않았다. 개의치 않는다. 속이 진정되지 않아 견딜 수가 없었다. 무엇이라도 해야 했다.

깡, 까앙, 쩌정, 쩌엉, 끼이익.

칼의 비명.

땀이 비 오듯 흘렀다. 머리가 아찔했다. 한겨울의 찬 밤공기에도 채 그 열기가 식지 않았다. 속이 먹먹했다. 그동안 참아 왔던 것이 한꺼번에 쓸려 나온 듯한 느낌이었다. 지난 두 주간 그리 침착하게, 모든 것을 인내해 왔는데. 그 여자가, 그 여자가……. 배 속에 불붙은 나무를 심은 양 홧홧하고 통 정신을 차릴 수가 없었다. 입매가 덜덜 떨렸다. 앙히에, 앙히에, 앙히에.

부술 것이다. 이 스투레를 부숴야 내가 조금이나마 숨통이 트일 것 같다. 최소한 이가 나가기라도 해야 한다. 멀쩡한 상태로 둘 수가 없다. 그리 두면 제 속이 문드러진다.

"당신은 죽어도, 아무도 이해 못할 거야."

"앙히에!"

스투레는 부러지지 않았다.

일주일 뒤, 발렌시아는 북부 반란 진압군의 부사령관으로 임명되어 왕도를 떠났다.

나무와 적

"이곳까지 무슨 일이야?"

"아, 말할 것이 있어서. 첫째,"

"……."

"너는 우리 둘 중 누가 더 좋냐?"

외르타는 불쾌한 시선으로 레스트왈을 노려보았다. 방금 전 얼간이 같은 질문을 한, 쌍둥이 중 정확히 반 시간 더 늦게 태어난 동생이다. 반 시간 형인 뤼페닝은 허락도 없이 그녀 앞 의자에 앉아 다리를 흔들기 시작했다. 그는 외르타의 어처구니없다는 시선을 보더니 그 방만한 자세로도 손사래를 쳤다.

"네가 지금 생각하는 의미는 당장 무시해라. 나도 너에게는 관심 없으니."

"관심 둬서 아버지께 죽어 버리지 그냥. 하!"

"너 나한테 시비 걸지 않기로 약속하고 여기까지 나온 것 아니냐?"

“너 같은 것한테 예의는 무슨 예의? 제깡 가시덤불에서 구르다 뒈지기나 하시지.”

“싸우려면 왕자궁에 가서 싸워라. 유치한 놀음 보기 같잖다.”

삽시간에 뤼페닝이 인상을 찌푸렸다. 레스트왈 역시 어느새 조롱을 가라앉힌 뒤 한숨을 쉬었다. 제법 어른스럽게 고개도 절레절레 젓는다. 방금 전 그 웃음은 외르타와 뤼페닝을 동시에 떠보기 위한, 습관 같은 조롱이었을 따름이다.

그 얼굴의 모양은 같은 핏줄이라는 것을 부정할 수 없을 만큼 대부분 유사했다. 다만 판이한 것은 눈, 눈빛. 뤼페닝은 서늘하고 성마른, 그 내부도 그와 전혀 다르지 않아 칼처럼 날카롭게 돋은 진초록 눈이었다. 그러나 레스트왈은 조금 달랐다. 그 동생이란 작자는 항상 가벼운 표정의 가면으로 덮여 모든 것을 벗겨 냈을 때에만 겨우 차분해지는 나뭇결이었다.

물론 외르타는 그 선명한 차이에도 불구하고 그 둘의 진정만큼은 꼭 같다고 생각했다.

성이 나기만 하면 미쳐 버린다.

부정할 수 없는 공통점이다. 평소의 그들은 서로서로 매섭거나 활기차건만, 감정이 격해지기만 하면 그 시선들이 정말 똑같아지곤 했다. 어쨌든 광기도 대물림은 되니까.

뤼페닝이 말했다.

“외르타, 우린 태자다.”

“그래. 그러니 내 아들들이지.”

“뚫린 입이라고 말하는 것 좀 봐.”

“너희도 그래. 찢어진 게 입이라고 그리 말하느냐? 나는 이 나라 왕의 비이자, 게외보르트 왕의 누이다. 혈통으로 재려 들지 마라.”

뤼페닝이 무어라 반박하려는 순간 외르타가 희미하게 웃었다.

"그리고 결국 너희가 매달리고자 하는 것 또한 내 이 핏줄 아닌가? 게외보르트의 지원을 사고 싶어? 누가 더 맘에 드느냐 묻는 꼴을 보니 뻔하다. 둘 중 누가 그것을 얻을지 궁금하니?"

둘 모두 입을 다물었다. '입 닥치고 있어도 애초에 알고 있었군.' 하는 뤼페닝의 말이 귀에 선명했다.

외르타는 사실 이렇게 쌍둥이와 싸우는 것에는 아무런 희열이 없었다. 마치 공을 주고받듯이 언제는 자신이 당하고 언제는 저들이 당하고 언제는 두 사람이 하나를 죽이고 언제는 한 사람이 둘 모두를 찌르곤 했으니까. 평소다. 그들은 사이좋게 미워하고 있었다. 그만큼이나 서로를 잘 알았다.

"내가 너희 둘 중 누구를 덜 싫어하느냐는 상관이 없어. 나는 누구의 줄도 되지 않아."

"외르타, 내 아버지를 엿 먹일 수 있잖아. 게외보르트를 끌어들일 생각도 없다면 도대체 이 갑갑한 압박은 언제 깨려고?"

쌍둥이는 외르타의 증오가 참 뿌리 깊은 종류라는 사실을 알았다. 로크뢰는 몰랐지만 이 둘은 정말 잘 알고 있었다. 가장 중요한 소년기, 그 육 년 동안이나 그녀 옆에 서 있던 쌍둥이인 것이다. 미친 울음과 비명부터 시작해서 아델라이데의 죽음까지 가장 객관적으로, 가장 가까운 곳에서 지켜본 자들이다. 귀족들은 너무 멀어 모르고 로크뢰는 너무 가까워 몰랐다. 뤼페닝과 레스트왈만이 로크뢰를 사랑하는 체하는 그녀를 눈치챘다.

그러나 그들은 그 사실을 아비에게 고하지 않았다.

쌍둥이가 그녀에게 관심을 둔 부분은 오로지 하나였다. 로크뢰의 정신 나간 사랑을 받는 여자. 그 둘 모두 그것만큼은 외르타의 정말 바람직한 특징이라고 생각하고 있었다. 왕을 부수는 데 이용할 수 있기 때문이다.

덕분에 레스트왈의 말은 외르타에게 참 익숙한 공격이었다. 처음 들었을 때에는 사실 조금 숨이 막혔지만 이제는 그저 그러려니 했다. 지겹지도 않니. 어차피 그녀는 아델이 죽은 그날부터 스스로 계획하고 있는 것이 있었다.

그녀는 말했다.

"그 방법은 내가 알아서 구해."

레스트왈이 애원했다. 혹은 하는 척했다.

"그러지 말고, 그냥 같이 아버지를 죽이면 안 되겠어? 맘에 안 차? 저번에 얘기해 줬잖아."

"그게 결국 찾아온 이유야?"

"그래. 두 번째지만 본론 맞아. 난 네가 네 모국의 도움을 받을 생각도 없다면 도대체 무슨 이유로 아버지에게 그리 살갑게 굴고 있는지 이해가 안 가. 어쨌든 죽이고 싶은 것 아냐? 죽이자고."

"레스트왈, 그가 널 만든 사람이란 걸 내가 굳이 지적해야겠나?"

"무슨 상관이야? 이 인간도 적극 찬성할걸."

그 말을 들은 뤼페닝이 검지를 들더니 단호하게 말을 내리그었다.

"같은 내용을 또 한 번 이야기해야 하나. 지겹다. 넌 일단 포티미외로 가."

"뤼페닝, 넌 지금 내가 그곳으로 가겠다고 매일같이 애원하는 꼴이 안 보이나?"

"우리가 생 로욜에서 널 죽어라 업신여기고 학대하마. 유치하지만 그래도 상당히 지독하게, 왕에게까지 소식이 전달될 정도로. 양어머니와 양아들의 껄끄러운 관계니……. 아! 레스트왈! 이건 어떠냐!"

뤼페닝은 그답지 않게 흥분했다. 레스트왈은 멍하니 바닥 대리석 어떤 곳을 바라보고 있다가 펄쩍 뛰어올랐다. 그는 떨떠름하게 반문했다.

"뭐?"

"너든 나든 저 여자와 관계가 있는 척하면 확실히 된다. 왕이 미칠 거다."

"아, 난 안 할래."

"심정적으로 싫은 거지? 그럼 네가 해라."

"네가 해."

"네가 해라."

"……."

"……."

"입 다물어, 둘 다."

외르타가 짜증스레 쏘아붙였다. 그러나 뤼페닝은 그 계획을 포기할 생각이 전혀 없는 모양이었다.

"난 널 어떤 식으로든 포티미외로 보내 주겠다고 분명 말했다. 보다시피 지금 이게 그 방법을 강구하는 노력이지. 너와 함께 얼굴만 보이면 된다. 최대한 많이. 어느 정도 친밀하게 느껴지면 대강 소문은 샐 거다."

"열여덟과 스물넷이라. 나이는 괜찮네."

레스트왈은 배가 부른 표정을 지으며 말했다. 그 말을 들은 뤼페닝이 갑자기 자리에서 벌떡 일어났다. 그는 바람을 일으킬 듯한 기세로 고개를 획 돌렸다.

"레스트왈, 동의하냐?"

"응."

"동전 꺼내."

"나 오늘 진짜 재수 옴 붙었는데……."

"나한테 있군."

"젠장, 뒤."

"앞."

뤼페닝이 동전을 튕겨 올렸다. 그는 그리 올려놓고 팔짱만 끼었다. 동전이 땅바닥으로 추락하는 찰나, 그것은 누군가의 살에 딱 하고 붙었다. 레스트왈이 제 손등에 받은 것이다. 그는 손을 열었다.

뤼페닝이 욕설을 읊조렸다.

"제기랄."

"하하! 으핫하! 하하하!"

"이천 베유 내놔."

"너 미쳤냐! 복불복이었잖아!"

"난 목숨 걸고 하는 거다. 돈 내놔. 아니면 올세유 땅을 줘."

레스트왈은 '목숨 걸고 한다.'는 그의 말을 차마 반박할 수 없는 모양이었다. 이 소문이 진짜로 드러나면, 아버지가 아들을 찌를 것이다. 그가 말문이 막혀 있는 사이 뤼페닝은 친절한 태도로 앞일을 설명해 주었다.

"내가 해야 하는 미치도록 번거로운 일들을 이야기해 주마, 레스트왈. 일단 첫째로 저 여자 옆에 붙어 다니는 고생은 너도 당연히 꼽을 수 있을 거고. 둘째로, 만일 왕이 죽지 않고 돌아올 경우 뒷감당은 죄다 내가 해야 한다. 헛소문으로 만들어야 하는데 그에 들여야 하는 노력이 지나치게 크다."

"야, 뭐 정조대라도 채우고 갔지 않겠냐, 근데?"

"입 닥쳐."

외르타는 칼만 있다면 찍어 죽였을 사나움으로 레스트왈을 노려보았다. 가끔 로크뢰조차 섬뜩하게 하는 눈이었으니 레스트왈이 입을 다문 것은 그리 부끄러운 일이 아니었다.

뤼페닝은 말했다.

"냉정하게 생각해, 외르타. 네가 왜 포티미외에 가고 싶어 하는지 나는 모른다. 하지만 가고는 싶다며? 보내 주마. 그리고 그곳에서 우리 끄나풀을 만나."

외르타는 '우리' 라는 단어에 조금 당혹했다. 저 둘이 자신들을 우리라고 칭하는 경우는 자신이 본 유성의 횟수보다 적었던 것이다. 그녀는 기가 막힌다는 듯 물었다.

"'우리' 끄나풀이라?"

"'우리' 의 유일한 이해 일치는 아버지를 죽이는 거야. 설마 모른다고 하지는 않겠지."

"그 끄나풀을 따라 그곳을 벗어나. 벗어날 수 있다. 확언한다. 시키는 대로 하고, 다시 왕에게 가서 또 그가 말한 대로 해라. 왕에게 아양 떨고 좀 녹이기만 하면 그자는 네가 다시 안길 사이도 없이 죽어 있을 거다."

"벗어난다고? 군영에서 벗어날 수 있다는 말인가?"

"그래. 해야 할 일이 있어. 네게는 조금의 혐의도 가지 않을 일이다."

무엇인지는 모르지만 그것은 꽤 당연하고 완벽한 모살인 듯했다. 레스트왈은 이 일만 성사되면 로크뢰가 죽으리라는 것을 기정사실화 한 듯 그 뒷이야기를 주섬주섬 꺼내기 시작했다.

"아버지가 돌아가시면 일단 포티미외는 끝날 거야. 자연사가 될 테니까 딤니팔에는 지금까지 빼앗긴 포티미외 일부만 넘기면 돼. 그 이상 손해 볼 것도 없고……. 뭐 나중에 다시 쓸어버리고 찾아오면 되니까."

외르타는 로크뢰를 꼬박꼬박 '왕' 이라 지칭하는 뤼페닝보다 '아버지' 라고 곱게 일컬어 주는 레스트왈이 더 이상해 보였다. 그 말을 하며 매양 계획하는 것이 '아버지' 의 죽음이라니, 정상 같지는 않았다.

"종전 협정이 끝나면 너희 즉각……."

"죽여야지."

레스트왈이 제 옆을 가리켰지만 손가락질받은 사람은 그저 어깨만 으쓱일 뿐이었다. 징그러운 것들. 외르타는 습관처럼 이의를 제기했다.

"그동안 중앙 삼국이 가만히 있을 것 같니?"

"그래서 너희 나라는 매번 그런 걸 따지고 싸워?"

"헛소리. 게외보르트는 빨리 끝나잖아. 그리고 매번도 아니……."

"우리도 빠른 종전을 목표로 하고 있다."

"뤼페닝, 난 널 죽이면 무난하게 일문 성벽 위에 걸 건데 넌 어디에 걸 거야?"

"안 걸어. 생 로욜 정문 아래에 목만 묻을 거다. 몸통은 정상적으로 매장해 주마."

"배려 고마워."

"천만에."

"그런데 리오넬을 죽인다는 그 방법이 확실하긴 한 거니? 얼마나 확실해?"

뤼페닝이 씩 웃었다.

"내가 너를 건드리고 있단 소문을 스스로 각오할 만큼."

외르타는 바로 납득했다. 레스트왈 역시 저것이 참 완벽한 답이라 여겼는지 박수를 몇 번 짝짝 쳤다. 그는 칭찬하듯 제 형의 어깨를 팡 두드렸지만 뤼페닝은 단 일 초의 주저도 없이 떨쳐 냈다. 그는 짜증스레 상대의 손을 던지며 내뱉었다.

"우리 둘 중에 누가 그 역을 맡느냐는, 방금 보았다시피 동전 던지기 정도의 결정으로도 충분하다. 그 정도로 상관이 없어. 내가 레스트왈에게 돈을 요구했다지만…… 그건 수고비 조지. 제대로만 하면 왕은 어차피 생 로욜에 영영 못 돌아오니까. 전장에 있으니 이전보다 죽이기는 훨씬 쉽다."

외르타는 그녀가 성심성의껏 배역을 맡으리라 생각하는 그들의 신뢰를 잘 납득할 수가 없었다. 실제로도 자신은 포티미외에 가 제 계획만을 실행할 생각이었으니까. 너희는 도대체 뭘 믿고…….

"너흰 나를 어떻게 믿니?"

"나는 네가 끝내 그 낯으로 살 거라곤 생각지 않는다."

"자존심도 없냐, 넌."

레스트왈은 뤼페닝보다 덜 고상하고 더 직접적으로 대답했다. 외르타는 그런 그에게 옆에 있던 도자기를 내던졌다. 그는 헉 하는 신음을 내며 그것을 껴안아 받아 냈다. 신음에 이어 악을 쓴다.

"너 미쳤어!"

"입조심해, 그럼."

"참 나!"

"너희가 내 사정을 안다고 해서 그것이 천방지축 날뛰어도 된다는 허락은 아니다. 가소로우니 말 같잖은 소리 함부로 내지 마. 난 너희가 내 허리만 할 때부터 봐 왔어."

"몇 살이나 차이 난다고. 웃긴다?"

"뤼페닝, 그래서 그것이 모두 끝난다면 내 처우는 어찌 되나?"

"전 왕비 자격으로 지방에 내려보내 줄 테니 아무 데나 가고 싶은 곳으로 가."

"모장티 갈래?"

모장티. 로크뢰를 처음 만난 곳. 다분히, 아니 당연히 의도적인 언급이다. 외르타는 덜덜 떨리는 제 속을 꾹 참아 냈다. 노여움과 치욕으로 심장을 진정시킬 수 없었지만 그래도, 참았다. 레스트왈은 폭발할 줄 알았던 외르타가 멀쩡히 앉아 있자 의아하다는 표정을 지었다. 뤼페닝이 잠깐 얼굴을 찡그렸다.

"넌 우리가 이용해야 하는 사람을 그리 긁어 대고 싶으냐?"

"먼저 그러잖아."

"네가 애야? 새로울 것도 아닌 조롱들. 질린다. 입 닥쳐, 좀."

"마음 바뀌었어. 넌 거열형車裂刑이야."

"네 멋대로 해라. 지금은 왕을 죽여야 한다. 포티미외가 종전되기 전에 처리해야 한단 걸 모르진 않을 텐데 점점 미쳐 가나, 저건."

"스물네 부분으로 자를 거야."

"시끄러워."

"둘 다 시끄럽다. 몇 번 긁혔다고 나 안 부서지니 걱정 마라."

그녀는 자리에서 일어섰다. 그 둘의 얼굴을 보기 위해서는 고개를 조금 들어야 했다.

"언제부터?"

뤼페닝이 다시 웃었다.

"지금 당장."

외르타는 고개를 끄덕이는 체하며 바닥을 내려다보았다. 금이 간 바닥이 가슴 아팠다. 괜찮다. 할 수 있을 것이다. 결국 너희의 불찰이 되리라. 네놈들은 지금 누구를 믿고 있는지 정말 모르는구나.

외르타는 최근 몇 주 들어서야 특별한 사실을 하나 인정할 수 있었다. 제가 매번 보아 왔던 열 살 꼬마가 어쨌든 자라기는 했다는 것. 그녀를 제 여자로 대하는 태도를 보면 비웃음이 나다 못해 사실 어처구니가 없을 지경이었다. 아직도 자신 앞에서만큼은 위엄 없이 징징대는 까닭에, 저 잡종들은 왜 크지도 않나 멍하니 생각했건만.

"너 약혼녀 있지 않았니?"

"어쩔 거야? 당신 어미랑 배 붙었냐고 감히 추궁할 수 있겠나?"

그들은 어두운 테라스에 앉아 있었다. 둘 모두 노곤한 상태였다. 뤼페닝은 바닥에 주저앉다시피 웅크려 있었는데, 외르타는 그 등을 발로 차고 싶다는 충동을 느꼈다.

"우리 나오는 걸 몇이나 봤어?"

"회장 사람 전부."

"내 손 꽉 잡지 마, 역겨워."

"너나."

"진짜 싫어."

"나도."

인공 빛보다는 달이 더 찬란했다. 뤼페닝은 그 꼴을 보기가 싫은지 그저 바닥만 내려다보고 있었다. 외르타는 그와는 몇 발자국도 더 떨어진 곳에서 달빛을 쬐었다. 고개를 들자 긴 머리가 뺨을 적시고 줄줄 내려왔다.

아. 지쳐서 그만 죽고 싶다. 이런 노력을 하는데도 포티미외에 행차할 날은 여전히 요원해 보였다. 전장에는 언제 갈 수 있으려나. 어떻게 가서 어떻게 도주하고 어떻게 딤니팔에 내 몸을 던져 어떻게 모든 것을 성공적으로 마무리하나.

사실 한순간은 조금 갈등이 되기도 했다. 쌍둥이가 이리 로크뢰의 죽음을 확신하는데 구태여 내가 이런 고생을 해야 하나? 로크뢰가 죽으면 내 고통은 끝나는 것 아닌가. 그가 죽고 자신을 자유로이 만들어 준다면 게외보르트로 돌아가 신전에 서원할 수도 있을 것이다. 그리 평온하고 무난하게 남은 삶 살 수 있지도 않을까, 그리 생각했다.

네 목적이 네 고통을 끝맺는 것이었나.

그리고 바로 이 목소리에 정신을 차렸다. 로크뢰가 떠나고 한 달 뒤, 동부 시골로 도망쳐 살면 안 되나 홀로 고민할 때 속삭여 왔던 그 조용한 음성과 똑같았다. 결코 용납할 수 없다. 쌍둥이의 제안은 로크뢰에게는 너무도 과분한 끝이었다.

그의 왕국을 무너뜨려야 해. 그의 모든 것을 부수고 그것이 내 소행이라는 것을, 나만의 증오와 나만의 분노로 일군 결과라는 사실을 똑똑히 알려야 한다.

아델.

아델. 아델. 아델.

그것은 한 번 부르는 것만으로는 도저히 멈출 수 없는 이름이었다. 읊조리는 순간 몸이 무너지고 냉정이 부서지고 삶이 스러진다. 세상에서 가장 고통스러운 독을 삼킨 양 메스껍고 울렁여 도통 어떤 표정을 지어낼 수가 없었다. 내 모든 것. 남은 평생 동안 제게 그 아이 외에 다른 생각이 또 움트리라는 상상은 감히 떠올릴 수도 없었다. 불경이다. 그녀에게는 과거도 현재도 미래도 없었다. 그저 아델뿐이었다. 그것을 앗은 로크뢰는 제 삶 전부를 던진 복수를 받아야 마땅했다.

갑자기 저 옆에 앉아 있던 뤼페닝이 일어섰다. 그는 등 돌려 위층의 무언가를 확인하더니 그녀를 돌아보았다. 그러고는 못마땅한 듯 말했다.

"외르타, 앞 단추 세 개만 풀어."

"미친 소리 한다."

"레스트왈이 입 싼 여자들과 함께 올 거다. 풀어."

"정신 나간……."

뤼페닝은 저벅저벅 걸어와 그녀에게 한 팔을 뻗었다. 외르타는 몸을 뒤틀었지만 그의 손에는 조금도 방해가 되지 않았다. 시간이 없는지 그가 다급히 목 단추를 끌러 낸다.

흰 목이 달빛 사이로 드러났다. 외르타는 타성처럼 숨이 막혔다. 자신이 코흘리개 적부터 봤던 아이이지만 결국 그 더러운 개의 피를 이었다. 절망적으로 깨닫고 그를 노려보았다. 뤼페닝은 그 경멸하는 시선을 참을 수 없었는지 단추 세 개만에 드디어 분통을 터뜨렸다.

"아, 제기랄! 나라고 좋은 줄 아나? 나도 역겨워 죽겠어! 아버지랑 동서지간이라니!"

그때, 레스트왈이 테라스 문을 열어젖혔다. 그는 평소처럼 과장되게 놀라는 표정을 짓지 않았다. 창백하니 순간 제정신을 찾지 못하다가 뒤로 더듬더듬 물러났다.

외르타는 그를 욕했던 스스로의 말을 조금 물려 줄까 생각했다. 연기 괜찮은데.

"아……. 비전하……. 방금…… 아니, 뤼페닝……! 너…… 뭐라고……."

뤼페닝은 레스트왈이 때맞춰 문을 열었다는 사실을 깨달았다. 여기서 '때'는 자신이 그 말을 내뱉은 '때'이다. 그는 그 말이 공개당할 줄은 몰랐기 때문에 진짜로 당혹한 표정이 되어 있었다. 민망하다 못해 화가 날 지경이다. 본시 증오했던 얼굴이지만 지금은 아예 저 껍데기를 벗겨 버리고 싶었다.

레스트왈, 나도 마음이 바뀌었어. 너 역시 거열형이다.

외르타는 얼굴을 가리고 테라스를 뛰쳐나갔다.

뤼페닝은 이제 무얼 어찌해야 하나 막막한 기분이 되었다. 마지막이라 여겨도 될 만큼 충분히 크게 터뜨린 것은 좋은데 이 수습은 많이 생각해 두지 않았다.

그러나 그것은 레스트왈이 알아서 할 생각인 모양이다. 그는 충격 받은 표정을 지우지 않으면서도 사람들을 물려 나갔다. 다들 웅성웅성 소란이 굉장했다. 레스트왈은 거의 울 듯한 표정으로 왕가의 흠이 되니 함부로 발설하지 말아 달라고 거듭거듭 당부했다. 그리고 휘청거리는 걸음으로 테라스에 들어와 그 문을 꽉 닫고, 두꺼운 커튼까지 쳐 내렸다. 그 더듬대는 다리는 그가 난간을 짚을 때까지 바뀌지 않았다. 뤼페닝은 저놈이 연기에 지나치게 심취해 발이 진짜로 꼬여 버린 것은 아닌가 생각했다.

레스트왈의 고개가 뚝 떨어지고, 그 어깨가 덜덜 떨리며 희미한 소리가 새어 나왔다. 뤼페닝은 즉시 눈치챘다.

"웃지 마."

"으흡…… 흑……. 으흑……. 헉…… 으흐흑…… 동…… 동서지…… 동서지간……. 끄흑…… 으흑……."

"입 닥쳐."

"도…… 도허어엉…… 동…… 동서지…… 간……."

레스트왈은 웃다 못해 아예 울고 있었다. 그는 눈물이 줄줄 흐르는 미소로 몸을 돌려 제 형을 손가락질했다. 어떻게든 비웃어 주고 싶어 안달난 얼굴이었다. 그러나 그보다는 웃음이 더 강력했고, 레스트왈은 끝내 밀려오는 폭소에 아무 말 못하고 얼굴을 묻었다.

"이…… 이천…… 베유…… 주…… 줄게……. 이걸로…… 추, 충분……. 으흑……."

"졸미랑 백작 편으로 넘겨."

"응. 으허억…… 으헝……. 이래서야…… 으헉…… 와, 완전히…… 패륜아……. 으흑…… 끄흑……."

"네가 말하지 말라 했으니 이제 전 귀족원에 다 퍼지겠군. 그건 썩 괜찮은 결과다."

뤼페닝은 방금 전 일에서 슬슬 냉정을 찾아가고 있는 중이었다. 어차피 그 둘 중 누구도 평판에 신경 쓰는 사람은 없었다. 그들이 갈린 것은 정치적 사안. 도덕성에 문제가 있다고 등 돌릴 자라면 애초에 이 난장판에 뛰어들 자격이 없는 것이다. 레스트왈 역시 제가 그런 것으로 이득을 보리라고는 조금도 생각지 않았던 듯했다. 다만 이 상황이 정말, 너무도 웃겨 배가 찢어져라 웃는 것이다.

그는 한참 뒤에야 간신히 난간에서 몸을 떼어 냈다. 아직도 남은 웃음에 머리가 아찔아찔한 듯 비틀대다 겨우 똑바로 섰다. 그는 바로 옆 난간에 기대어 밖을 바라보고 있는 제 형을 바라보았다.

"아흑……. 간만에…… 제대로…… 웃겼네……. 어흑……. 뤼페닝, 너 굉장하다. 말 한 번으로 완전히 넘어갔어."

"안다."

"도대체 그 말은 왜 한 거야?"

뤼페닝의 눈살이 확 찌푸려졌다. 레스트왈은 저 표정이 습관적이라는 사실을 알기에 그저 멀뚱히 지켜보고만 있었다.

"네가 오는데 그 여자 옷차림이 자뉘호의 사제 같기에 약간 풀어 주려 했다. 그 모양으로 바람이 났다고 하면 천치나 믿겠다. 그런데 뻣뻣하게 굳잖아. 내가 미쳤냐? 동하지도 않는다, 그 여잔."

"왜 안 동해? 난 아버지가 날 죽일 거란 확신만 없었으면 이미 몇 번이고 건드렸을걸."

"역하다."

"지금 이 짝 보면서 생각하는데, 내가 네 역할을 맡는 게 나았을 것 같기도 하네. 난 지금 너처럼 손 한번 안 대는 계획을 세우진 않았을 거거든. 뤼페닝, 네가 직접적인 몸짓을 안 보여 주니까 연기만 잘금잘금 나고 제대로 된 소문이 안 퍼졌잖아."

그 잘못은 인정해야 했다. 그는 다른 이들이 '혹시……?' 할 정도의 여지밖에 주지 않았다. 하지만 그 이상 어쩌라고? 너는 아버지랑 몸 섞은 여자를 그리 원하나? 역시 댈 곳 없는 개자식이 아닌가.

레스트왈은 그가 하고 있는 생각을 아는지 모르는지 그저 빙글빙글 웃으며 말했다.

"지금 보름째지? 나라면 하루 만에 끝났어."

"넌 여자가 부족하냐?"

"설마."

"그럼 도대체 왜?"

"뤼페닝, 넌 부족해서 매번 그리 뒹구냐?"

"나한테 오는데 어쩌라고."

"똑같이 답해 주지. 내가 저 여잘 원하는데 어쩌나."

뤼페닝은 그가 진심이라는 것을 알아 기어이 고개 돌려 응시했다. 정말이냐? 믿고 싶지가 않았다. 외르타. 도대체 몇 년을 본 사람인지 뤼페닝은 사실 잘 셀 수도 없었다. 정신 차리니 언제부턴가 서로서로가 생로욜의 일부였던 것이다. 소 닭 보듯 하는 관계이기는 했지만 그래도 어쩐지 유년을 함께했다는 기분이 있었다. 그것은 분명하고도 확고한 느낌이라, 그는 자신이 외르타를 안도록 넘겨받았더라도 스스로 먼저 내쳤으리라 믿고 있었다.

그런데 레스트왈, 너 그 여자에게 욕정이 든다고? 그는 허탈한 웃음이 났다.

"진짜 미쳐 가는구나."

레스트왈은 난간에 팔을 괴고 그를 보았다. 그러더니 의미심장하게 미소 지었다.

"아버지 죽고 저 여자 돌아오면……."

뤼페닝은 더 이상 웃음도 나지 않았다.

"내가 가져. 건드리지 마."

입매가 일그러진다.

"소름 끼친다."

레스트왈은 다시 앞을 보았다. 뤼페닝은 동생의 외모와 닮은 제 얼굴에마저 짜증이 나기 시작했다. 정말 정신이라도 나간 것 같다. 스스로가 정상이라고 생각한 일은 얼마 없었지만 당연한 듯 외르타를 노리는 저 욕망을 보고 나니 가슴을 쓸어 담게 되었다. 다행이다. 나는 정상이구나. 정말 다행이다.

그는 여전히 뤼페닝은 바라보지도 않은 채 불쑥 말했다.

"나는 뤼페닝 네가 더 이상한데. 보름 동안 어디까지 갔어?"

"손."

"……고자냐?"

"넌 짐승이냐?"

레스트왈은 홀로 무어라 툴툴대기 시작했다. 뤼페닝은 더 귀 기울여 듣고 싶지도 않았다.

사실 뤼페닝은 대단히 상식적인 사람이었다. 타인이 보기에 미쳤다고 생각할 만한 부분은 대체로 그의 잔인함에서 그치곤 했다. 말 그대로 수완가라, 필요하지 않을 때에는 무참히 끊고 조금의 미안함도 없이 사람을 부리며 정적에게 자비를 두지 않는 그 성정이 조숙하여 왕당파의 수장에 마땅했던 것이다. 미쳤다고 볼 수 있을 정도로 모진 부분은 그뿐이다. 화내야 할 때 화를 내고, 웃어야 할 때 웃고, 엄해져야 할 때 엄해지고, 원할 때 원하는, 지극히 정상적인. 그러니 동생의 저 광적인 말을 듣고는 속이 느글느글할 수밖에 없는 것이다. 평범하다고 보기에는 조금 힘든 욕망 아닌가.

물론 레스트왈은 그와 상당히 달랐다. 그는 머릿속에서 항상 모든 계산을 끝낸 뒤라 언제나 느긋할 수 있는 사람이었다. 너무, 지독히 차분해져, 짚에 묻혀 있던 겨울 얼음이 돌연 드러난 것 같은 기분이 들 정도니까. 광기라고 보아도 좋을 것이다. 극단으로 치달을 때에는 결코 아무도 못 말리는 맹목. 결국 뤼페닝으로선 도리 없이 저놈 정신이 나간 것 같다고 판단하게 되는 것이다.

"뤼페닝, 너는 이따 올라가서 외르타에게 포티미외행 편지를 쓰게 해라."

"왕에게 다시 한 번 애원하도록?"

"그런 셈이지."

"내가 그 여잘 또 만나면 뒷공론이 장난이 아니게 될 텐데. 오늘 이 사달을 겪고도 제정신 못 차리고 다시 보러 갔다고."

"그러면 내가 가리? 내가 가면 그 일이 실제로 생길걸."

"미친놈."

"고마워."

뤼페닝은 자리를 떴다.

"이제 됐다. 우리 둘도 더 이상 붙을 필요 없어. 서로 끔찍했는데 다행이다."

외르타는 포티미외행 서신을 넘기러 나갔다 돌아오는 길이었다. 그녀는 그의 말에 한숨을 쉬고는 침대에 걸터앉았다. 뤼페닝은 그 모습을 보며 문득 레스트왈의 말이 생각났다.

"내가 가져. 건드리지 마."

기분이 이상했다. 몹시 이상했다. 역겹고 한심하며 동시에 어이가 없었다. 그는 절로 입이 열리는 것을 느꼈다.

"레스트왈을 조심해라."

"아서라. 벌써부터 견제니."

그건 아닌데.

"너희 둘이 그처럼 다른 것이 신기할 정도다. 여기는 게외보르트도 아니잖아? 그렇게 목숨 걸고 적대할 필요 있나? 나야 고향에 돌아온 것 같아 참 안온하다만."

그는 제 말을 정정할 수 있는 기회를 놓쳤다. 뤼페닝은 고개를 한 번 젓고는 말했다.

"그런 것은 내게 물어봤자 소용이 없다. 나는 그 개자식의 사상을 이해할 수가 없으니까. 열여덟 해 살며 단 십팔 초도 그치들을 지지한 역사가 없으니 당연한 일이다."

"더 얘기해 봐."

"……."

"해 봐."

"생 로욜에선 항상 듣잖아."

"그래도, 직접."

"……귀족이라니."

"……."

"이 땅에 뿌리박은 기회주의자들의 꼭두각시로 놀자는 건가? 각자의 이해타산 탓에 제대로 된 의견 하나 모으지 못하는 것이 목표인가? 상식적으로 생각해도 말이 안 되지. 지금의 왕이 그나마 권력을 가졌다지만 너 생각해 봐라. 이번 전쟁이 얼마나 멍청하냐?"

"좀 멍청하지."

"누가 부추겼지?"

나와.

"귀족원."

"왕은 사실 이 전쟁을 그리 탐탁히 여기지 않았다. 다만 귀족원이 계속 밀어 넣었지. 벼랑에서 밀었어. 어차피 떨어질 사람은 자신이 아니라 왕이니까. 이겨 이득을 얻는다면 참 흥분되는 일 아닌가? 졌을 때에는 왕 하나만 몰아붙여 실각시키면 족하고. 어릴 때에는 아무것도 모르니 속이나 편했지. 알면 알수록 당황스러운 일이 한둘이 아니다만 이것은 유독 저열하다."

외르타는 그의 말을 찬찬히 듣다가 반박했다.

"뤼페닝, 가슴에 손을 얹고 한번 물어봐라. 그냥 권력이 좋은 것 아니야? 네 발 닦이들 허다하고 네 도구들 허다한 그 절대 권력에 그저 눈 뒤집어진 것 아니냐고."

"어딜 가나 광신자는 있다."

외르타는 뜬금없는 말에 눈썹을 치켜떴다. 이처럼 자기 일에 진지해질 때의 뤼페닝은 결코 제 나이처럼 보이지 않았다. 그를 지독히 미워하는 그녀였지만 이럴 때만큼은 그래도 귀 기울여 듣는 것이 제법 쓸 만하다 생각하고 있었다.

그는 희미한 미소를 남긴 채 말을 이었다.

"그처럼 극단으로 치닫는 자들이야 왕의 권력과 부를 꿈꾸지. 자신이 그것을 온전히 이룰 수 없으니 대체물로 나를 밀고, 그에 자신을 투영하는 거다. 어딜 가나 광신자는 있어. 나 역시 그들에게 나를 설득하려 들지 않는다. 하지만 내가 왕좌의 절대성을 강조하기 위해 이리 애쓰는 것 같나? 그렇다면 나를 지지하는 귀족들은 죄다 미친 건가? 자신들의 권력을 분배해 주어야 하는 왕자를 지지하게? 아니면 죄다 아첨꾼들일까? 내게 붙어 후일의 부귀영화를 도모하려는?"

외르타는 잠자코 들었다.

"아니야. 우리는 외려 청보다 더 끈끈한 사상으로 합일되어 있다. 청파는 정말로 그들 자신의 타산밖에 생각하고 있지 않아. 사상이 아니라 돈으로 묶인 이기적이고도 탐욕적인 연합이다. 우리는 하나를 생각해. 하나. 하나. 딱 하나. 이 땅에 혼란을 부를 수 없다. 입 있는 자들마다 모두 떠들게 할 수가 없어. 너는 라르디슈인이 아니라서 이 논쟁의 본질을 모른다. 애초에 게외보르트라는 절대 왕정에서 태어나 그 절대성이 왕국을 이끄는 데 얼마나 효율적인지 체감하지 못하고 있지. 우리가 지지부진하고 많은 입들에 어찌나 지쳤는지 이 오랜 갈등을 겪지 않은 네가 알 리가 없다."

외르타는 사실 그러했다. 귀족원이라는 개념이 정확히 어떤 의미인지 피상적으로밖에 와 닿지 않았던 것이다. 라르디슈만의 기형적인 기구. 그저 자신들의 의견을 모아 왕에게 전달하는 역할 아닌가? 딤니팔의 십이공회도 규모는 작지만 그리하고 있지 않나? 하지만 뤼페닝의 저 엄격한 표정을 보면 그 정도로 사소한 기관은 아닌 것 같았다. 도대체 무엇을 하는 곳이기에?

그러나 동시에, 그녀는 알았다. 뤼페닝이 설명한다 해도 자신이 그 본질을 꿰뚫지 못할 것을 알았다. 생이 다르고 사상이 다르다. 그래서 그녀는 그저 달래듯 물었다.

"그렇다고 귀족파에 논리가 없지는 않을 것 아냐?"

"뻔하지. 백지장도 맞들면 낫다, 이뿐이다. 하지만 수백, 수천 장을 맞든 백지장들이 한 번 흩어지느니 차라리 한 장이 편하다. 우리는 그것을 거듭거듭 겪었어. 그 뒷감당을 너무 오래했고, 그 수습을 너무 많이 했다."

"그들도 그걸 모를 정도로 어리석진 않으리라."

"그곳에도 똑똑한 놈들은 있을 거다. 인간이 아닐 뿐이지."

"그런데?"

"……."

"뤼페닝?"

"……."

대답은 없었다. 외르타는 정말 완전한 평행선이라는 사실을 깨달았다. 뤼페닝은 죽었다 깨어나도 레스트왈을 이해하지 못할 것이다. 레스트왈 역시 죽었다 깨어나도 뤼페닝을 이해하지 못하리라. 어느 쪽이 전멸하기 전까지는 결코 해소되지 않을 갈등이었다.

내전이 필연이구나. 직감했다. 서로의 씨를 말려야 족할 것이다. 자신이 열 살 때부터 보아 온 쌍둥이는 이제 상대의 늑골에 칼을 꽂아 넣고 싶은 욕망을 이기지 못할 것이다. 아마 남은 평생 동안 경기를 일으키겠지. 서로를 향한 살의에는 자다가도 깨어나 이를 갈지 않을까.

외르타는 이해할 수가 없었다. 생각 따위에 목숨을 너무 쉽게 건다.

"너흰 생각 따위에 목숨을 너무 쉽게 걸어."

뤼페닝은 자신의 왼쪽 소지를 바라보았다.

"라르디슈엔 확실한 게 아무것도 없어서 그런 듯싶다. 너는 불안하지 않아? 지금은 이렇게 둘로 생각한다지만 몇 세대 뒤에는 여섯으로 불어날지 모르지. 혹은 하나가 되든지, 또다시 둘이든지. 아무튼 확신할 수 없어. 불안하지 않아? 확실하지 않은 것은 아무짝에도 소용이 없다. 모두에게 고통이 될 거야. 차라리 지금 이 순간에 정체되는 것이 행복일 수가 있다."

그의 음계 낮은 웃음은 변하지 않았다. 외르타는 저 웃음을 싫어했다. 모든 것을 안다는 눈이었다. 열여덟 주제에, 나보다 훨씬 얕은 삶을 산 주제에, 고통 따위 한 번도 겪은 일 없이 호의호식하며 살아온 주제에.

그 오만함이 우스꽝스러웠다.

그가 말했다.

"그래서 우리가 다르다는 거야."

외르타는 눈을 잠깐 내리깔았다가, 다시 들었다. 진지해질 때 그 녹안에 항상 자리하는 열기가 이제 점차 사그라지고 있었다.

역시 이해할 수가 없다. 인종이 다른 것 같았다. 그나마 다행인 점은, 그 반대파가 아닌 이상 그가 자신을 효시할 일은 없으리라는 점이었다. 자신을 단지 무시하거나 비웃고 넘겨 버리는 뤼페닝의 모습을 잘 알았다. 그래, 너 잘났구나.

뤼페닝은 이것으로 족하다고 생각하는 듯했다. 그는 방금까지 미처 떠올리지 못했던 무언가를 말하려는 것처럼 뜬금없이 입을 열었다.

"레스트왈을 조심하라 했어."

외르타는 대화 초반, 그가 그런 말을 했다는 것을 기억했다. 벌써부터 자신을 꾀어내려는 미끼를 두나 싶어 가벼이 넘겼다. 그러나 뤼페닝의 다음 말은 좀 더 진지했다.

"이건 내가 주는 경고다."

"그 자식이 왜?"

"너를 노려."

외르타의 눈이 커졌다.

"나는 네게 아무런 의무가 없다. 그 미친놈에게서 구태여 널 지킬 하등의 이유가 없어. 그러니 너 알아서 해라."

"전혀 몰랐다."

"나도 몰랐어."

"너도 나를 노리니?"

"시끄러워."

“고맙다.”

외르타는 한숨을 쉬었다.

뤼페닝은 그 옅은 눈을 바라보며 레스트왈을 절반만 이해했다. 결코 몸을 푼 여자로는 보이지 않았다. 왕비는커녕, 가끔 보이는 노곤하고 회의적인 시선만 제한다면 그저 완연한 소녀였다. 깎아지른 듯한 벼랑의 위태로움, 그러나 동시에 갈기 축축 내리뻗은 버드나무의 우아함이다. 저만치 고상한 아름다움은 이 주변에서 감히 찾아보기 어려운 것이었다. 이리 햇살 내리는 창문 아래에서 외르타를 보자니 왕도 참 큰 도둑놈이라는 생각이 들어 웃음이 나려 했다.

저 가냘픔을 때리고 범하고 때리고 범하고……. 왕의 잔혹을 자신이 모를 리 없다. 심지어는 제 자식까지 죽여 버리지 않았는가? 얼굴도 얼마 못 본 이복동생이었다. 사실 지금은 어찌 생겼는지도 잘 기억이 나지 않았다. 때리고 범하고 때리고 범하고 기어이 죽였지.

물론 큰 동정은 없다.

그저 기가 막힐 따름이다. 다들 완전히 정신 나갔군. 나머지에 관해서는 전혀, 일말의 감정도 없었다. 네가 힘이 없잖나. 게외보르트 너희는 인생의 목표가 홀로 가는 길이라며? 그러니 너 혼자 살아남도록 노력해 보던가.

그 순간, 날카로운 목소리가 들렸다.

“뤼페닝, 볼일 끝났으면 나가라.”

그는 대답 없이 뒤돌아 떠났다.

외르타는 로크뢰의 글씨를 뚫어져라 바라보고 있었다. 오는 것을 허락한다고. 최대한 빨리 포티미외에 행차하라니. 뤼페닝과 사달을 벌인 것이 효과가 있다는 생각에 얼빠진 헛웃음이 났다.

저렇게 멍청히 기대어 있는 녀석의 도움을 받다니 놀랄 노 자다.

외르타는 정원에 누워 낮잠을 자고 있는 뤼페닝에게 다가갔다. 소년 같기도 했고 청년 같기도 했다. 햇볕이 정통으로 내리쪼여 불편할 법도 하건만, 무척이나 편안히 오수를 즐기고 있었다.

그녀는 돌연 발걸음을 뚝 멈췄다.

이런. 뤼페닝이 아니군.

그 순간 레스트왈이 일어났다. 눈만 껌뻑껌뻑 떴다가 몇 초 뒤에야 그녀를 발견했다. 뤼페닝에게서 예의 그 말을 들은 뒤 처음 보는 레스트왈이었다. 이전까지는 느낌상 제 형보다 훨씬 어려 보이던 레스트왈이건만 지금은 외려 배는 더 폭압적으로 보였다. 그 말을 해 준 뤼페닝에게 원망을 주어야 할지 감사를 주어야 할지 잘 짐작이 가지 않았다.

레스트왈은 벌떡 일어서서 그녀에게 다가왔다. 나는 네가 내 명치쯤에도 못 닿을 적부터 봤단다. 그러나 제 앞에 선 그는 이미 고개를 꺾어야 그 갈색 눈을 볼 수 있을 정도로 컸다. 그는 웃으며 그녀의 손목을 잡았다.

"얘길 들었나 봐?"

"무슨 이야기?"

"뤼페닝이 입을 닫고 있을 거란 생각은 별로 안 했지만……. 그렇다고 바로 가서 부나? 날 계속 피했지?"

"무슨 이야기?"

레스트왈은 대답하지 않았다. 대신, 그 얼굴이 꺾여 내려왔다. 보이지 않는 화살보다 갑작스러웠다. 몸이 굳었다. 이처럼 쉽게 손목을 잡히게 두는 것이 아니었다. 그 뜨끈한 입술은 잠깐 제 얇은 목에 닿았다, 이

내 찬찬히 핥기 시작했다. 잠시의 주저도 없는 그 몸짓에 소름이 끼쳤다. 제 목에 와 닿는 감각을 납득할 수가 없었다. 너무 말이 안 되어서 현실감이 들지 않았던 것이다.

"레스트왈……. 미쳤나……."

그는 별로 대답하고 싶은 마음이 없는 듯했다. 그는 점차 힘을 주어 그녀를 나무까지 밀어붙이더니, 조금 더 여유롭게 쇄골을 물었다. 그늘에 묻혔다. 왼팔은 그 여윈 허리를 두르고 오른팔은 자꾸 내려가는 그녀의 턱을 고정시킨다.

"비켜…… 봐!"

레스트왈은 그녀의 허리춤을 잡고 끈 하나를 풀어냈다. 외르타는 그 손에 정말로, 현실적인 위기감을 느끼고 악착같이 발버둥 쳤다. 맞을까 두려운 마음이 없는 것은 아니었지만 그래도 당하는 것보다는 나았다. 이놈의 왕실은 완전히 미쳐 돌아가는 건가.

"나는 네 아비와…… 너 정말 미쳤어!"

그 말에 레스트왈이 잠깐 고개를 들었다. 그녀는 그 얼굴에 침을 뱉었다. 그는 빙그레 웃었다.

"너도 미쳤잖아."

그녀는 그가 다시 닥쳐오는 것을 보고는 마구 발길질을 해 댔다. 로크뢰가 제일 싫어하던 반항이다. 어쨌든 막기 힘든 방향에, 막기 힘든 동작인 것이다. 심장이 벌렁벌렁 뛰는 것을 자제하고 그의 다리를 걷어차려 무진 애를 썼다.

그러나 여전히 꿈쩍 않는 레스트왈의 얼굴. 뜨끈함. 그 뺨. 그녀는 점차 공포로 얼어 갔다. 어찌 반항할 수조차 없었다. 레스트왈은 애초에 그런 사태를 예상했던 듯했다. 라르디슈에서의 그녀 평생을 보아 온 소년이다. 그리될 줄 알았을 것이다. 외르타는 몸이 덜덜 떨리는 것을 느졌다. 설마? 진짜? 말도 안 돼. 내가 이놈의 어린 시절을 봤단 말이야. 내게 옷 끈을 묶어 달라 달려왔다 맞고 쫓겨난 녀석이란 말이다. 이럴 리가 없는데. 도대체 어떻게…….

"아, 젠장! 누구야! 던지지 마, 미친놈아!"

순간, 그는 짜증 섞인 악과 함께 고개를 돌렸다. 외르타는 하얗게 질린 얼굴로 그 어깨너머를 바라보았다.

손에 무언가를 한가득 쥔 뤼페닝이었다.

갑자기 숨이 확 트였지만 그렇다고 레스트왈의 손에서 놓인 것은 아니었다. 그는 여전히 한 손으로는 그 허리를 감싸고, 나머지 한 손으로는 그녀의 턱을 밀어붙이고 있었다. 그 무지막지한 힘에 한 치도 움직일 수가 없었다. 너무 아팠다.

뤼페닝이 퉁명스레 말했다.

"레스트왈, 내게 뒤집어씌울 생각하지 마라."

그는 정곡을 찔린 듯했다. 얼굴이 약간 일그러졌다.

"소문은 나로 내놓고 범하긴 네가 범하려고?"

뤼페닝은 제가 하는 말 한 마디 한 마디마다 무언가를 던지고 있었다. 꽁, 꽁, 꽁, 꽁. 만만한 힘이 아닌지라 레스트왈은 성을 내며 제 머리를 감쌌다. 외르타는 풀려났다.

"야! 그만 던져! 그거 뭐야!"

"개암."

"하지 마! 이 여자가 가서 뭔 말 할 수나 있겠어? 그냥 내버려 둬, 여긴!"

"시끄러워. 여긴 궁내부원이 적지 않은 곳이다. 붉은 머리에 그 뒷모습이면 소문 탓에 결국 나로 볼걸. 꺼져, 미친놈아."

"제기랄! 제기랄! 제기랄!"

"더 맞을래?"

꽁, 꽁, 꽁. 어디서 저것을 주워 왔는지 모를 일이다. 개암은 레스트왈의 머리를 정확히 노리고 있었다. 단 한 번도 빗나가지 않는다. 뤼페닝은 조금쯤 무료하기까지 한 표정으로 개암을 내던지고 있었다. 레스트왈이 이 자리를 뜰 때까지 때리려 작심한 듯 규칙적으로, 버릇처럼 계속 움직인다.

"오늘 저녁이라도 당장 포티미외로 떠날 여자잖아! 한 번만 줘!"

"그걸 왜 나한테 부탁하나?"

"네가 날 막고 있으니까!"

"왕 죽고 난 뒤에 하던가 해라. 지금은 안 돼. 내가 난처해져."

"뤼페닝, 저 개자식이……."

그는 거의 증오를 담아 뤼페닝을 노려보았다. 그러나 뤼페닝은 조금의 동요도 없이, 상대의 얼굴 한복판에 개암을 또 맞혔다. 따분하다는 표정에는 일말의 변화도 없다. 그는 한숨처럼 말했다.

"안 꺼져?"

레스트왈은 뤼페닝에게 무례한 손짓을 하더니 곧 폭풍처럼 나뭇잎을 떨치고 나가 버렸다. 외르타는 나뭇등걸에 기대어 주르르 주저앉았다. 아직까지도 충격이 가라앉지 않고 있었다. 누군가 제 앞에 다가왔다. 그러고는 그녀의 무릎께를 발로 툭툭 걷어찼다.

"일어나."

"……."

"드디어 왕에게 연통을 받았단 말을 들었다."

"……."

"당장 가. 가면 뭘 할지 알게 될 거다."

"……."

"아, 짜증 나게."

뤼페닝은 갑자기 어디론가 걸어갔다. 외르타는 붉은 머리가 시야에서 사라지는 것을 보고는 안도인지 불안인지 모를 감정을 느꼈다.

돌아온 것은 그가 아닌 시녀들이었다. 늦여름 햇살에 기진했다는 말을 믿음인지 그녀가 부서질까 고이 부축하며 궁 안으로 들여보냈다. 외르타는 뤼페닝의 얼굴을 다시 볼 수 없었다.

그날 저녁, 그녀는 포티미외로 떠났다.

왕좌와 여섯, 셋, 하나

"전하."

애타는 말이 아니었지만 분명 간청이었다. 외르타는 빙긋이 웃었다.

"난 너무 이르다고 생각지 않니?"

"곧 열여섯……."

"리볼텔라처럼 놀기에 난 아직 나이가 덜 찼단다."

그는 그녀의 목덜미에 입을 맞췄다. 소녀의 향에 숨이 막힌 것처럼 미세하게 떨리는 입술이 차마 멈추지 못하고 여러 곳에 머물렀다. 뜨거운 뺨이 점점 내려간다. 외르타는 당황하지도 않고 조용히 그 입술을 밀어냈다. 부드럽지만 단호한 손길이었다. 그녀는 그의 어깨를 감싸 안으며 소곤소곤 말했다.

"세파르딕, 세파르딕."

귓가에 불어 넣는 숨. 말리자는 것인지 돋우자는 것인지 모를 일이다. 그러나 그 뒤에 이어진 말은 분명 경고였다.

"그만. 나는 생각이 없어."

남자는 외르타의 달래는 듯한 속삭임에 간신히 몸을 일으켜 세웠다. 그녀는 나른히 의자에 기댄 채 웃고 있었다. 외르타가 손을 위로 내자 남자는 온 정성을 다해 그녀를 일으켜 세웠다. 그녀는 몸을 제대로 일으킨 뒤 그의 뺨에 입 맞췄다. 그녀의 입술은 떠나지 않고 그의 턱 선을 타고 올라가 귓가에 닿았다. 그 귓불을 작은 동물처럼 살짝 문다. 그리고 속삭였다.

"나중에."

"불쌍하군……."

갑작스레 들린 목소리에 외르타가 기겁했다. 핀잔은 끝나지 않았다.

"포기하고 나가라. 이 '노는' 언니가 보기에 걘 너랑 잘 생각이 없어 보인다."

그녀는 짜증스럽게 고개를 들었다.

"리볼텔라, 언제 들어왔어?"

"넌 안 나가고 우물쭈물 뭐해? 나가라고 했잖느냐, 내가 방금."

"세파르딕, 미안, 미안해. 곧이듣지 마. 따로 연락 줄게. 나가 봐."

그녀는 언니를 아예 무시하고는 애인을 배웅했다. 그는 발이 떨어지지 않는 듯 더듬더듬 걷다, 기어이 그녀의 입맞춤 한 번을 더 받고는 방을 나섰다.

외르타는 제 등으로 문을 밀어 닫은 뒤에야 리볼텔라를 바라보았다. 아니, '노려보았다.' 검은 밤에 가까운 밤색 머리와 녹안, 스물 중반은 되었을까 싶은 미인이다. 리볼텔라는 너털웃음을 터뜨리며 방금까지 외르타가 앉아 있던 의자에 벌러덩 누웠다.

"'리볼텔라처럼 놀기에'? 다시 말해 봐."

그 반복은 별로 농담처럼 들리지 않았다.

"고새 또 남자랑 뒹굴고 있었느냐? 어차피 매번 진심도 아니면서 꼬드기긴 왜 꼬드겨? 불쌍하게."

"내 맘이야."

"넌 재한테 마음도 없지? 남 휘두르는 것 그리 좋아하는 낯을 보니 완전히 애정 결핍 같구나."

"애정 결핍은 무슨……."

"걜 포함해서 지금 끌어들인 게 몇 명이지?"

"몰라."

리볼텔라가 눈썹을 찡긋했다.

"나는 아는데 네가 모른다니 우습구나."

"입 밖에 내지……."

"단 헤게나우, 칸 제베르스칼, 란 젠하우, 그리고 재까지? 난 널 내 후계자로 임명하고 싶다, 얘야. 나야 남편 밤일이 지루를 초월한 지루라 그렇다는 변명이라도 있지."

"그게 남자 찾는 데 무슨 변명이 돼? 자는 데 미쳤어? 너한텐 관계가 의무야?"

"외르타, 넌 인생의 즐거움을 모르는구나. 처녀라 그런가 봐."

그녀는 진짜 혀를 차기 시작했다. 외르타는 기가 막힌다는 눈으로 열한 살 연상의 이복 언니를 바라보았다. 그녀는 제 다리를 쭉 뻗어 의자의 팔걸이를 더듬고 있었다. 그것은 같은 여자인 외르타가 보기에도 식은땀이 날 정도로 매혹적이었다. 젠장. 그래. 내가 졌어.

"그런데 외르타, 넌 정말 왜 그러느냐? 애 걱정 안 하고 제대로 즐기려면 우선 결혼해서 번듯한 아들을 낳아 놔야지. 날 봐라. 애가 벌써 일곱인가? 먹지 않았나? 야, 내 아들 나이가 몇이야?"

"……일곱 맞아."

"다행이군. 일곱이랑 여덟 사이에서 찍었는데."

외르타는 이곳저곳에 던져진 제 겉옷을 줍기 시작했다. 그녀의 등 뒤로 리볼텔라가 콧노래를 부르기 시작했다. 젤부아 강. 외르타는 저 음이야말로 자신이 가장 많이 들으며 큰 노래라는 사실을 알았다. 젤부아 강이야말로 리볼텔라가 가장 좋아하는 음악이고, 바로 그런 그녀가 어렸을 적 자신을 여러 번 돌보아 준 사람이었으니까.

외르타는 퉁명스레 말했다.

"시끄러워. 넌 여기 왜 있는 거야?"

"발터한테 가자."

그녀는 물고기처럼 유연하게 일어섰다. 다가와 뒤에서 외르타를 껴안는다. 외르타는 몸부림을 쳤지만 리볼텔라는 그저 가소롭다는 듯 씩 웃을 뿐이다. 그녀는 아기 손을 쥐고 아장아장 걷듯 상대를 밀었다.

"하나, 둘. 하나, 둘."

"이…… 진짜……!"

"충격이다, 외르타. 넌 남자가 안는 건 좋아도 이 언니가 안는 것은 싫다 이거냐?"

"놔!"

"쯧."

그녀는 한참 어린 여동생이 마냥 귀여운지 고개를 숙여 그 관자놀이에 키스했다.

"이것아, 난 너 어렸을 때 정말 이 짓을 해 준 사람이야."

"배도 다른데 무슨."

"무슨 상관이야? 넌 발터랑 내 어머니가 같다 해서 이리 어여삐 여겼을 것 같나?"

"발터는……."

"뭐?"

발터가 어느새 문 바깥에서 고개를 내밀고 있었다. 현 왕비의 유일한 아들이었다. 누이의 동글동글한 아몬드 모양 눈매와는 달리 제법 매서워 보이는 시선이 도드라졌다.

리볼텔라는 외르타를 번쩍 안아 올렸다. 그녀는 기겁했다. 발버둥 칠 겨를도 없이 숨을 헉 삼켰다. 리볼텔라는 그녀를 그대로 발터에게 떠넘겼다. 발터는 그녀를 받아 안으며 제 누님에게 고개를 기울였다.

"왜?"

"우리한테 안 오겠다고 하잖아."

"놔!"

"놓지 마."

발터는 그녀의 말에 따라 외르타를 아예 보쌈하듯 어깨에 걸었다. 그리 키가 크지도 않은 가냘픈 소녀였기에 다 큰 청년이 들기에는 별 무리가 없었다. 온갖 발버둥을 쳐도 그는 미동도 하지 않은 채 가만히 서 있다.

"시끄럽다."

"바아알터!"

"오라버니라 해라. 예의를 표해."

"오라버니라 하면 놔줄 거야?"

"오라버니라 하면 놔줘도 돼?"

"안 돼."

"안 된다."

외르타는 이를 부득부득 갈며 발터의 등을 주먹으로 내리쳤다. 그러나 발터는 이미 가볍게 걸음을 옮기기 시작한 뒤였다. 리볼텔라는 뒤집힌 외르타의 상체 쪽으로 오더니 축 늘어진 긴 머리를 꼼꼼히 묶어 주기 시작했다. 그녀는 푸념하듯 말했다.

"발터, 발터, 이 어린 것이 벌써부터 남잘 꼬드겨 내고 있더라."

"칸 제베르스칼은 아는데."

"세 명 더 있어."

"……."

"애 배냇물 뗄 때부터 본 나로선 참 감개가 무량하다고 해야 할지……. 딸 빼앗아 가는 도둑놈을 보는 기분인지……."

"알아서 하겠지. 그런데 애를 배면 어쩌려고? 외르타, 너도 드디어 왕위가 욕심나냐?"

"안…… 낳…… 아!"

리볼텔라는 여동생의 머리를 완성한 뒤 손뼉을 짝 쳤다. 거꾸로 쏠린 뒤통수에도 불구하고, 묶인 머리칼이 용케 아래로 떨어지지 않았다. 그녀는 외르타를 그리 두고 발터의 옆으로 돌아와 섰다.

"안 낳으신단다. 외르타, 정말 수절하게? 지금 너 노는 꼴로 보건대 그건 진짜, 절대! 불가능한 일 같다. 남자 없인 못 살 짝이다. 분명해."

"그냥 심심해서 이러고 있는 거야. 남자 안 좋아해."

"자길 잘 모르는군."

"얘가 도대체 남자를 어떻게 끌어들이기에……."

"내가 관찰해 봤거든? 보니까 손짓 한 번 말짓 한 번이면 슬슬 쓸려오더라. 발터, 네가 보기에 얘가 그리 예쁘냐?"

"괜찮아."

"나보다?"

"누님보단."

발터는 그녀에게 얻어맞는 바람에 하마터면 외르타를 떨어뜨릴 뻔했다. 그는 펄쩍 뛰었다.

"뒤를 찍으면 어떡해! 엎어지면 어쩌려고?"

"네가 외르타를 들고 있는 걸 깜박했구나. 외르타, 미안."

발터는 여유로운 왼손으로 리볼텔라의 등을 때렸다. 그녀는 지지 않고 온 힘을 다해 그의 허벅지를 걷어찼다. 발터가 별수 없이 앞으로 고꾸라지자, 외르타는 제 세상을 만난 듯 신이 나 바닥에 내려섰다.

"죽는다……. 누님, 진짜……."

"오 년만 지나 봐라. 누가 죽어 있나."

"제기랄……."

"왕위 계승 내전은……. 어, 엇, 야! 발터! 쟤 튀잖아!"

외르타는 이미 사슴처럼 냅다 달음박질치고 있었다. 뒤에서 저것 좀 잡아라 하고 리볼텔라가 방방 뛰었지만 이번에는 발터도 지지 않고 악을 썼다.

"이렇게 차 놓고 달리라고! 미쳤어!"

외르타는 헤실헤실 웃으며 왕궁 복도로 접어들었다.

리볼텔라. 발터. 자신의 어머니를 사형시키고 왕비 자리를 차지한 현 왕비의 두 아들딸이었다. 스물여섯, 스물둘로 이미 장성한 왕손들일뿐더러 그 기반도 각자 굉장해서 자신을 보는 눈은 항상 아이를 보는 것과 다름없었다. 특히 리볼텔라는 외르타에게 지분대는 것을 남자 다음으로 좋아하는 것 같았다.

리볼텔라는 자신의 남편인 반 볼랑디스트와 제 엄청난 수완으로 이미 나라의 동부 전반을 휘하에 두고 있었다. 그녀의 그 끝없는 남자 편력에도 반 볼랑디스트는 별말을 하지 않았는데 그것은 그와 그녀의 관계가 사랑이라기보다는 이해타산적 결사이기 때문인 듯했다. 게다가 그녀가 치마폭을 휘두를 때마다 제 편이 생기는 수도 만만치 않았으니까. 리볼텔라 역시 명석한 사람이라 쓸 만한 인재를 찾는 데에 비상한 재주를 지니고 있었던 것이다.

마녀. 외르타는 퉁명스레 읊조렸다. 마녀. 손짓 한 번 말짓 한 번으로 죄다 쓰러뜨리는 게 누군데. 그녀는 외르타에게 있어서 넘어설 수 없는 제단 같은 여자였다. 어렸을 적부터 그녀가 본 리볼텔라는 매우 대단해서 감히 왕위 분란에서 이길 수 있다는 생각을 하지 못했던 것이다. 물론 저가 평범히 살겠다는 결심을 한 것은 다분히 자신의 성격에서 나온 결정이었지만, 그래도 저 굉장한 이복 언니의 압박감을 아예 받지 않은 것은 아니다.

발터가 저런 여자를 어찌 이기겠다는 것인지 궁금했다. 물론 그 역시 외르타의 외조부, 반 슈체친의 전폭적 지원을 받고 있었지만 그는 무언가, 리볼텔라와는 완전히 빛깔이 다른 것 같았다. 누가 더 잘났다고 이야기하자는 것이 아니다. 다만 어느 순간 갈라진 미묘한 갈림길이 지금에 와서는 판이한 차이를 나타내는 것이다.

매끈하게 고상한 리볼텔라. 냉혹하다지만 성마른 데다 다혈질이기까지 한 발터. 서로를 죽여야 하는 둘이 이처럼 격 없는 것은 왕의 자식 여섯이 두 파로 갈려 있기 때문이었다. 하나는 장남 산튼, 차녀 게르트루다, 삼남 에오반. 다른 하나는 당연히 장녀 리볼텔라, 차남 발터, 그리고 가장 막내 외르타였다. 물론 외르타 본인이 왕위에 욕심을 두지 않았기에 후자의 구성은 실상 두 사람이라고 보는 게 옳았다.

그러나 그와 같은 무용함에도 불구하고 그 둘은 — 정확히 말해 리볼텔라는. — 회동 때마다 매번 외르타를 불렀다. 남자와 있어도 끌어내고 식사를 하고 있어도 끌어내고 심지어는 취침 중에도 억지로 끌어내서는 기어이 저들 일정에 맞추게 했다. 몇 번은 성질을 냈지만 동기들이 자신을 심심풀이 땅콩처럼 여기는 것을 알고는 그저 힘을 풀어 버렸다. 화내기에도 지쳤다.

오늘도 마찬가지였다. 또 행차해서 꼬마를 불러내듯 질질 끌고 가려기에 싫다 싫다 발버둥 친 것이다. 외르타는 그들이 자신을 데리고 가려는 이유가 저희 어린 막내를 보는 삼삼한 재미가 아니리라 생각했다. 그런 말도 안 되는, 농담 같은 이야기가 아닐 것이다. 재미보다는 이 아이가 혹시 우리 몰래 왕위를 준비하고 있지는 않나 감시하는 것이겠지.

어쨌든 저 둘이 나쁘지 않다는 것만은 인정해야 했다. 그녀, 리볼텔라와 발터, 셋이 만나기만 하면 정말 사가의 친남매인 듯했으니까. 가장에 가깝지만 그래도 말초적으로 좋았다. 외르타는 아직까지 웃음이 채 지워지지 않은 얼굴로 모퉁이를 돌았다.

누군가와 뚝 마주쳤다. 자신을 온통 뒤덮을 만큼 덩치가 큰 남자였다.

그가 말했다.

"어딜 가시나?"

"……상관 마."

"리볼텔라 년 끄나풀 짓을 하느라 정신이 없지?"

외르타는 제 얼굴에서 경멸의 미소가 비죽이는 것을 느꼈다. 그녀는 그 표정 그대로 남자를 올려다보았다.

"산튼, 내가 널 깔보지 않게 해 줘."

"입 닥쳐."

"살아 있는데 어떻게 죽은 척을 하나?"

"입 닥치라고 말했다."

"도대체 그럼 난 왜 부른 거야? 길은 또 왜 막고? 넌 내가 그렇게 좋아? 친누이가 좋다니! 취향이 그쪽인 줄은 꿈에도 몰랐지 뭐야."

산튼의 손이 올라갔다. 외르타는 때려 볼 테면 때려 보라는 식으로 제 턱을 들이밀었다.

"때려 봐! 때려 봐! 나 때렸다가 폐하께 경을 칠까 두려운 주제에!"

맞는 말이었다. 막시밀리안 5세가 외르타를 아끼는 것은 유명하다 못해 그 자체로 하나의 상식이었기 때문이다. 그런 그녀를 감히 구타할 수는 없는 일이다. 산튼은 그 손을 그대로 내려 외르타의 얇은 목을 감쌌다. 그녀는 그리 잡힌 채로도 씩 웃으며 씹어뱉었다.

"겁쟁이."

발터에게 안겼던 때의 발버둥은 그저 애교였다. 그녀는 미동도 없이 그를 노려보았다. 그 녹갈색 눈. 잡아먹을 듯 섬뜩한, 만인을 조롱하듯 건방지고 오만한 눈이었다. 산튼은 화가 나다 못해 진짜로 그 목을 졸라버릴 기세였다. 외르타는 웃음을 터뜨렸다.

"가진 건 힘밖에 없는 멍청한 놈!"

"예의를 갖춰 주길 바란다면 그쪽부터 먼저 그리하시지? 개같이 다루니 개같이 대응하는 것뿐이다."

그의 손에 힘이 더 들어갔다. 외르타는 제 목이 죄어들 때마다 더 웃고 있었다. 그것은 빈정거림이나 조롱을 넘어선 경멸이라, 사람의 마지막 이성을 무너뜨리기 충분한 눈이었다. 그는 정말로 거칠게 그 목을 쥐었다. 웃음은 엉기지 않는다. 숨이 툭, 툭 끊어져 급박한 와중에도 뻣뻣한 말은 끊이지 않았다.

"네놈은…… 사지가…… 멀쩡한 것이…… 치욕이야."

그러나 그다음 순간 시야가 멀어졌다. 외르타는 웃겨 죽을 것 같다고 생각했다. 진짜 멍청한 자식 아닌가. 성이 조금 났다고 해서 왕궁의 복도에서 제 누이를 목 졸라? 역시 그릇이 다른 것이다. 산튼, 산튼. 넌 정말 왕의 재목은 아니다. 뒷받침 세력이 그리 큰 것을 감사히 여겨. 그것에 얹혀서 청운의 꿈을 꿀 수 있는 걸 감사히 여기란 말이야.

그때 갑자기 누군가 뒤에서 외르타의 어깨를 감쌌다. 단단한 팔이 강하게 끌어당기자, 잠깐 눈이 뜨였다.

"산튼, 손 조심해라."

외르타는 발터가 지금 짓고 있을 표정까지 짐작할 수 있었다. 아니, 정확히 말하자면 어찌나 표정이 없을지 짐작할 수 있었다. 어떤 감정도 보이지 않는, 꽁꽁 언 철판 같은 무표정일 것이다.

"발터."

"간이 배 밖으로 나오기라도 했나. 폐하께서 어여삐 여기시는 네 막내 누이다."

산튼은 여전히 외르타의 목을 쥔 채 흔들고 있었다. 발터의 얼굴이 일그러졌다. 그러나 산튼은 계속해서 그 무도한 힘을 휘두르며 으르렁댔다.

"지난번 리볼텔라가 내 수하를 빼돌릴 수 있었던 게 죄 이년의 공 같아서 경고하려 했다."

"경고? 너도 누님과 싸우고 있지 않나. 이 녀석도 너와 싸우는 것뿐인데 경고는 무슨 경고?"

"그러니까 아무것도 모르는 척하면서 순진한 얼굴로 이쪽에 스며들지 말란 말이다!"

"일단 목 놓고 얘기해."

그러나 놓지 않는다. 기어이 참지 못한 듯, 자신을 껴안고 있던 발터의 한쪽 팔이 앞으로 뻗어 나가는 것을 보았다. 그것은 확 치밀어 산튼의 멱살을 잡아냈다. 그러나 산튼은, 스스로 무슨 반격을 하기도 전에 비틀비틀 몇 걸음 옆으로 물러나게 되었다. 멱살이 스르르 풀렸다.

외르타는 그제야 숨이 풀렸다. 못 다한 웃음이 또다시 터져 나왔다.

"프핫! 하하하! 나 죽겠다! 하하하!"

발터는 어처구니없다는 시선으로 반 기절했다 돌아온 누이를 바라보았다. 더 정확히 말하자면, 그런 누이가 웃고 있는 광경을 바라보았다. 그가 여전히 자신을 안고 있었으므로 외르타는 고개를 꺾어 그를 올려 볼 수밖에 없었다. 다섯 살 꼬마가 부모에게 동네 왈패를 고발하듯 말한다.

"재! 재가! 자기가! 모자라! 빼앗긴 걸 보고! 하하!"

"……알겠으니까 좀 조용히 해라."

산튼을 끌어낸 것은 에오반이었다.

"형님, 그만 가지요."

"에오반."

"비사 오필라에서 주먹다짐할 것도 아니잖습니까."

"난……."

"가서 말씀하세요."

에오반은 발터를 한번 노려보았다. 죽일 듯한 시선이다. 외르타는 산튼보다 열 살이나 연하인 에오반이 그보다 열 배는 더 어른스럽다는 사실이 신기했다. 산튼은 몇 번 씩씩대다 그대로 물러났다.

발터는 외르타에게 반쯤 기대어 있었다. 장성한 오라비와 아직 자라는 중인 소녀. 그 둘은 어쩐지 범과 고양이 같은 분위기였다. 그가 중얼거렸다.

"에오반도 참 고생이 많다."

"내 말이……."

"너."

"응?"

그는 잠깐 말을 멈추더니 천천히 그녀를 풀어 주었다. 물줄기가 흘러내리는 모양새였다. 발터는 뒤돌아 걷기 시작했다. 외르타는 이번에는 자신이 먼저 나서 그를 졸졸 쫓아가기 시작했다.

"왜 불렀어?"

"넌 상대가 안 된다는 것을 알면 좀 숙여."

"뭐가 상대가 안 돼? 저 덩치만 큰 애……."

"그 덩치가 문제다. 난 네가 여자이기 때문에 있을 수밖에 없는 한계를 지적하려는 거야."

외르타는 잠깐 입을 다물었다. 그리고 오랜만에 진심 어린 충고를 하는 발터를 바라보았다. 그는 그녀를 돌아보지도 않고 계속해서 복도를 걸어가고 있었다. 휘적휘적. 젊은 청년이 흔히 그러하듯 가볍고 경쾌한 걸음이었다. 외르타는 그것을 따라가기가 조금 힘이 들어, 그의 등을 보며 경청할 수밖에 없었다.

"누님 역시 저 산튼과 홀로 남을 때에는 성질을 돋우지 않아. 무슨 미친 짓을 저지를지 모르니까. 에오반이야 누님 뒷배경이 얼마나 센지 인식하고, 그런 냉정이 있어 감히 손을 못 내지만 산튼은 다르다. 논리가 통하지 않는 사람이 이 세상에는 꽤 있어."

"어……."

"논리가 통하지 않는 아이나 여자라면 그저 무시하면 그만이다. 절대적인 힘 자체가 무시할 만하니까. 하지만 논리가 통하지 않는 남자라면? 너는 그자가 제 논리를 강압하기 위해 힘을 쓸 거라곤 생각 안 하냐?"

"난……."

"왜 넌 남자 무서운 줄을 몰라?"

외르타는 말문이 막혀 발터를 응시했다. 저런 말투라니, 진짜 남매 같지 않은가? 그는 그제야 그녀를 반쯤 내려다보았다. 애정 따위는 물론 없지만, 일정 정도의 동정, 한심하게 여기는 시선만큼은 그 어두운 눈에 뚜렷했다.

"넌 '힘'을 두려워할 줄 모른다. 언젠간 후회할 거야."

외르타는 그 나지막한 목소리에 아연해져 물었다.

"저주해?"

"사람은 두려워하지 않는 것으로 당하기 마련이야. 방심하니까. 그런 기본 상식에 기반하여 얘기해 준 것뿐이다. 너는 도무지 겁이 없어. 정말 겁이 없다. 어려서 그렇다 이해해 보려 해도…….”

“너도 무서운 건 없을 것 아냐.”

“아니.”

그녀는 눈썹을 치켜 올렸다. 그는 그제야 조금 입매를 들어 올렸다.

“나는 모든 것이 두려워.”

“…….”

“나 자신이, 핏줄과 누님이, 내가 가진 힘, 내가 지배할 이 땅이, 이 땅을 수호할 일이, 패배와 죽음이 두렵다.”

아, 이것이 차이구나. 외르타는 순간 번뜩이는 번개처럼 깨달았다. 저 확연한 공포의 유무가 리볼텔라와 발터의 빛을 다르게 만든 것이다. 리볼텔라는 자신이 경계할 필요가 없는 것에는 구태여 손을 대려 하지 않았다. 하지만 발터는 이처럼.

자신이 겁쟁이임을 인정하는 사람이 저리 소탈한 것은 이해하기 힘든 일이다. 조금의 부끄러움도, 조금의 자책도 없다. 담담한 사실에의 인정이었다.

그는 갑자기 뒤를 돌아보았다. 외르타는 그를 쫓고 있던 제 발걸음을 멈췄다. 눈이 마주쳤다. 쇠, 철, 칼, 이따위 남성다운 명사에 끼인 기분은 아니었다. 그보다는 종이 두 장 사이에 빈틈없이 갇힌 느낌이다. 숨막히게 메마른 촉각.

“외르타.”

발터는 웃고 있지 않았다.

“나는 너도 무섭다.”

외르타는 당혹했다. 자신은 왕위 다툼에 있어서는 오래된 책갈피처럼 사소한 사람이었다. 저만큼이나 강대한 세력을 쥔 사람이 자신을 왜?

“네가 나중에 내게 얼마나 큰 불행을 안길지. 내가 너로 인해 어떤 골치를 겪을지. 그 맹목으로 인해 어찌나 많은 이가 피를 볼지."

그녀는 무어라 답할 수가 없었다. 자신은 돈 많은 평민과 결혼하여 평생을 안온하게 살 것이다. 그가 저리 걱정할 이유가 없었다. 발터와 리볼텔라 앞에서 몇 번이고 약속한 문제였다. 영영 묻혀서 있는 듯 없는 듯 살 텐데.

그는 무겁게 말했다.

"그때 난 네게 자비를 두지 않을 거다."

발터는 다시 뒤를 돌았다. 외르타는 제자리에 우뚝 서서 떠나는 동기를 바라보았다.

외르타는 여느 때처럼 잔디 위에 드러누운 채 둘의 이야기를 듣고 있었다.

"왕호라면…… 어디에든 내 이름을 붙여 놓겠지."

"왜?"

"무조건 첫 왕호, 1세로 쓸 건데 새로운 이름은 기억하기 귀찮잖아. 누님 아들은?"

"……그냥 막시밀리안 6세로 갈까? 내가 권력 잡았으면 다 된 거지 왕호 따위가 무슨 상관이겠느냐."

"누님은 누님이 직접 쓰는 게 아니니까……. 아들 반항 못하게 잘 눌러놔라. 대든다, 나중에."

"발터 너만큼이나 대들까."

발터가 너털웃음을 터뜨렸다. 외르타는 한숨을 쉬며 어깨를 기울였다.

"오늘 진짜 영양가 없다……. 이따위 이야기하고 있는 걸 산튼이 알면 웃음보 터질 거야."

"외르타, 이리 와 봐."

"싫어."

"발터, 재 좀 굴려 줘."

발터는 진짜 그녀를 굴려 보냈다. 외르타는 으악 소리를 삼키며 데굴데굴 굴러갔다. 그녀는 두 바퀴쯤 돈 뒤 리볼텔라 옆에서 간신히 멈출 수 있었다. 리볼텔라는 그녀의 머리를 제 무릎 위에 얹었다. 풀 향기 가득하다.

"좋아, 외르타. 그럼 진지한 이야기해 줘?"

외르타는 눈만 깜박거렸다.

"너는 두 해 안에 결혼해서 아들까지 낳아야 왕위에 끼어들 수 있어."

"안 한다고 몇 번을 말 해?"

"그게 말이나 되느냐?"

"왜 안 돼? 난 여자니 아일 안 낳아도 살 수 있고, 평민이랑 결혼해도 살 수 있다. 쉿, 쉿, 쉿, 리볼텔라 너만큼은 여자에게 아이 보는 것이 가장 큰 즐거움이라고 말할 수 없지. 애를 그리 내팽개쳐 두곤 무슨."

"음? 외르타, 난 아이가 즐거움이라고 말 안 한다. 절대, 안 해. 나 본인이 왕이 될 수 있었다면 애 따위 안 낳았을 텐데. 임신으로 튼 살 다듬으려고 내가 얼마나 노력했는지 아느냐? 봐라."

리볼텔라는 정말 제 옷을 들어내기 시작했다. 외르타는 헛웃음을 터뜨리며 그 손을 말렸다.

"됐으니까……."

"누님은 지금 불임이다. 얼마나 낳기 싫으면."

"어? 리볼텔라, 정말?"

"아들 낳은 뒤에…… 이 년 동안 죄렛을 복용하고 달거리가 끊겼다."

"너 대단하다……."

리볼텔라는 빙그레 웃었다. 외르타는 자신을 이리 아끼는 그녀가 왜 제 자식은 그리 던져두는지 이해가 가지 않았다.

"사실 나는 내 아이가 장애를 가지고 나게 하려고 온갖 애를 썼다. 그런데 낙태될까 무서워 소극적으로 변해선……. 보다시피 롤란드는 정상이지. 저것, 머리 크면 어찌 감당할지 감도 안 잡힌다."

누구도 그것이 잔인한 말이라고 생각지 않았다. 이 왕실에서는 정말 당연한 일이었기 때문이다. 왕녀가 승리하여 왕위에 오를 수 있던 그녀의 아들들은 무시할 수 없는 확률로 머리에 장애가 있었다. — 보통 정상으로 낳고는 키우는 중간에 아들을 망쳐 놓곤 했다. — 후일 다 큰 아들과 정치 싸움을 벌일 일을 대비하여 아예 모자란 자식을 올려 두는 것이다. 물론 그다음 왕위를 계승할 자식은 대부분 왕녀의 다른 쪽 손이 되었다. 정신병이 대물림 되면 왕계 자체가 흔들리니까.

발터가 못마땅하다는 기색으로 말했다.

"사실 다 컸다고 권세를 달라는 것들은 진짜 웃기는 놈들이다. 제 어미가 피 토하며 왕위를 얻어 놨으면 공손히 권력 선양해 드리고 뒤로 물러나야지."

"그래, 목숨 거는 사람을 기억해야 하지 않겠느냐."

"그런 의미에선 우리 폐하가 참 개자식이다."

막시밀리안 5세는 제 어머니를 죽였다.

"아! 야! 생각해 보니 그렇구나! 재수 옴 붙는다! 막시밀리안 6세 계획은 취소한다, 취소! 저것이 날 잡아 죽이면 어쩌냐!"

"하임부르겐에서 따오던가. 선대왕께선 끝까지 고분고분 어머니 말씀만 따르다 돌아가셨으니까."

"제안 고마워, 발터. 그게 나을 것 같아."

이야기는 또 왕호 문제로 넘어갔다. 외르타는 고개를 절레절레 저었다. 평소에는 그래도 군대 문제나 귀족 뒷공론에 힘쓰던 사람들이 지금은 참 한량처럼 놀고 있는 것이다. 자신은 그 한량들 사이에서 구르고 있는 공이고. 그녀는 작게 한숨을 내쉬었다. 그들은 저들끼리 몇 마디 잡담을 더 했다. 그러다 돌연…….

"외르타, 난 너도 죽일 거다."

뜬금없는 섬뜩함이었다. 그러나 외르타는 그저 빙긋 웃었다.

"발터, 네가 날 제거할 이유만 없으면 되는 것 아니야?"

"그럼 어떻게든 빨리 대책을 강구해라. 이렇게 천방지축으로 뛰놀지만 말고. 평민이랑 결혼하고 싶나? 당장 숄렘 내려가서 아무나 골라 결혼해. 왕녀가 결혼하자는데 어찌 함부로 거절하나. 아니면 평생 수절할 건가? 그럼 지금부터 죄렛을 복용해라. 누가 언제 너보고 신전에 서원하라 했나? 애만 낳지 말라니까?"

"발터, 발터. 숨 찬다. 멈춰."

"누님, 누님이 동의해 줘야지. 반대하면 안 되지."

"얜 아직 애 아니냐."

"몇 년 내로 폐하는 끝장나. 알잖아. 기한이 얼마 안 남았단 말이다."

외르타는 혀를 차고 싶었다. 내가 알아서 해. 걱정 안 해 줘도 된단다, 발터. 리볼텔라는 그녀의 머리를 쓰다듬으며 말했다.

"외르타, 걱정 마라. 이 언니가 왕위를 차지하면 너는 살려 주마. 네가 낳는 애만 죽일게."

"누님 또 말도 안 되는 소리 한다. 화근은……."

"그런데 그에 조건이 있어, 외르타."

"……."

"언니라고 불러."

외르타는 사레가 들렸다. 누운 채로 사레가 들리자 눈이 찡해 눈물을 참을 수 없었다. 발터 역시 기가 막히는지 허 하는 의미 모를 소리를 흘렸다. 리볼텔라는 두 사람의 경악에 개의치 않는 듯 노래하는 모양으로 유유히 말했다.

"내가 왜 내 아이에게 흥미가 없는지 생각해 봤거든. 답이 나오더라. 내가 이미 하나 키워 봐서 질린 거야. 외르타 외르타, 어이구, 쟤는 귀여울 때가 좋았지. 하지만 자식이 뻗댄다고 어찌 버리겠느냐."

"와."

"언니라고 불러 봐라."

"으으아."

"비슷했다. 조금만 더 노력해 봐."

"시끄러워!"

발터는 외르타가 벌떡 일어나려는 순간에 발목을 잡았다. 그러자 그녀는 그대로 중심을 잃고 리볼텔라의 품으로 떨어졌다. 여유롭게 누워 있으면서도 막내 다루는 재주 하나는 기가 막힌다. 그녀는 이를 부득부득 갈며 외쳤다.

"바알터어어!"

리볼텔라는 그녀에게 모자를 깊이 씌워 주었다. 외르타는 싫다 발버둥 쳤지만 그녀 앞에서는 그저 아이에 불과했다.

"그거 벗으면 내가 네 머릴 귀신 산발로 만들어 놓을 거다."

"비켜!"

"이 머리칼은 얇아서 잘 엉키더라고? 산발로 만들면 아예 잘라야 할걸?"

외르타는 몸부림을 멈췄다. 리볼텔라는 만족스럽게 그녀의 머리를 정돈해 준 뒤 먼저 겅둥겅둥 큰길을 뛰어갔다. 맙소사, 왕녀가! 억지로 끌려나온 숄렘 노트란트의 대로였지만 그래도 외르타는 만족해 보려 애쓰고 있었다. 그러나 그 노력은, 리볼텔라가 술집으로 들어가는 모양을 보자 그대로 무너졌다.

"미쳤어!"

물론 외르타는 즉각 그 미친 사람에게 붙들려 술집으로 끌려 들어갔다. 모래 구덩이에 휩쓸려 들어가듯 속수무책이다. 외르타는 울상도 이런 울상이 따로 없을 정도로 얼굴이 완전히 엉망이었다. 그녀는 애처로운 목소리로 물었다.

"이런 곳엘 와 봤단 말이야?"

"그럼."

외르타는 처음부터 끝까지 억지, 강제, 강압적으로 들어와 의자에 앉게 되었다. 그녀는 제 모자를 더 깊게 눌러썼다. 그러나 그녀 앞에 앉은 리볼텔라는 탁자를 톡톡 두드렸다. 그리 큰 음성이 아닌데도 주의를 끄는 힘이 있었다.

"여기 발메 두 잔."

"나 안 마셔, 멍청아!"

"빨리 줘."

울고 싶다. 외르타는 극성맞은 어미에게 휘둘리는 딸이 된 것처럼 힘이 들었다. 그녀는 고개가 탁자에 묻힐 지경으로 어깨를 수그렸다. 정말이지 익숙지 않은 광경이었다. 자신이 이렇게 움츠러들어 있는데도 홀로 즐거워 또 누군가에게 손짓하고 있는 리볼텔라가 원망스러웠다. 그래, 왕궁에서, 비사 오필라에서 끌고 나온 것은 좋단 말이야. 하지만 삼

곽의 술집이라? 리볼텔라, 제발 정도 좀 지켜라. 너는 왕녀잖아.

"리비!"

"이야, 간만이구나!"

'리비.' 외르타는 골치가 아팠다. 도대체 누가? 그녀를 그리 부르는 사람은 거의 없었다. 리볼텔라와는 거의 한 몸 같은 발터나 가끔, 아주 가끔 쓰는 애칭이었던 것이다.

"와서 앉아."

"돈 많지? 내 것도 시켜 줘."

"여기 하나 더!"

"고마워."

"부끄럽군. 네놈한테 감사도 다 받게."

누군가 탁자 옆에 의자를 질질 끌고 와 앉는 것이 느껴졌다. 목소릴 듣자 하니 남자였다. 아니, 남자라기보다는 소년이었다. 외르타는 어찌 해야 할지 모른 채 고개만 푹 숙이고 있었다.

"리비, 누구야?"

"음. 내 동생."

"예뻐?"

"너는 물론이거니와 네놈과 조금이라도 피가 섞인 인간이라면 절대 안 넘긴다. 꿈 깨라."

"잔인하다……."

"외르타, 아주 골 때리게 미친놈 하나 소개시켜 주마. 고개 들어라."

외르타가 생각하기에 제 앞에 앉은 골 때리게 미친놈은 하나가 아니라 둘이었다.

"고개 들라니까? 안 들면 내가 네 머릴……."

그녀는 번쩍 고개를 들었다. 모자 사이로 소년의 새파란 얼굴이 보였다. 그 파란 눈이 싱글벙글 웃었다.

"통성명이라도 하자."

"난 너랑 통성명 안 한다. 리볼텔라하고나 놀아."

쌀쌀맞은 대답에 소년이 시무룩해졌다. 외르타는 그가 포기했구나 싶어 만족했지만, 다음 순간 그의 손은 외르타의 모자를 벗겨 냈다. 그녀의 갈색 긴 머리가 별수 없이 줄줄 풀려 허리까지 닿았다. 외르타는 기가 막혀 화도 나지 않았다. 그는 자신들이 왕녀인 것을 아예 모르는 듯했다. 그녀는 그제야 좀 더 명확하게 상대를 볼 수 있었다. 검은 머리, 푸른 눈. 외르타는 한 가지 결론밖에 도출해 낼 수가 없었다.

"딤니팔 사람이야?"

"응. 뭐야, 통성명 잘하는데."

"시끄러워."

"앙히에라고 불러."

"난 너 안 부를 거야."

"리비! 얘 왜 이렇게 뻔대?"

"염치가 없다."

외르타는 당장이라도 이 자리를 벗어나고 싶었다. 제 비슷한 나이의 소년과 시시덕대는 리볼텔라를 보는 것이 참 끔찍하게도 싫었다. 쓸모없는 사람과는 상대도 하지 않는 리볼텔라인데 이 새파랗게 어린아이가 무슨 소용이 있다고 저리 살가운지 알 수가 없었다.

"앙히에, 너 내 끄나풀을 해 볼 생각은 없느냐? 내가 무슨 일을 하는지도 알려 주마."

"이용당할 대로 이용당하고 단물 빠질 만큼 빠지고 후회 없이 버려져라? 됐네요. 내가 요즘 솔렘에서 놀고 있는 건 사실이지만 또 언제 떠날지 모르거든?"

"우리 사이에 섭섭하게 왜 이래."

"우리 만난 지 두 달 됐어!"

"나와 너는 그 뒤로도 길고 긴 유대를……."

"그으만! 당신 적어도 수도의 귀족일 텐데, 난 당신이랑 유대 쌓으면 좀 웃기는 상황이 된단 말이야……."

"딤니팔 귀족가에서 도망친 철딱서니 없는 소년이라도 된단 말이냐?"

앙히에는 웃으며 손뼉을 쳤다. 그렇다는 말인지 아니라는 말인지 잘 짐작이 가지 않았다. 그러나 리볼텔라는 대강 짐작한 듯 그저 부드럽게 웃었다.

외르타는 빨리 이 상황을 떨치고 싶어 무턱대고 물었다.

"리볼텔라, 얘랑 왜 만나?"

"잘 키워서 잡아먹게."

"그만."

"미쳤지만 괜찮게 미친놈이다. 사실 이 두 달 내내 꼬드기고 있는 중이야. 내 쪽으로 끌어들이려고."

"저 꼬맹일 무슨……."

"진짜 괜찮다니까?"

"아이, 면전에서 칭찬을 들으니 남세스럽군."

"정신 사나워……. 들어갈래."

그때 무언지 모를 것이 세 잔이나 뚝 떨어졌다. 외르타가 깜짝 놀라고 있는 사이, 앙히에는 그 자리에서 한 잔을 그대로 비웠다. 그 큰 것을 비우는 데 기껏해야 십 초는 걸렸나. 그러고는 탁자를 부서뜨릴 듯한 기세로 내려놓는다. 리볼텔라는 부드럽게 칭찬했다.

"일진이 괜찮구나."

"나도…… 그렇, 끄윽, 생각해……."

그는 갑자기 자리에서 벌떡 일어섰다.

"어, 리비, 나, 할 일이 생겼어."

"얻어먹고 바로 가기냐?"

"내일도 모레도 글피도 계속 여기 있을 테니까 나 보고 싶으면 와, 자기."

"그러마. 자기 소릴 붙여 줄 정도면 내 수하로 들어오는 게 당연한 건데. 좀 서러워지려고 한다."

"음흠흠, 생각해 보고, 생각."

앙히에는 그대로 뒤돌아 사라지려다, 잠깐 멈칫했다. 외르타를 한 번 더 들여다보았다. 그는 어깨를 으쓱하며 말했다.

"어휴, 얘는 누가 데려가도 도둑놈이겠다."

"야, 너!"

그는 그대로 도망쳤다. 리볼텔라는 탁자를 두드리며 웃었다. 진짜. 싫다. 그녀는 속이 부글부글 끓는 나머지 상대의 얼굴에다 제 앞에 있는 잔을 부어 버리고 싶었다. 이런 구경을 시켜 주기 위해 바깥까지 데리고 나왔다는 말인가?

리볼텔라는 엎드린 채 한참 동안 웃다가, 겨우 정신을 차리고선 턱을 괴었다. 저가 시켜 놓은 잔에는 관심도 보이지 않았다. 외려 외르타 자신이 목말라 혀를 대었다가 그 불타는 맛에 기겁하고 내던진 사달이나 한 번 있었다. 외르타는 제 성질을 꾹꾹 눌러 담으며 겨우 말했다.

"리볼텔라, 진지하게 대답해. 도대체 여긴 왜 나온 거야?"

"어때?"

외르타는 뜬금없는 말에 눈살을 찌푸렸다.

"무슨 소리야?"

"네가 살 곳이야."

그녀는 탁자를 내려다보았다. 왕가의 식탁에서는 결코 찾을 수 없는 후줄근한 목재, 그나마도 움푹움푹 파이고 곰팡이가 슬어 있었다.

"돈 많은 상인한테 가겠노라 넌 말했지만 그렇더라도 이런 것들을 마주하지 않게 되는 것은 아니다. 평생 비사 오필라에서 자랐던 네가 감당할 수 있겠느냐?"

"사람은 익숙해지니까."

"익숙해지려면 다시 십오 년일걸."

"……."

"외르타, 결혼하지 마라. 애를 낳지 마. 죄렛 먹고 아기집을 망친 뒤에 그냥 홀로 인생 즐기는 게 낫다."

외르타는 순간 아연해져 리볼텔라를 바라보았다. 평민과 결혼하지 말라 설득하기 위해 이 먼 삼곽까지 내려왔다는 말인가. 여태껏 리볼텔라에게서 제 두 번째 선택에 반대한다는 말을 들은 일이 없기에, 이것은 조금 놀랄 만한 일이었다. 자신에게 가장 우호적인 그녀마저 제 선택을 부정하려 한다니 꽤 흥미롭지 않나.

그러나 그녀의 말은 리볼텔라 자신이 왕위에 오를 때를 가정하고 한 말이 아니었다.

"외르타, 나는 물론 이 나라를 가질 거야."

"……."

"저쪽의 삼 남매는 물론이거니와 발터까지 죽이고 그 자리를 차지하겠지. 운명이야. 그리 태어났다. 그것을 위해 물불 가릴 것 없이 별 희한한 술수까지 부려 왔단 말이다. 이건 내 목숨을 건 도박이니까."

"……."

"누가 생을 아깝지 않다 하나? 난 내 목숨이 너무 아깝다. 죽고 싶지 않다는 기분보다는, 음, 나보다 훨씬 열등한 것들도 살아남는데 나만 죽어야 하나? 이런 억울함이고 이런 분이다. 그래서 그리되지 않기 위해 나는 나를 증명해야 해. 내가 얼마나 왕에 걸맞은지, 얼마나 흉악하고 얼마나 무자비하고 얼마나 타산적인지. 그것만이 인간들을 안심시킨다."

"……."

"그래서 난 그리되었다만, 그리 벼려졌대도 평온히 살겠다 말하는 너까지 죽이고 싶지는 않다. 하지만 발터는."

"내가 규칙만 지킨다면……."

"발터 놈은 네가 규칙을 지켜도 기어이 쫓아가 죽일 위인이다."

발터. 리볼텔라는 자신이 아니라 발터에 대해 말하고 있었던 것이다.

외르타도 그 사실을 모르는 것은 아니었다. 발터가 어찌나 '겁이 많은지' 에 대해서는 그 스스로가 이미 설명한 바 있었다. 분란의 시초가 될 만한 싹은 여지를 남기지 않고 죄다 뽑아낼 것이다. 솜씨 좋은 정원사가 지나갔는데, 과연 그 심기를 불편하게 하는 인사들이 얼마나 남아 있을까?

"이건 전부 내가 이기지 못할 경우를 대비해서 말하는 거야, 외르타. 결혼을 하지 마. 애를 낳을 구실 자체를 만들지 마라. 오늘부터라도 당장 죄렛을 구해 먹으면 적어도 일이 년 안에는 불임이 될 거다. 소견서든 뭐든 떼어다가 형제들에게 돌리라고. 나 비달 프리드리히 무지크 외르타 틸 게외보르트 트리첸바는 불임임. 눈에 띄는 모든 의사란 의사는 내게 보내 확인 바람."

"……."

"네게 아기집이 남아 있는 이상 너는 적이야. 왕녀만의 두 번째 선택지가 있다지만 그래도 너는 적이야. 조카를 남기는 것은 그 어떤 왕에게든 가장 끔찍한 공포니까 결국 너는 적이야. 하지만 애초에 아이가 없다면."

"난 아길 갖고 싶은데."

"외르타, 말도 안 되는 소리 마라."

그녀는 정말 허황된 소리를 듣는다는 듯 손사래를 쳤다. 외르타는 그 감정을 이해하기에 그저 잠자코 있었다.

"외르타, 살고 싶으면 아이를 낳지 마! 내가 왕이 된다면 네게 아량을 베풀겠지. 금록에서 폐적시키고 평민과 살뜰히 살게 해 주는 식으로. 하지만 다른 인간들은 그리 녹록지 않다. 특히 발터, 발터 이놈은 말이야……."

"내가 아일 안 낳아도 죽일 놈이라?"

"음. 꺼진 불씨도 다시 보자는 철저한 놈이거든. 널 기어코 숄렘 노트란트의 성벽에 걸 거야. 나야 죽음에 대비하는 훌륭한 칼을 갈고 있다지만, 너는?"

"애초에 인생 계획을 잘못 잡았다고 얘기해도 난 화 안 내."

리볼텔라는 미안하다는 표정이 되었다.

"아니야, 아니야, 아니야. 나는 네가 사는 방식이 틀렸다고는 이야기하지 않을 거다. 다만 우리 사이에 발터가 있다는 것이 불운이라 말할 뿐이지. 실제로 네가 원하는 두 번째 길을 택해 목숨을 보전한 왕녀도 정말 많았지 않나."

"……."

"하지만 이번엔 내 사랑하는 남동생이 있다. 발터가 있어. 저놈은 한 치의 방심도 용납하지 않을 거다. 나는…… 그나마 외르타 네가 스스로를 변호할 방법을 찾으라고 이처럼 죄렛을 권유하는 거지. 그것으로는 어쩌면, 어쩌면 발터의 경계 낮출 수 있을지도 모르니까. 왜냐…… 그놈은 내가 불임이 되는 과정을 직접 지켜봤거든. 이처럼 수년째 남자를 쓸고 다니는데 임신 소식 한 번 없는 것을 보고 이젠 완전히 확신하고 있을 거야."

외르타는 가타부타 말을 하지 않았다. 리볼텔라는 손을 뻗어 그녀의 머리를 헝클어뜨렸다.

"게다가 어차피 넌 이런 생활 못 견딘다. 세계가 다르거든. 평민이랑 결혼해? 아서라! 그냥 지금 너 하는 것처럼 이놈 저놈 다 건드리고 다녀. 그게 재밌을 거다."

외르타는 제 앞 잔을 빤히 바라보다가 다시 쥐었다. 방금 전 혀만 담갔다 빼던 소심함과는 달리 이제는 잔을 두 손으로, 코앞까지 들었다. 그녀는 이내 앙히에와 다르지 않은 속도로 화주를 마시기 시작했다. 리볼텔라는 놀라지도 말리지도 않고 미소와 함께 여동생을 바라보았다.

리볼텔라, 미안. 나 걱정해 줘서 고마운데 난 정말 평범한 삶을 살 거야. 비사 오필라는 싫다. 이 사람들과 있으면 항상 사흘 굶은 것처럼 속이 아파. 떠나서 다신 오고 싶지 않아.

그녀는 화주의 여파로 기침을 하기 시작했다.

"으윽…… 큭……. 으에히! 에취!"

"무리한다 했지."

"으에취! 으에에히! 큼, 큼. 리볼텔라."

"언니라 해."

"리볼텔라."

"……."

"너는 나한테 왜 이렇게 신경을 써 줘?"

리볼텔라는 제 턱을 양손으로 괴고는 웃었다.

"내 동생이잖아."

"이복동생이야. 따지고 보면 네 동생은 넷이나 있어."

"네 어렸을 적 내게 빚 매긴 것을 이제야 보답받는다 생각하렴."

"……난 너한테 해 준 게 하나도 없는데."

그녀의 웃음이 더 짙어졌다.

"그게 보통 자식들이 그 부모한테 말하는 거거든."

"……."

"부모에게 난 당신들에게 해 준 것 없는데 왜 이리 잘해 주냐고 물어 봐라."

"네가 내 엄마야?"

"음흠흠으음, 으음, 으흠흐음. 이 줠부아 강이 얼마나 익숙한 노랜지 생각해 봐, 외르타. 난 딱 그만큼 널 돌봤어."

줠부아 강. 자면서도 잠꼬대로 부를 수 있을 정도로 귀에 익은 노래였다. 외르타는 할 말이 없었다. 어쨌든 스스로가 리볼텔라의 손을 많이 탄 것은 부정할 수 없는 사실이니까. 그녀는 자신이 하는 모든 말이 어미에게 대드는 사춘기 소녀의 반항으로 여겨지리라는 사실을 깨달았다. 그녀는 한숨을 쉬었다.

"전하? 어찌 이 험한 곳에……."

외르타는 익숙한 목소리에 고개를 위로 들었다. 참 눈물 나게 잘생긴 서른 줄의 남자였다. 도저히 말로 표현할 수 없을 만큼, 청년 같기도 하고 중년 같기도 한 향 짙은 매력, 열 살 꼬마부터 팔십 노파까지 넘어갈 만큼 대단한 외모였다. 리볼텔라가 정신적으로 숨 막혀 하는 소리가 들렸다. 외르타는 반갑게 웃으며 답해 주었다.

"칸 제베르스칼!"

네 거냐? 리볼텔라가 무언의 질문을 던졌다. 외르타는 굉장히 뿌듯한 미소로 얕게 고개를 끄덕였다. 리볼텔라는 거의 절망적인 얼굴이 되어 입을 벌렸다. 칸 제베르스칼은 그제야 리볼텔라를 발견했는지 낭패한 얼굴이 되어 다시 예를 표했다.

"1왕녀 전하께서도 여기에 계셨군요……. 죄송합니다. 3왕녀 전하를 멀리서 뵙고 오게 된 것이라……. 이 무례에 대해선 거듭 사죄 드립니다."

"괜찮아, 리볼텔라는. 칸, 칸. 내일 낮에 볼래? 거기서."

"그리해도 괜찮으시겠습니까? 저번에 아들놈에게 들통 날 뻔하지 않았습니까."

"세파르딕은 내가 잘 할게. 키스해 줘."

리볼텔라가 앞에서 부글부글 끓는 소리가 들렸다. 그것은 여동생을 누가 넘보고 있다는 사실에서 기인한 분이 아니라, 자신이 저 남자를 차지하지 못했다는 데에서 기인한 분이었다.

칸 제베르스칼은 허리를 숙여 그녀에게 키스했다. 봄 아지랑이처럼 가벼운 키스였다. 외르타가 먼저 떨어져 나가려 했지만 남자는 다시 한 번 그 뺨을 감싸고는 더 길게 입술을 잡아먹었다. 리볼텔라는 여전히 끓고 있다. 외르타는 그를 부드럽게 밀어내고선 말했다.

"내일 봐."

그는 예법상 1왕녀에게 먼저 인사하고, 다시 외르타에게로 돌아서 그 귓불에 입을 맞췄다. 그녀는 간지러운 듯 가벼운 웃음을 터뜨렸다. 그는 따라 미소 지은 뒤 떠났다.

그가 떠난 즉시 리볼텔라가 으르렁댔다.

"넘겨."

"왜 이래?"

"넘겨라. 너 어차피 안 자잖느냐."

"싫어. 나 저 사람이 마음에 든단 말이야. 배울 것도 많은 데다 생긴 게 참……."

"젠장! 저 외모가 맘에 안 차면 목석이지! 수절할 거면서 붙들고 있지 마라!"

"나중에 좋게 좋게 헤어지면 네가 받아."

리볼텔라는 검지로 찌를 듯이 외르타를 가리켰다.

"너! 듣자 하니 아비랑 아들을 동시에 사귀고 있는 것 같은데 못 쓴다, 그럼! 좋게 좋게 헤어질 수 있을 성싶으냐! 세파르딕이라고? 저번에 내가 너한테서 쫓아냈던 놈 아냐!"

"뭐, 왜? 내가 같이 자는 것도 아니고. 그리고 칸 제베르스칼은 알고 있어. 신경 안 쓰던데? 저 봐, 농담하잖아, 그것 가지고."

"저자야 다아앙연히 신경 안 쓰지, 그따위 것! 쌓인 노련함이 얼마고 타고난 외모가 얼만데! 아들 따위 상대가 안 된다 생각할 거란 말이다. 문제는 아들놈이지. 자기가 아비에게 뭘로 이길 수 있겠느냐? 열등감에 푹푹 절어서 끝이 안 좋을 거다."

무언가 참 실제적인 설명이었다. 외르타는 호기심 섞인 얼굴로 리볼텔라를 바라보았다.

"그런 적이 있나 보네?"

그녀는 한 대 맞은 표정이 되었다. 리볼텔라는 잠깐 말을 멈췄다가, 늑장을 부리며 입을 열었다. 지혜를 전수하는 현자의 달관으로 말했다.

"난 너와는 달리 두 사람 모두 간만! 간만 봤다! 정말 간만 본 적이 있는데……."

"어떻게 됐어?"

"아들이 아비에게 결투를 신청하더군. 아버지 쪽이 치명적인 상처를 입고 일선에서 물러났다. 나는 학을 떼고 도망갔지."

"……."

"외르타, 외르타. 이것 보란 말이야. 제 경쟁자를 알아차리는 수컷이란 대단히 민감한 존재다. 도리고 인류이고……. 자신이 '이겨서' 자신이 '얻겠다'는 생각밖에 없어진다고."

"어……."

"그러니 한 가정 풍비박산 내지 말고 아빠 쪽을 내게 넘겨라."

"아들 가져."

"그 코흘리갤 내가 어따 써! 넌 애초에 그 앨 건드리길 왜 건드렸느냐!"

외르타는 곰곰이 따져 보았다.

"아냐. 거의 동시에 만났어. 동시에 괜찮다고 생각했어. 다만…… 내가 칸 제베르스칼에게 더 맘이 쏠리는 건…… 그 사람은 이게 불장난이란 걸 잘 알고 있기 때문이야. 서로가 즐기기에 나쁘지 않다, 이 이해관계가 일치해서 그 남자가 또 누구를 만나는지, 내가 또 누구를 만나는지 서로 전부 알아도 허심탄회하게 잘 논단 말이지."

"아들 쪽은?"

"아……. 처음에는 걔도 그런 줄 알았어……."

"안타까운데."

그러나 얼굴은 썩 안타까워 보이지 않았다. 리볼텔라의 얼굴이 드디어 슬금슬금 미소를 띠기 시작했다. 외르타가 이제부터 겪어야 할 골치를 떠올리며 꽤나 흡족한 듯했다. 외르타는 제 고민에 빠져 화를 내지 못했다.

"……아빠 소년 적을 고대로 빼닮아 신기해서…… 좀 친해져 봤는데……. 애가 나한테 냉정 못 차리고 완전히 빠져 가지고……. 내가 진짜로 자기한테 마음이 있는 줄 아나 봐……. 그 녀석은 좀 안쓰럽다."

"갑갑하군."

"아무래도 자식 없는 결혼인지 뭔지를 꿈꾸는 것 같은데 귀족과 결혼은 난 뭐 생각해 본 일도 없단 말이야."

"아무렴."

"그러니까 세파르…… 딕? 어? 왜 여기 있어?"

리볼텔라 옆으로 바짝 붙은 세파르딕은 더 이상 다가오지 못하고 있었다. 어떤 남자가 그 목에 날카로운 암기를 들이대고 있었기 때문이다. 리볼텔라는 고개를 흔들었다.

"놔 줘."

남자는 묶은 줄을 풀어 주듯이 서서히 물러났다. 외르타는 저것이 리볼텔라의 개인 호위라는 것을 깨달았다.

"이렇게 항상 호위를 두고 다녀?"

"왕궁 바깥에선."

"전하."

"어…… 어. 왜?"

칸 제베르스칼을 볼 때와는 확연히 다른, 조금쯤 떨떠름하기까지 한 반응이었다. 그가 저희 말을 들었을 것을 걱정하지는 않았지만 리볼텔라의 옛날 사달을 듣고 나자 차마 살갑게 대할 수 없었다. 이 소년과는 빨리 정리해야겠다고 다짐한 것이다.

세파르딕의 표정은 벽처럼 단단했다. 말려 주기를 바라는 것 같기도 했고, 그저 무턱대고 달리고 싶어 하는 것 같기도 했다. 바윗돌처럼 굳어 있으면서도 흑룡처럼 난폭한 기세이다. 냉정을 차리고 있는지, 아니면 그저 반 미쳐 있기만 한지 잘 구분이 가지 않았다. 단 한 가지 확실한 사실은, 그리 정상처럼 보이지는 않는다는 것.

그런 그가 낮게 말했다.

"내일 정오에 시간 되십니까?"

어, 안 되는데. 난 칸 제베르스칼과 약속이 있어서. 그 모양을 보던 리볼텔라의 표정이 묘해졌다.

"세파르딕, 그땐 안 돼."

"……."

“너 그런데 오늘 여기엔 왜 있니? 나한텐 지방에 내려간다지 않았어?”

“……일이 생겨서……. 아무튼 알겠습니다. 1왕녀 전하, 3왕녀 전하, 후일 또 뵙겠습니다.”

그는 제대로 된 예도 표하지 않고선 싸하게 나가 버렸다. 곧이어 리볼텔라가 진지한 표정으로 말했다.

“들었네. 확실하네. 너랑 칸 제베르스칼. 듣고, 봤어. 당장 정리해라. 기세가 심상치 않다.”

외르타 역시 그에 공감하고 있었다. 세파르딕에게서 저런 얼굴을 볼 수 있으리라 생각지 못했다. 무언가가 제 속에서 덜그럭덜그럭 소란을 떨고 있었다. 미안함이나 후회보다는, 불안이었다.

리볼텔라는 벌떡 일어섰다.

“외르타, 가자.”

이틀 뒤 궁중 무도회, 외르타는 회장의 기둥 하나에 기대어 서 있었다. 이미 왕에게는 실컷 애교를 부리고 온 뒤였다. 애인은 내키지가 않고 다른 할 일은 별로 없어서 그저 멍하니, 이처럼 회장을 응시하고만 있었다.

회장은 여느 때와 같았다. 발터는 중앙의 온갖 곳을 휘적휘적거리며 돌아다녔다. 산튼은 저 홀로만 정말 완벽한 위장이라고 믿는 거짓 차분함으로 발터를 노려보고 있었다. 그의 분기는 이미 그 열렬한 시선을 한 몸에 받는 발터는 물론이거니와 그 주변에 있는 이들까지 모두 눈치챘건만, 아직도 아닌 체하는 저 아둔함이 제법 웃겼다. 내전 개시 사흘 만에 목 매달리기 딱 좋은 무능함이다. 에오반은 제 외가 쪽 친지들과 무어라 진지한 이야기를 나누고 있었다. 그리고 게르트루다는…….

"외르타."

"……."

"무례한 것. 손위가 부르는데 대답도 없니?"

"왜?"

게르트루다는 그 짤막한 답에, 무시당하는 것보다 더 속이 끓는 듯했다. 부채를 쥔 그녀의 손이 잠깐 떨리다 겨우 진정되었다.

"말조심하렴. 너보다 열 살은 더 위란다."

"미처 몰랐지. 미안."

"이것이 정말……."

"아, 도대체 뭣하러 온 거야?"

"역시 잡종은 다르구나."

"그런가 봐. 그런데 왜?"

"……너 혹시 리볼텔라의 탄생일이 언젠 줄 아니?"

"팔월…… 왜?"

외르타는 의구심 섞인 눈빛으로, 평생 리볼텔라를 증오하며 지낸 둘째 언니를 바라보았다. 저 게르트루다가 리볼텔라의 생일을 물을 이유가 없다. 절대 없었다. 일부러라도 모르고 지낼 위인인 것이다.

게르트루다는 곧이곧대로 답을 내줄 줄 알았던 외르타가 입을 다물자 조금 당황한 기색이었다. 실수했나 하는 표정이 아주 잠깐, 외르타만이 눈치챌 수 있을 정도의 찰나에 스쳐 지나갔다. 그녀는 이내 자신을 수습하고선 멀쩡하게 답했다.

"아니. 왕가 탄생일이 필요한 일이 있는데……. 중요하진 않고 그저 궁금해서 물었단다."

외르타는 즉시 고개를 비틀어 회장을 살폈다. 그녀의 얼굴이 창백해졌다. 그녀는 다시 게르트루다를 노려보곤 이를 아득 갈았다.

"리볼텔라 어디 있어?"

"어? 무슨 말이니? 내가 그 여자 어디 있는 줄 어찌 안다고?"

"그 사람 생일이랑 신명神名 조합한 것이 리볼텔라의 모든 암호인 줄 내가 설마 모를 것 같아?"

"나는 몰랐는데 알려 줘서 고맙구나."

"당장 불어."

외르타의 눈은 거의 희번덕대기까지 했다. 게르트루다는 보고 있기 꺼림칙한지 대꾸도 없이 뒤를 돌았다. 물론 외르타의 맹수 같은 손아귀에 다시 획 몸이 끌려오기는 했지만. 그녀는 당혹스럽고 화가 나는지 얼굴을 붉혔다.

"외르타! 넌 정말 예의란 것이 없구나! 누구에게 힘을 쓰니?"

"너야말로 누구에게 힘을 쓴 거야? 리볼텔라는 오늘 나온다고 했다. 어디 있어?"

게르트루다는 인상을 찌푸렸다. 이 아이가 도대체 무슨 소리를 하는지 모르겠노라 호소하듯 과장된 표정이었다. 외르타는 그 가면을 민감하게 눈치챘다.

"외르타, 나는 네가 무슨 말을 하는지 도통……."

"그 입 안 닥쳐!"

이번 욕설은 확실히 이목을 끌었다. 외르타의 목소리는 회장의 한 부분이 순간 멈칫할 정도로 컸다. 귀족들이 호기심과 불안이 섞인 시선으로 두 왕녀의 불화를 바라보았다. 외르타의 기세는 도저히 평소의 그 가벼운 조롱으로 보이지 않았다. 그녀는 자신이 도저히 그런 냉정을 차릴 수 없는 상황이라고 생각했다.

모살이 드물지 않은 왕위 다툼이다. 왕이 살아 있을 때조차 그것은 당연한 살인이었다. 발터와 리볼텔라 역시 몇 년 전 산튼의 형님을 죽였다. 별궁 안에서 칼을 맞아 죽었음에도 본궁이 아닌지라 누구도 의혹을 제기하지 않았다. 어차피 증인은 죄다 살인자에게 매수되었을 테고, 그 없는 증거를 찾는다 해도 그 끝이 왕궁의 실세일 테니 구태여 그럴 필요성을 느끼지 못한 것이다. 왕 역시 그 자식들의 싸움에 끼어들지 않는 것이 불문율이었다.

산튼의 형이 죽는 즉시 그가 가지고 있던 모든 세력은 다른 왕손들에게로 흡수되었다. 본격적인 내전이 시작되기 전의 왕손들은 그저 장기의 말, 그것이 왕이냐 여왕이냐 졸이냐의 차이가 있을 뿐이다. 아무리 리볼텔라가 뛰어난 사람이라지만 이처럼 내전이 일어나기 전 신상에 위해가 가는 것은 이후 그녀의 세력이 전부 말소됨을 의미한다. 그저 모든 재산이 이리저리 갈라져 다른 왕손에게 스며들 따름이다. 다른 모든 것이 있어도 구심점이 없다면 그것은 아무것도 아니다.

그래서 내가 왕궁에서도 호위를 붙이고 다니라 말했건만!

"외르타! 너 이유도 없이 내게 이리 화를 내도 되는 거니! 난 정말 부끄럽구나. 왕실의 경우 없음을……."

"당장 말하라고 했어!"

누군가 다가와 그녀의 어깨를 잡았다. 그녀는 돌아보지도 않았다.

"게르트루다, 당장 말 안 해? 그렇게, 조금의 조심성도 없이, 내게 대놓고 물어봤으면서! 내가 눈치 못 챌 것 같아? 그리 멍청해 보여?"

"외르타, 뭐야?"

그녀는 그제야 제 어깨에 손을 얹은 발터를 돌아보았다. 그는 약간 당황스러운 얼굴로 악을 썼던 외르타를 내려다보고 있었다. 그녀는 입술을 잠깐 깨물었다가 내뱉었다.

"아무것도 아니야."

이에 관해 이야기한다면 발터는 미칠 것이다. 그만한 남매의 유대였다. 발터가 끼어든다면 일은 일파만파로 번져 왕궁 자체가 뒤집어질 것이다. 아직 제대로 된 증거도 없는데 그의 흥분까지 끼얹을 수는 없었다.

발터는 이번에는 외르타에게 묻지 않았다. 그는 게르트루다를 노려보며 사납게 물었다.

"게르트루다, 무슨 일이냐?"

"나도 잘 모르겠어. 갑자기 외르타가 달려들잖니? 난 너무 당황스러워서……."

"헛소리 집어치우고 제대로 털어놔."

"이…… 이것들이 정말 쌍으로! 내 너희보다 손위다! 공경심이라곤 조금도 없니? 난 정말 영문을 모르겠구나! 이처럼 이유도 없이 나를 겁박한다면 내 당장 폐하께 가 이 무례를 고하리라!"

폐하를 운운하자 발터가 한 발자국 물러섰다. 어쨌든 게외보르트 왕의 권세라면 나는 새도 떨어뜨리는 무지막지한 힘이다. 아무리 세력이 크다 한들 왕자가 댈 것이 못 되는 것이다. 게르트루다는 그의 주춤한 기세를 눈치챘는지 의기양양한 표정이 되었다.

"흥. 외르타, 발터. 너희의 이 무도함은 내 잘 기억하고 있겠다. 나중에 각오해 두려무나."

화려한 옷이 뒤돌아 걸어간다. 외르타는 그 멱살을 잡아채려 했으나 발터가 만류했다. 그는 어쩐지 한 대 맞은 듯한 어조로 말했다.

"외르타, 저 여자의 말이 맞다."

"발터!"

"왜 소리를 질렀는지 내게 이유를 말해. 그래야 처리할 수 있다."

"아……. 그건 너와는 상관없는 일이야. 신경 쓸 필요 없다."

외르타의 말은 진심을 가장했기에 무례하게 들리지 않았다. 발터도 그것을 무례히 여기기보다는 사실 자체로 받아들였다. 다만 그녀가 흥분하는 일이 원체 드물어 스스로 먼저 나서 확인해야겠다고 생각한 것이다.

"상관없더라도 어쨌든 말해라. 도와줄 수는 있다."

"아니야, 아니야, 발터. 괜찮아."

그러나 그녀의 뺨은 아직까지도 하얗게 질려 있었다. 발터는 그녀의 어깨를 놓아주지 않고 재차 물었다.

"너 이상하다. 정말 문제없나?"

"괜찮아."

외르타의 자기 가장은 별로 나쁘지 않았다. 그녀의 몸은 바람이 가라앉듯 점차 차분해졌다. 방금 전의 정색이 그저 이유 있는 분의 소치였다고 주장하는 모양이다. 발터는 못 이긴 채 그 어깨를 놓았다. 그녀는 그의 밤색 눈을 들여다보며 빙그레 웃었다. 열다섯 치고는 대단히 어른스러운 미소였다.

"정말 괜찮아, 발터."

"진짜?"

"응."

발터는 그제야 의심을 푼 뒤, 뒤돌아 저가 원래 있던 자리로 돌아갔다. 그녀는 당장이라도 달려 나갈 듯 움찔거리는 제 발을 간신히 자제했다. 지금 곧장 회장을 벗어난다면 기어코 발터의 시선을 끌고 말 것이다. 자신이 먼저 떠나 확인해야 했다.

리볼텔라.

리볼텔라. 리볼텔라.

세상에, 그녀가 한참 동안이나 나타나지 않았다는 것을 미처 눈치채지 못했다. 그녀는 무도회마다 매번, 항상, 가장 먼저 외르타를 찾아오는 사람이었다. 때문에 외르타가 직접 그녀를 찾아본 일이라곤 정말 단 한 번도 없던 것이다. 외르타 자신이 넋 놓고 구석에 앉아 있어도 리볼텔라는 기어이 집어내건만, 그런 호의를 받는 사람이 주변을 둘러볼 생각조차 하지 않았다. 염치가 없다.

그리고 동시에 얼굴에 확 열기가 미쳤다. 저것들이 기어이 해쳤나. 산튼이 이전부터 이를 갈고 있던 것이, 에오반이 조금도 흥분하지 않고 산튼을 물리던 것이 이 계획을 짜고 있어서였나. 리볼텔라에게 그리 퉁퉁댔으면서도 그녀가 사라졌다 생각을 하니 머리가 돌아 버릴 것 같았다. 가장 독한 꽃향기를 맞은 듯 아찔하고 속이 울렁여 참을 수 없었다. 세상에, 내가 이만큼이나 그 사람에게 정을 두었나 보다.

사실 리볼텔라가 외르타를 키웠다는 것은 틀린 말이 아니었다. 직접 키운 것은 아니더라도 나이 차 많이 나는 동생이라고, 제 어미 때문에 친어미를 잃은 것은 아닌가 하여 죽일 적으로 보기보다는 정말 아이 받아 주듯 포용해 주었던 것이다. 자신이 무슨 욕을 해도, 자신이 무슨 반항을 하고 무슨 발악을 피워도 그저 떼쟁이 아이를 보는 노인처럼 허허 웃으며 예뻐해 주었다. 그녀가 그러니 발터마저 제 성정과 맞지 않게 외르타에게 노력하는 것이다.

리볼텔라.

자신이 제 계획처럼 외국으로 떠나게 될 때 유일하게 생각날 사람이 있다면 그녀일 것이 뚜렷했다. 자신에게 애써 준 만큼 자신 역시 그녀에게 쏠리는 마음을 피할 수 없었던 것이다. 외르타 스스로가 아무리 모질어도, 아무리 정이 없어도, 인간인 이상.

리볼텔라.

발터가 반 슈체친과의 대화에 완전히 빠진 듯 보이자, 외르타는 그제야 뒤를 돌았다. 이 비사 오필라의 구조를 그녀만큼 잘 아는 사람이 없었다. 리볼텔라가 제 남편의 사가에서 매번 오는 행로를 잘 알고 있었다. 왕궁 먼저 뒤져야 했다. 찾아야 한다.

회장의 통로를 벗어나는 즉시 발이 점점 빨라졌다. 재게 걷는다. 뛴다. 지나는 길의 방문 하나하나를 죄다 열어젖히며 화려한 복도를 내달렸다.

죽인 건가, 아니면 그녀의 사병과 비밀 창고를 털어 내기 위해 아직 살려 뒀을까.

발이 꼬여 하마터면 엎어질 뻔했다. 그만큼이나 숨이 가빴다. 시간이 없다. 그녀는 모퉁이를 돌다 누군가의 가슴에 퍽 하고 부딪혔다. 고개를 드니 놀랍게도 세파르딕이었다. 그녀는 숨을 삼키며 외쳤다.

"세파르딕! 무도회가 한창인데……. 왜 여기 있니?"

"아……. 전하, 저는…… 볼일이 있어서……. 잠시 비사 오필라를 나가려는 중이었습니다."

"그러면 근처에서 돌아다니지 말고 빨리 나가거라."

"아……."

외르타는 그를 더 살필 겨를도 없이 지나쳐 달려갔다. 문을 하나 열고, 또 열고, 또 열고, 또 열고, 마지막 문을 열고.

"제기랄."

이상하다. 이럴 리 없다. 이 부분을 지나면 바로 비사 오필라의 옆문이다. 리볼텔라의 저택은 왕궁의 옆문에서 정말 엎어지면 코 닿을 거리였다. 이곳부터 그 문까지는 이제 방이 없었다.

언제나 이 자리로 하품하며 들어오는 사람이었다. 왕궁에 살 때가 좋았지 농치며 일이 분 걸어오는 것조차 진저리를 내던 사람인 것이다. 가장 화려한 공작새처럼 머리부터 발끝까지 완벽하게, 만인에게 대접받아 오만한 시선과 어조, 그러나 제게 대하는 말투만큼은 그녀가 귀여워 죽겠다는 듯 유한…….

언니.

심장이 터질 것 같았다. 태어나서 처음으로 손이 떨리기 시작했다. 세간의 말이 진짜였나 보다. 너무 불안하거나 걱정되거나 화가 날 때에는 몸이 주체가 되지 않는다고. 몸은 물론이거니와 머릿속까지 엉망진창이 된 기분이었다.

갑자기 제 옆에 불쑥 튀어나온 액자의 돌기가 보였다. 그러자 분수가 솟듯 기억이 되살아났다. 비밀 통로. 저것을 아래로 내리면 당장에 벽의 귀퉁이가 열린다. 돌연 가슴에 안도가 닥쳤다. 하기야 당연하다. 왕녀를 눕혀 놓고서 일반 방에 전시해 두는 것만큼 멍청한 짓이 또 어디 있겠는가. 비사 오필라의 비밀 통로면 숨기기에 족하리라 생각한 것이 아닐까?

외르타는 그 작은 장식을 아래로 꺾어 내렸다. 곧장 벽의 절반이 밀려나갔다. 좁은 틈이 횃불로 환했다. 아니나 다를까 최근에 누군가 다녀간 것이다. 두려움도 없이 그 안으로 성큼성큼 걸어 들어갔다. 리볼텔라 생각뿐이었다. 죽기만 해 봐.

외르타가 아무리 자매를 특별히 생각한다지만, 그런 그녀라도 제 언니가 왕위 다툼에서 죽을 수도 있다는 사실 정도는 인지하고 있었다. 외르타는 게외보르트의 딸이었다. 내전 속의 죽음에 동정을 두고 감정을 둘 리가 없다. 당연한 일 아닌가.

하지만 이렇게 허무하게, 저 멍청한 작자들의 모의로 세상을 뜨는 것은 용납할 수가 없었다. 화가 났다. 그럴 만한 사람이 아니다. 리볼텔라는 온실 속 화초가 아니라 사람의 목을 베는 군인이었다. 군인의 끝은 전사戰死다. 장차 이 나라를 좌지우지하게 될지도 모르는 사람을, 그럴 만한 역량이 있는 이를 이 자리에 묻을 수가 없었다. 그녀에 대한 자신의 애정과 그 멍청한 놈들에 대한 증오가 뭉쳐 스스로도 놀랄 정도의 분이 터졌다. 이 사람은 저급한 모살 따위에 죽을 사람이 아니다.

길이 점점 좁아지고 있었다. 그러나 빛은 아직 밝았다. 도대체 어디까지 끌고 들어간 건가. 속이 부글부글 끓었다. 이것은 안타까움이나 슬픔이라기보다는 그저 지독한 노여움이었다. 이 잡것들이. 하이에나들이 떼로 몰려 맹수의 왕을 잡아간 비겁을 보듯 가소롭고 노여웠다.

순간, 그녀는 열 발자국 앞의 모퉁이 너머가 어두컴컴하다는 사실을 알아차렸다. 발이 빨라졌다. 몸이 확 꺾이는 순간 모퉁이 옆 불뚝 튀어나온 곳에 무언가 놓여 있다는 사실을 깨달았다.

숨이 터졌다.

"리볼텔라!"

누운 채로 미동이 없다. 외르타는 속이 꽉 틀어 막힌 듯한 압박감에 쇄골께를 모아 쥐었다. 무릎을 굽히며 다시 한 번 외쳤다.

"리볼텔라! 일어나!"

하나 그녀는 여전히 고요히 누워 있다. 그녀는 상대가 죽었나 싶어 덜컥 겁이 났다. 고개를 숙여 그 콧날에 뺨을 가져다 댔다. 젠장. 통로 안쪽에서 부는 바람에 도저히 분간을 할 수가 없었다. 외르타는 입술을 피가 나도록 깨물었다. 젠장, 젠장, 젠장!

죽여 버릴 테다!

이 주제도 모르는 것들이 누구를 노려? 외르타는 화가 나서 정신을 차릴 수가 없었다. 이 사람을. 자신들이 무슨 권리로. 그럴 만한 깜냥도 아니면서. 자격 없는 자들이 기어이 개떼같이 몰려 하나를 물어뜯었구나 싶었다. 그 비열함에 치가 떨린다. 분노가 제 혀를 통째로 삼키는 듯한 느낌이었다. 슬픔보다는 미친 노여움.

그녀는 눈을 꾹 감고는 리볼텔라를 흔들었다. 나무토막처럼 무정하게 쓸려 간다. 외르타는 이를 악물고 외쳤다.

"언니!"

갑자기 리볼텔라의 가슴이 오르락내리락 크게 움직이기 시작했다. 외르타는 이 극적인 상황에 얼이 빠져 감히 무슨 말을 할 수가 없었다. 리볼텔라의 어깨에 손을 얹고, 자신은 무릎을 꿇은 채 그대로 움직임을 멈췄다. 도대체 어떻게 된 건가? 언니라는 단어가 사람을 살리는 마법의 말이라도 되나?

그러나 당연히, 그것은 아니었다. 외르타는 누운 상대의 입매가 점차 올라가는 것을 보고는 사태를 눈치챘다.

"이게 진짜! 어디서 장난을!"

"으흐하핫! 흐하하! 아핫! 미치겠네, 으흑, 핫! 하하하!"

"리볼텔라!"

"으하하하! 으흣! 숨 참느라! 진짜! 흐핫! 돌아가실 뻔! 으흐학! 하하하하!"

"야!"

외르타는 분통이 터져 벌떡 일어섰다. 리볼텔라는 웃느라 눈물을 콱콱 뽑아내고 있었다. 허리도 못 세우고 온몸으로 발작하듯 웃는다. 외르타는 그녀가 무슨 피해를 입었는지 모르기에 어찌 때리지도 못하고 그저 벙벙 뛰었다.

"어떻게 그런 걸로 농담을 해……!"

"하하하하! 프하핫! 으헉, 끄흑, 하하하!"

"언니!"

외르타는 말하고도 놀라 입을 꾹 다물었다. 너무 자연스레 나온 '언니'였다. 리볼텔라는 간신히 제 모든 폭소를 삼키고 마지막 미소 한 조각만 남겼다.

"좋아. 그렇게 하는 거야."

"사기꾼."

"외르타, 내가 사기와 협잡의 달인이란 걸 이제 알았어?"

외르타는 할 말이 없었다. 리볼텔라는 겨우겨우 몸을 일으켜 세웠다. 노인처럼 아구구 하며 일어나는 모습을 보려니 한숨 섞인 웃음이 났다. 그녀는 외르타를 향해 달래듯이 말했다.

"외르타, 넌 남잘 진짜 잘 골라 사귀어야겠더라."

"응? 무슨 말……. 아니! 그 이전에, 언니, 어떻게 된 거야, 지금 이 상황?"

외르타는 이제 스스로 '언니'라는 말을 내뱉고도 자각하지 못했다. 리볼텔라는 흡족하게 웃으며 답했다.

"산튼, 게르트루다와…… 마주쳤다……. 좀 싸우다 보니 산튼 이 미친놈이 날 때리대?"

"그게……. 저번엔 내 목을 조르더니 사람 패는 게 습관……."

"개자식이! 어떻게 빠져나왔느냐?"

"발터가 도와줬어. 그런데 이상해. 언니도 혼자 있을 때만큼은 산튼에게 고분고분하다고 그가 말했는데."

리볼텔라가 고개를 저었다. 음침한 등불 아래 흔들리는 긴 머리칼이 귀신같았다. 무섭다기보다는 깔끔하지 못하다는 느낌이 더 강했다. 외르타는 평소처럼 그녀의 머리를 올려 주고 싶어 손이 근질근질해졌다.

"자존심이 있지. 혼자 있을 때랑 여럿 있을 때랑 어떻게 다르게 대하겠느냐? 똑같아, 똑같다. 발터에겐 그저 그리 얘기해 둔 것뿐이야. 혼자 있을 때도 산튼과 치고 박는다 하면 그 녀석이 그러지 말라고 날뛰거든. 어차피 서로 죽일 사이에 뭘 위하는 척인지."

외르타는 그것이 '척'이 아니라 진짜라는 것을 알았다. 발터는 정말 리볼텔라를 아끼고 있었다. 이것이 무슨 기묘한 관계인지 그녀는 잘 가늠이 가지 않았다. 태생부터 적으로 태어난 사이가 그리 친밀하다니.

"차라리 산튼 혼자만 있었으면 더 나았을 거다. 그놈은 무식하니 나 기절하면 그저 던져두고 떠났을 거거든. 그런데 게르트루다! 산튼이 나한테 손대는 걸 게르트루다 고년이 가만히 보고 있다가, 사람도 없는데 그냥 죽여 버리자대? 골 때리더라."

"허황된 소리는 아니니까……. 그런데 그 계산이 너무 저열했어. 나한테 와서 언니 생일이 언제냐고 묻지 뭐야? 언니가 제 사병 암호랑 금고 암호랑 상단 암호 죄다…… 신명과 생일을 조합해서 만들었단 걸 어떻게 알았는지 난 도통……."

"아, 그건 내가 불었다. 맞는데 너무 아파서. 신음처럼 내뱉는 순간 갑자기 번뜩! 아, 이건 아니지! 생각하면서 입을 다물었지."

"……."

"그 뒤로 한참을 쥐어짜도 실토할 기미가 안 보이니까…… 나에게 무슨 약을 놓고 꺼지더군. 중간에 잠깐 깼는데, 또 약 맞고 다시 잤어. 알아내지 못할 암호를 대비해 죽이지 않은 거야."

외르타는 눈을 내리깔았다.

"그나마 다행이네. 언니 죽었으면 발터가 미쳤을걸? 산튼이나 에오반이나 게르트루다나 살아남지 못했을 거야. 발터도 당연히, 이 나라만 한 무게의 정치적 부담을 지고 공멸했을 테고. 다행이야."

"아……."

"그런데 언니, 아까 남자 잘 사귀라는 건 도대체 무슨 소리야?"

"음. 그거, 너 뒤에. 방금 왔네."

외르타는 획 뒤를 돌아보았다. 환한 횃불 사이로 세파르딕이 서 있었다. 그녀는 너무 놀라 무슨 말을 하지 못했다. 그런 그녀 대신 리볼텔라가 말했다.
“재가 날 지키고 있었어. 약 다시 놓은 게 저놈이다.”
“도…… 대체…… 뭐야? 어떻게 된 거야? 세파르딕!”
“젠장, 외르타. 그러게 내가 빨리 정리하랬지? 아빠나 아들이나 둘 중 하난.”
“시간이 없었단 말이야! 삼곽에 내려갔던 날 이후론 못 봤잖아!”
무기를 쥔 자 앞에서 마땅한 잡담은 아니었다. 외르타는 얼이 빠진 얼굴로 물었다.
“그런데 내가 그런 것이랑 재가 산튼 편을 든 건 무슨 상관이야?”
“때가 되었을 때 1왕녀를 죽이면…….”
열여덟이라지만 이미 변성기가 지나고도 남은 시점이다. 외르타는 지독히 낮은 목소리에 인상을 찌푸렸다.
“저와 전하의 혼인을 주선해 주신다 했습니다.”
외르타는 목이 꽉 막히는 것을 느꼈다.
“세파르딕, 말이 되나?”
“자식을 볼 생각은 없습니다. 당신만 있으면 됩니다.”
“그 문제가 아니라! 산튼 그 개자식이 내게 무슨 권리가 있다고!”
“외르타, 있어. 폐하께서 요즘 널 결혼시키려고 애태우신단 말이야. 나와 발터만 반대한다.”
외르타는 소리 없는 신음을 내뱉었다. 그걸 꼭 이 자리에서 말해야 해?
“그래서…… 저번…… 지방에 간다며 그리 만났구나……. 너나 언니나 내 옆에 붙어 다니니…….”
수족으로 부리기에 마땅한 도구였을 것이다.
이틀 전 삼자대면을 했다고 이틀 전에 시작된 일은 결코 아니리라. 적어도 그녀 자신이 저 부자와 친밀히 지냈던 지난 반년, 그사이 언젠

가부터.

외르타는 제 머리 소리가 참 요란하다고 생각했다. 오래된 바퀴살이 삐걱거리듯 너무나 늦어 수치스럽다. 오늘 리볼텔라와 산튼이 마주친 것은 우연이 아니다. 게르트루다의 계획이다. 아무 말도 없었지만, 외르타는 세파르딕이 산튼이 아닌 게르트루다의 졸이라 확신할 수 있었다. 산튼이 이런 노림수를 낼 수 있을 리 만무하므로. 리볼텔라가 오늘 이때 호위 없이 이곳을 지나간다는 사실을 세파르딕이 알았고, 그것을 그 주인인 게르트루다가 전해 들어 산튼과 동행한 것이다. 말싸움이야 붙여 주면 되고 돋우는 일, 죽이자 충동질하는 일도 그녀에겐 손쉬운 과정일 테니까.

숨이 막힌다. 그가 리볼텔라를 감시할 수 있게 가까이 둔 내 잘못인가?

세파르딕이 약간 손을 떨며 말했다.

"죄송하지만, 지금이 '때' 입니다. 누군가에게 발각되면 즉시 일을 처리하라 하셨습니다."

외르타는 그의 말을 알아들었다. 1왕녀를 죽여야 하는 '때' 다. 그녀는 당혹하여 리볼텔라 앞을 지키고 섰다.

"나도 죽일 거니? 목격자도 죽여야 할 것 아냐!"

"본시라면 전하도 죽여야 하지만, 저는 그럴 수 없고 그러지도 않겠습니다. 어차피 전하의 말씀은 폐하께서 믿지 않으실 테니까요."

"말이 돼! 폐하께서 나를 얼마나……."

"그게 문제가 아니다. 내가 죽으면 균형이 깨져. 삼 대 삼이 아니잖아. 암만 폐하께서 너를 예뻐하신다 해도 다수결을 무시하진 못하실 거다."

"젠장! 언니는 무슨 해설 역이야? 언니가 죽는단 말이야!"

리볼텔라는 어깨를 으쓱했다.

"외르타, 이 착한 언니는 네게 충고 하나만 남기고 세상 뜨련다."

"언니!"

"남자 조심해."

"시끄러워!"

외르타는 세파르딕에게 엎드려 빌어야 하나 생각했다. 날붙이 하나 없는 여자 둘과 시퍼런 칼을 든 남자다. 조금도 반항할 수 있을 것 같지 않았다. 머리가 부서질 것처럼 옥죄였다. 그녀는 더듬더듬 세파르딕에게 다가가 팔을 부둥켜안으려 했다.

"세파르딕, 이상한 오해를 했나 본데 나 칸 제베르스칼하고는 아무 관계도 아니야. 그 사람이 나를 딸같이 여겨 조금 만났던 것뿐이야. 나한텐 너밖에 없어……."

"나중에 이야기하지요."

"세파르딕…… 제발……."

세파르딕은 그녀를 밀치고 한 발자국 앞으로 나섰다. 외르타는 그를 잡아당겼다. 하나 전혀 끌려오지 않았다. 그녀는 오히려 그의 밀쳐 내는 힘에 고꾸라져 리볼텔라 옆까지 쓸려 갔다. 벽에 머리를 부딪히자 경황이 없어 정신이 깜박깜박 휘청였다.

칼이 들린다. 리볼텔라는 잠깐 굳어 있다가 돌연 씩 웃었다. 반사된 날빛으로 그녀의 얼굴에 금이 갔다. 돌아 버릴 것 같다. 안 돼, 안 돼, 안 돼…….

안 됐다.

외르타는 자신의 눈을 믿을 수가 없었다.

세파르딕의 배로 흰 것이 빠져나와 있었다.

리볼텔라가 기어이 웃음을 터뜨렸다.

"발터!"

발터의 얼굴은 무시무시했다. 세파르딕은 피가 역류하는 소리를 내며 앞으로 무너졌다. 발터는 큰 동작도 없이 제 칼을 뽑아 들었다. 여전히 소심해 보일 정도로 깨작이는 움직임이지만, 곧이어 다시 살 소리가 들렸다. 살인이 소심하지는 않다. 그는 반항도 못하는 소년의 숨골에 칼을 박아 넣었다. 마무리라도 하듯 굳은 표정. 외르타는 제 얼굴이 하얗게 질리는 것을 느꼈다.

"야! 발터! 미쳤어! 죽이면 앞으로 어찌하려느냐! 살려야 게르트루다를 잡아넣지!"

그는 리볼텔라의 만류에도 칼을 남용했다. 감정에 질식한 듯 꾹 잠긴 얼굴이다. 외르타는 도리어 제자리에 굳어 있고, 리볼텔라가 직접 나서서 그 팔에 매달렸지만 결과는 달라지지 않았다. 그는 웅크려 엎드린 등에 대고도 수번이나 제 칼을 박아 넣었다.

토끼 굴에 연기를 피우면 즉각 사냥감이 달려 나오듯, 사람이라면 누구나 찔렸을 때 덜덜 떨며 나오는 부분이 존재한다. 발터에게 그것은 리볼텔라였다. 절대, 건드리면, 안 되는 것이다.

외르타는 처음으로 발터의 광기를 엿본 것 같았다. 누군가 리볼텔라를 건드리자 그의 이성 자체가 증발한 듯 보였던 것이다. 사람이 고깃덩이와 다를 리 없다고 말하는 무감각하고도 잔인한 손길이었다. 그것은 분이나 증오의 수준이 아니다. 더 뿌리 깊은 감정. 제 속의 정수를 끌어올린 듯 찐득하고 짙고 지독했다. 사람을 계속 죽일 수 있다면 열 번이고 백 번이고 죽였을 만큼 험악한 낯이었다.

그녀는 세파르딕의 등에 핏구멍이 새겨지는 모습을 바라보았다. 반쯤은 넋이 나가서. 사람 죽는 장면을 처음 본 것은 아니지만 아는 사람이, 직접적으로, 그것도 이토록 잔인하게 죽는 것을 본 적은 처음이었다. 순간 조금 미안해졌지만 곧 그럴 만한 가치가 없다고 판단했다. 날 사랑하는 건 좋아. 그런데 왜 그랬어?

리볼텔라가 펄쩍펄쩍 뛰었다. 그만 좀 하라는 외침과 온갖 욕설이 번갈아 좁은 복도에 울려 퍼졌다. 그녀는 간신히 발터의 손에서 칼을 뜯어냈다. 칼은 어두운 복도 안쪽을 향해 뎅그렁뎅그렁 거칠게 굴렀다.

"발터, 그만해."

발터는 시체를 걷어찼다. 그리고.

다음 순간 그는 외르타의 멱살을 잡아 올렸다. 숨이 턱 막히고, 발이 허공에 붕 떴다. 이런. 외르타는 그가 저리 흥분한 이유를 알기에 어찌 화를 내지도 못했다. 발터는 잡아먹을 듯 난폭하게 말했다.

"아무 일도 아니라고? 이런 사달! 이런 사달을! 내게 감히 거짓을 고해?"

"……."

"오냐 오냐 해 줬더니 내가 정말 널 예뻐하는 줄 알아! 처신 똑바로 못하나!"

외르타는 그의 말을 듣기는커녕, 뚜하게 비밀 통로의 천장을 바라보았다. 발터 역시 그녀에게 제 꾸지람을 설득시키려 들지는 않았다. 그저 분노를 표하는 데 모든 관심을 쏟을 뿐이다.

"너 똑똑히 행동해라! 미친년 널뛰듯 정신 못 차리고 달려 나가지 말고! 게르트루다에게 무슨 이야길 들었으면, 지체 않고 나에게 전해야지! 뭐? 홀로 튀어? 네깟 게 뭐라고! 내가 나중에 다 떨치고 네 뒤 쫓느라 얼마나 고생했는지 알아!"

"발터……. 너라면, 언니 찾기도, 전에, 언닐, 죽여 놨을걸."

"입 안 닥쳐!"

"온, 궁, 뒤엎는 동안, 이미, 세파르딕이, 언닐 죽였을, 거라고, 알아?"

"끝까지 잘했다고!"

"너보다 못한 건 없어."

발터는 그녀를 내려놓고는 어딘가로 몇 발자국 걸어갔다. 외르타는 기침을 터뜨리며 어설프게 뒤로 물러났다. 그녀가 고개를 들었을 때 그 앞에는 칼이 있었다.

잘한다, 그래.

"이럴 땐 너나 산튼이나 똑같아. 발터 너는 있잖아, 넌 언니가 없어져야."

칼이 올라간다.

"그제야 냉정 차려 왕 노릇 좀 할 것 같다."

그녀는 칼도, 제 앞으로 사람의 시꺼먼 그림자가 들이닥치는 것도 그저 그 동정하는 눈 그대로 바라보고 있었다. 그림자. 외르타는 그 끝이 제 몸에 닿을 때부터 누구의 그림자인지 알고 있었다. 리볼텔라가 어처구니없다는 웃음으로 사이에 끼어든 것이다.

"발터, 미쳤느냐?"

"비켜."

"지금 네 기세에 내가 비키리라 생각하나?"

"어차피 죽일 거 조금 앞당기는 것뿐이다."

"도대체 이 애 잘못이 무엇이기에?"

"난 거짓말은 용서 안 해."

"나에 대한 거짓말이겠지."

"어쨌든 죽이겠다. 비켜."

리볼텔라는 처음으로 분통이 터진 듯했다. 세파르딕에게 죽을 뻔했을 때에도 결코 터뜨리지 않던 노여움이 그 말에 기어코 불붙었다.

"발터!"

"……."

"당장 칼 안 내려놔! 어디서 굴러먹던 버릇이야! 저놈이 죽어서 게르트루다를 끌어들이지 못하게 된 것도 미치고 팔짝 뛸 노릇인데! 지금 또 엄한 사람한테 칼 들겠다? 네 분만으로? 정신 나갔느냐, 너! 냉정 못 차릴래!"

"누님."

"이딴 놈한테 내가 뭘 믿고 등을 맡겨! 네 멍청한 꼴을 보아하니, 셋이 죽고 난 뒤 내 널 죽이는 일은 정말 순탄이겠다, 어? 아주 간만에 내 화를 북돋는구나. 넌 지금 내가 얼마나 인내하고 있는지 알아야 해! 저놈 죽인 것도 내가 참고 있는 거란 말이다! 이미 참고 있다고! 이 개자식아! 내가 산튼한테 몇 대나 맞은 줄 아느냐! 게르트루다 그년이 얼마나 속닥질했는지 아냐고! 저놈 살려서 기필코 꼬리를 잡아넣으리라 다짐했건만! 죽여? 어? 죽여! 죽였다고, 네가!"

"……."

"근데 이젠 또 뭐? 외르타? 야! 너나 죽어! 이게 눈 뒤집혀 뵈는 게 없나! 물이라도 끼얹어 줄까? 냉정 안 차려!"

누가 남매 아니랄까 봐. 본격적으로 화를 내기 시작하니 그 열기는 이내 발터를 뛰어넘었다. 외르타는 길길이 날뛰는 리볼텔라를 얼이 빠진 채 바라보았다. 그녀 자신이 '당했다'는 충격과 게르트루다를 엮지 못하게 되었다는 실망이 한꺼번에 쏟아지고 있는 것이다. 외르타까지 죽여 버리겠다 말하는 발터에 마지막 인내가 끊기자, 축적된 노여움은 즉각 그에게로, 폭포수처럼.

외르타는 발터에게 미안했다. 따지고 보면 별 죄도 없는 오라비건만 조금 흥분했다 하여 리볼텔라의 모든 분을 뒤집어쓴 것이다. 발터는 이미 제 누이가 베일까 두려워 칼을 치운 상태였다. 바보같이 얻어맞고 있다. 리볼텔라는 그의 머리를 때리고, 어깨를 내리누르고, 등짝을 치고, 다리를 걷어차고……. 외르타는 농담을 한 것이 아니었다. 리볼텔라만 없으면 발터는 참 좋은 왕의 재목이었다. 그녀가 그의 치명적인 약점이라면 어쩔 수 없는 일이지. 외르타는 순식간에 희극적으로 변모해 버린 둘을 바라보며 생각했다.

발터는 스스로가 겁쟁이라는 사실을 인정했다. 때문에 저를 두렵게 만드는 것에 자비를 두지 않겠노라 경고한 것이다. 제 공포를 사는 모든 씨앗을 밟겠다는 고약한 심성.

종내 그는 제 사랑하는 약점까지 두려워하게 되리라.

완벽한 논리적 도출이었다. 외르타는 서로 사랑하는 이 남매가 상대를 죽이는 데 아무 거리낌이 없으리라는 것을, 키 큰 남자가 늘씬한 여자에게 북어포처럼 얻어맞고 있는 우스운 상황 앞에서 선연하게 깨달았다. 리볼텔라는 외르타 자신에게 말했던 그 당연한 왕손의 각오로. 발터는 제 두려움으로.

외르타는 남매가 티격태격하는 모습을 바라보았다. 녹갈색 눈이 빙그레 웃었다.

서로 그리워해도, 후회하지는 않을 것이다.

"따라 해."

외르타는 고개를 숙이고 있었다. 지은 죄가 있어 감히 낯을 펼 수 없었다. 리볼텔라는 다리를 꼬고 앉은 채로 한 마디 한 마디 강조하며 말했다.

“사람을 사귈 땐 조심하겠습니다.”

“사람을 사귈 땐 조심하겠습니다.”

“앞으로 일 년 동안 이성과는 손도 안 잡겠습니다.”

외르타는 숨이 막혔다.

“뭐……?”

“안 해?”

“……앞으로 일 년간은 남자랑 손도 안 잡을게요.”

“이성 만날 때 첫째 수칙, 같은 핏줄은 건드리지 마라.”

“……같은 핏줄은 건드리지 마라.”

“둘째, 아니다 싶으면 즉각 잘라라.”

“……아니다 싶으면 즉각 잘라라.”

“셋째, 손을 봐.”

“어?”

리볼테라는 그녀의 손을 잡아당겼다. 그 흰 손등을 뒤집더니 엄지의 아래 한 마디를 부여잡았다.

“여기. 여기 잘 봐.”

“무슨 상관인데?”

“나중에 알게 될 거야. 자세히 들여다봐야 한다?”

“뭐가 좋고 나쁜지는 알려 줘야 할 것 아냐.”

“그런 건 네가 알아서 찾고. 꼼꼼히 살피는 게 요점이야. 언니 말 알아들었느냐?”

외르타는 영문을 모른 채 고개를 끄덕였다. 리볼텔라는 이제 되었다는 듯 웃으며 그녀의 등을 내리쳤다. 외르타는 한숨 쉬며 뒤를 돌았다. 가벼운 새끼 동물처럼 왕궁 안으로 들어간다. 소녀의 종종걸음은 느린 듯 빨랐다.

리볼텔라는 아이의 뒷모습을 눈으로 좇았다. 휘황한 대리석 궁륭 너머, 장미 덩굴을 돌아가는 갈색 머리칼까지 꼼꼼히 지켜보았다. 외르타의 뒷모습이 사라졌다. 그녀는 소녀가 완전히 떠난 뒤에야 시선도 돌리지 않은 채 팔을 들었다. 짚은 것은 웬 남자의 손등이었다.

"발터."

"……."

"화내지 마."

침묵뿐이었다. 그녀는 건질 것 없는 밍밍한 고요 속에서도 그의 분노를 알고 있었다. 발터는 명치 아래를 가격당한 듯한 표정이었다.

"세파르딕이 아니었어도 저치들은 기어이 다른 사람을 썼을 거다. 호위를 제대로 안 끌고 다닌 내 잘못이지, 조금 방종했을 뿐인 외르타 탓이 아니야."

"저건 어떻게 누님 인생에 하나도 도움이 안 되나?"

"이미 충분히 도움을 줬다."

"무슨 도움?"

그녀는 대답하지 않았다. 다만 의자 옆에 서 있던 발터를 제 앞으로 끌어왔다. 그는 그녀와 눈높이를 맞추기 위해 다리를 구부렸다.

"난 저 아이가 좋아."

"내가 그걸 모를 리 있나."

"넌 외르타를 좋아하지 않지?"

"그보단 관심이 없는 거지. 후일…… 그때에는 냉정하게 판단할 일이다."

발터의 갈색 눈은 상당히 탁해서, 왕족이라기보다는 늙은 여행자의 시선처럼 보였다. 닳아빠진 모서리 모양의 눈꼬리도 그 인상에 한몫할 것이다. 그와는 정반대로, 마치 가지에서 갈라져 나온 듯 햇살 같은 초록이 남매를 마주했다. 초록. 생명 같은 녹綠.

"발터, 난 너를 사랑해."

"징그럽게."

"사랑한다고 해 줘서 고맙다."

"……."

그는 답하지 않았다. 리볼텔라는 그 침묵이 쑥스러운 긍정이라는 사실을 잘 아는 사람이었다.

"그러니 발터."

"……."

"노파심에서 이야기하는 건데, 네가 이기고 날 살려 두기만 해 봐."

"무슨 소리야?"

"너야 당연히 죽을 수밖에 도리 없지만, 난 여인이잖나."

"그런데?"

"그러니까 내 말은 내 아들만 죽이고 난 살려 두지 말란 뜻이야. 우리에게 유대가 있었다고, 친누이라고 동정하지 마라."

숨 가쁜 정적이 있었다. 정말 화살 지나갈 만큼의 찰나라, 그 뒤 이어진 발터의 답은 그저 조금의 엇박자처럼 들릴 따름이었다.

"아, 어. 당연하지."

"대신……."

"어?"

"외르타 저 아이는 좀 살려 줘."

"이건 또 무슨 헛소리야?"

"살려 줘."

리볼텔라는 그의 어처구니없다는 시선을 납득했다. 발터는 제가 왕이 되었을 때 외르타를 살려 둘 생각이 조금도 없었을 것이다. 그는 어떤 쪽으로든 왕계의 씨를 말려 버릴 인물이었다.

발터는 당혹스러운 말투로 답했다.

"누님답지 않게 왜 이래?"

"말 좀 들어라!"

"뭐 해 줄 건데?"

"내 마음을 주마."

"미쳤나……."

"씨알도 안 먹히나?"

"다른 걸 줘."

그러나 그녀는 어차피 스스로가 유형의 무언가를 그 대가로 걸 수 있다고 생각지 않았다. 발터가 가지지 못한 것은 없다. 왕위를 제하고는. 그것은 사실 리볼텔라 자신도 마찬가지였다. 그녀 역시 왕위를 제하고는 바라는 것도, 잃을 것도 없었다.

그래서 그녀는 그저 달래듯 말했다.

"발터, 나는 결국 네 가장 가까운 누나다. 재는 것은 아니다만 많이 사랑해 왔단다. 너도 내게 그 정도의 애정은 있으리라 믿어. 그 권리로 부탁하마."

발터의 눈이 다소 밝아졌다. 리볼텔라는 갓 태어났을 때 저 아이가 가졌던 눈을 상기했다. 한여름의 나무껍질. 커 가며 그 색이 점점 어두워진 까닭에 지금의 저 빛이 된 것이다. 자신의 짙은 채도를 따라온 모양이다.

그가 말했다.

"생각해 보고."

"에휴……."

"……한숨? 누님, 난 지금 그깟 게 문제가 아니야. 난 누님이 내 목을 베지 못하게 해야 한다. 그게 우선 문제지. 어이가 없어서……. 지금 도대체 누가 이길 걸 가정하고 얘기하는 건가? 나도 나 살아남기에 바쁘다."

리볼텔라는 빙긋 웃었다. 그의 말도 틀린 것은 아니다. 제 모든 세력, 발터의 모든 세력에게는 참 미안한 말이지만 이제 이 둘 중에 누가 이길지는 복불복과 다름없었던 것이다. 힘이 지나치게 비등한 까닭이다. 때문에 이제 남은 배당금은 행운뿐이었다.

"하긴……. 미안. 난 그래도 널 죽여야겠다."

"알고 있어. 누님, 그런데 나 죽으면 또 호의랍시고, 가장 강력한 적이었답시고 성벽 중앙에 걸지 마. 민망하다."

"가장 구석진 곳에 눈에 안 띄게 매달아 주마. 걱정 마라."

"나도 누님 주검엔 머리쓰개 씌워 줄게."

"오……. 그거 진짜 괜찮은데. 머리쓰개!"

듀아네일력 544년, 게외보르트의 제18대 왕 막시밀리안 5세가 운명한다. 그 직후 왕자 둘과 왕녀 둘 간의 왕위 계승 내전이 발발했다. 내전의 전반부 반년은 후궁의 소생 둘을 현 왕비의 남매가 척살하는 과정이었다. 그러나 그것은 내전으로 분류하기에도 민망할 일방적인 진압, 진짜 내전은 그 이후 세 해를 넘긴 남매간의 다툼이었다.

클라우지우스 아벤트로트 라티스본 발터 틸 게외보르트 트리첸바와 클라우지우스 겐센 지클레 리볼텔라 틸 게외보르트 트리첸바의 내란은 동부 전반을 폐허로 만들기에 충분한 규모였다. 근 4세대 내에 싸움이 드물었던 만큼 그것은 대단한 충격이 되었다.

내전 초반에는 왕자가 서부 해안까지 도주한 일이 있을 정도로 궁지에 몰려 있었다. 그러나 그 사 년의 마지막, 반 게르츠의 배반, 소모렛의 패배 등 악재가 잇따름으로 왕녀의 세력은 급격히 약화되었다. 결국 소모렛의 패배 이후 두 달 열흘 만에, 왕녀는 비사의 연회를 제안받고 왕자에게 투항했다.

왕자는 흠잡을 곳 없는 예우로 패배자를 맞아 일주일간의 비사 연회를 베풀었다. 그 일주일이 지나고 왕녀는 숄렘 노트란트 성벽의 마지막 빈자리를 채웠다. 네 개의 죽음 중 유일하게 얼굴을 가린 시신이었다. 패배자들의 주검은 수도에 매달려 썩어 문드러졌다.

듀아네일력 547년 12월, 게외보르트는 제 땅의 열아홉 번째 왕, 발터 하임부르겐 1세를 맞이했다.

두꺼운 추억

앙히에는 리볼텔라를 만나러 가는 길이었다. 휘파람까지 불며 걸어가다 문득 고개를 돌리니, 시선이 닿은 계단에 외르타가 앉아 있었다. 까치걸음으로 옆을 돌아보았다. 그녀는 멍하니 바닥을 내려 보느라 그가 지나가고 있다는 사실조차 눈치채지 못한 듯했다. 앙히에는 홀로 어깨를 으쓱하며 제 갈 길을 마저 걷기 시작했다.

앙히에의 나이는 열여섯 하고도 두 달, 오스페다를 떠난 지는 일 년 이 개월, 숄렘 노트란트에서 머문 시간은 한 해의 반, 리볼텔라가 이 나라의 왕녀였다는 사실을 안 것은 정확히 사 순째.

"재밌을까?"

"재밌다기보단 고달플 거야."

"하다 그만둔다 하면 난 어떻게 돼?"

"죽어."

"할게."

"클라우지우스 겐센 지클레 리볼텔라 틸 게외보르트 트리첸바. 내 본명이다."

"당신 1왕녀였구나?"

"치사하게 놀라지도 않느냐?"

"근데 계속 이 말투 써도 되나? 단이나 반 정도까지는 대강 말을 놓으려 했는데 왕녀라니까 몸이 꼬인다."

"일이나 열심히 해라. 그럼 뭔들 용납 못할까."

지난 일주일, 앙히에는 노르헨발트에 다녀오라는 그녀의 명을 받아 수도를 떠나 있었다. 죽일 사람도 죽였고, 얻을 것도 얻었다. 유유자적하며 발에 날개 돋은 듯 돌아왔다.

그는 다시 리볼텔라를 생각하기 시작했다. 리볼텔라가 웬만한 사람이 아니라는 것은 저도 당연히, 내내 알고 있었다. 그러나 왕녀라? 듣자마자 신이 나 공중제비라도 한번 뛰어넘고 싶었던 것이다. 역시 바깥에는 재미있는 것들이 많다. 게외보르트의 왕녀라면 곧 지독한 내전에 휘말릴 터, 그 속에 낄 수 있는 마지막 표를 구한 것이다.

리볼텔라가 질 것이라고는 생각지도 않는다. 태어나 단 한 번도 패배자의 편을 든 일이 없는 자신의 직감과 그녀의 능력과 그 어마어마한 뒷배경을 믿었다.

"앙히에?"

앙히에는 자신을 부르는 목소리에 뒤를 돌아보았다. 외르타가 제 치맛자락을 탈탈 털며 그를 부르고 있었다. 그는 걸음을 멈췄다.

"응."

그녀는 리볼텔라를 만날 때마다 얼굴을 마주할 수밖에 없는 상대였다. 즉, 마르고 닳도록 본 사이, 지금에 와서는 어쩔 수 없이 안면을 튼 사이다.

외르타의 지상 취미라던 남자가 언니 덕분에 원천 봉쇄된 이후로, 그녀는 이제 도서관에나 틀어박히거나, 그도 아니면 삼곽까지 내려와 자신을 물어 대곤 했다. 처음에 그리 질겁하던 태도는 어디로 갔는지 도무지 알 수가 없다.

“언닐 만나러 가?”

“응. 넌 여기서 뭐 하냐?”

리볼텔라에게도 반말을 내뱉는 그가 외르타라고 공손히 대접할 리 없다. 리볼텔라도 외르타도 이런 취급이 처음일 텐데, 그 둘 모두 무던히 넘어가자 그는 솔직히 당황스럽기까지 했다. 사실 배포 적은 만용이었다.

“그라벤호펜에서 발터가…… 하고 있어서 짜증 나서 안 가. 개자식. 요새 내가 거기 머무르는 걸 알고 일부러 선택한 거야.”

“그라벤호펜? 왕실 도서관? 그런 데서?”

“일부러라니까!”

“시트 빨아 오라 그래.”

“아무렴. 아, 그런데, 이 말을 하려고 했다. 언니는 지금 비사 오필라에 없어. 너 오늘 오기로 예정된 것 맞니?”

“하루나 이틀 정도 일찍 오기는 했지만……. 꿀벌이 벌통 안에 없으면 어쩌겠단 거야?”

외르타는 그에게 종종걸음 쳐 달려왔다. 사슴 같다.

“꿀 얻으러 갔겠지. 내일 밤에 돌아온다고 했어.”

“와……. 이 배신자.”

그녀는 기어이 가까이 와서는 그의 머리를 때렸다. 그가 짜증스러워하자, 아주 하얗게, 천연덕스럽게 말한다.

"언니 대신 때린 거야."

"꽁지 불붙은 강아지처럼 따르네. 넌 리비 없으면 어떻게 살래?"

"곧 죽을 사람인데?"

"……넌 리비가 지길 바라고 그런 말을 하냐?"

"아니 그게 아니라……."

"무슨 뜻이야, 그럼?"

"이런……. 넌 언니를 보고도 모르냐? 가장 바람직한 예측은 가능한 최악의 경우를 상상하는 거야. 우리 왕실의 자랑스러운 선전 문구지."

"퍽도 자랑스럽겠다. 우리 형님이나 좋아할 말이잖아."

외르타는 소리 없이 입을 동그랗게 벌렸다.

"형님도 있어?"

"넘보지 마. 안 돼."

"그럴 리가 있나. 난 널 보기를 정말이지……. 부모 없이 길에서 나서, 형제 없이 길에서 자란 것처럼 정신 산만한 데다, 뭐라고 해야 하나, 독단적?"

앙히에는 웃으며 알맞은 말을 골라 주었다.

"유능한 거지."

"객사나 하렴."

외르타는 우아하게 욕한 뒤 등 돌려 걸어가기 시작했다. 그는 잠깐 고민하다가, 이내 새끼 오리처럼 그녀를 졸졸 따라가기 시작했다.

"외르타, 재밌는 거 없어?"

"네가 나한테 알려 줘야 하지 않겠니? 내겐 지금 그라벤호펜도 남자도 없어. 당연히 흥밋거리가 다 떨어졌지."

"아, 다행히도 마침 그 두 가지를 모두 갖춘 훌륭한 위인이 여기 있네."

"입 다물어. 남자는 남자라도 네 머리에 든 건 깃털밖에 없다."

"재밌는 거 있는데 안 알려 줄래."

그녀가 몸을 홱 돌렸다. 앙히에는 어깨를 으쓱였다.

"알려 줘."

"따라해 봐. 그라벤호펜보다 똑똑하고……."

"시끄러워."

"……지금 이 숄렘에 있는 어떤 남자보다 잘난……."

"네놈 형님이 치렀을 고생이 눈에 훤하다."

천년만년 이어질 것 같던 앙히에의 헛소리는 외르타가 형님을 들먹인 즉시 뚝 끊겼다. 그는 짜증스럽게 반문했다.

"아, 형님이 무슨 상관이야?"

"네 꼴을 보면 답이 나와."

"내 꼴이 어떻길래?"

"재밌는 걸 알려 주면 말해 주마."

"좋아. 나가자."

외르타는 제 요청이 받아들여질 것을 예상치 못한 듯 얼떨떨한 표정이었다. 앙히에는 그녀의 두 어깨를 잡고는 비사 오필라의 정문, 즉 담쟁이문으로 씩씩하게 밀어 대기 시작했다. 비사 오필라에는 앙히에와 같은 왕위 계승자의 정보꾼들이 허다히 드나든다. 때문에 그 역시 당당하게 정문으로 지나다닐 수 있는 것이다.

앙히에는 아득바득 버둥대는 외르타를 무시한 채 생각했다. 아마 이 비사 오필라는 중앙 삼국 중에서 제일 개방된 왕궁일 것이다.

생 로욜은 귀족원이 왕궁 안에 있어 하루에도 수백 명씩 출퇴근 한다지만, 어쨌든 평민에게는 막힌 세계다. 잉그레는 심지어 — 태자와 뻔질나게 맞먹던 자신의 입으로 문턱이 높다고 말하기는 조금 계면쩍지만. — 그 경호가 정말 철통같은 까닭에 귀족마저 함부로 드나들 수 없었다. 무도회나 십이공회가 없는 대부분의 날들, 그 안은 정말 왕족들만의 정적이었던 것이다.

그런데 분위기로만 본다면 가장 모질게 엄중할 것 같은 비사 오필라가, 자신 같은 신분 불명자도 이리 쉽사리 들여보내 주는 것이다.

왕족에게 위험한 사람은 어찌 막느냐고? 그 옆에서 부대끼는 동기들이 가장 위험한데 무슨 상관이냐, 너희가 너희 목숨 알아서 스스로 챙겨라, 이런 느낌이었다. 아무리 나다닐 수 있는 구역이 제한되어 있다지만…….

앙히에는 리볼텔라의 인장을 들어 경비 기사에게 보였다. 그는 앙히에보다는 그의 손에 잡힌 막내 왕녀를 향해 의심쩍은 표정을 지어 보였다. 외르타는 금세 도도해진 뒤였다. 또래 소년과 기차놀이하듯 얽힌 꼴이 점잖으면 얼마나 점잖으랴만.

"전하?"

"볼일이 있어 나가련다."

"저는 1왕녀 전하께, 그분의 정보원과 3왕녀 전하 사이에 접촉이 있었다는 사실을 고해야 합니다. 제 의무……."

"얼마든지 말하렴."

"성총 있으시기를."

"수고해."

앙히에는 머리가 이상해지는 것 같았다. 정말 이상한 나라이다. 잉그레의 경비 기사는 공작가의 막내인 자신에게조차 저리 직설적으로 말할 수 없었다. 심지어는 저런 무례한 추궁의 눈길마저 경을 칠 일이지 않나. 하물며 왕족에게? 물론 저자 역시 끝에는 마땅한 예의를 차리고 굴종했지만 그 과정이란 것이…….

진짜 이상한 왕실. 왕족을 저리 딱딱하게 대하면서 왕에게는 어떻게 항상 제 목을 못 바쳐 안달일까. 무언가 동물적이었다. 왕위에 오른 자만을 진짜 왕족으로 여기는 분위기, 매양 벌벌 떨며 왕의 발에 입 맞추는 모양이다. 딤니팔의 우리 얼간이 전하 역시 곧 나라의 전권을 쥐실 몸이시지만, 그를 향한 귀족들의 복종은 두려움보다는 전통과 타성에 기인하고 있었다. 경외는 있었지만 공포는 없었던 것이다.

물론 이 체제는 그 특유의 지렛대로 꽤나 쓸 만했다. 게외보르트는 그 공포만큼이나 안정되어 있었으니까. 국왕 재위 후반의 권력 누수가 없는 유일한 나라다. 지독히 큰 왕 직속의 금권, 군권, 인사권이 아예 부분집합으로 독립되어 있기 때문이다. 이것은 현왕이 죽고 다음 대가 계승할 때까지 누구도 접근할 수 없게 신전과 어수대에 의해 봉인된다. 왕위에 앉아 스무 해를 넘기지 못한 자가 없을 정도니 재위 기간 역시 그 왕권의 안정을 줄기차게 증명해 주고 있었다.

아니 말이나 되나! 스무 해! 가장 짧게 왕위에 올랐던 자가 이십 년이나 해먹었다는 이야기다!

"이십 년이나……."

"무슨 소리야?"

"하긴…… 불순분자들이 죄다 박멸됐으니……. 아니지, 그걸 가장 강한 자가 잡아먹은 셈이군."

외르타는 그가 무슨 말을 하고 있는지 정확히 깨닫고는 눈살을 찌푸렸다.

"한 사람의 적도 없고, 건강과 후손은 신전에 의해 보장받은 사람의 이십 년이 그렇게 놀랄 일이니?"

"도대체 이 전통은 어디서 나온 거냐?"

"……그라벤호펜만큼의 지혜가 있다면서?"

"철회할게. 알려 줘."

그녀는 그 빠른 겸양에 만족하며 기꺼이 답해 주었다.

"이 왕가는 유목민의 피를 타고났거든."

앙히에는 말이 더 이어지기를 기다렸지만, 외르타는 그것으로 모든 설명이 끝나지 않았냐는 듯 씩 웃고 있었다. 그는 분통을 터뜨렸다.

"세 살배기한테 설명해 준다 생각하고 처음부터 끝까지!"

"그라벤호펜만큼의 지혜도 없고…… 이젠 남자도 아니네."

"끊지 말고."

"바보니? 척하면 척하고 알아들어야지."

"지금 옹알이를 하고 있잖아. 어른이 어떻게 이해하라고?"

그녀는 긴 한숨을 쉬었다.

"불쌍해서 설명한다. 유목민은 옮겨 다니면서 생활을 하잖아. 그런데 그를 이끄는 왕이 무능하면 어찌 되겠어? 일족 전체가 굶어 죽거나 맞아 죽거나 고립되어 죽거나, 좌우간 완전히 말살당한다고. 가장 강한 자를 지도자로 세워야만 일족이 생존할 수 있다. 그건 선택이 아니라 필수적인 요소였지. 심지어 이 전통을 세운 사람이 우리의 국조셔. 그 사람은 형제 열둘을 죽인 광풍이거든. 굉장하지? 귀감이다."

"아아니, 그 논리는 아는데. 여기 왕실이 유목민의 핏줄을 이었다니? 금시초문이다. 중앙 삼국이 철저히 단속해서 걔들 증발한 지가 언젠데. 리마네레 적에 이미 다 사라지지 않았냐?"

"……징하게도 관심이 없나 보군. 우리 건국왕께서 나라를 세운 이유 자체가 딤니팔의 유목민 말살 정책 때문이었잖아. 우리가 마지막 남은 유목민이었어."

앙히에는 어리둥절해졌다.

"그렇게 안 가르쳐 주던데?"

"망할 딤니팔."

"그러게."

"라르디슈만 해도 좀 정상적으로 알 텐데, 그쪽은 아예 말을 꼬아 냈나 보구나. 그런 증오로 태어난 나라가 결국에는 너흴 분단시키기까지 했으니 정당하게 말해 주고 싶겠어?"

딤니팔은 이백 년 전 두 나라로 분단된 일이 있었다. 비록 스무 해 정도였긴 하지만 게외보르트 괴뢰 정권이 나라의 반을 뚝딱 차지해 먹은 역사는 딤니팔 인들이 가장 치욕적으로 여기는 대화 주제였다.

물론 앙히에는 그에 개의치 않았다.

"야, 나는 어떻게 배웠냐면, 딤니팔의 보호국 하나가 역심을 오래도록 품고 있다가 달레카를리아 분란을 노려 나라를 세운 거다, 이랬어."

"관점만 바꾸면 틀린 말은 아니구나."

"어, 아무튼 그래. 처음 알았네. 완전히 유리된 세계 같다."

"네가 떠도는 이유겠지……. 그런데 재밌는 게 뭐야!"

앙히에는 손으로 산취문傘取門을 가리켰다. 외르타는 몇몇 귀족에게 인사하고는 다시 고개를 획 돌렸다.

"삼곽까지 나가자고?"

"이 지루한 이곽에서 뭘 해 먹겠냐?"

"내 목은 네가 지키렴."

"리비한테 안 죽으려면 지켜야지."

"앙히에, 너 귀족이니?"

"사람 소리야, 개소리야?"

외르타는 다시 귀족들에게 인사하고 있었다. 그들은 왕녀가 정체 모를 떠돌이와 함께 가고 있는 것을 똑똑히 보고도 누구도 핀잔하거나 놀라거나 제지하지 않았다. 그들은 그를 아예 없는 사람으로 취급했다. 앙히에는 뾰로통하게 걸어갔다. 한참 뒤에야 외르타가 달려와 그 어깨를 짚었다.

"왜 먼저 가!"

"빨리빨리 좀 가자. 해 저물라."

"응? 삽지문揷枝門보다 더 나가니?"

"삽지문?"

"삼곽보다 더 나가냐는 얘기야."

"아, 맞다. 응. 더 나간다."

"그곳까지 걸어서 가게?"

"어쩔래? 너는 성안에서 말을 탈 수 있다지만 나는?"

외르타는 못마땅한 기색으로 입을 다물었다. 앙히에는 콧노래를 흥얼거리며 가까이 다가온 산취문을 향해 뛰어갔다. 그녀는 방금 전 달린 까닭에 숨이 가빠 따라가지 못했다. 찌릿 노려보기만 한다. 앙히에는 그녀가 걸어올 때까지 척 봐도 마흔 줄은 되어 보이는 경비병들과 고향 친구처럼 떠들었다.

"뭐해…… 일곱 번째 대매? 끗수가 어쩜 이렇게 똑같지?"

"네놈이 있어서 운이 안 붙은 거다. 원래 장치기는 매번 낙승이었네, 이 사람아!"

"짐멜, 질까 겁나? 내가 대신 해 줄까?"

"시끄러워."

"일 안 해?"

경비병 넷이 동시에 대경하여 일어섰다.

"저저저희는 아침 조라……."

"그럼 이제 퇴근해라."

"괜찮아, 괜찮아. 돌아가긴 무슨. 놀아."

"저……."

"전하께서 지금 심기가 불편하셔서 그래."

"그래도……."

"괜찮아. 내가 데려갈게."

그녀는 그의 손에 붙잡혀 질질 이끌려 나갔다. 외르타는 불쾌해 인상을 찌푸릴 뻔했다. 하지만 경비병에게 왕녀가 납치당하고 있다는 인상을 주는 것은 별로 좋지가 않지. 그녀는 애써 스스로를 가다듬었다. 그들은 본인의 얼굴, 혹은 리볼텔라의 인장으로 경비병의 입을 막은 뒤 삼곽으로 빠져나왔다. 이래서야 완전히 열여섯들의 소꿉장난이지 않나. 그녀는 슬슬 의심스러운 표정이 되었다.

"그냥 이유 없이 끌고 나온 것 아니냐?"

"아, 그건 아니고……. 여기 와서야 고백하는 것 미안. 넌 지금부터 나흘간 비사 오필라에 못 들어간다."

"왜?"

"리비가 날 이틀이나 기다리게 하니 나도 이틀 기다리게 해야지."

"너는 그렇다 해도 나는 왜?"

"재밌는 거 알려 달라며. 끼워 주는 거야."

앙히에는 간단히 말한 뒤 곧 닥칠 사나운 맹수 소리를 기대했다. 하나 조용했다. 앙히에는 조금 놀랐다. 평소라면 펄펄 뛰었을 사람인데.

"뭐야? 왜 성질 안 부려?"

"나 정말 심심해. 그라벤호펜에는 당분간 들어가고 싶지도 않아. 발터, 죽여 버릴 거야."

이 왕족들이 말하는 '죽인다.'는 조금도 농담으로 들리지 않았다. 앙히에는 그녀가 기회만 온다면 정말로 발터를 죽일 것이라는 사실을 번뜩 깨달았다. 물론 발터라면 영영 그럴 기회를 주지 않겠지만.

"내 말은 저 끝에 맡겨 놨거든? 넌 그냥 왕실마를 징발하는 게 낫겠다."

그녀는 대답 없이 고개를 끄덕였다.

앙히에는 자신들이 지날 곳을 세어 보고 있었다. 숄렘 노트란트에서 리빈하크. 리빈하크에서 휠젠벡. 하루, 반나절. 갔다 돌아올 시간은 충분한데, 리빈하크까지 가는 만 하루 동안 외르타를 어디에 재울지 생각하면 조금 곤혹스러워졌다. 왕녀가 땅바닥에서 자 본 일이 있기는 할까.

그는 문득 생각난 듯 지나가는 길, 옆 좌판들에 돈을 뿌리고 이것저것 간식거리를 챙기기 시작했다. 외르타는 그의 품에서 구운 과자를 한 주먹 가져갔다. 묻지도 않고는 가볍게 털어 넣는다. 앙히에 또한 군말 없이 바리바리 싸 들고는 다시 삽지문으로 향했다.

그러나 아무래도 자세가 불편한 듯, 그는 우뚝 멈춰 제 품을 마구 뒤졌다. 잠시 뒤 주먹만 한 크기로 잘 접힌 배낭을 꺼내 들었다. 손에 든 것을 죄다 넣는 요란한 와중에 품에 있던 돈이 와르르 좌르르 쏟아졌지만 그는 멈추지도 않고 계속 걸어갔다. 어깨에 짐을 메자 한결 만족스럽다는 표정으로. 외르타 역시 떨어진 돈 따위에는 조금도 신경 쓰지 않고 이미 가까워진 문으로 종종걸음 쳤다.

비사 오필라의 담쟁이문, 산취문, 삽지문 할 것 없이 그를 지키는 자가 왕족의 사생활에 참견하는 것은 이유를 불문하고 사형이다. 그 '참견' 에는 결국 걱정이나 이유를 묻는 행위도 포함되어 있어, 왕족은 말 한 마디 없이 문을 통과할 수 있는 경우가 그 반대의 경우보다 훨씬 많았다.

때문에 앙히에는 저가 말을 끌고 오는 사이 쌩 하니 사라진 외르타에 황망한 시선을 보낼 수밖에 없었다. 그는 경비병이 리볼텔라의 인장을 살피는 동안 시시각각으로 초조해졌다. 급속도로 멀어지는 그녀의 뒷모습이 두려울 지경이었다.

어, 젠장. 진짜 잘 타네. 저 방향이 아닌데 어떻게 쫓아가 말리지?

"아 좀, 빨리 빨리……."

"지나가시오."

그는 그대로 말 위에 올라탔다. 박차는 순간 허리를 낮게 숙이며, 처음부터 최고 속도로 달리려는 모양을 했다. 말이 놀라 달음박질쳤다.

앙히에는 달리는 말 위에서 머리를 묶고 있는 외르타에게 기함했다.

"야! 너 미쳤어! 떨어진다! 머리서 손 내려!"

"너보다 잘 타니 걱정 마!"

"야! 사람 웃기지 말고! 손 내려! 그리고 그쪽 아니란 마아알야!"

앙히에는 모포 한 장만 두른 채 땅바닥에서 구르고 있었다. 모포 여섯 장 중 다섯 장을 외르타에게 징발당했기 때문이다. 외르타는 그 배 아래 담요를 세 장이나 누르고 있었기에 소년보다는 제법 편해 보였다. 혼자 있을 때 온 바닥에 여섯 장을 깔고 자는 앙히에는 억울해 눈물이 날 지경이었다. 반반은 기대도 안 했지만 그래도, 한 장이라니!

"너 진짜 심성 고약하다. 욕심 봐."

"왕녀를 땅바닥에서 재울 생각한 네가 더 심성 고약해 보인다."

그녀는 말 한 마디 한 마디 할 때마다 튀긴 과자를 제 입에 넣고 있었다.

"와, 이거 맛있는데? 더 줘, 거기."

그는 바쳤다.

"그런 거 먹으면 배부터 나오는 거 알긴 아냐?"

"난 원래 잘 안 쪄."

"그 말 후회할 날이 올 거……."

"그런데 지금 우리 어디 가는 거니?"

"리빈하크 거쳐서 휠젠벡. 휠젠벡은 기어가도 내일 저녁이면 도착할 거야."

옆에서 비웃듯 푸르릉거리는 소리가 들렸다. 그녀는 조금 안쓰럽다는 눈으로 제 백마를 바라보았다.

"역량도 안 되는 걸 너무 재촉했어, 내가."

"……그러고 보니 묻는단 걸 까먹었군. 너 무슨 기사 실습했어? 말을 어쩌면 그렇게 잘 타냐?"

"그냥…… 나길 그래. 우리 왕실에서 말 못 타는 사람은 없단다, 사실."

"유목민의 혈통이라는데 어련하시겠냐."

"비웃지 마. 너 언니가 말 모는 것 봤어? 어떤 줄 아니? 한 마리는 자기가 몰고, 서넛쯤은 옆으로 같이 끌고 가면서 지칠 때마다 위에서 갈아타는 거야. 발터가 언니한테 딱 하나 질투하는 것이 있는데, 그게 바로 그 마술馬術이란다."

"설마. 위에서 옮겨 타는 거라면 몰라도 말을 여러 마리 모는 건 따로 기수가 있겠지. 질주하면서 어떻게 나머질 관리해?"

"그러니까 발터가 질투하지."

"인수할 기수가 없으면 도태되는 말은 어쩔 건데?"

"어? 죽이고 간다, 당연히."

앙히에는 기가 막혔다.

"죽여?"

"언니가 모는 말이라곤 항상 군마잖아. 군마는 어차피 딴 곳으로 흘러 들어가면 그 주인에게 죄를 묻는데…… 사람 죽는 것보다는 말 죽는 게 낫지 않겠니?"

"……말을 말자."

그는 한숨을 쉬며 뚝 끊었다. 제 손위 형제 역시 리볼텔라 같은 묘기를 자주 했던 기억이 있다. 그러나 그는 군마 여부와 무관하게 방류한 뒤 후일 사람을 보내 찾아오게 했던 것이다.

"일전에 우리 형님이 그 꼴로."

잉그레에.

"돌아온 적이 있는데, 전할 말을 끝내고 그대로 실려 갔어. 진짜 힘들어 보이더라."

그녀는 불 너머로 고개를 불쑥 세웠다.

"몇 살 때?"

"열여섯."

"……뼈가 굳지도 않았겠구나. 너와는 나이 차이가 얼마나 나니?"

"다섯 살."

"열 살 꼬맹이가 보기에는 꽤나 감격적인 장면이었겠군. 군마라면 결국 군사 보고인데……. 누구에게 고했다고?"

폐하께.

"나 태어난 동네가 군사 요충지였기 때문에…… 우리 성주님께 했지."

사실 틀린 말은 아니다. 모든 딤니팔의 수장, '오스페다의 성주', 잉그레의 지고한 주인, 눌라레의 후예, 알론조 캄비의 수호자.

"기가 막혀서. 넌 지금 한 나라의 왕녀에게도 반말을 지껄이고 있는데 모국이라고 일개 성주에게 성주님?"

"아…… 음.……. 사정이 있어서 그래. 태어났을 적부터 평생 공경한 분이라 감히 막말을 할 수가 없어."

"난 네가 정말 귀족인 줄 알았건만, 이리 수그러드는 것을 보니 그건 또 아닌가 보구나."

앙히에는 어처구니없다는 얼굴로 그녀를 바라보았다. 그것은 일견 진심 섞인 눈빛이었다. 미라이예의 손이라 한들 나이 한 자릿수일 적부터 바깥으로 바깥으로 나돈 자신이다. 귀족 느낌이란 것이 묻어 있으리라고는 조금도 생각지 않았다.

"귀족은 무슨. 내가 귀족적이냐?"

"그 문제가 아니란다. 도통 거리낌이 없다는 것이 요점이지. 나랑 언니는 지금 네가 네 형님에게 보이는 만큼의 경의도 못 받고 있어. 불만스럽진 않지만 이 격 없음을 일상처럼 받아들이는 너는……."

"아니, 넌 왜 자꾸 형님을 들먹이는 거야?"

외르타는 지지 않았다.

"그러는 너는 왜 자꾸 형님을 꺼리는데?"

앙히에는 돌연 꿀 먹은 벙어리처럼 입을 다물었다. 그녀는 앙히에의 단검으로 모닥불을 휘휘 저으며 말했다.

"난 너희 형님인지 뭔지 몇 번 말한 적도 없단다. 그가 언급될 때마다 네가 소스라쳐, 어쩔 수 없이 유독 두드러지는 것뿐이지."

"……."

"그에게 무슨 잘못이라도 하고 도망쳤나? 지금 딱 죄 지은 몰골이거든."

그는 한 겹밖에 없는 모포에 제 얼굴을 묻었다. 외르타는 그것을 긍정으로 알아들었다. 단검은 계속해서 불 속을 휘젓고 있다.

외르타는 물었다.

"돌아갈 거야?"

"모르겠어."

그의 얼굴은 올라오지 않았다. 천에 묻힌 채로 웅웅 댄다.

"계기가 있어야 할 텐데…… 아직까지는 마냥 이곳이 좋아서……. 정말 모르겠다."

"왜 떠났는지 먼저 이야기해 보렴."

"거기 있다간 내가 죽을 것 같았어."

그녀는 잠자코 있었다.

"우리 형님만 보면 항상 숨이 막혔거든. 조금의 모자람도 없이 바르고 유능하고 잘나게 큰 사람인데, 희한하게도 그게 날 못 참게 했어. 열등감? 그럴 리가 있나……. 연민과 공포야. 나는 그 사람을 동정하면서 두려워했어. 안타깝게 여겼지만…… 내가 그처럼 변하는 건 정말 죽도록 무서웠단 말이야. 내게 처음 불을 지핀 건 답답한 집 공기였지만 마지막 점화는 그런 우리 형님이 했어. 그래서 도망친 거야."

"넌 완벽하고 바르기까지 한 사람이 싫어?"

"그건 아닌데……. 넌 우리 형님을 몰라. 완벽하고…… 바르고…… 뭐고…… 넘어서……. 사람을 이해할 필요를 아예 못 느끼는 것 같다. 혼자 완전해. 누구와 있어도 평행선, 남과 맞물리는 고리 자체가 없거든."

그는 그제야 머리를 들었다. 속을 털어놨다는 기분에 다소 머쓱했지만, 그 민망함마저 빙그레 웃고 있는 외르타에게 묻혔다. 그 미소가 무슨 뜻인지 알 수가 없다. 다행히 그녀는 즉각 설명했다. 조금 사납게.

"너는 지금 상당히 무례해."

당혹스럽게도, 꾸지람이었다.

"누가 누구를 이해 못한다는 건지 알 수가 없구나. 너야말로 그 사람을 이해하려 해 본 거니?"

"불가능해. 일반적인 이해로 가늠할 수 있는 사람이 아냐."

"그를 이해할 수 없다면 너도 그만 입 다물어."

"야."

"만인을 헤아릴 수 있는 호인인 척, 전지전능한 신인 척하지 않았으면 좋겠다. 너는 지금 네 눈앞에 있는 나마저도 이해를 못하고 있어. 리볼텔라도 몰라. 아니, 아예 게외보르트 왕실 자체를 결코, 평생 헤아릴 수 없을 거야. 그건 너도, 너희 형님도, 너희 딤니팔도 모두 마찬가지다."

"무슨 상관……."

"하지만 나는 그것에 불평하지 않아. 내 삶을 이해해 달라고 구걸하지 않아! 나를 이해하려는 시도 자체를 바라지 않아! 홀로 가는 길. 몰라?"

앙히에는 그들의 왕위를 상징하는 말을 떠올렸다. 침묵이 요구되는 게외보르트의 검은 계승식에서, 계승자만이 입 밖에 낼 수 있는 유일한 문장. 오스트레반트 도르커 팔메. 홀로 가는 길.

그의 생각을 읽기라도 했는지 외르타가 험악하게 외쳤다.

"오스트레반트 도르커 팔메! 우리에게 겁이 나는 것은, 그래, 이해해. 서로를 죽이는 우리처럼 되고 싶지 않겠지. 인간 말종처럼 보여 조금도 닮고 싶지 않겠지. 당연한 일이고 탓하지도 않아. 하지만 감히…… 도대체 누구를 동정해! 젠장, 이래서 타국민이 계승 내전에 끼어들면 안 된다는 거야! 넌 유능할지는 몰라도 우리가 될 수는 없어. 언니가 패배하면 질질 짤 거야, 그렇지? 숄렘의 성벽에 매달린 언니를 동정할 거란 말이야! 세상에 그런 수치가 있나!"

아무래도 아까 낮부터 마음에 뭉쳐 왔던 응어리를 쏟아 내는 것 같은데, 그 냄새가 역겨워 도저히 맡고 있을 수가 없었다. 그는 기가 막혔다. 사람 죽은 것을 안쓰럽게 여기는 것이 수치란다. 역시 이상한 왕실이다. 조상이 짐승은 아닌가?

"나는 언니가 패한다 해도 조금도 슬퍼하지 않을 거야. 내가 이처럼 언니를 아낀다 해도 그건 당연한 일이다. 발터가 언니를 사랑하지? 그래도 거리낌 없이 죽일 거야. 언니? 언니도 내가 아이를 낳으면 내 아이를 죽일 사람이야. 끝끝내 불임을 거부하면 나도 죽일 테지. 발터도 죽이고, 그 아래도 다 죽이고, 자랑스레 성벽에 전시할 거야. 사실 나 역시 누가 이기든 다 끝장나는 그날을 고대하고 있어."

"너휜 미쳤어."

그녀는 눈을 깜박였다. 소리치느라 잠깐 굳었던 동공이 겨울 눈 녹듯 풀렸다. 그는 더 성을 낼 줄 알았던 그녀가 돌연 화색을 띄자 어안이 벙벙해졌다.

외르타는 대단히 만족하며 말했다.

"그래, 그거야. 좋은 반응이야. 한 걸음 떨어져. 두려워하며 물러나. 피차 편하지 않니?"

"야."

"무슨 상관이냐고 물었지? 내가 원래 하고 싶었던 말이 이거야. 이 태도를 형님을 향한 네 감정에도 적용하라는 거야."

"헛소리."

"이해하려 들지 말렴. 강요하지도 말고 보채지도 마. 그리고 가장 중요한 것. 동정하지 마! 주제도 모르고 짜증 나게!"

앙히에는 제가 까먹고 있던 견과류를 엎어 치는 기세로 던졌다. 너무 대중없이 때린 탓에 외르타에게 얼마 가 닿지도 못했다. 그녀는 호두 세 알을 머리에 맞고 신음 소리를 냈다. 눈꼬리가 약간 섰지만, 그런 언짢음조차 불 속에 떨어진 견과류를 보곤 사그라진 듯했다.

"앙히에, 구워 먹자."

"탈 거야, 멍청아."

"아냐…… 봐봐……. 이렇게 건지면……."

그녀는 앙히에의 단검으로 밤 하나를 찔러 올렸다. 그리고 곧장 입에 넣어 깨물다가 깜짝 놀라 뗐다.

"앗 뜨뜨! 젠장! 뜨거워!"

앙히에는 상대의 그 바보 같은 모습에도 도통 화가 가라앉지 않았다. 속 거죽이 벗겨져 목 아래가 제 몸이 아닌 듯 느껴졌다. 저것도 충고랍시고 들은 자신이 한심해, 당장이라도 일어서 그녀의 웃는 얼굴을 한 대 내려치고 싶었다. 첫 어구는 일견 수긍하며 들었지만 정말이지 마지막 말들은…….

차라리 진짜 개를 불러라, 똑같이 개소리를 할 거라면.

나보고 형님을 포기하라고?

외르타의 충고는 딱 그 뜻이었다. 기대하지 말고 신경 쓰지 말고 애정 갖지 말 것. 아니, 이게 말이나 되나?

앙히에는 죽어도 발렌시아를 놓지 않을 작정이었다. 그렇기 때문에 그때부터 일 년 반이나 지나고 만족스러워진 현 상황에도 죄책감과 걱정을 느끼는 것이다.

앙히에는 공작가의 모든 것을 짊어진 발렌시아를 원망하면서 동정하면서 걱정하면서, 젠장, 사랑했다. 스스로도 가뿐히 인정하는 제 감정들이다. 그 사람이 혼자 있다는 것에 화가 나다 못해 미칠 것 같은데 보다 더 큰 문제는, 그가 그 고독에 만족하고 있다는 점이다. 그 꼴을 보다 보면 끔찍해서 매양 참을 수가 없었다. 스스로가 그를 닮아 갈지도 모른다는 공포는 그저 편린, 결국에는 그가 너무 안타깝기 때문에 끔찍한 것이다. 지나치게 행복한 삶을 살고 있는 자신과 그를 비교할 때마다 이성이 빠개질듯 노여웠다.

이런 상황인데 발렌시아에게 관심을 끊으라니. 저 여자는 정신이라도 나간 것 같다. 일반인은 구태여 알 필요가 없는, 게외보르트 왕실의 동물적인 생존법을 살짝 들춘 느낌이었다. 앙히에 같은 보통 사람의 사고로는 결코 이해할 수 없는 것이다. 물론 이해하고 싶은 마음도 없지만.

갑자기 외르타가 호두를 쥔 채 뒤를 가리켰다.

"저거…… 우리한테 오는 게 아니라고 믿고 싶은데."

고개를 돌리자 몇십 미터쯤 등진 수목 사이 한두 명이 언뜻 드러나고 있었다. 앙히에는 튕겨 오르듯 일어났다. 평소라면 필시 기척을 눈치챘을 그였지만, 지금의 앙히에는 사실 너무 화가 나 제정신이 아닌 상태였다.

외르타는 턱을 괴고 그가 휙 하니 달려 나가는 것을 보고 있었다. 무엇이 어떤 방향으로 움직이는지는 문외한이라 잘 보지 못했다. 다만 검을 감평하는 데 정통한 리볼텔라가 앙히에를 선택한 이유만큼은 아주 잘 보았다.

둔탁한 날. 뽑히는 동시에 흉악한 속도로 하나의 목을 찌른다. 앙히에의 칼이 다른 곳으로 떠난 뒤에도 그녀는 구멍 뚫린 채 죽어 가는 사람의 얼굴을 관심 있게 보았다. 숨이 빠져나가는 모습. 누군가 그 목구멍에 손을 넣어 영혼을 잡아 빼내는 것 같았다. 하얗게 질렸다가, 그 흰 뺨으로 붉은 피가 졸졸 시냇물처럼 흘렀다. 쓰러진다. 시체의 목이 뒤로 꺾이자 더 이상 얼굴을 볼 수가 없었다.

요새 사람 죽는 모습을 많이 보고 있다.

얼마 전에도 발터가 노발대발하여 제 수하를 찌르고 밟고, 밟고 찌른 뒤 목을 찢어 내는 꼴을 코앞에서 봤다. 자른 목은 그가 즉각 발로 걷어 차서 보지 못했다. 무슨 죄를 저질렀기에 하고 물으니 죽을죄를 저질렀다는 대단히 영양가 없는 답만 들었다.

당시 그의 무성의함을 탓한 제 언니 역시 그저께 셋이나 죽였다. 잘못했지? 예. 파리 잡는 것만큼의 노력도 안 들이고, 가만히 있는 셋을 칼 들어 순서대로 내리찍었다. 에오반도 저번 주에 정원에서 날뛰는 꼴을 봤다. 그리 이성을 잃을 작자가 아닌데 아주 펄펄 뛰며 중검을 휘두르고 있는 꼴이 흥미로웠다. 비사 오필라의 가장 분주한 직업은 아무래도 장의사가 아닐까.

"둘밖에 없었어. 그냥 노상강도였나 봐."

얼빠진 회상을 하고 있는 동안 앙히에는 어느새 제 앞으로 돌아와 있었다. 빰에 난 생채기를 제한다면 다친 곳은 없다. 아. 그런데 저 생채기도 칼이 아니라 나뭇가지에 긁힌 모양이다.

"너희는 아무리 곁길이라지만 왕도…… 아니, 수도와 이어지는 가도에도 무법자가 있냐? 딤니팔의 알로지아드를 좀 본받아라."

"시끄러워."

그는 어쩐지 사람을 죽이고 오는 것으로 속이 다소 가라앉은 것처럼 보였다. 그는 모포를 털어 낸 뒤 다시 둘둘 말고 누웠다. 외르타는 그를 향해 손을 마구 흔들었다. 앙히에는 의아한 표정으로 눈썹을 치켜올렸다.

"턱에 피 좀 닦아. 사람 먹은 것 같다."

"아, 내가 저 인간을 물어서."

"변태 취향……."

"불가항력이었어. 물 줘."

그녀는 수병을 던져 주었다. 앙히에는 엎드린 채 수병의 물 대부분을 제 얼굴에 쏟아붓고는, 남은 것 역시 한 번에 마셨다. 그는 빈 수병을 무성의하게 옆으로 던졌다.

"외르타."

"응."

"내가 방금 전에 너한테 말해야지 생각한 건데……."

"살인하면서?"

"잡다한 사항은 치우고. 너에겐 그렇게 해 줄 수 있어. 걱정 마."

"뭘?"

"이해 안 하고, 강요 안 하고, 보채지도 않고 동정도 안 할게."

"응. 내가 그러라고 했잖아."

"그런데 그건 네가 내게 아무런 의미도 못 되기 때문이야. 난 아무것도 아닌 사람에게만 무관심할 수 있는 일반인이거든. 그러니 우리 형님에게는 그렇게 못해. 절대 못해. 다시는 그따위 충고 하지 마."

앙히에는 그녀의 얼굴을 보았다. 그녀는 무언가를 생각하는 듯 눈을 한 번 위로 올렸다가, 이내 운을 뗐다.

"그럼 돌아가."

"……."

"그렇게 형님이 소중하면 돌아가, 이 위선자야."

"싫어."

"어쩌자는 건지 모르겠네. 떠났으니 잊어라, 잊기 싫다. 다시 얼굴 마주하려면 그 사람에게 무관심해지는 게 편하니 그리해라, 형님께 무관심해지기 싫다. 그리 소중하면 그냥 돌아가라, 돌아가기 싫다. 바보 행렬을 보는 기분이구나."

앙히에는 나름대로 이성적인 사람이었다. 그는 외르타의 말이 전부 옳다는 사실을 인정했다. 사실 저것이 문제였다. 그녀가 말하고 있는 바로 저 순환 고리가 문제인 것이다. 자신이 도무지 매듭을 풀 수가 없어 항상 쩔쩔매는.

하지만 그래도, 그녀의 방법으로는 이 문제를 해결할 수 없다. 그 사실만큼은 확신하고 있었다.

앙히에는 팔짱을 끼고 엎드렸다. 외르타는 모포 세 장 위에 누워 같은 것 두 장을 덮고, 침상처럼 번듯이 머리만 보인 상태였다. 잠들기 위한 준비가 대단했다. 먹다 먹다 지쳤나 보다. 저 천진한 모습에는 화도 안 났다. 그냥 그렇게 살았나 보지. 앞으로도 그렇게 살 텐데, 뭐. 사고방식 자체가 다른 듯싶다.

그는 한숨처럼 말했다.

"네 말이 맞아. 어리석지만 어쩔 수 없어. 남에게 설명하기에는 너무 복잡한 과정이라서. 제삼자인 네게 좀 공정한 시각을 얻으려 했는데…… 공정한 시각은커녕 개소리만 들어서 심신이 지친다."

"그래. 너희 형님 이야기는 하지 마라. 우리 관계에 조금도 도움이 안 되는구나."

"야, 무슨 소리야! 리비라면 몰라도 너랑은 관계 쌓을 생각 없어!"

그러나 관계는 쌓였다.

"어머머! 이분은 누구야! 사고 치셨습니까?"

외르타는 웃기 시작했다. 앙히에도 같이 웃었다. 그들 앞에 서 있던 스무 줄의 여자도 웃었다.

"아, 귀여워라! 장상고! 나 이 아이 딸 삼고 싶다!"

"얘 받으면 넌 얘 언니한테 죽어."

"그러면 이 아이 건드린 상고께선 더 죽겠네요."

"얠 건드느니 널 건들고 만다."

"그 영광은 필요 없으니 월급이나 올려 줘요."

"솔렘에 이십 마텔쯤 흘리고 왔으니 주우러 가던가."

외르타는 흥미롭게 이 둘의 대화를 바라보았다. 지금까지도 충분히 재미있었는데 이것은 상상 이상이었다.

"앙히에, 너 이곳 장상고니?"

어쩐지 왕족도 아닌 것이 돈을 줄줄 흘리고 다닌다 했더니, 이 번듯한 상단의 주인인 듯했다.

"우리 상고는 여기 열 살도 더 전에 차렸어요. 머리에 피도 안 말랐을 때라는 말이 정말 틀리지 않은 묘사……. 그때 나이가 어떻게 되셨죠?"

"몰라……. 아콰가 알겠지. 아콰 있어?"

"있다."

앙히에가 탄성을 지르더니 그 말을 한 남자에게로 후다닥 뛰어갔다. 문 바깥으로 튕겨 나가는 기세였다. 외르타는 한순간 장상고였다가 다음 순간 꼬마처럼 발랄해진 그에게 어처구니가 없다는 시선을 보냈다.

갑자기 무언가가 번쩍였다. 앙히에가 활짝 열린 문 앞에서 그 남자에게 칼을 낸 것이다. 외르타는 놀라 숨을 삼켰지만, 그녀 앞에 선 여자는 그 광경에 신경도 쓰지 않은 채 다시 깃펜을 돌리기 시작했다. 그녀는 본격적으로 야외 칼질을 시작한 그 둘을 보며 여자에게 물었다.

"이름을 무어라 불러야 하지?"

여자는 어린 그녀가 냅다 하대를 하는데도 그러려니 하는 듯싶었다. 어쨌든 주인의 손님이니까.

"욜란다예요. 그쪽은 어떻게 되시는지?"

"외르타야. 욜란다라니……. 딤니팔 냄새 너무 난다."

"아, 딤니팔 사람 맞아요. 그렇다고 미워하진 않겠죠?"

"아니, 그것보다는 딤니팔 이름으로 이 나라에서 장사하기가 쉽지 않을 것 같아 말한 거야. 하긴 그건 저 앙히에 녀석도 마찬가지지만."

"우리가 다루는 물건이 일반인에게 매매할 만큼 잡다하지 않아서 괜찮아요."

"뭔데?"

"불법 골동품이랑 마약이요."

외르타는 자신이 이 나라의 법을 관장하는 왕족이라는 사실을 알려주어야 하나 고민했다. 그녀는 소리 높여 물었다.

"앙히에! 여기 불법 골동품이랑 마약 매매한다는데 언니는 아니?"

"리비가! 알고! 접근한 거야!"

……리볼텔라라면 그러고도 남을 사람이다. 앙히에는 다시 제 칼에 집중하기 시작했다. 그녀는 욜란다에게 고개를 돌렸다.

"저기 둘은 무슨 관계야?"

"아콰는 장상고 식객이에요. 비렁뱅이죠."

"이다!"

"시끄러워! 빌린 돈이나 내놔!"

"식객이랑 상고가 저리 친해?"

"아. 저 노친네가 예전 장상고 검술 스승이었거든요. 근데 추월당한 지 너무 오래돼서 이제는 그냥 놀고먹고 있어요. 제자 잘 잡긴 참 잘 잡았지."

마침 그 순간 앙히에의 칼이 아콰의 목에 닿았다. 아콰는 두 손을 번쩍 든 뒤 앙히에를 안았다. 앙히에가 기겁하며 칼을 멀리 내던졌다. 참 거인같이 큰 노인이라, 또래보다 머리 하나는 더 자란 앙히에도 완전히 묻어 버릴 수 있었다.

"그러는 당신은 뭐 하는 사람인데?"

"오스페다에서 이 촌까지 장상고를 따라올 사람이 뭐 달리 있겠어요? 소상小商이에요. 젠장, 오스페다가 좋았지. 가끔 동생 잡으러 온 잘생긴 형님도 보고. 뒷골목은 일 년 내내 불야성이고. 기반 튼튼해 어딜 가나 행세할 수 있고."

"오스페다라니? 앙히에 귀족 맞구나."

"아, 그건 함구. 상인은 신용."

외르타는 씩 웃었다. 욜란다는 한숨 같은 감탄을 내고는 그녀의 양 볼을 잡았다.

"저 도둑놈 같은 장상고가 어디서 이런 애인을 주워 왔는지 몰라."

"야! 겁나는 소리 마! 리비 동생이야!"

"우리 상고께서 그 무서운 분 동생에게마저 집적댈 생각을 다 하다니 날이 가면 갈수록 배때기가 부르나 보네요. 든든해라."

"이다!"

"그런데 그러면 역시 왕녀님이신 거죠?"

"응, 막내야."

"어딜 가나 공주님들은 이리 아름다우신가 봐요."

"욜란다도 예뻐. 몇 살이야? 스물 넷? 다섯?"

"어머머. 서른하나예요. 백작아초라도 한 묶음 안겨 드리려 했는데 피부가 너무 좋으셔서 두 손 두 발 다 들었어요."

"언니가 얼마 전부터 쓴 차 먹으라고 계속 안겨 주더니, 그건가 보구나. 백작아초 언니에게 줬니?"

"왕녀님께서 뛸 듯이 좋아하시더라고요. 워낙에 공급이 적은 물건이니까."

"시끄러워……. 무슨 농담들이야?"

앙히에는 여자들만의 사교에 속이 메스껍다는 표정이 되어 있었다. 그는 짜증스레 그 옆 의자를 끌어 앉더니, 욜란다가 보고 있던 두꺼운 장부를 제 앞으로 돌렸다.

"이다. 이거, 이거, 이거…… 여기까지. 그리고 이것도. 인계한 놈들 달포 뒤까지 불러와."

"그 옆에 써 두세요."

앙히에도 아콰도 욜란다를 이다라는 애칭으로 부르는 듯했다. 그는 그녀가 넘긴 펜으로 제가 말한 자리마다 서명을 했다. 알아볼 수 없을 정도로 엉망진창 서명을 하다가, 어느 순간부터는 그것조차 귀찮은지 그 옆에 동그라미만 치며 내려갔다. 외르타는 그 모습을 보고는 한숨을 내쉬었다.

“저리 불성실한 놈이 장상고 자리를 꿴 건 정말 천운이다.”

“천운이라기보다는 제 고통이죠.”

“개시 때부터 따랐니, 앙히에를?”

“네. 상고, 그때 몇 살이셨어요? 열 살도 더 전이었단 것만 빼면 나는 잘 기억이 안 나.”

“만든 지…….”

앙히에는 원을 그리다 말고 장부를 덮어 개시 연도를 확인한 뒤, 다시 열며 말을 이었다.

“팔 년 됐으니 여덟 살 때네. 사실 이다는 내 동업자나 마찬가지야. 내가 그때 개척한 건 다리 건너 아는 사람을 통한 유통 경로와 거래처밖에 없었고, 나머진 이 사람이 전부 알아서 했으니까. 지금도 얘 없어지면 난 정말 눈앞이 깜깜할 거야.”

“입 발린 소리 말고 월급이나 올려요.”

“아, 시끄러워. 북부 산맥에도 네 비자금이 있을 거다.”

“그런 모함을……. 거기에 정당한 재산은 있지만…… 비자금이라니…….”

외르타는 이 둘이 무슨 관계인지 알 것 같았다. 조금 미소가 났다.

그때 아콰가 불쑥 안으로 고개를 디밀었다. 그는 앙히에를 보았으니 잠깐 산책이나 다녀오겠다는 둥 웅얼대더니 즉각 사라졌다.

“욜란다, 딤니팔부터 여기까지 왔다고 했지?”

“외르타, 신상 캐려 들지 마. 리비도 실패하고 갔어.”

“사실 상고는 저랑 아콰만 함구시키면 되거든요. 오래 있던 사람은 우리 둘밖에 없으니까. 뭐, 튀는 걸 보니 우리 아콰는 손녀 같은 왕녀님께 입 닫을 용기가 없나 보네요.”

그녀는 리볼텔라까지 모르고 갔다는 사실을 듣자 제 알량한 시도를 즉각 포기했다. 앙히에는 정체를 밝히는 일을 참 징그럽게도 싫어하는 듯했다.

"앙히에, 그런데 '재밌는 일'이 이 상단이야? 그러고 보니 이름도 모르……."

"놀금."

그녀는 웃음을 참지 못했다.

"상단 이름부터 터무니없이 비싸게 받겠노라 선언하는구나. 그래, 놀금. 이걸 보여 주는 게 재밌는 일이야? 탓하는 건 아냐. 그라벤호펜에 있는 것보단 훨씬 나아."

"여기서 또 하나의 거짓말을 공개하겠어. 재밌는 건 내 재미고, 네 재미가 아니야."

"장상고, 설마 왕녀님 데려온 게……."

"저어기 저 방 있지? 들어가 봐…… 가 아니라. 이다, 열쇠 줘."

욜란다는 고개를 절레절레 흔들며 안쪽에서 무언가를 꺼냈다. 앙히에는 그것을 받아 든 뒤 복잡하게 얽혀 있는 문양들을 맞춰 제대로 된 열쇠 하나를 만들었다. 외르타는 영문도 모른 채 앙히에에게 잡혀 육중한 철문까지 터덜터덜 걸어갔다. 그는 문을 따더니 성의 없이 발로 걷어찼다.

외르타는 순간 숨이 막혔다.

넓은 방에 문 앞부터 가장 안쪽까지, 바닥부터 천장까지 단에 맞춰 귀족들의 사치품들이 주욱 늘어서 있었다. 비사 오필라에서 자란 외르타마저 잠깐 얼이 빠질 정도의 휘황함이었다.

그러나 앙히에는 그 찬란함이 고까운지 욜란다에게 화를 냈다.

"이다! 여기 등불 켜 놓고 나왔어? 너 제정신이야! 떨어지면 어쩌려고! 이거 팔면 이 도시 세 번은 사겠다, 젠장!"

"아……. 맞다. 아까 최종 회계 정리하다 확인할 게 있어서……. 미안해요. 앞으로는 이런 일 없도록 할게요."

그는 그 흠잡을 곳 없는 사과에 할 말을 잃은 듯했다. 외르타는 그리 우뚝 서 있는 앙히에의 등을 밀며 자신도 들어갔다. 그는 번뜩 놀라며 말했다.

"아, 그렇지. 외르타. 너 이것들 중 게외보르트 왕실 관영 수공업품 좀 골라 줘."

"지금 이…… 여기…… 전부에서?"

"그거 빼고 팔아야 하거든. 감정은 딤니팔에서 다 해 왔는데, 본토 애들이 말하길 여기에서 게외보르트 왕실 물건 팔다 걸리면 작살날 거래."

"그럼 감정사 또 들이면 되잖아……. 아니, 애초에 왜 딤니팔에서 구분을 안 해 왔어!"

"대강 구분해 놓긴 했는데 그 덜떨어진 시사크 놈이, 게외보르트 물건은! 거기서 감정사 들이면 본국이니만큼! 우리보다 더 정확히 알 수 있을 것임! 이따위로 보내 놔서 미치고 팔짝 뛸 노릇이란 말이야. 그러면 여기서 감정사 들이면 되지 않느냐는 헛소리는 마라. 우리 게외보르트에서 제대로 선 지 반년도 채 안 됐어. 누굴 믿고."

"야! 그래도 말이 되니! 이런 자질구레한 일에 나를……!"

"들고 갈 수 있을 만큼 가져가."

"말 바꾸기만 해 봐……."

욜란다는 외르타 옆에 와, 옹송그리고 앉았다. 그녀는 걱정스럽게 물었다.

"전부 들고 가실 수 있겠어요?"

그녀가 옆에 골라 놓은 것들은 왕녀로서는 당연하게도, 모두 최상급 뿐이었다. 부피도 무게도 작지만 그 질만큼은 최고인 물건들. 이다는 보석함 하나를 들어 올린 뒤 못내 아쉽다는 듯 슬슬 매만지기 시작했다.

"왕녀님, 지금 왕녀님께서 도시 하나를 빼먹고 계시는 것 잘 아시죠?"

'그러니 적당히 가져가세요.' 라는 말은 나오지 않았지만 아주 잘 들렸다. 외르타는 영문 모를 미소를 지었다.

"걱정 말렴. 다 끝났어. 그리고 무슨 오해가 있나 본데, 이건 내가 가져갈 물건들이 아니란다. 게외보르트 관영 수공업품이지."

"아……. 죄송해요."

"괜찮아. 내가 가져갈 물건은 딱 하나야."

그녀는 고작해야 상품 하나가 얼마나 귀중하겠느냐 생각하며 그리 대단하게 신경 쓰지 않았다. 외르타는 손을 탈탈 털고는 벽에 기대려다, 기댈 수 있는 모든 벽에 사치품이 늘어서 있다는 것을 깨닫고는 조금 곤혹스러운 표정이 되었다.

욜란다는 바닥에 놓인 최상급 마호가니 의자에 앉았다. 그리고 따라 하라는 듯 제 무릎을 탕탕 친다. 외르타도 그녀를 본떠, 옆에 있는 같은 의자에 앉아 기지개를 쭉 폈다.

"내가 여기 얼마나 있었지?"

"우리 장상고가 도박판에서 내리 열네 판을 이기고 왔어요. 왕녀님께서 일에 착수하시자마자 놀러 갔거든요."

"개자식."

"맞아요. 염치도 없지."

외르타는 하품을 하며 마른세수를 몇 번 했다. 욜란다는 그 어린 모양이 안쓰러운 듯 측은하다는 눈길로 바라보았다. 한참 뒤, 소녀가 입만 가린 채 불쑥 말했다.

"욜란다."

"네?"

"나 정말 궁금해. 앙히에는 도대체 뭘 하는 사람이야? 여덟 살 때 상단이라니? 아는 사람을 통해서라지만 상식적으로 말이나 되니? 칼은 뭘 그렇게 잘 써? 내 주변에서 인생에 끗발 서는 사람 한두 번 본 것은 아니지만…… 리볼텔라나 발터나 결국 다 왕족이잖아. 그럼 앙히에는?"

"왕녀님, 죄송해요."

"상인은 신용?"

"네."

"신변잡기도 안 되겠어?"

욜란다는 제 머리를 몇 번 긁적였다. 잠깐 고민에 빠진 태도였다. 그녀는 심사숙고하느라 찌푸린 제 인상을 수습하지도 못한 채 입을 열었다.

"놀기 좋아하는 사람이에요. 한군데에 묶이니 미쳐 버리더라고요. 방랑벽이라기보다는 그냥 속박이나 규칙, 규율 자체에 경기를 일으키는 체질이라서요."

"그 말인즉슨, 앙히에가 귀족이긴 하다?"

그녀는 부정하지 않았다. 외르타 역시 이미 확신하고 있던 바였기에 범상히 받아들였다.

"장상고가 유능한 사람처럼 보이는 것은, 이것들을 그 사람이 즐기고 있기 때문이에요. 상고가 저가 싫어하는 분야에서는 얼마나 멍청하고 무능한지 아세요? 가서 글쓰기나 예술, 종교, 철학에 대해 물어보세요.

그 주제로 대화를 이끌어 나가려단 한 대 맞을지도 몰라요. 저가 너무 몰라서 화가 나니까. 좋아하는 것, 하고 싶은 것만 해요. 편식 죽이죠. 때문에 상단 운영에 재능 있는 것은 그가 돈을 버는 과정을 즐기는 덕분이랍니다. 인간관계 맺기나 남 등치기나 눈치 보는 계약이나 도고 같은 술수들. 돈 자체는…… 사실 저 사람에게 부족할 턱이 없는 물건이니까요. 아, 하지만 칼 잘 쓰는 것은 재미보다는 장상고가 제 형님을 따라간 것이 맞는 것 같아요. 어린애들이 자주 그러잖아요? 앵무새처럼 손윗동기 흉내 내는 거. 형님 검은 뭐, 사실 사람의 경지를 넘었거든요. 반듯한 분이세요. 동생과는 딴판으로."

"그 형님이란 사람. 진짜 답답하겠다."

"네? 왜요?"

"주변에서 죄다 곧네, 바르네, 반듯하네 평하면…… 와, 난 상상만 해도 압박감에 토할 것 같아."

"아니에요. 정말 뼛속부터 그리 생기신 분이세요. 어머니 배에서 났을 때부터 어째 눈물 한 번 안 보였을 것 같은 공정함이라니까요."

"살기 힘들겠구나."

욜란다는 더 이상 설득하고 싶지 않은지 어깨를 으쓱했다.

"그분은 직접 보셔야 해요. 그래야 납득할 수 있으세요."

"잘났어?"

"잘났냐고요? 약혼자가 그분께 목매다 죽었어요."

"뭐…… 뭐뭐뭐?"

외르타는 진짜 당혹하여 숙이고 있던 고개를 휙 들었다. 자신이 무언가를 잘못 들었나 싶은 것이다. 누가 뭘 하다 죽어?

"세간에는 사고로 반신불수가 된 약혼자에게 그분께서 즉각 파혼을 요구하셔서 여자가 자살했다고 되어 있어요."

"그런데?"

"뭐……. 상인 정보력을 이런 잡소문에나 써야지 또 어디 쓰겠어요? 제가 짐 싸서 게외보르트에 오기 직전, 그 일이 있었거든요. 형님께서 그럴 분이 아니신데, 그분이 그러실 날엔 제 목을 따도 좋아요. 너무 의심스러워서 일의 전모를 다 캐고 왔죠. 그 여자에게 일어난 건 사고가 아니에요. 자기가 관심 가져 달라 시위하다 스스로 뛰어내린 거예요. 그리고 앉은뱅이. 꿱. 그 뒤 무슨 일이 있었는지는 저도 알 수가 없었어요. 하지만 확신하는데, 그분이라면 자기한테 집착하다 못해 자해한 여자도 받아들이셨을 거랍니다. 그 여자가 그 아량을 견디지 못한 거겠죠. 자살은 복수고."

"복수……."

"네, 복수. 진짜 굉장하죠. 물론 그 무시무시한 소문이 있대도 붙을 여자는 쌔고 쌨지만……. 문제는, 주변 귀족들만 충격 받은 것이 아니니까요. 소공…… 그분 심정이 어떻겠어요? 멀쩡하시겠어요? 그분도 결국 결혼은커녕 바로 전쟁터로 떠나셨죠."

"그 사람은 주변이 뭘 그렇게 꼬인다니? 붙은 것들이 제대로 된 게 없네. 그 약혼자도 그렇고 앙히에도 마찬가지고."

"너희 내 형님 가지고 뒷얘기하지 말지? 무료한 노파들도 아니고."

외르타는 고개를 들어 욜란다의 등 뒤로 다가오는 앙히에를 바라보았다. 그리 못마땅하게 말하면서도 아직 얼굴이 싱글벙글한 것이 아무래도 열네 판 연승이 꽤나 즐거운 듯했다. 그 역시 마지막 남은 마호가니 의자를 빼더니 털썩 앉았다.

"외르타, 다 했어?"

"응. 이 아래에 놓은 것들 전부야."

"의외로 안 많네. 네가 가져갈 것들은 골라 놨어?"

"짠."

외르타는 제 품에서 중간 크기의 브로치를 빼내었다. 완벽한 원 모양, 앞은 투명하고 붉은 보석들로 갖가지 장식이 되어 있고, 뒤는 도무지 알 수 없는 재질의 검은 돌로 만들어져 있었다. 앙히에의 얼굴이 바짝 굳었다.

"젠장."

"안 된다고 말하면……."

"안 돼."

"야!"

"다른 것 들고 가. 내가 그거 얼마나 고생해서 얻은 줄 아냐? 제기랄. 다른 건 지금 저 아래에 쏟아 놓은 관영 수공업품만큼 들고 가도 좋아. 하지만 그건 안 돼."

"상인은 신용!"

"나한텐 그딴 거 없어."

외르타가 어처구니가 없어 무어라 외치려는 순간, 앙히에가 손을 뻗어 브로치를 잡아챘다. 브로치는 순식간에 그의 품으로 사라졌다. 욜란다가 흥미롭다는 기색으로 그 모습을 보더니 질문했다.

"장상고, 그게 뭐예요?"

"리마네레 황실 유산이야."

"세상에, 육백 년 전?"

"젠장, 마법이 농담이 아녔을 때란 말이야. 미친 세공이나 말도 안 되는 보석 크기나 이젠 구할 수도 없는 검은 롬까지 다 차치하고라도, 여기에 무슨 옛 마법이 쓰여 있을지 어떻게 알고?"

"돌려준다고 하면 거기에 뭐가 들었는지 알려 주지."

"읊어 봐."

외르타는 의심쩍은 눈으로 그를 넘겨보았지만 그가 다시 브로치를 꺼내자 미소를 지었다.

"영혼을 담는 그릇."

"헛소리 말고."

"진짜야. 리마네레 적에는 마법사가 있었잖아. 검은 롬에는 사람의 영혼을 담을 수 있었어. 영혼을 담니 어쩌니, 밀애의 민망한 속삭임 같지만 사실 연인의 의미는 아니야. 피로 맹세한, 평생 변치 않을 약속. 옛날 사람들은 이 뜻이 잠깐 불탔다 식는 연인 사이에 어울린다고 생각지 않았거든. 연인보다는 부모 자식 간에, 동기간에, 벗이나 피를 섞은 동지 간에 했지. 물론 마법이 애들 농담이 된 지금에 와서는 그저 미신이지만. 탄생석이나 탄생화 같은……. 알잖아?"

"나머지는?"

"아마 없을걸? 검은 롬만 그런 역할을 하는 거야. 사람의 기억을 새기는 돌. 세공이야 자기들 좋을 대로 하지 않았겠니. 찬석鑽石 진짜 크지? 예쁘다."

"아, 고마워."

그러고는 브로치를 다시 품에 넣는다. 외르타는 분통을 터뜨렸다.

"준다며!"

"나 신용 개 줬다고 말했잖아."

"개자식!"

"고마워."

"갖고 싶단 말이야!"

"이거 팔면 얼마나 나오는 줄 알긴 아냐? 네 돈으로 사려면 사라."

"야!"

"수고했어. 좀 이따 다른 것 고르면 내일 갈 때 잔뜩 싣고 가자. 리비

것도 뽑고. 저녁인데 놀러 갈래?"

"너 놀고 왔잖아!"

"너무 많이 따서 좀 잃어 주러 가려고. 그게 바로 상도지."

"나한테 한 약속 지키는 게 진짜 상도다!"

앙히에는 발랄하게 웃으며 그녀를 끌고 일어섰다. 품에 든 브로치는, 참 위험천만하게도 욜란다에게 휙 던졌다. 그녀는 성 하나가 날아오는 듯하여 조심스레 받은 뒤 제 속에 꽁꽁 숨겼다. 외르타는 오만상을 찌푸렸지만 언제나처럼 자신을 끄는 그의 힘에 대항할 수가 없었다. 바닥에 끌리면서 욜란다를 향해 손가락질했다.

"욜란다! 그건 내 노동의 정당한 대가란 말이야!"

"미안해요."

"야!"

"이다, 그거 분류별로 모아 두기 힘들 테니 내버려 둬. 내가 새벽에 와서 옮길게."

"아니에요. 제가 아콰 불러서라도 하죠."

"어어? 그래. 나올 때 불 끄는 거 잊지 마."

그들은 방을 나섰다. 멀지 않은 상회 문도 나섰다. 게외보르트의 대도시에 간신히 발을 내딛었다.

앙히에는 여전히 그녀의 팔뚝을 꽉 쥔 채 구름에 붕붕 뜬 듯한 목소리로 말했다.

"휠젠벡도 나쁘진 않더라고? 사람들이 잘 속아 줘서 말이야. 명색이 게외보르트 최고 상업 요충지인데 도박장엔 왜 이렇게 둔치들밖에 없지?"

"사기꾼."

"너도 거기 가자. 리비는 저번 달에 와서 한탕 쓸고 갔어."

"도대체 언니는……. 싫어. 안 갈 거야."

"재미있게 해 준다면서 일만 시켰잖아. 이건 미안해서 그래."

그녀는 코웃음을 쳤다. 휙 돌아 그의 앞에 서선 그의 이마를 툭툭 쳤다. 기분 나쁘라는 의도였지만, 앙히에는 심지어 그 의도조차 눈치채지 못한 듯 어벙하니 웃었다.

"브로치나 내놔."

"안 돼."

"언니한테 이를 거야."

"리비도 상인에게 물건을 공으로 빼앗을 정도로 경우 없지는 않아."

"나, 그냥 줘."

"번복 안 해."

"……화난다. 술 마시자."

앙히에는 소리 없이 조오아 하고 말한 뒤 즐겁게 걷기 시작했다. 외르타는 고개를 젓는 모양으로 그 옆을 따랐다. 그는 손을 쭉 뻗어, 그녀의 목덜미에 둘러져 있던 두건을 그 머리 위로 덮어씌웠다. 코와 입만 보이는 가운데 부루퉁한 목소리가 새어 나왔다.

"왜?"

"술집에서까지 사람 해치고 싶진 않거든."

"해쳐?"

"누가 너한테 관심만 보여도 난 칼을 들어야 해."

"무슨 헛소리니?"

"리비가 그러랬어."

그녀는 기가 막히다는 듯 헛기침을 내뱉었다. 자신에게는 이리 무법자인 앙히에가 리볼텔라 말은 하나하나, 고분고분 듣는다는 사실이 잘 이해가 가지 않았다. 그녀 휘하에 들어갔기 때문에? 아니다. 리볼텔라의 수하로 들어간 뒤 갑자기 복종하는 태도로 돌변한 것이 아니었다. 사실 그들은 처음 볼 때부터 그러했다. 딱 맞는 요철인 듯 실과 바늘처럼 붙어서는 서로 평생을 본 것 같았다. 그런 친밀함.

"너는 언니에게서 어떤 자질을 봤니?"

앙히에는 그녀를 돌아보았다. 번듯한 달 아래 살짝 잡아당긴 듯한 미소. 외르타는 그 어른스러움에 깜짝 놀라고 말았다. 그는 그녀가 당황할 정도의 차분함으로 조용히 말하기 시작했다.

"외르타, 나는 왕의 소질을 평가할 수 없어. 딤니팔이란 왕국은 결국 폐하를 깃대로 삼아 전설과 전통과 명예에 묻혀 사는 나라이기 때문이야. 그 혈통과 자격에 대해서는 그 누구도 반박은커녕 칭찬이나 토론도 못해. 너희와는 다른 의미의 절대 권력이지."

"우리는 자질에서 '합격' 하고 왕위에 오르는 셈이라……."

"그렇기 때문에 나는 리비가 좋은 왕의 재목이라고는 함부로 말할 수가 없어. 그 재목이란 단어에 대해 별반 아는 것이 없으니까. 그러니 '자질을 봤다' 는 건 틀린 표현이지."

"그러면?"

"나는 그 사람이 좋아."

"뭐?"

"그 사람을 존경해."

외르타는 그의 입에서 평생 누구를 존경한다는 말이 나오리라고는 생각지 못했다. 때문에 그 놀라움은 대단히 컸다. 물론 그녀 역시 리볼텔라에게 사람을 매료시키는 무언가가 있다는 점을 인정했다. 한데 심지어 온 인생 저 혼자 잘났을 것 같은 앙히에까지? 그녀는 앙히에가 사랑에 빠진 것은 아닐까 하는 덜떨어진 생각도 찰나 해 보았다. 물론 기겁하여 그만두었지만.

그들은 놀금과 꽤 떨어진 술집으로 들어왔다. 앙히에가 이곳 주점에 얼굴을 보인 적이 없는 듯, 주인은 상당히 의심스럽다는 눈으로 그 둘을 바라보았다. 나이나 이방인에 대한 경계가 아니라, 돈 문제였다. 앙히에는 빙글빙글 웃으며 공손히 — 빙글빙글과 공손함이 어떻게 공존할 수 있는지는 도무지 알 수가 없다. — 요청했다.

무슨 입 발린 말을 했는지 주인이 호탕하게 웃으며 앙히에를 내려치는 모습이 보였다. 그 역시 달려가는 듯한 기세로 주인을 치고, 이내 악수한 뒤 주인의 안내까지 받아 자리에 앉았다. 외르타는 그 일련의 과정에 이제 감탄할 기운조차 없었다. 앙히에가 붙임성 좋고 넉살맞은 것은 하루 이틀 일도 아니니까. 주인은 떠나자마자 돌아와 나무잔 두 개를 내려놓았다. 앙히에는 벌쭉 웃으며 고맙다 말했다.

외르타는 가만히 그 광경을 지켜보았고, 그는 그 침묵을 넘어서서야 제 앞에 앉은 그녀에게로 시선을 돌릴 수 있었다. 그는 마치 그 중간의 휴지가 없었다는 듯 유수처럼 말하기 시작했다.

"사실 나도 내가 왜 리비를 졸졸 따르는지 모르겠어. 그냥 그 사람 자체가 좋아. 볼 때마다 감탄이 나며 도저히 따라갈 수 없는 사람이란 생각만 들어."

"신기하네."

"내가 리비에게서 무엇을 본 걸까."

그것은 대답을 바라는 물음이 아니었다. 외르타는 제 앞 게레네 화주를 들어 벌컥벌컥 마시기 시작했다. 여윈 팔, 그 주량이 걱정될 법도 한데, 앙히에는 그저 곰곰이 생각하는 모양으로 천장만 바라보았다.

"야, 네가 보기엔 내가 리비를 사랑하는 것 같으냐?"

역시 술집에서는 술을 마시지 않아도 취하나 보다. 저런 정신 나간 소리가 맨머리에서 나올 리가 없으니.

"말도 안 되는 소리 마."

"나도 그렇다고 생각했는데, 슬슬 추이를 좀 봐야겠어."

"열한 살 연상이란 것만 기억해라. 날 자식처럼 키운 사람이다."

"괜찮아. 나는 겪은 게 많거든."

외르타는 벌써 치미기 시작한 뜨끈함에 약간 성이 나는 것을 느꼈다.

"그래서 나는 겪은 게 없는 사람이니?"

"공주님께서 뭐가 있겠냐?"

"언니는 왕녀고, 나는 공주야?"

"너 설마 그 이유를 몰라?"

앙히에는 잔에 고개를 묻고 그녀만 한 속도로 마시기 시작했다. 그녀는 그런 그와 경쟁이라도 하는 것처럼 마지막 남은 방울까지 죄다 비워 버렸다. 도수가 상당한 듯, 얼굴에 열이 확 올랐다.

"앙히에, 말조심해."

그는 그녀의 경고에 겁먹었다기보다는 그저 술잔에 얼굴을 박고 있는 탓에 별다른 말을 하지 못하는 모양이었다. 하나를 비우자마자 다시 소리쳐 불러 제 것, 상대 것 할 것 없이 꽉꽉 채웠다.

외르타는 또 채운 잔을 무서운 속도로 마시기 시작했다. 그가 얼빠진 채 그 모양을 보는 짧지 않은 시간, 또 한 모금에 텅텅 빈다. 숨이 막히지 않는 것이 용해 보였다. 그제야 앙히에가 조금 당황한 표정이 되었다.

"왜 그래?"

"빈속이라 잘 들어가네."

"그만 마시라고는 안 하는데 정신은 차리고 마셔. 나 이러다간 도박 못해. 너 끌고 들어가야 하잖아."

"앙히에."

"어?"

"나 너보다 안 어려."

앙히에는 잠깐 입을 다물었다.

"네 삶이 내 것보다 고등하다고 속단하지 마. 나도 열심히 살고 있단다."

그의 맑은 눈이 가늘어졌다. 외르타는 제 빈 잔을 밀어 놓고 앙히에의 것을 채어 갔다. 이번에는 아무래도 무리인지, 홀짝홀짝 가볍게 몇 모금 마셨다.

"너에게는 여태껏 무언가가 되고 싶은 삶 굽이굽이가 있었겠지. 지금까지뿐일까? 앞으로는 더 많은 바람을 가질 거야. 그렇지?"

"……."

"하지만 내게는 다른 방식의 삶을 살 기회가 없었고, 앞으로도 없어. 그냥 속절없이 가는 거야. 선택한 적도 없는데 앞만 보면서, 열심히, 꿋꿋하게, 완고하게. 그러나 그래서 내 생이 언짢으냐고? 이 지독한 삶 원망하지 않느냐고? 아니, 얼간아. 나는 희망이나 기대가 뭔 뜻인지 도통 이해를 못하는 사람이야. 따라서 절망도 원망도 없단다. 나는 당위성을 논하지 않아. 내 삶이 비 내리고 눈 오는 것처럼 당연한 일이라고 생각하는 거지. 한 길 따라 그저 주욱 가고…… 그러려니 여기는 거야."

슬슬 취기가 올라오는 듯 말이 짧아지고 있었다. 해끄무레한 얼굴에 벌건 술이 스몄다. 앙히에는 눈썹만 치켜 올리며 그녀가 고해하는 모습을 바라보았다. 그녀는 종이가 물에 젖어 드는 듯한 모양으로 나붓이 말했다.

"앙히에, 나는 살고 싶어."

그는 잠깐 입을 벌렸다가, 도저히 무슨 말을 자아내지 못하고 다시 닫았다. 누군가 제 명치 아래를 걷어찬 느낌이었다. 살고 싶다고? 그래. 바로 저 외르타가 살고 싶다 말했다. 동기들의 죽음에 일말의 동정도 두지 않는 그녀가 지금 나는 살고 싶다 말하는 것이다. 이상했다. 지금껏 외르타가 제 입으로 역설한 것이 게외보르트 왕실의 당연한 살육 아니던가? 그런데 그 아래에서 살고 싶다는 바람을?

"난 정말이지 죽고 싶지 않아. 삶에 대한 내 집착이란…… 넌 차마 상상도 못할 정도로 지독할 거다. 그래서 어떤 꼴이 되더라도 반드시 살아남겠노라 결심했단다."

"리비는 살고 싶지 않겠냐? 모두에게 똑같은 바람을 유독 너만 가진 것처럼 얘기하지 마."

"무슨 소리야? 계승 내전에 뛰어든 이상 목은 놓고 가는 거야."

앙히에는 또다시 자신이 이해할 수 없는 부분이 찾아왔다는 것을 느끼고는 막막한 한숨을 내쉬었다. 자포자기한 반문이 나왔다.

"그러는 넌?"

"난 죽고 싶지 않아. 정말 눈물 나게 살고 싶어. 앙히에, 너는 이런 내가 한심하지? 그래서 아까도 언니는 빠릿빠릿한 왕녀고, 나는 물정 모르는 공주라 말한 거지?"

"……살고 싶다는 바람이 한심한 거면 이 세상에 한심하지 않을 사람 없어."

"하지만 넌 죽어 있는 언니를 존경하잖아."

"리비가 죽어 있긴 왜 죽어 있어……."

"너 아까부터 내 말은 귓등으로 듣니? 계승 내전은 목 자르고 들어가는 길이라니까?"

"살기 위해 이기려는 것 아냐……? 살기 위해 왕위를 차지하려는 거잖아!"

외르타는 그제야 그의 오류가 어디에서 기인했는지 알게 되었다. 그녀는 관자놀이를 세게 꼬집힌 듯 정신이 번쩍 들었다. 물론 애초에 많이 취하지도 않았지만, 그것은 아예, 완전히 술을 깨게 만드는 선연한 깨달음이었다. 그녀는 제 앞에 놓인 탁자의 끝을 잡은 채로 말했다.

"아……. 여기가 문제였구나. 앙히에, 저 사람들은 살기 위해 내전을 치르는 게 아니야."

앙히에는 자기도 모르게 제 칼자루를 꽉 쥐었다.

"승자를 가리기 위해 내전을 치르는 거야."

머리를 흠씬 두들겨 맞은 것 같다.

"살기 위해 싸운다는 건 선택 '당했다' 는 뜻이잖아? 아니야. 저 사람들은 승자를 가리기 위해 선택 '한' 거야."

"……왕자들은 선택의 여지가 없잖아."

"제발, 앙히에."

그는 그 뒤에 생략된 말까지 들었다. '제발, 앙히에. 그따위 것이 문제로 보여?' 라는. 그녀는 연민 섞인 시선을 보내고 있었다. 그 연민이란 별수 없이 제 멍청함에 대한 동정이라, 앙히에는 기분이 참 묘해졌다.

외르타는 머리가 아픈지 고개를 움푹 숙였다가 다시 애써 스스로를 일으켰다. 그녀는 배 속부터 새어 나오는 한숨을 쉬고는 간신히 말했다.

"역시 이해를 못하는구나. 우리에게 이 내전은 정말 정말 중요해. 패배자를 승리자의 밑거름으로 삼기 위한 내전. 누가 나무가 되고 누가 거름이 될지는 아직 아무도 몰라. 하지만 기꺼이 그 역할에 참여하는 것이 우리의 바람이자 의무이자 야망인 거야."

"……."

"그런데…… 그게 당연한 일인데…… 나도 그래야 하는데…… 나는 그들처럼 죽고 싶지가 않아. 정말 죽고 싶지 않아. 끔찍하게 살고 싶어. 너무너무 살고 싶어. 살기 위해서라면 어떤 일도 감내할 수 있어. 무슨 짓이라도 해서 끝내 기필코 살 거야."

"왜?"

앙히에는 슬슬 심각한 두통을 느끼는 듯한 외르타를 보았지만, 그 사실이 걱정되지는 않았다. 그보다는 지금 말을 하고 있는 그녀의 머릿속이 걱정되었다. 말을 들으면 들을수록 제 속이 메스꺼워지고 있었던 것이다. 자신이 처한 '비정상적인' 상황을 당연히 여겨 원망치 않고, 정작 만인에게 '정상적인' 삶의 욕구를 당연하지 않게 여겨 원망한다. 그만 좀 해. 재미없어.

"나도 잘은 모르겠는데……. 너무 어릴 적에, 그것도 너무 적나라하게 봐서 그런가? 잘 모르겠어. 사람이 그런데 그걸 어떻게 설명하겠어? 너는 네가 왜 그런 생각을 하고 있는지 하나하나 꼽아 말할 수 있나?"

그는 자신이 내뱉었던 질문을 거의 잊고 있었다.

"뭐?"

"뭘?"

"뭘 봤다고?"

"아……. 뭐, 그건…… 별건 아닌데…… 눈앞에서…… 사실 지금은 기억도 안 나는데, 왜 아직까지 날 부려 먹는지 모르겠다. 아니, 아니, 아닐 수도 있고……."

아, 그렇지. 왜 죽고 싶지 않느냐고 물었다. 외르타는 보는 사람까지 소름 끼칠 정도로 무표정했다. 그는 그녀가 온전한 정신이었다면 저 말을 입 밖에 내지 않았으리라는 것을 깨달았다. 답을 듣고 싶지 않았다. 무례한 일이다.

"그만 말해."

"어머니께서……. 응? 그만하라고?"

앙히에는 속으로 욕설을 내뱉었다. 이해하고 싶지 않았건만 저 한 마디에 제 머리가 즉각 움직였다. 톱니바퀴가 맞물리는 모양으로 철컥철컥 인과가 풀렸다. 누군가 제 목구멍에 뜨거운 물을 부은 양 배 속이 죄다 자지러졌다. 젠장, 이러지 좀 마. 난 널 동정하지 않겠다고 약속했단 말이야.

그는 이제야 왜 리볼텔라가 외르타를 아끼는지 납득하게 되었다. 그럴 수밖에 없었을 것이다. 너무 안쓰러워 보듬지 않고는 감히 바라보지도 못했으리라. 리볼텔라가 무자비한 사람이라는 것은 앙히에도 아주 잘 아는 바였지만, 그런 여자마저 동요시키는 어릴 적의 위태로움.

이놈의 왕실은 처형도 그리 품위 없게 하나?

아이 앞에서 그 어미를 죽인 것이다.

"외르타."

그녀는 답답한지 두건을 벗어 냈다. 갈색 긴 머리와 갈색 눈. 아니, 지금은 새파란 녹색이었다. 앙히에는 그녀의 이름을 제하고는 어떻게 무슨 말을 할 수가 없었다. 외르타는 눈을 몇 번 깜박였다.

"괜찮아. 제정신이야."

"너 방금……."

"괜찮아, 괜찮아. 뭐가 달라지는데? 그리고 어차피 모두 추측이야. 그런 명확한 이유보다는…… 내가 그저…… 이 왕실의 돌연변이라 그런 것일 수도 있어."

그녀는 그 와중에도 자꾸만 저가 빼앗은 앙히에의 술잔에 입을 대고 있었다. 그는 아무리 그녀가 지금 제정신이라 할지라도 더 이상 좌시할 수 없다고 생각했다. 앙히에는 자리를 털고 일어나 조금쯤 힘 빠진 태도로 그녀를 잡아 올렸다. 제정신이라는 말이 거짓은 아니었는지 그녀는 한 번 비틀거리지도 않고 똑바로 섰다.

외르타는 앙히에보다 먼저 술집 바깥으로 나갔다. 앙히에는 돈을 내던진 뒤 따라갔다. 그리 오래 있지 않았는데 마치 천년은 머물고 온 듯 지쳐 버렸다. 그녀는 팔짱을 낀 채 차분하게 말했다.

"비밀이 아니란다. 빛진 척하지 마."

"왜 말했어?"

"날 동정하지 말라고."

재는 진짜 미쳤나 보다.

"그 고해를 한 게 동정하지 말란 뜻이었다고?"

"너 나를 언니처럼 왕위 안 노린다고 한심하고 불쌍해 죽겠단 눈으로! 동정하는 눈으로 보고 있잖아! 내내! 우리가 누군지 안 뒤로 내내 그러고 있어. 내가 한량처럼 보이지? 왕족 된 자로서 왕위를 노리지 않는 것을 꼴사납다 생각하지? 왕위에 욕심 없는 내가 안쓰럽고 이상하게 보이지?"

앙히에는 정신적으로 급소를 찔린 듯한 기분이 되었다. '꼴사납다'는 것까지는 아니지만 그래도 이상한 일이라고는 느끼고 있었다. 저 메마른 성질 머리를 보면 분명 제 동기들에게 비수를 겨누고 있어야 정상이건만, 가장 그럴 것 같은 사람이 평민과 결혼하겠다는 어울리지도 않는 소리를 하고 있는 것이다. 다들 앞으로 나가는데 외르타 혼자만 뒤로 떠밀린 것처럼 보였다. 어미 오리 쫓아가다 저 홀로 뒤처진 새끼 같아 연민의 감정이 들었다. 저의 그 시선을 외르타가 민감하게 잡아낸 것이다.

물론 정신적으로 급소를 찔렸다는 것은, 그만큼의 당혹 역시 내포한 감상이었다. 아무래도 외르타는 어떤 것이 사람의 진짜 동정을 사는 일인지 제대로 가늠하지 못하는 듯했다.

왕위를 노리지 않는 것이 저 왕실에 있어서는 참 희한한 일 같다, 홀로 도태된 것 같아 안타깝고 불쌍하다, 이런 인상이 하나. 어미가 숨 끊어진 꼴을 코앞에서 똑똑히 보고 삶에의 집착을 가진, 그런데 그런 인간의 기본적인 욕망을 자신의 사고방식에 우겨 넣고는 이것 비정상 아닌가 스스로를 원망하는 모습을 보는, 이런 인상이 하나. 진심 어린 동정을 받는 것이 설마 전자겠는가? 후자가 연민거리조차 되지 않는다고 생각하는 쟨 정말이지…….

"그래서 변명 좀 하려고 한 거야. 난 죽고 싶지 않아서, 목 내놓고 들어가는 내전도 시도하고 싶지 않았어! 내가 머리가 모자라거나! 무능해서! 그런 게 아니란 말이야! 그러니까 절대 날 불쌍하다고 생각지 말렴."

와.

"비록 살겠다는 건 정말 떠밀린 집착이지만……. 때문에 다들 '선택'하는데 나만 어쩔 수 없이 이리 왔다지만……. 어쨌든 그건 껴안을 수밖에 없는 내 장애라서."

살고 싶다는 생각이 장애란다.

"외르타."

"응."

"너 다시는, 아무한테도 같은 얘기하지 마."

"왜?"

"나 속이 이상해. 미치겠어."

"왜 그래? 체했어?"

앙히에는 허탈하게 웃었다. 외르타는 눈썹을 치켜 올리며 그를 쏘아보았다.

"가자."

"어? 그래."

외르타는 뒷짐을 지고 자못 점잖은 태도로 그 옆에서 걷기 시작했다. 앙히에는 제 아래에서 올라갔다 내려가는 그 머리칼을 보며 속이 와작 우그러드는 것 같다고 생각했다. 어제 화났던 일은 이미 유사처럼 쓸려가 흔적도 없다. 앙히에는 이제 외르타를 이해하지 않기로 했다. 자신이 할 수 있는 일에는 그녀를 헤아리려는 시도보다 더 유의미한 것이 있었다.

그가 조용히 말했다.

"살고 싶다고 했지?"

"응. 진심으로."

"어떻게 살아남게?"

"넌 언니 끄나풀이잖아. 내가 미쳤다고 말하니?"

"지금은 그거 말고 네 친구 할게."

외르타는 얼굴에 물 맞은 듯 황망한 기색으로 그를 올려다보았다. 너무 당황해 무어라 말을 하지 못하는 느낌이었다. 그는 천연덕스럽게 말했다.

"난 끄나풀 노릇보단 벗이 중해."

"내가 그걸 어떻게 믿고? 넌 나한테 브로치도 안 줬잖아."

"야, 그건 안 돼!"

"그럼 그 요청은 기각."

"속 좁게!"

"교환하자."

"넌 돈으로 내 신의를 사고 싶냐!"

"돈이라니! 내가 갖고 싶은 거란 말이야!"

"다른 거 가져가!"

"나 그 방에 있는 거 전부 봤어. 그것 외엔 욕심나지도 않더구나."

"다른 거!"

"돈도 많으면서 이 구두쇠……."

"다른 거!"

"됐네."

"다른 거!"

"떠날 거야."

"다른 거! 뭐?"

앙히에는 걸음을 뚝 멈췄다. 외르타는 계속, 가볍게 걸어가고 있었다. 잡힐 듯 잡히지 않을 듯했다. 그녀의 뒷모습에서 바람 같은 목소리가 흘러나왔다.

"떠날 거란다. 영영. 나라를 뜰 거야. 내가 폐하께 아양 떠는 것이 바로 이 때문이야. 때가 오면, 사라질 수 있도록."

어두컴컴한 대로, 홀로 걷는 그림자.

"어디든 좋겠지. 나를 기어이 잡아 죽일 이 나라만 아니면 된단다. 평민과 결혼한대도 나라 안에 있으면 언니를 제외한 모두가 날 죽일 테니까. 그리고 어차피 난 리비랑 얽히는 것도 끔찍하게 싫어. 다 싫다. 안전하다고 생각하지도 않아. 타국, 그것도 완전한 시골로 도망쳐서 소식이 없으면 그제야 힘겹게 나를 놓겠지."

"……그냥 애를 안 가지면 안 돼? 죄렛 있잖아."

"난 아이를 좋아해. 내 아이는 잘 키울 거야."

"네 목숨을 걸 만큼 좋아하냐?"

"응."

앙히에는 그제야 다시 발을 떼기 시작했다. 몇 걸음 만에 그녀를 따라잡아 그녀와 똑같이 휘청이는 그림자가 되었다.

"그 아이는 나처럼 안 될 거야."

"너도 네가 정상이 아닌 건 아나 봐?"

"그것보다는…… 그런가 봐. 음, 맞는 말이야. 앙히에 너 끄나풀 노릇 때려치우고 나랑 결혼할 마음 없니? 돈 많은 외국 사람이잖……. 아, 맞다. 귀족이랬지?"

"어? 뭐? 누가 그랬어?"

"뭐 어때? 난 확신하고 있었어."

그는 고개를 절레절레 저었다. 그러고는 한탄하는 어조로 수긍한다.

"그래, 안 돼."

"응?"

"나랑 결혼하면 애는 물론이거니와, 너도 바로 죽어."

"왜?"

"벌벌 떨 거거든."

"누가?"

"너희 동기들이."

"그만한 가문이야?"

"네가 생각해."

"으으음."

"그리고 가장 중요한 것! 난 너보단 리비가 좋아!"

외르타는 웃음을 터뜨렸다.

그러나 앙히에는 미소조차 짓지 않았다. 그는 그답지 않은 고요로 그녀를 바라보고 있었다. 외르타 역시 몇 번 소리를 내다가 이내 서서히 멈췄다.

"왜?"

그는 그녀의 빛깔 다양한 동공을 뚫어지게 쳐다보았다. 동정하지 않기로 약속했다. 이해하지 않고 강요하지 않고 보채지 않기로 약속했다. 무관심을 전제로 한, 그런 기이한 벗이다.

노력해 보자.

"말 안 할게."

"믿어."

"다행이다."

바람은 줄기줄기 몸을 스쳐 간다. 달이 표주박처럼 훤히 떠 있어 등불이 따로 필요 없었다. 그림자 역시 의젓하게 붙어 있다. 누군가 그들에게 먹지를 대고 그대로 한번 본뜨기라도 한 듯 지독히 선명한 광경이었다.

멀지 않은 놀금 건물에서 한 여자가 불쑥 걸어 나왔다. 외르타는 양팔을 벌리고 뛰어갔다.

"이이다아!"

"어머, 이다라니. 영광이에요. 이리 온!"

그녀는 그녀에게 달려가 안겼다.

앙히에는 그제야 웃었다.

끝의 시작

"세 시간 뒤에 떠나."

앙히에는 사십 일 만에 숄렘 노트란트로 돌아왔다가, 외르타가 화색 만연히 건네는 말을 듣고 대경했다.

"뭐? 정말? 너 나한테 얘기 안 했잖아?"

"난 너한테 모든 걸 털어놓을 의무가 없단다. 게다가 한 달이나 숄렘을 떠나 놓고 뭘 바라니?"

그는 아직까지도 충격을 떨치지 못한 채 어안이 벙벙한 얼굴로 그녀를 바라보고 있었다. 그러고 보니 비사 오필라에 들어올 때 바깥 수행원들이 꽤나 분주하던 것 같기도 하다. 그것이 막내 왕녀의 여행을 준비하기 위한 소란이었나?

"앙히에, 잘 살아."

"와."

"난 드디어 행복해지러 가는 거야. 질렸다, 여기 정말."

"행복?"

"사랑으로 결혼해서 오래오래 잘 살아야지."

"네가 사랑?"

"못할 것 같니?"

반사적으로 고개를 끄덕이려다 아무래도 작별 인사로는 조금 어색한 싸움이 될 것 같아 뚝 멈췄다. 외르타는 정말 뿌듯하다는 얼굴로 빙그레 웃었다.

"아, 정말 좋다."

이른 아침 햇살에 부서지는 웃음이었다. 곱게 휜 그녀의 눈은 지금껏 그가 본 중 가장 진한 녹색으로 빛나고 있었다. 리볼텔라와 같은 색이지만, 조금 더 반짝이고, 조금 더 가벼운. 벌써부터 행복이 만연한 그녀의 얼굴에 자신마저 자포자기한 웃음이 났다. 허한 제 얼굴에는 곧 진심이 담겼다.

"그래. 너니까 잘 살겠지. 나중에 내전 끝나면 오스페다로 한번 찾아와. 아마 내가 있겠지만, 없더라도 놀금 찾아서 연통 남겨라."

"라르디슈 쪽으로 갈 거야."

"생 로욜……. 나 그쪽으로는 잘 안 가는데? 이미 기반이 잡혀서."

"생 로욜은 왕의 수도잖아……. 너 시골로 간다 했던 내 말은 어느 귀로 들었니?"

앙히에는 제 실수를 깨닫고는 혀를 찼다. 그녀는 바람을 꿰려는 양 검지를 빙글빙글 돌리고 있었다.

"라르디슈의 모장티, 정말 한번 가 보고 싶었어. 일단은 거기서 조금 미적대다가……. 슬슬 자구지책을 마련해야겠지."

"모장티? 아, 거기. 나 가 봤는데. 진짜 좋더라. 바다 꼭 봐라."

"응, 바다 좋아."

"그런데 왜 하필 라르디슈야? 딤니팔 가! 내가 도와줄 수도 있어."

"언니가 여행 가기에는 그 나라가 정말 정말 좋댔거든."

여행을 떠날 자와 머무르는 자의 평범한 대화였다. 그러나 앙히에는 잠깐 고심하는 듯 인상을 찌푸렸다.

"리비는 네가 영영 그곳에 붙박으려는 걸 모르고 하는 말이잖아. 여행이면 몰라도, 평생 산다며? 딤니팔도 좋단 말이야."

"나는 너를 온전히 믿지 않아."

"와, 이런, 맙소사."

"내가 지금까지 본 결과, 넌 기어이 리비 말을 따르게 되어 있단다. 그러니 내가 돌아오지 않고, 언니가 추궁하기 시작하면 넌 어쩔 수 없이 날 잡으려 들 거란 말이지. 그런 네 앞마당인 딤니팔에서 놀고 싶진 않아."

"내가 그렇게 신용 없는 사람으로……."

"농담이야."

"……."

"남쪽이 좋아."

그는 고작 그 이유뿐이냐 야유하기 위해 입을 벌렸다. 조금 과장된 그 동작을 보곤 외르타가 미간을 찌푸렸다. 그녀답게 싹 걷어 올린 머리 덕분에 그 표정이 한 올 한 올 모두 선명했다.

"아이 키우기에…… 그리고 여생을 보내기엔 남쪽이 좋을 것 같아."

"……."

"내가 자란 꼴을 본다면 북방은 참 글러 먹은 곳 아니니?"

"……."

"왜 대답이 없어?"

앙히에는 혀를 차며 동시에 소리없이 웃었다. 어떻게 이 두 가지를 동시에 해낼 수 있는지 모르지만, 곧 전부 웃음으로 변했기에 개의치 않았다. 저런 말을 진지하게 하는 외르타가 처음으로 평범한 소녀처럼 보여서 실실 웃기 시작하는 것이다. 앞으로도 저렇게 굴 수만 있다면 정상으로 돌아가는 것도 시간문제일 것 같다. 이런 왕실은 평생 마주하지 않고 혼자, 둘이, 셋이, 넷이 사소하게 즐겁다면 그것 역시 그것대로 좋은 일 아니겠는가.

"벌써 결혼한 것 같다."

"신부처럼 행복해 보이니? 지금은 실제로 그렇단다."

"됐네. 나도 그냥 축원이나 하마. 너 잘 먹고 잘 살게 해 주세요."

외르타는 걸터앉아 있던 꽤 높은 난간에서 뛰어내렸다. 그는 기겁하며 그녀를 받아 안았다. 앙히에는 그녀가 제대로 선 뒤 떨치려 했지만, 정작 외르타가 그의 목을 꽉 붙든 뒤 놓지 않았다. 그는 의아하다는 표정으로 잠깐 그녀의 가마를 내려다보았다. 그러나 그 망설임도 잠시, 그는 그녀의 양 관자놀이를 꾹꾹 누르며 윽박질렀다.

"뭐야?"

"고마워."

"아."

"너도 잘 살아."

"평생 안 보게?"

아직까지도 그녀의 관자놀이를 잡고 있었기에, 그는 그 여윈 고개를 위쪽으로 꺾을 수 있었다. 외르타는 미간 한 번 좁히지 않고 순순히 시선을 들었다. 눈이 마주쳤다. 상대의 새파란 눈에 문득 무언가가 생각난 듯 말한다.

"앙히에, 언니 죽더라도 잘 살아야 돼."

"리비가 왜 죽어? 리비는 이길 거야."

"괜찮으려나 모르겠네……."

그녀는 의혹 섞인 얼굴로 그를 바라보았다. 앙히에는 한숨을 쉬며 그 머리를 놓았다. 외르타 역시 별말 없이, 조용한 햇살 그림자처럼 슥 물러났다. 그러고는 더 이상 아무 말 없이 몸을 돌려 걸어간다. 그는 깨달았다. 입을 열었다.

"외르타."

"응?"

그는 단 세 걸음 만에 그녀에게 다다라서는 무언가를 불쑥 건넸다. 그녀는 의심쩍은 눈길로 그것을 보다가, 갑자기 탄성을 질렀다.

"주는구나! 너무 예전 일이라 잊고 있었어!"

"팔기가 아까워."

돈 받고 파는 것은 아깝지만 마음을 써 주는 것은 아깝지가 않다. 외르타는 싱긋 웃으며 리마네레의 브로치를 받아 들었다. 앙히에는 계면쩍어 하지도 않은 채 뻔뻔스레 제 꼴을 설명했다.

"내가 가졌던 적 없어. 그러니 내 영혼을 담았느니 기억을 담았느니 웃기는 소리는 하지 마. 그건 너 쓰라는 의미에서 주는 거야."

"혼수구나, 하하!"

"그래……. 그 사람이다 싶으면 줘."

외르타는 신이 난 채 그것을 받아 제 품에 넣었다. 앙히에는 팔짱을 끼고는 그녀가 손 흔들어 인사하는 모습을 보았다. 푸른 머리끈에 묶인 머리칼이 묘하게 환했다. 이제 정말로 뒤돌더니, 노루 꼬리처럼 살랑살랑, 하지만 역시 그만한 빠르기로 씩씩하게 사라져 갔다.

아, 기세만 보면 아주 장군감이다. 저것을 누가 감당하고 살지, 부모도 아닌데 머리가 아파 오려 했다. 외르타가 사랑하지 못할 것 같다고 생각하기는 했지만 저런 아름다움으로 사랑을 받지 못할 리는 없다. 개중 그녀에게 골라 잡힌 남자는 정말이지 최고로 불쌍한 놈이다. 물론 그

악운을 눈치채지 못할 정도로 이미 정신없이 빠져 있겠지만.

저런 야무짐, 어쨌든 잘 살 것이다.

아마…….

"야! 좀 깨 봐!"

그는 깨어났다. 리볼텔라가 그 옆에 서서는, 종이를 둘둘 말아 그의 뺨을 꾹꾹 찌르고 있었다.

"리비……. 뭔 얘기 중이었지? 나 너무 졸려서……."

"넌 외르타 얘기하는데도 감히 졸 수 있느냐?"

"어…… 잘 살겠지……."

"로크뢰라니?"

앙히에는 그녀가 기어이 저를 일으키자, 온갖 불평불만은 다 내뱉으며 몸을 세웠다. 그는 이미 그녀의 개인 심복 비슷한 것이 되어 있었다. 이렇게 주인 앞에서 드러누워 잘 수 있는 친밀함조차 몹시 일상적이었다.

"그 남자랑 사랑에 빠졌나 보지……. 로크뢰라면, 무슨, 우린 아직 건드릴 수도 없는 권력자잖아……. 잘 잡았네."

그는 외르타가 마음에 들지 않는 사람과 함께하리라고는 조금도 생각하지 못하고 있었다. 떠나기 직전 그리 꿋꿋하던 각오는 물론이거니와, 그녀의 고집 세고 악바리 같은 성질을 기억하면 사실 재고의 가치도 없는 이야기다.

"그리고 리비, 이건 네가 먼저 말했잖아. 소식 듣자마자 '잘 잡았네?' 이렇게."

"그건 칭찬의 뜻이 아니었어……. 지금 외르타를 달라는 문서에 내 동기들이랑 그러마 답하고 오니까…… 찝찝하군. 기분이 별로다."

"딸 결혼시킨 아비가 도둑놈 보는 기분으로 사위 대하는 거랑 똑같은 거지."

리볼텔라는 그 앞 탁자에 털썩 앉았다. 방금 전 그를 깨우던 소란과는 달리 완전히 냉정한 상태였다. 그녀는 큰 새가 날개를 접는 속도로 서서히 표정을 물렸다. 목소리 역시 낮게 가라앉아 있었다.

"대화가 안 통하는군. 너 곱게 잘 동안 내가 말한 것이 방금 서명하고 온 문서 내용이었다."

"무슨 내용이었기에?"

"우리 내전 끝나면 외르타 죽이라고."

앙히에는 아직까지도 남아 있던 잠기운이 싹 가시는 것을 느꼈다. 정신이 번뜩 들면서 눈앞에 있던 장막이 한 겹 걷히는 것을 느꼈다. 목이 꽉 막혔다가, 간신히 트인다.

"뭐?"

"음?"

리볼텔라는 가볍게 반문했다. 당연히도, 그가 왜 놀랐는지조차 이해하지 못한 듯했다. 앙히에는 이곳에 머무르며 이런 몰인정함에 너무도 익숙해져, 이젠 더 이상 놀랐다는 표현조차 하지 않고 있었다. 놀라는 대신, 놓친 말을 좇는 것처럼 항상 이렇게 이유만 묻는다.

"외르타를 죽이겠다고? 애를 안 낳아도?"

"너 지금 무슨 생각을 하고 있는지 모르겠군. 우리 왕실의 논리를 이해하긴 하고 내게 합류한 거냐?"

앙히에는 겸허함을 보였다. 리볼텔라에게는 여전히 표정이랄 것이 없다. 그녀는 입을 열었다.

"외르타는 나를 배반했다."

그는 눈을 한 번 깜박였다.

"그토록 살려 주겠다고 말했건만 일언반구도 없이 내게 등을 돌렸지.

지금껏 어떤 힘에도 흥미가 없는 체, 죽음의 위험을 감수하기 싫은 체했던 아이가, 이제는 이웃의 왕을 잡아 감히 권력으로 우리와 맞서려 하고 있다. 나는 그 교만함을 용납할 수가 없어."

앙히에는 누군가 제 등골을 잘근잘근 깨물어 바수는 듯한 기분이 들었다. 자신이 언제까지 함구해야 하나 하는 고민에 목덜미부터 아찔해지기 시작한 것이다.

리볼테라는 외르타가 평민과 결혼하기 위해 비사 오필라를 떠났다는 사실을 모르고 있었다. 정말 여행을 가는 줄로만 알고, 미심쩍다지만 그래도 라르디슈가 좋다는 충고까지 내렸던 리볼텔라다. 일 년 정도면 돌아오겠지, 안일하게 생각했건만 일 년 뒤에 들린 소식은 로크뢰 1세와의 관계. 리볼텔라가 저토록 노여워하는 것이 이상한 일은 아니었다.

무슨 일이 있기는 있는 것이다. 그리 즐겁게, 한 점 거짓 없는 진실한 태도로 일상의 평안, 가식 없는 애정을 고대하며 떠났던 사람이다. 따라서 권력을 노린 술수라고는 생각지 않았다. 하지만 일상의 애정을 위해 '평민' 이 아니라 '왕' 을 잡았다고? 외르타, 그만큼 그 사람을 사랑한 거야? 외르타가 사랑할 수 있는 것을 보니 예전 제 알량한 추측은 확실히 빗나간 모양이다. 그리 애정을 갈구하더니 정말 불같은 사랑에 빠진 것인가? 그 젊은 패왕에게 냉정 못 차릴 정도로 집중해 제 동기들이 어떤 뜨악한 반응을 보일 줄 짐작하지 못했나?

아니면…….

"아니면…… 내게도 거짓말을 했다던가."

"음? 무슨 말이냐?"

앙히에는 대답하지 않았다. 누군가에게 된통 물을 맞은 것처럼 스스로가 한심하고 어처구니가 없었다.

외르타라면 충분히 그럴 만한 그릇이 아닌가. 그녀가, 그 메마른 성정에 웃기지도 않는 친구 소리를 진담으로 받아들였을 리가, 그를 믿고 곧이곧대로 진실을 털어놓았을 리가 없었다. 그래. 조금의 위험도 무릅쓰고 싶어 하지 않는 철저한 사람이었다. 저가 리볼텔라에게 쪼르르 달려가 고할 것이라 생각지는 않았다 해도, 어쨌든 제게 완전한 신뢰를 주지 못한 것이다.

물론 지금 이리 두들겨 맞은 앙히에는 외르타에게 항상 진심이었다. 다시없을 벗이라고는 입이 찢어져도 말 못하겠지만, 어쨌든 그 역시 쉽사리 친구 소리를 꺼내는 사람은 아니었던 것이다. 그만큼의 신뢰.

그런데 죄다 배반하고 내게도 거짓을? 내겐 같잖게도 평민과 결혼한다 말하며 다른 손으로는 이웃의 왕을 잡은 실을 당겨?

"난 너한테 모든 걸 털어놓을 의무가 없단다."

목에서 칼칼한 웃음소리가 났다.

"앙히에, 웃을 일이 아니다. 외르타가 내 눈앞에 있다면 내 손으로 죽였을 거다. 그 아이는 정도를 넘었어."

그는 외르타의 이 행동이 리볼텔라의 가장 엄중한 선을 넘었다는 사실을 깨달았다. 결코 돌이킬 수 없는, 번복되지 않는 무자비한 왕의 결단. 그녀에게는 선이 딱 하나였다. 적인가, 적이 아닌가.

외르타는 드디어 그녀의 적이 되었다.

내 적이다.

그러니 앙히에는 이제 껍질뿐인 친구를 팔아먹어도 되겠다고 생각했다. 벗이라는 단어조차 어리둥절할 지경인데 지켜야 할 신의가 어디 남아 있겠는가. 적으로 규정하는 것이 차라리 편할 것 같았다. 그는 물 흐르듯 고백했다.

"리비, 있잖아. 외르타가 여행 떠나기 전에 나한테 말했어. 자기가 이웃 나라로 떠나 평민과 결혼한 뒤…… 영영 초야에 묻혀야만 제 동기들이 자길 놓을 수 있을 거라고. 그래서 그러려고 떠나는 거라 내게 분명 말했어."

그녀는 지금까지 왜 함구했느냐 추궁하지 않았다. 이미 늦은 일이고, 그녀 역시 앙히에와 외르타 사이에 꽤 괜찮은 유대가 있었다는 사실을 알고 있었기 때문이다. 게다가 그녀는 앙히에가 방금 전 어떤 계산을 거쳤는지까지 훤히 들여다볼 수 있었다. 친구의 함구령이라 신의로 지켰건만, 의심하다 못해 기어이 믿음 자체가 와르르 무너진 것이다. 또한 외르타는 이제 리볼텔라의 적, 그의 적. 나올 답이 두 가지일 리 없다. 그래서 리볼텔라는 그의 함구를 탓하기보다는, 차라리 앙히에가 그만큼이나 제게 절대적이라는 사실에 기꺼워하기로 했다.

그녀는 딱 한 마디 했다.

"믿느냐?"

앙히에는 불 맞은 나방 같은 기세로 그녀를 바라보았다. 리볼텔라는 벌써 외르타를 '쳐 낸' 것이다. 가지치기에 들어갔다. 평생 돌보았던 동생이건만, 아주 작은 반항이 보이자마자 한 점 자비도 없이 잘라 낸다. 나는 일 년 반 사귄 친구도 떨치기가 꺼림칙한데. 지독하고 굉장했다.

"음……."

"똑똑히 굴어라, 앙히에."

"믿었으면 너한테 말했겠어?"

"좋아."

그녀는 빙그레 웃었다. 앙히에는 잠깐 배 속이 섬뜩했다.

"발터와 이야기를 좀 하고 왔다. 외르타의 계산은 아무래도 로크뢰와의 전략적 제휴일 거야. 둘 다 이득이 있으니까. 그건……."

"로크뢰는 게외보르트의 왕계에 발을 넣기 위해, 외르타는 중앙 삼국의 왕이라는 권력자를 이용하기 위해."

"그 아이에게는 참 행운으로 로크뢰는 퍽 잘난 놈이지. 외르타는 튼튼하고. 아이를 가질 거야. 제기랄. 등골이 섬뜩하네. 젠장, 아이를 가져서, 젠장, 그 아이로, 젠장, 우리 왕위를 노리겠지! 제기랄! 제기랄! 제기랄! 내가! 독사 새끼를! 키웠어!"

그녀는 말하면서 점차 화가 치미는 듯했다. 앙히에는 그런 그녀를 전적으로 이해했다. 그리 어여삐 여기고 귀애해 주었는데 가장 순진한 척하며 가장 악질적인 패를 잡은 것이다.

가장 악질적인 패. 게외보르트 계승 내전에는 외세가 끼어들 수 없다는 불문율이 있었다. 승자를 가리기 위한 내전이니만큼 모두가 그것을 치욕으로 여겨, 만에 하나 그런 경우가 생긴다 해도 모든 계승자의 칼이 가장 먼저 그를 향하게 되어 있던 것이다.

딤니팔도 라르디슈도 두어 번쯤 그런 실패를 겪자, 가망이 없다는 것을 알았는지 손 놓은 지가 벌써 백 년이었다. 그런데 로크뢰는 패왕이라는 제 칭호에 맛 들려 슬슬 게외보르트가 탐나기 시작했나 보다.

머리로 생각하자 아직껏 외르타에게 남아 있던 약간 들쩍지근한 감정은 죄다 증발해 버렸다. 리볼텔라가 항상 어찌 사는지 일견 체험한 듯한 느낌이었다. 지금의 외르타는 가장 위험한 적이었다.

"리비, 리비, 그럼 어떡할 거야? 전하뿐 아니라 나머지 떨거지와도 협력할 거야?"

"숙고 중이다. 발터는 일단 추이를 지켜보자 했고, 나 역시 동의했다……. 협정문에 그런 어처구니없는 말을 쓴 것도 내 뜻이었어. 산튼, 에오반, 게르트루다 할 것 없이 서명했다. 다들 덜덜 떨고 있는 상태야. 화나서."

왕은 현재 정신이 왔다 갔다 하는 상태였다. 왕위 계승자들이 '어쩔 수 없이' 로크뢰의 대묵臺墨에 답해야 했던 것이다.

"그 어처구니없는 말이라 하면…… 내전 끝나면 그쪽이, 로크뢰 네놈이, 외르타, 하하! 외르타를 죽이라고? 그 조건? 하하! 핫! 흐핫하!"

"웃기지? 이건 심지어 상대를 떠보는 것조차 아니다. 로크뢰 역시 우리가 그의 심중을 모르리라고는 생각지 않을 테니까. 죽이기는 무슨, 우릴 모두 잡아 족칠 때까지 외르타와는 좋은 협력 관계를 유지하겠지. 기대도 안 한다, 젠장."

"로, 로크뢰! 푸하하! 그 자식 대묵 내용! 나 아직도 어처구니가! 으핫!"

"그 미친놈! 중앙 삼국의 왕에게 보내는 서간에 당신 딸을 맞이하게 해 줘서 고맙다고? 달라는 표현을 썼다 해도 어차피 통보에 불과했을 테지만……. 우리 폐하의 정신이 좀 올바르셨더라면 정말 잡아 족쳤을 거다."

앙히에는 겨우 제 웃음을 걷어 말리고는 벌떡 일어섰다. 그리고 정신 산만하게 방 안을 걸어 다니기 시작한다.

"모장티로 간다기에, 아, 그래, 거기 좋다. 경치 장난 아니야. 이렇게 말한 내 주둥이를 그냥……."

"앙히에, 모장티는 나도 추천했다. 꼭 가 보라고 했지. 물론 지금 이 악감정으로는 그 백사장을 죄 갈아엎을 수도 있겠지만……."

그때, 발터가 방 안으로 들어왔다. 앙히에는 놀라지도 않고 깊게 예를 취했다. 그 허리에 걸린 칼이 절그럭거렸다.

"누님, 저 무례한 것을 언제까지 달고 있게?"

너한테는 무례하게 안 했거든.

"신경 쓰지 마라. 아예 사람으로 치지 않는 게 좋을 거다. 왜 왔느냐?"

발터는 방금 전 앙히에가 앉아 있던 자리를 차지했다. 앙히에는 들어도 된다는 허락을 받았지만, 그래도 그의 눈에 띄지 않기 위해 공손히 구석으로 물러났다. 발터는 불쾌하다는 시선으로 앙히에를 바라보더니 다시 리볼텔라에게로 시선을 돌렸다. 차분하면서 사나운, 그 특유의 목소리는 많이 가라앉아 있었다.

"지금 산튼 쪽에서 빨리 죽여 후환을 없애자는 이야기가 나오고 있다. 나도 당연히 그리 생각하기는 하지만 그 방도가 어리석어서……."

"모살은 절대 안 돼."

그는 어처구니가 없다는 얼굴로 리볼텔라를 바라보았다. 그것은 거의 한심하다는 표정에 가까웠지만, 그런 불쾌한 시선을 받고도 그녀는 별 거리낌이 없었다. 그는 직접 따져 묻기 위해 어깨를 약간 세웠다.

"누님, 아직까지 외르타에 대한 동정이 남았다고 말하지 마. 제발 그러지 마. 난 누님을 경멸하기 싫다."

"얼빠진 놈. 그게 아니라, 우린 몸을 사려야 해. 너희는 생 로욜이 무슨 옆집 이름인 줄 아느냐? 대부분 자유롭게 풀어 주는 비사 오필라조차 이리 엄중한데, 귀족원 출석을 십 분마다 점검하는 편집증적인 생 로욜은 어떻겠어? 그처럼 왕궁 자체의 경비가 삼엄한 데다, 외르타에겐 삼엄의 열 배 정도로 삼엄할 거다. 실패할 거라는 데 내 목을 건다."

"잠깐……."

"그래. 시도, 좋지. 안 하는 것보단 낫겠지! 하지만 들켰을 경우를 생각해라. 문초도 필요 없어. 무조건! 무우조건! 게외보르트의 간자로 몰아붙일 거다. 그런 뒤 왕궁을 공격했느니 어쩌니 웃기는 이유로 전면전을 선포할 거야. 게외보르트 내정 간섭을 목적으로 외르타와 손을 잡았는데 그 짓이라고 못하겠나?"

"누님."

"나는 심지어 지금 로크뢰가 일부러 그런 사달을 꾸며 내지는 않을까 걱정된단 말이야! 그런데 그 소란의 여지를! 일부러 달려가서 진상하겠다고! 너 산튼과 같이 미쳤느냐! 외르타가 직접 내전에 뛰어들어 공식적으로 죽일 수 있는데 긁어 부스럼…….”

“젠장! 어떻게 한 번도 못 끼어들게 해? 내 방도의 문제가 그거야! 그래서 어리석다고 했어! 누님은 애써 흥분할 필요 없었단 말이다. 그런데 저것이 너무 우겨 대니까…….”

“산튼이 떠날 때가 왔군.”

발터는 빙긋 웃었다.

“역시 뭔가 좀 통해.”

“어디까지 진전됐느냐?”

“에오반과 게르트루다를 회유하고 왔다. 멍청한 놈 뒤치다꺼릴 언제까지 할 거냐고.”

“펄펄 날뛰는 놈은 산튼 혼자였겠지. 뭐, 당연하지만…….”

리볼텔라는 고민하는 얼굴로 다리를 꼬았다. 발터는 팔짱을 끼었다가, 풀었다가, 다시 끼었다. 의외로 그가 먼저 사적인 이야기를 꺼냈다.

“내가 그때 끝내 못 가게 막았어야 했다. 누님은 신경도 안 썼지? 뭐라 했더라? 놀러 가고 싶다는데 가게 내버려 둬라?”

“내 잘못이다. 미안.”

“처음으로 산튼 그것들이랑 마음이 맞아 폐하 발아래 애걸복걸했는데……. 끝까지, 어떻게든 끝까지 막을 수도 있었을 텐데…….”

“외르타 그것이 영리했어. 여태껏 왜 그리 폐하께 신경을 쓰나 했더니…….”

“이번 한 번을 노린 거다.”

“살을 크게 쐈군.”

“누님, 배신감이 정말 장난 아닐 텐데.”

"발터, '내가 그러게 정 주지 말랬지? 무슨 정신 나간 짓을 한 건가?' 운운하면 너 맞는다."

"누님께서 충분히 알고 계시는데 구태여 지적할 필요 있나?"

리볼텔라는 발터를 걷어찼다. 그는 배를 정통으로 맞아 고개를 푹 숙였다. 신음은 나오지 않았지만 그래도 잠깐 숨이 막히는 것은 어찌할 수 없는 모양이다. 그녀는 서늘한 오후처럼 말했다.

"외르타는 후일 나에게 넘겨라. 편한 죽음은 못 되리라."

"……일전엔 살려 달라며?"

그는 한 대 더 맞았다. 그러나 발터는, 이번만큼은 그 발을 두 손으로 정확히 막은 뒤 한탄했다.

"갑갑하군. 외르타의 죽음을 이야기하기 전에 라르디슈를 물리칠 방법 먼저 생각해야지. 산튼 쪽과 힘 합칠 생각을 하니 모골이 다 송연하다."

"아, 잠깐 얘기가 나와 말인데. 발터, 산튼 세력은 에오반보다는 게르트루다에게 물려줬으면 좋겠어. 걔가 더 멍청하다."

"어차피 머리 잘 돌아가는 게 가져가게 되어 있어……. 어차피 폐하께서 승하하실 때까지는 가만히 있어야 한다."

리볼텔라는 검지로 찌를 듯 발터를 가리키며 말했다.

"그래, 그럴 수밖에 없지! 그러니 어머니께 빨리 죽이라 해라."

"아, 내 사정이 있어서 그건 안 돼. 적어도 연말까지는 폐하를 살려둬야 한다."

"일 년을 더 초조히 기다리라고?"

"그러니까…… 그동안 잘…… 자알 지켜보자고……. 저쪽이 어떻게 나오나……."

앙히에는 갑자기 작아지는 그 목소리에 쓰게 웃었다. 아무래도 저자는 자신을 없는 사람으로 취급하지 못하는 듯했다. 어차피 들을 수도 없는 것 이 자리에 서 있을 필요가 없다. 그는 낭창낭창한 걸음걸이로 테라스까지 나왔다. 달 밝은 밤이었다.

똑같이 달이 밝던 그날을 생각했다. 해끄무레한 우울, 바람 맞은 나무처럼 움직이던 얇은 그림자, 조금의 머뭇거림도 없던 선명한 목소리.

"앙히에, 나는 살고 싶어."

그래서 이런 배반을 했나?

"때가 오면, 사라질 수 있도록."

이게 사라진 거야?

정신적으로 초주검인 상태였다. 실제로 얻어맞은 적이 없어 도통 그 기분을 모르는 자신에게 누군가 그 고통을 친절히, 하나하나 알려 주는 느낌이다. 가슴을 밟고, 목을 짓누르고, 턱을 잡아 빼고, 뺨을 갈기고, 눈꺼풀을 찢는다.

머리로만 생각한다면 외르타는 앞뒷말 필요 없이 그저 죽어 마땅한 적인데, 이처럼 가만히, 고요히 서 있자니 마음이 산란해지는 것이다. 배신자야, 나한테 그 소리를 해 놓고 이웃의 왕에게 달려가? 리비를 저 꼴로 실망시켜? 너는 리마네레의 검은 돌이 조금도 어울리지 않는 사람이다. 염치도 없고 신의도 없고.

도대체 왜 그랬을까. 그렇게 살고 싶다며, 목 내놓는 내전에 끼어들고 싶지 않다며. 모든 대화가 거짓이었을 것이라는 생각에 그는 속이 메스꺼웠다. 굉장하다. 정말로. 박수라도 쳐 주고 싶었다. 저 모양이 어찌 동정을 받을 수 있다는 말인가? 내가 어떻게 저 훌륭한 수완을 동정할 수 있겠는가? 로크뢰와의 일을 듣자니 그녀는 자신이 알던 사람이 아닌 것 같았다. 기교에 능란하다는 것을 모른 바는 아니었지만 그것을 실제로 쓸 것이라고는 정말 조금도 생각지 못했다.

나쁜일까? 그것은 리비도, 전하도, 떨거지도 모두 마찬가지였으리라. 그는 그 생각에 잠깐 소름이 오소소 돋는 것을 느꼈다. 중요한 추측이 뒤늦게야 떠올랐다.

외르타는 자신을 무시한 것을 넘어, 리볼텔라까지 이용하려 들었는지도 모른다. 앙히에가 리볼텔라에게 외르타의 내심을 고해 바쳤다면 그녀는 더욱더 동생을 귀히 여겼을 테니까. 외르타는 그럼으로써 더욱더 상대의 벽을 낮추고 더욱더 방심을 부추겨 제 뜻에 결코, 누구도 장애가 될 수 없도록 했을 것이다. 앙히에는 자신이 '신의'를 지켰다는 사실에 가슴을 쓸어 내렸다. 다행이다. 자신의 얼빠진 믿음에 리볼텔라까지 휩쓸리지 않게 되어서 정말 다행이었다.

'외르타가 왕이 되고 싶어 한다.'

기이한 울림이었다. 외르타가 왕이라? 그가 떠올린 첫 번째 생각은 그녀와 그것이 지독히 어울리지 않는 한 쌍이라는 점이었다. 왜냐하면, 왕위든 기사직이든 아니면 일개 장상고이든, 그것을 결정하는 데 있어서 가장 중요한 것은 그 장본인의 의사이기 때문이다.

그런데 외르타는 평범하게 살기를 원했으니 애초부터 왕위에 적합한 사람은 아니지.

아, 맞다.

그 고해가 거짓이었다고?

그는 허파에 숨이 다 빠져 버린 기분으로 웃었다. 거짓말이었다. 평범하게 살고 싶다는 말은 온통 거짓이었다. 외르타라는 사람이 있었는지조차 의심스러웠다.

앙히에는 자신이 이리 심란한 것이 그녀와 저의 알량한 유대 때문인지 아니면 리볼텔라가 느끼고 있는 선뜻한 배반감 때문인지 도저히 헤아릴 수 없었다. 씨실과 날실처럼 교차되어 조금도 구분되지 않았다. 남은 것은 그저, 무어라 이름 붙여야 할지 모를 피륙 하나. 배신감? 그것은 너무 과하다. 리볼텔라를 찢은 것에 대한 분노? 이것도 너무 과하다. 그러면 도대체…….

실망.

누군가 답을 내고 총총히 사라졌다. 앙히에는 잇새가 아리기 시작하는 것을 느꼈다. 실망. 그래, 실망이다. 실망이 맞다. 배신감보다는, 분노보다는 많이 약하고 여린 감정이었지만, 여전히 모든 게 검은 밤을 갈퀴로 찢은 듯 선명했다.

자신에 대한 이야기만큼은 정직할 것 같던 사람이었다. 함부로 스스로를 지껄이지 않기 때문에, 언뜻언뜻 비치는 그녀의 본모습만큼은 진짜라 믿었던 것이다. 이해하지 않기로 했으니 가까이 가지도 못했다. 그저, 보면서, 장님 코끼리 만지듯 피상적으로 받아들였던 기억들.

내가 만진 것은 코끼리가 아니라 늙은 주목이었나 보구나.

자신에게 실망했고 그녀에게 실망했다. 맥이 빠졌다. 외르타, 살길을 찾아갔다고 생각했을지 모르겠지만, 내 생각에 넌 이미 죽은 목숨이야.

그녀의 이번 모략은 동기들에게 있어서 분명 치명적이었다. 앙히에도 인정했다. 그러나 치명적인 것으로만 끝날 터다. 동기들이 행동으로 나서는 것조차 대단히 과분한 처우고, 치명적이란 수사 정도면 충분하다. 단 한 가지 문제. 너무 늦었기 때문이다. 이미 쑥쑥 자라 아름드리나무가 된 동기들에 비해 그녀는 아직 씨앗이었다. 씨앗을 키우는 일에는 많은 빛보다, 넉넉한 물보다, 시간. 이미 늦은 것이다.

더 이상 열세에 견디지 못할 때, 로크뢰는 전략적 동지를 내칠 것이다. 패왕은 괜히 패왕이 아니니까. 이해득실을 철저히 따지는 광풍만이 그런 두려움 섞인 칭호를 받을 수 있는 것이다. 그가 그녀를 포기해야 하는 시기가 오면 외르타는 속절없이 목을 내놓아야 하리라.

살고 싶다는 말까지 거짓말이었을까?

앙히에는 일주일 뒤 저녁, 산튼을 죽인 뒤 증거 인멸차 발터를 찾았다. 발터는 제 책상에 앉아 무언가를 읽고 있었다. 그러나 그런 고요도 잠시, 그는 앙히에가 들어오는 것을 보더니 부산스레 종을 내리쳤다. 즉각 몇몇 수하들이 들어와선 손짓만 받고 사라졌다. 앙히에는 이제 다 끝났다고 생각했다. 나가서 쉬자. 그는 들어오는 예와 나가는 예를 단번에 한 뒤 몸을 돌렸다.

"너, 이리 와 봐."

그는 어쩔 수 없이 그리 갔다.

"앉아."

속으로만 한숨을 쉬며 자리에 앉았다.

"누구냐?"

"리볼텔라 전하의 가장 미친한 솔정率丁입니다."

"농담처럼 들리나?"

"도대체 무얼 밝히라는 것인지 잘 모르겠습니다."

"어디서 무얼 하던 놈이냐?"

"……사실 저는 이 자리에서 이처럼 복종할 의무조차 없습니다. 전하께 속한 자가 아니기 때문이지요. 제가 지금 받고 있는 대우를 리볼텔라 전하께 고한다면 그분께선 이 월권행위에 대한 죄를 반드시 물으실 겁니다."

발터는 잠깐 입을 다물었다. 말이 막힌 것이다. 앙히에는 조금 어정쩡한 미소로 제 거침 없음에 대해 변명해 보려 했다. 저자와 자신이 안면을 튼 지 기껏해야 반년이 조금 덜 되었는데 이런 경계라니, 잘 이해가 가지 않았던 것이다. 그 이전에는 그저 리볼텔라의 얼굴 모르고 이름 모를 일개 수하로 여겨졌을 뿐인데…….

"일전에 외르타와 숄렘을 떠났을 때 암살자를 붙였건만, 아주 바람같이 학살됐더군. 그때부터 내가 네게 잃은 잡솔들만 여럿 될 거다."

……라고 방금 전까지 생각했다. 아, 그때 그게 노상강도가 아니었어? 자신이 기척을 눈치채지 못한 것이, 둘을 해치우는 데 그리 긴 시간이 걸린 것이 당연한 일이었다. 외르타가 눈으로 발견할 수 있던 것은……. 아마 달려들기 직전이라 빛 아래로 몸을 냈던 것이리라. 그 뒤로도 몇 번이나 이해 못할 암살자, 감시자를 죽여 냈는데 드디어 그 주인을 발견한 것이다.

"실력이 안 좋던데요."

발터가 날카로운 웃음을 터뜨렸다.

"제게 이런 경계심을 가지시는 이유가 뭡니까?"

"누님께서 그러신 역사가 없거든."

"네? 그러신 역사가 없다니요?"

"길바닥에서 아무나 주워 부하를 삼는, 그따위 우스꽝스러운 짓거릴 안 하는 사람이란 말이다."

"아."

"정체 모를 자를 누님 곁에 둘 수는 없다."

"리비는, 아차, 리볼텔라 전하께서는 절 잘 아십니다. 아주 잘 아세요. 그러니 괜찮습니다."

그는 리비라는 말에 잔뜩 인상을 찌푸렸으나, 어떤 질책을 하지는 못했다. 리볼텔라 본인이 용납한 일이니 자신이 무어라 할 수 없는 것이다. 그가 불쑥 내뱉었다.

"네 진짜 정체까지?"

아는 척하지 마. 내가 누군지 네가 어떻게 알아? 앙히에는 그리 코웃음 치면서도 머리를 열심히 굴리고 있었다. 자신은 놀금과도 인연을 끊은 지 꽤 되었다. 욜란다를 마지막으로 본 것 역시 상당한 시일 전으로, 정확히 말해 외르타와 함께 갔을 때 모든 권한을 이양하고 왔었다. 리볼텔라 이상의 누군가가 그녀 이상의 집착을 가지고 파고들게 된다면 어느 순간 놀금의 줄은 오스페다로 이어지고, 다시 미라이예로 이어질 것이기 때문이다.

물론 놀금을 아는 리볼텔라마저 아직까지 내심 열심히 찾고 있는 것을 보아, 그 추적은 거의 불가능한 일처럼 보였다. 그것은 발터에게도 마찬가지다. 발터 역시 제 말이 허세로 비치리라는 것을 아는 듯했다. 표정에 진심이 없었다. 앙히에는 씩 웃으며 말했다.

"제 정체가 무엇이기에 그런 말씀을 하십니까? 제가 딤니팔인이라는 사실은 이름부터 어찌 부정할 수가 없지만, 이런 사소한 것을 말씀하시는 것은 아니리라 믿습니다."

"나는 네가 딤니팔의 고위 귀족이라 확신한다."

또 어림짐작. 도대체 이것들은 내 무엇을 보고 귀족이라 생각하는지 모르겠다. 이보다 더 개판으로 놀 수도 없는데.

"아닙니다. 뜨내기예요."

"귀족이라면 직함과 본명을 밝혀라. 몸만 누님 곁에 남지 말고. 그리

해야만 누님께서 승리하셨을 때 네가 마땅한 보상을 얻을 수 있고, 나 역시 안심하고 너를 누님 곁에 남길 수 있다."

"보상을 바라고 따르는 것이 아닙니다. 제 삶은 영위할 만합니다. 괜찮습니다."

발터는 정말 희한한 것을 보듯이 그를 응시했다. 내뱉듯 말한다.

"내가 말하는 보상은 돈이 아니다. 돈으로 뭉친 것들만큼 이합집산이 허다한 모임이 없지. 그보다는 권력이다."

앙히에는 권력이라고 말하는 그의 묘한 목소리에 저도 모르게 턱에 힘이 들어갔다. 자신이 권력을 바라기 때문이 아니라, 그것을 말하는 발터의 음성이 정말 기이했기 때문이다. 감히 무슨 말로 표현할 수 없었다. 단지 계승 내전에 있어서는 외르타의 천 마디 설명보다 저자의 음절 하나가 제게는 더 설득력이 있다는 사실, 그것 하나만 명확하게 표현할 수 있었다.

"권력은……. 예, 그것도 괜찮습니다."

바랐다면 딤니팔에서 바랐을 것이다. 발렌시아가 원하는 대로 정식 기사 작위를 받아 공작의 유일한 아우로서 입지를 넓혀 갔으리라. 그러나 자신은 지금 이곳에 있다.

발터가 돌연 뜨악한 얼굴이 되었다.

"너 설마 누님에게 마음이 있나?"

앙히에는 잠깐 묘하게 웃었다. 유리처럼 청명한 벽안이 휘는데도 딱히 어려 보이지 않았다. 우스워서 웃는지 아니면 그저 애매한 답을 하는 것인지 알 수 없다.

"돈도 아니야, 권력도 아니야. 하? 이 새파란 게?"

"마지막도 아닙니다. 걱정 마십시오."

"너 도대체 몇 살이냐?"

"외르타랑 동갑이에요."

"요새 열일곱들은 죄 미쳐 가나 보군."

앙히에는 천장을 한 번 보다가 다시 시선을 내렸다. 어찌 대답할 방도를 못 찾았는지 그저 사무적으로 묻는다.

"산튼을 그리 확실하게 칼 맞아 죽은 채로 내버려 두어도 됩니까?"

"증거만 대충 없애면 된다. 그자의 세력은 게르트루다와 에오반이 알아서 쪼개어 먹을 테니. 멍청한 놈 따라 신세 망칠 일 있나."

"반 슈체친이 왜 전하를 지지할까요?"

"죽고 싶으냐?"

그 말은 결코 농담이 아니었다. 저에게 내리꽂히는 사납고 탁한 녹색 눈을 본 앙히에는 멋쩍게 부연했다.

"아니, 전하께 무슨 자질을 보았느니 그런 주제넘는 말씀을 드리는 것이 아닙니다. 다만, 외르타가 있었는데요?"

"……."

"반 슈체친이 외르타의 외조부 아닙니까? 잘 이해가 안 가네요. 어, 무례했다면 질문을 바꾸겠습니다. 반 슈체친이 왜 외르타를 지지하지 않았을까요? 피가 섞였으니 더 괜찮을 텐데 말입니다."

발터는 살짝 미간을 좁혔다. 그것은 그리 큰 불쾌함으로 보이지 않았다. 그러나 앙히에는 이자가 왕이 되는, 일어나서는 안 되는 사태가 벌어진다면, 그의 저 사소한 찡그림 하나에도 다들 생사가 바뀌게 되리라 생각했다. 그저 인상을 작게 찌푸렸을 뿐인데도 전장을 내리치는 호령 같았다.

"핏줄? 그게 무슨 상관이야? 이해가 안 간다."

"그래도 외조부니……."

"핏줄이 상관있다면 반 슈체친이 왜 내게 굴종하겠나? 나는 그의 딸을 죽이고 왕비 자리를 차지한 여자의 아들이다."

앙히에는 할 말을 잃었다. 혈연이 조금도 중요하지 않다고. 발터는 그 기색에 신경 쓰지 않은 채 의외로 성실하게 답해 주었다.

"외르타가 내쳤다."

"반 슈체친을요?"

"비밀도 아니니 알려 주지. 반 슈체친은 나에게 접근하기 전, 즉 십 년도 더 전의 처음에는 그 아이를 노렸다."

"십 년도 더 전이면……. 외르타가 일고여덟 살 때 아닙니까? 너무 어린데요."

"보통 그때쯤 되면 대강 윤곽은 잡혀. 내가 열넷에 반 슈체친을 얻은 것이 많이 늦은 거다."

"……."

"그런데 해가 넘도록 외르타는 수락하지 않았어. 명석한 아이인데 반 슈체친만 오면 조개처럼 입 다물었지. 그쯤이면 자신이 외르타의 외척이라는 사실을 이용해 보려는 슈체친의 계획은 실패한 거지. 그는 결국 기득권을 포기하고 주인을 찾다 내게로 기어 들어왔다."

'주인을 찾다 내게로 기어 들어왔다.'

앙히에는 스스로가 소유한 가장 거대한 세력조차 저런 냉혹함으로 표현하는 발터에게 조금 질린 표정을 지었다.

"그러니 지금 외르타의 행동이 어처구니가 없다는 거지. 자기가 먼저 괜찮은 세력을 내쳐 놓고, 종내 로크뢰에게 가선 숭배받을 제단을 만들어? 새롭고 강력한 지지 세력을 얻겠다? 자라면서 점차 생각이 바뀌기라도 한 건가? 왕위를 얻고 싶다고? 이 나라가 탐난다고?"

그는 시선을 내렸다

"너무 늦었다."

그는 며칠 전의 자신과 똑같은 생각을 한 듯했다. 너무 늦었다. 외르타는 너무 늦게 선택했다.

발터는 그제야 다시 본론을 떠올린 듯했다. 그는 미처 다듬지 못한 제 깔끄러운 턱을 몇 번 만졌다. 그리고 아래 깔아 두었던 종이를 보다가 별 흥밋거리가 되지 않는 듯 다시 고개를 들어 앙히에를 응시했다. 그는 처음의 주제로 다시 돌아가 말하기 시작했다.

"더 이상 네 정체를 알려 달라 성가시게 굴지 않겠다. 하지만 만일 여태껏 누님께조차 너 자신을 밝히지 않았다면, 양심적으로 좀 꺼져라."

"……."

"너는 통성명도 하지 않은 채로 누군가의 신뢰를 살 수 있다 믿나? 나는 아니다. 그러니 네가 '끝까지' 남겠다는 마음이 있다면 고해해라. 이건 권유가 아니야. 너는 그래야만 할 거다. 너를 끝내 모른다면, 누님께선 결코 종막終幕까지 인솔하지 않으실 테니까."

"……."

"이만 나가."

앙히에는 일어서서 고개를 숙인 뒤 방을 나섰다. 소리가 나지 않도록 주의 깊게 문을 닫았다.

그와 독대한 것은 이번이 처음이었다. 짓눌렸다. 이제야 발터가 리볼텔라와 같은 배에서 났다는 사실을 확신할 수 있었다. 많은 빛깔이 비슷하지만, 그보다는 더 거칠고 엄중한. 리볼텔라는 저자보다는 조금 더 세련되게 자신의 의사를 표할 줄 알았다. 그 둘 모두 상대를 갈아 버리는 것에는 탁월한 재주를 가졌으나, 그때의 그녀가 잘 들고 날카로운 칼이라면 그는 모든 것을 깨부수는 둔기였다. 무엇이 더 나은 왕의 자질인지 자신은 잘 알 수 없었다.

앙히에는 복도를 걷다 문득 웃음을 터뜨릴 뻔했다. 외르타에게 자신은 왕의 자질을 논할 수 없노라고 콧대 높여 지껄인 지가 얼마나 지났다고 이리 말하고 있는지. 이러다 모국에 돌아가서 말실수라도 하게 되면 어쩌나. 우리 폐하께는 물론 그럴 엄두가 안 나겠지만, 격 없이 지내던 전하라면? 자신이 돌아갔을 때 태자가 왕이 되어 있다면 입단속을 하는 일이 꽤나 고되리라 생각했다. 아무리 능청스러운 태자라도 왕의 자질이 뛰어나시네요, 어쩌네요 하는 소리를 듣는다면 표정이 굳은 채 치죄하리라. 훌륭하다는 소리를 해도 죄가 되는 것이다.

딤니팔의 왕위는 신성불가침.

'평가' 의 대상이 아니다.

딤니팔의 왕과는, 대단히 친하다면 반말을 한다 해도 상관은 없다. 그 정도로 맹탕인 왕실 예법이다. 덧붙여 역사로 묻힌 왕 역시 누구든 얼마든지 비판할 수 있었다. 그러나 현왕의 시비是非를 가리는 것은 완전히 다른 문제였다. 딤니팔의 현재 왕을 '평가' 하는 행동은 딱 한 가지로만 드러날 수 있었다.

반역.

그는 복도에 줄줄이 걸린 휘황한 초상화들을 보며 멍하니 생각했다. 왕의 자질이라. 보통 이곳은 열 살 이전에 모두 판가름 난다고 발터가 말했다. 이 왕실의 일고여덟 살은 그 싹수를 가늠할 수 있는 나이인가? 머리가 아팠다. 내가 아무리 게외보르트를 모른다지만 딤니팔이나 이곳이나 인간이 다르면 얼마나 다르다고?

차라리 핏줄을 감별하는 신전이 왕의 자질마저 감별하고 있노라 말하는 편이 낫겠다. 그토록 어린 나이에 왕의 자질을 읽어 내야 한다면, 그 '왕의 자질' 이라는 것은 신탁에 따라 왕이 정상적으로 자손을 이을지, 급사하지는 않을지 따위의 것을 구분하는 신의 일과 구분하기 어렵기 때문이다. 여덟 살 꼬마의 자질을 읽는 데에는 사람의 눈보다는 신의 눈이 들어가는 편이 나으리라. 논리보다는 형이상.

하지만 실제로 그 구조가 잘 돌아갔으니 이처럼 사백 년 동안 나라가 존속한 것 아닐까? 왕의 자질이라는 것은 어떤 공통의 정취와 비슷해 누구라도 단박에 알아차릴 수 있는 것인가? 아니면 모두가 각자의 상像을 찾고 있는지?

앙히에는 서서히 이 왕실을 이해하며 머리가 이상해지는 것 같았다. 정상이 비정상으로 변모되어 가는 과정처럼 느껴졌다. 모두들 자신의 왕을 선택하는 데에 확실한 기준이 있는 듯했다.

사실 딤니팔에서 나고 자란 앙히에는 이런 생각을, 지난 이 년하고도 몇 개월간 도무지 이해를 못했던 것이다. 어떻게 감히 왕을 '평가' 해서 '선택' 한다는 말인가? 그 개념 자체를 이해할 수가 없었다. 왕손이 시장에 늘어놓은 좌판인가? 말도 안 된다고 생각했다. 리볼텔라를 따른 것은 더도 덜도 아니고 그저 이끌렸기 때문이다. 검은 밤 등불이 있어 가는 것처럼 그저 당연한 일이었고, '선택' 이 아니었다.

그런데 이 순간 앙히에는 그들의 생각을 드디어 이해했다. 손가락이 가리킨 달을 제대로 보기 시작한 것이다. 어떤 확실한 잣대로 제가 원하는 길을 판단해, 그 길에 목을 바칠 수 있는 선택권. 세상에 이렇게 자유로운 나라가 다 있나. 자신의 왕을 고를 수 있게 해 주다니. 죽음은 그에 정당히 치러야 하는 대가일 따름이다. 도박에 판돈을 거는데 잃겠다는 각오가 없다면 그것이야말로 돼지 심보 아니겠는가.

그래. 그래서 나는 리비를 '선택' 한 것이다.

앙히에는 리볼텔라에게 걸었다.

그녀는 항상 턱을 괴고 있는 사람이었다. 적어도 그렇게 보이거나, 그처럼 느껴졌다. 무슨 일이 일어나도 어떤 중요한 말을 해도 그녀에게서 가장 눈길을 끄는 부분은 바로 그 태도였다. 연설이나 명령 없이도 비스

듬한 시선 하나로 갈고리처럼 제 목을 끌어당기는 힘. 그것은 실로 가장 강력한 힘이다. 그녀는 무슨 거죽을 뒤집어쓰고 있어도 항상 사람을 움켜쥐었을 것이다.

기운만큼 꼿꼿하지는 않다. 훌륭한 기수인 것과는 다르게 그녀의 인상은 결코 까랑까랑하거나 올곧지 않았다. 리볼텔라는 언제나 악보에서 한 줄 비껴난 음표였다. 그것은 꼬리를 튀겨 온 악보를 헤집고 다니다 절정에 자리했다. 그리고 떠난다. 그 떠남이 아쉬워 입맛을 다실 즈음 다시 돌아온다. 끊임없이 떠난다. 자신은 어느새 그 뒤꽁무니에 매달려 있었다가 다시 첨벙 떨어졌다. 멍하니 앉아 올려다보면 음표는 여전히 턱을 괴고 쳐다보고 있었다.

당연히, 고개 쳐든 제게 그녀는 빛이었다. 캄캄한 방의 유일한 불이라 생각해 당연히 따른 것, 그것 역시 제 선택이었다. 다른 자에게는 다른 이가 빛이지 않겠는가? 그러니 이런 색의 빛을 고른 것 역시 앙히에의 자의였다.

누군가 논리적인 이유를 묻는다면 뚜한 미소밖에 보내 줄 것이 없었다. 그녀의 냉정함, 명석함, 분명함, 가차 없음, 사리분별, 임기응변, 재치, 야심, 능력. 이런 사실들을 논한다 해서 상대가 이해할 수 있겠는가? 선택은 결국 감성이다. 앙히에는 직관적으로 선택했다. 눈앞에 그녀밖에 없었다. 그저 홀로 우뚝한 깃대를 따라왔다고만 생각했는데 알고 보니 이미 자신은 옥석을 가려내었던 것이다. 오래전부터, 재밌지 않겠느냐 따랐던 그날부터 그는 리볼텔라에게 자신을 내놓은 것이다.

리볼텔라, 난 네게 걸었어.

앙히에는 리볼텔라의 집무실 문을 열었다.

그는 잠깐 자신이 어디에 들어왔는지 가늠할 수가 없었다. 온 방 안이 찢어지고 깨지고 엎어지고 난리도 아니었다. 이곳은 비사 오필라였다.

도둑 따위가 들 일이 없는 리볼텔라만의 자리인 것이다.

그 순간 자신에게도 웬 도자기 하나가 날아왔다. 그는 기겁하며 두 손으로 그것을 받아 들었다. 제 눈앞에서 간신히 멈춘 도자기를 내던지자, 그제야 꽤 떨어진 거리에서 눈썹을 치켜세운 리볼텔라가 보였다. 그녀는 이해할 수 없다는 듯 물었다.

"어? 너 왜 지금 왔느냐?"

"리비, 이게 다 뭐야?"

"너 먼저 답해라."

"나야 산튼 죽이고 전하께 들렀다 바로 왔지."

"흠. 너랑 발터랑 독대하면 밤샐 줄 알았는데. 내 계산 착오로군."

"이제 자기가 대답해."

그녀는 머리부터 발끝까지 완벽했다. 이 엉망진창인 방에 조금도 어울리지 않았다. 방금 전까지 물건을 깨부순 것이 본인이라면 리볼텔라는 노여워하거나 흥분한 상태여야 정상이다. 때문에 저리 일상적이고도 평범하고도 이성적인 그녀의 모습에 앙히에는 조금 얼떨떨해졌다. 그는 리볼텔라가 환각인지 아니면 이 방이 환각인지 구분하기 위해 잠깐 애를 썼다.

그녀는 한탄 조로 말했다.

"속이 안 좋아서 날 잡아 방 좀 깼다."

"누구도 안 올 거라 생각한 한밤을 구태여 골라 박살 내기 시작했다고? 리비, 웬만한 속이 아니지?"

리볼텔라는 의자에 잔뜩 얹힌 횟가루들을 슥삭 털어 내고는 품위 없이 앉았다. 그는 발로 이것저것 밀어내며 헤엄치듯 그녀에게까지 다가갔다. 리볼텔라 앞에서 뚝 멈춰 서선, 앙히에는 자신이 그녀를 내려다보고 있다는 사실이 언짢아 주저앉았다. 그는 부탁했다.

"말하지 마."

"안 할 거다. 걱정 마라."

"자기는 말 안 하고 내가 말해."

그녀는 눈썹을 찡그렸다. 앙히에는 그녀의 진한 녹색 눈과 비슷한 누군가를 생각하며 말했다.

"화가 났으면 그냥 '나도 앙히에 너처럼 화났다.' 고 말하지. 다른 치들한텐 반드시 죽인다, 내 손으로 죽인다 서걱서걱 말해 놓고서. 왜 뒤에서 이렇게 성을 내?"

"……."

"엄마 죽은 여자애 딸 돌보듯 키웠다며? 너무 애정 쏟아서 자기 아들에게마저 관심이 가지 않았다며? 배반에 실망이 없다면 그게 인간이야? 왜 사람이 아닌 척하려고 해? 이 왕실이 아무리 무자비함에 환장한대도 어떻게 기본적인 감정마저 없애려 드나? 화내. 누가 비웃겠대?"

"……."

"난 위로 안 해. 나도 화나니까. 그 병신 따까리 같은 게 아무것도 아닌 척하고 우리 등에 불을 질렀단 말이야. 벌건 대낮에 눈 말똥말똥 뜨고 칼 맞은 기분이라고. 더군다나, 내가 자기 감정을 어떻게 이해하나? 그건 자기 알아서 할 문제야."

앙히에는 냉정한 것이 아니었다. 리볼텔라에게 있어서 당연한 일을 말한 것뿐이다. 그녀는 자신에게 누가 심정적으로 관련되는 것을 정말 끔찍하게도 싫어하는 사람이었으니까.

리볼텔라는 벌떡 일어났다. 아직까지도 집무실의 한 벽은 값비싼 도자기들이 차지하고 있었다. 그곳으로 다가간다. 앙히에는 멍하니 그녀를 불렀다.

"리비."

"음?"

그녀의 목소리는 똑똑히 들렸다. 앙히에는 그녀가 정말로 냉정하게, 감정과 이성을 구분한 채, 쌓인 갑갑증을 물건을 부수는 것으로 풀고 있다는 사실을 알았다. 이 깨끗하던 방을 처음 뒤엎을 때부터 지금까지, 그녀의 정신은 명경만큼 또렷했을 것이다. 그런 사람이다.

와장창창 소리가 들리며 또다시 하나가 깨졌다. 들어 올려, 될 대로 되라는 식으로 냅다 던진다. 하나, 둘, 셋, 넷. 한 줄이 차례차례 다 깨졌다.

앙히에는 귀가 멍멍해졌다. 그는 벌떡 일어섰다. 그녀가 저 모양으로 화를 내고 있는데 더 격한 자신이 가만히 있을 이유가 없다.

앙히에는 벽에 걸린 액자를 들어낸 뒤 무릎으로 부수고, 안에 든 유화까지 빼내어 갈기갈기 찢기 시작했다. 리볼텔라가 흘끗 뒤를 돌아보았다. 그는 그녀와 눈이 마주치자 입을 다물었다. 그녀는 말없이 앞에 떨어진 쿠션을 주워 북 소리가 날 때까지 힘을 주었다. 최고급 공단이 입을 벌리며 거위털이 잔뜩 쏟아져 나왔다. 그녀는 그 번거로운 깃털들을 털어 내는 동시에 남은 천 역시 흔적 없이 찢어발겼다. 곧 쿠션은 거적때기 같은 몰골이 되었다. 리볼텔라는 쓰레기를 휙 집어 던졌다.

앙히에는 책을 꺼내더니 펼쳐 대번에 반으로 갈랐다. 폐휴지를 찢듯 한 번 반으로 가르고, 책 표지만 버린 뒤 다시 모아 또 반으로 가르고, 또 모아 반으로 가르고, 또 모아 반으로 가르고……. 그는 그 짓을 네 번이나 했다. 힘이 농담이 아니다. 다섯 번째에 실패한 그는 분통을 터뜨렸다.

"책이 너무 두꺼워."

그녀는 하하 소리 내어 웃더니 같은 시도를 했다. 강단 좋은 그녀조차 세 번째에는 반도 못 찢었다. 그녀는 반만 갈라져 덜렁대는 책을 저 멀리 던지더니 불평했다.

"제기랄 것들. 새로 꾸밀 때는 좀 얇은 책으로 갖다 놔야겠구나."

물론 새로 꾸미기 위해서는 하나를 완전히 박살 내야 한다. 그들은 더 이상 말 한 마디 하지 않고 온갖 도자기, 서적, 보석함, 펜대, 화병, 커튼, 쿠션, 탁자까지 부숴 버렸다.

앙히에는 심지어 칼을 들어 소파까지 두 동강을 냈다. 리볼텔라는 그 천을 북북 벗겨서 황량한 벌판처럼 만든 뒤 만족스러워 했다.

"리비, 이것도 할까?"

앙히에가 선 곳은 리볼텔라가 이십 년을 쓴 책상 앞이었다. 그녀는 고개를 저었다. 그는 그래도 꽤 정이 든 책상이라 그런가 보다 생각하고는 한 걸음 뒤로 물러났다.

그러나 그것이 아니었다.

리볼텔라는 그에게서 칼을 빼앗아 들었다. 즉각 무지막지한 힘으로 내리친다. 유약 발린 나무가 파이며 끼이익 비명 소리가 났다. 검은빛의 책상이 속을 허옇게 드러낸다. 책상 중앙은 세 번 만에 우드득 갈라졌다. 산이 무너지듯 서서히 옆으로 기운다. 앙히에는 박수를 쳤다.

"칼이 싸구려라 그래. 좋은 놈이었으면 한 방에 갔을 거야."

"앙히에."

"응."

"잘라 냈다."

그는 구태여 무엇을 잘라 냈냐고 묻지 않았다. 그녀는 유유자적하게 완전히 망가진 방 안을 바라보았다. 어깨가 결리는지 기지개를 한 번 주욱 폈다. 리볼텔라는 이내 성의 없이 이것저것을 걷어차며 창가 쪽으로 다가갔다.

외르타가 좋아했던 자리다.

그녀는 그 창틀에 걸터앉아 달 한 점 없는 밤을 내려다보았다. 앙히에는 그 모습을 조용히 응시하고 있었다. 그녀는 그리 차분하게 앉아서 제 속을 단 한 마디도 내뱉지 않았다. 앙히에는 조금도 변하지 않은 리볼텔라를 보고는 드디어, 완전히 결심이 섰다.

"리비."

그녀는 말해 보라는 듯 고개를 돌리며 턱짓했다. 그는 휘적휘적 다가오더니 아직까지 혀를 빼물고 있는 칼을 무성의하게 털었다.

"클라우지우스 겐센 지클레 리볼텔라 틸 게외보르트 트리첸바."

"음."

겨울밤, 의외로 선선한 공기였다.

"앙히에 르나치 기지 얀 미라이예."

리볼텔라가 눈을 한 번 깜박였다. 한 번 깜박였다, 두 번 깜박였다, 바람이 일듯 여러 번 깜박이더니 주춤거리며 팔을 들었다. 그를 가리키려는 것처럼 보였지만 반도 못 올라오고 다시 맥없이 내려갔다. 방금 전 대단한 힘으로 온 방을 깨뜨린 손으로 보이지 않았다. 깜박이던 눈꺼풀처럼 그녀의 입 역시 몇 번이나 열리고 닫혔다.

약간의 시간이 지난 뒤, 리볼텔라는 무서울 정도의 침착함으로 반문했다.

"딤니팔의 그 미라이예냐?"

"응."

"잘했다."

그는 무엇을 잘했다는 것인지 이해하지 못했다. 그러나 그것을 되물으려는 순간, 리볼텔라가 손짓했다. 이리 와. 그는 영문도 모르고 줄레줄레 그 손을 쫓았다. 그녀는 가까이 다가온 그의 칼을 잡아 빼앗더니 그에게 왼팔을 내놓으라는 시선을 보냈다. 그는 잘려도 괜찮겠다는 심정으로 제 왼팔을 건넸다. 리볼텔라는 그 소맷자락을 섬세하게 걷어 냈다. 핏줄 툭툭 불거진 험악한 칼잡이의 팔뚝이 나타났다.

그녀는 앙히에의 칼을, 그의 손목에 대고 슥 그었다.

그는 돌기둥처럼 가만히 서 있었다. 완연한 평온이었다. 자칫하다가는 동맥이 베였을 수도 있건만 그는 입매 한 번 움찔하지 않았다. 피가 줄줄 새어 나왔다. 동맥은 아니라도 핏줄 여러 다발을 베인 듯하다. 그녀는 지체하지 않고 그의 칼을 그 오른손에 쥐여 주었다.

"해."

그는 그 말에 복종해 그녀의 왼팔을 걷어 올렸다. 하얗지만 강단 있는 팔. 저와 같은 위치에 칼을 가로로 눕히고, 빠르게 베었다. 그도 그녀도, 베도 베여도 두려움이 없다. 그녀 역시 그와 비슷한 양의 피가 흘러내렸다.

앙히에는 칼을 뎅그렁뎅그렁 내던졌다. 입 맞추는 듯한 기세로 두 팔목이 맞닿았다.

리볼텔라는 미소 짓고 있었다. 앙히에는 그 기꺼움이 자신에게도 엉겨 붙는 것을 느꼈다. 배 속이 갖가지 희열로 들뜬다. 이름을 고백한 것을 조금도 후회하지 않았다. 오히려 자신이 예전에 이리했어야 했다는 후회가 있었다. 스스로가 지나치게 늦게 온 것이다. 너무 멍청해서, 기다리고 있는 모양을 보지도 못한 채 좋다고 다른 길을 가고 있었다. 얼빠진 놈! 덜떨어진 놈!

피가 섞였다.

그들은 그것이 말라붙을 때까지 한참 동안을 같은 자세로 멈춰 있었다. 누구도 단단히 붙은 손목에서 시선을 들지 않았다. 한 영혼처럼 한데 뭉쳐 미세한 경련으로 흘러내렸다. 피 냄새는 나지도 않았다. 오감이 마비되어 가진 것이라곤 그저 정지한 채 지켜보는 무력함밖에 없었다.

앙히에는 그 맞닿음에 너무 집중해, 피가 딱딱해진 뒤에도 리볼텔라가 여전히 제 팔을 들고 있다는 사실을 깨닫지 못했다. 그는 수 분 뒤에야 그 사실을 알아차리고는 퍼뜩 놀라 그제야 리볼텔라를 바라보았다.
그는 그녀를 읽었다.
천천히 제 팔을 떼어 냈다.
피가 험악하게 굳은 팔뚝이었지만, 자신에게만큼은 성자의 증표라도 얻은 양 귀했다. 리볼텔라가 웃으며, 그와 똑같이 피범벅인 제 팔뚝을 흔들었다. 인사하는 모양이다.
"이제 끝까지 가자."
앙히에는 제 왼쪽 손목을 꾹 쥐었다.

"으악!"
앙히에는 방바닥에 놓인 무언가를 밟고 쓰러질 뻔하다, 같이 놀란 리볼텔라에게 간신히 붙들렸다. 그녀는 그가 균형을 잡자 그대로 내팽개쳤다. 그는 가슴을 쓸어내리며 그대로 소파에 엎드렸다. 리볼텔라는 보고 있던 서류를 내려놓은 뒤 그 등 위에 털썩 앉았다. 숨을 들이켜는 소리조차 없는 가뿐한 질문이 들려왔다.
"왜 그래?"
"많이 컸다 싶어서."
그녀를 처음 보았을 때의 자신은 열다섯, 지금은 벌써 성년이 얼마 남지 않은 열여덟이었다.
"뭘 보고?"
"잡는데 무겁더라."
"언젠 가벼웠나? 언제랑 비교하는 거야?"
"열다섯……. 그땐 내가 널 업었는데."

그는 허탈하게 웃었다. 그녀의 말은 멈춘 것이 아니었다. 그의 단단한 등 위에 앉은 채, 곰곰이 생각하며 중얼거린다.

"나랑 키도 비슷했고……. 남자애인 만큼 가볍진 않았지만, 방금 전은 나까지 쓸려 갈 뻔했거든?"

"난 지금 너보다 머리 하난 더 큰데."

"과장은."

"뭐……. 사실 애초에 한 번도 작았던 적은 없어. 핏줄이 그래."

리볼텔라는 제 이마를 몇 번 쓸다가 의아하다는 듯 말했다.

"미라이예?"

그들은 그날 이후 단 한 번도 미라이예에 관해서 논한 일이 없었다. 그래서 앙히에는 조금 놀란 채 고개를 틀어 그녀를 바라보았다.

"꼬박 일 년 만에 묻네?"

"그닥 궁금한 것이 없었기 때문이다. 그 가문을 세상에 누가 몰라?"

"내가 미라이예의 누구인지는 안 물었잖아?"

"이름을 밝혔으니 된 거지."

앙히에는 어휴 한숨을 쉬며 허리를 뒤틀었다. 리볼텔라는 어쩔 수 없이 일어나야 했다. 그는 벌떡 몸을 일으켜 세우더니 즉각 가부좌를 틀고 앉았다. 그 희한하도록 엄한 모습에, 그녀는 천천히 팔짱을 끼고 탁자에 기대었다.

"기다린 건 아니지만 그래도 말하려 준비했어."

"음."

"나는 전 미라이예 공작의 두 아들 중 막내이자, 현 미라이예 공작의 아우야."

"어, 맙소사. 너 직계였느냐?"

앙히에는 그제야 그녀가 자신의 이름을 들은 뒤 그에 대한 모든 조사를 끊어 버렸다는 사실을 깨달았다. 미라이예의 구성원은 당연히 비밀이 아니다. 그녀로서는 숨 쉬는 정도의 노력만으로 자신의 위치를 알 수 있었을 터, 애초에 조금도 캐려는 노력을 하지 않은 것이다.

그는 빙긋 웃었다.

"그래, 직계야. 형님이 얼마 전에 아버지께 공작위를 물려받았다더라고. 아, 그러니까…… 완전한 승계는 아니고…… 비공식이지만……. 아무튼 내 아버진 바일모 다반자티 이베빌 얀 미라이예. 내 형님은 발렌시아 마조레 기지 얀 미라이예. 나는 앙히에 르나치 기지 얀 미라이예."

"그만! 이 익숙잖은 딤니팔 냄새라니……."

"난 내놓은 자식이었어. 대여섯 살 때 우연히 만난 선생을 따랐지. 그쯤부터 왕도 근방을 싸돌아다니기 시작해서 여덟의 나이로 놀금을 차렸다. 왕도에 머무르면서 할 수 있는 것 중 내가 못 해 본 것은 없어."

"그래서 떠났느냐?"

"들어 봐. 열네 살, 열네 살. 이게 딤니팔에서 종기사직을 시작하는 일반적인 나이란 말이야. 아버지께선 내게 별 강요를 안 하셨지만 난 내가 기사직으로 떠밀리란 걸 알고 있었어. 형님이 바랐거든. 그런데 난 정말이지 더럽게 하기가 싫었어. 전장이 무섭다……."

"……는 건 결코 아닐 테고. 그게 무서우면 넌 이 자리에도 못 있었겠지."

앙히에는 코웃음을 쳤다.

"암. 그건 아니지! 기사가 되는 것을 싫어하는 것도 아니다! 폐하를 공경하는 마음은 항상 가져왔고, 왕명을 받아 전쟁을 치르는 것 역시 영광스러운 일이라 생각했거든. 하지만 하나에 갇히는 건 싫었어."

"음."

"기사직이 원할 때만 가는 용병 같은 직위였담 내가 설마 꺼렸겠어?

하지만 소환 시마다 따라야 하니……. 그 고지식한 틀 안이 끔찍했다고. 그래서 떠났어."

"그건 모순인데. 원래 기사란 종자들이 그런 것 아니냐? 그 틀을 싫어하면서 어떻게 기사를 좋아할 수 있나?"

"나는 딤니팔 사람이야, 리비."

"으음."

"나는 폐하께 가장 저열하게 굴종할 수 있는 딤니팔의 귀족이란 말이야. 내게 왕이란 그분뿐이다. 따라서 폐하를 위하는 것은 내 당연한 맹목, 그분께 복종하는 기꺼움으로 기사를 좋아한다 말하는 거야."

"죽겠군. 그럼 난 떨거지냐?"

"아냐, 리비. 자기는 내가 선택한 사람이야. 내 폐하는 무정물이고, 넌 사람이라고. 난 너를 봤어. 아차 싶은 순간 이처럼 꿰여 들어왔지."

리볼텔라는 빙그레 미소 지었다. 앙히에는 자신의 어설픈 설명을 그녀가 이해했다는 사실에 놀랐다. 그가 잠깐 멍하니 있자 리볼텔라가 먼저 입을 열었다.

"그래서 딤니팔 본국에서 네 위치는 그냥 '공작의 아우'냐?"

"어, 그건 아니야."

그는 제 품에서 주섬주섬 무언가를 꺼냈다. 리볼텔라는 팔짱을 풀지 않은 채 시선만 그쪽으로 보냈다. 이내 앙히에의 손에 들린 것은 기이한 고리였다. 목걸이? 팔가락지? 지독히 정교한 은 펜던트가 매달려 있었다. 그는 그 양각을 앞뒤로 돌려 미라이예의 문양과 왕가의 문양을 모두 보여 주었다. 그녀는 손가락을 튕겼다.

"아하, 앙히에 '경'이로군."

"서임식 없는 기사지."

"그거라도 받아 온 것이 어디냐. 너 용케 간수했구나."

앙히에는 잠깐 입을 닫았다. 이내 다시 무슨 말이 나오리라 생각했지만 침묵은 여전히 이어졌다. 리볼텔라는 천천히 손을 수그렸다. 그는 약간 주저한 뒤 그답지 않은 진지함으로 말했다. 그 진중함은 너무 어울리지 않아 어색해 보이기까지 했다.

"리비, 그게 아니야. 이건 내게 있어서 많이 소중한 물건이다."

그녀는 그가 자신에게 차차 설명하리라는 사실을 알았다. 그는 그리 했다.

"이것이 내 본디 삶으로 돌아갈 수 있게 해 주는 최후의 줄이기 때문이야. 이처럼 나돌아 다니다가도 한순간 마음을 돌이킬 때가 오면, 나는 왕도로 돌아갈 거다."

리볼텔라는 그제야 팔을 늘어뜨렸다.

"사실 나는 오스페다를 떠나기 직전까지만 해도 내가 본디로 돌아갈 것이라고는 별로 생각한 적이 없었어. 그런데…… 형님이 마지막으로 들쑤셔 놔서……. 칼 맞은 듯 충격 받고 이걸 챙겼지. 형님과 연을 끊을 수는 없어. 나는 도저히 그리 못해."

"으음."

"게다가 더 중요한 것. 형님이 지적한 사실을 나도 무시할 수가 없었어. 돌아갈 곳이 있어야 안심하고 살아갈 수 있다고. 배수진을 치지 말고 최후의 기반이라도 남겨 두라고. 나는 그 사실을 인정해야 했어. 그러나 동시에 삼 년이나 기사직을 수행해 왕도에 자리매김하기도 싫었지."

"서임식은 어떻게……."

"직전에 도망쳤어."

"그렇다면 그 기사 작위는 어찌 받은 게냐?"

"아! 태자 전하께서 하사하신 거야. 십이공회의 손들은 종기사 기간 없이도, 전쟁 수행 없이도 기사 작위를 받을 수 있거든. 우리의 귀족은 곧 기사인데 그 중한 십이공회의 일원이 몸이 약하다거나 승계가 화급하다거나 뭐 이런저런 이유로 정식 기사가 못 되면…… 상당히 곤란해지니까. 물론 다들 제대로 된 전쟁을 치르고 기사 작위를 받는 것을 명예로 여기지만 말이야."

그녀는 고개를 끄덕였다. 반사적인 행동이었다. 상대 역시 제 속을 정리하기 위해 중요하지도 않은 설명을 한 듯, 앙히에는 얼마간 침묵을 지켰다.

리볼텔라는 소년이 많이 컸다는 사실을 인정했다. 몸뿐만 아니라 마음도 많이 자라 있었다. 상아 안에 갇혀 있던 조각. 처음 보았을 때는 팔다리밖에 드러나지 않았던 어설픈 모양이 점차 완전해지고 있었다. 어떤 위명 자자한 예술가의 작품처럼 사지부터 시작해 가슴, 등, 목덜미, 점차 정교하게 새겨진다. 그리 정으로 쪼개지는 동안 자신은 신음 소리조차 못 내고 매양 감탄하고 있는 것이다.

그녀는 삼 년 전 앙히에의 일부만 보고도 그를 선택했다. 자신의 식견에 여태껏 그보다 더 감사한 역사가 없다. 드러난 것만으로도 지나치게 많은 것을 볼 수 있었기 때문에. 마치 거울에 비친 다른 세상처럼 기이하고 명료한 광경이었다. 앙히에는 그처럼 나무랄 데 없이 자랐다.

단순한 솔정을 보는 마음이라기보다는 그가 피어나는 것을 보는 기꺼움이었다. 아이를 키우는 느낌이 아닌, 흠 없는 예술품의 공정을 보는 찬탄. 그녀는 그를 진심으로 감상하고 있었다. 굉장하지 않나. 세상에는 미친놈도, 미친 듯이 무식한 놈도, 야비한 놈도, 야비하려다 무식해진 놈도 많지만, 진주는 얼마 없다. 있더라도 건지기가 쉽지 않다. 개흙에 숨어 있다 못해 아예 갇혀 있는 진주를 범상한 자가 어찌 잡아낼 수 있겠는가.

그러나 자신은 그것을 발견했다.

앙히에가 스스로에게서 무엇을 보고 한길로 따르는지는 모른다. 사실 그것은 그조차도 잘 설명하기 힘든 맹목일 것이다. 그녀도 마찬가지였다. 무엇이 그를 진주라 일컫게 하는지 제 마음을 납득할 수 없었다. 그저 검은 물감에 속절없이 물들고 있는 흰 천을 보는 느낌이다. 분명히 스며들고 있다는 사실을 알건만, 어찌 대응할 술수도 돌이킬 방법도 없었다.

"내 삶을 버릴 수가 없었어. 그렇지만 오해하지 말아 줘, 리비."

"음?"

"내가 여지를 남겼다고 네게 날 온전히 바치지 않은 건 아냐. 난 끝까지 가."

"의심한 적 없는데?"

"전심전력으로 끝까지 가."

리볼텔라는 입을 다물었다.

"자기가 끝을 볼 때까지는 함께 있을 거라고. 내쳐도 따라갈 거란 말야."

"……."

"내가 이 잉그레의 표장을 들고 있는 건 다 끝나고 그 뒷일을 아직 상상할 수가 없기 때문이지. 만사가 종결된 뒤엔 어쩌면 돌아갈 수 있을지도? 이렇게 의구심 섞인 물음표 하나 던져두는 거야."

"……."

"내 본디 삶과의 마지막 고리. 중요하지 않을 리가 없잖아."

"너 내가 이겨도 떠날 테냐?"

그는 여전히 반듯이 앉은 채 미소 지었다. 남자로 변한 선이 아직도 소년을 잊지 못하고 천진하게 웃었다.

"가 봐야 알 일이지."

리볼텔라는 만족스럽다는 표정을 지었다. 자신에게 매달리지 않는 것이다. 홀로 당당했던 천성을 잊지 않고 아직도 자유로운 혼을 간직하고 있었다. 자신이 앙히에에게서 본 것 역시 그와 다르지 않았기에 적잖이 기뻤다. 그가 자신을 떠날 수도 있다는 말은 곧 그가 자신에게 얽매이지 않았다는 뜻. 상반되는 어감이지만 결국 같은 의미다. 저 구속당하지 않는 바람이 마음에 들었으니.

그녀는 그리 만족한 뒤, 다른 가능성을 물었다.

"내가 패배하면?"

앙히에의 얼굴이 조금 가라앉았다.

"재수 옴 붙는다. 말하지 마."

리볼텔라는 걱정스러운 표정이 되었다.

"전하께서 왜 그리 일찍 왕을 죽이셨을까? 처음엔 연말에 끝장을 낸다고 하셨잖아?"

"발터 사정이야 내가 물을 권한이 없다. 그나마 마음을 바꿨으니 다행 아니냐. 그러니 지금은 에오반만 남은 게지."

"리비."

"음?"

"그런데 왜 전부 작살내는 이 긴긴 시간 동안 아무도 외르타 얘기는 안 꺼내?"

리볼텔라는 대답하지 않았다. 기실 놀랄 일도 아니었다. 내전이 시작되고 에오반과 게르트루다를 휩쓰는 이 일곱 달, 벌써 세 번째 무시였으니까. 앙히에는 오늘에야말로 작정한 듯 다시 꼬치꼬치 캐물었다.

"내전 시작하자마자 내가 처음 물었을 때도 무시해, 게르트루다 죽이고 난 뒤에 물었을 때도 무시해. 전하나 자기나 뒷머리의 온 촉각이 라르디슈로 가 있을 텐데 어떻게 누구도, 일언반구도 없어?"

그녀는 등 돌린 채 여전히 고요했다.

"그래. 어수대御戍隊가 국왕 직속인 것은 알겠어. 때문에 우리에게 라르디슈의 소식을 알, 별도리가 없다는 것 나도 잘 알아. 하지만 이거 되게 민감한 문제 아니야? 지금 이렇게 차분히 게르트루다나 에오반 세력을 죽이고 있는데, 제 살 깎아 먹은 다음에 라르디슈가 공세를 펴면 어쩌려고? 어쩌면 이렇게 관심이 없어?"

"관심 가질 겨를이 없다고 했잖아. 우린 계획을……."

"……바꿨다고. 외르타가 아이를 낳기 전에 빨리 끝내겠다?"

그랬다. 계승 내전은 지난 5월, 왕이 죽은 즉각 발발하지는 않았다. 라르디슈의 추이를 지켜보기 위해 그 뒤 한 달간 계승자들의 불편한 동거가 유지되었던 것이다. 그들은 로크뢰에게 서신을 보내겠다는 생각은 하지도 않았다. 자신들의 무지를 드러내기 싫었기 때문이다.

왕국 내외의 정보를 관장하는 어수대에 저희의 혼란함을 비치기는 했다. 그러나 그들은 당연하게도 왕이 아닌 자의 명령을 따르기를 거부했다. 어찌 강제할 방법이 없었지만, 왕족들 중 그리 강제하기를 원하는 이 역시 없었다. 어수대의 철저한 충성을 깨고 싶지 않았기 때문이다. 자신이 곧 왕위를 차지할지도 모르는 상황에 '왕이 아닌 자를 따르는 어수대'라는 사상 최초의 선례를 남길 마음이 없었던 것이다. 한 번 일어난 일은 얼마든지 다시 자행될 수 있으니까.

계승 내전은 세력을 일찍 펴면 펼수록 유리하다. 그러나 그 한 달간 라르디슈는 너무, 지나치게, 고요했다. 어수대가 아량을 보여 한 마지막 약속 — 라르디슈의 군사가 움직이면 그것은 곧 왕국의 안위와 직결되는 일이니만큼 알려 드리겠다는. — 덕에 그에 관해서는 그들 모두 제 피부에 닿은 것만큼 민감히 느낄 수 있었다. 그러나 여전히 어떤 소식도 들리지 않았다.

육전대는 여전히 해상에서 날뛰고 있고, 화관은 여전히 사막 근방을 분탕질 중이며, 베브론은 여전히 자카르기에를 이중으로 압박하는 중인 데다, 심지어 대부분의 군사는 동부에서 '로크뢰 본인'과 날뛰는 중이었던 것이다.

그 평온에 네 명은 전략을 바꿨다. 어떤 꿍꿍이가 있는지는 모르지만 저것들은 이미 늦었다. 외르타가 임신한 것 같지도 않은데 무슨 낯짝으로 저놈은 동부에 있나. 차라리 빨리 승자를 정하고 라르디슈의 침공에 대비하는 편이 낫겠다.

타당한 결정이었다. 이처럼 세력이 증오로 갈라져 있는데, 힘을 합친다고 얼마나 위력적일는지? 회의적이다. 신속히 왕을 정하고 라르디슈에 대비하는 것이 나았다. 그들은 이처럼 속도전을 합의한 뒤 진짜 내전을 발발시켰다.

연말까지 라르디슈의 군사가 이상한 움직임을 보인다는 정보는 듣지 못했다. 그러나 외르타가 아이를 가졌다는 정보는 간신히 들었다. 그 소식에 발터가 미쳐서 광적으로 게르트루다와 그 세력을 도륙했던 것이다. 리볼텔라는 아무런 반응도 보이지 않았다. 그러나 앙히에는 발터의 광란보다 그녀의 평온이 더 불안했다.

일곱 달 만에 상대 두 명을 이처럼 괴멸 상태에 몰아넣은 것은 속도전이라는 부문에서는 사실 꽤 희망찬 일이었다. 에오반까지 어서 쓸어 버리고 둘이 맞선다면 언제 라르디슈가 닥칠지 모르는 급박한 상황, 내전이 그리 오래가지 않을 것이기 때문이다. 그래서 그들은 아직까지도 나머지 하나를 잡아 죽이는 데에만 온 힘을 쏟고 있었다.

외르타 소식에는 신경 쓸 겨를도 없이 바빴던 지난 반년. 그러나 그렇다고 그 무관심이 옹호될 수 있는 것은 아니었다.

그러니까, 앙히에에게 있어서는.

앙히에는 사실 초장부터 무언가 이상하다고 생각하고 있었다. 외르타가 이런 바보일 리가 없다. 석녀가 아니라면 일단 로크뢰에게 모국으로 군사를 넣으라 압박하는 것이 순리, 자신이 아는 그녀는 그 계획을 당연히 시행했을 것이다. 동기들이 혼란스러운 사이 게외보르트 남쪽을 죄다 손아귀에 넣었다면 왕국의 부, 그 반을 쥔 것이나 다름없었을 텐데. 하지만 지금 그 남부는 모조리 발터의 발아래 깔려 있었다.

외르타, 너는 또 늦었어.

선택도 늦었는데 움직임마저 굼뜨면 어쩌자는 거야?

진짜 죽고 싶어?

그리 생각하다 번뜩 깨달았다. 뭔가 이상한데. 이럴 아이가 아닌데.

자신이 아는 외르타는 이런 얼간이가 결단코 아니었다. 빛깔은 다르다지만 어쨌든 게외보르트의 왕족으로서 매우 훌륭한 매정함을 가지고 있던 사람이다. 목 내놓고 죽기만 기다리고 있는 저 덜떨어진 모양이, 아니, 말이나 되나?

그는 멍하니 제 말을 반복했다.

"외르타가 아이를 낳기 전에 속전속결하겠다고."

리볼텔라가 그제야 뒤를 돌아보았다.

"너, 그것만 한 열 번째 말한 것 같다."

"그래. 그 방법. 좋아. 좋다고. 훌륭해."

"나도 알아."

"그런데 리비 넌 외르타가 저토록 어리석게 구는 이유가 궁금하지도 않아?"

그녀는 잠깐 아래를 내려다보았다. 앙히에는 그 묘한 기색을 살피며 말을 이었다.

"외르타가 멍청이가 아니란 건 나도 자기도 전하도 곧 죽을 에오반 녀석도 알아. 왜 움직임이 없지? 왜 저토록 고요하지? 왜 난장판인 이 내전의 와중을 노리지 않지? 도대체 왜? 왜? 왜?"

리볼텔라는 바닥에서 시선을 떼지 않았다.

"리비, 오늘 내가 평소답지 않게 이 이야기를 질질 끄는 것은, 스스로 결심했기 때문이야."

그녀가 그제야 고개를 번쩍 들었다. 그 입에서 나올 말을 기다리는 것 같기도 했고 그렇지 않기도 했다.

"어차피 두어 달 공성을 각오하면 저 최후의 몇 요새도 깨질 거라 들었어. 내가 크게 필요하지 않을 거야."

앙히에는 리볼텔라의 군사 중 정확히 오천을 이끌고 있었다. 그녀 개인의 정보원으로 움직일 때가 왕왕 있으니 그때만큼은 부관에게 맡겨 둔다지만, 어쨌든 그가 있어야 그 일만이 완성된다는 사실은 부정할 수가 없었다. 그런데 지금 그런 그가…….

"모장티에 다녀올게."

자리를 비우겠다고 말하는 것이다. 그러나 그 어처구니없는 발언에도 리볼텔라는 기다 아니다 말을 하지 못했다. 앙히에는 그녀를 읽었다. 그래서 말했다.

"리비."

침묵.

"두 달 보름만 줘."

그 정신 나간 속도에 그녀가 눈썹을 치켜 올렸다. 앙히에는 여태껏 그녀에게 거짓 약속을 말한 적이 단 한 번도 없었다. 할 수 없는 일을 할 수 있다 과장한 역사가 없는 것이다.

리볼텔라는 그의 진심을 깨닫고는 그제야 긴 한숨을 쉬었다.

"왜 생 로욜이 아니라 모장티냐?"

"빨리 정보를 캐기에는 왕이 없는 곳이 좋아. 가서…… 성안 사람들부터 캐야지."

"외르타를 따라간 수행인들조차 숄렘으로 돌아가라는 말밖에 못 들었다 했어. 그 아이와 가장 가까웠을 그들이 바로 그 어처구니없는 로크뢰의 서신을 들고 왔단 말이다."

"그치들이 뭘 모를 수도 있지. 모장티 성에 들어간 뒤로 나오지 않았다며? 그러면 모장티 성을 이 잡듯 뒤지면 되는 거야."

그녀는 그를 심문하는 모양으로 날카롭게 응시했다. 앙히에는 저 매서움이 자신의 내심을 알리고 싶지 않은 매서움이라 판단했다.

발터가 속도전을 개시한 것은 라르디슈에 뒤통수를 맞기가 진심으로 싫었기 때문이다. 그러나 리볼텔라가 그와 버금가는 날램을 보인 것은 그와 같은 이유가 아니었다. 그보다는, 외르타를 생각하는 자신을 흔적 없이 말살하기 위함이다.

앙히에는 그녀가 '잘라 낸' 뒤에도 이상스레 그 아이를 의식하는 것을 느끼고 있었다. 물론 적으로서 경계하는 것이었지만, 얼빠진 자신조차 점차 외르타를 의심하는데 날카로운 리볼텔라가 그렇지 않았을 리 없다. 적을 향한 경계는 어느새 의구심으로 바뀌고, 또 어느새 의혹으로 바뀌었으리라. 전자에 두려움이 많다면 후자에는 이상히 여기는 마음이 더 많다. 그 질문을 가라앉히고자 우선은 모든 내전을 최대한 빨리, 돌이킬 수 없이 끝장내려 했던 것이다.

그는 그녀를 알았다.

"리비."

앙히에가 리볼텔라의 이름을 부르는 것에는 매번 각양각색의 빛깔이 있었다. 애정이고 존경이고 감탄이고 미안함이고 놀람이고 행복이고 그저 이유 없는 읊조림이고, 이번에는 간청이었다.

"리비."

"왜?"

그리 오래 침묵하지도 않았음에도, 그녀는 벌써 목이 메어 있었다.

"응?"

"그 아이를 키운 나도 아닌 네가 왜?"

앙히에는 제 칼자루를 꾹 쥐었다.

"난 겁이 나, 리비."

"……."

"내 멍청함이 무슨 오해가 되었을지 겁이 나."

"오해가 아닐 수도 있다."

"하지만 자기 역시 그렇게 생각하지는 않잖아. 이게 어떤 끔찍한 오해라면, 나는 그 아이의 비밀을 털어놓음으로써 박살 낸 내 신의에 변명거리가 없게 돼. 벗을 어긴 후레자식이 되는 거야."

"앙히에."

"그 아이가 정말로 로크뢰를 사랑한 것은 아닐까?"

그녀는 입을 다물었다.

"그렇다면 아마 리비 네가 이렇게 화를 낼 이유는 없었을 거야. 외려 '정말 사랑하는 사람을 찾았구나.' 하고 생각해 어처구니없는, 하지만 기꺼운 박수를 보내 줬겠지. 물론 그렇다고 해도 아이가 생기는 것은 용납하지 않았겠지만, 외르타 역시 그것쯤은 헤아릴 만한 냉정이 되잖아?"

"하지만 아이를 가졌잖아."

"그래서 그래. 한번 가 보겠다는 생각도 그 임신 얘기를 들은 뒤에 결심한 거였어. 외르타가 권력에 욕심이 없었다고 가정한다면, 그 아이는 내전 끝까지 바짝 엎드려 있었어야 했어. 로크뢰와 많이 붙어 있는 것만 보여도 모의로 의심될 판에, 하물며 아이라니? 말이나 되나?"

"권력에 욕심을……."

"젠장! 리비! 얘기가 돌고 있잖아! 얘한테만 왜 이리 각박해? 왜 외르타한테 여지를 안 줘? 자기가 전승하면 즉각 가서 척살하려고? 다 끝날 때까지 아무 움직임 보이지 않는다 해도? 정말 죽이게? 무고하면? 무고하면 어쩌려고? 그리워하되 후회는 않는다! 당신들 생각이잖아! 그런데 저런 외르타를 죽여 놓고 후회하지 않을 수 있……."

"입 다물어."

그녀가 이를 악물고 있는 모습은 대낮의 볕 아래 뚜렷했다. 리볼텔라는 구태여 그 흔들림을 숨기고자 하지도 않았다. 앙히에는 제 눈가를 비비며 말했다.

"뭔가, 전반적으로 이상하다."

리볼텔라는 부술 듯 이를 깨무느라 차마 무슨 답을 하지 못하는 모양이었다. 그는 다소 피곤한 기색으로 중얼거렸다.

"이상해……. 진짜 이상해……. 다 틀렸어. 뭔가…… 놓친 게 있다. 우리가 놓친 게 있어."

그러나 아직도 리볼텔라는 허락하지 않았다. 앙히에는 저 냉혹함이야말로 그녀라 생각했기 때문에 전혀 원망하지 않았다. 다만 그 냉혹함을 설득할 말, 자신이 처음부터 준비해 두었던 가장 논리적인 이유를 들었다.

"애초에 라르디슈를 경계할 필요가 없다면 너도 발터도 한시름 놓은 셈이잖아? 속도전이 필요 없을지도 몰라. 여유롭게, 모든 것을 걸고 내전을 치를 수 있어. 그것이 당신들이 바라는 바잖아."

"다녀와."

도끼가 내려쳐지는듯한 어조였다.

그는 허리를 깊이 숙였다.

앙히에는 밝은 금발의 시녀를 넘기고 있었다. 남자된 몸으로 그리 생각하기도 참 힘들 텐데, 그 늘씬한 여자를 안으면서도 그의 머릿속에는 짜증만 가득했다. 짜증나고, 짜증나고, 짜증나다, 기어이 일을 마치고 그대로 옆으로 누웠다.

제에기랄. 자신이 닷새 동안 잡은 모장티의 시녀가 이것으로 벌써 일곱째였다. 일반적인 정보원처럼 소식을 캐내는 것은 사흘 만에 그만두었다. 소용없겠다고 판단했으니까. 그래서 시녀를 잡기로 했다.

그런데 중요한 위치에 한 해 이상 있던 여자들만 성의껏 꾀어냈음에도 아직까지 성과가 없는 것이다. 몸도 정신도 고된 데다 베갯머리송사를 지껄이는 것은 정말이지 지치다 못해 화가 날 지경이다.

어떻게 아무도 외르타를 몰라?

말이나 되나. 왕과 함께 이곳에, 아주 호화찬란하게 묵었을 왕녀를 모른다니. 자기가 무슨 바람이야? 왜 있던 흔적도 없어?

"아드리앵?"

앙히에는 화를 내느라 자신의 가명에 대답하는 것을 깜박했다.

"아드리앵, 아드리앵."

"아, 응."

자신이 대답하자 여자가 엉겨들었다. 앙히에는 조금 더웠다.

"모장티의 시녀를 이렇게 꾀어내도 되나 몰라, 자기?"

"내가 당신에게 빠진 걸 어쩌나. 그러니까 비밀로 해야 해. 음, 음, 음?"

그는 몸을 돌려 그 이마에 키스하고, 콧날을 따라 내려가 여자의 입술을 베어 물었다. 능숙하게 혓바닥을 들어 올려 치열을 훑기 시작했다. 여자의 발가락이 점차 그의 다리를 따라 올라왔다. 그 명확한 의사 표시에, 앙히에는 잠깐 얼굴을 떼었다. 여자가 어리둥절하다는 얼굴로 그 새파란 벽안을 바라보았다. 왜 멈춰? 그는 한숨을 쉬었다.

"보메."

"응?"

두 번이면 됐지, 뭘 또?

"일이 있어."

여자의 눈에 실망이 비쳤다. 그러나 그 실망은 잠깐이었다. 그것은 이내 경멸로 바뀌었다. 앙히에는 진짜 지쳐 있었기 때문에 그 확실한 비아냥거림에도 변명할 생각이 없었다. 아직 오전이고, 또 이 여자가 입 다물고 있는 것을 보아하니 다시 다른 사람을 꾀어야 할 듯한데 몸 이전에 머리가 많이 아프고 노곤했다.

"실망이다……. 아드리앵, 이래서 허우대가 훤칠하면 밤이 부실하다는 건가? 그렇지만 저번에 왔던 우리 폐하께서는……."

순식간에 몸이 산다. 귀가 확 트였다. 제발, 일말이라도 외르타 이야기를 좀 해 봐라.

"아주 몇 달 내내 한 방에 들어가 계시던데?"

젠장. 그 자식 밤일이 나랑 무슨 상관이야.

"밤이면 밤마다, 하! 비명 소리가 끊이질 않았으니까!"

잠깐 얼굴이 굳었다. 그러나 보메는 입을 닫았다. 팔을 내밀어 옷자락을 잡아챈 뒤 일어서려 한다. 앙히에는 그 뻗은 팔을 다시 제 쪽으로 당겼다. 여자가 그럴 줄 알았다는 듯 묘하게 미소 지었다. 그는 그녀의 손톱 끝부터 시작해 팔 안쪽으로 입 맞춰 들어가기 시작했다. 손마디, 손등, 손바닥, 아래팔, 팔뚝. 살짝 깨문다. 도대체 어디서 배워 왔는지 모를 능란함.

어쨌든 그는 그것으로 말을 벌었다.

"음음, 자존심 상해? 그렇지만 정말이야. 뭐 어딜 가시는지 낮에는 자릴 비우실 때가 많았지만…… 밤은 무얼, 정말이지 이곳에 있는 몇 달 내내 그러셨어."

"여자가 기술이 끝내줬나 봐?"

"으으음……. 아니야, 아니야. 그보다는…… 반항하는 년 굴복시키는 느낌이었어."

누가 명치 아래를 친 것 같다. 급박해진 탓에 반사적으로 몸이 움직였다. 그는 여자 위로 올라가 그 목덜미를 가까이하며 답을 재촉했다.

"더 해 봐."

"당신이나…… 더 하지……."

그가 어디를 어떻게 했는지 이내 숨 막히는 신음이 새어 나왔다. 그녀는 까르르 웃으며 말을 이었다.

"음음음, 내가 아마 그 여자한테 제일 가까이 갔었을 거야."

건진 것 같다.

"예쁘긴 예뻤는데……. 절세가인? 그건 또 아니던데. 여자 눈으로 봐서 그런가, 남자 눈엔 또 어떨지 모르겠네. 확실한 건, 아직 애더라. 소녀 기는 어떻게 가시질 않았더라고."

"당신처럼 빛나는 금발이던가?"

"하! 아니! 아니야! 그럴 리가! 흔하디흔한 갈색 머리였어. 눈이야, 아뭐지? 갈색일 때도 있고 녹색일 때도 있고. 왜 있잖아, 햇살 비치면 다른 색 되는 거. 아무튼! 언제 처음 왔는지는 정말 모르겠지만…… 어느 순간부턴 나 혼자 그 여자앨 맡게 됐더라고."

"행복해 보이던?"

"자기 내 얘긴 귓등으로 들었어? 반항하는 년 굴복시키는 느낌이었다고. 비명은 좋아 자지러지는 비명이 아니었어. 악이었단 말이야."

"……."

"당연히…… 시중들어 주는 나한텐 내내 말 한 번 안 하더라. 편한 여자아이기는 했어. 바라는 게 아무것도 없었으니까. 가끔 바깥 정보를 구걸할 때는 있어도."

"바깥 정보를 구걸하다니?"

"뭐, 모장티에 널리고 널린 게 귀족들 묵는 고급 여관인데 거기서 무슨 수행원이 언제 떠나는지 내가 알게 뭐람? 나쁜 앤 아니어서 그런 작은 도움 정돈 주고 싶었지만, 내가 뭘 알아야 말이지. 구태여 발품 팔기 번거롭기도 했고. 어차피 불가능한 일이란 걸 알았는지 내보내 달란 말은 아예 하지도 않더라고. 음음."

"나가는 게 불가능해?"

보메는 그제야 처음으로 표정을 보였다. 기이한 안쓰러움이다.

"응. 폐하의 명을 누가 감히 어길 수 있겠어? 그 여자애가 방에서 한 발자국이라도 나갔담 온 성의 목이 달아났을 거야. 그 애도 이상하긴 진짜 이상하지. 아니, 폐하께 품은 불만이 도대체 뭐야? 응? 왜 그렇게 아득바득 반항해? 우리 폐하 아니셔? 그 아래 몸 던지고 싶어 하는 여자들이 얼마나 많은 줄 알아? 그게, 진짜 주제도 모르고."

"하지만 그분께서 우리의 폐하시라는 것만 제외하면 결국 감금 폭행 아닌가?"

"부정할 순 없지만, 뭐 어때? 그런 분께서 그토록 마음에 들어 하시는데, 무슨 상관이지? 그 앤 인생에 불만이 많았나 봐. 애교 한 점 없이,

비쩍 말라서도 폐하의 아낌을 받는 주제에 감히…….”

“…….”

“음음. 자기…… 내가 너무 모질어서 기분 상했어? 나도 여자라 소녀가 그리 말라 가는 꼴을 보면서 동정하지 않은 건 아니야. 하지만 감히 폐하께 반항한단 건……. 나로서는 일단 상상이 잘 안 간단 말이야. 불추웅 아니야? 도대체…… 폐하의 얼굴에 상처도 내고…… 정말이지 그 광란이란…… 진짜 장난 아니었어, 자기.”

“…….”

“발악이라니……. 와, 얼마나 심했냐면…… 밤중엔 그 층 전후로 죄다 엄금이었다니까? 어떤 일이 일어나는지도 잘 모르겠더라고. 그 여잔 뭐, 몇 달 동안 점점 여위어 가고, 본디부터 가냘픈 소녀였는데 끝에 가선 완전히 뼈와 거죽만 남아서……. 그 모습을 보고도 다른 여자에 눈 돌리지 않으신 폐하께선 정말 굉장하시지. 진짜 사랑에 빠지셨나 봐. 그 일편단심이라니.”

“그 여자 이름을 혹시 아나?”

“외르타.”

“…….”

“낮 시중 끝내고 나가면 항상 폐하께서 스치듯 들어오셨는데, 그리 말씀하시는 걸 몇 번이나 들었어. 그 이름이 맞을 거야.”

보메를 거치고도 같은 말을 하는 시녀를 둘이나 겪었다. 앙히에는 이 일주일 동안 사고라는 것 자체를 할 수가 없었다. 쇠가 녹은 듯 머리가 멈춰 이성을 세우지 못했던 것이다.

외르타.

그 소녀는 작년 시월 초부터 아주 극소수의 시녀들에게만 허락되었다고 했다. 정확히 언제부터 소녀가 모장티 성에 체류했는지는 아무도 몰랐다. 그저 정신 차리고 보니, 누가 언제 어디서 데려왔는지도 알 수 없는 채로 꼭대기 방에 감금되어 있었다는 것이다. 로크뢰는 육전대 편제 문제로 출타할 때만 제하고는 매번 철새가 순환하듯 소녀에게 돌아왔다고 한다.

당연히 이어지는 밤들. 처음에는 한 층만 통제했다. 그러나 날이 가면 갈수록 악착같아지는 그 반항에, 밤만 되면 아래 두 층까지 전부 비워졌다 한다. 물론 그렇다고 그 비명과 악이 아예 들리지 않는 것은 아니었다. 소녀가 멀쩡하다는 것을 — 어쨌든 드러난 곳은. — 확인하지 못했다면 정말 맞기까지 하는 줄 알았을 것이란다. 의사가 몇 번 다녀갔지만 아마 아기집 문제일 것, 딱히 외상은 없는 것 같다고 말했다. 문제라면 그 관계.

어떻게 조금도 유하게 들어가지 못하냐고 다들 혀를 찼다. 단 한 번도 뻗대는 낯짝을 꺾지 못했다고, 홀로 있을 때는 악마처럼 화를 내며 집기를 부수더라고 경멸 조로 말들 했다. 로크뢰가 그처럼 아끼는데 그 영광에 도통 감사할 줄 몰랐단다. 결코 짓눌리지 않는 쇠심줄 같은 고집은 양쪽이 모두 꼭 같았다. 소녀도 로크뢰도 자신을 굽히지 못했다. 그러나 그중 강자는 명확했다.

소녀는 곡기도 끊었다. 밤에는 로크뢰가 무슨 짓을 해서라도 먹이는지 — 다들 이 사랑에 감탄했다. — 하루 한 끼 정도는 간신히 유지하는 듯했지만, 그뿐이었다. 소녀는 어떤 음식을 먹든 입에 넣는 즉각 토악질을 해 댔다며, 조리되는 냄새를 맡는 것에마저 경기를 일으켰다고 한다. 먹고 싶어 하지도, 먹을 수도 없었다.

자진할까 저어하여 뾰족한 것은 결코 소녀 곁에 두지 못했다. 도자기,

화병은 모두 방에서 치워지고 식사 시 들이는 간소한 칼까지 남김없이 회수되었다. 목을 매는 것 역시 걱정되었던 듯했다. 모든 커튼은 윗막대를 없애고, 아주 새로운 방식으로 창문에 부착되었다. 침대 위와 연결된 봉들은 어찌 없앨 수가 없어, 그 아래에 소녀의 발이 디딜 만한 받침대를 장판처럼 깔아 두었단다.

그리 죽은 것처럼 살던 겨우내. 그 끄트머리에 무슨 전령을 받고선 소녀도 로크뢰도 생 로욜로 떠났다고 한다. 시녀들의 함구도 딱 그때까지. 그 뒤로는 누구에게 퍼뜨려도 상관없었다. 그러나 애초에 아는 이가 열이 못 되었고, 저희 왕의 자랑스러운 일도 아닐뿐더러 그보다 더한 광란 역시 만연한 대륙의 휴양지 모장티기에, 그 사달은 난동조차 되지 못하고 금세 묻혔다. 겨울이 완전히 지나자 소녀는 더 이상 떠오르지 않았다. 그리고 한 해.

"장상고, 일단은 미안해요. 장상고께서 아예 연락을 취하지 말라시기에 말씀드리지 못했어요. 하지만 저 역시 어떤 것도 몰랐단 말이에요. 내가 모장티까지 왕녀님을 따라온 것은 맞아요. 저와 왕녀님은 이 백사장에서 함께 걸은 적도 허다했죠. 그래요, 그날. 항상 두엇의 호위나 저정도를 거느리던 분이신데, 그날 저녁은 그분 혼자 슥 나가 버리시더라고요. 제가 나중에야 알고 좇아갔더니 와안전히 기분 배린 얼굴로 백사장을 가로질러 오고 계셨어요. 그 뒤에 누구를 봤는데, 붉은 머리에, 눈은 잘 안 보였지만 아무튼, 기사의 전형 같던 젊은 남자……. 뭔지는 모르지만 그와 대화를 나누셨나 봐요. 전 이곳에서 처음 보는 사람이었어요. 왕녀님 역시 마찬가지였을 거예요. 왕녀님께서 그 사람 때문에 밤까지 내내 언짢아하시고 퉁퉁대셔서, 에라, 모르겠다, 모장티 시내 가서 좋아하실 만한 것들을 사 오자, 했어요. 놀금도 좀 보고. 그런데 제가 그렇게 딱 이틀 다녀오니 왕녀님께서 자리에 안 계시더라고요? 난 영문을 몰랐지. '어디 가셨어?' 하고 수행인들에게 물으니까 모장티 성에 저녁 만찬 초대로 가셨대요. '그런데 왜 안 돌아오셨어?' 하니, 그 이윤 자기들도 도통 알 수가 없대요. '어떻게 왕녀님만 그곳에 남기고 왔어?' 물으니, 왕녀님께서 그리 명하셨대요. '그래서 설마 지금 돌아가려고?' 대답은 같았죠. 이것 역시 왕녀님의 명이랍네요. 남은 것이라곤 그저 라르디슈 왕의 밀서. 그걸 저희가 뜯어 볼 순 없는 노릇이죠. 그 뒤 비사 오필라의 수행원들은 그대로 돌아갔어요. 나만 벙찐 채로 여기 남았고."

"이다, 넌 어떻게 외르타를 따라왔어?"

"왕녀님께서 중앙 삼국에 발품 팔았던 절 원하셨어요. 아무리 수행원을 끌고 간다 해도 그 주변을 잘 아는 사람이 있는 게 편하니까. 휠젠벡으로 연통 주셨기에 이젠 놀금도 안정됐고 놀러나 갈까 하고 따른 거예요. 반년 넘도록 되게 좋았는데 아니, 이건 무슨 뜬금없는 사달인지 사실 난 잘 이해가 안 갔어요."

"그래서……."

"다들 떠나고도…… 왕녀님이 모장티에 체류하실 때만큼은 어찌 혼자 알아보려 했는데……. 여기가 딤니팔도 아니고, 제 억양 독특한 남부 젤브렝 어 탓에 좀 애로사항이 있던 데다, 가장 중요한 것, 모장티 성 자체가 엄금된 느낌이었거든요. 왕이 머물러서 그런가. 정말 지독히 엄중했어요. 결국 두 달 만에 포기하고 떠났죠."

"지금은?"

"이번에는 나 정말 놀금 일 때문에 돌아온 거예요. 여기 애들이 여기서 최고 품질의 게외보르트 왕가 물건을 발견했다고 소란이 장난 아녔거든요. 누가 성 정원에 버린 장신구를 시녀들이 좋아라 주웠나 봐요. 근데 그게 돌고 돌아 놀금까지 온 거야."

앙히에는 탁자 위에 가지런히 놓인 외르타의 푸른 머리끈을 바라보았다. 왕실의 끈인지라 천과 은사와 보석이 덩굴처럼 뒤엉켜 굉장히 화려했다.

그녀의 마지막 뒷모습에서 흘러내린 푸른 천을 보았다. 노루 꼬리처럼 사라진다고 생각했던 것은, 그 묶인 머리와, 동시에 같이 흔들리던 이 청빛 끄트머리 덕분. 외르타는 머리를 묶을 때마다 이것을 썼다. 장신구에 별로 관심이 없던 사람, 기실 이것 말고는 다른 끈도 없었기 때문이다.

앙히에가 이것을 몰라볼 리가 없다. 그는 그것을 꾹 쥐었다. 말은 잇새로 새어 나간다.

"외르타가 그곳에 머문 것은 자의가 아니었어."

"상고와 대화하면서 슬슬 짐작하고 있었어요. 그런데 도대체 왜?"

"납치, 감금, 강간. 다른 말로 표현도 못하겠다."

욜란다는 잠깐 할 말을 잊었다. 머리가 아닌 몸이 말하는 듯 멍하니 읊조린다.

"아니……. 그 왕이?"

"그래."

"계획이 있으셨다거나…… 사랑에 빠진 것도……."

"전혀 아니야."

"상고는 어떻게……."

"처음에는 성의 내부 인사들 중심으로 캐다가 그들이 싹 갈렸다는 사실을 알았다. 그치들은 정말 아무것도 모르는 듯해서…… 좀 저열해질 필요를 느꼈지. 괜찮은 위치의 시녀들을 꼬여 냈어. 다행히 그중 서넛 정도를 건졌다. 우스운 건 그 시녀들마저 여기 계속 있었던 게 아니라, 사달 직후 모장티를 떠나 여러 곳을 순환하다 왔다는 거야. 얼마나 숨기려고 애썼던 건지."

"난……."

"……."

"정말이에요?"

"정말이다."

그녀는 덜컥 눈시울이 붉어졌다. 정말 갑작스러운 분출이었다. 욜란다는 곧장 탁자에 팔을 괴더니 그에 얼굴을 묻었다. 얼굴이 벌겋게 달아오르며 금세 손목을 타고 눈물이 내려오기 시작했다.

"이건, 어떻게, 말이, 안 되는……."

그녀의 목에서 휘파람 같은 오열이 났다.

"벌써, 일 년, 하고도, 반……. 상고, 나, 이거, 정말, 미안한 말인데."

"……."

"살아 계신다고, 말하지, 마. 제발."

"곧 해산한다."

욜란다는 몸을 수그렸다. 울음이 터졌다. 본시 제 감정에 충실한 사람이라 눈물에도 한계를 두지 않는 모양이었다. 꺽꺽대며 숨이 막히는 소리가 났다. 죄책감과 안타까움과 미안함과 오만 가지 감정들이 겹쳐 생각이 부서진 듯했다.

"내가, 버렸어, 으으흑, 내가……. 그래도, 더 알아볼 것을. 흑, 알아봐서, 제대로 알아서, 상고 명령, 무시하고라도, 연락드릴 것을. 내가, 내가, 내가 버렸어……."

"이다."

"으허어엉, 으흑, 끅……."

"너는 잘못한 게 없어."

"내가, 그때, 왜 떠나서, 아, 그 아이가, 으헉, 그 아이가, 으흑, 그 가냘픈, 내가 정말, 헉, 그 개새끼가 정말, 으허어엉, 그 개새끼가 정말! 도대체! 그 해끄무레한 모습을! 어떻게! 어미가! 짐승과! 흘레붙어! 난! 이 개새끼! 미친놈! 미친놈! 미친놈! 어허어엉, 다 차지도 않은 소녀를 어떻게, 어떻게…… 아이를 가지다니……. 아……. 아이라니……. 아이라니…….”

상소리가 조금도 상스럽게 들리지 않았다. 외려 애정의 속삭임으로 들릴 정도로 가벼운 욕 같았다. 욜란다는 앞에 앉은 사람을 볼 생각도 안 하고는 허리를 무릎까지 파묻은 채 웅크리고 있었다. 너무 울어서 귓가까지 시뻘게졌다. 지독히 안타까운 울음. 핏줄이 펄떡펄떡 뛰는 것이 그 목소리, 눈물에서까지 아주 잘 보였다. 울음은 한참 뒤까지 도통 그칠 기미를 보이지 않았다.

앙히에는 외르타의 머리끈을 쥐고 자리에서 일어섰다.

앙히에는 제 입을 찢을까 고민하지 않았다. 그는 제 입을 어디까지 찢을까 고민 중이었다. 한 마디? 두 마디? 세 마디? 귀 밑까지? 그리 찢어두면 앞으로 말을 내뱉을 때 스스로 만 번 신중해지지 않을까?

그는 정말이지 빈말을 하고 있는 것이 아니었다. 이곳까지 돌아오는 내내 그 찢을 정도를 결정하느라 머릿속에 고민이 한가득 담겨 있었다. 그의 손에서 단검이 빙글빙글 돌았다. 이미 피를 수도 없이 먹은 날이다. 게다가 이미 살과 피를 먹은 잔인함, 사람의 볼은 연해서 찢는 것이 그리 힘들지 않았다.

“너무너무 살고 싶어.”

“난 아이를 좋아해.”

“난 드디어 행복해지러 가는 거야.”

닥쳐! 좀……!

이런 맙소사. 감히 누구에게 닥치라는 것인지 알 수가 없다. 그는 어깨를 한 번 부르르 떨었다. 엄한 사람에게 화를 내고 있는 것이다. 다시는 어리석은 말을 꺼내지 않도록 저 스스로 혓바닥을 꿰매야 한다. 그런데 남을 탓해? 저에게는 도무지 염치라는 것이 남아 있지 않다.

앙히에는 그녀에게 모장티가 좋다고 말했다. 말리기는커녕 외려 경치가 가장 훌륭하다 추천했다. 이것 역시 물정 모르고 멍청하게 지껄인 헛소리. 하지만 이리 말한 것이 제 입을 찢으려는 가장 중요한 이유는 아니었다. 이것이 아니라…….

나는 외르타를 기꺼이 버렸다.

어쩌면 사람이 이토록 어리석은지 그도 자신을 잘 알 수 없었다.

왕위를 차지하겠다는 계획? 사랑에 빠지지 않았겠느냐고? 왜 폭력에 대해서는 조금도 생각하지 못했을까? 이웃의 왕이 그 정도로 미치진 않았으리라 판단한 저희의 냉정 탓인가? 왕국의 예라는 것을 죄다 무시하고 외르타에게만 집착할 수 있다는 사실을 도통 납득하지 못함인가? 아, 그래, 그렇겠지. 그러했다. 그 불같은 집착. 발터가 이해할 리 없었고, 리볼텔라가 이해할 리 없었다. 싸움을 목전에 두고 나라에만 정신이 팔려 있던 머리로는 상상조차 못했을 것이다.

문제는, 어떻게 자신까지 그에 휩쓸려 들어갔냐는 것이다. 이 왕실의 메마른 논리에 얼마나 물들었으면 제 공감의 천성까지 버리고 사정을 조금도 헤아리지 못했을까. 사람이 사람에게 그리 미칠 수도 있는 것이다. 앙히에는 그 사실을 잘 알았다. 한 번 눈 돌아가면 숨 막힌 듯 헐떡대며 상대를 갈구하게 된다는 사실을 그가 겪지 못했을 리 없다. 심지어 자신이 그것을 처음 겪은 대상은 리볼텔라, 따라서 지금 현재도 그리 빠져 있는 중 아닌가. 그럼에도 불구하고.

그 맹목을 아는 사람이 외르타에게 어떤 일이 일어났을지에 대해선 짐작조차 못했다. 제 덜떨어진 판단력에 대한 엄청난 자괴. 자신만큼은 알았어야 했다. 가늠하여 리볼텔라에게 알렸어야 했다. 그리 알렸다면 그녀는 어떻게든, 무엇으로든 대처했을 것이다. 아니, 비록 아무 조치를 못했더라도 지금처럼 외르타를 증오하고 경계하는 일은 없었을 것이다.

이 자각만으로도 앙히에는 제 온 시야가 시드는 기분이었다. 온 세상이 황달에 걸린 것 같다. 자신만 빼고 나머지는 전부 배경 같아, 그저 홀로 멍하니 살아 있는 이 느낌. 한순간 멍청함의 대가로는 너무 크다고 항변하고 싶었다. 그러나 그 멍청함의 대가로 외르타가 겪은 일을 생각하면 항변은커녕, 칼을 쥔 제 손에 다시 힘이 들어가는 것을. 등골이 뻣뻣하다. 뒷덜미를 거인이 잡아챈 양 도무지 움직일 수가 없었다.

그런데, 앙히에. 너도 알잖아. 그보다 더 끔찍한 것은 따로 있다.

입술이 꽉 다물렸다. 앙히에는 외르타의 진심을 들은 사람이었다. 그것을 믿지 못했다. 고스란히 배반했다. 그녀가 달 아래서 읊조리던 고해들을 한 줌 먼지만도 못한 무게로 타인에게 떠넘겼다. 신의? 앙히에는 코웃음을 쳤다. 신의라니? 다시는 누구에게 어떤 약속도 할 수 없을 것 같은데.

그는 이렇게 먼 길을 돌아와서야 그녀가 말했던 것이 모두 진심이라는 사실을 깨달았다. 정말 평민과 결혼하고 싶어 했고, 정말 아이를 좋아했으며, 정말 살고 싶어 했던 것이다. 거짓은 없었다. 외르타는 자신에게 벗으로서 털어놓았다. 그런데 너는? 너는 그 진심을 모두 거짓이라 매도하고 가차 없이 버렸다. 비웃고 조롱하고 화를 내고 짓밟았다. 깔보고 원망하고 미워하고 탓했다. 세상에, 맙소사. 참괴와 죄책감. 도대체 어떤 정신머리로 모장티에서 이곳까지 기어왔는지조차 영 모르겠다.

외르타가 이것을 알면 어찌 생각할까. 그는 속이 철렁 내려앉는 것을 느꼈다. 두려움 이전에 부끄러움과 미안함이 머리를 엉망진창 거미줄처럼 꿰매어 버렸다. 앙히에는 차라리 외르타가 지금 당장 제 배반 사실을 알았으면 좋겠다는 생각이 들었다. 사죄라도 할 수 있도록. 분명 받지 않을 테지만 제 반성을 보일 수 있다는 안도만으로도 충분히 감사한 일이다. 이기심이라는 것은 스스로도 잘 안다. 그러나 이것마저 못하고는 속이 뒤집어져 견딜 수가 없을 것 같았다.

이 소름 끼치는 감정들은, 그리 버림받아서 그녀가 어찌 되었는지 알고 있기 때문에 정확히 백 배씩 참혹해졌다.

아, 어떻게 살아 있을까.

그녀가 어떻게 반항하고, 어떻게 스스로를 망쳐 갔는지 그는 너무 생생하게 들었다. 이럴 수가 없어. 사람을 그토록 변하게 만들 수가 없어. 자신이 아는 외르타는 분명 매정했지만, 그래도 많이 웃을 줄 알고 사랑스러운 고집이 있으며 가끔은 장난도 치는 데다 몸가짐 역시 깃털처럼 가벼워, 항상 볕에 늘어진 사슴 같은 소녀였다.

어떻게 살아 있을까. 아직도 삶에 대한 집착이 있을까.

누군가 억지로 제 입을 벌려 쇳물을 넣은 듯한 느낌이 들었다. 뜨끈한 것이 식도 마디마디를 달구며 배 속으로 스며들어 간다. 그 열이 사지로 치밀자 손끝, 발끝 할 것 없이 간지러운 불쾌함이 오르기 시작했다. 이 자리자리함. 몸이 오래 눌려 신경이 마비된 듯 압박감을 견딜 수가 없었다.

그렇게 한참을……. 자책과 미안함과 여러 끔찍한 감정들 탓에 분노는 조금 늦게 타올랐다.

로크뢰.

이 개자식이 진짜, 개자식이 진짜! 다른 말은 할 수도 없었다. 일 년 반. 이 개자식, 개자식, 개자식. 나이라곤 뒤로 처먹은 게 염치도 없이 거부하는 소녀를 잡아? 이해할 수도, 이해하고 싶지도 않았다. 싫다면 보내야지. 도대체. 어차피 그 같은 성질 머리, 질리면 버릴 것이 뻔한데. 잠깐의 변덕에 한 사람의 인생을 잡아먹다니, 정말 상종 못할 개자식이 아닌가. 이기적인, 지독히 이기적인. 그 강파른 이기심에 숨이 막힐 지경이다. 외르타가 겪고 있는 괴로움도 괴로움이거니와…….

앙히에는 로크뢰가 상대의 신분이 게외보르트의 왕녀라는 사실을 알고 있기는 한가 싶어 화가 끓었다. 그는 외르타를 죽인 것이다. 알고도 죽였다. 제 손으로 죽였다. 외르타는 그토록 살고 싶어 했는데. 정말 무지막지하게 살고 싶어 했는데.

그러나 지금은 전부 끝장났다. 한 나라의 왕과 얽힌 왕녀를 본국에서 살려 둘 리가 없다. 두려움에 벌벌 떨며 살해하리라. 심지어 아이까지 가졌다고? 외르타는 이제 정말 죽은 목숨이었다. 누구도 살려 둘 리가 없다. 앙히에는 진실을 알게 된 리볼텔라조차 그녀를 죽이지 않겠다고 마음먹을 수 있을지 의심스러워졌다.

그런데 외르타를 그곳에 몰아넣은 사람이 누구라고?

순식간에 원점으로 돌아왔다. 앙히에는 제 손에 있던 단검을 들었다. 방향을 몇 번 조절한 뒤 제 입속에 슥 들이밀었다. 그는 날을 손보듯 잠깐 꾹 깨물었다. 혓바닥에 차고 비린 쇠 맛이 났다. 이것은 스스로에게 한 약속과 비슷한 것이다. 딤니팔의 기사라는 가진 적도 없는 겉껍질이 아니라, 그냥 자신이 역겨워 했다. 준비 운동처럼 입을 몇 번 풀었다. 아에이오우. 한 쪽만 찢으면 모양이 미우니까 전부 손대야지. 일단 한 마디?

앙히에는 주저하지도 않고 대가를 치렀다. 이것은 리볼텔라를 향한 사죄이기도 하고, 외르타를 향한 사죄이기도 했다. 제 죄. 전자는 무지, 후자는 배반.

조금의 망설임도 없는 힘이 그대로 오른쪽 입가를 바라보며 달려갔다. 순식간. 너무 빨라 고통도 없다. 그 경각에 든 생각은 그저, 이 힘으로 한 마디는 지킬 수 있을까? 귀 밑까지 찢어지는 것은 아닌가?

그러나 다음 순간 손이 움직이지 않았다.

찰나였다. 앙히에는 이것이 제 속에 숨겨져 있던 두려움인가 싶어 어처구니가 없었다. 스스로가 그만큼 소심한 사람은 아니라고 생각했건만. 자신의 손목이 꺾여 반사적으로 칼이 떨어지는 것을 보게 되자 그제야 머리가 논리적으로 움직였다. 번뜩 자각했다.

그는 칼에 찔린 양 뒤를 돌아보았다.

발터였다.

"미쳤나? 도대체 뭘 하고 있는 건가?"

"……."

"제때 못 막았군. 너, 지혈 좀 해라."

앙히에는 무어라 답하지도 못한 채 정말로 약간 찢어진 오른 입가를 만졌다. 꼬집힐 정도로 좁은 길이만큼 벌어져 있다. 아픈가? 조금 쓰리기는 했다. 아 하고 입을 벌려 보았다. 발터가 오만상을 찌푸렸다.

"미친놈에겐 신경 쓸 필요가 없는데……. 안 아프면 대답이나 해."

"으으음……. 아에이오우."

"모장티에 다녀왔지? 왜 누님께 안 가고 여기서 미적대나?"

"아픈가? 안 아픈가? 더 찢어도 될 것 같은데. 곧 가려고 했습니다."

"더 찢던가. 미친놈."

앙히에는 정말로 다시 칼을 주워 들었다. 발터는 그 손목을 잡아챘다. 앙히에는 어이가 없어 이 자식이 날 사랑하나 하는 시선을 보냈다.

"대답하고 찢어."

"뭐얼 말입니까?"

"알아 온 게 있나?"

"그건 리비한테 먼저 말해야 하는데요."

"내 앞에서 리비라 하면 네 입을 찢어 버린다고……."

그는 그 상황을 깨달았는지 날카로운 웃음을 터뜨렸다. 앙히에도 따라 웃었다. 오른 입가의 붕 뜬 살점이 조금 어색하게 보였다. 피가 줄줄 흘러 아래턱을 뒤덮는다. 물론 발터는 더 이상 그것에 개의치 않았다.

"어차피 내게도 들릴 거다. 그냥 말해. 네 입 다 찢어지면 말 못할걸."

"리비는 어디 있는데요, 지금?"

"누님은 나가셨다."

앙히에는 아무래도 상관없어 먼저 털어놓기로 했다. 발터의 말이 맞다. 어차피 그에게도 알려질 사항이다.

"아……. 어디부터 말씀드려야 하지……. 어디까지 아십니까?"

"외르타가 딸을 낳은 것까지."

생각지도 못한 소식에 앙히에는 입술을 꽉 깨물었다. 아니지, 생각지도 못했을 리가 없지. 알고 있었지만 현실로 받아들이기 싫었을 따름이지. 그는 얼굴을 일그러뜨린 채로 말했다.

"……이제 속도전은 필요 없습니다. 외르타가 왕위에 욕심을 내고 있지 않기 때문입니다."

"이미 확신하고 있었으니 그리 놀랍지는 않군. 그런데 왜?"

"로크뢰가……. 어, 음, 외르타를 욕심낸 것뿐입니다. 모장티에서 처음 보고 강제로 취해 끌고 간 것 같습니다."

발터는 정말 어안이 벙벙한 표정이 되었다.

"어? 왜? 그러니까 내 말은, 왜 끌고 가기까지 했지?"

"마음에 들었나 보죠……. 저한테 묻지 마십시오."

"……아니, 로크뢰가 보낸 서신에 그 아이를 제 비로 맞겠다는 말이 있었지 않나? 그 골칫덩이를 왜? 계승 내전에 끼어들 것이 아니라면 아이도 못 낳고……. 그 결혼으로 우리와 유대를 쌓겠다는 심산이면 정말 미친놈인데."

그러니까 그 이유가 '마음에 들어서' 라고……. 앙히에는 발터가 관심 두는 것이 저뿐이라는 사실에 놀라지 않았다. 그러나 그럼에도 잠깐 할 말을 잃는 정상인의 막막함만큼은 어쩔 수가 없다.

"이상하군. 그럼 아이는 대체 왜 낳은 거야? 딸이라 일단은 안심했지만 그렇다고 후일 우리가 살려 둘 것 같나? 이해가…… 안 가는데……."

"사실 그건 저도 그래요. 어떻게 아이를 가지게 할 수 있었는지 정말 모르겠습니다. 내전에 생각도 없으면서, 제정신이랍니까? 죽을 아이를 낳게 합니까?"

앙히에는 그리 말하면서 쓴웃음이 나는 것을 느꼈다. 안타깝기는 하지만 이 왕실의 논리를 긍정해야 했다. 발터는 도무지 납득할 수가 없다는 듯 제 턱을 매만졌다.

"정보는 확실한가?"

"네, 제 목을 겁니다."

"외르타에게 고마워해야겠군. 속도전을 유발시켜…… 떨거지를 금세 말살하도록 도와줬으니. 누님과는 만찬 즐기듯 전쟁을 치를 수 있겠어."

저 멀쩡한 얼굴을 걷어차고 싶다.

"그 이상은요?"

"라르디슈가 내전에 끼어들지 않으리란 보장에 이 이상의 감상이 더 필요한가?"

"외르타……."

"아, 외르타?"

앙히에는 잠깐 희망을 가졌다. 네가 인간이라는 것을 증명해 봐.

“내전 끝나면 공문을 보내야지. 딸이고 어미고 모두 죽이라고.”

소름이 끼친다.

“일 년 전 누님께서 농담 식으로 보낸 공문이 현실화될 줄은 미처 몰랐군.”

“아이만 죽일 수도 있잖습니까…….”

“화근을 왜 남겨? 로크뢰가 데려간 이유…… 그러니까…….”

“마음이 있어서요.”

“미친놈. 이해는 안 가지만 좌우간 그때쯤에는 로크뢰도 전부 식어 있을 거다. 전쟁을 일으키고 싶지 않다면 고분고분 따라야지. 그래야 피차 편하게…….”

앙히에는 발터의 얼굴을 한 대 갈겼다. 지독한 힘이었다. 빼억 하는 소리를 듣자니 턱이라도 나간 것 같다. 그것이 모질도록 전조 없는 주먹이었기에, 발터는 반동으로 두어 발자국 물러났다. 그러나 정신은 아주 멀쩡한 모양이다. 그는 바로 이를 갈았다.

“이…… 정신 나간 놈이…….”

발터 역시 전사의 손을 냈지만 그것은 희한하게도 주먹이 아니었다. 그는 펼친 손을 그대로 앙히에의 오른 입가로 가져갔다. 눈 깜짝할 사이였다. 그가 지독한 악력으로 그 입가를 쥐고, 완전히 찢어 버리려는 찰나…….

“발터, 그만.”

그는 그만두었다. 그 목소리가 누구인지를 안다면 놀라운 일은 아니었다. 맹수가 가라앉는 기세라기보다는 어떤 장치가 멈추는 느낌. 그처럼 즉각적인 반응이었다. 앙히에는 증오 섞인 시선을 지우지 못한 채, 자신에게서 물러나는 그 잔인한 얼굴을 노려보았다.

"앙히에, 넌 사죄해라."

"싫어."

너랑 외르타에게는 입을 찢어서라도 사죄할 수 있지만 저놈은 아니야.

"사죄하지 않는다면 귀 밑까지 베어 주마."

"어차피 그러려 했어."

"……."

"리비, 내 손으로 할까?"

리볼텔라는 앙히에의 뒤에서 느릿느릿 걸어와 그 어깨를 잡았다. 발터에게는 이를 악무는 웃음을 한 번 보였다.

"발터, 곧 헤어질 사이에 담쌓지 말자꾸나."

"누님, 내가 맞았는데? 이게 누구 잘못처럼 보여?"

"참아라. 미안해. 내가 벌하마."

발터는 심해처럼 가라앉아 있었다. 그는 대답도 없이 뒤돌아 떠났다. 리볼텔라는 회랑을 돌아가는 그의 뒷모습을 끝까지 지켜보았다. 그리고 그가 사라지자, 앙히에를 돌려세웠다.

그녀는 숨을 삼키려는 자신을 꾹 억눌렀다. 그의 오른 입가가 덜렁거리는 모습에 대경한 듯했다. 앙히에는 어정쩡하게 입을 벌렸다 닫았다. 어라, 방금 전 내 입을 베어 버리겠다 경고한 건 단지 우연의 일치였나. 리볼텔라는 무슨 말을 못하고 그 피범벅이 된 턱을 보다가, 한참 뒤에야 간신히 목 멘 채로 물었다.

"너 입이 왜……. 언제 온…… 아니, 입이……."

앙히에는 허탈한 웃음을 보였다. 그는 팔을 내어 리볼텔라를 품에 끌어당겼다. 모습만큼은 그녀를 안은 것이지만, 그는 분명 안겼다. 그 대중없는 힘. 지금껏 그녀에게 안긴 일은 허다했으나 이만큼이나 절실했던 적은 없다.

그는 먹먹하게 말했다.

"리비."

"……그래."

"돌아 버릴 것 같아."

"얘기해."

"내가……."

"입 치료 다 하고, 더 찢지 않겠다고 약속하고, 제정신 좀 차린 다음에 얘기해."

"리비……."

"앙히에, 진심이다."

"……."

앙히에는 찢어진 곳을 치료한 뒤 리볼텔라에게 모든 것을 고했다.

어떤 반응도 없었다.

사흘이 지난 지금까지 그녀의 얼굴조차 보지 못했다.

속이 바짝바짝 말라 갔다. 그는 그녀에게만큼은 발터에게 했던 것처럼 간략하게 설명할 수가 없었다. 리볼텔라에게는 감히 그리 못한다. 때문에 제 귀에 담은 모든 사실들을 그대로 입 밖에 냈다.

로크뢰로 짐작되는 백사장의 그 남자. 증발. 감금. 밤. 백 일. 시위. 반항. 발악. 겁탈. 광기. 애정?

내 잘못인가? 차라리 짧게 요점만 말할 것을 그랬나? 리볼텔라는 그 긴긴 이야기를 듣는 도중 단 한 번도 끼어들지 않았다. 무슨 표정인지도 잘 알 수가 없었다. 일상인 것 같으면서도 일상이 아닌. 일견 평소와 다름없는 시선으로 보이지만, 어쩐지 그에 사포질이 조금 덜 되어 있는 것처럼 느껴졌다. 항상 걷던 포장길에 유리 가루를 뿌려 놓은 듯 차분하고 조용한 사나움.

"리비."

"……."

"왜 말을 안 해?"

"……."

"얘기 끝났다니까."

"……."

"이것."

그 말과 동시에 그가 내놓은 것은 외르타의 머리 끈이었다. 앙히에는 자기보다 리볼텔라가 그것을 더 잘 알 것이라고 생각했다. 은사와 적보석이 얇게 치장된 푸른 천 자락. 맹수의 아가리를 꾸역꾸역 여는 주저로 주먹에서 떨쳐 냈다.

리볼텔라는 제 앞 탁자에 놓인 그것을 빤히 바라보면서도 일언반구가 없었다. 앙히에는 점차 초조해졌다. 찢어진 입가가 처음으로 아팠다.

너는 잘못한 게 없어.

그는 욜란다에게 제가 해 주었던 말을 기억하고 있었다. 비통해 하는 그녀를 보며, 아무리 헛된 죄라 한들 그것을 사해 주는 이가 반드시 있어야 한다는 사실을 직감했던 것이다. 그리 죄를 씻지 못하면 벌레처럼 온 머리를 좀먹어 버릴 자괴. 그래서 자신이 그녀에게 구원의 손을 내밀었다. 그는 기실 그녀보다도 더 자격 없는 사람이었지만 그때만큼은 아무래도 무관한 일이었다. 죄책감을 묶고 있던 끈, 언명처럼 그것을 풀어내는 위로.

앙히에는 자신이 그런 다독임을 듣고자 할 정도로 타락하지는 않았다고 생각했다. 그때까지. 리볼텔라가 침묵하는 것을 볼 때까지 그리 생각했다. 물론 완전히 글러 먹은 상상이었지만. 그녀가 그처럼 어떠한 반응도 보이지 않자, 앙히에는 그 순간 자신의 진심을 깨닫고는 덜컥 내려앉았다.

나는 이 순간에도 내가 먼저구나. 나는 이 무거운 짐을 홀로 떠 메고 싶지 않다.

내가 그때 반대했더라도 무엇이 어떻게 변했겠는가? 이곳에서의 그는 단지 일개 충복일 뿐이었다. 미라이예의 권력이 없었다. 진실을 알았다 한들 과연 일말이라도 바뀌는 것이 있었을까? 어떤 사정을 들었다 해도 외르타가 로크뢰와 엮인 것은 자명한 사실, 왕족들이 아량을 보였겠는가? 내가 알았든 알지 못했든 현 상황은 달라지지 않았을 것이다.

죄를 짓지 않게 해 달라 빌었다. 아니, 죄를 짓더라도 현실에 대한 비참함과 미안함으로 남지 않기를 빌었다. 자신에게 배반과 무지의 잘못이 있다는 사실은 인정했다. 하지만 그것이 작금의 일을 초래한 것은 아니길, 참 끔찍하게도 바랐던 것이다.

너는 잘못이 없어. 앙히에는 이 말을 듣고 싶어 하는 자신을 도저히 부정할 수가 없었다. 왜 나 혼자만 이 모든 죄책감을 뒤집어써야 하나? 외르타의 얼마 안 되는 말동무라 해서 내가 간여하지도 않은 사태에 죄책감을 가져야 하나? 정작 제 손으로 끊어 낸 왕족들은 발터처럼 유유자적한데 왜 나만? 쪼개지도 못할 산더미 같은 하중을 왜 나에게만?

그래서 이 끔찍한 죄를 공유할 사람을 찾았던 것이다.

리볼텔라.

그녀라면 자신의 짐을 덜어 줄 수 있으리라 믿었다. 어쨌든 그녀는 외르타를 좋아했으니까. 그 정도의 애정이라면 외르타의 일에 저와 함께 죄책감과 미안함을 가질 수 있지 않겠느냐 하고 안일하게 생각했다. 현 사태를 못마땅하게 여겨도 사람인 이상 같은 감정을 보여 주리라 굳게 믿었다. 리볼텔라가 그런 자괴의 빛을 비친다면 자신 역시 일정 부분 속박에서 풀려날 것, 남은 죄로는 어쨌든 평소로 돌아갈 수는 있으리라.

그런데 아무런 반응이 없다.

리볼텔라는 정말 이미 '자른' 것처럼 보였다. 그것이 오해였든 진실이었든, 다시는 번복되지 않는 적의 구분. 앙히에는 그 평온함을 보며 자신의 대단한 착각에 또 한 번 놀랐다. 죄책감과 미안함이 있을 것이라고? 저것이 리볼텔라인데? 자신이 그녀에게 본 것이 바로 저 가차 없음이다. 그것을 보고 끌린 자신이, 순간의 자괴에 미친 나머지 그녀가 스스로를 망치길 고대했던 것이다. 저 꿋꿋한 모습을 무너뜨리고 함께 애통해 하기를 내심 바랐다.

드디어 정신이라도 나갔나. 앙히에는 감히 리볼텔라를 건드렸다. 주인의 본질이 망가지기를 기원하는 충복이라니. 깨닫고는 말 그대로 펄쩍 뛰었다. 주제도 모르고 그녀를 변화시키고자 했던 것이다.

리볼텔라가 아무런 반응을 보이지 않는 것은 정말 당연한 일이다.

그녀는 결단코 제 결정에 후회를 두지 않을 것이다. 이성으로 생각한다. 이웃의 왕이라니? 후환의 싹을 잘라야지. 로크뢰에게 잡힌 것은 외르타의 자의가 아니지 않나 항변해도 그녀라면 단호하게 답하리라. 애초에 왜 떠났는데? 살려 주겠다는 말을 믿지 않은 것이 누군데? 조심을 기하지 않은 자가 누군데?

홀로 가는 길.

앙히에는 그 문구에 소름이 쫙 끼쳤다. 홀로 가는 길. 오스트레반트 도르커 팔메. 그래. 모두들 그러했다. 발터의 말본새에 화가 나 주먹을 낸 자신조차 그가 유별나게 군 것이 아니라는 사실을 인정해야 했다. 자신의 리볼텔라 역시 발터와 별반 다르지 않은 성정이니까.

지나치게 계산적이라 감정을 보이지 않는 것이 오히려 익숙한 사람. 인간의 성공 비결이 남의 약점을 이용한 협박이라는 사실을 굳게 믿는 사람. 벨 수 있을 때까지 칼을 빼지 않지만 칼을 뺀다면 기필코 목을 취하는 사람. 어떠한 양심의 가책도 없이 죽이고 버리는 사람. 홀로 가는 자. 오스트레반트 도르커 팔메.

그런 사람이 이미 끊은 것에 여지를 둘 리가 없다.

앙히에는 결코 리볼텔라를 탓하지 않는 사람이었다. 탓한다면 상황이고 책한다면 자신이지, 리볼텔라는 아니다. 정상적인 인정을 가진 사람이 나쁜이니 종내 속 쓰린 것도 나쁜이지 않겠는가. 이내 이것이 당연한 인과처럼 생각되었다. 설득되었다. 그래서 그녀의 무시를 받아들이고, 그 역시 평소로 돌아가기로 결심했다.

하지만 여전히 잊지 못하고 막막한 이 속은?

형님, 나는 어쩌나? 형님이라면 어찌했겠어? 앙히에는 그처럼 '정상적' 이고 '상식적' 인 사람을 이 자리에 대입한다는 것이 조금 미안했다. 하지만 그래도 우러러보는 사람에게 어찌 조언을 구하지 않을 수 있겠는가.

답은 금세 나왔다.

모든 죄 홀로 짊어지고 외르타에게 사죄하리라. 발렌시아가 자신이었다면 필시 그리했을 것이다. 물론 그의 사죄에는 당연히 잘못한 것을 되돌린다는 의미도 포함되어 있다. 이 사실은 조금 늦게 닥쳤기에, 앙히에는 번뜩 놀라고 말았다. 어, 맙소사. 그렇지. 되돌리겠지. 어떻게든 외르타를 그곳에서 빼내어 왔을 것이다. 불가능? 위험? 발렌시아는 그런 것들에 개의치 않을 성정이다. 더 정확히 말하자면, 개의치 않도록 만들 사람이었다.

그 말에 앙히에는 허탈하게 웃었다. 또 깨달았다. 상상 속 발렌시아의 성심에 감동할 필요가 없다. 그래 봤자 그것은 그에게 또 다른 임무에 불과하기 때문이다. 저것은 마땅히 해야 할 일. 지금의 자신처럼 울컥울컥대는 노여움으로 반응하는 것이 아니다. 사실 그런 형님이라면 애초에 외르타와 친밀해질 수도 없었을 것이다. 외르타도 발렌시아도 먼저 오는 성격이 아니니까. 그 두 사람은 심지어 기다리지도 않는다. 남에게 바라는 것이 없는 것이다.

앙히에는 문득 자신이 중요한 개념을 떠올렸다고 생각했다.

"……는 이미 가고 있고, 에오반을 마무리 짓는 일은 네 쪽에 맡기마."

"이제 가?"

"이 얘기 끝내고. 누가 되든 연회는 베풀어라."

"그건 전통인데."

"몇 대에 한 번 있을까 말까 한데 전통은 무슨?"

"누님, 하지만 나도 그 전통은 어기고 싶다. 연회를 베푼단 것은 결국 우리 중 하나가 항복했다는 이야기인데 그런 치욕이 다 있나? 싸우다 죽는 게 낫다."

"으음."

앙히에는 아래 회랑의 모퉁이를 돌며 두런두런 읊조리는 나직한 목소리들을 잡아냈다. 그 경이적인 청력이 아니었다면 결코 들을 수 없었을 만큼 조용조용한 음성이었다. 이 층 난간에 등을 기댄 채 앉아 있던 앙히에는 구태여 일어서지 않아도 눈치채겠거니 생각하며 멍하니 하늘을 보았다. 줄 마노를 깎아내린 듯 검은 머리가 눈앞에서 흔들거렸다. 머리를 잘라야겠는데.

"아 참, 그리고 남쪽, 잘 지켜라."

"이건 억울하군. 나만 라르디슈를 경계해야 하나?"

"발터, 나는 딤니팔을 맡잖아."

"……하지만 그곳은 우리 내전을 초장부터 무시해 준 나라다. 왕이 죽자마자 공관도 바뀌어 왔던데. 어서 끝내고 새로 판을 짜자는 식으로."

"사실 따지고 보면 라르디슈도 우리에게 신경 꺼 줬던 것이나 다름없다. 우리가 괜히 곤두서서 배후의 적을 보듯 한 거야."

"쓸모없는 주의를 소모하기는 했지만…… 동시에 빨리 척살할 수 있었으니 동률이군. 고마워할 수도 탓할 수도 없겠어……."

발터의 목소리가 더 작아졌다. 앙히에는 이제 조금도 들을 수가 없었다. 하긴, 그로서도 이 이상 엿듣는 기분은 참지 못했을 것이다. 무슨 말을 했는지 리볼텔라가 한숨 같은 웃음을 내쉬었다. 약간의 침묵이 지난 뒤 그녀의 목소리가 조금 높아졌다.

"그래. 발터, 알아."

다시 지독히 낮은 음성.

"그럼. 그럴 기회 한 번 없어서야?"

"……."

"네 걱정이나 하려무나."

"……."

"음."

"……."

"좋아. 잊지 말고. 그럼 이만 가마. 앙히에, 내려와."

앙히에는 자신을 부르는 줄도 몰랐다. 단조로운 리볼텔라의 음성과 웅웅대는 발터의 목소리에 거의 최면에 걸리기 직전이었던 것이다.

"앙히에, 안 내려와?"

"누님, 잘해. 누님이 지면 저것은 내가 기필코 죽여 놓는다."

"너 그럼 딤니팔이랑 전쟁 날 텐데."

그 순간 앙히에가 아래로 뛰어내렸다. 그는 공손하게 인사하고는 뒤로 물러났다. 발터는 모퉁이를 돌 때부터 그를 보았는지 별말을 하지 않았다. 대신 의아하다는 시선으로 리볼텔라를 바라보았다.

"그게 무슨 말이야?"

"앙히에, 괜찮나?"

"어차피 지금 떠날 것 아냐? 괜찮아, 말해도."

그는 그따위 시답잖은 문제보다는 자신이 지금 그녀를 사흘 만에 봤다는 사실에 주목하고 싶었다. 이곳에 나오라는 전갈조차 시종에게 전해 들은 것이다. 다른 얘기를 하고 싶은데…….

"현 미라이예 공작의 아우다."

"틀렸어. 우리 형님 아직 정식 승계 안 했다니까."

"뭐, 아무렴 어때."

"정식 승계 안 했……."

"알겠어! 좋아! 전대 미라이예 공작의 막내아들! 됐느냐?"

"아, 그 '전대' 라는 것도 틀린 표현이야. 리비, 자기는 왕 먹으면 딤니팔 공부를 좀 더 해야겠다."

"저것이……."

"잠깐……. 둘 다 조용히 좀 해 봐. 이 난장맞을 놈이 미라이예의 핏줄이라고? 나보고 그걸 믿으라는 건가?"

발터는 앙히에의 이마를 뒤로 밀며 말했다. 그는 그 무지막지한 힘에 휘청 뒤로 물러날 수밖에 없었다. 앙히에는 발터의 손이 떨어지자마자 마구 얼굴을 쓸어내렸다. 아직까지 붙어 있는 입가의 리넨이 떨어질락 말락 하며 위태롭게 흔들렸다.

"아, 음, 그렇지. 나도 그 공작가에 대해 큰 회의를 가지게 됐어."

"누님 말씀이니 믿지. 하지만 누님, 알량한 피라지만 미라이예라면…… 결국 외세다. 용서받지 못할 거야."

"거기서 내놓은 자식이란다. 나도 얘 몸뚱이밖에 못 받았어. 그러니 너도 함구하려무나. 일 복잡하게 만들지 말고."

"도대체 무슨 생각으로……."

"시끄럽고. 함구하기나 해라. 얘 죽일 때는 조심하라고 일러두는 거니까."

"외세는 결국 둘 중 하나야. 무능한 자에게는 도움, 유능한 자에게는 간자. 그러니 누님께 저 개자식은 간자다."

"앙히에, 널 끄나풀로 써먹을 만큼 딤니팔의 왕이 정신머리가 없느냐?"

"우리 폐하는 성군이셔."

"'우리 폐하' 라잖아! 우리 폐하! 우리 폐하! 우리 폐하!"

"발터, 너 말도 더듬느냐?"

발터는 죽일 듯한 눈으로 앙히에를 노려보고 있었다. 평소라면 히죽 웃어 줄 앙히에였지만 지금은 아무래도 그럴 기분이 아니었다. 조금쯤 초조하고 조금쯤 무감정한 표정. 다만 입만 살아 퉁명스런 말을 뱉어냈다.

"딤니팔 사람이란 것을 모르지도 않으셨으면서 왜 이리 놀라십니까? 평민이 말하는 폐하, 귀족이 말하는 폐하. 다릅니까? 같은 분이지요."

"누님을 왕으로 지지하지 않는다면 도대체 왜 여기 있나?"

"리비가 왕 되나, 리비 아들이 왕 되지."

"말 똑바로 안 하면 사지를 찢어 놓겠다."

자신이 생각해도 조금 많이 무례하기는 했다. 며칠 전의 그 대화 이후 제대로 된 대우를 해 줄 마음이 싹 사라졌던 것이다. 하지만 앙히에는 반성하기로 했다. 왕이 될지도 모르는 자에게는 마땅한 예의를 지켜야 한다.

"어, 음. 죄송합니다. 요새 고돼서 말입니다. 하지만 리비를 따르는 이유는 전하께 알려 드릴 수 없습니다. 저 역시 설명할 수가 없으니까요."

"누님, 제발 부탁인데 저놈 믿지 마라."

"내 일은 내가 알아서 한다……. 그럼 정말 가마."

"그래."

리볼텔라는 앙히에를 밀며 발터의 앞으로 걸어갔다. 성문 옆에 말 두 필이 있었다. 군사는 먼저 보내 두고, 그 주인이 마지막으로 남아 있던 것이다. 평범한 왕실의 동기지간이었다면 정말 미친 짓이었겠지만 리볼텔라를 끔찍이 아끼는 발터 아닌가. 앙히에조차 이 늦장에 별 반발을 보이지 않았을 정도였다.

발터는 그녀에게 정정당당한 죽음을 줄 것이다. 그것만이 후회를 남기지 않는 길이니까.

리볼텔라는 나는 듯 가벼운 동작으로 말 위에 올라탔다. 발터는 팔짱을 끼고 그런 그녀를 바라보고 있었다. 앙히에는 여태껏 너무 많이 바뀌어 제 것인지 아닌지 헷갈리는 검은 말에 오르고는 먼저 성문을 나섰다. 등 뒤는 조용하다. 그는 이내, 곧장 따라오는 줄 알았던 리볼테라가 지체하고 있다는 사실을 깨달았다. 뒤를 돌아보며 걸음을 멈췄다. 그들을 바라보았다.

무슨 말을 하는지는 잘 들리지 않는다. 말 위에서 허리를 숙여 발터의 목을 껴안는 리볼텔라가 보였다. 사정을 모르는 이에게는 며칠 헤어지는 동기지간으로 보일, 사가의 평범한 남매라도 되는 듯한 저 부드러움. 그녀는 그의 어깨를 몇 번 토닥였다. 리볼텔라의 얼굴도, 발터의 얼굴도 이곳에서는 잘 보이지 않는다. 다만 그 분위기. 그 사납고 냉랭한 발터가 저리 가만히 안겨 있다는 사실을 믿을 수가 없었다. 그 애정의 백분지 일이라도 외르타에게 줘 봐라. 앙히에는 쓴웃음이 나는 것을 느꼈다.

리볼텔라는 천천히 몸을 세웠다. 상대의 목을 안은 손이 곧장 그 정수리로 가, 침착한 밤색 머리를 무턱대고 헝클어 댔다. 그녀는 몇 번이고 웃음을 터뜨린 뒤에야 몸을 돌려 말을 몰았다. 앙히에는 그제야 앞을 보았다.

"가자."

그는 리볼텔라가 자신을 앞질러 재빨리 말을 모는 모습을 보았다. 그 역시 서서히 속도를 높였다. 그는 그리 말을 박차며 소리 없는 감탄을 터뜨렸다. 외르타는 역시 틀리지 않았다. 리볼텔라는 정말, 정말, 정말 좋은 기수였다. 외르타가 말을 몰던 모양과 비슷하지만 그보다는 훨씬 노련한. 승마야말로 왕가의 천성이라던 친구의 말이 맞는 것 같다. 저 혀를 내두를 정도의…….

앙히에는 순간 무언가 이상하다는 느낌을 받았다. 아까도 홀로 회상하며 중요한 무언가를 깨닫고, 잊었지만, 이것은 그것과는 조금 다른 몰이해였다. 이전이 생각의 미묘함이었다면 이것은 상황의 미묘함. 팔이 약간 굳었다. 이상하다. 인간이 본디부터 지닌 직감, 혹은 사람을 해치는 자의 민감한 언짢음 같았다.

도대체 무엇이 문제지.

등골이 섬뜩했다. 이게 아닌데. 뭔가가…….

"리비이익!"

그는 갈라지는 소리로 악을 썼다. 리볼텔라가 몸을 굽혀 돌아보았다.

앙히에는 제 뒤에서 쐐애액 공기를 째는 소리를 들었다. 맹세컨대 그것보다 더 소름 끼치는 소리는 앞으로도 남은 평생 듣지 못할 것이다.

그녀의 왼 어깨에 화살이 꽂혔다.

앙히에는 제 얼굴이 완전히 마비되는 것을 느꼈다. 지금만큼은 외르타고 형님이고 없다. 그저, 순간적인 충격에 확 굽혀진 리볼텔라의 어깨만이 제 온 생각을 지배하고 있었다. 그는 거의 반사적으로 말에 엉성히 매인 방패를 잡아챘다. 앙히에는 리볼텔라의 옆으로 다가가 허물을 뒤집어 씌우듯 그녀의 머리와 윗등을 가렸다. 속도를 맞추는 것이 잠깐 힘에 겨웠지만, 리볼텔라가 몸을 제대로 추스르기 시작하자 곧 괜찮아졌다.

앙히에는 그녀와 시선을 한 번 마주하고는 이를 악물었다. 끔찍이 화가 난 채, 상체가 벌써 반쯤 돌아갔다. 성벽 위에서 소란이 일고 있었다.

"저 미친놈이……."

증오를 담은 쇳소리.

"갈라질 때까지는 휴전이라고……. 제 입으로……."

화살이 다시 우수수 날아온다. 방금 전의 그것은 개시였던 듯했다. 앙히에는 리볼텔라가 걱정되어 얼굴이 파랗게 질렸다. 그는 목 메인 음성으로 그녀에게 말했다.

"리비, 조금만, 사정거리만 넘자. 평소처럼, 할 수 있겠어? 어깨…… 젠장!"

앙히에는 방패를 든 제 팔에 화살이 박히자 짜증스러운 신음을 냈다. 아픔 탓이 아니라 순간적으로 팔이 떨어져 그녀의 뒤통수가 배후에 드러났기 때문이다. 리볼텔라는 제 등 뒤로 손을 내어 어깨에 박혔던 화살을 꺾었다. 성의 없이 던지고는, 처음의 그 날렵함과 마찬가지로 몸을 반쯤 굽혔다. 방금 전의 휘청거림이 환각이기라도 한 듯 지독히 멀쩡한 모습이었다. 언제나 그래 왔던 것처럼, 말 위에서조차 강세나 숨에 변화가 없는 목소리.

"나보단 말이 문제다. 멈추면 꼼짝없이 당하니 일단 무조건 달려."

"반, 시간이면, 되지?"

말하는 도중 앙히에의 어깨가 한 번 더 찍혔지만 리볼텔라는 눈치채지도 못했다. 방패에 그가 반쯤 가려져 있을뿐더러, 애초에 아무런 기색이 없었으니까.

"그래. 하지만 너 그렇게 한 팔 뻗고 가다간 내 속도에 못 맞춘다. 방패 치워."

"웃기지 마."

"몸 균형이 안 맞는데 어떻게 말을 몬다고!"

"리비, 제발 그만."

그녀는 자신이 먼저 가면 앙히에도 불가능을 깨닫고 방패를 치울 것이라 판단한 모양이었다. 다시 최고 속도를 내기 시작했다. 그러나 앙히에는 한 팔을 방패에 끼운 채로 악착같이 그녀를 따르기 시작했다. 리볼텔라는 한숨을 내쉬었다. 그녀는 제 뒤에 아직껏 드리워진 방패를 확인하다가, 무언가를 깨달았다. 그녀는 신경이 곤두선 앙히에에게 중요한 사실을 일깨워 주었다.

"야."

"어?"

"끝난 것 같은데?"

"말도, 안 되는, 아직 사정, 거리는……."

"아니, 진짜야. 소리가 없어."

앙히에는 귀를 기울였다. 경계하듯 고개를 돌렸다. 하늘이 깨끗했다. 그는 영문을 알 수가 없었다. 아직 사정거리가 조금 남아 있는데도 이처럼 갑자기 멈춘 것이 이해가 가지 않았던 것이다. 멍한 정신에 방패를 든 팔이 조금 처지자, 그는 기겁하며 힘을 주었다.

"괜찮다니까?"

"아니, 무슨 꿍꿍이야? 왜 공격을, 멈추지?"

"나는 발터를 믿어."

앙히에는 분통이 터지는 얼굴을 했다.

"아니 그건, 사람 소리야, 개소리야? 너 방금, 어깨, 맞았어!"

"착오가 있었나 보지."

"이, 멍청아! 외르타는, 그따위로, 대해 놓고, 저 자식에겐……."

"앙히에, 입 닥쳐."

"못 닥쳐!"

"사정거리 벗어났다. 방패 치워라."

그 역시 그 사실을 깨달아 팔을 내렸다. 상처를 입고도 계속 허수아비처럼 들고 있던 팔이라 잘 움직여지지가 않았다. 제자리로 돌아오는 그 짧지 않은 시간, 어깨가 기름칠 덜한 바퀴처럼 삐걱댔다. 리볼텔라는 앙히에가 제 시야에 드러나자 대경했다.

"너!"

"일단 달리자며? 동의해. 네, 남편 있는 곳까지, 뛰자."

"다친……."

"됐으니까!"

"상처!"

"됐다고!"

"발터, 이 개자식이!"

"믿는다며?"

"입 닥쳐!"

앙히에는 그 말을 들은 체 만 체하며 불안한 얼굴로 뒤를 돌아보았다. 그러나 반쯤 열린 성문에서는 추적대가 나오지 않고 있었다. 설마 아직도 준비 중인가? 왜 저리 잠잠하지? 언제 뒤쫓으려고?

발터의 성은 끝까지 잠잠했다. 앙히에와 리볼텔라는 어리둥절한 기분으로, 끝에는 거의 산보하는 듯한 속도로 말을 몰아 본진에 합류했다.

리볼텔라는 왼쪽 어깨에, 그것도 경상으로만 한 발 맞았을 뿐이다. 앙히에는 가슴을 쓸어내렸다. 자신이 그녀의 이름을 불러 고개를 숙이게 하지 않았다면 저 상처는 필시 등 상단에 났을 것이다. 어깨보다 무르니 분명히 폐나 심장을 건드렸을 것, 도저히 목숨을 장담하기 힘든 자리였다. 정말 다행이 아닌가.

물론 그것은 앙히에 혼자만의 생각이었다. 제 방패까지 내서 그녀의 등을 두른 그의 상태가 기실 멀쩡하다고 말하기는 힘들었기 때문이다. 어깨에 두 발, 왼쪽 허리에 한 발. 특히 어깨에 박힌 화살 중 하나는 아슬아슬하게 숨골을 비껴 나 있을 정도로 위급했다. 저 꼴을 하고도 말을 몰고 뻔뻔스레 대답을 했던 것이다. 물론 가장 놀라운 것은 그의 오른팔이었다. 방패를 걸고 내뻗었던 그 팔에 살을 세 대나 맞았다는 것을 안 리볼텔라는 노여움에 기함할 뻔했다. 그만한 상처를 입고도 그대로, 나무토막처럼 변함없이 힘을 주고 있었던 것이다. 그녀는 화가 나서 펄펄 뛰었다.

앙히에는 그 분노를 받다 받다 지친 나머지, 쌩하니 제 막사로 기어들어왔다. 그러고는 잔다는 핑계로 출입을 막았다. 물론 핑계는 이내 핑계가 아니게 되었다. 여러 군데 맞았을 뿐 큰 중상은 아니었고 그 스스로가 애초에 상처를 잘 참는 사람이었던 까닭에, 앙히에는 아주 편하게 잘 잤다.

그러니까 이렇게 두들겨 깨워질 때까지.

"앙히에! 일어나라!"

"어흐응……."

"안 깨!"

"어…… 이따……. 조금만……."

그는 다시 이불을 뒤집어쓰려 했지만 리볼텔라가 그리 두지 않았다. 잠깐 천을 서로 당기는 팽팽한 접전이 있었다. 앙히에는 계속 반쯤 자면서 잡아당기느라 진지하지 못했고, 덕분에 눈치채지도 못한 순간 이불을 죄 빼앗겼다.

"난 삼 년이 지나도 너 깨우는 방법을 도저히 못 찾겠다!"

"그럼…… 깨우지 않으면…… 되는 거야……."

"아까 낮의 일 관련이다! 일어나!"

"아까…… 뭐…… 난 모르겠…… 닭이……."

"무슨 헛소리냐! 좀 깨!"

앙히에는 벽에 기댄 채 다시 쿨쿨 자고 있었다. 그녀는 항상 해 왔던 대로 물을 부어 버릴까 생각했지만 아무래도 상처가 있어 그것은 무리였다. 그녀는 팔짱을 한 번 꼈다가, 어쩔 수 없다는 태도로 제 품에서 무언가를 꺼내 읽기 시작했다.

"곧 성벽에 있던 궁수 삼백을 즉처한다. 처음 활을 든 자를……."

앙히에는 튕겨 오르듯 일어나 그 손에 들린 종이를 낚아챘다. 함수초처럼 죽었다 확 살아나는 느낌이다.

곧 성벽에 있던 궁수 삼백을 즉처한다. 처음 활을 든 자에게 전령 역을 맡겼다. 미라이예, 네 마음에 드는 방식으로 죽여라.

발터.

그는 눈썹을 치켜 올렸다.

"음, 전하께선 날 칭찬하기가 참 쑥스러우신가 보네."

"공격한 이유도, 본의가 아니었다, 미안하다는 말도 안 쓰여 있지만……. 당연한 일이지. 명령 체계의 수치가 되니 아예 입을 닫은 거다.

내 생각엔 아무래도 반 슈체친 독단인 것 같은데."

"동의해. 그런데 나한테 제물로 바쳐진 불쌍한 양은 어디 있나?"

"그자는 불쌍하지 않지."

"물론이지. 자기 어깨를 맞혔는데 불쌍할 리가 없지."

리볼텔라는 막사 바깥을 엄지로 가리켰다.

"무슨 일이 닥칠지도 모른 채 대기하고 있다. 궁수 아닌 체하려고 활이고 화살통이고 죄 풀고 왔더군."

"그러면 뭐해? 저가 저 죽이는 편질 들고 왔는데."

앙히에는 붕대만 두른 상체로 벌떡 일어섰다. 침상 위에 기댄 칼을 성의 없이 잡아챈 뒤 설렁설렁 바깥으로 나왔다. 한밤이었지만 꽤나 밝았다. 이곳저곳 켜진 횃불 덕이기도 하지만, 숄렘 노트란트가 지척인 지점에 진을 쳤다는 이유가 가장 컸다. 앞집처럼 훤했다.

물론 결단코 수도 공격을 위해 온 것은 아니었다. 승자가 정해지기 전에는 누구도 숄렘에 그 더러운 발을 내딛지 못하니까. 그저 남쪽에서 동쪽을 가로지르는 길, 겸사겸사 1왕녀의 세가 이만한 위용이라는 것을 보여 주기 위함이다.

리볼텔라는 그를 따라와 손으로 누구를 가리켰다. 앙히에는 그녀가 든 왼팔을 바라보다가 불쑥 말했다.

"괜찮아?"

"네 꼴로 누굴 걱정하느냐?"

"근육에 무리가 갔으면 어떡해?"

"괜찮아."

그녀는 왼팔을 여러 번 움직여 보였다. 앙히에는 그럼 되었다는 듯 몸을 돌려 걸어갔다. 그녀는 흥미롭다는 표정이 되어 그를 앞서 간 뒤, 팔짱을 낀 채 제 남편 곁에서 멈췄다. 반 볼랑디스트는 전령 앞 의자에 앉은 채 졸고 있었다. 음, 다들 졸린 날이로군.

"더 용건이 있으십니까? 없으시다면 저는 전하께……."

앙히에의 칼이 솟았다. 검은 밤이라 궤적도 얼마 보이지 않은 채 한 가닥 분수처럼 올라간다. 둔탁한 색. 그가 쥔 것이 너무도 난잡한 칼인 까닭에, 뚝 멈춘 뒤에도 빛은 얼마 반사되지 않았다. 아름다울 것도 무서울 것도 없는 검이다. 그저 보이지 않는 무덤덤함뿐.

반 볼랑디스트는 뺨에 무언가를 맞고는 잠에서 번쩍 깼다.

"뭐요?"

그는 짜증스럽게 볼에 붙은 것을 떼려다 눈을 치켜떴다. 이내 다시 가늘어진다. 그것은 물기가 벌어지는 소리와 함께 찌이익 떨어져 나왔다. 그는 어린아이를 장난감으로 약 올리듯 그것을 여러 번 흔들었다. 리볼텔라가 웃었다.

"으으아아악!"

앙히에는 비명을 지르며 도망가려는 그자의 뒷덜미를 잡아 바닥에 내팽개쳤다. 무료하게 말했다.

"사실 반 슈체친을 이 꼴로 만들어야 하는데 말이야. 그놈은 진짜 만악의 근원이야. 리비를 왜 이렇게 싫어해?"

"암, 옳은 말이오. 정신 나간 늙은이."

"그렇지요? 반 볼랑디스트. 한데 그 더러운 것은 왜 손에 쥐고 계십니까?"

"내 이것에 뺨 맞고 온 잠이 달아났소. 귀하지."

"하나 더 드릴까요?"

앙히에의 칼이 다시 한 번 올라갔다. 살이 베이는 소리조차 나지 않았다. 그러나 전령에게는 이미 두 귀가 없었다. 그는 악과 신음을 동시에 내며 발버둥 쳤다.

"악! 으악! 도대체 왜, 왜! 왜……!"

"아, 너는 리비를 맞혔거든."

"명령……!"

"너 그래서 리비 맞혔을 때 맞혔다고 좋아했어, 안 좋아했어? 허수아비 과녁 맞춘 것처럼 좋아했을 것 아냐. 아니 그보다 백 배는 더. 포상받을 생각에 행복했겠지."

"명령이……!"

"어유."

그는 시끄럽다는 듯 얼굴을 찡그리며 그 왼팔에 칼을 박아 넣었다. 이번에는 별로 빠르지도 않은 동작이었지만 전령은 피하지 못하고 바닥까지 꿰였다. 앙히에가 손짓하자 반 볼랑디스트가 제 칼을 던졌다. 앙히에는 상처 입은 팔로도 칼을 가뿐히 받아, 그대로 쓰러진 자의 오른팔을 관통시켜 땅에 박았다. 그는 반 볼랑디스트의 검에 몸을 기댄 채 잠깐 앞을 바라보았다. 계속해서 비명을 지르는 전령 탓에 지나가던 기사들이 모이고 있었다. 리볼텔라가 신경 쓰지 말라는 손짓을 했다. 앙히에는 한숨처럼 말했다.

"아……."

"왜 그러느냐?"

비명을 벗 삼은 고즈넉함.

"나보다는 전하께 맡겼더라면 더 잘하셨을 텐데. 전하께선 사람을 죽이는 데 기상천외한 방법을 왕왕 쓰시더라니까."

"매번 싸우더니 벌써부터 그립나?"

앙히에는 그 말에 놀라 잡고 있던 칼을 빼내다가 그대로 휘청였다. 엎어진 채 발악하던 전령의 목에 칼이 박혔다. 순식간에 비명이 끊기고 만다. 앙히에가 왁 소리를 질렀다.

"아니, 무슨 그런 소릴 해!"

"죽었네."

"리비 너 때문……."

"뭐, 되었다. 치워라."

"난 이만 자러 가야겠소."

"당신 방금 전까지 열심히 자지 않았나?"

"피곤해서……."

반 볼랑디스트는 사람이 죽자 흥미가 떨어졌는지 그대로 일어서서 느릿느릿 제 막사로 걸어가기 시작했다. 리볼텔라는 그런 남편을 보며 빙그레 웃었다. 앙히에는 반 볼랑디스트의 칼을 어찌해야 할지 고민하다 그냥 그가 앉았던 의자에 걸쳐 놓았다. 알아서 가져가겠지.

리볼텔라 역시 이제 아무래도 좋다는 듯 뒤돌아 걷기 시작했다. 앙히에는 시체와 제 칼을 전부 버려두고는 그녀를 쫓아갔다. 그녀는 그가 따라오고 있다는 것을 알고도 별다른 제재를 하지 않았다. 얼마 걷지 않아 그들은 환한 숄렘 노트란트가 정면으로 보이는, 확 트인 공지에 서게 되었다.

리볼텔라는 그녀답지 않게 찬탄했다.

"우리의 성지로구나."

앙히에는 그 옆에 서서 아무 말도 하지 않았다. 하지만 그의 표정은 싸하게 가라앉아 있었다.

"저곳에서 평생을 자랐지만 지금까지는 성스럽지가 않았지. 성스러울 수도 없지. 우리가 쟁취해야 비로소 성지가 되리라."

"리비."

"음?"

"아무 일도 일어나지 않은 척할 수는 없어."

"발터가 약속을 어기고 공격한 것은 반 슈체친의 독단……."

"그렇게 얘기하기가 싫어? 난 이제 꼬박 나흘째 한 마디도 못 들었어. 사흘째까진 네 얼굴도 못 봤어."

리볼텔라는 입을 다물었다.

"뭐라도 좀 얘기해 봐. 나만 속 쓰리고 애태우는 것 같잖아."

그녀는 숄렘을 향했던 제 시선을 잠깐 내렸다. 표정도 눈빛도 평소와 다름없다. 목소리도 똑같았다.

"앙히에."

그는 잔뜩 긴장해 대답도 못했다.

"사람들 이야기에 귀 기울여라. 세간에서 지어낸 이야기 중 뼈가 담기지 않은 것은 얼마 없다. 일례로, 가까운 사람이 세상을 뜬다. 그 뒤에는 당연히, 충격에 슬퍼하고 세상을 원망하다 꼭 자신마저 죽을 것 같다고 생각하는 때가 이어지지. 사랑했으니까. 하지만 죽은 사람을 그처럼 그리워하는 시기에는…… 언뜻언뜻 무서움이 치미는 경우가 반드시 있다. 사자死者에 대한 두려움. 어쩔 수 없는 인간의 공포."

"아."

"그것은 이제 그만 그에게 정을 떼라는 표지다. 죽은 이에 대한 그리움을 떨치고 산 사람은 산 사람대로, 죽은 사람은 죽은 사람대로. 신의 뜻으로 길이 갈라졌으니 그만 그리워하고 그에 따라 살아가라고. 그만 애정을 끊고 잊으라고."

앙히에는 그 평온함에 기가 질렸다. 외르타 이야기를 하는 것인가?

"나는 그와 같은 이유로 외르타를 끊어 냈다."

"……."

"공포는 사랑을 눌러."

"……."

"나 역시 그 아이를 적대함으로써 남은 미련을 털어 낸 거야."

머리로는 이해하지만 마음은 뒤집힌다. 리볼텔라는 그 기색을 느꼈는지 찰나 고개를 돌려 그를 보았다. 그러나 역시 찰나, 그녀는 곧장 숄렘을 응시했다.

"넌 지금 짐작하지 못하는 것이 있군. 내가 왜 외르타를 안타까이 여기지 않는지, 왜 내 결정을 후회하지 않는지를 조금도 헤아리지 못하고 있어."

누가 제 팔꿈치를 까부순 것 같다.

"……진심이야? 외르타를 내줬던 것을 후회하지 않는다고? 지금 걔가 처한 상황이 안쓰럽지도 않다고?"

그리 되물었다지만 그는 이미 속이 철렁 내려앉은 뒤였다. 그녀의 말이 번복되지 않으리라는 것을 아니까. 리볼텔라마저 발터와 같은 소리를 하니 나는 이제 어떡하나. 정말로 나 혼자 죄를 짊어져야 하나. 나 혼자 그 아이를 동정해야 하나.

리볼텔라는 자재 상자 위에 앉아 나직히 입을 열었다.

"우리는 과거를 보지 않는다. 나아갈 곳만 본다. 그 나아가는 데 있어서 우리에게 가장 중요한 것이 무언지 아나?"

"오스트레반트 도르커 팔메."

"그렇지. 당연하지. 홀로 가는 길. 때문에 우리는 누구에게 어떤 것도 기대하지 않는다. 기대하지 않으니 실망할 일도 없지."

숄렘을 보는 그녀의 얼굴에 처음으로 빛이 입혀진 것 같았다. 그러나 그 무표정함은 도통 변치 않는다.

"그래서……."

"결론은, 외르타 역시 우리에게 기대한 것이 없단 말이다. 버림받으리라는 것을 확신하고 있었을 테니까. 나는 그 아이가 그런 기대를 했을 거라고는 조금도 믿지 않아. 정말, 진심으로, 믿지 않아."

앙히에는 소리를 지르려는 제 목을 억눌러 참았다.

"리…… 비. 그래. 인정해. 내가 본 평소의 외르타 역시 그 인상과 다르지 않아. 그 정신 나간 상황에서조차 우리가 구원의 손을 내밀었다면 어처구니없어 할, 심지어는 화를 낼 애야. 도저히 이해는 안 가지만…… 그래. 그것이 당신들이라니 그러려니 할게."

"그만하면 잘 이해한 거야."

그는 눈을 꾹 감았다 떴다.

"하지만 리비, 굶어 죽겠다는 사람에게 식사를 주지 않는 것이 해결책이 될 수는 없어."

리볼텔라는 그를 돌아보았다.

"굶어 죽겠다는 미친놈한테는 억지로라도 음식을 먹여 살리는 게 답이야."

"앙히에, 그래서 지금 '식사'가 뭔데? 굶어 죽겠다는 미친놈이 비정상적인 성정을 가진 우리를 가리킨다는 것은 잘 알겠다. 하지만 '식사'는 뭔데? 도대체 뭘 비유하는 건가?"

"……."

"동정? 연민? 애정? 도대체 그것을 어디에 써먹게? 저 만리타향에 있는 외르타가 그것에 조금이라도 신경 쓸 것 같나? 나보고 그 아이를 넘긴 것에 후회하라고? 왜? 내가 후회하면 그 아이의 짐이 덜어지나? 내가 동정하면 로크뢰가 그 아이를 곱게 놔주나? 내가 그 아이를 사랑하면 돌개바람이 불어 생 로욜이 날아가기라도 할까?"

앙히에는 정상인의 반박을 하고 싶었다. 그러나 그들만의 논리에 막혔다. 리볼텔라의 말은, 그들에게 있어서만큼은 정말 구구절절 옳은 이야기였으니까. 그래서 그는 거의 원망하듯 제 온전한 감정을 내뱉을 수밖에 없었다. 솔직하게, 낯 뜨거울 정도의 진심으로.

"내 짐을 덜어."

"……."

"리비, 난 하루에도 몇 번씩 기분이 오락가락해. 실상 내가 관여한 부분은 전혀 없는데도…… 외르타가 겪는 일에 대한 자책과 분노가 솟았다가, 내 잘못일 리 없다 자위하다가, 스스로 죄를 사하는 염치없음에 화가 났다가, 또다시 견디다 못해 나와 무관한 척하다가……. 무한 반복이야. 해결이 안 돼."

리볼텔라는 그의 고해에 당혹하지 않았다. 그러나 그 뜻에 따라 외르타를 동정한다고 말하지도 않았다. 그저 앉은 채, 앞만 바라보며, 조금의 주저도 없이, 한 글자 한 글자 또박또박 답할 따름이다.

"앙히에, 너는 잘못이 없다. 정말이다."

잠깐 숨이 막혔다.

"외르타는 네게 조금도 화를 내지 않을 거야. 내 목을 걸고 확신한다. 너는 조금도 죄가 없어."

앙히에는 제 속의 걸쇠가 풀리는 듯한 기분이 들었다. 죄가 없다고. 나는 외르타에게 진 죄가 없다고. 너무 똑똑히 듣고 말았다. 빈말이라도, 그 확신만큼은 제게 와 굳건한 아교가 되었다.

그러다 그는 무언가를 깨달았다.

앙히에는 즉각 흐느끼는 듯한 웃음을 터뜨렸다. 이건 정말이지 진짜 웃기는 일이었으니까. 잘못이 더 많은 사람이, 먹이 사슬처럼, 그 아래 선 자의 죄를 사하고 있지 않나. 자신은 욜란다의 자괴를 씻어 주었고, 지금은 리볼텔라가 자신의 응어리 진 속을 씻어 주고 있는 것이다. 설마 대속代贖일까? 내가 이다에게 그러했듯, 상대의 죄를 덜어 온 것일까?

부정은 빨랐다. 리볼텔라가 그리 손해 보는 짓을 할 리 없지 않나. 그녀는 지금 진심으로 위로하고 있는 것이다. 진심으로 앙히에에게는 잘못이 없고, 외르타 역시 그를 탓하지 않으리라고 말하는 것이다.

미안하면서 웃기고, 감사하면서 웃기고, 화가 나면서 웃기고, 행복하면서 웃겼다. 그는 한참 동안이나 혼자 킬킬대다가 문득 리볼텔라의 기색이 조금 변했다는 것을 깨달았다. 앙히에는 혹 자신의 웃음에 그녀가 기분 상했을까 싶어 입매를 굳혔다. 그러나 그것은 생각하는 침묵이었을 따름이다. 그가 웃음을 멈추자마자 기다리기라도 한 듯 그녀가 이어 말했다.

"나는 후회하지 않는다."

"그래."

"너도 후회할 필요가 없어."

"그럼."

"외르타 역시 우리를 원망하지 않아."

"알겠어."

지금까지의 긴긴 대화를 단 세 문장으로 정리한 듯한 느낌이었다. 자신이 웃는 동안 도대체 어떤 유성이 그녀를 지났는지, 그녀는 지금 끔찍하도록 침착하고 조용했다. 앙히에는 제 목울대가 조금 떨리고 있다는 사실을 깨달았다.

"하지만 앙히에."

그는 한 발자국 다가갔다. 그녀는 그의 그림자에 반쯤 묻혔다. 주변은 점호로 온갖 병장기 소리가 북적이는데, 이 천장 높은 공간만은 색 짙은 정적. 리볼텔라는 조금도 목이 멘 것 같지 않았다. 비애도 안타까움도, 슬픔도 동정도 없었다. 그저, 소리 낮은 가혹함, 암사자의 가장 침착한 앞발이었다.

맹수가 말한다.

"그자는 내가 죽인다."

누군가 칼로 제 복부를 도려내는 것 같았다. 숨이 꽉 막혔다가, 확 트였다가, 다시 막혔다. 내용에 대한 충격이라기보다는 그 목소리에 대한 충격으로 눈앞이 잠깐 컴컴해졌다.

앙히에는 더듬더듬 그녀 앞바닥에 앉았다. 그리 앉아야만 기운 리볼텔라의 눈과 시선을 마주할 수 있었기 때문이다. 그녀의 녹색 동공은 급속도로 얼어붙은 듯 숨길 수 없는 금이 쩍쩍 가 있었다. 리볼텔라는 사람을 짓누르는 무게로 반복했다.

"기필코 죽인다."

그는 말문이 막힌 채 그녀의 눈을 바라보고만 있었다.

"역겨운 면상에 한 땀 한 땀 죄를 새겨 그 비수 올올이 비명을 지르게 하리라. 껍질을 고이 벗겨 산 피를 받은 뒤 갈기갈기 찢어 사람의 흔적을 남기지 않으리라. 가장 비천한 돼지 새끼들이 그의 죽음에 기뻐하게 될 것이다."

내 그 사지육신을 고깃덩이처럼 발라 던질 테니까. 앙히에는 그녀가 빈말을 하고 있지 않다는 것을 아주 잘 알았다. 리볼텔라의 입에서 나왔다면 그것은 그 자체로 실행 의지이다. 그녀가 왕위를 쥐어 마땅한 권력을 행사할 수 있게 된다면, 저 말은 반드시 현실로 나타나게 될 것이다. 그런 사람이었다.

때문에 그는 그녀의 말에서 아직까지도 어떤 감정을 찾을 수가 없었다. 더 정확히 말하자면, 로크뢰에 대한 노여움을 찾을 수가 없었다. 항상 그래 왔듯 당연한 모짊이다. 힘이 있는 자의 당위이다. 왕의 명령에 감정이 있을 리가 없기 때문이다. 그저 이 말이 실행되리라는 자연스러운 믿음만이 있었다.

그래서 앙히에는 리볼텔라의 다음 말에 놀랐다.

"내 죽는다 해도 그를 죽일 것이다."

그는 심장이 철렁 내려앉아 그녀의 눈을 바라보았다. 이것은 실제로 실행될 수 없는 명령이다. 될 수 있을 리 없지 않은가? 모순의 명령 따위, 당연히 불가능하다. 현실로 나타날 수가 없는 것이다.

그래서 그것은 명령이 아니었다.

증오와 분노였다. 그녀에게 있어서만큼은 난생처음인.

"리비."

"기필코…… 내 기필코……."

간신히 한 줄기로 새어 나오는 목소리였다. 앙히에는 리볼텔라에게서 여태껏 단 한 번도 이런 뜨거움을 본 일이 없었다. 평생토록 흥분을 막고 있던 그녀 속 두꺼운 철판이 그 끔찍한 열기에 기어이 녹아 버린 것 같았다.

"죽어도…… 편히 죽지는 못하리라……. 내 영령에라도 잡혀…… 남김없이……."

"……."

"침상 위의 절명이라도…… 내 그 옆을 지켜…… 반드시…… 그 사지를…… 기꺼운 죽음이 못 되도록……."

리볼텔라는 외르타가 그 어떤 것도 기대하지 않아 실망도 못할 아이라고 말했다. 또한 자신은 분명 오래전에 외르타를 끊어 냈다고 말했다. 그 아이에게 미련을 남기고 싶지 않아 공포를 가졌다고, 그로 인해 모든 것을 끝장냈다고 말했다.

설마?

모든 것이 칼로 자른 듯 그리 완벽히 마름질 될 리가 없다. 로크뢰를 향한 이 무시무시한 증오. 그녀 자신이 말한 것이 모두 진심이었다면, 그녀는 어떻게 자신에게 피해를 입히지 않은 로크뢰를 증오하겠는가?

앙히에는 이제야 리볼텔라의 진짜 속마음을 보는 듯한 기분이 들었다.

잘라 낸다 해서 잘라 낼 수 없고, 떨어뜨리려야 떨어뜨릴 수 없는 애정.

그 애정은 당연히 후회고 안타까움이고 동정이고 자괴고 미안함이고 비통함이고 상실감이다. 그러나 그리 자명한 감정들을 리볼텔라 자신이, 살아온 햇수와 타성으로 짓누르자, 지독한 속이 길을 찾지 못하고 단 하나의 실로 흘러나오는 것이다.

증오. 나머지를 인정하지 않으니 어쩔 수 없이, 딱 하나로. 가장 절실한. 부정할 수 없는 원초적인 증오만이. 생을 찾아. 잇새를 뚫고 나온다.

"그 죄를…… 네 감히……."

너무 뜨거워 열기조차 느껴지지 않는, 가까이 가는 것만으로도 스스로가 흔적 없이 사라질 것만 같은 분이었다. 그는 정신이 아찔해졌다. 그녀는 제 속을 토막 내어 뱉었다.

"후회하게…… 네놈의…… 그 아이를 건드린 네 육신을…… 그 아이에게 욕심을 가진 네 혼을…… 기필코……."

앙히에는 리볼텔라의 일그러진 얼굴을 바라보았다. 문득 눈물이 날 것 같다는 생각이 들었다.

"너를……."

외르타, 복수는 네 언니가 할 거야.

참으라고 말할 수는 없다. 그는 그처럼 잔인한 사람이 못 되었다. 그저, 잠깐만 미쳐 있기를 바랐다. 아주 잠시만. 아주, 잠시만. 눈떠 보니 꿈이었다고 말할 수 있을 정도의 찰나.

그동안은 리볼텔라가 칼을 갈 것이다. 수사자의 목이라도 단칼에 취할 수 있을 정도로 날카로운. 제 남은 동기들을 짓밟아 없애 버린 그 폭풍과 다름없이. 그리고 기어이 약속을 지켜 로크뢰를 찢어발길 것이 틀림없었다. 앙히에는 입을 꾹 다물었다가, 반듯한 각오처럼 말했다.

"딱 그만큼만……."

리볼텔라는 그의 앞뒤 없는 문장까지 이해했다. 그녀는 제 두 손을 내밀어 그의 양 뺨을 쥐었다. 그는 영문 모른 채 아이처럼 볼을 꼬집혔다. 우스꽝스러운 얼굴이 되어 눈썹만 치켜세웠다. 그러나 그리 진지하지 못한 자세에도 리볼텔라의 얼굴만큼은 조용했다. 무슨 의도가 있어서 쥔 것이 아니라 그저 그 얼굴이 앞에 있는 까닭에, 사람이라는 것을 확인하듯 잡은 느낌이다. 약한 한숨이 새어 나왔다.

"좋아."

앙히에는 그녀의 녹색 눈을 빤히 바라보았다. 하늘 같은 벽안이 이유 없이, 맹목적으로, 그저 그녀가 그러하기 때문에 자신 역시 울렁인다는 듯 한 물결로 흘렀다. 한없이 땅 속으로 잦아드는 기분. 맥박 뛰는 모든 곳에 바위를 올려놓고 망치질 해 대는 듯한 압박이다.

그녀는 앙히에를 꾹 감싸며 말했다.

"그러니 우리는 이겨야 해."

반 볼랑디스트는 안락의자에 몸을 쭉 뻗은 채 정체 모를 과일을 먹고 있었다. 위는 확 트인 노을의 전경, 아래는 머리부터 발끝까지 완벽하게 성장한 남자. 아무리 후하게 봐주어도 국경의 가장 안쪽에 둥지를 튼 무료하고 돈 많은 귀족이다. 저런 평화로움이 1왕녀 진영의 가장 뛰어난 전술 두뇌라는 것은 감히 짐작하기 어려울 것이다.

물론 그런 반 볼랑디스트의 바로 옆자리에는 그와 똑같이 누운 앙히에가 있었다. 이번에도 저 모양이 1왕녀의 최고 심복이라는 말은 차라리 꺼내지 않는 것이 좋다. 고급스럽지만 그 고상함을 된통 헤집어 놓는 옷의 구김살, 아니, 애초에 옷을 제대로 걸쳐 입은 것 같지도 않은 난장판이다. 그는 심지어 먹는 도중 입을 벌린 채로 졸기 시작했다. 과일이 또르르 굴러떨어졌다.

마흔하나와 스물하나. 사이좋은 삼촌과 조카 같은 분위기였다. 남서 지방으로 발터를 주욱 밀어 버린 공로자들의 당연한 휴식이다. 반 볼랑디스트는 봄의 나른한 구름을 세다가 불쑥 말했다.

"앙히에."

"으으으……."

신음 소리가 났다. 졸려서. 리볼텔라는 잠자는 앙히에를 온갖 물리적인 협박으로 깨워 내고는 했다. 그러나 그런 그녀의 남편인 반 볼랑디스트는, 분명 용건이 있음에도 상대가 깨든 말든 조금도 신경 쓰지 않는 희한한 대응 방법을 가진 사람이었다.

"당신, 저번 전투에서 일찍 가지 않았소?"

"으음……."

"단 놀볼트가 뒹구는 꼴을 봤어야 할 터인데. 당신에게 박살 났던 좌측 부대 기억하오? 아, 기억 못하겠군. 그날 박살 난 부대가 한두 개여야지. 아무튼 폭발한 왕자에게 그가 아주 통렬하게 맞는 모습을 목격했소. 그 모양을 보며 생각한 것이, 난 리볼텔라의 남편이라 정말 다행이란 거요."

"음……."

"왕녀께선 분명 여걸이시지만 동시에 깔끔하고 우아한 것을 좋아하는 분이시지 않소? 그런 품위 없는 구타라니. 맞을 일이 없어 다행이오."

"……."

"그나저나 반 슈체친이야말로……."

앙히에는 허리를 일으켰다. 반 슈체친이라는 말에 번쩍 잠에서 깬 것이다.

"우리 입장에서는 그처럼 죽어나야 하는 노친네인데. 왕자 역시 감히 그를 건드리지는 못하는 것 같소."

"아."

"물론 몸 사리는 왕자가 유별난 것은 아니오. 귀족들을 규합하여 내전을 치러야 하는 우리 왕가의 특성상 왕자의 양보는 필연이니까. 내전은 그리 성질을 죽이며 하다가, 왕위에 오르자마자 제 최대 세력을 발아래로 박아 넣겠지."

"최대 세력? 그럼 발터가 왕위에 오르면 반 슈체친을 죽일 것이란 말씀이십니까?"

"답을 알지 않소? 숙청당할 만한 사람은 그만큼 큰 세력도 못 되오. 반 슈체친은 못 건드리오. 대대로 지지 세력을 그리 처리했듯, 왕자 역시 그를 자신의 충복으로 들여 권력을 다질 거요."

"정말 못 죽여요?"

반 볼랑디스트는 과일 하나를 더 쥐었다. 그는 그 과일을 몇 번 휘두르며 교조적인 태도로 말했다.

"당신 딤니팔 사람이라 했지? 생각해 보시오. 당신들 왕은 신화의 일부처럼 존경받는다 했소."

"위대한 눌라레의 후손이시니까요."

날카로운 웃음소리가 났다. 앙히에는 하품을 쩍쩍 하며 슬슬 제정신을 감아 가고 있었다.

"허헛, 아무튼 그래. 그렇지. 딤니팔도 우리만 한 절대 왕정일 거요. 권력이 하늘을 치고 땅을 치겠지. 하지만 그 왕조차 미라이예의 목을 베어 내지는 못하오. 왕자가 왕위에 오른다 해서 반 슈체친을 처형하지 못하는 것은 이와 같은 이치요."

그는 그 익숙하디 익숙한 이름에 잠깐 흠칫했다. 우리 폐하께서 우리 형님을 죽이려 드는 사태를 가정하다니? 앙히에는 이 특수 상황에 항변해야 할 필요성을 느꼈다.

"반 볼랑디스트, 미라이예는 듀아네일의 달력이 시작되기 전부터 왕가를 따랐던 가문입니다. 장장 육백 년 이상. 산테카를로의 만세일계가 리마네레 제국의 딤니파 공작에 불과했던 그 옛날부터 그의 충복이었단 말입니다. 왕국 유일의 공작가는 괜한 것이 아니지요 그러니 반 슈체친과의 단순 비교는 불가능합니다. 애초에 미라이예만 한 무게의 귀족이 이 나라에 전무하기 때문입니다. 매 대마다 최대 지분을 지닌 귀족이 바뀌는 이 정신 사나운 요동에 어떻게 미라이예를 비유한다는 말씀이십니까?"

"당신, 요점을 놓쳤소. 그러니 지금 횡설수설 말이 길어지는 거요. 미라이예가 대단한 힘을 가졌다? 인정하오. 작금의 우리 세력을 전부 합해도 그에 미칠 수 있기는 할지 회의적이라는 것, 나도 잘 아오. 미라이예가 전통과 역사가 깊다? 역시 인정하오. 앙히에, 볼랑디스트는 내가 삼 대째요. 그런데도 1왕녀의 대들보를 홀로 지탱하는 명분과 힘이 있소. 그런데 이러한 권력의 축적이 자그마치 육백 년이라니, 내 속이 다 메스꺼울 지경이군. 미라이예가 왕에게 충성스럽다? 역시 인정하오. 그 장구한 세월, 반역의 기미가 없었으니 왕의 입장에서는 대단히 장한 개지. 양자 간의 신뢰는 굳건할 거요."

앙히에는 개라는 말에 발끈했다가 한숨으로 스스로를 가라앉혔다. 자신이 있는 곳은 게외보르트다. 딤니팔을 박살 내는 것에 언제고 가장 큰 희열을 느끼는 나라인 것이다.

"하지만, 그래서? 그것이 별거요? 저 세 가지가 미라이예의 무게라 치겠소. 반 슈체친과 일대일 대응을 시켜 보지. 대단한 힘? 반 슈체친은 홀로 나라의 남부를 취했소. 이것이 대단한 힘이 아니면 도대체 무엇이오? 전통과 역사? 이보오. 우리에게는 애초에 역사가 긴 유력 귀족이 없소. 세력 큰 귀족들은 다들 한 서너 세대쯤 되면 줄을 잘못 서거나 밉보여서 대가 끊겨 있거든. 그런데 이런 고유 상황 속에서 반 슈체친은 무려 두 대째 승리자를 발굴했소. 이번에 왕자가 이기면 세 대째가 되겠지. 이건 정말 굉장한 일이오. 거의 백 년 동안 슈체친이 솔렘 노트란트의 최고 귀족으로 머무를 수 있다는 사실 증명이니까. 사상 최장. 이것이 전통과 역사라는 무게를 실어 주지 못하는 것 같소? 우리에게 있어서는 그만한 압박이란 말이오. 당신들의 느긋한 백 년 단위 계산으로 우리를 헤아리려 들지 마시오. 우리는 한 해 살아남기도 급박하오. 충성심? 당신은 지금 누구에게 충성심을 따지오? 우리는 혈맹이오. 왕족의 지지 세력은 그 자체로 하나의 어길 수 없는 서약, 핏줄, 가문이라는 말이오. 그것을 다른 사람도 아니고, 1왕녀를 그리 쫓아다니며 충성하는 앙히에 당신이 묻소? 앙히에, 명심하시오. 나는 리볼텔라의 남편이 아니오."

"죽겠군. 내 남편이 날 내쳤어."

그 둘은 뒤를 돌아보지 않았다. 리볼텔라는 머리를 묶으며 다가와 앙히에의 배 위에 털썩 앉았다. 그녀는 당장에 팔짱을 끼고 부부 싸움 하듯 반 볼랑디스트를 노려보기 시작했다. 그는 조금의 동요도 없이 아직도 남아 있던 과일을 손에서 털어 냈다.

"나는 저 사람의 남편이라기보다는 가장 충성심 깊은 심복이오. 어떤 감정이 아니라, 전략적인 도움을 줄 뿐인 사이란 말이오. 그렇다면 이제 전부 이해했소, 미라이예? 우리에게 있어선 미라이예가 반 슈체친과 다를 것이 없소. 2왕자가 이긴다면 반 슈체친은 결국 게외보르트의 미라이예가 될 거요."

"앞서 어떤 이야기가 나왔는지는 모르겠지만…… 다 맞는 말이다. 발터가 왕위에 오른다 해도 반 슈체친은 쉽게 처리 못해. 고작해야 왕좌 아래 반듯이 처박아 둘 수 있을 뿐이지."

그녀는 고개를 한 번 들었다가, 다시 숙여 남편을 바라보았다. 대화가 향하는 상대는 그가 아니었지만, 그녀는 오로지 그만을 또렷하게 응시하고 있었다.

"그래서, 객관적으로 보더라도 내가 이기는 게 낫다. 왜냐. 왕의 입장에서는 슈체친이 빨리 사라져 줘야 하거든. 발터까지 합하면 내전을 승리한 것이 벌써 삼 대째라고? 죽겠군. 삼 대라, 삼 대……."

"왕자는 양날의 칼을 받았소. 반 슈체친은 물론 국왕에게 충성을 맹세하고 평생 굴종하고 종복과 재산을 의탁할 테지만, 불안하잖소. 왕은 그런 자 못 믿어."

앙히에는 눈만 끔벅끔벅 떴다.

"그러니까 반 볼랑디스트, 당신 말씀은 평생토록 진심으로 충성하리라는 사실을 알아도 일정 정도 이상으로 세력이 커지면 척살하는 것이 당연하다는 이야깁니까?"

"그렇소."

"그럼, 당연하지."

"……이 나라에 미라이예가 없는 이유를 알겠군."

"그런 것 있어서 어디 쓰느냐? 육백 년의 충성? 야, 토 나온다. 난 그 소리만 들어도 좌불안석이다. 너희 왕은 안 불안하다더냐? 그만한 세력을 가진 자가 내게 절대 충성을 하고 있다면 내가 할 첫 번째 명령은 자결이야."

앙히에는 놀라지도 않았다. 리볼텔라는 어깨를 부르르 떨었다.

"소름 끼친다. 육백 년이라니. 어으으……. 얼마나 어리석으면 한 가문을 육백 년이나 믿을까. 어으…….”

“어리석은 게 아니라 신뢰가 있는 거지.”

“말을 말자.”

“나도 방금 그렇게 생각했어.”

“아무튼 발터는…… 뭐, 왕이 되어도 반 슈체친을 죽이지는 않을 거야. 그 아이만 한 능력이라면 그놈 날개 다 떼어서 자신에게 귀속시켜 둘 수 있으니까. 사실, 나도 그 편이 낫다고 생각한다. 슈체친의 처리는 다음 대 내전에 맡기는 게 나아. 그를 ‘왕’이 ‘숙청’한다면 후폭풍이 너무 커.”

“그를 숙청할 수는 있다는 거야?”

“당연하지……. 비사 오필라가 못할 것이 어디 있겠느냐. 하지만 그를 죽이면 그 아들은? 그 아들까지 죄 죽이면 그 방계는? 방계까지 죽이면 슈체친 분가들은? 자기가 그 피를 이었다고 주장하는 떨거지들은? 모두 죽일 수는 없어. 불가능해.”

“누구든 간에 슈체친의 세력과 가문 전부를 물려받을 수 있단 거구나.”

“그래. 그렇다면 세력을 몰수하면 되지 않느냐……. 재산 몰수? 영지 몰수? 할 수는 있다. 하지만 그 즉시 발터는…… 아마 내 아버지처럼 죽지 않을까?”

그는 순간적으로 너무 당혹해서 벙찐 채 그녀의 옆모습을 바라보았다.

“절대 왕정이라며? 감히 왕을 모살해?”

“앙히에, 넌 불가능을 알아야 해. 슈체친은 귀족의 영수나 다름없다. 그런 자를 무고로 죽이고 재산을 앗는 것은 안 돼. 냉정을 잃어버린 왕이야. 그것은 더 이상 정치가 아니란 말이다. 다들 공포에 전염될 거다.

공포에 질린 개는 주인을 물어."

"법 위에 선……."

"말도 안 된다고 생각하겠지만, 너희 왕이 미라이예를 이유 없이 말살했다고 생각해 보렴. 가문의 손도 재산도 영지도 남겨 두지 않는다면?"

"……."

"아무리 딤니팔, 구름 위의 왕이라 한들 즉각 불안과 공포의 함성이 터질 거다. 저 왕이 미쳤나 하는 불안과 다음 차례가 나일 것이라는 공포. 불안과 공포는 모든 감정을 이긴다. 경애도 존경도 충성도 개한테나 주라고 하렴. 들고일어나 왕을 갈아 치울 거야."

"……."

"그래, 인정한다. 왕을 탓하는 사달이 터지지 않을 수도 있어. 하지만 왕에게 해가 가지 않는다면 이제 왕국에 해가 가. 나라를 지키는 힘이 하나가 될 수 없단 말이다. 다들 자기 목 보호에만 치중하여 왕의 눈과 귀를 막는 아부를 떨고 불법적으로 세력을 넓히고 무자비하게 이윤을 추구하고……. 이래서야 제대로 된 국정이 될 리가 없지 않느냐. 왕국의 근간부터 흔드는 거야. 이때 이웃이라도 침공해 오면? 정말 끝이다. 모래성처럼 무너지리라."

앙히에는 이해했다. 넘어가도 되는 선과 그렇지 않은 선이 있는 것이다. 물론 왕의 한계는 딤니팔이고 게외보르트고 광대하다 못해 끝이 안 보이지만, 이유 없이 왕국 최고의 가문을 몰살시키는 것은…….

"아, 그런데 왜 우린 지금 발터가 이겼을 경우를 가정하고 있는 게냐? 반 슈체친은 우리가 이기면 그냥 죽는 거다. 매우 합법적이야. 그리 죽이면 돼."

그는 무시했다.

"반 슈체친을 살려 두고도 유용하게 써먹을 수 있어?"

"그럼. 그자가 왕에게 철저히 충성만 한다면 편해도 그보다 편할 수는 없지. 시키면 하고 달라면 주고. 그가 모든 왕명에 복종하면 왕이야 편하지. 사실 지금까지의 모든 왕들이 저들의 가장 큰 세력을 대함에 그리 느긋하게 굴었다."

"그럼 리비, 넌 그 사람 살려서 써먹을 생각은 없나?"

"앙히에, 나는 그 사람 못 살려."

"응? 무슨 소리야? 리비 네가 이기면 그 사람 생사는 네 마음대로 아냐? 목숨 살려 준다 하고 꾀어내면 안 돼?"

리볼텔라는 빙그레 웃었다. 그녀는 앙히에를 내려다보던 고개를 돌려 반 볼랑디스트에게로 향했다. 뼈가 있는 시선이었다.

"이처럼 내전에 발 들이고, 그에 패배한 왕족은 자신에게 가장 충성했던 귀족 다섯 가문과 함께 가."

"가?"

"함께 죽어."

"아."

"죽음을 각오하고 들어오는 것은 왕족뿐만이 아니오. 우리가 이 년 전 에오반과 게르트루다를 그리 처리했는데, 못 봤소?"

"난 그냥…… 뭐 별생각이 없었습니다. 전쟁터에서 시신이 허다한 게 이상한 일도 아니고요. 가문이면 어느 정도의 범위야?"

"그 성을 가진 사람을 전부 몰살시키는 거지."

앙히에는 어휴 한숨을 쉬며 고개를 저었다. 그런데 오른쪽으로 고개를 돌리는 순간, 그는 저도 모르게 어 하는 의아함을 내뱉었다.

"왜?"

리볼텔라와 반 볼랑디스트 역시 그가 보는 곳을 바라보았다. 그곳에는 열두엇이나 되었나, 대단히 유약해 보이는 사내아이가 서 있었다. 거친 리볼텔라보다는 부드러운 반 볼랑디스트를 닮은.

리볼텔라는 인상을 찌푸렸다.

"어찌 왔느냐?"

앙히에는 저것이 자신에게 가끔 보이는 장난 섞인 찌푸림이 아니라는 사실을 알았다. 너무도 선연한 무관심과 미움. 그는 참 오랜만에 이 둘이 함께 있는 것을 본다 생각하며 헛웃음을 터뜨렸다.

"어…… 어머니."

"롤란드, 분명히 동쪽 성 바깥으로 나오지 말라 했다."

"저, 조, 조역을 앓아서 하, 한 달이나 문안을 못 드린……."

"그래, 알겠다. 그러니 그만 가거라. 반 게르츠를 아주 족쳐야겠구나. 애 돌보는 것도 못한다더냐?"

그 아비가 그녀의 냉랭함에 무슨 반응이라도 보일까 싶었지만, 그 역시 하품만 하고 있었다. 제 자식이라는 생각도 별로 없는 것 같다.

"반 게르츠는…… 제게 충분히……."

"제발! 롤란드! 있으라는 곳에 가만히 있어라! 널 가는 곳마다 데리고 다녀야 하는 수고가 얼마나 큰 줄 아느냐! 적의 표적이 될까 우려해 이리 본진에 두는 것만으로도……."

"리비, 리비, 그만."

"앙히에, 넌 저번 일이 기억 안 나나?"

"기억해. 하지만 애잖아?"

리볼텔라는 그 일그러진 표정 그대로 앙히에의 두 손에 잡혔다. 아직까지도 묘령의 나이로 보이는 부드러운 뺨이 죄인다. 그녀는 어처구니가 없어 얼굴을 붙들린 채 반항도 없이 말했다.

"언제부터 날 따라 하기 시작했느냐?"

"아, 내가 자기 손에 쥐였을 때 꼴이 얼마나 웃긴지 보고 나서부터."

그녀는 웃음을 터뜨렸다. 앙히에는 그 아몬드 모양 눈매를 손으로 내리며 작품 구상을 하는 예술가처럼 진지해졌다. 그러나 무슨 수정을 더 가하기도 전에, 화판이 고꾸라지고 만다. 무심코 팔을 세게 당기자 그녀의 몸이 앞으로 쏠린 것이다. 리볼텔라는 소리 한 번 지르지 않고 그의 목을 껴안았다. 껴안았을 뿐만 아니라, 아이를 데리고 놀듯 그 머리를 까치둥지처럼 뒤엎어 놓았다. 어느새 당하는 입장이 된 앙히에가 짜증스럽게 발버둥 쳤다.

그처럼 두 사람이 지분대는 동안, 반 볼랑디스트가 눈을 비비며 말했다.

"너, 왜 왔느냐? 용건이라도 있느냐?"

"아…… 저……."

롤란드는 웃는 리볼텔라에게 적응이 되지 않는 듯했다. 말을 제대로 못 잇고 자꾸만 제 어미 쪽을 흘끗흘끗 바라보았다. 반 볼랑디스트는 엄하게 말했다.

"용건이 있느냐, 없느냐?"

그 순간 리볼텔라가 아이를 바라보았다. 롤란드는 시선으로 한 대 맞기라도 한 듯 고개를 푹 숙였다. 그녀는 정말 분통이 터진 것처럼 말했다.

"이게 다 델반트 당신 때문이다! 당신이 제대로 방도만 구했어도……."

"무엇을 말이오?"

"배를 망치려면 제벨 그 여자를 부르면 된다 했잖나. 소용이 없었어, 소용이……. 이미 죽어 넘어간 게르트루다는 잘만 했건만, 도대체 왜?"

"당신이 너무 건강해서 그런 거요. 게르트루다의 그 허약한 몰골이 좋소? 그리 골골대니 단박에 애가 미쳐 나오지."

"난 날이 가면 갈수록 내가 죄렛을 왜 먹었는지 후회하고 있다. 죽겠군. 한 번 더 시도할걸."

앙히에는 그녀가 '한 번 더 시도' 해서 '성공' 했더라면 롤란드는 지금

이 자리에 없었으리라고 생각했다. 어미 뜻대로 좌지우지하기에는 저능아가 편하니까. 유약하고 소심하다 하나 어쨌든 정신적으로 멀쩡한 아이는 적으로 자란다.

그는 이미 이 잔인함을 일상으로 받아들인 상태였다. 당연한 것 아닌가? 이리 모든 피나는 노력을 해 권력을 차지했는데, 저놈이 커서 어미의 세력을 빼앗으려 든다면?

그 상상만 하면 앙히에 자신부터 화가 나 부글부글 끓고는 했다. 리볼텔라가 제 모든 것을 바쳐 이 싸움을 치르고 있다는 사실을 안다. 그러니 저 미래의 적은, 얼굴을 보는 것만으로도 화가 울컥울컥 솟는 것이다.

반 볼랑디스트는 애초에 제 자식에게 조금도 관심이 없는 듯했다. 하지만 리볼텔라만은, 제 아들을 볼 때마다 정말 하늘 끝까지 짜증이 나는 것처럼 보였다. 저 어린 얼굴에서 후일 아들의 손에 세력을 빼앗기는 자신을 볼 수밖에 없기 때문이다.

물론 앙히에는 그녀가 그리 녹록한 사람은 아니라 생각했다. 그러나 그녀의 아비가 제 어미를 죽이고 권력을 차지한 파렴치한이라는 사실을 상기한다면, 저 민감함 또한 이해할 수 없는 것은 아니다. 적을 보는 시선.

앙히에가 그나마 이 셋 중에서 롤란드를 가장 곱게 대해 주고 있는 축에 속했다. 어린아이는 어여삐 여겨 주어야 한다는 정상적인 통념이 제 속에 살아 있기 때문이다. 명맥뿐이라지만, 아무튼.

"저, 어머니."

"너는 저, 어머니, 아버지, 저, 어, 음, 이 말밖에 못하느냐? 똑똑히 말하고 당장 동탑으로 돌아가거라."

"도, 동탑 호위병을 교체해도……."

"안 된다. 널 지키는 호위는 내 직속이다."

"그 문제가 아니라…… 제가 너, 너무 부부, 불편해서……."

"도대체 무엇이?"

"너무 저, 저열히 저를 대해서…… 어머니 지, 지, 직속에 있는 다른 기사들을……."

"일없다. 당장 안 나가면 강제로 내보내겠다. 조금이라도 호위를 교체한다면 내 반 게르츠를 치죄하리라."

롤란드는 무슨 말을 더 하려다 리볼텔라의 성질에 기가 죽고는 뒤를 돌았다. 무언가에 짓눌린 모양으로 걸음을 뗀다.

앙히에는 그 아이와 마지막으로 눈을 마주쳤다. 흐린 갈색 눈. 멍청해 보이지 않았다. 그는 순간적으로 그 눈에서 무언가를 읽어 냈다고 생각했다. 칼로 찌른 양 선명한, 원색의 와 닿음. 하지만 그 빈약한 시선에는 너무도 어울리지 않는 강단이다. 그것은 얼마 머무르지도 못하고 볕에 눈 녹듯 사라졌다.

롤란드는 떠났다. 리볼텔라는 아이가 사라지자 미움을 삼키는 신음을 냈다.

"내 저것을……."

"리비, 근데 있잖아. 저능아는 아니라며 왜 말을 저렇게 더듬어?"

"몰라. 너무 띄엄띄엄 봐서 언제부터 저랬는지도 모르겠다."

"지능이 떨어지고 있는 것 아냐?"

"아니야. 가정 교사들이 입에 침이 마르도록 칭찬을 한다."

"소름 끼치는군. 칭찬을 많이 한단 건 아무래도 똑똑하다는 소리 같은데."

"머리가 정상이라면 멍청하기라도 할 것이지 도대체 내가 전생에 무슨 죄를 지어서……."

"그리 똑똑한 놈은 아니오."

반 볼랑디스트가 희미하게 웃으며 말했다.

"저 아이가 진짜로 똑똑했다면, 사람들 앞에서는 어리석은 체했을 거요. 우리가 경계하는 것이 바로 그 명민함, 즉 우리의 자식이 명민해 후일 리볼텔라의 권력을 탈취하는 도둑놈이 되는 경우니까. 잘난 체하는 꼴을 보니 그것을 헤아릴 정도로 영리하지는 않은 것 같소."

"아하? 그럼 그냥 죽어라 노력하고 있다는 겁니까? 칭찬 한마디 받으려고?"

"맞소. 저 아이는 평범한 머리로 부모의 관심을 받고 싶어 안달 난 아이요. 그 이상도 이하도 아니지."

앙히에는 그 사실을 아주 잘 알면서도 저토록 냉랭한 반 볼랑디스트에게 잠시 괴리감 비슷한 것을 느꼈다. 몇 년이나 함께해 동화되었다고 생각했지만, 정말이지 몇몇 부분만큼은 아직도 이자들과 공감할 수가 없다.

"리비, 그럼 언제 가서 칭찬 한 번이라도 해 줘. 그럼 기가 딱 풀려 똑똑한 척을 그만둘 것 아니야."

"그러면 더 열심히 할걸. 안 돼. 제 풀에 지쳐 나가떨어지게 해야 한다."

"맞는 말이오. 리볼텔라 당신이야 애초에 롤란드를 미워해 그 아이가 무얼 하든 관심이 없지만, 나는 의도적으로 무관심한 거요. 아이가 모두 포기하고……."

"……인생을 즐기도록. 역시 나는 남편을 잘 뒀어."

리볼텔라는 정말 감사하고 만족스럽다는 어조로 말했다. 그녀는 이내 제 턱을 짚었다.

"저 아이는 그저 가만히만 자라면 내가 기꺼이 온갖 향락을 제공해 줄 텐데……. 아니, 사실 지금도 뭐가 필요하다고 말만 하면 당장 가져다 줄 거다. 그리 원하는 것 모두 취하고 혼자 잘 살면 되지 도대체 뭘 바라고 나를 귀찮게 구는 건가?"

"애……."

"……정? 십삼 년 동안 그리 무관심한 어미를 봤으면서 아직까지 무엇을 기대하고 있다는 사실이 놀랍군."

"리비, 자기가 재를 싫어하는 건 무서워서지?"

"당연하지. 아, 하늘에 계신 우리 아버지는 정말 죽일 놈이다. 누가 목숨 걸고 왕위에 세워 줬는지를 도통 모르더라. 그 염치없음에 난 오금이 저려. 당신도지?"

"막시밀리안 5세는 제 어미 아비를 다 죽였소. 그것이 반역을 꾀한 자격 없는 아들들의 기본 덕목이요. 나도 지금의 내 노력을 헛되이 만들고 싶지는 않으니…… 저 아이를 완전히 망쳐 놔야 한다는 사실에 동의하오."

그러나 그 잘 조율된 미움은 강요당한 것, 어쩔 수 없는 것으로 보이지 않았다. 여전히 미소가 있다. 앙히에는 가까스로 중년에 접어든 저 부드러운 얼굴이 조금 무섭다고 생각했다.

리볼텔라가 침침한 시야를 깨듯 돌연 짝 박수를 쳤다.

"아! 들어온 이유를 완전히 잊고 있었군. 앙히에, 너 젠파르젝에 가라."

"……출전하라고? 반 볼랑디스트, 제 부대는 이미 저를 제한 명령 체계가 잡히지 않았습니까?"

"으음……."

"앙히에가 북쪽에 갈 일이 없어졌다. 반 게르츠가 제 심복들로 위의 협정을 담당하기로 했으니. 얘 좀 끼워 줘, 당신."

"음……."

그녀의 한마디 덕분에 앙히에는 전투에 끼어들 수 있었다. 모든 준비를 마치고 스트레파르 성에서 노닥거리고 있던 반 볼랑디스트로서는 약간 난데없는 벼락을 맞은 셈이었지만, 이내 그는 노련하게, 별다른 불평 없이 그를 인수했다. 그나마 앙히에의 부대가 젠파르젝에 체류하고 있었다는 사실이 다행이었다.

앙히에는 무료하게 전장을 보다, 순간 칼을 뻗어 칼을 휘둘렀다. 재미도 없고 기교도 없는 정직한 칼. 그러나 받은 자는 반드시 죽는다. 그는 칼을 회수하고는 다시 멍하니 주변을 보고 있었다.

그 어처구니없는 여유에 이내 기사 두엇이 체신도 없이 덤벼들려 했으나, 앙히에는 바보가 아니었다. 눈 깜짝할 사이에 말머리를 돌린다. 그중 하나에게 쇄도하여 양손으로 제 칼을 찍어 눌렀다. 뒤돌아보지도 않고 휘두르는.

발렌시아의 니소르가 지나치게 정교한 칼날, 날치를 가지런히 바르는 세심함이라면 앙히에의 이름 없는 칼은 그저 찌르개이다. 대중없이 푹푹 찍는 손길이야말로 가장 다루기 쉬운 둔탁함이니까.

물론 모양은 달라도 그 둘 모두는 악독하도록 살인에 뛰어났다. 그것만이 중요한 사실이다. 그러니 이처럼 전장 한복판에서 제 부대 운용을 보고 있는 정신 나간 몰골로도 뻔뻔스레 살아 있는 것이다.

앙히에는 곰곰이 생각했다. 근소하게 이기고는 있는데, 희한하게 느낌이 안 좋았다. 그는 자신의 직감을 믿는 사람이었다. 그 직감으로 저나 타인의 목을 구한 일이 허다했기 때문이다.

하지만 지금 이 전투 종반에서는 어찌 전황을 뒤집을 방법조차 없는

데? 무슨 이유로 이리 서늘한 불안이 들고 있는지 잘 이해가 가지 않았다.

그래서 그는 직접 묻기로 했다.

"저어어언하!"

발터는 조금 떨어진 곳에 똑바로 서 있었다. 그는 무표정한 시선으로 제 진영 깊숙이 내려온 앙히에를 향해 고개를 돌렸다. 앙히에는 저 모양조차 이상하다고 생각했다. 평소의 그라면 미친놈을 보는 뜨악한 눈이었을 테니까.

지난 이 년, 대부분의 전투에서 마주칠 수밖에 없었던 그와 발터는 아주 막역한 사이였다. 그 둘 모두 상대의 절명을 노리고 있다는 점이 조금 불유쾌했지만, 그래도 대화의 여유를 잊은 일은 없는 것이다.

앙히에는 여상히 말을 건넸다.

"전하, 무슨 꿍꿍이십니까?"

"……."

"지는 상황에 여기 계실 이유가 없습니다만? 뭘 보고 계시는 겁니까?"

발터가 가로지르는 길은 전장의 도중에도 검은 곡선으로 드러나는 것 같았다. 애초에 그의 곁에 가까이 다가갈 수 있는 자가 없었기 때문이다. 그것은 죽어 가는 흑색 빛이 아니라 검은 보석처럼 빛나는 선이었다. 앙히에는 칼을 든 제 한 팔을 늘어뜨렸다. 발터는 차분히 한 사람을 칼로 찍어 누른 뒤 그 앞에 섰다.

어, 진짜 이상하네. 발터는 자신에게 바로 검을 들지 않았다. 그가 가장 죽이고 싶어 하는 사람이 앙히에 자신이라는 것은 몹시 자명한 사실인데, 지금의 저런 묵묵함. 앙히에는 무언가 오류가 있다 판단한 제 직감을 본격적으로 추궁하기 시작했다.

반 볼랑디스트는 잘했다. 평소처럼 잘했다. 심지어 지난 석 달간 연전

연승하여 발터를 남서쪽으로 몰아넣은 최고 공로자가 아닌가?

"내 승리."

앙히에는 자신의 질문을 잊고 있었다. 바퀴가 맞물리듯 뒤늦게야 제 목소리가 머릿속에서 좌르륵 울렸다.

"뭘 보고 계시는 겁니까?"

"내 승리."

승리를 보고 있다고? 그는 어이가 없다는 시선으로 그를 노려보았다.

"지금 지고 있으신데요?"

"누님께 목 씻고 기다리라 해라."

"아니, 이건 무슨 개소리야. 지금 전하께는 북쪽도 동쪽도 남부 절반도 없어요."

"난 정당하게 싸웠다."

앙히에는 그 뜬금없는 헛소리들의 나열에 입을 벌렸다. 도대체 무슨 말을 하고 있는지 이해할 수가 없었던 것이다. 지난 석 달……. 그는 눈꼬리를 확 세웠다.

"무슨 말씀이십니까?"

"정당하게 싸웠다고 말했어. 배후를 주의하지 않은 것은 누님의 잘못이 아닌가."

"우리의 배후는 다들 충성심이 깊어요. 그리고 어느 쪽 배후를 말씀하시는지도 모르겠습니다."

"너희는 남부 지방으로 너무 많이 내려왔다."

잠깐 팔이 저릿했다. 북부? 북부가 문제야? 북부 지방이 왜? 그쪽은 초반부터 반 게르츠 아래 굳건히 잡혀 있던 곳이다. 그는 리볼텔라가 열 살일 적부터 스무 해를 모신 사람이 아닌가. 설마? 등골이 오싹하다. 발터가 거짓말을 하고 있는 것이 아닐까?

앙히에는 조심스럽게 물었다.

"반 게르츠?"

"주의했어야지."

갑자기 어지럼증이 솟으며 식은땀이 확 났다. 머리부터 피가 확 빠지는 느낌이 든다. 얼굴이 새하얗게 질리며, 토할 것처럼 속이 울렁거렸다. 숨 한 번만 더 쉬면 정말 넘어올 것 같은 초조와 불안이 힘겨웠다.

"설명하는 것은 취향이 아니지만……. 이번 전투가 끝나면 피해 뒷수습 때문에 너희를 한참이나 못 볼 것 같아 이야기했다. 판을 뒤집은 것처럼 북부와 남부 전반이 날아갈 테니까."

"……."

"반 게르츠는 너희가 보모 일만 시키는 것에 대해 엄청난 불만이 있었다. 그 덜떨어진 아들놈 뒤치다꺼리를 하느라 권력의 중심에서 밀려났다는 거야. 반년도 더 전에 내 손에 꿰였지."

"그 개자식이 리비를 넘봤단 말입니다! 좌천은 필연이었어요! 감히 북부 따위로 동부 요충지를 모두 잡은 볼랑디스트와 결별할 것을 요구해? 저와 재혼하라고? 그 어처구니없는 협박! 리비는 그 주제넘음을 일정 기간 벌한 것뿐입니다!"

"'북부 따위'? 네가 진정으로 그리 생각한다면 지금 이렇게 짜증 낼 필요도 없겠지."

"어차피 자신이 능력이 있다면 다시 치고 올라왔을 것…… 지금까지 벌과 상을 번갈아 받은 귀족들이 허다한데…… 그것을 억울히 여겼다니……."

"그놈의 패배주의적인 성격을 고려했어야지. 반 게르츠는 좌천되고 단 일주일도 못 참았어. 부모도 돌보기 짜증 내는 롤란드를 그 성마른 놈이 얼마나 인내할 수 있었겠나."

앙히에는 칼자루를 꾹 쥐었다. 발터는 농담을 하고 있는 것 같지 않았다. 다가오는 적들은 제 주변 기사들이 죽이고, 왕자는 그 소란에 조금도 개의치 않는 평온함으로 팔짱을 끼고 있었다. 그의 얼굴에도 목소리에도 조롱은 없었다. 당연하지. 그럴 수밖에 없을 것이다. 생선 가시를 발라내는 신중함으로 리볼텔라를 죽이려는 발터다. 칼을 내려 베는 손길 하나하나에 온 신경이 집중되어 있는 것이다.

그녀를 죽이고도 후회하지 않도록 정당하게. 그러나 모든 수를 써서.

반 게르츠를 배반시킨 것은 그의 능력이고 우리의 모자람이다. 앙히에는 아찔해지려는 시야를 붙잡았다. 드디어 이 석 달간의, 기이할 정도의 연승을 이해했다. 리볼텔라의 주의를 남부 깊숙이 끌어들인 것이 다 북부 게르츠 세력의 역심을 눈치채지 못하도록.

발터도 반 슈체친도 그의 모든 세력도 바보가 아니었다. 지난 이 년간 자신들과 그리 박빙이었던 강력한 적의 밑도 끝도 없는 연패는, 사실 그 개연성이 조금 떨어진다. 저의를 의심했어야 했다. 박애주의적인 태도로 제 땅을 리볼텔라에게 넘기기 시작한 발터에게 잠깐 홍이 났던 것이다. 잡다한 일들을 잊었다. 한 번의 패인.

그는 점차 스스로를 다독였다. 괜찮아. 괜찮아. 북부는 어차피 그리 중한 땅이 아니다. 동부만 있으면 된다. 이 군사도 줄지 않을 것이다. 피해가 있다면 재력이나 병장기 부문이겠지만, 같은 의미에서, 재력이나 병장기를 제한 군사력 자체가 없는 무능한 북부 아닌가. 다시 한 번에 쓸면 된다. 바로 되찾아 오면 된다. 리볼텔라에게 맡기면 된다. 그러면 전부 해결될 것이다.

앙히에는 평소의 능청으로 다시 돌아왔다.

"북부를 앗는다 해서 그리 큰 피해가 되는 것은 아닙니다. 어차피 그토록 황량한 땅……. 우리가 지금 땅따먹기 하는 것도 아니고, 진짜는 병력이지요.”

“나도 알아. 내가 노리는 것 역시 포위의 효과밖에 없어. 딱히 누님의 세가 약해지리라고는 생각지 않는다.”

“그래서 지난 석 달 동안 열심히 패배하신 겁니까?”

“반쯤은……. 석 달 동안 오천의 피로 일군 북부인데 가치 있게 써야 하지 않겠나.”

앙히에는 인정했다. 매복술을 조금 더 고상하게, 조금 더 큰 규모로 행한 것이다. 발터의 끝이 보인다는 기대를 갖고 그들은 무턱대고 남쪽을 공격했다. 폭풍으로. 북쪽에는 신경도 안 썼다. 발터는 그것을 겨냥했으리라. 리볼텔라의 주의를 끌지 않고 북부를 배반시킬 수도 있었겠지만, 배반의 성공 확률을 현격하게 높이기 위해 오천을 희생시키며 도움을 준 것이다.

그 배포라니. 반 게르츠가 이중 배반이었으면 어쩌려고? 앙히에는 이미 마음을 가라앉혔기에 그냥 발터에게 감탄해 주기로 했다. 지금껏 흠씬 때렸으니 이쪽도 한 대 맞은 것뿐이다. 일진일퇴. 당연한 일 아닌가. 회복하면 된다.

“북부를 수복하기보단……. 그런데 오천이라니. 전하. 너무 쓰신 것 아닙니까? 북부에 그만한 가치가 있어요?”

“나도 사실 우리가 그만큼 죽을 줄은 몰랐거든…….”

발터가 매섭게 웃었다. 앙히에도 점차 긴장을 풀고 입매를 움직였다. 몇 년 전 입을 찢어 낸 상처가 햇살에 하얗게 도드라졌다.

“반 게르츠를 가져갔으면 잘 써먹으세요. 그런데 도대체 뭘 약속하신 거예요? 여기서 천대당했으니 그쪽에선, 높은 지위? 그렇담 문제가 있는데. 그놈 대단히 꼴통이라 말입니다.”

“사령부에 자리를 준다고 약속했다.”

"훌륭한 사기네요."

"당연하지."

"리비가 그놈이 결혼을 요구하자 얼마나 좋아했는지 아세요? 드디어 저 반편이를 정당한 이유로 내 눈 앞에서 치워 버릴 수 있겠구나."

"늙은이가 염치도 없군."

"제 말이요. 자기 자식을 왕으로 세우겠다는 우스꽝스러운 야심이 있었나 봐요. 리비는 죄렛 때문에 더 이상 왕손도 못 낳는데. 그걸 모르나?"

"바보가 제 얼굴 못 닦는 것이 하루 이틀인가. 아무튼 누님께는…… 조심 좀 하라고 전해라."

"어이구. 고양이 쥐 걱정해 준다고."

앙히에는 웃음을 터뜨렸다. 발터는 눈썹을 치켜세우다, 한숨처럼 칼자루를 잡았다. 하나 앙히에는 저것이 발터의 습관적인 행동이라는 것을 알아 딱히 제 칼을 앞세우거나 하지는 않았다.

"뭐, 그래도, 지금 스트레파르에는 리비가 있으니까요. 아……. 내가 북부 협정을 감시하러 가지 않은 것이 천만다행이로군. 갔다면 리비의 심복으로 찍혀 배반자들에게 목이 날아갔을 테니까요."

"내 아쉬움이지."

앙히에는 그 말에 무어라 답하지 않았다. 칼을 쥔 채, 그 새파란 눈으로 바라보고만 있다. 발터는 애초에 이 용건으로 왔고, 이 이상 할 이야기도 없다 느꼈는지 지체 않고 뒤를 돌았다.

앙히에가 불쑥 말했다.

"이번 한 번뿐이에요."

"……."

"리비는 안 져요."

전장의 왁자함이 잦아들고 있었다.

"제기랄, 제기랄!"

"리비."

"반 게르츠 그놈, 내 이럴 줄 알았지! 그래서 차근차근 사지를 떼고 있었건만! 다 떼기도 전에 남은 몸뚱이 들고 발터에게 날라? 이게……!"

북부를 잃는 것은 그리 치명적인 피해가 아니었다. 물론 전세가 급변하여 외려 리볼텔라가 포위된 모양이 되었기는 하지만, 어쨌든 앙히에의 말마따나 그들은 땅따먹기 놀음을 하고 있는 것이 아니었다. 내전은 결국 세력의 문제, 때문에 리볼텔라의 권력은 지금도 아주 멀쩡했다. 얼마간의 노력과 대단찮은 행운만 있다면 북부도 수복이 가능할 것이다.

그래서 지금 그녀가 보이는 감정은 화가 아닌 짜증이었다. 그따위 것에게 뒤통수를 맞았다는 짜증, 이리될 줄 알고 그의 세력을 하나하나 분해시키고 있었건만 충분히 빠르지 못했다는 짜증, 그를 반드시 죽이리라 다짐하는 번거로운 짜증.

"돌을 둘 부딪히면 불꽃이라도 난다고! 내가 돌덩이 둘을 붙여 놨구나!"

"돌덩이 하나는 뭐야?"

"롤란드지 누구겠느냐. 그 멍청한 둘을 모아 두었더니 홀로는 때지도 못할 연기가 났어."

"롤란드가 이 사달과 도대체 무슨 상관이야……."

리볼텔라는 대답하지 못했다. 앙히에는 그녀가 그저, 자신이 가장 싫어하는 사람을 제 짜증에 양념처럼 포함시킨 것이라 생각했다. 앙히에는 그녀의 아들을 향한 미움은 조금 지나친 면이 없지 않나 멍하니 생각했다.

뭐, 그래도 롤란드의 목숨을 지켜 주는 사람이 그 어미 아닌가. 그는 그것만으로도 감지덕지해야 한다. 리볼텔라가 패배한다면 롤란드 역시 그 목은 흔적 없이 베일 것, 앙히에는 그 아이가, 제 어미가 나름대로 그를 살리기 위한 노력을 하고 있다고 생각해 주기를 바랐다. 이 왕실에서 애정을 바라는 것은 참 웃기는 일이니 웬만한 바보가 아니라면 결국 수긍할 수밖에 없을 것이다.

"북부 전반을 잃은 거야?"

"아니. 사분지 삼 정도."

"언제쯤이면 되찾을 수 있겠어?"

"몰라. 북부를 되찾기보다는 그냥 계속 남쪽으로 휘감아 치는 게 나을 것 같다. 피해는 적지만…… 반 게르츠 그놈은 기필코 대꼬챙이에 꿰어 죽이리라."

"배반의 대가는 치러야지."

리볼텔라는 어깨를 으쓱였다. 앙히에는 창문에서 비껴 들어오는 몇 줄기 빛을 눈으로 좇았다. 그것은 그녀가 앉은 성주의 권좌에 정확히, 이파리처럼 사뿐히 얹혀 있었다. 그는 별생각 없이 다가가 그 팔걸이에 털썩 앉았다. 주저하지도 않고, 오래전부터 그리 묻기로 결심했다는 듯 툭 내뱉는다.

"리비, 외르타는 어떻게 할 거야?"

그녀는 정말로 한 대 맞은 표정이 되었다.

"도대체…… 무슨……. 다 끝날 때까지 언급하지 않기로 했잖느냐. 그만해."

"로크뢰를 죽이겠다는 각오는 알겠어. 그럼 외르타는?"

"그만하라 했다."

"그래서 이 년 동안 그만했잖아. 내가 매번 묻는 것도 아니고."

리볼텔라는 한숨을 쉬며 눈을 비볐다. 피곤한 여행자와 같은 태도였다.

"도대체 왜 하필, 지금?"

"그냥. 고개를 하나 넘은 것 같아서 각오를 다질 겸 묻는 거야."

그녀는 대답하기가 영 꺼림칙한지 계속 미적거렸다. 앙히에는 날 때부터 단호함을 가진 듯한 리볼텔라가 이리 주저하고 있다는 사실에 놀라지 않았다. 외르타는 그녀에게 있어서 항상 이런 망설임이었기 때문이다. 그녀가 지금껏 내내 입을 열지 않으려 들었던 이유가 달리 있는 것이 아니다. 익숙지 않은 자신의 모습에 화가 나니까. 큰 냉정으로 생각할 수가 없으니까. 아마 앙히에 자신이 없었더라면 이 육 년 내내 단 한 번도 외르타를 대화에 올리지 않았을 것이다.

리볼텔라는 내키지 않는 듯 고개를 몇 번 돌렸다. 앙히에의 말이라 어쩔 수 없이 들어준다는 기색이 뚜렷했다. 물론 그렇다고 해서 그 내용이 더 유해지는 것은 아니지만.

"딸은 죽이고…… 외르타는 살려서 본국으로 송환시켜야지. 죄렛은 강제다."

정적.

"만족하느냐?"

"그 애는 살리니까."

"그래. 나도 그 점이 마음에 든다. 로크뢰가 제 앞에서 찢기는 꼴을 보여 준다면 나도 어느 정도의 성의 표시는 하는 게다."

앙히에는 잠깐 고민하는 표정이 되었다. 리볼텔라는 그리 침묵하는 앙히에의 얼굴을 비껴 보다가, 이내 팔걸이에서 내려오라 손짓했다. 그가 눈썹으로 소리 없이 묻자, 리볼텔라는 그녀답지 않은 온화함으로 빙긋 웃었다. 발터나 앙히에를 볼 때에만 아주 가끔, 아주 가끔 보여 주는 햇살이다.

"너, 머리 좀 잘라야겠다."

그는 헛웃음을 터뜨리며 팔걸이를 타고 바닥까지 주욱 미끄러져 내려왔다. 그녀의 다리 앞에 털썩 앉아선 반항도 없이, 아니 외려 제 손으로 단검을 슥 건넸다. 리볼텔라는 검은 머리를 제 손에 감은 뒤 몇 번 손을 돌려 주저 없이 한 땀 잘라 냈다. 뚝 끊긴 머리카락이 바닥에 떨어져 내렸다.

그녀는 그의 머리를 다듬어 주는 것을 제 의무처럼 생각하고 있는 모양이었다. 열여섯 때부터 조금 길어진다 싶으면 펄쩍 뛰며, 그럴 필요가 없는데도 구태여 그녀가 직접 잘라 주는 것이다. 애 돌보듯. 리볼텔라의 핏줄 불거진, 마른 손이 그의 머리칼을 물결처럼 쓸고 있었다. 앙히에는 그 느낌이 정말 소름 끼칠 만큼 좋다고 생각했다. 육 년 동안 겪어도 매번 눈앞이 깜깜해질 정도로 미세한 진동이 인다. 이유 모를.

"머리칼은 누구에게 물려받았느냐?"

"아, 음, 우리 아버지."

"너희 형님도?"

"형님은 나보단 좀 푸른 기가 있지. 미라이예는 어디의 어떤 피가 섞여도 매번 검거나 검푸르거나……. 도저히 다른 색은 안 나오더라."

"지루한 가문이로군."

그는 상처 받았다는 표정을 과장되게 지었다.

"너! 너도 외르타랑 얼마나 똑같은지 알아? 누가 누구보고 지루하대?"

"핏줄이 강한 것을 어째?"

"나는 지루하고 자기는 핏줄이 강하다?"

"그럼. 왕가의 피니 당연한 것 아니냐."

"외르타도 그런 유대로 자기를 용서할까?"

"……."

뜬금없는 말이었다. 그러나 둘 모두 그 논리를 이해하고 있었다. 한참 전부터 생각했지만, 참다가, 참다가, 결국, 목에 딱 막아 놓은 말을 이기지 못하고 밖으로 쏟아 낸 셈이다.

리볼텔라는 그의 머리를 빗어 내리던 제 손을 우뚝 멈췄다. 혀를 한 번 차고는 꾸짖듯 말한다.

"나는 누구에게도 잘못한 게 없어. 내가 용서받을 일이 어디 있느냐?"

앙히에는 제 말실수를 인정할까 하다가 포기하고 고해했다.

"그래도 그 아이의 딸을 죽이는 거 아냐. 제 자식인데 상심하지 않겠어?"

"앙히에, 난 내 아들을 죽일 수 있었다면 정말 그리했을 거다."

앙히에는 잠깐 얼얼해졌다. 리볼텔라가 그리 생각하고 있다는 것을 깨달은 충격이 아니라, 외르타도 그녀와 똑같이 생각하고 있을지 모른다는 것을 깨달은 충격이었다. 외르타 역시 제 아이를 싫어할까? 리볼텔라는 죽이지 않으면 자신이 죽는 특수한 경우라 그렇다고 쳐도……. 아, 이런, 외르타도 특수한 경우였다. 자신이 증오하는 남자의 아이를 사랑할 수 있을까? 원치 않은 아이에게 애정을 둘 수 있을까? 외르타와 상황은 다르지만, 어쨌든 똑같이 원치 않은 아이를 낳은 리볼텔라는 그를 끔찍이도 싫어하고 있었다.

"리비, 자기라면 그럴 리도 없겠지만, 증오하는 자의 아이를 낳게 된다면……."

"나는 내 손으로 죽였어."

"……."

“앙히에, 내게 아이란 아무것도 아니다. 넌 나를 육 년을 보고도 모르겠나?”

그는 무슨 표정을 짓지 못하고 눈을 몇 번 깜박였다. 그러나 그다음 순간, 앙히에는 리볼텔라의 팔목을 잡으며 그대로 반쯤 뒤돌았다. 그녀는 아직도 한쪽에 칼을 짧게 쥔 채 그를 바라보고 있었다. 그녀의 손이 감싼 곳은 자루가 아니라 칼날이었다. 그리 잡는 모양이 머리칼을 자르기에 편해서 그런 듯싶었지만, 앙히에는 언짢은 얼굴로 단검을 떼어 냈다.

“손 조심해.”

“…….”

“그리고 자기 말은 모두 이해하겠는데, 네 친아들에게까지 그리 심하게 굴지는 마. 필요하잖아. 필요한 사람에게 그리 각박하면 언젠가 피를 볼 거야.”

“잘해 주면 기어오른다. 내 오랜 경험이야. 다 큰 성인들조차 그리 비참한 모습을 스무 해 동안 봤어. 아이라고 다르겠느냐? 나를 공포로 각인시켜 두지 않는다면 언젠가는 나를 넘어설 거다.”

“리비.”

“이야기했다. 공포는 애정보다 효과적이야.”

갑자기 홀의 문이 꽝 하고 열렸다. 리볼텔라가 이곳에 있다는 것을 모르는 자가 없을 텐데 저런 무례함이라니. 앙히에의 칼이 반사적으로 확 솟았다.

그러나 경계할 필요가 없는 사람이었다. 말쑥한 중년 남자. 그러나 얼굴은 도무지 말쑥하지가 않다. 앙히에는 그가 들어온 기세와, 그가 짓고 있는 표정 모두에 놀라 칼을 주섬주섬 더듬어 회수했다.

반 볼랑디스트는 대단히 창백해져 있었다. 앙히에는 그가 저렇게 동요한 모습을 본 일이 없어 순간적으로 뒷골이 뻣뻣해졌다. 항상 여유롭던 자인데. 온몸을 지나는 핏줄이 돌연 무슨 거대한 결절을 만나 응고된 것 같았다. 이것은 자신의 직감조차 되지 못한다. 저 핏기 없는 절망을 보고 같은 불안을 느끼지 못할 사람이 어디 있겠는가?

리볼텔라도 그와 같은 생각을 한 듯했다. 그녀는 약간 낮은 목소리로 물었다.

"무슨 일이야?"

반 볼랑디스트는 뒤집어지는 속을 가라앉히는 양 어깨를 들썩였다. 눈을 꾹 감았다 뜬다.

"롤란드가 없어졌소."

누군가 조이개로 쥐어짠 듯 긴장이 흘렀다. 앙히에는 농담으로 넘기고 싶었다.

"자주 나왔잖습니까? 또 제 어머니를 만나겠다고 성을 돌아다니고 있는 것 아닐까요?"

"사흘째 얼굴을 못 봤다 하오."

"……."

"호위 기사들의 역할은 어쨌든 살수의 감시. 누가 나가는 것에는 큰 신경을 쓰지 않았는데……. 새로 배운 것을 복습하겠노라 온갖 잡동사니와 음식을 싸 들고 도서관에 박혀서……. 사흘째 되는 날 이상하다 느끼고는 기사들이 들어갔소. 아무도 없소. 아무도…… 아무도……. 지금 간 곳이 없다 하오."

"성안을 모두 수색하고……."

"수색하고 오는 길이오."

앙히에는 도저히 몸을 움직일 수가 없었다. 현실 같지가 않다. 내 귀가 거짓말을 들려주는 것이 아닐까? 악의 속삭임이다.

그 아이가 없으면 모든 것이 끝인데.

"말이…… 안 되는…… 도대체 어디로 말입니까? 단지 성안에 있는데 찾을 수 없는 것뿐 아닙니까?"

"아직 확신할 수 없기는 하오……. 샅샅이 뒤지라 했소."

리볼텔라가 왕이 될 수는 없는 노릇, 더불어 그녀는 이미 불임이었다. 게다가 연고 없는 롤란드에게 당최 떠날 곳이 어디 있다는 말인가? 도대체 왜? 무슨 이유로? 정신이라도 나갔나? 나가면 죽는다. 어미가 그 목숨을 지키고 있다는 말은 농담이 아니었다. 롤란드는 리볼텔라의 날개 아래에서만 목을 보전할 수 있는 아이였다.

"……그놈이 어디로 갈 수 있다는 말입니까? 이 성안에서만 자신의 목숨이 안전하단 것을 몇 번이고 세뇌시키지 않았습니까. 사실이기도 하고요. 나가면 그 알량한 목, 발터에게 잡혀 죽습니다."

"아직 아무것도 모르는……."

"이미 아시는 것 같습니다."

"짐작이기는 하지만…… 도저히 말이 안 되는 일이어서…… 나도 믿기가……. 반 게르츠를 따라간 것 같소……."

발터는 이를 갈았다.

"내가 뭘 잘못 보고 있는 건가?"

반 슈체친이 빙그레 웃었다.

"이겼군요."

롤란드가 말했다.

"어머니를 죽여요."

천장 높은 성주의 홀에는 정적만이 자리했다. 팔걸이를 쥔 발터의 손은 덜덜 떨리고 있었다. 어두운 눈도, 감정 없는 입매도 다를 것이 없는데 핏줄 불거진 주먹만 홀로 산 것처럼 선명하다. 그의 꾹 눌러 담긴 시선은 어린 소년에게 머물지 않고 그 뒤에 선 반 게르츠로 옮겨 갔다.

"어찌 된 건가? 보고받은 일 없다."

반 게르츠는 약간의 공명심, 그러나 그보다는 의아함과 당혹이 더 큰 얼굴로 새 주인을 바라보고 있었다.

"저도 떠나기 직전까지는 몰랐습니다. 왕손께서…… 갑자기 자신을 전하께 인계하라 말씀하셨기에…… 함께 온 겁니다. 제대로 된 이야기는 두 분께서 직접 하셔야 할 것 같습니다."

웬만하면 자신의 공으로 돌려, 보다 많은 포상을 차지하려 했을 그조차 별달리 거짓을 자아내지 못한 당황이었다. 오는 동안 보름은 족히 걸렸을 것, 그 긴 시간 내내 배반을 이해하지 못하고 어처구니없다는 시선으로 롤란드를 보고 있었던 것이다. 지금 저놈은 죽을 자리에 제 발로 기어드나? 미쳤나? 자살까지 이리 번거롭게 해?

발터는 옆에선 반 슈체친에게 눈짓을 했다. 그는 고개도 끄덕이지 않고 반 게르츠에게 다가가서, 그를 자연스레 바깥으로 몰아냈다.

발터는 단에서 조금 내려와 롤란드의 몇 발자국 앞에 섰다. 냉정이 기어이 뜯어져 나가, 증오와 분을 담은 눈만 쇠꼬챙이처럼 아이에게 내리박혔다. 그는 너무 낮아서 잘 들리지도 않는 목소리로 말했다.

"네가 왜 여기 있나?"

"……."

"반드시 죽으리라는 사실을 모르나? 너무 모자라 그런 것 생각할 여유도 없던가?"

"각오하고 왔어요."

발터는 이를 부득 갈았다. 시선으로 사람을 죽일 수 있었다면 롤란드는 이미 예전에 넘어갔을 것이다. 의심의 여지가 없는 미움과 노여움.

"죽음을 각오하고 왔다? 그래서, 네 죽음의 대가로 바라는 것이 누님의 죽음이라? 진정 미쳤나? 누님께서 널 살리기 위해 내전을 치르고 계신다는 사실을 인지하지 못하는 건가?"

"틀렸습니다. 당신도 당신 말이 사실이 아니라는 걸 알아요. 나를 왕위에 올리는 것은 목표가 아니에요. 수단이에요. 어머니 본인이 권력을 쥐기 위한 수단이란 말입니다."

그는 폭발했다.

"그럼 그 '수단'이 돼! 네 어미다! 이용당해! 이용당하란 말이다! 문제 있나? 어미 따라 왕위 잘 헤쳐 먹고 평생 사치나 즐기면 될 것 아닌가! 세상에 이것보다 더 만족스러운 '이용당함'이 어디 있나? 네놈의 노력이라곤 손톱만큼도 없이 온갖 호의호식을 할 수 있다는데……."

"전……."

"……후일 권력을 빼앗겠다는 몰염치한 생각이 네게 없다면! 저런 호사를 공으로 받는 인생이 고까울 것 있나!"

"그건 문제가 아니에요……."

"미친놈! 누님께서 널 혐오하시는 이유를 알겠군! 완전히 돌아 버렸다면 차라리 나았을 것을! 돌아 버린 개똥철학만 머리에 들어가 있어!"

롤란드는 제 두 손을 꽉 맞잡았다.

"바로 그거…… 지금의 당신 같은 증오. 나는 더 이상 못 견뎌요. 안 견뎌요. 죽여 버릴 거야."

발터는 정도 이상으로 화가 나자 묘하게 침착해졌다. 머리는 물론 이 아이를 반으로 갈라 놓겠다 벌벌 떨고 있었지만, 몸이 그 흥분을 용납지 못하고 마지막 감속기를 건 듯한 느낌이었다.

"누님께서 널 싫어한다는 사실이 마음에 들지 않는다? 너는 지금 간과하고 있는 사실이 있군."

롤란드는 자신이 '간과하고 있는 사실'이 후일 아들에게 배반당할지도 모른다 생각하는 어머니의 두려움이라고 생각했다. 그래도 못 참는다. 더 이상은 인내할 수가 없다. 자신은 온갖 성의를 다 보여 주었다. 그녀의 아버지처럼 파렴치해지지 않겠다고 맹세하듯 성실하게 복종했다. 그만큼 애를 썼는데도 받아들이지 못했다면 그것은 리볼텔라 자신의 병적인 의심 때문, 자신은 할 만큼 한 것이다. 스스로 그 모짊을 이해할 수가 없으니 이 배반 역시 마땅한…….

"넌 주제를 모르는군. 네게도 감정이 있어? 무슨 헛소리를 지껄이는 건가? 넌 누님께서 왕위에 오를 수 없기 때문에 억지로 만들어 던져 놓은 패에 불과하다. 체스 판의 졸이 감정을 가져?"

롤란드의 얼굴이 하얗게 질렸다.

"넌 아무것도 아니야. 정말 아무것도 아니다. 우리의 기이한 전통만 아니었다면 넌 지금 이 자리에 살아 있을 이유도 없다. 알량한 전통에 간신배처럼 매달려 목숨 보전하는 삶이다. 네 의지라고는 평생 필요가 없어. 그러니 네게는 배신할 자격도 없다. 머리 가진 인간인 척 굴지 마라. 미친놈."

아이는 발작적으로 소리를 질렀다.

"닥쳐! 개소리 지껄이지 마! 죽여 버릴 거야! 이놈이나 저놈이나! 죽일 거야! 죽일……!"

발터의 주먹은 침착했다. 그러나 그 침착에 비해, 힘은 별로 품위 있지가 않다. 성인이라도 턱이 나갔을 만한 무시무시함인데 아이의 여린 뼈가 온전할 리 없는 것이다. 그 작은 몸이 휩쓸리는 모양은 거의 튕겨 나갔다는 착각까지 일으킬 정도로 험악했다.

그는 손을 털지도 않고, 마치 한 번도 주먹을 낸 일 없다는 양 다시 가만히 섰다.

"내게 그따위로 말하고도 살아남은 자는 없다. 입조심해라."

"으으……. 당신이나 어머니나!"

발터는 이번에는 때리지 않았다. 욕이라는 것도 인식하지 못하는 모양이었다. 그 평온함이 롤란드는 기가 막히는지, 피 섞인 기침을 몇 번 하다가 증오스레 내뱉었다.

"자기가 날 짓밟은 결과가 어떤 것인지 어머닌 꼭 봐야 해! 반드시 망가져야 해! 조금이라도 후회하고! 조금이라도 내게 용서를 빌어야 한단 말이다! 단 한 번도, 정말 단 한 번도 날 미워하지 않은 적이 없는! 내 자랑스러운 어머니! 세상에! 나는 그 사람이 원래 아이를 좋아할 수 없는 사람이라 생각했어! 물론 그렇다 해도 용서할 수는 없지만! 나는 보상받을 수가 없지만! 그래도……! 제 누이는 물론이거니와……! 그 앙히에인지 뭔지……! 그 어디서 굴러먹었는지 모를 놈까지 다 끌어안고 좋단 모양은 정말이지……! 걔들이 아이가 아니면 뭐야? 나는 뭐야! 왜 나만 증오해!"

"넌 그치들이 아이로 보이나? 미쳐도 단단히 미쳤군. 정말 미쳤어. 그것들이 두 살배기였더라도 지금의 너보단 똑똑히 처신할 수 있었을 거다."

"입…… 어쨌든 나는 반드시…… 반드시…… 반드시…… 어머니가 내 눈앞에서 죽는 꼴을 볼 거야. 그 뒤엔 정말 죽어도 좋을 정도로 행복할 테니, 그쪽 손을 안 빌리고도 자살할게. 어머니의 목 떨어지는 모습만 보면 돼. 얼마나 내 배반에 치를 떨고, 얼마나 후회하고, 얼마나 반성하는지! 이 눈에 새길 거야! 내가 겪은 경멸이나 미움을 생각하면 그것도 모자라! 하지만 참는 거야! 내가 참는 거란 말이야! 지금 이 배반조차 내가 많이 참아 주는 거라고!"

"이…… 배은망덕한 개자식……."

그것은 사실 아버지를 독살한 아들의 입에서 나오기에는 조금 어색한 말이었다. 롤란드는 그 사실을 몰랐지만, 어쨌든 그같이 무정한 사람이 패륜을 논한다는 사실에는 조롱할 마음이 든 듯했다.

"당신이 어떻게 그 소리를 해? 오스트레반트 도르커 팔메. 몰라? 어? 어? 어머니는 나에 대한 대처를 못한 거야. 이 무력한 내가 게르츠 꽁지에 매달려 탈출할 수도 있다는 사실에 조금도 주의를 두지 못한 거란 말이야. 누구 잘못이야? 어머니 잘못이야. 게다가 이건 자신이 쌓아 온 죄란 말이야! 지금껏 내게 행한 혐오에 대한 대가를 치르는 것뿐이라고!"

"그래, 너 말 잘했다."

롤란드는 갑자기 수그러든 그의 모양이 약간 불안한 듯했다. 그래서인지 방금 전 자신이 얻어맞은 굵은 주먹을 초조하게 바라본다. 그러나 발터는 그를 때리기는커녕, 외려 부드럽게 팔짱을 꼈다. 그 동작에서 제 어머니를 본 롤란드는 속이 울렁여 확 고개를 숙였다.

"오스트레반트 도르커 팔메. 나도 우리의 신조를 따르마."

그는 처음부터 그리하려 작정했다는 듯 조금의 동요도 없었다. 육중한 관악기가 울리듯 무겁지만 가볍게, 유려하게 말한다.

"너를 누님께 강제 송환한다."

롤란드의 어린 뺨에 돌연 핏기가 쫙 빠졌다. 숨이 딱 막히는 모양이다. 그는 더듬더듬 반문했다.

"미쳤어?"

단단히 접힌 팔짱은 풀리지 않았지만, 이번에는 발이 나갔다. 흉악한 힘으로 걷어찬다. 어찌 피할 겨를도 없이 또 맞은 롤란드는 비명을 지르며 바닥을 굴렀다.

"아니. 안 미쳤다."

"당신…… 도대체…… 나만 있으면…… 그냥 이기는 거야! 이 내전을 그냥 이기는 거야! 당신이 왕이 될 수 있잖아! 도대체 어떻게 나를 돌려보내겠단 말이 나와!"

"나는 누님과 정당하게 승패를 가르기로 약속했다. 네놈의 새파란 방해로 깨질 만한 무게가 아니다."

"미쳤어! 미쳤어! 미쳤어……! 그냥…… 날 잡고…… 바로 이기면 되지……."

발터는 이제 대수를 세지도 않고 웅크리고 있는 아이를 발길질하기 시작했다. 이번에는 그 입의 무례를 탓하는 것조차 귀찮은 듯했다. 거북이처럼 웅크린 롤란드에게서 숨 막히는 기침이 터져 나왔다. 바닥에 핏자국이 점점이 떨어진다.

"전하, 그만하십시오. 죽습니다."

그는 마지막으로 한 번 더 차고는 다리를 멈췄다. 아이에게서는 쌕쌕, 상처를 입은 새끼 맹수 같은 소리만 나고 있었다. 반 슈체친은 빙그레 웃으며 발터에게 물었다.

"무슨 말씀이십니까?"

"무엇이?"

"돌려보내시겠다니요? 이분을?"

"그리 말했다."

"전하, 정당한 승패를 부하 장병들의 목숨보다 귀히 여기십니까? 아니, 그 이전에 정당하게 싸워 승리할 확률은 결국 또다시 원점입니다. 승률이 반반으로 돌아온다는 뜻이지요. 왜 구태여 그런 피해를 감수해야 합니까? 이처럼 우리 손에 최고의 패가 들어온 상황에서요? 부디 냉정을 차려 주십시오."

그저 얼음 같은 시선만 도드라진다. 냉정이 아니라, 와장창 부서져 사방 만 곳 모서리밖에 없는 그 매서움이다.

"내가 명했다. 저놈은 송환한다."

"전하, 승기는 잡을 수 있을 때 잡아야 합니다."

"송환한다."

"전하께서도 운이야말로 가장 중요한 승리의 요건이라 하지 않으셨습니까? 그러니 우리는 이제 우리의 행운이 되어 찾아온 왕손을 이용하면 됩니다."

"송환한다고 몇 번이나 말해야 하나? 나는 저놈의 같잖은 놀음에 장단 맞출 생각 없다."

"그 같잖은 놀음이 우리를 이기게 해 줄 겁니다. 1왕녀는 이제 별도리 없이 항복해야겠지요. 수만 개의 칼날이 있으나, 정작 그를 결집할 왕홀王笏은 없다. 끝장입니다."

발터는 이를 악 물었다.

"송환한다."

"무례한 말씀이 될지는 모르겠습니다만, 전하. 저는 지금 처음으로 제 선택에 대한 회의를 느끼고 있습니다. 전하께선 본시 이리 정 많은 분이 아니시지 않습니까? 누이를 아끼시는 마음은 저도 정히 이해합니다만, 그것은 내전을 시작한 직후 잘라 내셨어야 하는 감정입니다. 너무 오래 왔습니다. 어쨌든 최후에는 1왕녀를 죽여야 합니다."

"정당한……."

"정당하게 죽이면 시체에 금테라도 두를 수 있다 합니까? 죽음은 같습니다. 더군다나 1왕녀께서도 저분의 말에 백 번 공감하지 않으시겠습니까? 충분히 주의하지 않은 당신의 잘못이라 무덤덤하게 인정한 뒤, 승자의 발에 입 맞추고 부복하실 겁니다. 왕국이 가장 강한 자의 손에 넘어가게 되었다 안심하며 당신의 목을 바치실 분이란 말입니다."

"……."

"지금 전하께서 1왕녀를 위하시는 것은 그분께 있어서는 치욕입니다. 어처구니없어 하실 테지요. 감히 동정하느냐 화를 내실 겁니다. 이 사실을 진정 모르십니까? 저보다는 그분과 온 인생을 함께하신 전하께서 더 능통하실 것 같습니다만. 그분이 이런 배려에 감사하실 분입니까? 도대체 지금 전하께서 무슨 사고를 하고 계시는지 이 불초한 노마는 도무지 짐작할 수가 없습니다. 빨리 내전을 마무리하고 주변을 경계하는 일이 화급합니다."

계속해서 대답이 없자 반 슈체친은 긴 한숨을 내쉬었다. 희끗희끗한 머리가 잠시 아래로 내려갔다가, 여인의 손을 제치는 부드러움으로 다시 올라왔다.

"전하, 반 게르츠도 이 배반을 알고 있습니다. 우선 함구령을 내려 두기는 했습니다만 얼마나 통할지는 미지수입니다. 그리고 저 역시……."

"……."

"제 입을 끝까지 닫겠다는 약속은 못 드립니다. 반 게르츠가 말하고, 제가 말해 사람들이 알기 시작한다면……."

발터는 뒤돌아 긴 통로로 사라졌다.

앙히에는 제 두 손에 어린 소년의 어깨를 끼운 뒤 초조하게 사람을 기다리고 있었다. 소년은 머리부터 발끝까지 말쑥하게 차려입은 귀족의 모양새였으나, 그 몸가짐만은 그렇지 않았다. 이곳에 머무른 지도 몇 달이나 지났는데 아직도 이 격식 있는 옷의 간지러움을 참을 수 없다는 듯 발을 꿈지럭댄다. 깨끗하게 씻겨 향기가 나는 제 몸과 머리칼조차 역하다고 생각하는 듯했다.

앙히에가 리볼텔라의 명을 따라 찾아온 아이였다. 롤란드가 사라지자마자 주변 걸인 중 밤색 머리칼에 녹안인 사내아이를 아무나 붙잡아 데려온 것이다. 따르는 자들에게는 롤란드가 더 안전한 곳에 보관되었고, 이 아이는 서자라는 둥으로 대충 변명했다. 항상 바깥에 왕손이 얼굴을 내미는 일은 아주 위험하니까, 운운하며.

애초에 동쪽 탑 바깥으로 몇 번 나오지도 않던 그녀의 아들이고, 귀족들 역시 이 말도 안 되는 현 상황을 상상할 수 없는지 신경도 안 쓰고 그저 그러려니 넘겼다.

저 아이가 리볼텔라의 진짜 자식인지는 확신할 수 없지만, 설마하니 그 진짜 자식인 롤란드가 어디로 사라졌다고는 생각하지 못하는 것이다. 경악 이상이니까.

앙히에는 그녀가 무슨 계산을 하고 있는지 헤아릴 수가 없었다. 아무 일 없었던 것처럼 거짓 자식을 내세워 계속 내전을 치르려고? 하지만 롤란드가 정말로 발터에게 갔다면, 그는 그 아이를 공개하고자 하는 유혹을 견디지 못할 것이다. 차라리 롤란드를 죽여 줬으면 좋겠지만 발터가 그만한 바보는 아니고……. 분명 무슨 패로 간직해 두었을 텐데 사건 이후 몇 달이나 지난 지금까지 아무런 움직임이 없는 것이 외려 더 불안했다.

"젠솔."

앙히에는 번뜩 놀라 어느새 제 앞에 선 리볼텔라를 바라보았다. 아이는 느긋하게 답했다.

"예, 어머니."

"이상한 말을 하는 자가 없더냐?"

"이렇게 매번 물어보지 않으셔도 스스로 잘할게요. 매일 확인하는 것 같으세요."

"나도 딱히 이토록 꼼꼼하게 굴 필요는 없다고 생각하지만…… 일상적인 절차니까. 오늘은 되었구나. 일단은 나가라."

그의 몸은 반사적으로 제 손에 쥔 아이를 바깥으로 내보내고, 어디로 보내라 명을 내렸다. 그러나 결국 몸은 마음 가는 곳에 따라오는 모양이다. 그는 제 뒤로 응접실의 문을 꾹 닫은 다음, 다시 안쪽 방으로 들어가려는 리볼텔라에게 다가갔다.

"리비, 말 좀 해."

"음? 내가 언제 너와 말을 안 했느냐?"

"다시 말할게. 이 사태에 대해서 말 좀 해. 자긴 항상 이래. 아무 일도 일어나지 않은 것처럼 평온하다. 외르타 때도 그랬고 지금도 그렇고……."

"딱히 말할 필요를 못 느끼기 때문이다. 끝까지 싸우면 되는 거다. 갑자기 수세가 되었다 해서 그 각오가 변하겠어?"

앙히에는 할 말을 잃었다. 그녀와 똑같은 침착을 차리지 못하는 자신이 부끄러워서일까? 그는 롤란드가 발터 쪽으로 넘어갔다고 짐작하게 된 그때부터 모든 부분에서 한 뼘씩, 시시각각으로 냉정을 잃고 있었다. 하루에도 몇 번이나 등골에 소름이 돋아 이를 악물었던 것이다.

그는 여태껏 단 한 번도 진지하게 여겨 본 일 없는 가능성을 드디어 고려하고 있었다. 자의가 아니라 타의로, 자발이 아닌 강요로. 각다귀들에게 협박받아 떨리는 손으로 증서를 쓰는 무능력자처럼. 심지어 자신은 증서를 썼던 그 순간조차 기억하지 못했다. 정신을 차려보니 이미,

제 발아래 단단히 파묻혀 있던 무언가가 무자비하게 헤쳐져 있던 것이다. 땅속? 땅속이라니? 아니. 그보다는 제 몸속이다. 제 살 안에 물컹하게 묻혀 있던 뼈마디가 공기 중으로 드러난 것이다. 상기할 때마다, 느낄 때마다, 증오할 때마다 아리고 아파 죽을 것 같았으니까.

패배가 현실의 빛깔을 띠고 있었다.

온갖 내장의 물기를 쥐어짜는 느낌이었다. 속이 바짝 마른다거나 입에 침이 마른다 따위로 표현할 수는 없었다. 너무 모자란 묘사라서. 온몸의 유함이 사라져 퍽퍽하게 걸어 다니는 나무 인형 하나. 이 정도는 되어야 지금의 제 몰골을 설명할 수 있는 것이다.

초조하고 불안하다 못해, 앙히에는 난생처음으로 손이 떨린다는 말이 무엇인지 깨닫게 되었다. 어떻게 의도하지 않고도 몸이 움직이느냐 비웃었는데, 심지어 외르타의 그 사정을 알고도 이렇게까지 큰 동요는 겪지 못했는데, 이번에는 정수리부터 긴장과 공포를 쏟아붓는 듯했다.

리볼텔라가 패배하면?

"소모렛에서 전투를 치러야겠다고 말하지 않았느냐? 벌써 가을이야. 발터도 지금까지 많이 참은 거다."

"이런 전심전력이라니……. 지금 자기가 준비하고 있는 것이 자기 세력 전부라는 건 잘 알지?"

"그럼."

리볼텔라는 소파에 장난스럽게 앉았다. 앙히에는 제 목이 매달리는 기분이 들었다.

사실 소모렛에서 대규모 전투를 벌인다 해도, 심지어 그 전투에서 전승했다 하더라도 리볼텔라에게는 남은 길이 없었다. 가짜를 내세우는 것은 정말 말도 안 된다. 롤란드를 보유한 발터 선에서 진실이 공개될 테니까.

진실. '1왕녀에게는 왕위를 이을 사람이 없다.' 그녀가 세력이 크다지만, 애초에 왕좌를 차지하기 위한 싸움이다. 그 왕좌에 오를 사람이 없다면 싸울 이유조차 없는 것이다. 발터는 그리 말하는 것만으로도 리볼텔라를 완전히 무너뜨릴 수 있었다. 적들보다는 외려 그녀 아래 있던 사람들이 더 놀라고 더 실망하여 떠날 것, 모래성처럼 무너질 것이다.

웃기는 것은 이런 상황에서조차 발터를 조금도 원망할 수 없다는 사실이다. 앙히에는 정당하게 리볼텔라를 이기겠다던 그의 드레진 얼굴을 기억했다. 그와 몇 년 동안이나 이것저것을 튼 앙히에로서는 지금 상대 역시 미치기 직전이라는 사실을 무척 잘 알았다. 자신의 휘하 세력들 때문에 롤란드를 없던 일인 체하지도 못할 것, 떠밀려서, 이를 갈면서.

반 게르츠도 원망의 대상이 아니다. 그 얼간이가 롤란드를 데려간 것이 아니니까. 롤란드가 떠난 뒤 반 볼랑디스트는 행여 무엇이라도 발견할까 싶어 그의 압지들을 모두 뒤졌다. 그리고 이내, 미처 다듬어 두지 못한 쪽지 하나를 발견했다. 그 내용은 구태여 언급할 필요가 없다. 단지 명확한 결론. 롤란드 자신이 가겠노라 요청했다는 사실.

롤란드를 원망하라? 그렇지. 그리 생각하자 드디어 원망할 대상이 제자리를 잡은 듯했다.

제 어미를 배반하고 발터에게 달려간 이 패륜아. 자신이 죽을 것을 뻔히 알면서도 어머니를 같이 잡아먹을 수 있다면 족하다고 말하는 정신나간 증오.

하지만 그 아이가 왜 그리했는지 생각한다면, 결국, 자신이 인정했던 리볼텔라의 과오로 돌아오는 것을.

"필요한 사람에게 그리 각박하면 언젠가 피를 볼 거야."

피를 봤다.

"앙히에, 그리 걱정하지 마라. 내가 달라진 것이 있느냐? 우선 소모렛에서 대규모 전투를 치른다. 그에 내가 끝장나면 그건 그것대로 좋은 거고, 내가 이기면 그건 그것대로 좋은 거고."

"설명해 줘."

"내가 끝장나면 구태여 롤란드에게 신경 쓸 필요가 있겠느냐? 이번 한 번에 내 모든 사력을 쏟고 있으니, 그것이 무너진다면 나도 끝이다. 내가 이기면……."

그녀는 잠깐 말을 끊었다. 앙히에는 참지 못하고 다음에 이어질 자명한 결과를 내뱉었다.

"발터가 롤란드를 공개하겠지. 사형대에 매단 채로. 그리고 자기가 롤란드를 낳은 이후 내내 불임이었다는 사실도 지적할 거야. 리비, 네게는 정당한 후계자가 없다고 말할 거란 말이야! 끝이야, 그럼……."

"아니야, 그렇지 않아. 방도가 있어."

앙히에는 눈썹을 치켜 올렸다. 그러나 리볼텔라는 묘하게 웃을 뿐 답을 주지 않았다. 그는 이것만큼은 도저히 뭉뚱그려서 넘어갈 수 없었기에, 육성으로 물었다.

"그 방법이 뭔데? 타개책이 있어?"

"……내가 이기면 나는 지금 저 아이를 정말 내 아이라 우기면 된다. 젠솔. 젠솔이 내 둘째 아들이라 우기면 돼. 강자의 억지는 그 자체로 진실이기 때문이다."

"……."

"롤란드가 너무 어리석어서 우리의 왕으로 삼기가 두려웠다고. 그래서 왕국을 아끼는 이 왕녀가 눈물을 머금고, 혼외정사로 태어나 추문을 두려워한 까닭에 숨겨 두었던 서자를 보이는 거라고. 내가 수도에 있을 적 그리 방탕했으니 그다지 의심스럽지는 않은 말이지. 발터도 이 사태를 예견할 수 있다. 이 난장판을 예상하여, 저가 소모렛에서 패배한다면 롤란드를 고스란히 내놓을지도 모르지. 자신에게는 희망이 없고 누님에게는 억지를 쓸 마음이 다분한데……. 내가 권력을 차지한다면 어디서 왔는지 모를 저 근본 없는 핏줄이 감히 왕계를 억누를 것, 이것을 짐작하는 거지. 젠숄이라는 아이는 결국 우리와는 다른, 완전히 새로운 피니까……. 그 사실을 저어하여 그래도 같은 왕실의 피가 섞인 롤란드를 왕으로 세우자, 그런 양보로 내어 줄 수 있을 것이다."

앙히에는 그것이 진담인가 멍하니 생각했다. 물론 상당히 현실성 있는 논리라는 사실은 인정했다. 리볼텔라가 젠숄을 잡아채는 손은 굉장히 빨랐다. 롤란드가 없어진 지 사흘 만에 즉각 붙들어 와 제 자식인 체했던 것이다. 젠숄이 귀족이나 양가의 자식이었다면 누군가 추적에 성공할 수도 있었겠지만, 그 아이는 철저하게 바닥에서 기어 올라온 자였다. 수만 곳을 구른 앙히에 자신이 보장했다. 누구도 그 핏줄을 추적할 수 없으리라. 난데없이 뚝 나타났다고 비난할 수는 있겠지만 그것은 근거 없는 조롱쯤에서 끝날 것, 젠숄은 안전하다. 그러니까, 리볼텔라가 소모렛에서 승리한다면.

"리비, 너 그러면 롤란드 처리는 어떻게 할 거야?"

"이겼을 경우에는 그때 가서 생각하기로 하고. 내가 패배한다면……. 앙히에, 난 자결은 안 한다. 발터가 숄렘의 연회를 차려 주겠다고 약속했을뿐더러, 롤란드의 죽음을 볼 의무가 내게 있으니까."

"……"

"제 죄를 반성하는 비명을 안주 삼아 숄렘의 연회를 즐길 것이다."

"……기대하지 않으니 실망할 것도 없다며? 그 아이에겐 뭐가 달라? 배반하지 않으리라고 기대했단 말이야?"

앙히에는 예전, 아주 예전 외르타 이야기를 하면서 리볼텔라가 말해 주었던 그녀 자신의 인생관을 기억했다. 누구에게 무엇도 기대하지 않으니 어떤 배반을 당해도, 어떤 증오를 받아도 조금도 개의치 않는다고. 그대로 입 밖에 냈다.

리볼텔라는 조용히 웃었다. 그것은 어쩐지 상대를 멋쩍게 하는 연잎이었다. '아직도 깨닫지 못했구나.' 그러나 육 년이 지난 지금 그녀는 이제 그 몰이해를 탓하지 않았다. 차이를 인정하고 다른 사람으로서 보듬어 주는 것이다.

"그 아이가 배반할 거라고는 사실 생각 못했다. 자기 목까지 내놓고 나를 죽이려 할 줄 내 어찌 짐작했겠느냐? 하지만 롤란드에게 배반당했다 해서 내가 상심했느냐, 배신감에 치를 떠느냐, 원망하고 증오하느냐 하면, 그것은 사실이 아니다. 나는 그 아이 때문에 변한 것이 하나도 없어. 원망도 증오도 노여움도, 전혀. 그러니 그 아이에게 박하게 대한 나 자신에게도 조금의 후회도 없다. 앙히에, 누누이 말하지만 나는 용서받을 일도, 뉘우칠 일도 없어. 평생 그럴 거야. 나는 내 삶, 내가 한 모든 일에 만족한다."

"……."

"각설하고. 하지만 그 아이에게 아무런 감정이 없다 한들 내가 받은 피해를 무시할 수 있겠느냐? 롤란드도 내게 등 돌리며 그만한 각오는 하지 않았겠어? 배반당한 보상은 해 줘야지. 처벌은 발터가 도와줄 거다. 사실 나는 발터가 아직까지도 롤란드를 공개하지도 죽이지도 않은 것이 바로 이 때문이라고 생각한다. 공개한다면 그 즉시 죽여야 하는데…… 그러면 내가 패배했을 시 내 눈앞에서 찢어 죽일 수 없으니까. 만나지 않았지만, 조금의 대화도 나누지 않았지만, 나는 발터를 안다."

승리할 경우도, 패배할 경우도 전부 논리정연하고 완벽하다. 앙히에는 그녀의 이런 무감정한 계획을 들으며 자신 역시 마음을 가라앉히려 노력했다. 그녀가 이겨도 져도 상관없다는 평정을 기르고자 애썼다. 그러나 불안의 불씨는 도무지 꺼지지가……. 앙히에는 갑자기 사레가 들린 나머지 여러 번 기침을 하다가, 간신히 묻고 싶은 것을 물었다.

"리비, 쿨럭, 쿨럭, 자기가, 쿠울럭, 패배하면……."

"그때 외르타는."

그는 순간 철렁했다. 바로 눈치챈 것이다. 온 힘줄이 내려앉는 줄로만 알았다.

"내 손을 넘어간다. 미안하지만 나는 그 아이를 더 이상 도울 수 없다. 발터는 외르타를 돕기는커녕 반드시 죽일 거야. 제 누이와 조카의 시신을 보내라 라르디슈에 가장 강력하게 요구할 거다."

"아니, 그 사람은 무슨 피해 의식이라도 있나? 왜 항상 그렇게 잔인해……."

"발터는 모든 것을 두려워해."

"외르타 그 애가 한 왕국의 왕인 저한테 무슨 해라도 끼칠까 전전긍긍한다고? 정도를 넘은 것 아니야?"

"정도를 넘었다니? 아니야. 좋은 성정이야. 경계야말로 왕의 가장 훌륭한 덕목 아니겠느냐. 그러니 내가 누누이 말하듯, 나에게서 모자란 부분을 채운 아이가 바로 발터란 거지."

"리비, 넌 모자란 곳 없어."

그 딱 부러지는 목소리에 그녀는 소리 내어 몇 번 웃음을 터뜨렸다. 소파의 팔꿈치를 턱턱 치며 유쾌해 한다. 그러나 그 미소를 지우지 못하고 나온 그녀의 말은 상당히 단호했다.

"객관적으로 봐. 앙히에, 나도 만인을 적 보듯 조심한단 말이야. 하지만, 만사를 주의하는 발터와 다른 점, 내게는 허점이 몇 개 있다."

"……."

그는 침묵으로 질문했으나 그녀 역시 침묵으로 답하려는 듯 조용하기만 했다. 물론 앙히에는 기어코 전전긍긍 그녀의 허점을 캐묻기 위해 입을 열었다. 리볼텔라는 손사래를 치며 그를 틀어막은 뒤, 굉장히 성의없이 말했다.

"아, 정확히 세 개군. 외르타, 발터, 너."

급조한 듯한 허점이었다. 그러나 그는 믿었다. 앙히에는 이 몇 달 만에 처음으로, 어정쩡한 미소나마 씩 지어 주었다.

"외르타도 사실은 죽여야 해. 우리 왕실의 논리에 대입한다면, 그 아이의 딸만 죽인다고 이 모든 사태가 해결되는 것은 아니니까. 외르타까지 끝내야 완벽한 끝이다. 하지만 나는 그 아이에게 물러져서…… 도무지 죽이라 할 수 없다. 그 고통을 겪었으니 이제부터는…… 아니, 내 이기심이겠지만 계속 그 고통을 겪고 살더라도…… 살아 있는 게 낫다. 살아 있으면 괜찮아."

"……."

"발터는, 음……. 우리 각자가 상대에게 대단한 약점이라서, 서로서로 그것을 노리고 있다. 내가 그 아이를 사랑하고 그 아이가 날 사랑한다는 것은 우리 둘 중 누구도 부정하지 못하니까. 그 애정에도 불구하고 이렇게 죽이려 든다는 것…… 너는 이해할 수가 없겠지. 왕을 가리는 것이 우리의 의무라는 단순하고 조야한 말로 설명할 수도 있겠지만, 그냥 관두자."

"……."

"그리고 너, 앙히에 너, 만약에 내가 아닌 발터에게 충성했더라면 넌 지금쯤 뼛가루도 안 남아 있을 거야."

"미라이예라 고해했으니까?"

"그럼, 그럼. 절대 가만히 내버려 둘 수가 없지. 발터라면 쥐도 새도 모르게 죽였을 테지. 하지만 나는 그럴 수가 없었다."

"……."

"음, 왜 그럴까?"

"난 외르타와 동갑이야. 아이 보듯 키운 것 아니야?"

리볼텔라는 손짓하여 그를 불렀다. 그는 그녀 옆으로 다가가 소파에 털썩 떨어졌다. 그녀는 무료하다는 기색으로 그 어깨에 기대더니 위를 보며 한숨을 탁 터뜨렸다. 롤란드의 배반을 보고도 미동조차 없던 숨이건만. 그녀는 이것이 아니라 생각하는 듯 아주 작게 고개를 저었다. 어깨에 그 움직임이 닿아 있지 않았더라면 앙히에조차 느끼지 못했을 그런 사소함. 그 둘이 서로 기댄 모양은 꼭 암사자와 그에 긴장한 표범처럼 보였다.

그녀는 그리 기운 채 중얼거렸다.

"그건 아닌 것 같다. 내가 널 아이로 봤다면 이처럼 자꾸만 사지로, 사지로 내몰겠느냐. 게다가 너, 날 처음 봤을 때에도 그리 작지는 않았다."

"음."

"동지? 모르겠어. 사랑? 모르겠네."

앙히에는 말할 때마다 조금씩 진동하는 그녀의 목덜미가 마음에 들었다. 바람을 넘겨받듯 어깨가 함께 떨리고 있었다. 싸움 같은 것에는 머리가 아프다. 그녀와 함께하기 위해서라면 그 싸움이 어쩔 수 없는 조건이라는 사실을 알지만, 그래도 이런 평온이 좋다. 항상 그러했다.

돌연 리볼텔라가 불쑥 말했다.

"앙히에, 키스해 봐."

앙히에는 즉시 못 들은 척하려고 했다. 그러나 리볼텔라는 그가 무시할 수 없도록 상대의 두 뺨을 잡아 제게 향하게 했다. 그는 표정을 어찌 수습해야 할지 고민하다가, 그 고민하는 얼굴이 더 놀란 것처럼 보일 것 같다는 자각에 다시 여섯 배쯤 더 당혹스러운 기색이 되었다. 입을 열었다, 닫았다, 간신히 열었다. 딱 한 마디.

"놔."

"해 봐. 동지라면 몰라도 사랑은 이걸로 구분할 수 있겠다."

"리비, 놔……. 좀……."

"이런. 늙었다고 냉대하기냐?"

앙히에의 새파란 눈이 느릿느릿 깜박였다. 저리 은근한 모양을 보면, 눈에서 눈으로 흘러내리는 정체 모를 유성이라도 있는 것 같다.

"늙긴 누가 늙어. 자기 옷자락만 만지게 해 준대도 뒤집어질 것들, 바깥엔 많아."

"영광이군. 그러니 해 보렴."

"……이상해."

"뭐가?"

"그냥……. 음……."

리볼텔라는 제가 반문할 필요가 없었다고 생각했다. 이상하다고 말하는 앙히에가 그녀의 손을 잡아 내리고 있었기 때문이다. 상대의 팔을 가지런히 내려놓은 손은 즉각 그녀의 목덜미로 올라가 턱 선을 감싸 올렸다. 말이 늘어지면서, 그의 고개가 기울었다. 그림자가 떨어진다.

그녀는 능숙한 손길을 느끼며 문득 이놈을 때려 줘야겠다고 생각했다. 어디에서 비롯된 괘씸함인지는 잘 모르겠다. 앙히에의 숨에는 아무런 향이 없었다. 그러나 그 뜨끈함. 바로 입가로 가지 않고, 긴장했는지 이마에 먼저 닿았다. 리볼텔라는 감상했다. 이마, 관자놀이, 눈꺼풀, 눈매, 콧날, 콧볼, 뺨, 인중, 입가, 턱 선, 귀밑. 입술로 제 얼굴을 읽어 내는 모양이었다.

앙히에는 다시 입가로 올라와 약간 멈칫했다. 벼랑에 매달린 위태로움으로 그 입매, 조각달의 끄트머리에 대롱대롱 붙어 있었다. 감히 더 나아가지를 못하는 모양. 리볼텔라는 잔뜩 내리깐 앙히에의 눈을 바라보았다. 몰래 도망치는 것처럼 조심스러운 시선이었다. 그처럼 얼마간 기다리던 리볼텔라는 그냥 고개를 움직여 버릴까 생각했다.

그러나 그 순간 갑자기, 전조 없이 누군가 문을 두드렸다. 앙히에는 천천히 그녀에게서 떨어져 나갔다. 그녀의 등을 받치고 있던 손이 올라와 자세를 다듬어 주었다. 그는 그리 물러난 뒤 제 턱을 쓸었다.

입을 맞추지도 않았으면서 뻔뻔스레 말한다.

"라일락 맛이 나."

리볼텔라는 가소롭다는 듯 웃음을 터뜨렸다. 노크 소리가 조금 더 빨라졌다. 그녀는 웃는 채로 들어오라 말했다. 시종은 감히 이 자리에 있는 것조차 송구스럽다는 양 재빨리 무슨 봉투를 바치고 총총 나갔다. 그녀는 그리 빙그레 웃고 있는 상태에서도 건네받은 하얀 봉투를 보자마자 약간 안색이 변했다. 뜯어 볼 생각도 하지 않은 채, 앞에 앉은 자가 볼까 두려운 것처럼 품에 넣었다. 앙히에는 의구심 섞인 눈으로 그것이 사라진 곳을 바라보았다.

"그거 뭐야?"

"음."

"인장이…… 봤던 것 같은데……. 내가 어떻게 익숙할 수가……."

"으으음."

"줘 봐."

"안 돼."

그녀는 날아오는 새를 피하는 것처럼 허리를 뒤로 젖혔다. 그러나 앙히에는 그에 굴하지 않고 그녀 위로 엎드렸다. 민망함은 느낄 겨를도 없다. 그 얼굴에 쓰인 엄중함이 상상을 초월했으니까. 앙히에는 기필코 저것을 읽어야겠다고 판단했다. 내용까지는 필요 없다. 다만 그 인장. 인장을 다시 봐야 이 숨 막힌 속을 풀 수 있을 것 같았다.

"내용 안 볼게. 겉봉만 볼게. 당장 내놔."

"안 돼."

앙히에는 더 이상 말로 요구하지 않았다. 그 팔뚝이 리볼텔라의 어깨선을 짓누르고, 작은 빗자루처럼 손이 얽혀 들어가더니 방금 전 서신이 들어간 자리를 찾았다. 리볼텔라는 그 무지막지한 힘에 반항 자체를 포기했다. 앙히에가 그녀의 그 자포자기한 얼굴을 보았다면 대단히 놀랐을 테지만, 그는 사실 그 편지에 온 정신이 집중되어 있는 상태였다. 시야가 좁아지며 제 손에 쥐여 나오는 흰 봉투만을 보고 있었다. 제 눈앞까지 오기도 전인데, 벌써부터 선연한 인장.

그는 그것을 보는 순간 얼굴이 하얗게 질렸다. 즉각. 보는 것, 깨닫는 것, 공포. 모든 것이 찰나였다. 앙히에는 정갈히 흰 봉투에 찍힌 붉은 인장이 누구 것인지 정말 잘 알았다. 제 눈앞으로 그 우아하던 여후작이 옷자락을 한 번 휘두른 것 같다. 누군가 등을 떠민 듯 반사적으로 내뱉었다.

"자멘테……."

자멘테 후작 본인만이 쓸 수 있는 독특한 테두리는 없었다. 그러나 그에 속한 소영주임을 나타내는, 자멘테와 같고, 그보다는 조금 작은 문양. 뒷골이 뻣뻣해진다. 해면에 잔뜩 먹힌 목소리가 나왔다.

"너…… 딤니팔을……."

"네 입장이 난처해질까 저어하여 말하지 않았다."

"그 문제가 아니라…… 너, 외세와 손을…… 이래서야 발터도 도저히 널 살릴 수가……."

리볼텔라는 그녀로서는 드물게도 충격을 받은 얼굴이 되었다. 앙히에는 그 눈을 보고는, 순간 자멘테의 인장을 본 제 동요를 잊었다. 너무 지독한, 부주의 따위로 넘길 수 없는 말실수를 했기 때문이다. 그 몇 마디, 고작 그 몇 마디. 그러나 그것은 그가 리볼텔라의 패배에 대비하여 어떤 생각을 가지고 있었는지를 너무 적나라하게 보여 주었다.

리볼텔라가 패배해도, 발터는 감히 그녀를 죽이지 못할 것이다.

그 저의를 자신이 먼저 보이고 말았다. 스스로 최악의 최악을 상상할 때마다 미치지 않기 위해 마지막으로 붙드는 희망 줄. 묻지 않아도, 답을 듣지 않아도 안다. 발터는 그녀를 못 죽일 것이다. 분명하다. 틀림없다. 자신과 똑같다. 여자라는 이유로, 더 이상 아이를 갖지 못한다는 이유로 악착같이 그 생명줄을 붙잡으리라. 빌어서라도, 억지로라도 생을 살게 만들 것이 아주 뻔했다.

물론 그것은 리볼텔라에게 있어서 굉장한 치욕이었다. 그 대우를 받아들이는 순간 그녀는 더 이상 내전 참가자가 아니게 된다. 목을 걸기는커녕 고작해야 심심풀이쯤으로 왕위를 욕심낸 파렴치한이 되는 것이다. 리볼텔라는 자신이 양보받는 상황이 온다면 경기를 일으키다 못해 거품까지 물 사람이었다.

앙히에는 그 내심을 들켰다는 생각에 오한이 쭉 끼쳤다. 그것은 공포보다는 불쾌감에 가까웠다. 견딜 수 있다. 그는 가까스로 그래도 제 말이 옳다고 자리매김했다. 리볼텔라는 살아야 한다. 살아야 했다.

그런데 그리 확고히 다짐하자, 이번에는 아주 다른 종류의 오싹함이 돋아나기 시작했다.

딤니팔과 내통했다고? 누군가 얼굴 가죽을 할퀴어 벗겨 낸 양 아팠다. 홧홧하고 경황이 없어 미쳐 버릴 지경이었다. 외세와 손을 잡는 것은 게외보르트가 내전에서 용납하지 않는 유일한 사안이었다. 용납하지 않다 뿐이랴? 용서하지 않는다. 기록에서 완전히 파계시킨다. 왕계에 남기지도 않을 것이다. 내전에서 패사해도 명예로운 패배자가 될 수 없다. 아니, '누구'도 못 된다. 왕가의 금록에서 멸적되기 때문에. 왕국의 사서에서나 거열형에 처해 마땅한 등등의 흉악한 욕설을 맞으며 등장할 따름이다.

발터가 아무리 원한들 이래서야 살릴 방법이 없다. 딱 하나 있는, 가장 중한 금기를 어겼으니까. 앙히에는 목이 메는 것을 느꼈다.

"도대체…… 왜 이랬어? 언제부터? 뭘 얼마나 받았어? 돈? 무기? 군사도 받았어? 자멘테를 휩쓸었는데 브레타냐를 가만히 내버려 뒀을 리 없지. 브레타냐도 건드렸어? 자멘테까지는 폐하께 빌어서 내가 묻을 수 있어. 하지만 십이공회원이 둘이나 되면 힘들어……. 브레타냐도 건드렸어? 제발 아니라고 말해……. 제발……."

"이것 먼저 따지고 들어가자. 발터가 날 살려 준다느니 하는 건 무슨 헛소리냐?"

"그딴 건 상관없어! 이게 중요해! 언제부터야? 얼마나! 자멘테랑 브레타냐 둘 다야? 설마 본잘도?"

"발터는 날 죽일 거다."

앙히에는 화가 머리끝까지 솟아 그녀를 끌어 올렸다. 그녀는 그리 캐묻고도 그다지 화가 난 기색이 아니었다. 앙히에는 그 평온한 모습에 더 끔찍한 사실을 깨달았다.

그는 온몸에 힘이 풀려, 잡아당겼던 그녀의 손마저 떨치고는 제 얼굴을 짚었다. 잔뜩 눌린 목소리가, 제발 사실이 아니기를 바라며, 그러나 확신을 담은 채로 흘러나왔다.

"의도했구나."

리볼텔라는 죽음을 목전에 둔 앙히에에게 몸을 굽혔다.

"지금까지 몽땅 헛소리했어, 리비 너. 소모렛에서 이겨? 이길 경우에는 이러저러하게 한다고? 미쳤지. 그걸 곧이들은 나도 미쳤지. 이기기 위해 전투를 발발시키는 것이 아니었어. 아, 내가 이걸 왜 이제 깨달았나. 미쳤어, 미쳤어……."

그녀는 달래듯 그 손에 자신의 손가락을 얹었다. 그러나 그는 아예 느끼지도 못하는 모양이다. 그리고 한 마디 한 마디에 뚜렷한 좌절이 담긴 듯 이야기한다.

"발터에게, 그 휘하 귀족들에게, 외세를 끌어들였다는 것을 보여 주기 위한 무대였군, 소모렛은. 미쳤어. 진짜 미쳤어. 말이 안 돼. 어떻게 이래, 너…… 도대체 왜 이랬어? 응? 언제부터 이랬어? 왜?"

"앙히에."

"롤란드를 빼앗긴 직후 패배를 각오했구나. 당연하지. 나도 그렇게 생각했으니까. 하지만 다른 사람들까지 그리 생각하게 둘 수 없으니, 어디서 이상한 부랑아 하나 데려와서 방금 전 내게 들려준 논리를 똑같이 지껄인 거야……. 자기 의도를 감출 수 있도록……."

"……."

"도저히…… 현실 같지가……. 너도 발터가 널 살리려 애쓸 것을 알았구나. 패배자인 자기를 반드시 죽이라고 일부러 딤니팔을 끌어들여서…… 선을 그은 거야. 목숨 붙여 둘 생각 말라고 경고한 거야."

"……."

"널 살려 두지 말라고…… 발터에게 아주 공개적으로 선언했어. 이제 절대 못 살려, 그놈도. 어떡해. 너 왜 그랬어? 도대체 왜? 발터가 살려 준다면 살면 될 것 아냐. 왜 그랬어? 발터도 못 살려. 죽여야 해. 널 죽여야 한단 말이야. 너 왜 네 손으로 사형 선고를 내려……."

리볼텔라는 그의 얼굴을 덮은 손을 잡아 내렸다. 그 얼굴은 절망 자체였다. 그녀는 그와 눈을 마주치기 위해 노력했다. 하나 벽안이 덜덜 떨리고 있어 쉬운 일이 아니었다. 그녀는 숨길 것이 남지 않은 사람들이 흔히 그러하듯 소탈한 태도로 입을 열었다.

"그래, 인정해."

"……."

"나는 북부를 빼앗긴 시점에 여러 사정이 있어 골치가 아프던 상태였다. 내가 너무 남쪽으로, 기반이 전무한 상태로 내려갔기 때문에 군사는 많아도 재원이 없었어. 북부의 부로 메우던 군자금을 어디서 끌어오나. 빼앗긴 곳을 먼저 되찾아 다시 자금줄을 댈까. 하지만 그리 북녘에 치중한다면 내 동부는 어찌 수호하지? 그래서 일단 남부로 가야겠다고 결심한 와중, 롤란드가 배반했다는 말을 들었지. 여기서 이야기는 다 끝난 거다. 끝이야, 끝. 나는 패배를 인정해야 했다. 도저히 더 잇지 못하리라고 판단했다. 즉각 젠솔을 들이기는 했지만 이것도 임시방편이다. 깃대가 없다는 것을 안 사령부가 얼마나 발작할지 모르는 일이라, 롤란드가 안전한 곳에 있다 말한 뒤에도 전시용으로 하나 만들어 두어야 했다. 젠솔은 그 용도로 끝이야. 그 아이를 옹위하는 것은 말도 안 되는 일이다."

여상히 진실을 털어놓는 사람이었다.

"왕가의 신관이 있어. 의심스러운 자는 판별할 거다. 발터가 소원을 제기할 거야. 롤란드는 제 손에 있고, 누님은 그를 낳은 이후 불임이 되었는데 아들이 또 있다니 이상하다, 핏줄을 가려 달라 하면 기꺼이 가려줄 거라고. 승자는 명확하지."

숨이 퍽퍽하니 잘 쉬어지지가 않았다.

"그 패배를 깨달은 뒤 내가 준비해야 할 것은 마무리였다. 그것은 롤란드가 빠졌다는 것을 유일하게 알고 있는 다섯 귀족, 내 수뇌부도 인정했다. 어찌 되었든 수하들은 지금까지의 재산을 보전하니까. 죽음 뒤엔 그것이라도 남겨 두어야지. 그래서 세력을 보강하기 위한 딤니팔 이야기가 나왔다. 내가 제안했지. 즉각 시행되어서 오월 중순에 첫 사절이 갔어."

"지금이 구월인데…… 벌써…… 네 달이 넘도록……. 딤니팔 이야기는 얼마나 알아?"

"당연하지만 사령부 전부가 안다. 너한테 내가 이것을 숨기라 명한 건…… 네가 판 전체를 뒤엎을 만한 능력이 있다고 봤기 때문이야. 미라이예의 일원? 그 증명을 보여 주고, 1왕녀 쪽은 끝물이니 파토 내라 하면 어느 딤니팔 귀족이 반발하겠나? 외려 고마운 정보를 알려 준 네게 감사했을 거다. 사실은 내가 그치들을 속여 먹은 거니까. 아직까지 세력이 멀쩡한 체, 승률이 반반인 체."

"그리고…… 리비 너는…… 발터에게 널 살려 두지 말라는……."

앙히에는 도저히 말을 잇지 못했다. 리볼텔라는 그의 무릎 위에 얹힌 제 손과 그의 손을 동시에 꽉 맞잡았다.

"부정하지 않겠다."

"……."

"발터는 나를 살리고자 애쓸 거야. 그 주제넘음은 용납할 수 없어. 패배자는 죽어야 한다."

눈물이 터지지 않는 것이 기가 막힐 정도였다. 손에 꼽게 울적해서 이제는 어디를 어떻게 움직여야 눈물을 자아낼 수 있는지조차 알 수 없는 모양이다. 리볼텔라는 차분하게 설명했다.

"딤니팔을 끌어들여 갈 수 있는 데까지 가 보자는 수뇌부와는 달리 나는, 발터에게 나라를 온전히 남겨 줘야겠노라 생각했다. 어차피 소모렛에서 이긴다 해도 롤란드를 빼앗긴 이상 내게는 큰 가망이 없지 않겠느냐. 그러니 일찌감치 세력을 넘겨 다음 대 왕의 기반을 남겨 주려는 거지. 이런 내 생각을 오대 귀족이 알 리 없으니…… 그들은 내가 일부러 딤니팔을 드러내리라고는 상상을 못할 거다. 외세를 끌어들여 최대한 싸울 줄 아는 거지. 아니야. 딤니팔은 내 자살용으로 쓰고 바로 버린다. 내가 조금이라도 딤니팔을 보인다면 그런 냄새는 기가 막히게 잘 맡는 반 슈체친이 이때다 하고 득달같이 달려들 거고, 그러면 금줄로 유폐된 3왕자, 2왕녀들의 세력들이 나를 진압하는 데 참여하게 된다. 그때 고상하게 항복하면 돼. 그저 전투 하나."

도저히 무슨 말을 할 수가 없다. 제 죽음을 이야기하는 냉정. 사람이 잔인해도 어쩌면 저렇게 잔인할 수가 있나. 발터도 그녀의 세력에서 딤니팔을 본다면 절망에 가까운 감정을 느끼겠지. 외세를 끌어들인 누이, 도저히 살릴 수 없을 테니까. 맙소사. 무덤 자리를 봐 두고 있었어. 리비. 리비. 리비. 너 도대체…….

시야가 가장자리부터 까맣게 흐려지고 눈앞이 점점 어두워지는 것이 꼭 죽을 것만 같았다. 정신은 말짱한데, 눈도 멀쩡히 뜨고 있는데, 광각만 좁아지면서 세상이 깜깜해지려 한다. 앞이 안 보이니 소리 역시 점점 멀어지는 듯 희미했다.

"앙히에!"

그는 번쩍 정신을 차렸다. 리볼텔라는 그의 뺨을 툭툭 치고 있었다. 그 손이 움직이고 있다는 사실이 신기했다. 살아 있어? 하긴. 무덤에 묻히기까지는 살아 있어야겠지. 그녀는 버릇처럼 그의 두 뺨을 감싸고는 엄하게 말했다.

"이래서 내가 걱정했어. 말하기 싫었단 말이지."

"……."

"이러지 마. 너만 힘들다. 나는 멀쩡한데 주변이 고되면 이 무슨 추태냐? 사령부가 내 죽음을 각오한 뒤에도 어디 평소와 다른 눈으로 본다더냐? 냉정을 잃지 마라."

"……."

"너 이것 듣고도 소모렛에 나갈 수 있겠어? 그냥 그날은 빼 줄까?"

앙히에는 멍하니 대답했다.

"나갈게."

547년 9월 17일, 18일.

게외보르트 동부 브레덴디에크 주 소모렛.

전투에서 1왕녀는 2왕자에게 승리했다. 그러나 2왕자 측은 1왕녀의 군사에 딤니팔이 개입한 흔적을 발견했다. 그들은 전투 이후 분연히 치죄를 논하며, 이미 패하여 자신들의 본거지에 유배당했던 3왕자와 2왕녀의 세력을 불러들였다.

1왕녀 측은 소모렛의 승리로 얻은 이득보다 소모렛 이후, 적들의 결집으로 본 피해가 훨씬 컸다. 두 남매는 이미 여러 해 동안 수많은 전투를 치른 상태라, 한쪽이 새로운 피를 수혈하자 적을 압도할 수 있었던 것이다.

외세를 끌어들인 1왕녀는 더 이상의 재기가 불가능해졌다. 때문에 계승 내전의 종막이었던 소모렛은 1왕녀의 승리로 끝났음에도 불구하고, 여타 다른 영향들을 종합한 결과 2왕자의 승리로 여겨졌고, 이내 그리 굳었다. 1왕녀의 마지막 패인이 '소모렛의 패배'가 된 것이다.

리볼텔라는 창가에 기대어 선 앙히에를 발견하고는 깜짝 놀라 다가갔다. 그 위태로운 모양이 꼭 바깥으로 떨어지려는 자살자처럼 보였기 때문이다. 경황없이 손을 뻗고 난 뒤에야 그에게 단단히 잡힌 창틀을 보았다. 그녀는 약간 머쓱해져 팔을 거두었다. 문득 엉망진창으로 매여 있는 그의 칼이 마음에 걸렸다. 그녀의 손은 앙히에를 잡는 대신 그의 칼자루를 부드럽게 풀어냈다. 그는 그제야 고개를 돌려 그녀를 바라보았다.

"이 칼로 소모렛을 견뎠다니 어처구니가 없군."

그는 입을 꾹 다문 채 그녀가 하는 양을 보고 있었다. 리볼텔라는 성의 없는 동작으로 자신의 칼을 그의 것과 바꿔 달았다. 코흘리개 사내아이의 망가진 매무새를 다듬는 어미처럼 익숙하고도 무심한 동작이었다. 앙히에는 항의할 기운도 없는 듯 나직하고 조용히 물었다.

"그걸 왜 나한테 줘?"

"내 칼은 네가 질릴 때까지 진득하게 쓸 수 있을 거다. 게외보르트의 검이 대륙 제일이란 것은 의심의 여지가 없지. 더군다나 그 왕녀의 것이라면 구태여 칭찬할 필요도 없지 않겠느냐."

"그러니까 그걸 왜 나한테……."

"네 칼에 네 빛이 바랜다."

앙히에는 '내가 이것을 유품으로 남기려 한다.'는 다독임을 기대하며 얼굴이 잔뜩 일그러져 있었다. 다른 말을 듣고도 그 표정은 쉽사리 변하지 않았다. 리볼텔라는 시종 같은 자세를 감내하며 그의 허리께를 꼼꼼히 살폈다.

"몇 달이 멀다 하고 바꿔 대는 칼에 너를 담을 수 있을 성싶으냐? 내가 매번 칼을 맞춰 준대도 싫다, 싫다 칭얼댔지. 마음에도 없는 칼을 쥔들 그것이 설마 기쁨이 될까, 그 주인을 따를까 저어하여 지금껏 강요하지 않았어. 하지만 이제 와서는 나로서도 어쩔 수가 없군."

리볼텔라는 마지막 죔쇠를 손본 뒤 박수를 딱 쳤다.

"내 열여섯에 받은 칼이지만 다행히도 여인에게 맞춰진 물건은 아니다. 네가 네 검을 찾을 때까지는 유용하게 쓸 수 있을 거다."

"리비."

"음?"

"딤니팔로 가자."

리볼텔라의 짙은 눈썹이 비껴 올라갔다. 불가능을 알면서도 허락을 간청하고 싶은 마음을 어찌할 수가 없다.

"내가 다 준비했어. 왕녀의 신분이 아니어도 좋아. 1왕녀는 여기서 죽는 거야. 패배에 불만을 품은 저급한 종자들에게 불타 죽었다는 식으로."

"……."

"딤니팔로 가면 자기 이름도, 정체도 숨겨. 난 우리 형님, 아니, 우리 폐하께도 들키지 않을 자신이 있으니, 자긴 그저 미라이예의 피보호자가 되어 이곳의 호화로움과 다를 바 없는 생을 누리면 되는 거야."

리볼텔라는 그에게 검은 얼룩처럼 묻어 있는 꺼림칙함을 이해했다. 희망을 말하는 그 자신조차 그녀가 제 제안을 따르리라고 믿지 않는 것이다. 그런 불신에도 불구하고 마지막 구명을 청하듯 떠밀려, 내키지 않는 몇 마디를 게워 내는 모습. 그녀는 안쓰러움도 동정도 아닌 묘한 표정으로 그를 응시했다. 말은 느리면서도 빨랐다.

"너는 내가 영원히 살 것이라 생각했느냐?"

그는 안쪽 입술을 짓씹었다.

"너와 내 뒷날은 다를 것이 없다. 다만 내가 오늘 죽는다면 너는 내일 죽는다는 차이가 있을 뿐이야. 그러니 그저 열심히 살아라. 재회한다면 지난날의 방황을 농담처럼 물을 것이다."

한 마디 한 마디 둔탁한 갈고리로 속을 긁어내리는 기분이었다. 설득의 여지가 없을 만큼 정제되어 가라앉은 결심이다. 아니, 결심이라고 표현할 가치조차 없는, 너무도 당연한 생각과 안배.

"리비."

"음."

"날 버리지 마."

그녀는 그제야 제대로 된 감정을 보여 주었다. 인상을 확 찌푸린 채, 짐승에게 걷어차인 모양으로 불쾌하고 못마땅하다는 기색을 띠었다.

"또 웃기는 소리 하는군, 앙히에. 따라 죽겠다는 광언을 하면 지금 당장 사흘치 식량을 주고 내쫓겠다."

"죽는 것도 선택 못해? 그런 게 어디 있어? 내가 왜 내 죽음에 대해 네 허락을 받아야 해?"

"……."

"자기가 누구를 따르겠다고 생각한 적이 있을 리 없지. 내 심정을 이해하긴커녕 조롱하지나 않으면 다행이겠다."

"앙히에."

"난 외려 너 떠난 곳에서 내가 무슨 미친 짓을 저지를까 스스로가 두려워……. 난 지금 고상한 죽음을 맞게 해 달라 비는 거라고……."

"내가 네게 못해 준 것이 많다."

앙히에는 그 여윈 목소리에 제 모든 애원과 간청이 쑥 들어가는 것을 느꼈다. 목을 타고 올라오던 기세등등한 외침들이 차마 남지 못하고 넘어갔다. 저것은 설득이 아니다. 리볼텔라가 그를 설득하는 일에 무관심하다는 사실은 오래전에 깨달은 바다. 지난 육 년간의 경험에 비춰 본다면, 어차피 자신이 질 테니까. 그녀가 이길 테니까. 구태여 설득 자체에 신경 쓸 필요가 없는 것이다. 그 일방통행이 암담했다.

"네게 해 주고 싶은 일이 많았는데, 이제는 시간이 없겠구나."

그는 간신히 몇 마디를 내뱉었다. 띄엄띄엄, 멀리 떨어진 건반처럼.

"시간이야 만들면 돼. 죽지만 마, 좀."

"앙히에, 너와 나 역시 시작했으니 끝을 보는 것뿐이다. 사람이 어찌 영영 보겠느냐? 너는 그런 욕심을 품었느냐?"

"살아 있는 널 떠났다면 나도 끝을 받아들일 수 있었을 거야. 하지만 자기의 그 어처구니없는 현학이 대답이라면 난 되물을 수밖에 없어. 널 죽도록 내버려 두고 가라고? 도대체가 말이나 돼? 내게 그런 파렴치함이 용납될 것 같아?"

"네가 기어이 살아 있는 나를 떠나고 싶다면, 지금 당장 성을 떠라."

앙히에는 그녀가 건넨 칼자루를 쥐었다. 새로이 가진 지 채 반 시간도 되지 않았는데 어느새 습관처럼 보이는 품이었다.

"내 삶에 왜 네가 집착하느냐?"

이 북녘 땅에서 얻은 내 유일한 양지.

"이상한 일이다. 네가 이방인인 까닭에 나를 동정하는 것은 아닌가 싶군. 나는 롤란드를 잃자마자 내 죽음에 수긍했다. 지난 반년은 내 생의 연장이었던 셈이지. 뒤처리를 할 수 있도록 주어진 여유에 외려 감사해야 하지 않겠느냐? 앙히에, 도대체 네가 무엇을 바라는지 나로서는 참 가늠하기 힘들다."

"사람이 어쩌면 그렇게 이기적인지……."

리볼텔라는 그 표현이 자신을 향해 있다는 사실을 곧장 알아차리지 못했다. 그러나 이처럼 묵직한 침묵이 이어진다면, 그녀조차도 무언가 이상하다는 것을 깨달을 수밖에 없다.

잘 꿰어 맞지 않는 생각들을 억지로 떠올렸다. 설마 저 이기적이라는 말이 나를 향한 것인가? 입안으로 굴려 보았다. 나는 이기적이다. 이런, 그것이 얼마나 특별한 이야기라고 저리 산란하게 묻나? 항상 알고 있던 바 아닌가? 그녀는 어리둥절한 채로 물었다.

"내가 이기적이란 사실을 지금까지 몰랐단 말이냐?"

"어쩌면 그렇게…… 자기 생각밖에 안 해……."

"……."

"다른 사람 생각은 쥐꼬리만큼도……. 죽지 못해 남으면 어떤 기분일지…… 조금도 생각을 못해……. 자기야 그걸로 됐겠지만 나는 어떡하나? 이게 무 자르듯 단박에 끝날 수 있을 것 같아?"

이번에는 또 다른 방향으로 내게 욕설을 퍼부으려나 보군. 그녀는 이제 익숙해진 비난을 들을 준비를 하며 마음을 편히 했다. 이해보다는 걱정을 담은 부드러움이었다.

"내가 일전에 우려했던 것이 결국……. 앙히에, 너 정말 내 죽음에 그리 상심할 것 같으냐? 얼마나 앓을 것 같나? 한 달? 육 개월? 몇 년간? 우리가 만난 시간만큼?"

"숫자로 따지지 마! 무슨 상관이야, 그게!"

리볼텔라는 순식간에 위로의 방향을 잃었다. 어쩌면 좋을지, 무슨 말을 해야 할지 모르겠다는 얼굴이 되어 문득 손을 들었다가, 어디를 만지지도 못한 채 허공에서 멈췄다. 앙히에는 칼자루를 잡았던 손을 올려 제 얼굴을 감쌌다.

"따라가게 해 줘."

공중에 멈춰 있던 손이 약간 움직였다.

"날 버리지 마."

두 번째로 듣는 말이다. 그녀는 무력하게 그 어깨를 짚었다. 그의 손바닥 사이로 긴 한숨 같은 토로가 내리쬐였다.

"자긴 날 버리면 안 돼. 그럴 권리도 없어. 떠나면 죽는다 해 놓고 왜 말을 번복해? 자기 그런 사람 아니잖아. 단 한 번도 말을 바꾼 적 없으면서 왜 갑자기……. 네가 끝까지! 기어이! 당연히! 도주를 거절한다면 최소한 나라도 함께 끌고 가야 해! 이건 자기 의무란 말이야! 내 목을 줬잖아! 왜 버려? 날 줬다고! 그런데 네가 뭐라고 버려!"

토로는 당연하게도, 끝내 화를 주체하지 못하는 외침이 되고 말았다. 리볼텔라는 그 노기에 놀라지도 못했다. 바로 저 모습이 자신이 소모렛 이후 매양 보아 온 그의 모습인 때문이다. 간청하다가, 간청하다가, 간청하다가, 화내다가, 무너지다가, 다시 간청하다가……. 익숙한 혼란.

"나는 나를 줬단 말이야! 어떻게 이렇게……! 서 푼 동정도 못 된다는 식으로……! 단박에…… 단박에 내팽개쳐! 반 볼랑디스트와는 함께 가면서, 그에겐 애초에 목숨 보전하란 얘기도 안 하면서! 난 버려? 내가 그만한 가치도 못 돼? 어!"

"……."

"제기랄, 난 자기한테 뭐야! 죽는 데 함께 갈 만한 의미도 못 돼? 날 발견한 게 아니라 그냥 내가 보였던 거야? 아무것도 아니라, 그저, 있어서, 나를 나로 본 게 아니라, 그저, 가치 없는 졸로! 내겐 네가 시작이었는데, 이젠 출발점도 도착점도 없어! 어쩌면 그렇게 무책임해? 어떻게 사람이 그렇게 잔인해! 이건 버려져서 화난 게 아냐……! 외려 자괴에 가깝지……! 도대체…… 내가 어떻게 당신을 선택한 거지?"

그녀는 말을 끊을 기회를 잡지 못했다. 더군다나 그의 마지막 질문은, 외침이 아니었음에도 한 걸음 뒤로 물러나야 했다. 한 마디 한 마디가 짓눌려 있었기에 몇 초간 머리가 얼얼할 지경이었다. 리볼텔라는 그 소란을 잔뜩 뒤집어쓴 채 침묵을 지켰다. 평소에 그의 화를 받아 주던 침묵이 상대가 곧 가라앉겠거니 생각하는 무심함이었다면, 이번은 정말 할 말을 잃어버린 정적이었다.

자괴라. 그가 제 명을 그런 식으로까지 받아들이고 있다는 사실은 지금껏 들은 바 없어 미처 몰랐다. 리볼텔라는 앙히에가 화를 내는 이유를, 그를 끝까지 데려가지 않겠노라 말한 제 단호함 탓이라고 생각했다. 그 또한 냉정할 때만큼은 그녀가 그의 목숨을 아껴 그리 명했다는 사실을 분명히 알 것이다. 그러니 버려졌다는 인식은 그 자신조차 받아들일 수 없을 것, 리볼텔라는 그 스스로 납득하지 못하는 명제까지 반박해 줄 생각이 없었다. 그래서 침묵했다. 그러나 자괴라? 이제는 나를 택한 것까지도 후회하느냐? 리볼텔라는 조금 맥이 빠져 말했다.

"미치면 그리 배알도 없어지느냐?"

"네가 날……."

"시끄러워. 여기 봐."

앙히에가 뚝 멈췄다.

"그래서, 내가 널 죽이지 않는다고 원망을 넘어선 자괴까지 느끼고 있나? 내가 원망 살 처지라는 것은, 이해는 못하지만 인정은 하마. 하지만 자괴? '내가 어떻게 당신을 선택했느냐.' 고?"

"……."

"그걸 왜 내게 묻나? 선택한 건 너다. 내가 네 목숨을 배려한 것이든 널 진심으로 버린 것이든, 이 차이는 네 선택과 전혀 상관없는 주제란 말이다. 왜 엄한 일에 나를 끌어들이나?"

"……."

"심지어 넌 본인 말을 스스로 믿지도 않고 있다. 버리지 말아 달라는 말은 어리광이야. 무슨 설득을 해도 네 뜻이 이뤄지지 않으니까 이젠 내게 있지도 않은 동정심에마저 매달리려는 거지. 나는 그런 무지함을 인정하지 않는다. 넌 내가 네 죽음을 거절한다는 사실만 알아 두어라."

그는 숨을 크게 쉬었다. 잔인하다면 잔인한 말에도 충격이라고는 조금도 받지 않았다. 차라리 고대하던 매서움이다. 평소와 다를 것이 없는 리볼텔라의 냉정에 조금 정신이 들었다.

"리비."

"그래."

"난 네 아랫사람이야?"

"아니야."

"그러면 일방적으로 명령하지 말고, 짓밟지 말고, 그냥 거래를 해. 교환을 하란 말이야. 왜 나만 양보하는 건지 알 수가 없다. 왜 이래, 너?"

"네가 무슨 양보를 했기에?"

"널 죽도록 내버려 두겠다고. 그게 내 양보의 상한선이야."

"거래를 하라……."

"내가 널 따라갈 수 있도록 허락해 주기만 하면 돼. 숄렘까지 끌어들이기 싫다면 그냥 내 자진이라도 인정해. 너 죽으면 난 사는 게 지독히 끔찍해질 테니 이건 정말 날 돕는……."

"이게 거래야."

앙히에는 손을 반쯤 내려 그녀의 녹안을 바라보았다. 그녀는 약간 피곤한 듯, 그러나 변함없어 지겹게 명령했다.

"내 명령을 따르는 것. 이게 거래다. 타협은 없다. 나는 따라 죽겠다는 그런 미개한 행동을 허락한 일이 없다. 이기적이라 말해도 좋고 나를 원망해도 좋고 사람을 잘못 봤다며 네 선택을 후회해도…… 괜찮다."

"후회 안 해."

"'자괴' 라며?"

"네가 내 죽음을 허락하지 않으니까."

"가장 아끼는 아이를 동반 자살시키는 멍청한 주인이 어디 있다더냐? 그리고 설사 내가 너를 진정 버렸더라도 너는 자괴로써 네가 선택한 것을 후회하면 안 된다. 거듭 말하지만 네 선택이다."

"논리는 그렇지. 하지만 내가 네게 저승길에 동행할 만한 가치도 못

된단 걸 생각하면…… 다 됐어. 난 아무것도 인정 못해."

그의 손이 서서히 내려갔다. 마지막 턱 선까지 쓸어 담은 뒤 어깨 부근으로 뚝 떨어졌다. 매캐한 연기를 마신 듯 빈 사레가 나려 했다. 막막하다. 더 걸어가야 할 시간이 암담했다. 리볼텔라는 그의 손목을 잡아 내리며 조용히 말했다.

"네가 논리를 거부했으니 나 또한 그를 배제하마."

"……."

"내게 네 생떼 같은 목숨까지 지고 가라고? 거절한다. 논리가 아니니 이유 또한 필요 없겠지. 내가 싫어. 난 네가 죽는 게 싫다."

"나도 싫어."

"하지만 결국 승자가 정해져 있잖느냐. 나는 네가…… 지금껏 봐 온 사람을 인정하고 이만 물러났으면 한다."

그는 눈을 꾹 감았다 떴다. 무슨 말을 하려는 각오였다. 그러나 그런 각오를 한 사람은 그가 아닌 그녀였다.

"그만 힘겨워 해라. 네가 나를 놓아야 내가 편히 간다."

누군가 목을 쑤신 듯 빈 숨이 터졌다.

"내가 고독하지 않게 해다오."

앙히에는 대답을 해야 한다고 생각했지만, 불가능했다. 그녀의 요청을 이해할 수 없었기 때문이다. 리볼텔라 본인이 저런 말을 했다는 것 자체도 믿기지 않았을뿐더러, 그 역설이라니? 삶과 죽음이 갈리는 상황에 홀로 두지 말라는 명령이 가당키나 한가? 내가 따라가야만 네가 고독해지지 않는 것 아닌가?

"이해가 안 가……."

"이해할 필요 없다."

"……."

"그저 그리하겠다고 대답해라."

리볼텔라가 한 걸음 앞으로 다가왔다. 앙히에는 코앞에 있어 도저히 비껴 날 수 없는 그녀의 시선을 원망했다. 그녀는 제 목구멍 속에 뿌리박은 흰 가시덤불이었다. 그녀가 말하지 말라면 침묵해야지, 잊으라 하면 묻어야지, 원망하지 말라면 원망하지 말고, 살라 하면 살아야겠다고 결심할 지경이었다. 끝장이다. 이길 수가 없다. 처음부터 너무 깊이 새겼다.

"앙히에."

그의 고개가 무게를 이기지 못하고 천천히 아래로 내려갔다. 진 땅을 만난 바퀴처럼 덜컥덜컥 떨렸지만, 분명 내려갔다. 그것은 무언의 수긍처럼 보였다.

반 볼랑디스트는 중앙 홀에 들어서려다, 두 사람이 이야기를 나누는 모습을 보곤 걸음을 멈췄다. 대낮의 밝음이 온갖 곳에 훌륭한 와중에도 저 둘 사이에는 묘한 우울함이 서려 있었다.

이상한 일이라고 생각했다. 소모렛 직후부터 지치지도 않고 잡다한 분을 터뜨리던 앙히에는 그에게 대단히 신선한 모습으로 다가왔다. 설마 리볼텔라의 끝을 진심으로 비통해 하는 건가? 딤니팔 사람이라는 것은 익히 알았지만 이번처럼 그 선연한 차이를 깨달은 일이 없었다. 반 볼랑디스트에게 앙히에의 노여움은 보기 낯 뜨거울 지경이었다. 그들과 가까운 자신만이 그것을 목격할 수 있다는 사실에 스스로 십분 안도했을 만큼 민망했다. 다행히 리볼텔라가 가라앉힌 듯 그 분은 이내 흔적이 없게 되었지만, 그래도 그런 어처구니없는 모양을 본 충격은 쉽게 가라앉지 않았다.

내전에 참여한 이상 죽음을 각오하는 것은 당연한 일, 반 볼랑디스트와 최고 네 귀족은 이미 뒤처리를 끝낸 상태였다. 재산과 땅을 왕실 귀속으로 넘기기 위한 사무 처리는 물론이거니와, 죽기 전 혹여 놓친 것은 없나 두 번, 세 번 염려해 주변에 대한 마무리를 마친 지 오래인 것이다.

설마 자신들에게 처형이 문제가 될까? 처형당하는 자는 귀족 본인과 그의 자식들뿐이다. 형제는 어차피 다른 성姓으로 갈라진 남이기에 상관이 없고, 부인 또한 친정으로 돌아가면 되기에 상관이 없다. 자신들이 패배한 이상 이것은 무척 단순하고 당연한 수순에 불과했다.

야문 마무리는 리볼텔라에게도 같은 이치로 적용되었다. 아니, 기실 그녀에게는 더 간단한 일이다. 곁이나 정리 없이 그녀 홀로 죽으면 되기 때문이다. 그런데 이처럼 자명한 결과가 대뜸 애도할 만한 비사로 변모하다니. 그 얼토당토않은 오해가 놀랍고 부끄러운 것이다.

그가 보기에는 리볼텔라 역시 자신과 똑같은 생각으로 앙히에의 반응을 당혹스러워 하고 있는 듯했다. 물론 그녀에게는 의미가 큰 청년인 만큼 지치지도 않고 위로하고 있지만, 그 방법론이 문제인 것이다. 그녀에게 누구를 위로해 본 일이 있을 턱이 없으니까.

반 볼랑디스트는 리볼텔라가 서툴게나마 상대를 자제시켰다는 사실에 감탄하고 싶은 심정이었다.

가까운 사람이 죽을 때 보이는 비애는 그도 납득하는 바였다. 자신 역시 손위 누이가 일찍 세상을 떴을 때 한동안 제정신이 아니었으니까. 하지만 우리가 벌인 일이 무언데? 그 사실을 이해할 수 없는 건가?

"……외르타…… 후일…… 가……."

반 볼랑디스트는 기척에 민감한 저들이 왜 아직까지 자신을 주시하지 않나 싶어 그제야 약간 당황했다. 이래서야 엿듣는 꼴이 되지 않나. 그는 헛기침을 했다.

"큼, 크흠."

앙히에가 돌아보았다. 반 볼랑디스트는 리볼텔라의 손짓을 보고선 성큼성큼 걸어 그들에게 다가갔다. 그녀는 퉁명스럽기까지 한 어조로 물었다.

"왜?"

"전령이오. 기한을 다음 달 보름까지 두더군."

"가는 데 열흘 잡으면…… 적어도 일주일 뒤에는 출발해야겠군. 내 처분은?"

반 볼랑디스트는 다소 곤혹스러운 표정이 되어 말을 지체했다.

"음……. 딤니팔 관련 죄목은 전부 소각된 듯하오. 항복한 왕손에 대한 예우로 비사의 칠 일 연회를 연다 했소."

"너무 공손한데? 들어가자마자 죽일 줄 알았다."

"이게 어찌 된 일인지는 당신이 가장 잘 알 거요."

리볼텔라는 느릿느릿 팔짱을 낀 채 높은 천장을 한 번 올려 보았다. 두 사람의 시선이 초조하게 닿았다.

"그렇지. 모를 수가 없지."

"……."

"발터."

"그렇소."

"나를 말소시키지 않으려 별의별 억지를 부렸겠군. 딤니팔 이야기라고는 단 한 줄도 공식 기록에 남기지 않을 생각인가 보다."

"그래도 당신을 살리겠다고까지 설치지는 않아 다행이오."

"그럴 수 없겠지……. 그래도 독을 마시려면 접시까지 삼키는 것이 좋을 텐데……. 발터도 많이 무르군."

"이게 농담처럼 들려?"

반 볼랑디스트는 미소 지으려던 참에 들린 낮은 짜증에 흠칫 놀랐다. 리볼텔라 역시 그와 비슷하게, 빙긋 웃으려다 황급히 표정을 굳혔다.

"앙히에, 난 안 웃고 있다."

그는 웃음을 참으려 입술을 깨물었다.

"난 자기 요구를 간신히 받아들였어. 번복하게 하지 마."

"진정하시오. 벌써 몇 주째요? 리볼텔라도 지쳤을 거요."

"당신도 똑같습니다."

"똑같든 다르든, 우리가 죽고 당신이 살든, 이쯤이면 더 할 말도 없겠소. 아직도 설득이 부족하오?"

"델반트, 앙히에도 이해하고 있으니 괜히 화 돋우지 마."

그는 고개를 저은 뒤 그제야 전령의 서신을 넘겼다. 리볼텔라는 얼마 되지 않는 글줄을 읽어 내렸다.

"별 내용 없군. 우리 아들이 살아 있다는 소식만큼은 꼭 전해 주고 싶었던 것 같지만……."

"이것도 있소. 자멘테 편이오."

"음? 수하 영주가 아니라 그 자멘테 말인가?"

그는 직접 보고 판단하라는 듯 밀봉된 봉투를 건네주었다. 앙히에는 본격적으로 그녀 옆에 다가서서 서한을 확인하기 시작했다. 붉은 붓꽃. 진짜 자멘테다. 그는 그녀의 시선을 받고선 뻣뻣하게 고개를 끄덕였다. 인주가 부드럽게 뜯겨 나가자 곧 정갈한 게외보르트어가 나타났다. 앙히에는 그 글씨 또한 알아보았다.

"후작……."

리볼텔라는 제게 익숙하지 않은 단어가 재미있다는 듯 묘하게 웃었다.

"위명 자자하신 십이공회의 여후작이시군. 게외보르트 왕실 언어를 쓴 건 저 나름의 예의인가."

그녀가 또 농담을 하는 사이 앙히에는 이미 서간의 절반을 읽어 내려가고 있었다. 종이에 코가 박힐 듯한 기세로. 그녀는 괘씸해 하며 서한을 저 얼굴에 아예 덮어 줄까 생각했다. 이내 그의 입에서 신음 같은 말이 흘러나왔다.

"망명이라니……."

리볼텔라가 결코 따르지 않을 제안이라는 것을 알기에 앙히에는 더 맥이 빠졌다. 비록 자멘테 후작 편으로 온 내용이라지만, 이것은 기실 딤니팔의 국왕이 그녀를 정치적 패로 얻고자 한다는 의미였다. 리볼텔라에게 통할 리가 없다.

앙히에는 서한의 마지막에서 브레타냐의 검은 호선과 본잘의 세 지팡이 역시 발견했다. 동시에 같은 것을 본 듯한 리볼텔라가 눈썹을 치켜올렸다.

"서부 영주 전체의 제안이라면 너희 왕의 뜻이라 봐도 되겠지?"

앙히에는 묵묵히 고개를 끄덕였다.

"델반트."

반 볼랑디스트가 품에서 무언가를 꺼냈다. 앙히에가 그것을 미처 살피지도 못한 찰나에, 돌연 불티가 확 튀었다. 눈을 한 번 깜박이자 이미 종이의 반 이상이 타 들어가고 있었다.

"내가 얼마나 우습게 보이면 이 놀음을 할까. 너희 왕은 무언가 단단히 착각을 하고 있는 것은 아닌지?"

그녀는 다 그을린 서간을 여러 번 흔들어 불꽃을 삭였다. 간신히 남은 작은 종이쪽마저 두어 번 찢더니 바닥에 떨어뜨린다. 앙히에는 저 모습이 증거 인멸에 불과할 뿐 노여움이 아니라는 사실을 알았다. 하지만, 그럼에도 목이 멨다.

"더 없느냐?"

"없소. 언제 출발할 거요?"

"준비는 다 했잖나? 오후에 갈까?"

"이르오. 단 잉게보르크가 국외 자산을 수하에게 인계하는 중이오. 그것만큼은 왕실에 넘기기 싫다더군. 오후 내내 걸릴 것 같소."

"최대한 서두르라 명해라. 단단히 먹고 짐 챙겼으면 나 부르고. 숄렘이 보고 싶다."

반 볼랑디스트는 그러마 대답도 없이 왕가의 인사를 한 뒤 뒤돌아 사라졌다.

리볼텔라는 고개를 돌리다 바닥을 노려보는 앙히에를 발견했다. 하얗게 질린 얼굴로 한구석을 쪼는 모습을 보자니 어쩐지 천 길 낭떠러지에 선 사람을 떠미는 것 같아 기분이 언짢아졌다.

"나와 약속했지? 번복 안 한다."

"……."

"내가 이런 다짐을 시키고 있다는 사실조차 정말 계면쩍어 죽을 것 같지만, 그래도 널 보니 말할 수밖에 도리 없군. 너, 질질 짜지 마라. 죽지도 슬퍼하지도 말고, 감히 안쓰럽게 여기기만 해 봐라. 정말 끔찍한 끝이 무언지 알게 해 줄 테니."

앙히에는 이제 반박할 마음도 생기지 않았다. 그저 전부 수긍하고 그녀의 진심을 인정해야 한다는 생각만이 쇠꼬챙이처럼 살을 찔렀다. 그녀에게 이 이상 아이 달래는 일을 맡긴다면 실례가 될 것이다. 앙히에는 멍하니 서 있다가 이내 자신이 아닌 말을 꺼냈다.

"외르타에게 남길 것 없어? 끝나고 보러 갈 거야."

"남기긴 무엇을 남기겠느냐. 애도 아니고."

"진짜? 편지 한 줄, 물건 하나 주지 않겠다고?"

“내가 죽어 남길 것이 주검 말고 달리 있을 리 없다……. 그런데 앙히에, 외르타는 또 왜 만나겠다고? 그 아이가 널 반길 성싶으냐? 아니 그 이전에 로크뢰가 방문자를 용납할 것 같나?”

“연락이 닿을 수는 있을 거야. 반겨 줄지는 모르겠지만.”

리볼텔라는 긴 한숨을 쉬었다.

“난 회의적이다.”

“회의적이든 희망차든 내가 한다면 해.”

“그 아이에게 답이 없더라도 실망하지 마라. 너는 나를 알았잖느냐. 그 아이는 나만큼이나 매정하고 믿음이 없다.”

“자기는 나한테 안 그랬어.”

“네가 너인 까닭이지. 그나마도 죽음에 관해서는 합의하지 못하고 있잖느냐. 이처럼 너를 아끼는 나조차 기저에 깔린 사고방식의 차이는 메울 수가 없다. 심지어 넌 외르타에게 아무 의미도 못 될 텐데, 도대체 무엇으로 과거를 상기시키려고?”

“무심한 친절을 받더라도 난 반가울 거야. 순전히 내 만족이지.”

앙히에는 마지막 마디와 함께 그녀의 뺨을 잡아 자신 쪽으로 돌렸다. 리볼텔라의 시원시원한 녹안이 그에 답했다. 그는 윽박지르듯 말했다.

“그러니까 남겨.”

“음?”

“외르타에게.”

“구차하다.”

“남겨.”

“우리 둘 중 바라는 사람이 아무도 없는데 무엇을 남기라는 말이냐?”

바라는 사람이 없다.

돌이켜 보자면 그런 날이 있었다. 비사 오필라의 오래된 마가목. 그에 기대어 앉은 리볼텔라와 그녀의 다리를 베고 누운, 잠을 이기지 못하고 잔뜩 웅크린 외르타. 이토록 선명하건만. 앙히에는 그 장면만을 단편적으로 기억하는 것이 아니었다. 그럴 만큼 감수성 있는 자가 못 되었으니, 이것은 외려 기억이 아닌 기록에 가까운 이야기였다. 몇 해 동안 그들이 어떤 사이였는지 똑똑히 본 자신이 사실 그대로 적어 놓은 머릿속 기록.

그런데 '바라는 사람이 없다' 라.

"말해."

리볼텔라는 침묵을 지켰다.

"난 바라는 사람이 없단 그 헛소리 안 믿어."

"……."

"외르타가 뭘 겪고 있는지 들었던 그때랑 똑같아. 무슨 속이 있든 가리고 절대 안 보여 주려고 하지? 그때도 결국에는 터졌잖아. 뭐가 잘났다고 이번에도 숨겨? 내가 한 번 속지, 두 번 속아?"

"……."

"네 동생이야……."

앙히에는 그 둘 사이에서 자신과 제 형님을 발견하고 속이 녹아내릴 지경이었다. 서로 애정을 가졌지만 근본적으로 유리되어 있고, 아마 다시는 진심으로 마주하지 못할.

"리비!"

다음 순간 그녀가 무슨 말을 했다.

손에 힘이 풀렸다.

"그리 전해라."

이번에는 그가 말을 할 수 없었다.

리볼텔라의 목소리가 그 숨결까지 머릿속에 자리한 느낌이었다. 그녀의 뺨이 서서히 풀려났다. 담쟁이가 시들듯 조금씩 조금씩 사그라지는 남자의 손. 소년으로 만나 청년으로 갈라선다. 어렸다면 참지 못했을 외침들이 이제는 꽉 닫힌 속에 갇혔다.

앙히에는 그녀의 얼굴을 보며, 방금 전 그녀의 말을 상기하며, 지금껏 자신이 부렸던 모든 어리광을 후회했다. 그녀 또한 버려야 하는 것이 있다는 사실을 잊고 있었다. 이기심이라는 말은 누구를 위해 안배된 것인가.

숄렘 노트란트로 오는 앙히에의 발걸음에는 세상의 온 무게가 다 실렸다. 끝내 리볼텔라의 바람을 이해하고 수용하기로 했지만, 무거운 마음만큼은 사라지지 않고 스스로 감당해야 할 몫으로 남았다. 아직까지도 모든 것이 믿기지 않아 그는 어쩐지 긴 꿈을 하나 꾸었다는 기분이 들고 있었다.

리볼텔라의 실각으로부터의 긴 꿈이 아닌, 그녀를 만난 이후부터의 정말 길고 긴 육 년간의 꿈. 신은 모든 것을 가져가지 않는다는데 그 육 년을 가져가면 내게는 무엇이 남나. 전부 주었다. 그는 이제 무일푼의 노객이 되었다.

앙히에는 제 말에 기대어 선 채, 수도 앞에서 마지막 점검을 하는 무리를 바라보았다. 숄렘 노트란트를 본 일이야 정말 많지만 이처럼 소름이 끼친 적은 처음이었다. 그는 웃음인지 고통인지 모를 표정을 짓고 있다가 읊조렸다. 너는 네 진짜 주인을 잡아먹는 거야. 마땅한 임자를 맞지 못했다는 사실을 언제고 기필코 후회할 것이다.

"앙히에."

넋 놓고 있던 앙히에에게 그녀는 전조도 없이 나타난 것처럼 보였다. 그는 놀라 허리를 뒤로 물렸다. 그 얼굴을 보자 칼로 찌르는 듯한 통증이 왔다.

“숄렘을 떠나면 어디로 갈 테냐?”

“딤니팔.”

“오스페다?”

“일단은. 그렇게 안 돌아간다 말해 놓고서 결국…….”

“네게 머무르는 곳은 큰 의미가 없을 거다. 개의치 마라.”

“어차피 오래 있을 염치도 없어.”

“가족은 봐야 할 것 아니냐.”

“형님은 동부에 나가 계시고……. 아버지는 뵈어야겠지. 알아보시려나 모르겠다.”

“그동안 몸만 자랐으니 걱정 마라.”

끊임없이, 일상처럼 주고받는다. 천금 같은 대화를 수없이 지나쳤다는 생각에 속이 아득해졌다. 누군가 다가와 떠날 준비가 되었다고 알렸다. 그녀는 너희 먼저 느긋하게 걸어가라 명한 뒤 다시 그에게로 고개를 돌렸다.

“각설하고, 발터가 널 잡아 죽이려고 애쓸 테니 조심하는 게 좋겠다.”

“내가 인연이 아닌 사람을 욕심 부린 걸까?”

얼빠진 질문에 그도 그녀도 멈칫했다. 그다음 나온 말은 조금 더 또렷했다.

“차라리 자길 선택하지 말 것을 그랬나?”

“그건 그저 가지 않은 길에 대한 미련이다. 그만해라. 앙히에, 나는 네가 내게 왔다는 사실에 감사하고 있다.”

“미안.”

“빈말이었다는 것은 나도 안다.”

그러나 앙히에는 방금 전에 대해 사과한 것이 아니었다. 그는 천천히 고개를 숙였다.

"내가 위로해야 하는데 매번 위로받아 정말 미안해. 마지막까지 고되게 해서 나도 내가 미치겠어……."

앙히에는 그녀의 눈조차 바라보지 못한 채 잔뜩 얼어붙어 있었다. 몸 자체가 어떤 흉기가 된 듯, 발이 땅에 선 것이 아니라 그 아래로 붙박인 것만 같은 느낌이었다. 굵고 긴 숨이 터졌다. 끔찍하도록 아름다운 저녁 풍광이다. 몸이 쓰라렸다. 앙히에는 스스로 무슨 생각을 하는지도 모르는 사이 이마를 짚으려 했다.

돌연 얼굴 언저리가 뜨거웠다. 그것은 달궈진 그릇의 열기와 같은 종류였다. 눈앞에 그림자가 지고, 내내 노려보던 석양이 덥석 먹혔다. 그는 눈을 감지도 못했다. 뺨 오른쪽에 습기 찬 살이 닿았다. 속눈썹이 엉킨 것 같다. 잇새는 엉망이다. 어느새 모든 것이 녹아 없어졌다. 시야보다는 향과 느낌이……. 숨, 숨결, 살 내음. 생각은 가뭄처럼 말랐다.

잠시 뒤 그녀의 온기가 멀어졌다. 자신에게 입 맞추기 전 미리 머릿속으로 숫자를 세기라도 한 것처럼, 처음도 끝도 갑작스러웠다.

"나를 남기마."

앙히에는 그녀의 웃음기 어린 녹색 눈을 멍하니 바라보았다. 리볼텔라는 보답하듯 그의 뺨을 엄지로 가늘게 쓸어 주었다. 그는 그 여윈 동작에, 입맞춤과 이어진 말 모두에서 벼락 맞은 듯 깨어났다. 눈이 크게 뜨였다가, 어떤 바람에 감싸이기라도 한 것처럼 천천히 다물었다. 성에를 얹어 소란하던 얼굴이 곧이어 확 가라앉았다.

앙히에는 답하지 않았다. 다만 제 품에 손을 넣어 오래전 그녀에게 보여 주었던 검은 고리를 꺼내었다. 리볼텔라는 눈썹을 치켜세우며 그 고리를 눈으로 좇았다. 햇살의 궤적, 지나가는 한 땀 한 땀 흐르는 고상한 백색이었다. 은빛 양각이 그녀의 손에 얹혔다. 리볼텔라는 제 손에 놓인 잉그레의 표장을 가만히 보다가, 곧 주먹을 꾹 쥐었다.

"앙히에."

앙히에는 낮게 미소 짓고 있었다. 그는 다시 펼쳐지려는 그녀의 손을 미련 없이, 단호하게 쥐어 주었다.

"난 이제 안 돌아가."

"미라이예는……."

"상관없어. 나도 남겨."

리볼텔라는 그가 무엇을 남긴다고 말하는지 잘 알았다. 그는 되새기듯 반복했다.

"나도 네게 날 남겨."

"이것을 한 번 버리면……. 너, 다시는 왕가의 기사가 못 될 거다. 신중히 생각해. 고작 육 년에 남은 생 전부를 걸지 마라."

"리비."

그녀는 그의 침착한 표정을 바라보았다. 어느 핏줄에서 타고났는지 알 수 없는 저 차분함은 어쩐지 그의 얼굴도 모르는 형제를 떠올리게 했다. 이번만큼은 저 확고함을 거절할 수가 없었다. 그녀는 분명한 뜻과, 먹먹한 목소리로 답했다.

"알겠다."

앙히에는 그런 그녀를 가만히 바라보고만 있었다. 적어도 몇 분간. 어쩌면 평생토록 기억할 그 몇 분 동안 그는 그녀를 새기기 위해 부단히 노력했다. 빛 속에 서지 않아도 고상한 조상, 항상 틀어 올린 진한 담갈색 머리, 시원스럽고 지적인 이마, 여유로운 표정, 어울리지 않도록 투명한 녹안, 그 녹색 동공 속 가끔 물드는 샛노란 얼룩, 뚜렷한 콧날과 잔인한 입술.

그는 한참 뒤에야 입을 열었다. 그날 이후, 병마처럼 제 허파에 기생

해 있던 최후의 언어.

"기다려."

리볼텔라는 눈을 감았다 떴다.

"그러마."

그녀는 자신의 주먹을 펼쳤다. 다시 잉그레의 표장이 드러났다. 앙히에는 그것을 들어 그녀의 목에 걸어 주었다. 그들 사이에서만큼은 너무도 당연한 애정이라, 그 동작에는 부드러움이나 조심성 같은 것이 없었다. 구태여 그리하지 않아도 둘 모두 서로의 배려를 깨닫고 있었다.

리볼텔라는 제 목에 걸린 돋을새김을 감쌌다. 앙히에에게 그것은 과분한 작별 인사였다. 그러나 그녀는 기어이 몇 마디를 더 건넸다.

"고생 많았다."

그는 고개를 끄덕이며 그녀에게 답할 말을 찾았다. 그러나 순간, 깨달았다.

이제 아무것도 남지 않았다.

기이한 당혹이었다. 자신이 상대에게 너무 익숙하다는 것을 깨달은 오래된 연인처럼 심란했다. 그녀는 마지막으로 그의 어깨를 두드려 주었다. 그가 반응하기도 전에 찬바람이 와 닿았다. 고개를 들자 리볼텔라는 어느새 등 돌려 걸어가고 있었다. 그의 손이 홀로 앞을 향하다, 순식간에 푹 움츠러들었다. 잎사귀가 한순간 웅크리듯, 가지가 바람에 떠밀린 듯 그렇게. 그는 멀어지는 그녀의 뒷모습을 뚫어져라 바라보았다.

곧고 멋진 등이 아닌가. 더 젊어질 수 있을 것이다.

앙히에는 이를 악물고 웃었다. 그녀의 말이 늙은 왕처럼 주인에게 경의를 표하는 모습이 보였다. 올라탄다. 등자를 박찬다. 아름다웠다.

이 한 틀의 광경. 서녘 태양의 마지막 날숨과, 노을을 맞아 눈부신 숄렘 노트란트와, 홀로 떠나는 내 빛.

빛은 겨울날의 짧은 사양처럼 사라졌다.

앙히에는 리볼텔라와 헤어진 뒤 여드레 내리 북동쪽을 향해 거슬러 올라왔다. 그처럼 일관된 길을 택해야 딤니팔로 접어들었을 때 알로지아드 가도街道를 타기가 용이해지기 때문이다. 실제로도 지금 그가 서 있는 곳은 알로지아드 제일 관문이었다.

긴 줄이라고 생각했건만 어느새 제 앞 사람이 병사를 통과하고 있었다. 앙히에는 잠시간 상황 파악을 못하고 못마땅한 주변 시선들을 마주했다. 멍하니 푸대접을 견디다, 정말 한 대 맞았다. 그는 누군가 등을 밀친 뒤에야 번뜩 정신이 들어 앞으로 떠밀려 갔다. 병사에게 손을 내밀었다. 이건 무슨 미친놈이냐고 짜증을 내려던 병사들은 그 손바닥에 얹힌 패를 본 즉시 패배를 인정했다.

그가 내민 것은 비사 오필라의 증표였다. 비사 오필라. 사실 앙히에는 놀금 장상고의 증명을 제출할 수도 있었다. 하지만 그는 왕족만이 발행할 수 있는 비사 오필라의 증표를 내보임으로써 발터를 우롱할 작정이었다. 그것의 주인은 아직까지 살아 있는 그 아니면 리볼텔라다. 그러나 발터가 제 최고 수하의 행방을 모를 리가 없고, 리볼텔라의 증표는 지금 그녀를 따라 죽으러 간 네 귀족을 제한다면 자신이 가진 것이 유일하니, 발터 역시 앙히에가 이것으로 국경을 통과했다는 사실을 알게 될 것이다.

그가 모든 것이 끝난 상황에서 딤니팔로 도주했다는 것을 인지하리라. 화내다 죽어 버리라지. 아니면 정보가 샐까 두려워 죽든지. 물론 앙히에는 폐하께도 입 벙긋할 생각이 없었지만, 발터는 그것을 모른다.

이상했다. 자신이 딤니팔 사람인지 게외보르트 사람인지 잘 구분이 가지 않았다. 이전이라면 무슨 일이 있어도 폐하께 고해야겠다고 결심했을 것을 지금은 고민조차 없이 함구하리라 다짐하는 것이다. 리볼텔라가 누차 그와 그녀가 다르다 면박 주었음에도, 결국 자신 역시 게외보르트가 된 것인가? 소년기의 기억은 평생을 붙들고 있다는데 리볼텔라만으로 게외보르트가 나를 붙잡은 것일까? 칠 년 만에 오는 내 고향이…….

그는 딤니팔을 밟았다. 순간 무릎에 힘이 풀렸다. 간신히 자세를 잡아 나동그라지는 흉한 꼴은 면했다. 앙히에는 더듬더듬 걷다가 딤니팔 억양이 요란한 관문 장사치들을 얼얼한 표정으로 바라보았다. 머리에 번개를 맞은 듯한 충격이 있었다.

"좀 비켜 보소!"

"……스트레반트 시기스문 에페 에페."

"이…… 이게, 정말! 부정 타게!"

바쁜 와중에도 중년 여인이 제 손으로 온갖 푸닥거리를 하며 떠나는 모습이 보였다. 게외보르트였더라면 그 왕실 언어를 쓰는 자에게 충분한 경의를 표했을 것을, 딤니팔에 한 발자국 내딛자마자 부정한 말이 되어 쫓겨나는 것이다.

여인이 그리하고 떠난 순간 제 속에서도 무언가가 함께 쿵 하고 떨어졌다. 아, 그랬지. 이곳이 자신의 고향이었더란다. 지독히도 친밀한 반응들이다. 그는 쓴웃음을 견디지 못했다. 내가 게외보르트 사람이 된 것은 아닌가 의심하다니. 단 한 사람의 반응만으로도 모든 고향을 상기해, 내 스스로 끔찍스러움을 느끼고 있건만.

그곳에서는 리볼텔라가 제 공기였나 보다. 그녀와 헤어진 뒤 전속력으로 달린 팔 일 동안 도통 숨이 막혀 견디질 못했는데, 이 땅을 디디고 나서야 처음으로 머리가 트인 것이다. 자신에게 저 땅은 리볼텔라를 제

한다면 아무 의미도 못 되었다.

앙히에는 제 어설픈 웃음을 지우지 못한 채, 딤니팔의 입국 사무소 앞에 앉아 장부를 뒤지고 있는 남자에게 말을 건넸다.

"이보오."

"음?"

"물어볼 것이 있는데."

"뭐 하는 사람이오? 신고하려오?"

"됐고. 알로지아드 레발로에 누가 있소?"

남자가 기가 막힌다는 얼굴이 되었다.

"그 꼴을 하고 감히 알로지아드 레발로에 어떤 분이 계시는지 묻소?"

지난 여드레 동안의 사람 같지 않은 주파로 인해 그의 몰골은 말이 아니었다. 식사와 잠을 거른, 어쩌면 그 자신조차 다시는 해낼 수 없을 듯한 속도.

"그건 내가 알아서 하오. 다만 어느 귀족이 있는지만 알려 주오. 없으면 없다고 하고……."

"가서 볼기짝 맞고 쫓겨나지나 마시오."

"정 알려 주기 싫다면 그냥 가지. 그래도 입국 사무소 앞에서 얘길 듣고 왔단 말은 내 빼놓지 않고 하리다."

"……지난주에 젊은 톨레도 경께서 오셨소! 보아하니 정신이라도 나간 것 같은데, 가서 이쪽 말 꺼내기만 해 봐! 요새 이리저리 치이는데 또 미친놈 쳐 내지 못했단 닦달까지 받으라고!"

"아, 고맙군."

앙히에는 어깨를 으쓱한 뒤 성 방면으로 터덜터덜 말을 끌고 갔다. 뒤에서 기가 막힌다는 한숨 소리가 들렸다. 성은 멀지도 않았다.

톨레도의 영지는 딤니팔에서 가장 기묘하게 생긴 땅이었다. 동부의 대영지 하나와, 딤니팔을 거미줄처럼 수놓은 알로지아드 가도 전부. 마치 알뿌리에서 솟아난 길고 얇은 잎사귀 같은 모양이었다. 그래서 앙히에는 지금 이것이 조금 희한한 일이라고 생각했다. 톨레도가 왜 동부 본영지에 있지 않고 이처럼 나라의 반대편까지 온 거지? 리볼텔라 덕분에 서부 전반에 비상이 걸린 것일까?

그는 곧 성문의 경비병과 마주쳤다. 그들은 그의 단정치 못한 행색을 보더니 험악한 얼굴이 되었다. 그러나 앙히에는 그들에게 '이곳이 어디라고 감히!' 등등을 외칠 기회를 주지 않았다.

"놀금의 장상고요."

그의 손에는 어느새 딤니팔에서 공식적으로 인정한 상단의 표지가 있었다. 그것도 금테. 이것을 얻는 데 미라이예의 권력이 뒷받침되었다는 사실은 구태여 말할 필요가 없다.

"1급……."

그들로서는 참 드물게 목격할 수 있는 금테였다. 순식간에 기가 질렸다. 앙히에가 진짜 본성으로 쳐들어갈 생각이라는 것을 조금도 모르는 경비병들은 고개를 저으며 길을 비켜 주었다. 앙히에는 그처럼 간편하게 외성을 지나, 그 옆에 대기한 말구종에게 말을 넘겼다.

그는 대로를 걸어 그대로 본성까지 걸어갔다. 본성 주변에는 이 저녁까지도 개미 새끼 한 마리 얼씬하지 않은 듯한 정적이 있었다.

때문에 그 앞에 선 기사는 정말 제 눈을 믿을 수가 없다는 양 추레한 청년을 노려보았다. 너무 기가 막혀서 순간 즉살할 생각조차 하지 못한 것 같았다.

앙히에는 그 모습을 이해했다. 알로지아드 가도의 가장 중요한 출발 지점이다. 성 역시 가장 엄중하다. 심지어 지금은 십이공회의 후계자인 톨레도가 이곳에 와 있는데, 이까짓 떠돌이가 감히?

"장님인가?"

"그건 아니고."

평민들에게는 쓰이던 반공대가 이번에는 완전한 반말로 바뀌어 있었다. 본시 그런 성격이라 어쩔 수 없다. 물론 기사는 그의 성격을 이해할 생각이 없는 듯, 한숨도, 소리도 없이 칼을 뺐다. 기사답다. 약간 퉁명스러운 감상이었다.

"……톨레도 경께 볼일이 있다."

앙히에는 어느새 맞부딪힌 칼을 밀쳐 내며 말했다. 이번에는 민망함과 화가 함께 치민 기사가 다시 검을 내리찍었다. 또 막혔다. 앙히에는 짜증스럽게 외쳤다.

"아, 좀! 누가 다쳐야겠냐!"

"어디서 이런, 정신 나간 놈이…… 성문에서, 광인을 통과시켜……."

그리 말하는 와중에도 검은 계속 오가고 있었지만 그것도 오래가지는 않았다. 단 세 번만에 앙히에의 칼이 그의 동맥에 닿았다.

"들여보내기만 해."

기사는 대답도 없이 다시 그를 쳐 내려 했다. 그러나 그 순간, 뒤에서 누군가가 외쳤다.

"무슨 일인가!"

앙히에는 고개만 빼꼼 내밀었다. 그는 즉시 반가움을 표하며, 그대로 줄레줄레 칼을 든 채 누군가에게로 뛰어갔다. 그 모양은 마치 사람을 죽이러 가는 살인자처럼 보였다. 기사가 기겁하여 그를 막으려 했지만 그 뒤에서마저 또 막히고, 앙히에는 더 쌩하니 달려갔다. 길 앞에 선 사람은 정말 한 대 맞은 듯한 표정이 되어 옴짝달싹 못하고 있었다.

"자네……."

"오랜만입니다!"

"아니…… 이게 어찌 된……."

앙히에는 칼은 든 모양 그대로 그를 한 번 안았다가, 곧장 빙글빙글 웃으며 물러났다. 남자도 뒷걸음질을 쳤다. 그답지 않게 꽉 막힌 목소리가 흘러나왔다.

"앙히에?"

"몸만 컸다더니 진짜 그런가 보네요. 그런데 경, 동부에 계시지 않았습니까? 왜 여기……."

"전령!"

"형님과 같이 종군하고 계신다는 소식을 들은 것 같습니다만. 동부 끝에서……."

"전령! 전령!"

"여기까지면 거리도 장난이 아닐 텐데…… 언제 무타스를 처리한 겁니까? 휴가도 주고……."

"당장 안 오나!"

전령이 헐레벌떡 뛰어왔다. 톨레도는 마뜩잖은 표정으로 종이와 판자를 받아 들어 바로 무언가를 써 내려가기 시작했다. 앙히에는 그제야 자신이 아직까지 칼을 들고 있다는 사실을 자각했다. 그는 머쓱하니 칼을 감춘 뒤 톨레도가 쓰는 서한을 훔쳐보았다. 무슨 범세계적 미아를 찾아낸 듯한 어조라, 그는 몇 마디 더 쓰려는 톨레도의 손목을 잡아챘다.

"왜 이러십니까? 도대체 누가 절 찾으려 했다고요?"

사실 발렌시아는 아닐까 하는 약간의 기대가 있었다.

"왕실이네."

"……미라이예에서는 감감무소식입니까?"

"발렌시아 경께서 미라이예의 실무권을 계승하신 뒤 모든 수색령을 파기했네. 대공작과 갈등이 있었지만 대공작께서도 이내 따르게 되셨네."

아이고, 형님 운운하는 농담은 나오지도 않았다. 앙히에는 그럴 기운조차 없었다. 톨레도는 그가 멍청히 서 있는 사이 서한을 마무리한 뒤 전령을 떠나게 했다. 그는 그제야 앙히에를 제대로 돌아보았다.

"들어가세. 그간 어디 있었나?"

"제가 여쭙고 싶은 질문입니다만. 왜 동부에 안 계십니까?"

"여유가 나서, 더불어 자멘테 후의 요청이 있었네. 됐나? 이제 내 질문에 답하게. 그간 어디 있었나?"

"……아니, 왕실에서조차 저를 못 찾았다는 말씀이십니까?"

"게외보르트에 있다는 것은 알았지. 한데 확실치도 않은 정보고, 잉그레의 첩자마저 자네 인상착의에 무지한 터라 별 성과가 없었네. 심지어 게외보르트에 있는 것 같다던 정보마저 의심스러울 지경이었지."

하긴. 미라이예의 아들이 적국 왕녀의 수족이 되어 있으리라는 사실은 감히 짐작하기 어려운 일이다.

"놀금을 쫓지는……."

"놀금을 쫓아 자네가 게외보르트에 있다고 추측한 걸세. 욜란다였던가? 그 여자가 전혀 모르는 일이라고 입을 닫아서 더 추적할 방법이 없었네. 막연했지."

"아……. 게외보르트에 있던 건 맞습니다."

"몇 년인가. 오 년? 오 년 되었나?"

"거의 칠 년입니다."

"자네가 벌써 스물이 넘었다니……. 도대체 무얼 했기에?"

앙히에는 욜란다를 곤경에 처하게 만들 싶은 생각이 조금도 없었으므로 차마 놀금으로 변명을 삼을 수 없었다.

"그냥 좀 돌아다녔습니다. 사실 내내 게외보르트에만 있었던 건 아니에요. 라르디슈도 갔었고 북부에도 갔었고."

"칠 년 동안이나?"

"네."

"폐하 앞에서까지 그런 거짓을 고하지는 말게."

"……태자 전하께서 승계하신 뒤로 여태껏 충성을 맹세 드리지 못한 것이 면구할 따름입니다."

"자네가 폐하께 직접 잉그레의 표장을 받았다고 들었는데? 그걸로 충분하네."

그건 리비에게 주었는데.

"그거야 찾아뵙고 드릴 말씀이지요……. 어…… 라?"

그와 마주한 상대 역시 걸음을 멈추고 있었다.

"르나치 경?"

앙히에는 익숙지 않은 제 이름을 경청했다.

"자……."

"톨레도 경, 이 어찌 된 일인가? 경이 찾았나?"

"공이 직접 찾아왔습니다."

"후작……."

"르나치 경, 오랜만이군."

"르나치라고 불릴 이유도 없고, '경' 도 아닙니다."

"깐깐하기는. 공이라 하마."

리볼텔라 편에서 느꼈던 자멘테를 직접 마주하려니 온 살갗이 쑤시는 기분이었다. 이것이 본시 내 자리였지 않나 하고 생각하면서도 속이 이상했다.

"왜 두 분 모두 이곳에 계십니까?"

"톨레도 경은 내가 서부의 알로지아드를 점검해 달라고 불렀네. 게외보르트의 1왕녀가……. 아니, 공은 사정을 잘 모르겠군."

앙히에가 허탈하게 웃었다.

"설명해 주십시오."

"게외보르트의 1왕녀가 내전에 딤니팔을 끌어들였다는 사실은 알고 있나?"

"아, 그래요? 언제?"

"딤니팔이 그녀와 밀월 관계를 가진 것은 극히 최근의 일이네. 일곱 달 전 면밀한 관찰 끝에 왕자와 왕녀가 동률이라 판단한 서부가 지원을 결정했네. 짧은 기간이나마 온갖 도움을 주었지만…… 알고 보니 제 미약한 세력을 숨기려던 왕녀의 속임수에 넘어간 게지. 우리 덕에 소모렛에서 승리하고도, 그 파렴치한 왕녀는 딤니팔을 인정한 뒤 투항했네. 지금 우리가 얼마나 기가 막힐지 짐작할 수 있겠나? 폐하의 짜증을 못 이기고 서부 영주들이 망명 권유를 보냈지만 답장도 없네."

자신의 전부였던 일과 사람이 '우리 덕에', '파렴치한', '기가 막힌', '짜증을 못 이기고' 등으로 표현되는 것을 보니 앙히에는 목이 뻣뻣해졌다. 딤니팔 입장에서는 정말 만 번 옳은 말들이라는 것을 알아도. 리볼텔라.

"이제 즉위할 2왕자가 어떤 구실을 들어 서부를 분탕질 칠지 알 수 없네. 나, 브레타냐, 본잘 백은 적어도 일 년간은 서부에서 추이를 지켜봐야 할 걸세. 때문에 알로지아드 가도 역시 손봐 두어야 했고."

"……."

"나는 개인 대 개인으로 오가는 욕이 항상 의미 없다고 생각했지만, 저 1왕녀께는 이야기가 좀 달라지겠군."

그녀는 품위 있는 사람이라 입 밖으로 비난하지는 않았다. 그러나 앙히에는 그녀가 말하지 않음으로써 더 큰 욕지거리를 던졌다는 사실을 깨달았다. 톨레도 역시 그 언짢음에 공감하듯 인상을 찌푸렸다.

"아무튼 들어감세. 톨레도 경, 왕실에 전령은 보냈나?"

"예."

"웃기는 일이야. 부랑아를 폐하께서 직접 찾아 주시기도 하고."

앙히에가 씩 웃었다.

"같잖으나마 미라이예의 손이니까요. 형님께서 뜻이 없으니 왕명으로라도 찾으셔야 했겠지요."

"르나치 공, 공은 설마 발렌시아 경이 공을 찾아 주기를 바랐나?"

"예?"

"그만큼 염치가 없나?"

"아니요, 전혀 아닌데요."

"공은 지금 오스페다에 발렌시아 경이 없다는 사실에 감사해야 할 걸세. 유서 깊은 솔 미라이예에 피가 묻는 것은 내게도 기꺼운 일이 아니니까."

각오했던 일이지만, 그래도 웃고 있던 입매가 조금 사그라지는 것은 어쩔 수가 없다. 지난 칠 년 동안 무엇을 했는지 모르겠다. 제 전부였던 리볼텔라를 잃었는데, 그동안 제 뒤에 서 있던 발렌시아마저 단단한 옹벽을 쌓아 버렸다. 칠 년을 통째로 분실한 느낌이었다.

자멘테는 그리 말하고는 볼일이 있는지 쌀쌀맞게 등 돌려 사라졌다. 앙히에는 지난 몇 년 동안이나 발렌시아와 유대를 쌓을 일 없었을 그녀가 이렇게까지 자신과 거리를 두는 것이 조금 이상한 일이라고 생각했다. 떠나기 전까지는 그래도 어리광이 잘 먹히던 상대였는데. 설마 톨레도 경도 내심 같은 마음일까?

"톨레도 경?"

"거처를 마련해 줌세. 한데, 언제 떠날 건가?"

"경도 제가 싫으십니까?"

"자네, 이건 또 무슨……."

"경께서는 형님과 전장을 함께했으니 자멘테 후작보다 감정의 골이 더 깊으실 것 같아서요."

"발렌시아 경께선 자네에 대해 일언반구도 하지 않으셨네. 내가 좋지 못한 감정을 가져야 할 이유가 어디 있는가? 내가 자네에게 감정이 있다면 걱정뿐이네. 코흘리개 녀석이 어딜 가 무얼 했을는지."

앙히에가 한숨처럼 웃었다. 톨레도는 그 익숙지 않은 웃음에 고개를 절레절레 저었다. 오스페다에서 매양 보던 열서넛의 아이가 장성한 청년이 되었다는 사실이 매 순간 믿기지 않는 듯했다.

"아무튼…… 자멘테 후작과 요철이 있다면 최대한 빨리 떠나는 것이 좋을 걸세. 나는 일주일 내로 동부로 돌아가네."

"충고 새기겠습니다."

"두 달 동안 많이 지쳐서…… 전장으로 돌아갔을 때 얼마나 기량을 보일 수 있을지……. 1왕녀가 도대체 몇을 고생시키는지 차마 셀 수도 없군. 비사의 칠 일 연회가 열렸다던데, 언제가 끝인가?"

"오늘이요."

한 치의 주저도 없이 나온 답엔 외려 톨레도가 놀랐다. 이곳에 아직 소식이 도달하지 않았으니 지금으로선 그 누구도 알 수 없는 날짜인데. 그의 시선이 약간 매워졌다. 앙히에는 반사적으로 답을 한 뒤에 반쯤 넋을 놓아 버려, 상대의 기색을 조금도 눈치채지 못하고 있었다.

"연회가 끝나면 죽나?"

"칠 일은 연회로 꽉 채워요. 팔 일째 첫 어스름에 죽고 다음 날 아침에 매달리지요."

"야만적이군."

"……."

"아무튼 전령과 비슷한 속도로 오스페다에 도달하는 것이 좋을 걸세.

여기."

그는 휘황한 방을 가리켰다.

"여행길에 지쳤을 테니 식사는……."

"괜찮습니다."

너무 속이 비어 이제는 배가 고프지도 않았다. 더 눌러두어도 될 것이다.

"내일 아침은……."

"대충 내려가서 주워 먹고 가죠. 바로 떠나겠습니다."

톨레도는 고개를 끄덕인 뒤 빠르게 사라졌다. 물론 앙히에는 그가 저 아래에 감시 역을 세워 두고 가리라는 사실을 알고 있었다. 뭐 어떤가. 도망칠 마음도 없는데.

그는 방 안으로 들어와 문을 닫았다. 큰 창에서 쏟아져 내리는 늙은 노을이 온 방의 절반을 차지하고 있었다. 달궈진 공기 내음이 난다. 앙히에는 배낭을 침대 위에 던진 뒤, 키 큰 창과 마주 보는 의자에 기댔다.

혹은, 기대려 했다.

돌연 진흙탕을 밟은 양 주변이 울렁였다. 아니, 주변이 아니라 제 속에 가깝다. 숨 한 마디만 더 쉬면 모든 것을 게워 낼 것처럼 역겨웠다. 고작 몇 초 뒤 상태는 더 나빠졌다. 눈이 보이지 않는다고 생각했는데 어느새 눈을 감은 상태였다. 식은땀이 흘렀다. 죄다 토해 낼까 무서워 입을 열 수가 없었다. 입을 열지 못하자 공기도 철컹철컹 닫혔다. 그는 그대로 기어가 간신히 안락의자에 쓰러졌다. 눈 감고 고개를 숙였다.

진정해라.

아직 아니다. 아직 때가 되지 않았다. 끝은 밤, 밤인데 지금은 단지 노을의 끝자락이지 않나. 그녀는 아직 자신과 같은 공기를 마시고 있을 것이다. 그는 그 사실에 감사하기로 했다. 숨을 더 깊이 쉬었다. 마지막이라는 단어가 주는 비애는 겪어 보지 못한 자에게는 차마 상상하기 어려운 절망이다.

육 년. 호흡이 밭아졌다. 누군가 몸을 천천히 반으로 가르고 있었다. 우리의 육 년은 모래로 쌓은 위태로운 성이었을까. 나는 빛에 홀린 것이 아니라 불에 뛰어든 것인가. 머리가 우왕좌왕하다가 희미해지면서 동굴 속에서 혼절했다. 아무 생각이 들지 않았다. 숨을 쉬자. 숨을 쉬자. 마지막 공유다. 그는 의무감에 가까운 심정으로 어깨를 떨었다.

"그만 힘겨워 해라. 네가 나를 놓아야 내가 편히 간다."

그래서 포기했다. 그녀 말대로 그는 분명 포기했다. 그래서 지금 이 자리에 서 있는 것이다. 숄렘과 멀어지고 멀어져서 감히 그 시선조차 닿지 못할 오스페다로 가려 하는 이 아둔함. 마치 그것으로 이 모든 일이 해결되기라도 할 것처럼. 어깨가 들썩인다. 아니, 넌 무슨 말을 그렇게 하나. 아둔함은 아니다.

앙히에는 자신이 리볼텔라를 그리 덮을 수 있으리라 믿어 의심치 않았다. 그녀가 바랐기 때문이다. 이 이상 그녀에게 해 줄 것이 없었다.

평생 묘지기라도 하자. 그녀의 죽음을 인정했으니 이보다 더 강렬한 애정은 보이지 못할 것이다. 이것으로 좋다. 그저 마지막 순간이 괴롭지 않기를, 제발 후회 없기를, 부디 만족하고 있기를 바랐다. 그녀가 반드시 그러할 사람이라는 사실에 그는 위로를 받았다.

망할 것. 또다시 죽을 사람에게 다독여지고 있구나. 앙히에는 떨리는 입매를 가다듬은 채 간신히 눈을 떴다

어스름이 졌다.

눈앞이 시퍼레졌다. 희미하게 뜬 달이 서넛으로 나뉘었다. 이 고요함

조차 귓속에서 대여섯 개로 갈라져 대단한 소란으로 들리기 시작했다. 갑자기 정신이 아뜩아뜩하고 식은땀이 확 나면서, 토하기 직전처럼 허리가 허물어졌다. 머리부터 피가 빠져 온 얼굴이 새하얗게 질렸다.

세상에서 멀어지는 까마득함과, 세상의 모든 것에 악을 퍼붓는 포악이 동시에 찾아왔다.

아니야. 아직. 아직. 이곳은 북쪽이다. 북쪽은 해가 짧다. 아무리 가까운 숄렘이라도 아직은 노을이 지고 있을 것이다. 리볼텔라는 아직 살아 있으리라. 이전과 다름없이 이 공기를 마시고, 동생과 닮은 녹안을 깜박이고, 단호하나 부드러운 말씨로 어루만지고, 한 사람의 인간이…….

밤교대를 알리는 종이 울렸다. 앙히에는 숨을 멈췄다. 미의식이라고는 조금도 신경 쓰지 않은 폭력적인 놋쇠 소리. 뎅. 뎅. 뎅.

그는 이것이 정확히 열두 번 울리리라는 사실을 알았다. 앙히에는 정적을 깨는 종소리를 주의 깊게 들었다. 하나하나, 소리를 그림으로 그릴 수 있을 만큼 섬세하게 경청했다. 열두 번은 긴 시간에 걸쳐 그를 두드렸다.

아주.

긴.

시간.

그는 그제야 그녀가 삶을 떠났음을 깨달았다.

앙히에는 묘하게 침착해져 고개를 들었다. 먹물로 덧칠한 듯 시꺼먼 밤. 그는 일종의 무감각 상태였다. 그저 시선이 그곳에 있기 때문에 창밖을 내다볼 수밖에 없다는 듯, 어떤 감정도 없이 구름에 가린 달을 바라보았다. 노려보는 것일까?

리볼텔라가 두고 간 숨소리가 아직까지도 귓가에 쟁쟁했다. 어깨 한 번 흔들리지 않는다. 호흡 한 번 들리지 않고 뜨거운 입김 한 번 허공으로 나오지 않는다. 그러나…… 숨골에 맺힌 피멍울 같은 슬픔. 갑자기 팔뚝이 쓰라릴 정도로 아팠다. 살을 쥐인 것이 아니라 드러난 뼈만 고스란히 잡힌 것 같았다. 아픔에 무언가가 울컥 치밀었다. 앙히에는 이것이 눈물인가 싶어 얼어붙었다. 아니, 얼어붙는다는 단어는 너무도 온건한 표현이다. 혈관을 흐르는 피까지 돌로 굳은 느낌이었다.

내가 운다고? 말이 웃겼다. 속이 문드러져서 꼬박 죽을 지경인데, 그래도 웃겼다. 이상하다. 이 세상에 없는 파란 음식을 맛본 것처럼 동떨어진 이질감이 들었다. 이건 도대체…….

물론 앙히에는 단 한 가지 사실만큼은 똑똑히 인식하고 있었다. 설혹 이것이 진짜 눈물이라도 그는 눈물을 흘릴 수 없다는 것. 그녀와 그리하기로 약속했기 때문이다.

눈물은커녕 조금도 애통해 하지 않기로, 그녀의 패배를 인정하기로, 마모된 내 목숨은 온전한 체 가장하기로. 긴긴 인생의 고작 육 년. 잠깐의 꿈처럼 여기고 다시 제 삶에 충실하기로 스스로도 굳게 다짐했다. 한 단락이 끝났을 따름이다. 이제 그는 남은 평생 슬픔 한 점 없이 그녀의 이름을 부를 수 있었다. 그러니까 이렇게…….

리비.

허물어졌다.

동공이 깨진 듯 인식하지도 못한 사이 눈물이 떨어졌다. 얼굴이 달뜬다. 온몸이 미쳐 가기 시작했다. 비명이 새어 나오지는 않았다. 다만 죽음을 인식했을 따름이다.

무슨 단어를 내뱉으려 했지만, 떨리는 속으로 행하기에는 퍽 사치스러운 일이었기에 그만두었다. 그는 간신히 입을 다물었다. 울음 섞인 목소리는 눈물에 젖어 밖으로 나오지 않았다.

흐느낌도 없는 울음. 고요 속에서 얼굴만 뜨겁다. 가슴 부근에 열을 자아내는 물레가 있는 것 같았다. 쇄골에서 손가락 하나만큼 아래로 내려간 부분, 정확히 그곳에서 울음이 터지고 있었다.

평생토록 함께했더라도 차마 사랑한다고는 말하지 못했을 것이다. 그런 감정인지도 의심스러울뿐더러, 그런 말을 하기에 자신은 너무 모자랐다. 지나치게 부족했다. 여섯 번 되살아나도 결코 사랑한다고는 말하지 않았으리라. 하지만 자신보다 먼저 가지는 않기를 바랐다. 그 사람이 존재하지 않는 세상을 인정할 수가 없었다. 숨이 막히고 앉지도 서지도, 아무것도 아무 생각도 할 수 없었다. 그저 계속 울었다. 자신이 그 사람을 위해 할 수 있는 일이 조금도 없어 비참했다.

설마 이렇게 갈 사람이 아닌데. 어떻게. 내 전부였건만. 지독한 울음에 구역질까지 나고 있었다.

그 비통 속에서 그녀가 말했다.

"내가 고독하지 않게 해다오."

그는 찰나, 벼락 맞은 듯 그 말을 이해했다. 일그러지던 얼굴이 한순간 멈췄다. 자신에게 매양 보이던 리볼텔라의 웃음 섞인 시선을 똑똑히 기억했다. 마지막 순간을 정말이지 선명하게 그려 두었다. 그런 그녀가 다시 말했다.

"내가 고독하지 않게 해다오."

아…….

입매가 올라갔다가, 내려갔다가, 중간 즈음에서 뚝 멈췄다.

신이 세상에 돌아온 양 기이한 공기였다. 그녀와 자신이 따로 선 역사가 없다는 것을 드디어 깨달았다. 서로를 모르던 때에도 그들은 이미 이것을 알고 있었다. 동기도 아니건만 그들은 분명 한 가지에서 난 사이라는 것. 그런 관계가 아니고서야 이처럼 처음부터 서로에게 맞물린 인과를 도저히 설명할 수 없었다.

리볼텔라는 이미 이 사실을 알고 있었다. 그녀가 그에게 스스로를 남긴다 말한 것도 이와 다를 바 없는 이야기였음을. 이번에도 그녀에게 졌다고 말할 수는 없다. 이것은 누군가의 양보나 패배가 아니었다. 죽어야 그립지 않겠지만, 그래도, 결국, 앙히에는 제 동굴에 남은 리볼텔라를 보관할 수밖에 없었다. 자신이야말로 그녀의 뻗어 나온 가지인 까닭이다.

그는 문득 비사 오필라의 두 정문을 기억했다. 산취傘取와 삽지揷枝. 그는 엉망진창으로 미소 지었다. 모든 깨달음은 한 줄기처럼 통해 있었다.

산취. 나는 네가 뻗어 나온 가지.

삽지. 그리고 이제 꺾꽂이로 뿌리내려, 또다시, 뼈대 굵은 한 그루가 되는.

이것은 슬픔이 아니다. 슬픔이 아니니 울음을 보여도 괜찮다. 부러진 나뭇가지가 아물기 위한 과정에 불과하다. 상처의 진물처럼 곧 끝날 것이다. 그는 찬탄하며, 떨며, 기어이 울음인지 웃음인지 모를 소리를 냈다.

지금 이 순간 그는 여러 길 중에 단 하나만 볼 수 있었다. 이 길이 넓은 길인지 좁은 길인지 자신이 갈 길인지 아닌지 앙히에는 전혀 알지 못했다. 앞도 뒤도 없다. 이곳은 그의 전부였다. 이 자리에서 자신은 어쩌면 다시는 애정을 두지 못할지도 몰랐다. 어쩌면 평생토록 고독에 만족하며 살지도 모른다. 하지만…….

보아-러-씰 레발 오툉은 마흔둘 먹은 현재까지도 초조할 때마다 다리 떠는 버릇을 고치지 못하고 있었다.

바로 이 상황도 마찬가지. 물론 지금은 정숙한 남성다운 부끄러움이 그를 조금 자제시켰다. 호화찬란한 응접실에 앉아 미친 듯 다리를 떨고 있으려니 사방에서 날아오는 시녀들의 시선을 견딜 수 없었던 것이다.

"비전하께서 드십니다. 예로 맞으십시오."

오튕은 튕겨 오르듯 일어나 고개를 숙였다. 마치 신줏단지나 되는 듯 제가 집필한 책을 껴안고 있는 그의 모습에 몇몇 시녀들이 다 들리도록 혀를 찼다. 저것들이……. 내가 지금 무슨 미친 짓을 하려는지도 모르고……. 그는 들어오는 상대의 얼굴을 보지도 않곤 재빠르게 인사했다. 다른 명령이 들릴 때까지 자리에 앉기는커녕, 앞도 제대로 보지 못한 채 웅크리듯 고개를 숙이고 있어야 했다.

"앉아라."

그는 앉았다. 긴장해서 엉덩이만 살짝 의자 끝에 걸친 모양이었다.

"내 네 글을 보고 깨달은 바가 많아 직접 불렀다."

"망극합니다."

어…… 이건 폐하께만 쓰는 단어였나?

"너는 고개를 들지도 않나."

그래서 그는 고개를 들었다. 그리 친절한 어조라면 조금 웃고 있을 법도 한데, 그녀의 표정은 어디까지나 굳은 조상 그 자체였다. 저리 세심하게 깎아 두어야 어디에 쓸꼬. 저것을 사랑할 수 있는 자는 조각상과 사랑에 빠지고자 하는 정신병자일 것이다.

"모두가 알다시피 나는 게외보르트에서 자란 왕녀라, 귀족원에 대해서는 피상적인 이해밖에 가지고 있지 않다. 이것은 내 두 아들이 갈등을 일으키는 근본 논제가 적색과 청색일 때 큰 무지함이 된다."

"아…… 전하, 제가 부족해도 부디 용서해 주십시오. 말솜씨가 서툰

노태駑駘는 전하의 부름을 받았을 때 몇 날 며칠을 고민했습니다. 미욱한 문재나마 입으로 익혔습니다만…… 사실 지금까지도 그에는 회의감이 입니다. 때문에 제 책에 모든 설명을 적어 왔습니다. 물론 저 역시 전하께 강론하는 영광을 누릴 것입니다만, 제 졸렬한 말에 전하께서 혼란을 겪으실 것을 대비…….”

“시녀에게 넘겨라.”

한 시녀가 다가와 그에게서 책을 받아 들었다.

오튕은 그 순간부터의 기억이 없었다.

앙히에는 마지막 롬 세 장을 보여 주었다. 오튕은 분통을 터뜨리며 그 뻔뻔한 얼굴에 제 모든 패를 던졌다.

“제에에엔장!”

“너 세 판 내리 졌다. 들고 가.”

“내가 내기에 목 따이려고 평생 이 공부를 했구나…….”

“어유, 시끄러워. 약속했잖아? 뭣하면 내 이름 대고 같이 죽자니까?”

오튕은 그에게 롬을 던지려다, 이미 제 손에 든 것을 모두 내팽개쳤다는 문제를 깨닫게 되었다. 그는 욕설을 뱉으며 털이 북슬북슬한 손을 턱 내밀었다. 앙히에는 이를 보이며 웃었다.

“이 손이 어떻게 문필가의 손이냐? 산적이 딱이네.”

“너보단 유식하니 걱정 마라!”

“아무튼 이거나 들고 가.”

“들키면 기필코 네놈까지 끌어들일 거다!”

“그러라니까?”

아, 몇 개월 동안이나 새파란 물주를 물어 이게 웬 떡이냐 생각했더니

— 예술가는 가난한 직업이다. — 어느 날 갑자기 부탁받은 것이 하늘의 해를 따 오라는 정신 나간 요청이었다.

'왕비에게 접근하는 자는 누구든 목이 날아간다.' 이 흉흉한 소문은 사실 '진짜' 진짜이다. 정말 진심으로 하고 싶지 않았다. 때문에 그는 즉시 거절한 뒤 다른 후원자를 찾아갔다. 물론 석 달 방황하는 동안, 오툉은 어디서나 본디의 반의반도 안 되는 알량한 액수를 제시 받곤 자존심에 상처를 입고 말았다.

결국 한참을 돌아와 다시 앙히에 앞에 앉았다. 물론 오툉은 여전히 목숨이 아까워, 부탁은 싫지만 돈은 달라는 배짱을 부렸다. 그러자 저 젊은 놈이 제안한 내기가 롬이었던 것이다. 5전 3승제로.

오툉은 시를 지어 분위기를 띄워 주는 손님 등으로 귀족들의 살롱에 자주 불려 다녔기 때문에 롬에는 일가견이 있는 몸이었다. 그는 앙히에가 딤니팔 사람인 까닭에 이 같은 패착을 두었다고 생각했다. 딤니팔에서는 평민이 귀족의 연회에 불려 가는 광경을 상상조차 할 수 없으니, 저 장상고는 그 자신이 귀족과 거래하며 어깨너머로 배운 롬 정도로도 평민인 오툉을 무릎 꿇릴 수 있다고 생각했을 것이다.

오툉은 쾌재를 불렀고, 눈 깜짝할 사이에 내리 세 판을 졌다.

"도대체…… 어떻게……."

"내가 원체 똑똑해서 그래."

"너 이 자식, 설마 귀족이냐?"

"졌지? 어서 다녀와."

오툉은 그제야 앙히에가 이번 단 한 번을 위해 자신을 지원했음을 깨달았다. 애초에 자신을 끌어들인 목적이 왕비와의 소통이었던 것이다. 물론 그가 왕실의 개인 교사라거나 하는 것은 결코 아니었다. 그러나 그에 구애받을 필요도 없는 것이, 생 로욜에는 왕이 왕비를 위해 무엇이든

해 준다는 소문이 파다했다. 왕비는 미식가도 아니었고 옷이나 보석에 관심이 있지도 않았다. 딱히 흥미가 있는 분야라면 기껏해야 책 — 그것도 얇고 넓어 가벼운. — 정도였다. 왕은 그녀가 대담하길 원하는 작가란 작가는 모두 불러 주었다. 저자 역시 그것을 노린 것이다.

"이놈아, 왜 하필 나야……."

"네 가능성을 봤기 때문이지. 내가 네 문재를 존경하지 않았으면 어떻게 사태가 이리되리라고 예상했겠어? 난 네가 왕비에게 불려 갈 거라 생각했을 만큼 널 높게 평가한 거라고!"

오퉁은 찬사에 약한 사람이었기 때문에 순식간에, 고스란히 넘어갔다. 앙히에가 다른 일곱에게도 똑같은 목적으로 똑같은 지원을 하고 있다는 사실은 물론 조금도 짐작하지 못했다.

"성공해서 오면 평생 글만 쓰고 살 수 있도록 해 줄게."

그는 이미 반대편에 서 있었다.

그래서 죽음을 무릅쓰고 다녀왔다. 그런데 이놈은 이 용기에 대한 존경심도 없이, 대수롭지 않다는 투로 이렇게 말하는 것이다.

"비생 로욜에서 또 불렀다고? 잘됐군."

비생 로욜은 생 로욜 사람들이 왕궁과 자신들이 사는 곳을 구분하기 위해 멋대로 지은 말이었다. 그 말인즉슨, 또 왕궁에서 그 짓을 하라고! 오퉁은 그 말에 펄쩍 뛰었다.

"이놈이! 잘되긴 뭐가 잘돼! 나보러 또 하라고! 매번 대화 중개하라고 하면 억만금을 줘도 도망칠 거다!"

"어차피 세 번 이상 부르진 않을 거 아냐? 왕비도 왕의 의심을 살 거라고. 그러니 딱 한 번만 더 버텨 봐."

"야!"

"죽을 때까지 연금 두 배."

오툉은 당황했다. 억만금의 각오는 비교적 빨리 무너졌다.

외르타는 책상에 놓인 책을 뚫어져라 바라보고 있었다. 아까 낮에 다녀간 보아-러-씰 레발 오툉이라는 자가 남기고 간 책이었다. 방금 전 '다' 읽었다.

시녀들이 자신의 모든 것을 감시한다는 사실은 상대도 충분히 알고 있었으리라. 이 책 역시 받자마자 글에 출중한 시녀 셋이 들고 가 검열을 마친 문서였다. 하지만 그들이 게외보르트의 암호를 알 리가 없지.

물론 그녀 또한 그 책에 암호가 섞여 있다는 사실을 깨닫기 위해서는 명확한 표식이 필요했다. 그런 면에서 앙히에는 훌륭했다. 살의가 일 만큼 훌륭했다. 책 앞에 낙서처럼 크게 써 있는 이름. 앙히에. 그리 휘갈겨져 있으면 누구도 의심하지 않을 개인 성명이지만, 그것을 아는 자에게는 순간적으로 정신이 아찔할 정도의 신호였다. 욕설이 튀어나오려는 입을 정말 간신히 참았다.

찌는 듯 무더운 여름이었다. 왕국의 내전이 끝난 지는 벌써 반년이 넘었다. 이제는 일말의 관심도 일지 않았다. 리볼텔라가 패했다지만, 그래서?

두 번째 장, 위에서 네 번째 필기의 첫 단어. 네 번째 장, 위에서 여섯 번째 필기의 첫 단어. 여섯 번째 장, 위에서 여덟 번째 필기의 첫 단어. 여덟 번째 장, 위에서 두 번째 필기의 첫 단어……. 짝 맞춤을 좋아하는 게외보르트의 암호인지라 가장 간단한 배열은 이런 식이었다.

확실한 도주로. W와 연계. 답은 J와 BS의 교차.

W는 고심할 필요도 없이 발터다. 어떻게 앙히에가 리볼텔라를 죽인 발터와 손을 잡게 되었는지는 모르겠지만, 발터의 의도만큼은 그녀도 잘 알고 있었다. 그는 그녀를 죽이기보다는 더 이상의 자식이 없도록 생 로욜에서 도주시키는 방법을 모색하고 있었다. 이해할 수는 없었지만, 알아차렸다. 심지어 이 내용은 이미 한참 전에 어수대에게 들은 이야기였던 것이다. — J과 BS의 교차는 생 로욜의 최고위 어수대원를 일컫는 말이다. 자부에이 궁의 시녀 블랑쉬 젤로. —

발터는 그처럼 헤아릴 수 있었다. 그런데 앙히에, 너는 도대체 무슨 이유로, 이제 와서 내게 손을 내미니?

지나치게 뜬금없어 이해할 수가 없었다. 이해하고 싶은 생각 또한 없었다. 사실 이것은 고민거리조차 못 되었다. 발터의 제안을 묵살한 자신이 하물며 앙히에에게 귀를 기울일 성싶은가? 애초에 외르타에게는 조금의 도움도 필요 없었기 때문에 이것은 누가 더 친밀하고 누가 더 유력한가의 문제가 아니었다.

그녀에게는 이미 해야 할 일이 있었다. 외르타는 그에 누구의 빚도 지지 않을 생각이었다.

앙히에의 연락에 놀라지 않았다고 말할 수는 없다. 그러나 외르타에게는 그 같은 뜨악함이 제 감정의 전부였다. 끝까지 모른 체하지, 왜 돌연 나타나 자신을 기막히게 만드는지, 외려 조금 언짢을 지경이었다. 무언가 하나에 꼬박 집중하고 있는데 쓸모도 없는 공 두 개에 연달아 얻어맞은 듯했기 때문이다. 소름 끼칠 정도로 귀찮았다.

내일 아침 사람을 불러 너저분한 필기가 차라리 없느니만 못했다고 책을 던져 주어야겠다. 거짓말이 아니었다. 앙히에의 연락은 정말 없느니만 못한 헛소리였다.

차라리 그가 근황을 물었다면 답이라도 해 주었을 텐데.

앙히에, 너도 그렇겠지만 나 역시 새로울 것 없어 무기력한 날들이다. 내가 지금껏 죽지 않고 살아 있는 것은 죽을 줄 몰라서가 아니라 그저 매번 물어 복수하기 위해서란다. 그 아이가 무슨 잘못을 했나? 내 죄 탓이라면 내가 고통을 받아야지 왜 그 아이가 받나? 나는 걱정하지 마라. 영원히 과거 속에 살 테니.

앙히에는 비생 로욜의 정문을 하루 종일 응시하고 있었다. 가장 가까이 있는 건물에 기대어 열 시간째. 여명이 비칠 때부터 어스름까지.

그 모습을 수상히 여긴 경비병들이 교대마다 그를 쫓아내려 했지만, 그는 연인을 기다리는 청년의 연기를 실감나게 해 보임으로써 — 더불어 돈과 — 모두 물려 버렸다.

그의 손에는 경비병들이 물러난 이유가 된 여인의 푸른 머리끈이 있었다. 힘줄이 도드라질 정도의 악력이었다.

처음에는 이렇게 생각했다. 외르타가 자신의 거짓말을 눈치챈 것일까? 당연하지만 그는 발터와의 연락 방책이 조금도 없었다. 딤니팔의 간자를 통해 게외보르트 어수대의 이름을 얻은 뒤, 단지 말만 꾸몄던 것이다. 자신의 이름만이라면 그리 큰 신용을 주지 못했을 테니 억울하지만 그 개자식의 위용를 빌렸다. 빌어먹을. 눈치챘나? 그리 눈치채고 자신뿐이라면 믿을 구석이 없다고 생각한 걸까?

그러나 앙히에는 그리 바라보고 선 지 반 시간 만에 새로운 개념을 깨달았다.

거절이구나.

리볼텔라의 미심쩍어 하던 시선을 기억했다. 외르타는 조금도 너를 반기지 않을 것이다. 너는 그 아이에게 어떤 의미도 되지 못한다. 앙히에는 그래도 시도에 의미가 있지 않겠냐고 자문했다.

그러나 어제 받은 두 번째 거절. 오튕 때는 책이라도 받아 주었지만 그 뒷사람에게는 일절, 어떤 것도 허락하지 않았다. 처음의 거부로 불안해진 앙히에는, 이번만큼은 말이라도 전하기 위해 리볼텔라의 전언을 넣었다. 그러나 완전히 내쳐졌다. 그는 지금 뼈저리게 후회하고 있었다. 차라리 처음에 리볼텔라의 말을 전한 뒤 이어 용건을 청할 것을. 이래서야 내가 그녀의 말을 영영 전할 수나 있을까.

정말 거절한 건가?

누군가 자신을 툭툭 건드렸다. 그는 의아하다는 시선으로 제 주의를 끈 여자를 내려다보았다. 소담히 틀어 올린 검은 머리에 검은 눈. 햇살 아래에서 기이하게 푸르렀다. 젊은 여자는 그의 찌푸린 얼굴에도 당황하지 않고, 자신의 할 일을 하는 태도로 그저 딱딱거렸다.

"가십시오."

머리를 한 대 얻어맞은 듯했다.

"다시는 오지 마십시오."

그는 순식간에 이것이 마지막이라는 사실을 깨달았다. 속이 바짝 말랐다. 앙히에는 제 말을 마친 뒤 바로 사라지려는 여자를 붙들었다.

"전할 말이……."

"답은 거절하셨습니다."

"제발……."

"이 이상 저를 막는다면 당신, 죽습니다."

그는 어느새 제 손등에 닿아 있는 굵고 짧은 바늘을 발견했다. 이런, 의심의 여지없는 맹독이다. 이 여자도 어수대라는 것을 완전히 잊고 있었다. 앙히에는 제 목숨이 아까워 포기하는 것처럼 그녀의 어깨에서 힘을 뺐다. 여자는 한참 동안이나 그를 경계하다가, 무기를 회수함과 동시에 빠른 걸음으로……. 그러나 이번에는 그녀의 두 팔 모두 앙히에에게 잡혔다.

"외르타에게 전……."

"꺄아아아악!"

불행히도 이곳은 비생 로욜 정문의 앞마당이었다. 아까부터 호시탐탐 그를 노리던 경비병들이 한꺼번에 달려왔다.

"무슨 일이오!"

"이, 이분께서, 흑, 저를, 놓아주시질, 흑……."

여자는 진짜 울고 있었다. 앙히에는 살의가 일었지만, 어느새 그 둘 사이를 철벽처럼 가로막은 경비병들 탓에 그녀의 얼굴조차 볼 수가 없었다. 가장 험악하게 생긴 경비병이 그의 이마를 꾹꾹 찌르며 말했다.

"이것으로 끝이오. 무슨 꿍꿍이가 있는지는 모르지만, 더 이상 이곳에 머물렀다간 왕실 감옥으로 가게 될 줄 아시오."

"흐윽, 흑, 다시는 오지 마세요! 흑, 또 보게 되면! 당신……! 죽여 버릴 거야!"

경비병들에게는 상처 받은 여인의 비명으로 들렸지만, 앙히에는 진짜로 속이 언짢아지는 것을 느꼈다.

저 여자가 어수대 안에서도 최고에 속할 왕궁 첩자라는 것은 사실 그에게는 입가심거리도 안 되는 문제였다. 이 언짢은 감정은 단지, 자신이 불가능을 깨달았기 때문에. 저런 사나운 반응을 보아하니 외르타는 영영 듣지도 답하지도 않을 셈인 듯했다. 거절이었다. 지나치게 확고했다. 외르타, 평생 보지 말자고?

누군가 뒤에서 자신의 어깨를 감쌌다. 그는 보지 않고도 누군지 깨달았다. 앙히에는 두 눈을 꾹 감았다가, 자신을 잡은 손을 따라 천천히 뒤로 물러났다. 몇 걸음이나 더듬더듬 눈 뜬 장님처럼 뒷걸음질 쳤다. 경비병들은 그가 저희의 명령을 듣는다고 생각했는지 더 이상 관심을 두지 않고 돌아갔다. 앙히에는 끝끝내 뒤돌아보지 않다가, 어느 기둥에 부딪힌 뒤에야 우뚝 멈췄다.

그가 고개를 돌렸을 때 그곳에는 아무도 없었다.

"나는……."

염희

"공작."

"경이라 부르십시오."

"작위를 승계 받으셨다는 소식을 들었습니다."

"당신이 이해하는 바와는 별개입니다. 내용도 다릅니다."

"공작이 짧아서 부르기에 좋습니다."

"디무어 함."

"그렇게 부르시면 자유민 신분의 내가 부끄러워지지 않습니까, 공작."

발렌시아는 들은 체도 하지 않았다. 그는 고개를 내려 다시 공증서에 몰두하기 시작했다.

빼곡하게 들어찬 사항들. 무타스 디무어의 글씨는 분명 악필이지만, 잘 훈련된 악필이었다. 옆에 선 자가 훔쳐볼 수 없도록 규칙적인 기울기로 죽죽 휘갈겨 놓은 모양인 것이다. 물론 한 해가 넘도록 그런 글자를 겪어 온 자신은 해독에 어려움을 느끼지 않았다.

그는 펜대로 어느 부분을 짚은 채 반대편에 앉은 사람에게 슥 밀었다. 빛 하나 없는 검은 눈이 의아하다는 양 그를 바라보았다. 발렌시아는 이곳에 집중하라는 것처럼 펜대를 한 번 더 두드렸다. 디무어의 시선이 종이를 향했다.

"자뉘호는 제외하십시오."

"뭐라? 안 됩니다."

"자뉘호를 작전 구역에 넣었다가는 온 군대가 약탈의 유혹에 넘어갈 위험이 있습니다."

"공작이 우리 걱정까지 해 주실 필요는 없습니다. 약탈이라 말씀하셨습니까? 그곳은 동부의 신전입니다. 동부인들 중 자뉘호의 여사제들을 숭배하지 않는 자는 없습니다. 약탈이라니 천부당만부당한 말씀이십니다."

발렌시아는 외운 듯한 말투로 읊조리는 디무어를 바라보았다. 물끄러미. 디무어는 고개를 한 번 틀었다가, 웃음 지으며 다시 그를 바라보았다. 말하는 도중 알아차렸나 보다.

"딤니팔이 여기까지 오시겠다?"

"우선은."

"꿈도 크십니다, 공작. 지금 당신들은 젠도와에 있습니다. 그런데 자뉘호까지? 당신 지금 휴가 가는 김에 나를 놀리는 겁니까?"

"입조심하십시오. 휴가가 아닙니다. 홍薨하신 대비 전하께 준절한 예를 보이기 위함입니다."

"아, 아, 아무튼."

디무어는 손사랫짓을 했다. 아주 무례하다. 발렌시아는 무겁게 응시했다. 물론 그녀의 번거롭다는 기색은 사라지지 않았다.

"자뉘호 방면도 휴전 지역으로 선포하라 말씀하셨습니까? 장난하십니까? 그 방면에서 딤니팔이 열위에 있다는 사실을 내가 정말 모를 것 같습니까? 기억 못할까 봐 찔러 보셨나? 한 해, 아니지, 부사령관 시절까지 합하면 두 해 가까이 나를 본 공작이 그런 허황된 말씀을 하시다니 나는 지금 상당히 비통합니다, 공작. 당신이 떠난 뒤 내가 직접 군사를 몰게 되면 젠도와는 전광석화처럼 함락될 겁니다. 주제를 아십시오."

"나는 내 그릇을 압니다."

"당신 그릇이 문제라는 게 아니라 딤니팔이라는 무지렁이가 문제지."

"디무어 함. 지금 내게 칼이 없다는 사실에 안도하시오."

"공작은 본디 나와 칼로 싸운 일이 없습니다. 내 머리를 때려 부수지 못하는 이상 앞으로도 없을 겁니다."

약간의 정적. 그러나 그런 조롱을 들은 발렌시아의 얼굴에는 별 표정이 드러나지 않았다. 디무어는 저 무감정함이 참 익숙한 듯 눈꼬리 한 번 세우지 않았다. 그녀는 흘러내린 제 회색 머리칼을 여러 번 꼬아 올리다, 짜증스러운 기색으로 전부 풀었다. 그러고는 손만 간단히 움직여 다시 비녀로 고정시켰다.

"이 짓도 못해 먹겠군……. 공작, 아무튼 나는 자뉘호를 제외하지 않겠습니다. 밀리는 격전지에서 휴전하고자 하는 당신 허풍이 너무 잘 보입니다."

"허풍인지 허풍이 아닌지는 후일 지켜보십시오."

"이제는 시정잡배 같은 협박을 하십니다?"

"군대는 항상 그러했습니다."

"필요할 때만 도덕을 찾는 딤니팔답습니다."

"본론에서 벗어나지 마십시오."

발렌시아는 종이를 더 밀었다. 디무어는 고민하는 척 제 턱을 감싼 뒤 입을 꾹 다물었다. 침묵이 흘렀다. 발렌시아는 회담의 정체를 민감하게 느끼고 있었다. 회담이 있을 때마다 제 분초는 이처럼 굉장히 날카로운 것이 되고 만다.

어쩌면, 있을 수도 없는 가정이지만, 디무어가 평범한 상대였더라면 자신은 지금쯤 그저 단순하게 속을 조였을 것이다. 저 고민 끝에 나오는 답이 제 '허풍'에 대한 답이 될 것이므로, 상대가 참 거짓, 가부를 따지는 이 짧은 침묵에 긴장하지 않을 수 없다.

사실 그녀의 말이 전부 맞았다. 자뉘호 방면의 딤니팔은 현재 제법 수세에 몰려 있었다. 발렌시아는 그런 다급한 전장을 자신이 왕도에 다녀올 때까지 묶혀 두고 싶었다. 그래서 보인 이런 '허풍.' 상대의 결정이 중요하니, 그 고민 역시 온 집중으로 지켜볼 수밖에 없다.

그러나 그는 지금 조금도 긴장하지 않고 있었다. 상대에게는 고민이 없기 때문이다. 발렌시아는 디무어가 일 초 이상 고민한 역사가 없다는 사실을 잘 알고 있었다. 저것은 고민이라기보다는 여유다. 모든 것을 결정한 뒤, 장난처럼 평범한 사람과 같은 행태를 보여 주는 것이다. 그녀의 입이 조용히 열렸다.

"나는 당신을 읽기가 좀 힘듭니다."

"……."

"사람 같지가 않거든. 처음 만났을 때는 일부러 이런 사람을 내 대비책으로 내놓았나 싶었습니다. 멍청한 딤니팔이 오랜만에 좋은 수를 보였다고 생각했을 정도입니다."

"본론을 말씀하십시오."

디무어는 제 펜을 들었다. 고개를 숙인 채 묻는다.

"지금 여기서는 자뉘호만 정정하시겠다는 겁니까?"

"그렇습니다."

"나머지는 변동 없습니까?"

"전부 수용합니다. 우리가 제안하는 휴전입니다."

"동전 던지기가 좋겠습니다."

그는 그 황당한 말에도 미동 한 번 보이지 않았다. 디무어 역시 답을 기대하지 않은 듯했다. 그녀는 제 품에서 동부 공화를 꺼낸 뒤, 유연하고 부드럽게 튕겼다. 짝 하고 손등에 달라붙는다. 그녀는 고개를 들어 무뚝뚝한 그의 얼굴을 바라보았다.

"공작 먼저."

"……."

"공작?"

"당신이 하십시오."

"자뉘호를 작전 구역에서 제하는 것에 앞."

발렌시아는 순간적으로 자신이 무엇을 잘못 들었나 생각했다. 그러나 저가 들은 것이 맞았다. 자뉘호를 휴전 지역으로 두자는 '자신의' 제안에 그녀가 앞을 건 것이다. 내 것을 대신 걸어 준 건가?

그러나 무어라 묻기 전 디무어가 손등을 열었다.

"……."

"앞이네."

"……."

"좋습니다, 공작. 자뉘호 방면에서도 우선 휴전을 선포하겠습니다."

그녀는 발렌시아가 밀어 준 종이 몇 장을 자기 쪽으로 돌렸다. 누운 제 글씨를 북북 긋더니 그 아래에 덧대어 쓰기 시작하는 모습이다. 발렌시아는 이토록 쉽사리 내려지는 중대한 결정에 약간 기묘한 느낌을 받았다. 디무어는 글을 마친 뒤 종이가 찢어질 정도의 기세로 서명을 했다. 다시 제 쪽으로 밀려오는 공증서. 발렌시아 역시 정갈히 서명했다.

디무어는 뒤의 먹지를 뗀 뒤 자리에서 벌떡 일어섰다. 다시 한 번 비녀를 고정시키며 분명한 어조로 말한다.

"제한 휴전 파기 일시는 546년 12월 31일 영 시 영 분입니다. 내가 무료하니 발등에 불붙은 듯 다시 달려오십시오, 공작."

"……."

"르쿰자이, 도레수, 발라수, 람말라이수, 긴수, 달미기, 라스도테, 비잔말레, 굴란, 론세스바."

"……."

"돌아오셨을 때는 당신 땅이 아닐 겁니다."

발렌시아는 따라 일어섰다. 처음에 합의된 여섯 방향에, 더불어 자뉘호 방면까지 제한다면 현재 휴전이 선포되지 않은 지역은 람말라이수 전장뿐이다. 심지어 그곳은 자신이 확연한 우위를 점해 두고 가는 장소였다. 그럼에도, 반년 만에 저 모든 것을 포기해야 하는…… 무타스 디무어.

"이래서야 공작이 동부 원정을 나왔는지 내가 서부 원정을 나왔는지 모르게 되지 않습니까. 반년의 휴기니 다음번의 딤니팔은 만반의 준비를 갖춘 뒤일 겁니다. 그때는 나도 꽤나 피를 봐야 하지 않을까 싶습니다만, 적어도 그때까지는 내 재미를 좀 봐야겠습니다."

디무어의 재미는 다섯 도시에 다섯 지방이다.

"디무어 함."

"예?"

"작금의 딤니팔은 큰 도약을 위한 도움닫기를 하고 있을 따름입니다. 제한 휴전의 의미를 되새기고 온건히 점령하십시오."

"원래 우리 땅이었던 곳에서는 물론 그리할 겁니다. 하지만 라스도테, 비잔말레, 굴란, 론세스바……. 약속은 못 드립니다."

"함."

"내가 온건한 대처를 보이라 명하면 여인의 유약함이라 비웃는 반편

이들이 동부입니다. 그것을 익히 아시면서 그런 말씀을 하십니까?"

"명령 불복종에는 즉결 처분이 당연합니다."

그녀는 소리 없이 웃었다. 아이의 천진함을 어여삐 여기는 듯한 웃음이었다.

"당신은 정말 사람을 모릅니다. 공작, 내 아래 모든 바보들은 바보로 내버려 두는 편이 부리기 편합니다. 바보들끼리 욕설을, 경멸을, 두려움과 부끄러움을 공유하는 것은 내게 참 바람직한 일입니다. 종내 그들은 그것 외에는 어떤 일도 하지 못하게 되기 때문입니다. 예, 무능력합니다. 하지만 괜찮습니다. 평시의 무능력자들은 땔감 이외의 용도로 쓸 수 없습니다만 군대의 무능력자는 다릅니다."

"……."

"소심한 반항은 그들의 유일한 배출구입니다. 그것마저 없다면 그들은 자신의 열등함을 견디지 못하게 됩니다. 그 구멍 하나로 행복한 반편이의 수가 유지된다면 저는 기쁘기 한량없을 겁니다, 공작."

너무도 당연한 으스댐이라 무어라 반박할 수조차 없었다. 저 자연스러운 오만. 그녀가 자신을 깔보고 있지 않다는 것을 알아도 어쩐지 입맛이 썼다.

그는 동부군과 무타스 디무어가 어떻게 서로를 대하고 있는지를 다시 한 번 이해했다.

동부는 살기 위해 무타스 디무어를 인정한다. 때문에 그녀는 거의 십 년째 군사의 수령으로 임명되고 있었다. 하지만 그녀를 지휘관으로 받아들인 군사 본인들은 도저히 열등감을 견디지 못한다. 군대의 지휘자가 여성이라는 것은 완전한 어불성설. 그것도 서른 줄의 젊은 여자라면 그 반항은 주체할 수가 없게 된다.

그런데 그 여자는 천재다.

특히 그녀의 군사적, 논리적, 인식적 천재성은 도저히 감출 수 없고, 그들로서도 부정할 수가 없다. 사실 그런 천재성은 동성 집단이었더라도 짜증스레 배제되었을 것, 그러나 서부는 강했고, 그들은 끝내 고까운 천재를 버리지 못했다.

천재성은 당연히 큰 전과로 드러났다. 그 전과는 자신들의 안위와 직결된다. 때문에 디무어를 향한 비난은 결국 사그라지게 되었다. 그녀의 말마따나 군사가 보일 수 있는 성질은 평시의 사소한 반항뿐. 디무어를 두려워하고 경멸하지만 그런 자신이 부끄러워 화를 견디지 못하는 것이다.

사실 진심으로 그녀를 추앙하는 무리도 없지는 않을 것이다. 승리를 얻게 해 주는 지휘관을 끝내 미워할 수는 없다. 때문에 존경이나 경외 또한 디무어가 허다히 수납받아 온 것들이리라. 문제는, 디무어가 그런 것들을 조금도 원하지 않는다는 점이다. 그 완벽한 무시. 내려 보는 시선. 존경과 경외가 무너지지 않고 배기겠는가?

그녀에게는 이제 모두가 적이었다. 발렌시아는 만사를 깔보는 그녀의 심중을 도저히 이해할 수가 없었다. 도대체 무엇을 위해 동부를 맡았는지조차 모르겠다.

"무타스 디무어."

"예?"

"당신은 왜 동부에 있습니까?"

그녀는 처음으로 깜짝 놀란 표정을 보여 주었다. 구태여 위장하려 들지도 않는 순수한 경악이었다. 발렌시아는 스스로 이상한 이야기를 했나 싶어 자신을 돌아보다가, 저답지 않은 질문을 깨달았다. 아무짝에도 쓸모없는 개인적 질문. 그러나 말을 정정하기도 전에 디무어의 답이 먼저 나왔다.

"궁금하십니까?"

"……."

"발렌시아 경."

"……."

발렌시아는 공증서를 접어 봉인했다. 품에 넣었다. 다시 그녀를 바라보았다. 스물다섯의 청년과 서른다섯의 여인.

그녀는 갑자기 품에 손을 넣어 무언가를 꺼냈다. 방금 전 던지기 내기를 했던 동전이다. 디무어는 아까와 똑같은 동작으로 허공에 동전을 튀겼다. 핑그르르 돌아, 다시 그녀의 왼쪽 손등에 떨어진다. 그녀는 그처럼 단호한 몸짓으로 동전을 봉한 뒤 발렌시아에게로 뚜벅뚜벅 걸어왔다. 그는 말없이 그런 그녀를 내려 보고 있었다.

디무어의 손이 약간 올라왔다.

포장을 연다.

앞이었다.

발렌시아는 지금 그녀가 무엇을 보여 주는지 몰라 인상을 약간 찌푸렸다. 동전 던지기를 왜……,

디무어는 동전을 다시 한 번 던졌다. 손등에 붙인다. 연다. 앞이었다. 다시 한 번 던졌다. 손등에 붙인다. 연다. 앞이었다. 다시 한 번 던졌다. 손등에 붙인다. 연다…….

발렌시아는 그녀의 손목을 잡아 올렸다.

뼈대가 선 디무어의 손목조차 순간 우득 꺾일 정도의 힘이었다. 그러나 그녀는 조금도 당혹하지 않았다. 그 난폭함을 예상한 듯, 아직까지도 두 손이 곱게 같이 있었다. 여전히 동전을 감추고 있는 그녀의 평온함이 거슬렸다.

무타스 디무어는 빙그레 웃으며 동전을 넘겼다.

"내 답입니다."

그녀는 그를 떨쳐 내고 뒤돌아, 곧은 나무처럼 성큼성큼 걸어갔다. 발렌시아는 그 뒷모습을 보지 않았다. 그는 제 손에 잡힌 동전만 꿰뚫을 듯 응시하고 있었다.

동전은 양면 모두 앞이었다.

"절차란 것은 본디가 굉장히 복잡한 걸세. 그대도 잘 알잖나? 그러니 십이공회에 못 들어가는 건 이해해 주게."

"바라지 않습니다, 폐하. 어차피 극비로 보고할 사항이었습니다."

"극비? 극비일 것이 없을 텐데. 이미 모든 군사 정보는 공개된 상태잖나."

발렌시아는 고개를 숙여 잠시 동안 왕의 발등을 바라보았다. 자카리는 재촉하지 않았다. 피곤한 듯 눈을 비비며 창밖을 내려 볼 뿐이다. 그가 바람을 맞아 몽롱해지기 직전, 발렌시아가 불쑥 내뱉었다.

"무타스 디무어의 망명을 허해 주십시오."

자카리는 그의 음성과 내용 모두에 놀라 하마터면 자리에서 미끄러질 뻔했다.

"뭐?"

"폐하, 디무어 함이 있는 이상 동부 원정은 지지부진한 전황을 벗어나지 못할 것입니다. 암살 시도는 이미 수백 번이나 누적되었습니다. 동부는 자신의 생명줄을 가장 엄중히 지킵니다. 살수는 이 이상 무용하다고 사료됩니다. 때문에, 저는 그녀를 딤니팔로 포섭하기를 감히 바랍니다."

자카리는 생각을 정리할 시간이 필요했다. 때문에 불쑥 나온 말은 다소 경황없는 타박이었다.

“무타스 디무어를 포섭해? 그 여자가 지금껏 딤니팔에 안겨 준 손해를 합하면 잉그레를 열두 번도 더 지을 수 있겠다.”

그는 자신의 어린아이 같은 말을 곧장 수습했다.

“그런 여자가 딤니팔로 온다? 발렌시아, 우리가 지금까지 그 생각을 안 했겠나? 그 여자를 신용할 수 있겠느냐? 허황된 가설이다. 우리는 그 여자를 믿을 수가 없어.”

“그 여자를 망명시켜 우리가 건넬 것은 권력이 아닙니다. 극서부의 영지와 대단한 보화면 족합니다.”

“야심찬 디무어 함이 그런 대우를 받아들이겠나?”

“거래 내용에 있어서 구태여 진실을 말할 필요는 없습니다.”

자카리는 발렌시아를 물끄러미 바라보았다. 그는 왕의 시선을 이해하지 못했지만, 피하지 않았다. 자카리는 여러 번 인상을 찌푸렸다. 가까스로 고민을 편 이후에야 겨우 내뱉을 수 있었다.

“음……. 고집 세네. 좋아. 숨기지 않겠네. 사실 선왕께서 그녀에게 단 한 번 망명을 권유하신 일이 있다. 너와 똑같은 방식, 똑같은 속내로 하문하셨지. 그 뒤 일어난 일이 무언 줄 아느냐?”

“…….”

“우리는 답도 받지 못했다. 그 직후 한 달간 함락된 성은 네 개. 이게 그녀가 스물일곱일 적 일이다. 이십 대에 그만한 충성심이라면 지금은 얼마나 확고한 신념이 되었겠나? 회유는 무용하다.”

‘충성심’? 무타스 디무어가 제게 준 답은 그런 것이 아니었다.

“그녀는 충성심으로 동부에 남아 있는 것이 아닙니다.”

자카리는 세상에서 가장 어처구니없는 답을 들은 양 제 이마를 짚었다. 그는 깍지 낀 손으로 눈썹을 몇 번 매만진 뒤, 한숨처럼 말하기 시작했다.

"십 년 지기 친우라도 되나? 그리 단정하게? 톨레도 백과 그대 춘부장께서도 가늠을 못하고 온 사람이네. 내가 들은 바는 이렇다. 승리를 위한 장치. 목적도 없고, 이유도 없고, 감정도 없고, 오로지 천재."

발렌시아는 그것이 아니라는 사실을 알았다. 혹은 안다고 생각했다. 그는 자카리의 말을 들으며 점점 회의감이 일고 있었다. 자신이 봐 왔던 그녀의 격 없음은 거짓이었나? 사람을 이해하지 못하는 스스로라, 일반인이라면 마땅히 눈치챘을 그녀의 비인간성을 홀로 몰랐던 것일까?

"그래. 그 여자가 우리 손에 쥐여 있으면 얼마나 좋겠나. 믿을 수 없으니 이용하지는 않겠지만, 적의 전력에서 디무어 함이 빠지는 것만으로도 우리는 천군만마를 얻는 걸세. 하지만 그 여자 본인이 배반할 만한 인재가 아니야. 무타스 디무어는 동부에 대한 집착이 너무 크네. 아마 평생토록 동부에 충성을 바칠 걸세. 그녀를 만난 이들이 모두 그리 말했고, 나 또한 지난 기록을 보고 그리 판단할 수밖에 없었네. 무타스 디무어는 동부에 뼈를 묻을 거야."

발렌시아는 서서히 자신에게 화가 나고 있었다. 상대를 안다고 착각했나? 스스로 무슨 자격이 있어 그리 자만했는지 이해할 수가 없었다. 기가 막혀 노엽기까지 한. 감히 디무어를 헤아렸다고? 고작해야 연 단위의 만남이었는데, 평생을 알아 온 아우조차 이해하지 못하고 보낸 자신이?

나는 너무 오만하다.

"물론 무타스가 벼락을 맞든 뭘 맞든 해서 망명할 마음이 생겼다면 그건 그것대로 좋은 일이지. 그러니 똑같은 망명 제안을 또 해 보겠다면 그대 마음대로 해 봐. 물론 발렌시아, 당연하지만, 그 제안으로 성난 백룡에게 먹히지는 말게. 그대가 있는 와중에 성 네 개가 단박에 스러지는 꼴은 참을 수가 없으니까."

"……."

"사안은 전부 끝났나?"

발렌시아는 얕게 고개를 끄덕였다. 평시라면 당연히 육성으로 답했을 테지만, 그는 지금 도저히 그럴 수 있는 상태가 아니었다. 무타스 디무어를 이해했다고 생각한 자신을 죽이고 싶었다. 스스로 상대를 헤아리는 행동이 불가능하다는 것은 이미 몇 해 전에 깨달았다. 무슨 생각으로, 건방지게, 너를 안다고 말했는지.

자카리는 그 수긍을 납득한 듯 인사도 없이 뒤를 돌았다. 왕의 걸음이라기에는 너무 맥이 없다. 지독한 격무에 어머니의 죽음에마저 애통해할 겨를이 없을 것. 피로가 그림자처럼 따라붙어 있었다. 자카리는 다시 눌라레의 원탁으로 돌아가려는 모양이었다. 그리 떠나며 중얼거린다.

"아, 짐은 천재가 정말 싫다. 한 시기에 한 번은 반드시 나타나 짐의 골치를 썩인단 말이야. 이처럼 꼭대기에 서 있으면 꼭 싸움을 걸어 오니……. 그냥 도예 정도로 그 천재성을 발휘하면 안 되나? 왜 평범하기 짝이 없는 짐을 귀찮게 해……."

말에 주의를 두지 않는 듯 목소리 역시 점점 흐려져 갔다. 발렌시아는 그의 뒷모습을 보며 잉그레의 예를 표했다.

손이 마지막으로 콧날을 스치는 순간, 갑자기 자카리가 뒤를 돌아보았다. 발렌시아는 놀랐지만 당황하지 않고 손을 내렸다. 자카리는 다시 황급히 걸음을 되돌렸다. 휘적휘적 재빨리 걸어오며, 그 시간도 아깝다는 양 말했다.

"아, 맞다. 발렌시아, 이야기하려 했는데 잊었군. 공작가 수색을 전면 파기했다며?"

그 순간 발렌시아의 턱에 힘이 들어갔다.

"그러지 마라. 앙히에를 놓겠다니 이게 무슨 소리냐? 대공작과도 큰 다툼이 있었다고 들었네. 대공작도 그럴 만해. 애초에 손 놓은 아들놈이라지만 그렇다고 죽을 때까지 안 볼 수는 없는 노릇이잖나? 연락이라도 닿도록 하려는 건데 그걸 왜 이해 못해?"

"괜찮습니다."

"무슨 횡설수설이야……. 나는 앙히에를 다시 찾으라고 말하고 있네. 넌 지금 대공작을 배반하고 있는 거다. 그가 세력을 넘기자마자 곧장 수색령을 폐기해? 네 아비를 옴짝달싹 못하게 묶어 놓고 그 의사에 가장 반하는 짓을 하겠다고? 염치란 것이 있나? 부끄러운 줄 알면 당장 네 아우를 찾아."

"죄송합니다. 폐하께서도 공작가의 사사私事에는 함부로 간여하실 수 없습니다."

"그래서 지금……."

"……."

"끝내 안 찾겠다?"

"예. 번복하지 않습니다, 폐하."

"왕도를 떠날 때까지 너를 솔 미라이예에 유폐한다."

"그리하신다면 제가 전쟁의 와중에 이곳까지 오게 된 이유가 없어집니다."

"승계 처리는 집 안에 박혀서 해라."

"그렇다면 마땅히 따르겠습니다."

자카리는 숨을 한 번 들이켰다.

"솔 미라이예에서 한 발자국도 못 나올 텐데, 그러마고? 그리 당연히?"

"예."

"발렌시아, 넌 아우의 일탈을 아량으로 받아넘길 수는 없나? 누구든 놀고 싶은 때는 있는 법이야. 짐은 그런 앙히에를 알아 잉그레의 표장까지 공으로 넘겨줬다. 왜 짐이 인정한 모범적 기사를 네가 부정하나? 그 아이는 언제든 돌아와 르나치 경으로 불릴 수 있다. 돌아올 구석은 충분해. 넘쳐. 그러니 네가 가문의 의무를 저버렸다고 아우를 증오하는 건 옳지 않네."

"폐하, 저는 제 아우를 증오하지 않습니다. 과합니다."

자카리는 반가운 표정이 되었다. 설득의 여지를 본 것처럼 저도 모르게 미소 짓곤 다소 낮아진 목소리로 물었다.

"증오하지 않아? 짐은 네가 그리 치를 떨기에 그런 줄로만 알았지. 그러면 이야기는 더 쉬워지는 것 아닌가. 잠시간의 분이라면 이제 슬슬 가라앉히고……. 짐이 직접 화해의 장을 마련해 줄 테니까. 어떤가?"

발렌시아는 바닥을 한 번 내려 보았다. 다음 순간, 시선만 목 맨 듯 둥실 떴다.

"그 아이는 저와 상관이 없는 사람입니다."

"……."

"앙히에가 제게 먼저 각자의 길을 가자고 제안했습니다. 저는 수용했습니다. 저희는 이제 어떤 교차점도 없습니다. 아무 상관이 없는 타인에게는 증오를 가질 이유가 없습니다."

그러니 자신은 평생 증오심을 가지지 못할 것이다.

"왜 무관한 두 사람을 애써 붙이려 하십니까? 그 아이가 먼저 전부 거절하고 떠났습니다. 그것은 자신을 찾지 말라는 무언의 신호가 아닙니까? 왜 저희 둘이 합의한 바를 모두가 부정합니까?"

"너희가 언제, 무엇을 합의했다고? 앙히에가 증발한 이후 솔 미라이예가 떠나갈 정도의 광태를 보였던 너 자신은 잊었나?"

"잊지 않았습니다. 하지만 폐하께서는 리베 몬테를 잊으신 듯합니다."

자카리는 잠시 할 말을 잊었다.

"폐하, 아무리 무정한 저라도 저로 인해 자살한 여인은 쉽게 털어 낼 수 없습니다."

사실 지금 자신은 그녀가 어떤 사람이었는지도 잊었다. 기억나는 것은 단지 그 마지막 날.

"당시의 제게는 여러 압박 요인들이 있어 얼핏 앙히에를 향해 분을 터뜨린 것 같기도 합니다. 하지만 그때 제가 경황이 없었다는 점을 기억해 주십시오. 제 화와 앙히에는 무관합니다. 저는 앙히에에게 어떠한 악감정도 가지고 있지 않습니다. 다만 다시는 교차하지 않길 바랄 뿐입니다."

"세간에서는 그런 걸 보통 악감정이라고 하지."

"그리 생각하신다면 합의된 악의라고 여겨 주십시오. 저희는 불만이 없습니다."

왕은 침묵으로 친우를 바라보았다. 긴 창에서 떨어지는 해가 그 얼굴에 삭막한 그림자를 만들고 있었다. 흰 햇살이 검게 타 들어간다. 그가 진 무게만큼 재가 된다. 찬 벽안으로도 도통 가라앉지 않는 매몰찬 불이었다.

그는 무거운 한숨을 쉬었다.

"수색령을 재개하기 전까진 가택 연금 안 푼다."

"예."

"짐 얼굴 한 번 안 보고 다시 동부로 떠날 생각은 마라. 용서하지 않겠다."

"……."

자카리는 자리를 떴다.

발렌시아는 구석진 곳에서 무언가를 발견했다. 시선이 밤을 따라 상자 위에 놓였다. 근 스무 해 동안 저보다 많이 이 연무장을 쓴 사람은 없다. 한데 저곳에 저런 보관함이라니? 기억이 나지 않았다.

그는 잡다한 무기들이 놓인 곳을 향해 걸어갔다. 눈에 한번 잡히자 계속 신경이 쓰여 니소르를 들 수가 없었다. 주저도 없다. 허리를 굽혔다. 오동나무로 만든 것이 분명한 나무 곽에 손이 닿았다. 하인이 얼마나 많은 손질을 해 왔던지 겉은 제법 반질반질했다. 두 손이 걸쇠에 닿고, 무심하게 뚜껑을 열어젖혔다.

정적.

엄지가 약간 굽었다가 다시 서서히 펴졌다. 손매가 떨리는 것 같기도 하다. 그러나 설혹 진짜 떨리고 있더라도, 그것은 보관함에도 닿지 못하는 미세한 진동이었다. 음성도 숨소리도 없이, 심지어 몸짓마저 침묵을 지키고 있었다. 간신히 달려간 것은 생각뿐이다.

누가 이곳에 스투레를 보관했을까.

자신은 그날 이후 스투레에 대해서는 조금도 신경을 쓰지 않았다. 끝내 부러뜨리지 못하고 연무장 중앙에 내팽개친 뒤 단 한 번도 본 일이 없다. 발렌시아는 사실, 누가 되었든 제 몰골을 본 자라면 당연히 검을 버려 줄 것이라 생각했다. 주인이 그토록 싫어하던 검을 누가 감히 모신다는 말인가? 소공작이 부러뜨리려 발작하던 검을 곱게 손질해 두다니?

물론 그는 생각을 가라앉혀야 했다. 아버지의 명, 혹은 그 검이 그 검인 줄 모르던 무지한 하인에 의해 보관되었을 확률이 높다. 전자든 후자든 탓하기에는 마땅치가 않았다.

발렌시아는 두 손을 넣어 공단 안에 감싸인 스투레를 들어 올렸다. 길고, 앙상하며, 휨 없는 검. 눈치채지 못한 사이 살갗을 베였는지 왼쪽 검지에서 피가 새고 있었다. 그는 검을 반쯤 들어 올렸다가, 제 눈높이에도 맞추지 못하고 다시 내려놓았다. 약간 두려웠다.

그는 한 발자국 뒤로 물러나 스투레를 내려 보았다.

화가 나지 않는다.

몇 년 전 그토록 노여워했음에도 지금은 마치 온 분노가 적출된 듯 평온하기만 했다. 한 점 불편함도 없이, 고요 그 자체로 스투레를 바라볼 수 있었다. 마음에도 표정에도 아무런 감정이 서지 않았다. 저 자신까지 당혹스러울 정도로 온건했다.

발렌시아는 자신이 드디어 앙히에를 버렸다는 사실을 깨닫게 되었다. 저 칼의 유해를 보고도 화가 나지 않았다. 이런 자신을 그와 다른 이유로 설명할 수는 없다.

드디어 온전히 버린 것이다. 비록 남을 이해하지 못하리라는 메아리는 영영 남아 있을지 몰라도, 그것은 이제 아우가 한 말이 아니다. 리베 몬테와 한 사람. 저와 딱히 마주한 적도 없고 큰 영향도 없던 누군가. 자신이 리베 몬테를 증오하지 않듯 앙히에에게도 화를 낼 필요가 없었다. 완벽한 타인이지 않나.

나는 앙히에를 이해할 수 없다.

그러나 옛날에는 적어도 그리해야 한다는 책임감을 느끼고 있었다. 그것이 동기된 자의 의무니까. 그 아이를 훈육한 자신이 그를 이해하지 못한다면 당혹스럽고 미안한 일일 테니까. 때문에 자신의 그런 노력을 무시하고 떠난, 배반하고 떠난, 심지어 조롱하고 떠난 앙히에에게 분을 터뜨렸던 것이다. 하지만 그와 앙히에가 완전한 타인지간이라면 이런 화는 낼 필요가 없다. 지금의 자신이 바로 그 상태였다. 모든 화가 앙금처럼 가라앉은 침묵. 아우는 이제 진심으로 동기와 상관이 없는 사람이 되었다.

물론 그 아이가 다시 제 앞에 선다면 칼을 들 예정이지만, 저가 그리

하는 이유는 배반감이 아닐 것이다. 모욕에 대한 보복이다. 그저 그뿐이다. 타인에게도 모욕감은 받을 수 있다. 믿음이 없어도 모욕은 받을 수 있다. 그 모욕에 대한 보복일 뿐이다.

발렌시아는 발로 스투레의 뚜껑을 밀어 덮었다. 무성의한 동작이었지만, 동시에 힘이 담겨 있었다. 그는 보관함을 그대로 걷어차 병장기가 많은 곳으로 굴려 버렸다. 다시 동굴에 갇힌다.

내일 당장 잉그레에 저 스투레를 보낼 것이다. 네젠-롬바의 금속이니 가치는 충분했다. 다시 녹여 쓰든, 다른 귀족에게 하사하든 개의치 않는다. 자카리는 자신이 준 검이 되돌아온 모습을 보며 결국 스스로를 꺾을 것이다. 그만한 정성으로 태자에게 요청하고, 해를 넘어 하찮은 잡동사니로 왕에게 돌려준다. 자카리는 끝내 포기하게 될 것이다.

그는 뒤돌아 연무장 중앙에 꽂힌 니소르를 향해 걸어갔다.

발렌시아는 계단을 늘쩡늘쩡 내려오는 여인을 발견했다. 약간 큰 키에, 적당한 몸집에, 꽉 매어 올린 적갈색 머리. 걸음을 멈췄다. 그러나 여인은 인사만 한 뒤 재빨리 그를 스쳐 지나가려 했다.

"욜란다 그네젠."

욜란다는 두 계단 위에 우뚝 섰다. 그러나 내려다보는 자세가 죄송스러운 모양이다. 살짝 한 걸음을 더 내리자 그제야 간신히 눈높이가 맞았다.

"격조했습니다."

"아버님을 뵈러 왔나?"

"저는 공께 말씀드릴 권한이 없어요."

"아버님께 남은 것은 이제 꼭대기 층뿐이다. 내 명령이 곧 공작의 명령이다."

"대공작께서는……."

"그네젠."

"……합하."

발렌시아는 계단 난간을 노려보며 분명하게 물었다.

"앙히에 르나치 기지 얀 미라이예의 소재지를 고발했나?"

"합하, 저는 그에 관해 아는 것이 없어요."

"나 역시 그 소재지에 관심이 없다. 다만 네가 아버님께 고한 사항만 알면 족하다."

그녀는 짧은 한숨을 쉬고는 두 손을 모았다. 그것은 예를 표하는 동작이라기보다는 정신을 집중하기 위한 한 방법 같았다.

"합하, 제가 대공작과 나눈 이야기는 지금 이 내용과 다르지 않아요. 대공작께서 제게 지난 육 년 내리 추궁하신 것. 이 내용은 합하께서도 잘 아시는 것으로 알아요. 대공작께서는 이번에도 똑같이 하문하셨고 저 역시 똑같이 답하였어요."

"소재지를 모른다?"

"예. 저는 그분이 어디 계시는지에 대해선 아는 것이 없어요."

"아버님께도 그리 고했기를 바란다."

"제 목을 걸고 맹세하겠어요."

발렌시아는 고개를 살짝 끄덕였다. 그것은 수긍 혹은 예의바른 인사처럼 보였다. 스쳐 지나간다. 욜란다는 몸을 돌려 그가 계단을 올라가는 모습을 지켜보았다.

앙히에는 현재 스트레파르에 있다.

스트레파르. 삼백 년 전 분단 당시, 서 딤니팔 괴뢰 정권의 수도였던

성. 현재는 완전한 게외보르트의 영토다. 그들은 스트레파르라는 딤니팔 식 이름을 바꾸지 않았다. 점령 이후에는 무조건 새 이름을 찾는 그들의 습관에도 불구하고, 스트레파르만큼은 이백 년 동안 계속 스트레파르였다. 그 이름이 딤니팔에게 얼마나 큰 고통을 불러일으키는지 스스로도 뿌듯하게 인식하고 있기 때문이다.

딤니팔의 분단과 치욕의 증거, 스트레파르.

그곳은 1왕녀의 근거지이기도 하다.

저 부자는 상상도 못하고 있을 것이다. 상업이 발달한 삼천 군도쯤 가 있거나, 아니면 북부 산맥에 가서 얼음철을 개척하고 있거나, 그도 아니면 최근 통일된 동부 공화에 신이 나 동부 중계무역을 하고 있다든가. 앙히에에 대해서는 기껏해야 이 정도 추측밖에 내릴 수 없었을 것이다.

그런데 남의 나라의 내전이라니. 그것도 벌써 오 년이 꽉 찼다. 욜란다는 지금도 저토록 매정한 모습을 보이는 발렌시아가 더 당혹스러운 난장을 보게 된다면 어떻게 변할지 상상하기도 싫었다.

그녀가 아는 형제지간은 그래도 나름대로 전형적인 사이였다. 형님은 서투르게 아끼지만, 아우는 애정을 깨닫지 못한 채 마냥 어리광쟁이가 된.

발렌시아가 과도한 압박에 시달려 제대로 된 '애정 표시'를 못했다는 것은 자신도 보아 안다. 무뚝뚝하기 짝이 없는 사람이다. 평생토록 내가 너를 사랑한다고 말할 일이 없을 것이다. 하지만 하는 양만 본다면 그가 앙히에에게 애착을 가졌다는 사실은 아주 명백했다. 그가 앙히에에게 아량을 두지 않았더라면, 아우의 생활을 무조건적으로 배척했더라면, 지금의 놀금은 없다. 뒷골목 자리도 없고 자신도 없고 아콰도 없고 앙히에의 자유도 없고. 현재 앙히에의 모든 것이 없었을 것이라 판단하는 것이 옳다. 한데 지금의 앙히에는 분명 앙히에 그 자체지 않은가.

그처럼 자신을 발견할 수 있도록 배려해 주었는데 도주했다면. 사실 욜란다도 발렌시아의 분에 공감하지 못하는 것은 아니었다. 애정에 보답받지 못했다는 그 배반감은 참 오래도록 갈 것이다.

문제는, '과하다' 는 것.

일반적인 경우라면 형은 화를 몇 번 낸 뒤 다시 아우를 찾아 꾸짖었을 것이다. 그것이 정상이다. 그런데 현재의 발렌시아는 아예 앙히에와 절연한 듯했다. 다시는 마주하고 싶지 않다는 듯, 자신의 기억 속에서까지 그를 악착같이 지우려 드는 모양새다. 원래 저리 모진 사람이 아니었는데 생각하다가, 자신이 그를 딱히 헤아린 적 없다는 사실에 그 아쉬움마저 접었다.

일전에는 아우에게 삶을 주라는 요구로 아비와 싸우던 사람이 이제는 아우를 버리라는 요구로 큰 갈등을 빚고 있었다. 나는 너를 찾지 않을 것이고 너 역시 나를 볼 이유가 없으니, 너는 이제 다시는 솔 미라이예에 발을 들이지 못한다. 어디를 둘러봐도 도저히 번복의 여지가 없는 것이다.

욜란다는 한숨을 쉬며 뒤를 돌았다. 앙히에는 이제는 정말 이곳에 못 돌아올 것 같았다. 내전에 열중하는 그를 위해 침묵을 지켜야 했지만, 이 사실을 전해 주지 못한다는 점만큼은 많이 미안했다.

상고, 애초에 도주를 너무 가볍게 생각한 거 아니에요? 상고는 가지치기하려다가 뿌리까지 쳐 버렸어. 여긴 이미 상고를 버린 것 같단 말이에요. 왕도에 돌아오면 뭘 하시게요? 암만 잉그레의 표장을 가지고 있더라도 공작이 된 형님의 인정을 받지 못하면 미라이예에서는 결국…….

욜란다 그네젠은 1왕녀의 승리를 기원하며 솔 미라이예를 나섰다.

발렌시아는 자신이 욜란다 그네젠을 추궁하던 모습이 대공작의 눈에 띄었다는 사실을 깨닫게 되었다. 책상에 앉아 무언가에 서명을 하려는 순간, 대공작이 들어와 다짜고짜 윽박질렀기 때문이다.

"차라리 앙히에에 대한 애정을 인정해라. 그리하면 내 너의 배반감을 받아들이겠다."

발렌시아는 펜을 내려놓았다.

"지금 그토록 네 아우를 적대하는 이유가 애정에 대한 반동이라면, 인정하마. 화는 나지만 끝내 인정하마. 그러니 이전까지 너와 앙히에 사이가 아무것도 아니었고, 지금도 아무것도 아니라고 주장하지는 마라. 사랑했기 때문에 증오한다고 말해라. 지금 네가 누누이 말하듯, 너와 그 아이가 무관하다고 내치지는 말라는 뜻이다, 발렌시아."

그는 천천히 펜대를 고정시켰다. 주의 깊고도 세심한 손길이었다.

"아버지, 이야기가 너무 길어집니다."

"……."

"저는 그것에 관해 논할 수 없습니다."

"왜?"

"제가 논하기 싫습니다."

"네가 아직도 좋다 싫다로 사리를 판단할 수 있는 나인 줄 아느냐?"

"충분히 굵었기에 판단을 번복하지 않는 것입니다, 아버지."

대공작은 소파의 등걸을 꽉 잡았다. 주름진 손에 핏줄이 불툭 섰다.

"확신하건대 앙히에는 지금 괜찮을 겁니다. 저 역시 괜찮습니다. 하지만 저는 제 이름으로 명을 내려 그 아이에게 제가 그를 용서했다는 인상을 주고 싶지 않습니다. 그가 수색령이 반가워 다시 솔 미라이예로 돌아와도, 제가 그를 용납하지 않을 것이기 때문입니다. 헛된 기대를 주고 싶지 않습니다. 폐하께 요청하여 잉그레의 밀정에게 접선을 두었으니 그로써 찾으시면 될 듯합니다."

"발렌시아."

"잉그레의 밀정이 만 배 낫습니다."

대공작은 한 걸음 뒤로 물러났다. 본디부터 단호했지만, 잉그레의 허락을 받은 이후로는 더 돌이킬 수가 없게 되었다. 그는 다시 한 번 자카리와 논해야 하나 생각하며 등을 돌렸다.

그때, 발렌시아가 말했다.

"하지만 그 모든 것에도 불구하고 아버지께는 죄송합니다. 아버지, 용서하십시오."

대공작은 뒤를 돌아보았다.

"이런 저라 저 역시 부끄럽기 한량없습니다. 죄송합니다."

"……."

"용서하십시오. 평생 반성토록 하겠습니다."

대공작은 그 말이 진심이라는 사실을 알았다. 그는 그만 눈앞이 아찔해져 얼굴을 한 번 덮었다. 몇 초간 그리했다가, 한숨을 쉬며 손을 쓸어내렸다. 손이 서서히 내려간다. 그 역시 전장에서 평생을 머물러 온 기사, 마치 아직까지 허리에 칼이 있기라도 한 듯 묘한 자세가 되었다. 발렌시아는 그 손을 의아하게 바라보았다.

"스투레는 내가 보관했다, 발렌시아."

그제야 발렌시아의 얼굴이 변화를 보였다. 확 일그러진다. 자리에서 일어서려는 것을, 대공작은 조금도 개의치 않고 돌아서서 나갔다.

발렌시아는 가만히 전장을 바라보았다. 디무어는 사흘째 진형을 움직이지 않고 있었다. 무언가가 이상했다. 적의 보급선, 지원 동선, 여타 격전지의 상황을 전부 고려한바 아무리 생각해도 이틀 이상은 갈 수 없던 대치였다. 정체가 길어지면 길어질수록 딤니팔이 유리하다. 디무어는 이럴 사람이 아니지 않나.

"발렌시아 경."

발렌시아는 고개를 돌렸다. 상대는 무엇이 좋은지 싱글벙글 웃고 있었다.

"슬슬 그냥 가 보면 어떨까 하는 잡담이 많습니다. 사실 이걸 밀고하지 말라고 했는데 제가 어떻게 경께 숨깁니까? 그러니 그만 무섭게 계시고 말씀 좀 내려 주세요."

"경."

"아니 그, 봐주는 것도 한도가 있지 않습니까? 사령부에서 본디 대치는 이틀 미만이라고 공표했던 것 같은데 벌써 사흘도 반 이상 지나갔습니다. 여기 붙박여 사흘이라니. 세상에, 제가 그 후줄근한 막사를 그리워하게 될 줄은 꿈에도 몰랐다니까요?"

그는 열다섯 새파란 아이의 얼굴을 물끄러미 바라보았다. 처음에는 군대식 말투에 익숙지 못해 저런가 생각했다. 그러나 한 해가 지난 지금도 변할 기미가 없는 것으로 보아, 애초에 바꿀 생각조차 없었던 것이라는 확신이 들었다. 그나시오의 장손이라 저토록 자만한 것일까?

"경, 어떻게 생각하십니까? 경께서 사령부 기사들에게 무어라 훈화를 좀 해 주시면 안 될까요? 돌격한다는 훈화로 해 주시면 물론 기쁘겠지만, 결국 다들 무조건적으로 경의 명령을 따를 겁니다."

"시누사 경."

"예."

"현재 동부군에 무타스 디무어가 있는 것이 확실한가?"

"총사께서 제게 그것을 물어보시면……."

"사령부에 묻고 의견 수합해서 와."

시누사는 경례한 뒤 말을 돌렸다. 발렌시아는 잠깐 그 뒷모습을 바라보다가, 다시 적의 진형을 내려 보기 시작했다.

저것은 아무리 봐도 디무어식式 정통이다. 즉, 아무런 규칙이 없다는 이야기다. 저런 이해할 수 없는 모양이 해일처럼 일어나, 살아 움직이는 맹수가 되어 가장 난폭하게 적을 집어삼킨다. 디무어는 항상 그런 식이었다. 덕분에 동부의 그는 전투 시작부터 끝까지 한시도 집중을 놓을 수가 없었다. 얼마나 모질게 날을 벼렸으면, 제가 총사가 되어 첫 전투를 치른 다음 날에는 속이 망가져 아예 음식 자체를 들지 못했을 정도였다.

그만큼 익숙한 압박감이었다. 자신이 맡고 있는 이 숨은 디무어의 것이 맞다. 나름대로 전술에는 정통하다고 생각했던 스스로를 완전히 박살 낸 뒤, 여섯 살짜리 꼬마처럼 몰두하게 만든 디무어가 맞다. 사령부가 결론을 낸 이틀이라는 시한은 통계적으로 나온 결과기에 그 자체로 필연이었다. 때문에 디무어는 지금, 현재, 저 익숙한 숨으로 자신을 물어뜯고 있어야 마땅했다. 사흘째 이런 대치라니 이치에 맞지 않는다.

왜 오지 않지?

발렌시아는 더 이상 이것이 무슨 계책이라고 생각할 수 없었다. 이틀까지는 그래도 무슨 꿍꿍이가 있는 것이라 판단했으나, 지금에 이르러서는 그 가정도 파기했다. 말도 안 된다. 이미 시한이다. 싸우고 있어야 했다.

무타스 디무어에 대한 그의 신뢰는 굳건했다. 항상 제 칼에 힘이 들어가게 만드는 적. 그런데 지금 그런 사람이 스스로 군사를 망치고 있는 것이다. 저들이 이 이상 버틸 여유가 없다는 것은 자신도 알고 디무어도 안다. 발렌시아는 제 기대를 무너뜨리는 디무어가 당혹스러웠다.

디무어가 제 기대를 무너뜨렸다, 혹은 디무어가 망가졌다는 사실을 믿을 수 없어 이처럼 반나절이나 낭비했다. 총사령관으로서, 아니 더 나아가 자신으로서 믿기지 않는 결정이었지만 그래도 디무어에 대한 마지막 기대가 스러지지 않고 있었다. 뿌리 깊은 나무라기보다는, 벼락 맞아 재로 탄 곳이 계속 재로 남아 있는 것과 같은 이치다.

그래서 종내 끌어낸 마지막 의혹. 저곳에 무타스 디무어가 있는 것인가?

"발렌시아 경!"

그는 고개를 돌렸다. 시누사가 말발굽을 엎을 듯한 기세로 달려오고 있었다. 발렌시아는 의아해 하며 그를 향해 말을 몰았다. 그는 가까스로 발렌시아 곁에 멈춰서는 숨을 가다듬었다.

"이야기가 빨리 끝났나?"

"아, 아하, 아니, 그게, 아닙니다. 아니에요. 전령이 왔습니다."

발렌시아는 이상한 일이라고 생각했다. 전투 직전이다. 작금의 상황에 도대체 무슨 전령이 필요하다는 말인가? 이제 대화는 칼이면 족하다.

"지금 무조건 총사령관 앞에서 고하겠다고 보채고 있습니다. 가 보셔야 할 것 같습니다."

"끌고 와."

시누사는 꿀 먹은 벙어리 모양이 되더니 무슨 말을 하려는 양 입을 벌렸다. 발렌시아는 이미 그를 보고 있지 않았다. 그는 반항하지 못하고 다시 뒤를 돌았다. 재차 말을 달리려는 순간…….

"어? 올라오네요."

발렌시아는 고개를 돌려 아래를 내려다보았다. 자신의 명을 짐작했는지 사령부 기사 몇이 전령을 데려오고 있었다. 전령은 뒷덜미가 붙잡힌 느낌으로 터덜터덜 말을 몰아 발렌시아 앞까지 왔다.

사투르니나가 먼저 말에서 내리더니, 무지막지한 힘으로 전령을 잡아끌었다. 전령은 굴러떨어지듯 내려서 허둥지둥 적군의 총사령관에게 옳은 예의를 표했다. 발렌시아는 그제야 말했다.

"용건만 말해라."

"동부 연합군은 이 시각 이후 람말라이수에서 철수하겠습니다."

그 자리에 선 사령부는 약속이라도 한 듯 인상을 찌푸렸다. 그것은 불쾌함이라기보다는 놀람과 의혹이었다.

"대가는?"

"동부 연합군이 람말라이수에서 안전히 철수할 때까지 휴전을 요청합니다. 휴전 파기에 대해서는 당국에서 새로운 전령을 보내서 시기를 정하겠습니다. 하지만 아무리 길어도 일주일 이상은 가지 않을 겁니다."

"……."

"어차피 이번 회전 또한 언제나 그랬듯 절반의 확률로 승패를 점칠 수밖에 없습니다. 회전의 향방을 확신할 수 없는 지금 무조건적인 승리를 드리는 것은 당국으로서도 뼈아픈 손해입니다."

"왜?"

"반-나티나모의 사정입니다. 디무어 함께서도 거스르실 수 없습니다."

반-나티나모는 동부 연합의 수도로, 즉, 이것이 정치 문제에 가깝다는 의미였다. 발렌시아는 방금 전부터 움직이지 않고 있었다. 설혹 미세하게 변한 부분이 있더라도 그것은 더욱 딱딱해진 시선뿐, 어떤 방향으로 봐도 공짜 승리에 대한 기쁨은 아니다. 전령은 충격적인 말을 들으면서도 기꺼워하지 않는 총사령관에게 약간 불안감이 든 듯했다.

"공작, 불명확한 이유가 불쾌하시더라도 부디 유연하게 생각해 주십시오. 딤니팔 역시 당국에 아무런 이유를 제시하지 않고 군사 정보를 통고한 일이 많습니다. 같은 이치로 여겨 주십시오. 어차피 중요한 것은 결과입니다. 람말라이수를…….”

“너희는 디무어 함이 없으면 나를 이길 자신이 없나.”

전령이 굳었다. 사실, 사령부도 전부 굳었다. 주변 모든 곳이 정적이었다.

“수용하지 않겠다. 반 시간 뒤에 각적角笛을 울릴 것이다.”

“공작!”

“돌려보내.”

다들 넋을 놓고 있는 가운데 시누사만이 불쑥 나서 전령을 끌어당겼다. 그는 전령을 억지로 억지로 말 위에 던져 놓고는 감시하듯 함께 나섰다. 그 광경을 보며 톨레도가 나직히 방금을 상기시켰다.

“발렌시아 경, 경께서는 지금 람말라이수를 거절하셨습니다. 피 한 방울 없이 요지를 탈환할 수 있는 기회였습니다. 어차피 철수할 때까지의 휴전이라면 지극히 찰나입니다. 지금이라도 다시 전령을 불러…….”

“경.”

“재고를…….”

“저곳에는 디무어 함이 없다.”

“어떻게 확신하십니까!”

그는 기어이 소리를 지른 톨레도를 물끄러미 바라보았다. 톨레도는 그런 자신에게 너무 놀라 입을 꽉 다물었다.

“없다. 나는 그 여자를 안다.”

‘안다’고 말하는 순간 갑자기 배 속이 들끓었다. 그 말을 받은 것은 사투르니나였다.

“도대체 어떻게……. 경, 디무어 함은 현재 분명 반대편에 있습니다. 정말 확실합니다. 저곳에는 지금 총사의 기가 서 있지 않습니까. 더군다나 불과 일주일 전 치른 소규모 회전에서도 디무어 함은 얼굴을 보였습니다. 또한 경께서 이곳에 계신다는 것을 뻔히 알면서 감히 다른 전쟁터로 빠져나갈 무타스 디무어도 아닐뿐더러, 저 진형 자체가 디무어 함의 인장이기도 합니다."

"동부 연합."

사투르니나는 입을 다물었다. 총사령관이 무슨 말을 하는지 짐작하지 못하는 모양이다. 발렌시아는 조용히 말을 이었다.

"전쟁 중의 총사를 소환하다니 동부 연합도 냉정이 없다."

"……."

"내가 저런 위선적 제안에 넘어가리라 믿었다는 사실만 봐도 이미 올곧은 정신은 아니다. 디무어 함이 없을 시 동부 연합군이 어디까지 무너질 수 있는지를 제 눈으로 목도하지 않는다면 저들은 앞으로도 끊임없이 이토록 무례할 것이다. 나는 그것을 용납하지 않겠다."

그 말에는 그에게서 흔히 보기 힘든 노여움이 담겨 있었다. 톨레도는 얼떨떨하게 옆에 선 사투르니나에게 시선을 돌렸다. 사투르니나 역시 인상을 찌푸리며 고개를 저었다.

"반 시간 뒤에 출전하니 전선을 정비해라. 그리고 그나시오 경을 불러와."

"……경, 방금 왔습니다. 하명하실 것이 있으십니까?"

발렌시아는 톨레도에게 전부 데리고 사라지라는 눈짓을 했다. 그는 약간 힘 빠진 얼굴로 명령을 수행했다. 사령부 기사들이 어쩐지 꿈같은 찰나를 마친 듯 돌아가는 모습을 보며, 그나시오는 약간 미소를 지었다. 그 미소를 끊은 것은 발렌시아의 엄중한 호칭이었다.

"그나시오 경."

"예?"

"포로를 남기지 마라."

그는 잠깐 동안 그 말을 이해하지 못했다.

"대답은?"

"……."

"그나시오 경."

"포로를 남기지 말라 하셨습니까? 발렌시아 경, 저는 물론 최종 분부를 수행할 것입니다. 하지만 부디 한 번만 더 재고해 주십시오. 람말라이수 회전의 포로는 어차피 교환용입니다. 우리 쪽 군사도 살려야 하지 않습니까."

"딤니팔군에도 포로는 없을 것이다."

동부 연합군에 포로가 없는 것은 전부 '죽기' 때문이고, 딤니팔군에 포로가 없는 것은 애초에 포로가 되지 '않기' 때문이다. 그나시오는 이해했지만, 받아들일 수 없었다.

"경, 다시 한 번 확인하고 싶습니다. 동부 연합군의 포로를 만들지 말라는 것은 그들이 항복해 와도 죽이라는 말씀이십니까?"

"지금 온 군대에 그 말을 전하기에는 시간이 늦다. 그러니 포로 처분을 맡은 경에게 말한다. 경이 처형을 맡아라."

"이긴다면 포로는 이삼천 명은 족히 될 겁니다. 그 반항 못하는 인명을 모두 죽이라는 말씀이십니까? 또한 죄송한 말씀이지만 우리가 패한다면……."

"전장에서 죽는 것, 적군의 처형으로 죽는 것, 다르지 않다. 어차피 포로 교환이 결렬되었을 때 얼마든지 일괄 처형될 수 있는 것이 그들의 운명이다. 각오하고 항복했을 테니 그 시기를 좀 더 앞당겨 주는 것뿐이다. 우리가 패할 경우는 생각하지 마라. 디무어 함이 없는 동부는 딤니팔을 이길 수 없다."

"디무어 함이 없다는 것을 어찌 확신하십니까?"

아까와 같은 질문이다. 발렌시아는 니소르의 칼자루를 꽉 쥐었다.

"나는 그 여자를 안다."

"무엇을 아신다는 말씀입니까? 저는 모르겠습니다."

"이렇게 순순히 물러날 사람이 아니다."

"경."

발렌시아는 포기했다. 그것은 설명에 대한 포기이기도 하고 자신에 대한 포기이기도 했다. 그다음 목소리는 약간 먹혀 있었다.

"방금 전 내가 디무어 함의 부재를 언급했을 시 전령의 표정이 확연히 변했다. 사령부가 충격으로 굳은 것은 물론 당연한 일이지만 전령은 정색할 이유가 없다. 내 말이 사실이 아니라면 혀를 차는 것으로 족하다. 한데 전령은 누구라도 눈치챌 수 있는 시간 동안 침묵을 지켰다. 나는 외려 경들이 알아차리지 못했단 사실이 더 놀랍다. 또한 람말라이수를 공으로 넘기는 것은 동부 연합의 입장에서 반의 승리 확률을 그대로 포기하고 떠나는 행동이다. 람말라이수가 전략적 요충지임을 감안할 때 동부 연합의 그런 행동은 논리적으로 납득하기 힘든 일이다. 어떤 정치적 변동, 군사적 변동이 있더라도 소치남사로 가는 길목은 우선적으로 막아 두어야 한다. 저번 휴전 직전 내가 람말라이수까지 점령했을 시, 모든 군사를 몰아 총력으로 대처하던 동부 연합을 기억할 것이다. 부분 휴전 동안 단박에 굴란까지 밀고 왔지만, 그들은 결국 현재 다시 이처럼 숨통이 막힌 상태다. 람말라이수는 저들의 최후 방어선이다. 이런 양보라니 말도 안 된다. 이길 확률이 희박하다는 사실을 이미 인지해 군사라도 보전하자는 것이다."

"……."

"이것이 내가 디무어 함이 제자리에 없다고 확신하는 이유다. 무척 당연하다."

"이해했습니다."

"포로를 남기지 마라."

"존명."

그나시오는 약간 떨떠름하지만, 그래도 반 이상 설득된 채로 자리를 떠났다. 발렌시아는 다시 한 번 칼자루를 움켜쥐며 진형을 내려 보았다. 자신이 저곳에서 무타스 디무어를 알아차린 것은 어리석어서가 아니다. 저 진형만큼은 무타스 디무어가 직접 만든 것이 맞다. 하지만 직접 배치하고 명을 내렸느냐 묻는다면 답은 부정이다. 첫 진형은 작전 지도에 배치된 모양만으로도 충분히 정렬할 수 있으니까.

그러나 저 진형을 부리는 기술을 가진 사람은 디무어뿐이다. 저 정신나간 말의 고삐를 쥘 수 있는 자는 진정 무타스 디무어밖에 없었다.

모든 전투 상황이 처음 세워 놓은 작전 계획대로 되는 것은 천재에게도 불가능한 일, 때문에 살아 있는 군대를 빚는 것은 그 자체로 하나의 정교한 예술이다. 시시각각으로 변하는 전황에 순간적인 대처를 보여주어야 했다. 발렌시아가 보기에 동부에는, 무타스가 아니라면 자신에게 그로써 대적할 만한 자가 없었다.

동부 연합에 그것을 일깨워 주어야 했다. 자신이 얼마나 무참하게 박살 나는지를 똑바로 보고, 다시는 저런 기교를 부릴 엄두를 내지 못하게 해야 한다. 이번 건은 그에 대한 모욕이었다.

그러다 문득 섬뜩한 예감이 들었다.

한데 내가 무타스 디무어를 안다고 생각한 것이 착각이라면 어쩌나? 그녀가 반대편에 실재한다면? 그 성정을 이해해 그녀가 부재하리라 판단한 것이 무지한 나의 실책이라면?

발렌시아는 순간 속이 철렁 내려앉는 것을 느꼈다.

딤니팔은 람말라이수 회전에서 전승했다. 밤이 지나자 동부 연합군에서는 살아남은 자를 찾기가 더 힘들었다. 그나시오가 맡은 포로 처리 부대에서는 피 냄새가 진동했다. 그는 발렌시아에게 와, 지친 목소리로 정확히 2,367명을 처형했다고 보고했다.

발렌시아는 그 살인에 조금도 죄책감이 없었다. 어차피 저쪽은 딤니팔의 포로를 수습하지 못했으니 동부 연합 포로는 교환용도 못 되었다. 더군다나, 애초에 항복한 수가 적었던 것이다. 몰살 과정과 비슷하던 전투 종반, 군사는 흥분하여 생존자를 남기지 않았다. 따라서 포로로 들어온 병사는 전투 초반부터 쉽게 두 손을 들고 넘어온 자들. 그런 그들에게는 동부 연합의 입장에서도 죽음이 마땅하다. 싸우지 않고 항복하는 군대에 처형 이외의 대우는 필요가 없다.

어쨌든 디무어 함은 없었다.

개전 십오 분 만에 깨달았다. 무타스 디무어는 저곳에 없다. 희열과 불쾌함이 동시에 피어올랐다. 자신의 예상이 맞았다는 것에 희열, 무타스 디무어가 동부 연합군을 호령하고 있지 않다는 것에 불쾌함이었다. 두 감정은 서로 상쇄되어 다시 잠잠해졌다. 발렌시아는 끝내 무덤덤하게 승리했다.

그는 자신이 미친 짓을 했다는 점을 인정했다. 이번 몰살은 물론 동부 연합에 크나큰 피해가 되겠지만 그보다 더한 상흔을 딤니팔에 남겨 줄 것이다. 상처뿐인 승리. 그러나 그것을 일군 자신을 후회하지는 않았다. 스스로 목적한 바를 이루었기 때문이다.

동부 연합은 이제 다시는 무타스 디무어를 작전에서 제하지 않으리라.

이것은 이번 승리로 자신이 쟁취한 것이자, 각오한 딤니팔의 손해였다.

어떤 이유로 저들이 디무어를 전시에 차출해 갔는지는 발렌시아도 몰랐다. 하지만 상관없다. 동부 연합군에는 무타스 디무어가 있어야 한다. 이것은 결코 자신과 그녀가 대결해야 한다는 호승심이 아니었다. 그런 감정이라고는 지금껏 단 한 번도 느낀 적이 없고, 딱히 앞으로도 느낄 수 있으리라고 생각지 않았다. 제게 중요한 사실은 무타스 디무어가 군사를 이끈다는 점뿐이었다.

동부 연합이 그녀를 종처럼 부리는 것은 주제넘는 짓이다. 발렌시아는 그 무례함을 용납할 수가 없었다. 자신에게 무언가를 안겨 준 사람에게, 혹은 존중할 만한 상대에게 계속해서 그따위 대우를 보이는 동부 연합은, 적의 입장에서도 도저히 참을 수가 없었던 것이다.

경고를 보낸 것이다. 내가 있는 곳에는 무타스 디무어가 아니라면 감히 내놓을 생각을 하지 말라고. 그쪽의 관료제가 얼마나 파탄인지에 대해서는 관심이 없지만, 어쨌든 무슨 일이 있어도 전장만큼은 성역으로 남기라고. 무용한 정치적 기 싸움에 디무어를 끌어들이는 일은 결국 너희를 향한 칼이 될 것이라고. 동부 연합은 이런 자신의 뜻을 충분히 이해했을 것이다.

발렌시아는 책상에 놓인 동부 공화를 바라보았다. 제 모든 신경이 그 동전을 향한 느낌이었다. 오른손이 느끼지 못한 사이에 홀로 뻗어 동전을 뒤집었다. 불에 덴 듯 물러난다. 동전은 양면 모두 앞이었다.

이번에는 노려보았다.

양면 모두가 앞인 동전. 무타스 디무어는 이것이야말로 자신이 동부에 남는 이유라고 말했다.

발렌시아는 그 불완전한 동전 자체를 해석하려 들지 않았다. 무타스 디무어는 '상징' 을 쓸 정도로 남을 높이 평가하지 않는다. 양면이 같은 모양인 동전. 그것에서 자아낼 수 있는 해석은 수천 가지다. 그녀는 아무도 눈치채지 못하는 그런 불명확함을 증오한다. 그러니 저 동전 자체에 의미가 있는 것은 아닐 것이다.

때문에 거슬러 올라가 생각했다. 디무어는 저 동전으로 그가 이기도록, 딤니팔이 유리하도록 해 주었다. 동전의 양면이 모두 앞인 것을 알면서도 그 앞에 딤니팔의 제안을 걸어 준 것이다. 그에서 유추해 보건대 그녀는 처음부터 적국의 총사령관이 허풍을 떨고 있다는 사실을 알았을 것이다. 그럼에도 불구하고 그 편을 들어 주었다. 딤니팔에 이득을 안겨 주었다.

동부의 총지휘관이.

이것은 모자란 자신이 생각해도 결코 충성심이 아니었다. 무타스 디무어는 절대 충성심 따위로 동부에 남아 있는 사람이 아니었다.

하지만 그렇다면, 도대체 왜?

왜?

그는 그녀에게 망명을 제안해 보아야겠다고 생각했다.

발렌시아는 언덕을 올라오는 무타스 디무어를 바라보았다. 자신은 이미 땅을 짚고 있어, 말을 탄 그녀가 가까이 오면 올수록 고개를 들어야 했다. 그녀는 긴 언덕의 봉우리에 서서 하품과 함께 내려섰다. 디무어는 그를 흘끗 보며 무관심하게 내뱉었다.

"아주 박살을 내셨더군."

더 이상 공대는 아니다.

"람말라이수 방면 군사는 반 토막 났지, 보급선도 반 토막, 군사 시설도 반 토막, 사기도 반 토막. 잘한다."

발렌시아 역시 예의를 차릴 필요성을 느끼지 못했다.

"지금까지 동부에서 얻은 승리 중 가장 의미 없는 승리였다."

"당연하지."

"당신 없는 동부 연합군이 나를 이길 수 있으리라 생각했나?"

"그런 건 문제가 안 돼. 나는 네가 동부를 개박살 냈다는 사실에 짜증을 부리고 있는 게 아니다. 공작, 관점을 명확히 해라. 반-나티나모에 소환당한 내가 그리 불쌍하던가? 토끼 굴에 불을 피워 기어이 날 토해 내도록 하게? 그렇지 않았다고 말하려무나. 그러면 알아도 넘어가 주마."

그러나 그는 정직해졌다.

"나는 당신을 도왔다."

"나이 서른일곱에 새파란 추종자 하나 끌고 다니게 생겼군."

"당신을 위한 배려라고 생각해라."

"그게 날 위한 배려라고 생각했나?"

"……."

"너는 어쩌면 그렇게 나를 모르냐?"

그녀는 그 말을 다 끝마치지도 않고 뒤돌아 말의 등에 손을 올렸다. 발렌시아는 문득 그 등을 갈라 버리고 싶다는 충동을 받았다. 그것이 공기를 타고 갔는지 그는 몰랐다. 디무어는 그 섬뜩한 기세에 무지한 채, 말 위에 있던 무언가를 주섬주섬 잔뜩 끌어내렸다. 그 모습은 소탈함을 넘어선 무성의처럼 보였다.

"물론 난 네가 임무를 수행했다는 점은 비난하지 않는다. 내 어찌 그것을 비난하겠나? 본인이 열심히 생각해서 내가 연합군에 없겠다 판단하고 격파했다면 나는 흡족했을 거다. 그게 바로 너니까. 그런데 그건 진실이 아니잖나? 나는 소식을 듣자마자 알았다. 이놈 이거, 내가 없어 꽁한 거로구먼?"

그녀가 말에서 끌어내리고 있는 것은 우습게도 간이 의자였다. 디무어는 의자를 펼친 뒤, 겨드랑이에 무언가 말린 종이를 끼고 털썩 앉았다. 자유로운 한 손으로는 제 어깨를 두드린다.

"늙으니 삭신이……. 아무튼 넌 내가 없다는 사실에 이성을 잃었다. 동부 연합에 나를 내놓으라고 별 거지 깽판을 쳤단 말이다. 당연히 반-나티나모는 불에 덴 듯 놀라 나를 토해 냈고, 앞으로 다시는 저들끼리의 소소한 애들 다툼에 나를 끼워 넣지 않겠지. 이건 좋기는 한데, 문제 일이자 문제 이십팔. 네가 왜 날 돕나? 도왔다는 사실을 인정하지 말라 해도 꿋꿋이 도왔다고 말하는군. 눈치도 없이."

그녀는 팔에 꼈던 종이를 땅바닥에 내던졌다. 허리를 굽히기도 싫은지 양다리로 그 큰 종이를 한쪽씩 고정하는 모양이다. 물론 그것만으로는 방위를 고정할 수가 없다. 디무어는 짜증스럽게 다시 일어서서는, 품에서 여러 잡다한 것을 털어 내기 시작했다. 발렌시아는 칼자루에 손을 얹은 자세로 작은 소란을 바라보고 있었다.

그녀는 무언가를 잔뜩 떨군 뒤에야 화색이 되어, 흑석으로 된 보관함을 잡아들었다. 오른 엄지만으로 그 뚜껑을 열자 즉각 빙글 도는 살이 나타났다. 디무어는 반 그림자 진 지도에 나침반을 놓아 방위를 정치正置시켰다. 또다시 품속을 뒤적이려는 순간, 갑자기 칼이 떨어졌다.

디무어는 눈썹을 올리며 지도의 왼쪽 끝에 박힌 칼을 바라보았다. 그것은 물론 바람에 날려가지 않도록 지도를 고정시킨 것이지만, 동시에 둘둘 말린 웬 종이 쪼가리를 찍어 내린 것이기도 했다. 방금 전 디무어의 품에서 떨어진.

발렌시아는 낮게 물었다.

"당신 마약 하나?"

"너희는 저걸 마약이라고 하나? 우린 궐연이라고 하고, 군내 불법도 아니다. 아! 짜증나게!"

그녀는 마약이라는 지적에 짜증을 부린 것이 아니었다. 고개를 숙이자 다시 흘러내리는 머리칼에 성을 낸 것이다. 디무어는 거친 손길로 비녀를 꽂은 뒤 으르렁대듯 말했다.

"거기 꽂은 김에 칼 하나 더 줘 봐."

그는 그녀에게 칼을 넘기지 않고 제가 직접 지도의 다른 방향을 고정시켰다. 그녀는 앉는 것과 동시에 거친 옷 여러 겹 사이를 뒤져 붉은 막대를 꺼냈다. 붉은 막대의 용도는 명확했다. 디무어는 그것으로 상당히 아래 위치한 지도에 점을 꾹 눌러 찍었다.

"여기만 하면 어떠냐?"

"더."

"여기까지?"

"더."

"여긴?"

"더 찍어."

"장난하나?"

그녀는 방금 전 자신이 찍은 점들을 죽죽 이으며 말했다.

"임바수, 마라장, 돔파, 가르문다, 실. 이 선 이으면 삼천 킬로미터다. 이곳들을 다 막아 두고 한 방면만 치고 오겠다? 람말라이수를 통해 소치남사로?"

"애초에 원정을 이토록 중구난방으로 만든 것이 우리의 전술이었다. 우리가 저지른 짓을 되돌릴 뿐이다. 현재 군사 수급에 곤란을 겪고 있는 너희로서도 한곳에 집중하자는 우리 제안은 받아들일 만하다."

사실 원정을 나오며 이처럼 분산되다 못해 산개한 전선을 만드는 멍청한 사령관은 없을 것이다. 그러나 동부에는 무타스 디무어가 있었다. 한 곳에 집중해서 디무어에게 박살 나느니 차라리 전선을 나누어 그녀가 없는 곳을 파고드는 것이 나았던 것이다.

하지만 총사령관이 바뀐 현재에 이르러서는 딤니팔 역시 충분히 일진일퇴할 수 있는 상황. 딤니팔의 최대 강점인 인적, 물적 자원을 한 곳에 집중시키는 것이 더 유리했다.

"이제는 내가 무섭지도 않나 보군. 이런 과감한 제안을 하게."

"……."

"하지만 안 돼. 사 순 휴전 대가로 이건 너무 크다. 임바수, 마라장. 딱 이 정도까지는 양보하마."

"좋다."

그녀는 제 말을 간단하게 수용하는 적군의 총사령관을 보고도 전혀 놀란 것 같지 않았다. 발렌시아도 놀라지 않는 그녀의 모습에 놀라지 않았다. 애초에 언급도 안 된 부분의 종전 이유마저 전부 파악한 사람이다. 람말라이수 방면을 제한 모든 진격 방향을 파기하겠다는 제 제안이 부풀리기에 불과했음도 당연히 알 것이다. 서로 번거롭게 설명할 필요가 없었다.

"그러면 이렇…… 게…… 여기까지……. 된……. 됐지?"

그녀는 자로 대고 그은 것처럼 명확하게 선을 그었다. 손에 맞는 펜대도 아닌, 긴 분필로 분명한 직선을 긋는 모양이다. 저런 습관적인 정교함이야말로 그녀의 악필이 '정제된' 악필이라고 판단할 수밖에 없는 이유이다. 어떤 방면을 보아도 사람 같지는 않다.

디무어는 마지막 부분을 툭툭 치며 말했다.

"공작과의 회담은 항상 짧게 끝나 마음에 든다. 대범하지만 동시에 포기가 빠르거든. 어차피 똑같은 결과로 끝날 회담을, 조금 더 이득 보겠다고 고집 피우면 서로 번거롭지 않겠습니까? 공작이 나를 알고 나도 공작을 아니, 앞으로도 계속 이런 방식을 유지하는 것이 좋겠습니다."

"방금 전."

"너는 어쩌면 그렇게 나를 모르냐?"

발렌시아는 자신도 모르게 튀어나온 말을 꽉 깨물었다. 너무 짧게 끊겨 상대 역시 제 심중을 헤아리기 어려우리라 생각했다. 그러나 디무어는 친절하게도, 그의 말을 고스란히 이어 주었다.

"예, 방금 전 나는 공작이 나를 모른다고 했습니다."

그녀는 지도에 낙서처럼 점선을 잇고 있었다. 그녀의 딱딱한 말과 함께 점차 어떤 모양을 그리는 점선.

"한데 당신은 정녕 그 차이를 알지 못합니까?"

"……."

"당신이 날 도운 것은 분명 나를 모르고 한 일입니다. 나는 공작의 도움을 원치 않는 사람입니다. 먹을 생각이 없는 사람에게 음식을 억지로 우겨 넣으면 어떻게 됩니까? 급체에 들려 온 속을 들어낼 겁니다. 그러니 당신은 다시는 그런 일을 하지 마십시오. 이건 내 자존심의 문제가 아닙니다. 다릅니다."

"……."

"자존심이 아니라면 무엇이냐 물으셨습니까? 내가 아니라면 결코 공감 못할 이야기니 묻지도 마십시오. 헤아릴 생각조차 하지 마십시오. 그런데 지금 이것과 방금의 '안다'가 같습니까? 방금 것은 사람들 간의 일반적 이해가 아닙니까? 당신은 내가 무엇을 요구할지 추론할 수 있고, 나 역시 당신이 내게 무엇을 요구할지 추론할 수 있습니다. 이건 웬만한 정신머리가 있는 한 모두가 하고 있는 일입니다. 물론 이 나를 그 정도나 이해할 수 있는 당신은 칭찬받을 만하지만."

발렌시아는 아무런 반응을 보이지 않겠다고 다짐했다. 그것은 꽤 성공적인 시도 같기도 했다. 디무어가 잠잠해진 채 제 마지막 점선을 마무리하고 있었기 때문이다.

그는 띄엄띄엄 이어진, 그러나 완벽한 모양을 알아보았다. 그녀에게는 무덤덤한 낙서조차 저토록 정교한 문형으로 드러난다.

낙서는 딤니팔의 사자를 묘사하고 있었다.

생각할 겨를도 없이, 머리가 아닌 목울대에서부터 무언가가 기어 나왔다.

"무타스 디무어, 딤니팔로 망명하십시오."

디무어의 손에 잡혔던 붉은 막대가 뚝 부러졌다. 동시에, 그녀의 인상에도 힘이 꽉 들어갔다.

"우리가 망명자에게 얼마나 큰 대우를 하는지는 당신도 익히 알 것이라 생각합니다. 첫째, 딤니팔로 망명한 이후에도 당신은 얼마든지 군사를 지휘할 수 있습니다. 내 휘하로 들어오는 것이 싫다면 눈의 방패의 총사로 임명되도록 처리해 드리겠습니다. 이것이 1차 대우이고, 더불어 작위와 보화, 정당한 영지까지 하사할 것입니다."

"그만하십시오."

발렌시아는 자신의 목소리에서 작위성이 느껴졌는지 약간 고민했지만, 애초에 제 음성에 감정이 담겨 있던 일을 기억할 수 없어 비교하기가 어려웠다. 제안이 거짓이라는 것을 알아차렸을까? 망명한다면 다시는 군대에 발도 들이지 못하리라는 것을?

"일전에 선왕께서 이와 비슷한 제안을 하셨다고 들었습니다. 당신이 그때 무슨 오해를 했는지는 나도 짐작할 수 있습니다. 하지만 그 당시도 지금도 딤니팔의 진정에는 변함이 없습니다. 우리의 조건을 믿으십시오. 또한 동부에 남은 미련이 있다면 마지막까지 고려하는 게 좋을 것입니다. 당신만 얻을 수 있다면 딤니팔은 동부 원정 자체를 종전할 의사가 있습니다."

"그만하라고 말했다."

디무어는 자리에서 일어났다. 그녀는 부러진 붉은 막대를 온 힘을 다해 냅다 걷어찼다. 그리고 고개를 돌려 발렌시아를 노려본다.

"너, 내가 지난번에 준 동부 공화 어쨌나."

"……."

"지금 나랑 장난하자는 건가."

"……."

"너는 내가 생전 처음으로 나를 알려 준 상대다. 그런데 지금의 네 행동은 내가 그리했다는 증거마저 무가치하게 만들고 있다."

그녀는 짜증스레 그를 향해 손짓했다. 손바닥을 위로 올려서는, 무슨 동물을 부르듯 마구 흔들었다.

"공화 내놔. 이 자리에서 파기하고 가게. 어쩐지. 나를 돕는다 했다. 너는 공화를 몰랐지. 그렇지. 공화도 몰랐어. 나는 네가 하도 안 읽혀서 나와 다른 방향의 동류인가 했지. 그래서 호의를 베풀었더니, 그냥 그런 거였구먼? 그래. 한없이 멍청하게 있어라. 너 데리고 장난치는 것도 이제 생각 없다. 오늘밤엔 간만에 부족한 나를 안주 삼아 술이나 파야겠다. 공화 내놔, 공화."

그가 미동도 없자, 디무어는 짜증스러운 기색마저 단박에 가라앉혔다. 이제 그녀의 말은 짜증보다는 지휘관의 명령과 비슷했다.

"당장."

정적.

숨소리조차 없는 침묵.

침묵은 방금 전과 다른 것이 없어 보였다. 그러나 그 순간, 디무어는 그의 정신적 경련을 읽어 냈다. 그녀는 눈을 확 치켜뜨며 뒤로 한 발자국 물러났다. 자신에게 읽히는 것은 당황. 당황을 넘어선 분노. 원체 화를 내는 것에 익숙지 않아, 아니 화 이전에 당황이라는 감정을 단 한 번도 느껴 본 적이 없어 그 얼굴에는 고요뿐이었다. 하지만 무타스 디무어는 알았다. 그 이해와 동시에 '전부' 알았다.

"어, 맙소사. 재밌네."

"……."

"너 성격적 고자냐?"

디무어는 자신의 격렬한 동작 탓에 엎어져 버린 간이 의자를 주섬주섬 주워 올렸다. 방금 전의 죽여 버릴 듯한 분노와 경멸은 온데간데없고, 다시 일반적인 무타스 디무어다. 그녀는 그리 의자를 세우고선 차분하게 앉았다. 아까와 같은 모양으로.

"미안합니다. 공화에 대해선 내가 과했습니다. 고작 공화 따위로 당신을 비난한다니 이게 웬 말입니까? 다시는 그러지 않겠습니다. 기분 푸십시오."

디무어가 화를 낼 때 같이 광폭해졌던 뺨도 이제는 가라앉아 있었다. 액자에 아예 다른 초상화를 걸어 둔 듯했다. 방금 전이 초로의 중후한 남자였다면 지금은 연지 곤지 찍은 광대로. 그녀는 빠르지도 느리지도 않게 말했다.

"공작, 사람을 이해하지 못하는 게 불쾌합니까? 그럼 지금부터 내가 하는 말 잘 들으십시오. 공작, 당신은 나길 그런 사람입니다. 자신을 사랑하지 않는 사람은 없습니다. 나도 천재로 태어난 내가 무척이나 좋습니다. 그러니 당신 역시 당신이란 사람 자체에 큰 불만을 가진 적은 없을 겁니다. 그런데 그런 완벽한 사람이 불완전한 동기를 떠맡길 왜 떠맡습니까? 당신 인생에 하등 도움이 안 됩니다? 당신 인생에서 당신이 유일하게 집착한 사람이 동기란 건 알겠습니다. 나는 아니까 부정 말고, 아무튼 나는 압니다. 그 동기에게 당한 배반이 참 부패한 상처란 것도 알지만, 어쩝니까? 당신에게 한 여자만 끌어안고 평생을 지내는 감수성이 있는 것도 아니잖습니까? 그런 감수성이 있었다면 지금껏 나한테 읽히지 않고 버티지도 못했을 겁니다. 동기든 그 여자든 공작을 참 잡다하게도 밟아 두고 갔습디다. 당신은 본디 그따위 동요에 신경 쓰는 사람이 아님에도 동기가 너무 강해 어쩔 수 없었습니다. 이건 예컨대 마른 땅은 자욱을 남기지 않아도 비가 내린 진흙은 움퍽움퍽 파이는 것과 같은 이치입니다. 문제는, 지금 당신이 삼백육십오 일 자체 폭우를 내리고 있다는 점입니다. 가끔 천둥도 치고 벼락도 때리고 혼자 북 치고 장구 치고 아주 신 났습니다."

발렌시아는 지도 끝자락에 박힌 니소르를 잡아 뽑았다. 그녀는 그 모습을 보며 콧등을 몇 번 만졌다. 콧등을 만지던 손은 관자놀이로 옮겨 갔다. 그녀는 다시 여러 번 긁으며 내던졌다.

"발렌시아 경."

"……."

"내가 점쟁이처럼 보입디까?"

자문자답처럼 혀를 차는 소리.

"경, 당신이 딱 내 새끼손톱만큼만 더 드러내 보였어도, 나는 당신의 가장 밑바닥까지 긁어낼 수 있었을 겁니다. 성인이 되기 전까지의 습관, 잠버릇, 당신 왕에게 가장 마음에 안 드는 점, 여자를 볼 때 가장 먼저 눈이 가는 곳, 성 취향, 뭐 이런 거."

"……."

"그런데 이토록 뛰어나게 당신을 해석하는 내가 당신 입장에 공감하는 것 같습니까? 아니요. 나는 당신 일에 조금도 관심이 없습니다. 내게 당신이 가진 의미는 그 동부 공화 정도가 전부입니다."

발렌시아의 칼은 아직 혀를 빼물고 있었다.

"당신은 어쩌면 이토록 어립니까?"

"……."

"보통은 어린애들이 겁이 없다지만, 그건 개개인에 따라 달라지는 이야기입니다. 바깥은 물론 그렇습니다. 세상을 알면 알수록 자신의 부족한 머리로는 모를 것이 많고, 이미 겪은 일조차 다시 헤쳐 나가기 어렵다는 사실을 깨닫게 되기 때문입니다. 나는 그런 사람들을 당연히 여깁니다. 그러나 나나 당신은 나이가 들면 들수록 두려움이 없어져야 합니다. 우리는 한 번이면 족하기 때문입니다. 단 한 번이면 모든 것이 머릿속에 차곡차곡 개켜집니다. 더 이상 낯선 상황이 나타나지 않습니다. 이처럼 우리에겐 만사가 처음 한 번인데, 심지어 첫 경험조차 시시각각 가지를 뻗어 모든 경험을 추론하게 만듭니다. 추론은 사실 진실이기 때문에, 우리는 결국 모든 것을 아는 겁니다. 무지가 사라지면 두려움 또한 홀로 남을 엄두를 못 내게 됩니다. 나는 이 변태를 반-나티나모에 천거된 열여섯에 끝냈습니다. 그 이후로 내내 완벽했습니다. 너는 스물여섯인데, 언제까지 그러고 있을 테냐?"

디무어는 벌어진 군사 지도를 발로 모았다. 아직까지 그 오른 자락을 찍고 있던 중검 탓에 지도 끄트머리가 찢어졌다. 그녀는 그것을 아무렇게나 중앙으로 굴린 뒤 주워 올렸다. 일어선다.

디무어는 먼젓번 들고 온 곳에 재차 두루마리를 넣어 보려 노력했지만, 결국 세 번 만에 포기하고 말았다. 다시 팔 사이에 끼웠다. 나침반과

의자만큼은 그나마 깔끔하게 접어 말에 올린 뒤, 짜증스레 등자를 밟았다. 얼굴만 그를 향해.

"사람을 이해하는 게 무섭나? 그래서 내가 준 동부 공화도 이해 못해 빌빌대나? 공포에 떨어야 하는 이는 네가 아니라 다른 사람이다. 너는 얼마든지 타인을 읽을 수 있다. 나는 공감 따위를 말하는 게 아니야. 내가 말하는 이해란 타인을 읽는 행동 자체다. 너는 네 가능성을 스스로 막고 있어."

그녀는 고개를 돌렸다.

"두려워하지 좀 마. 다 큰 사내놈이 찡찡거리기는."

다음 순간 니소르가 백사처럼 튕겨 나갔다.

디무어의 손이 가까스로 비녀를 돌려 잡았다. 은 머리칼이 폭포수처럼 쏟아진다. 폭포수는 절뚝거리다, 끝내 끊어졌다. 빛이 방울져 튕겨 오르는 난장에 대지가 잠깐 출렁였다. 이내 모든 것이 바다처럼 고요해졌다.

디무어는 칼을 낸 발렌시아를 보지도 않고 말에 올랐다. 말머리를 돌리자 그가 선 방향을 한 번 휘감게 되었는데, 그녀는 그제야 동부식 인사를 했다. 발렌시아보다 높은 눈높이에서 흘러나오는 인사였다.

"우리 병사들은 어려서 첫 번에만 참습니다. 무슨 배짱으로 오늘 내게 두 번이나 칼을 들었습니까? 양쪽에서 기겁한 놈들이 올 테니 자리를 피하시는 게 좋겠습니다."

그는 궐연을 짓밟으며 그녀가 선 쪽으로 한 발자국 다가갔다. 디무어는 그 걸음에 조금도 개의치 않은 채 그저 가볍게 말했다.

"아무튼 합의했으니 같은 내용으로 공문 발송합니다. 한 시간 뒤에 맞을 준비하시고, 그보다 더 빨리 보낼 수 있다면 딤니팔 측에서 먼저 보내는 것도 좋겠습니다. 그리고 동부 공화는, 그거 다음 회담까지 이해 못하면 다시는 내게 인간 대접 받을 생각 마십시오. 안녕."

디무어는 말의 볼기짝을 걷어찼다. 아주 무례하게. 말은 빠른 속도로 걸음을 재촉하기 시작했다. 고삐가 지나치게 조여든 탓에 다소 콧김을 뿌리기는 해도, 멈추지는 않았다. 느릿느릿 지는 햇살을 따라 느릿느릿 걸어갔다.

발렌시아는 칼을 넣고 자신의 말을 찾았다. 말에 오르지는 않았다. 땅을 딛고 선 채 고삐만 잡아끌었다. 이른 봄풀에 조용조용한 걸음을 남겼다.

언덕의 양 끝으로 선연히 다른 그림자가, 그러나 똑같은 무심함과 고요로 떠내려가고 있었다. 정상에 섰던 폭동은 갈 곳 없이 어정대다, 가까스로 정신을 차리곤 두 사람의 숨골에 발을 욱여넣었다. 어쨌든 둘 모두 잊을 수 없는 적이기는 했다.

갓 열 먹은 봄에 「황혼」을 완독했다. 끝 장을 내린 뒤에도 한참 동안이나 펜대를 잡고 있었다. 매 주제마다 그러했듯 마지막 장 또한 정리 해석하고자 했던 것이다. 그러나 그는 그것을 끝내 미완의 기록으로 둘 수밖에 없었다. 감히 그 완전한 책에 주석을 달 엄두가 나지 않았기 때문이다. 한 해에 한 번씩 「황혼」을 재독했다. 그 책을 다시 읽을 때마다 자신은 기하급수적으로 성숙해져 있었지만, 그럼에도 불구하고 열 살 때 정리한 기록에는 조금도 손을 대지 않았다. 가감할 능력도, 필요도 없었기 때문이다.

그 말인즉슨, '그때부터 지금까지 발전한 것이 전혀 없다.'는 것이다. 디무어는 열여섯 해 만에 걸음을 멈추었다고 으스대며 말했다. 그런데 정작 그 꾸지람을 듣고 있는 자신은, 스스로 언제 정지했는지조차 잘 모르고 있는 것이다. 어쩌면 태어났을 때부터 정체된 것이 아닌가? 발바닥이 심해 속에 눌어붙어, 물 밖으로 나온 시선만 비스듬히 등반하고 있는 것인가? 그것이 과연 발전으로 평가받을 수 있나?

게외보르트 왕실 언어를 뗀 것은 열한살 적의 일이다. 남부 젤브렝어 역시 그와 거의 동시에 끝맺었다. 둘 모두 배우고 싶었다기보다는 제게 필요한 말이었다. 자뉘호어, 라르눅어, 예오리, 북부 방언, 자유민 반비. 어떤 말은 전장에서, 어떤 말은 왕도에서, 어떤 말은 길 위에서 배웠다. 심지어 이제는 이 모든 말이 모국어로 들릴 지경이었다. 구분조차 잘 가지 않을 만큼 능통했다.

그러나 개중 어떤 언어로도 자신의 평탄함을 벗겨 낼 수 없었다. 자신에게 말라붙은, 상대에 대한 몰이해만큼은 결코 변하지 않는다. 저 말을 읊는 사억 명의 사람들이 일상적인 공감을 보여도, 자신은 아니다. 정말 아니다. 영영 멈춰 있기 때문이다.

사실 발렌시아는 상대를 논리적으로 파악하는 능력에 있어서는 결코 뒤떨어지지 않는 이였다. 뒤떨어지지 않다 뿐일까? 외려, 항상 이해에 능통했기에 그 이상의 공감을 보일 필요를 못 느끼던 그였다. 그편이 훨씬 편리하다는 생각도 들었지만, 그보다 더 중요한 것. 그는 자신에게 만족하고 있었다. 발렌시아는 이 모양인 제 성격을 바꿀 생각이라곤 조금도 하지 않았다.

그런 스스로가 유일하게 기탄함을 느꼈던 상대가 아우였다. 제 손에 들렸고, 키웠고, 두었다. 자신과 너무 달라 동기는커녕 같은 종으로조차 보이지 않던 아우. 생전 처음으로 냉정한 이해보다는 심정적 공감에 무게를 두려 노력했다.

불가능했다.

어느 쪽의 잘못인지는 잘 모르겠다. 제 몇 번의 실패가 먼저, 고개를 흔들며 어차피 안 될 것이라 단정 지었던 아우가 다음. 따라가려는 걸음이 살짝 못에 고정당하자 그는 포기했다.

그러나 그럼에도 아우에게 신경을 쓰지 않을 수 없어 마지막 노력으로 애초에 그를 건드리지 않으려 했다. 자신의 영향을 받지 않도록 남인 듯 세심하게 선을 그어 두었다. 앙히에가 그런 사람이라면 그런 사람인 것이다.

자신이 할 수 있는 일은 그런 그가 홀로 설 수 있도록 주변을 막아 주고, 마땅한 배경을 마련해 주는 것뿐이었다. 싹은 바람 한 점만 잘못 맞아도 비틀리니까. 전부 자랄 때까지는 그 혼자 속을 다질 수 있도록 자신이 앞에 섰다. 그가 제 그림자를 보았는지 보지 못했는지는 알지도 못하고 신경 쓸 생각도 없었다. 그저 그것이 최선이라고 판단했을 뿐이다.

그런데.

너는.

너는, 혹은 너와 너의 동류는.

앙히에가 계속해서 리베 몬테에 대한 경고를 한 것은 결국 그녀에게서 자신과 같은 향을 맡았기 때문이다. 본능으로, 동질적인 것에 이 악물고 경계하더니, 끝끝내 똑같아졌다.

발렌시아에게 있어서 그 둘은 이미 분리할 수 없는 한 켤레의 신이었다. 자신에게 남겨진 두 발자국이 꼭 맞춘 듯 똑같았기 때문이다.

자신이 그들에게 과거 어떤 감정을 가졌고, 현재 어떤 감정을 가지고 있는지는 조금도 문제가 되지 않는다. 이미 자신은 금이 쩍쩍 가 메마른 바닥과 진배없을뿐더러, 아니, 애초에 관심이 없다. 발렌시아는 그들에게 신경을 쓰고 있지 않았다. 무가치하다. 제 삶에서 그 둘은 아무 의미도 되지 못했다.

유일한 가치라면, 자신에게 시시때때로 드러나는 과민함. 이해에 대한 과민함.

"당신은 어쩌면 이토록 어립니까?"

나는 어쩌면 이토록 어리 '석' 나.

"무타스 디무어."

홀로 부르는 적의 이름에선 떫은맛이 났다.

자신 외에 누구도 없는 총사령관의 막사 안에서, 그보다 더한 고요로 딱 한 번 불러 보았다. 가루 같은 이름은 눈앞만 뿌옇게 가릴 뿐이다. 서서히 가라앉는 단어. 무타스 디무어. 그것은 형체 없는 무언가처럼 보이기도 했고, 딱딱하게 굳어 저를 짓누르는 유형의 무언가처럼 보이기도 했다. 그러나 전자든 후자든 제 시야를 온통 가리고 있다는 점만큼은 다르지 않았다.

무타스 디무어. 천재. 적. 자유민. 810년 생. 은발. 흑안. 장신. 무타스 수를의 유복자. 본적은 누고 마르시리의 와레완. 주로 쓰는 칼은 연합 공산품. 이제 한동안 필요 없을 비녀는 매번 바뀌는 얼음철 작대. 그 이름과 별호를 따른 동부 고유명사는 아홉. 전장 보고서가 묶여 간행된 책은 이십 센티 굵기로 열 권. 직접 집필한 책은 단 하나, 스물넷에 쓴 「전술」.

디무어 스스로 통달한 언어가 열네 가지라는 사실은 아주 유명했다. 그것도 말을 시켜 드러난 언어가 그 정도일 지경이다. 덕분에 그녀가 집필한 「전술」은 한 문장, 혹은 한 문구마다 국적이 바뀌었다. 디무어의 「전술」은 공식적으로 원문을 수정하지 못하도록 되어 있었으므로, 언어가 모자란 자가 그것을 읽기 위해서는 본디의 두 배 이상을 차지하는 주석본을 잡는 수밖에 없었다. 디무어는 그런 다언어적 방식이 표현에 더 효율적이라 판단해 그 기행을 저지른 것이 아니다. 그보다는 그 정도도 해석하지 못하는 이에게 자신의 책을 쥐여 주고 싶지 않다는 어처구니 없는 고집이었다.

발렌시아는 제 앞의 「전술」을 노려보며 돌연 급격하게 긴장했다. 가끔 이처럼 간헐적인 초조감이 솟는 때가 있다. 때문에 놀라지는 않았지만, 수십 번을 겪어도 익숙해지지 않는 이 압박감만큼은 도통 견딜 수가 없었다.

자신이 「전술」을 완독한 나이는 열여덟이다. 그가 읽은 것은 원본이었다. 완독까지 걸린 시간은 백일곱 시간. 그리 두껍지 않은 책 한 권에, 닷새를 꼬박 새운 백일곱 시간. 그때 이미 어설프게나마 여섯 가지 말을 할 줄 몰랐더라면 아마 그보다 훨씬 오래 걸렸을 것이다. 읽으며, 언어를 돌려쓰는 그녀의 작위성에 태어나 처음으로 불쾌감을 느꼈다. 일부러 저렇게 썼다는 것이 너무 뻔해 속이 메스꺼웠다. 한 언어로 여과시키기만 하면 기가 막히게 잘 쓰는 사람이 그저 방치한 것이다. 저것은 현학도 아니다.

발렌시아는 「전술」을 공용어로 번역하여 약간의 주석과 함께 잉그레에 넘겼다. 잉그레는 디무어 본인의 허락을 받고자 했지만 끝내 실패하고, 다시 미라이예로 반송시켰다. 발렌시아는 더 이상 원작자의 허락을 구하려 시도하지 않았다. 내던지듯 책을 발행했다.

현재 유일한 「전술」의 주석본은 발렌시아의 작품이었다.

디무어는 노발대발하며 그것을 반출한 미라이예에 오만 분을 터뜨렸다. 그녀 입장에서는 국외 해적판이 무더기로 풀린 셈이라 그렇겠거니 하던 그는, 그에서 나온 수익을 전부 원작자에게 돌리는 자신의 자선적 행위에도 그녀의 분이 가라앉지 않자 무언가 잘못되었다는 느낌을 받았다.

서로 생각하는 방향이 달랐던 것이다. 그러나 제대로 고민하기 전 자신은 북부 식민지로 달아났고, 그곳에서 온통 소식을 끊은 채 이 년을 보냈다.

발렌시아는 「전술」을 낸 지 사 년 만에 동부 원정에 나왔다. 무타스 디무어는 발렌시아가 출전하자 즉각적으로 딤니팔의 부사령관을 요구했다. 당시 총사령관이었던 톨레도 백작이 격에 맞지 않는다는 이유를 들어 몇 번이나 거절했으나, 마침 별 볼일 없던 새끼 회담이 예정되어 변명거리까지 떨어졌다. 피의자는 소환당했다.

발렌시아는 당시 제 행동에 미안함을 느끼지 않고 있었다. 디무어도 흥분해 있지는 않았다. 디무어는 회담의 본 내용을 삼 분 만에 끝내 두곤 바로 「전술」 이야기로 들어갔다. 어쩐지 그것이 본론이라고 느껴질 만큼 화제 전환이 신속했다. 심문은 꽤나 차분하기도 했다.

"나는 허락한 적 없소."

"좋은 저서는 널리 알려지는 것이 낫습니다. 발간을 미라이예에서 맡게 되어 영광입니다."

물론 그에게 그런 계몽 의지는 전혀 없었지만, 그렇다고 달리 숨긴 이유가 있는 것도 아니었다. 사실 자신조차 저가 번역한 이유를 알지 못했다. 그저 목에 담기는 대로 죽죽 내뱉었던 것이다.

"경이 직접 했소?"

"……."

"어떻게 알았냐고? 당신 얼굴에 쓰여 있소. 지금 스물셋이오? 그럼 범죄는 열아홉 살 때군. 그런데 왜 그랬소? 그 주석까지 넣어 두고 도대체 왜 그랬소? 경은 나를 곯려 주려 작정한 거요?"

한 마디도 알아들을 수가 없었다. 차라리 「전술」 번역이 만 배는 더 쉬울 지경이었다.

"대답 안 하려오?"

번역과 더불어 제 기준의 주석이 그렇게도 마음에 들지 않았냐고 물으려 했지만, 어쩐지 그것이 너무도 당당한 범죄의 시인처럼 들려 그만두었다.

"언젠가 딤니팔 쪽에서 나올 거라고 생각하기는 했소. 징글징글하게 기록에 묻혀 사는 걸 교양으로 아는 딤니팔은 잠재적 범인이었소. 아무리 내가 허락하지 않아도 언젠가는 그곳에서 고까운 번역을 내 얼굴에 던져 줄 거라 생각했다는 말이오."

"언어를 현란하게 구사할 수 있는 사람이 세상에 귀관만 있는 것은 아닙니다."

"언어가 문제라는 생각은 해 본 일 없소. 백지장도 맞들면 낫다고, 열네 가지 언어니 열네 명이 모이면 되겠지. 한데 제14장. 경은 며칠 만에 풀었소?"

발렌시아는 입을 다물었다. 그가 어려움을 겪었던 부분은 모르는 언어와 자신이 아는 언어를 교차시켜 어설프게 해석하는 일이지 책의 내용이 아니었다. 오히려 그는 그 내용이 담고 있는 명석함에 매 순간 정직하게 놀랐다. 그러니 아무래도 어려움은 아니다.

"기억이 안 나오?"

"기억합니다."

"기억 못하네."

"기억합니다. 하지만 풀어냈다는 말씀이 무슨 뜻인지는 모르겠습니다."

"기억 못하는군. 됐소."

총체적 난국이었다. 발렌시아는 단 한 마디도 알아듣지 못하고 회담을 마쳐야 했다.

그리고 그것이 끝이었다. 그 뒤로 허다히 만나 온 디무어지만, 이후로는 단 한 번도 「전술」에 관해서 논한 일이 없었다.

발렌시아는 자신이 습관처럼 제14장을 펼쳐 들었다는 사실을 깨달았다. 열여덟에 처음 든 원본이었다. 험하게 다루지 않았지만, 그래도 세월과 거리가 있어 온전하지 못한 제본이다. 모서리가 닳아 떨어져 노련한 책.

그는 잠깐 몸을 기울이다, 무언가가 품에서 굴러떨어지는 것을 느꼈다.

반사적으로 동전을 받았다.

주먹이 빳빳이 마른 걸레인 양 동전을 감쌌다. 동부 공화. 눈앞에 펼쳐 보일 엄두는 나지 않았다. 손에 들어온 지 벌써 한 해 반. 제 시선이 칼날이었다면 이미 잘게 갈려 한 줌 먼지조차 못되었을 동전이다. 다시 본들 새로 얻을 수 있는 것은 분노뿐이리라. 자신의 무지에 대한 화.

손안에도 시야에도 이해할 수 없는 것투성이이다. 무타스 디무어는 결코 수수께끼를 좋아하는 사람이 아닌데, 도대체 왜 자신에게만 이런 고단함을 안겨 주는지 이해가 가지 않았다.

제14장. 동부 공화. 제14장. 다시 동부 공화…….

급격한 압박을 받으면 흔히 그렇듯이 관자놀이가 찢어질 듯 아파 왔다.

그녀는 두려워하지 말라고 말했다. 하지만 인간에게 공포는 본능이다. 그는 그 사실을 열아홉에 알게 되었다. 발렌시아는 심지어 그 공포의 자각을 성숙이라고 믿고 있을 지경이었다. 큰 사건에 힘입어 가까스로 한 꺼풀 유아적인 면을 벗겨 냈다고. 다소 걸리는 부분은 있지만, 그래도 이전보다는 조금 더 자랐다고 확신했다.

"당신은 어쩌면 이토록 어립니까?"

손 닿는 곳에 칼이 있었다면 아마 책상을 갈라 버리고 말았을 것이다. 그래. 그때 머리칼이 아니라 목을 베어 버렸어야 했다.

자신의 온 생각을 차지하고서 실마리조차 주지 않는 광대는 즉살이 마땅하다. 발렌시아는 모욕에 인내하지 않는 사람이었다. 디무어를 죽였어야 했다. 뒷감당에 대한 생각보다는 반드시 죽여 지금의 난처함을 해소하겠다는 생각이 훨씬 컸다. 그녀를 죽였어야 했다.

그런데 죽는다고 머릿속에서 사라지던가?

사람은 사라져도 생각은 남는다. 리베 몬테는 그리 자살했지만, 자신에게 남과 평생 공감하지 못하리라는 뿌리 깊은 나무를 심어 두고 갔다. 죽어도 제 안에서는 죽은 것이 아니다. 그러니 무타스 디무어를 죽이는 것 또한 소용이 없다. 내 불완전함의 문제인 것이다.

발렌시아는 성의 없는 손길로 책장을 몇 번 넘겼다. 한순간 눈을 꽉 감았다 떴다. 소용없다. 이 전장에서 천 번을 다시 읽은들 무슨 소용이겠는가. 회담까지 시한도 얼마 남지 않았을뿐더러, 어차피 제14장, 마지막 장은 군사 관련도 아니었다. 혼잣말처럼 지껄이는 여러 논리들. 그 부분은 어쩐지 천년을 내려온 불멸의 고전을 떠오르게 하는 면이 있었다.

그는 한순간 멈췄다.

숨조차 쉬지 못했다. 손이 머리보다 빠르게 움직여 어느 한 부분을 꽉 눌렀다.

한 '바구니의 추락' 은 공평하다. 그 속의 여럿은 스스로 얼마나 빨리 '종말로 향하는지' 이내 맞부닥뜨릴 종막의 크기가 '어떠할지' 알 수 없다. 곡기가 무서운 것이다.

온갖 언어의 잡탕이었다. 그는 한 장을 넘겨 아무 곳이나 들여다보았다.

밝은 해석은 '불가능'하다. 대부분의 규율은 스스로를 '보호할 수 없다.' 보통의 경우, 올바른 법만이 '스스로를' 보호한다.

모든 전술가의 '가슴속엔' 소설이 있다. 그것은 '귀, 눈, 머리, 심장' 없이 바람직한 역설이 된다.

이마를 짚었다. 발렌시아는 드디어 디무어가 왜 제14장을 지적하여 자신을 추궁했는지 깨달았다.

자신이 번역을 잘못했던 것이다. 현재 제 머릿속을 꿰뚫는 이해와, 종이 위에 쓰여 있는 무감정한 글씨들 간에는 회색과 흑색 정도의 차이가 있었다. 종이 위에 있는 것이 흐린 회색이라면 제 머리를 통과해 나온 것은 시꺼먼 먹물. 그 본연의 색을 찾은 것처럼 끔찍하게도 눅눅하고 분명한 빛이었다. 자신은 그처럼 지독히 검은 물감을 번역본에 처발랐다. 회색이 아닌 검정을.

어렸을 적 읽은 「황혼」은 너무도 천재적인 까닭으로 제 머릿속에 이식되었다. 지나치게 자연스레, 느끼지도 못하던 찰나. 때문에 번역 역시 자각하지도 못한 채 그 관점으로 휘갈겨 버린 것이다.

제14장이 「황혼」과 내용이 같은 것은 결코 아니지만, 그곳에는 「황혼」으로 머리를 지진 자들끼리의 공감이 쓰여 있었다. 자신의 번역에는 탄 자국이 너무 컸다.

디무어 역시 번역본의 변화를 직감했을 것이다.

그 오류는 발렌시아만의 잘못은 아니었다. 디무어 역시 교묘했기 때문이다. 자신이 알지 못한 채 「황혼」을 생각했다면 그녀는 의도하고 넣은 것이다. 같은 사고방식을 가지지 못한 사람이라면 전혀 눈치채지 못할. 동류를 알아봐 달라는 신호인지, 아니면 자기만족적인 의미로 삽입

한 짧은 장인지는 잘 모르겠지만…….

자기만족.

그는 주의 깊은 손길로 동부 공화를 책상 위에 내려놓았다. 소리조차 나지 않았다. 제14장 옆에 동부 공화가 놓인다. 모양도, 물질도 판이하지만 분명 동일한 거푸집에서 나온 듯 유사했다.

발렌시아는 그 사실을 이해했다. 확실히 알았다.

그는 이 지독한 기쁨을 어떻게 표현해야 하는지 알 수가 없었다.

이번에는 드물게도 성안에 마련된 자리였다. 톨레도는 왜 자신이 조금 더 반대하지 않았을까 뼈저리게 반성하며 높은 문을 바라보았다. 언제나처럼 불안했기 때문이다.

사실 총사령관의 독자 회담은 대단히 드문 일이었다. 적어도 필서, 공증, 호위 역의 두엇을 끼워 만일의 사태를 막아야 했던 것이다.

그런데 발렌시아와 디무어는 지금껏 가진 회담에서 단둘이 아닌 일이 외려 더 드물었다. 당황스럽다. 회담의 횟수도 거의 두 전투에 한 번 정도로, 아주 문지방이 닳도록 만나는데, 더군다나 매번 이토록 긴 독대라니? 전투를 영속시키기 위해 회담을 치르는 것이 아니라 회담을 영속시키기 위해 전투를 치르는 듯한 느낌이다.

"경, 그러니까 이런 거예요."

"……."

"발렌시아 경이 사랑에 빠지신 겁니다."

이럴 때에는 어떤 표정을 지어야 할지 모르겠다.

"왕도에서 매번 고만고만한 여인들만 봐 오다가 저런 천재를 마주하셨으니 그럴 만도 합니다. 멋있잖아요? 좀 무섭기는 하지만, 아무튼 딤니팔의 공적이 될 만큼 멋있잖습니까."

톨레도는 그나시오 경이 이곳에 있었더라면 저 금발을 몇 대나 때렸을지에 대한 고찰에 빠졌다. 고찰은 망상에 가까워져 갔다.

"마침 그런 모습에 익숙지 않던 발렌시아 경께서 푹 빠지신 겁니다. 저런 류의 여자는 처음 봤으니 꽤 신선하셨겠지요. 그런데 이루어질 수 없는 사랑이라 매번 회담을 핑계 삼아…… 악!"

톨레도는 온 힘을 다해 시누사를 뒤로 잡아당겼다. 반대편에 선 동부연합 지휘관들이 기가 막힌다는 눈길로 그를 바라보고 있었기 때문이다. 낯 뜨거워 죽겠다. 이만큼이나 눈치를 주었으면 그만 조용히 해야 할 텐데, 시누사는 거리낌도 없이 다시 조잘조잘 떠들기 시작했다.

"거기 너희들은 또 뭐가 모욕이라고 한숨을 쉬고 앉았냐?"

"시누사 경, 좀 조용히……."

"우리는 자유민이다. 귀족 작위 따위로 너같이 새파란 것에게 하대를 들을 이유가 없다."

"어차피 자기 상관 뒤에선 온갖 반말을 깔 놈들이 왜들 그래?"

톨레도는 얼굴이 새하얗게 질려서는 다시 한 번 그를 던지듯 뒤로 물렸다. 예법에 맞게 사과를 해야 한다고 생각했지만 입이 마음대로 움직이지 않았다.

"미안하오. 내가 사과하겠소. 지위를 떠나 아이잖소……."

"저 미친놈, 우리가 총지휘관께 배덕한 마음을 품고 있다고? 톨레도 경, 그런 말을 지껄이는 아이를 이 자리에 내놓소? 조롱하기 위해 일부러 보내온 것은 아니오?"

"절대 아니오. 잠깐의 실수일 뿐이오. 시누사 경은 그나시오의 독자고, 나 또한 주의를 주겠으니 아량을……."

"틀립니까? 톨레도 경, 그냥 있는 그대로 말할 테니 막지 마십시오. 이보세요. 비단바 함. 우리가 존경과 멸시를 구분하지 못하는 바본 줄 압니까? 병사들은 몰라도 당신네 수뇌부는 정말이지 열…… 악!"

톨레도는 그 목덜미를 쳐 가까스로 말을 막을 수 있었다. 노여움보다는 안도가 훨씬 더 컸다. 열등감이라는 말이 나와서는 안 된다. 마지막 방어선을 무너뜨리는, 저들에게 있어서만큼은 지독히 치명적인 단어였다.

"너, 이리 와."

"이제는 시정잡배 흉내를 내시겠다?"

"너희 식으론 결투지. 나는 인간적으로 이런 모욕을……."

"야! 바깥에 입 안 다물어!"

그들은 삽시간에 조용해졌다.

디무어가 문을 반 열고 벌컥 소리를 지른 것이다. 그리 칼칼하거나 무거운 목소리가 아님에도 그 위압감이 대단했다. 시누사는 꼬리를 말고 뒤로 한 발자국 물러났다. 연합군은 그보다 더 긴장하여 입을 다물었다. 커다란 홀을 순식간에 장례식 같은 분위기로 만들어 버린 디무어는, 방금 전의 경고로 족하지 않는지 다시 한 번 무시무시하게 말했다.

"북어포처럼 찢기고 싶으면 한 번만 더 벙긋거려라. 양쪽 전부."

그녀는 제 말의 결과를 확인하지도 않고선 문을 쾅 닫았다. 그리고 저벅저벅 걸어와 다시 의자에 털썩 앉았다. 발렌시아는 행동으로 그간의 침묵을 깬 디무어를 응시했다. 나서서 말을 재촉할 마음은 없었다.

"공작, 시누산지 뭔지 입단속 좀 시키십시오. 맞는 말이라는 건 압니다. 한데 그걸 직접적으로 찌르면 제 아랫것들 자존심에 어찌 견디겠습니까? 나 불편하라고 일부러 데려온 인사입니까?"

"그제의 패배로 딤니팔 고위 인사들이 분주해져 오게 된 기사입니다.

그나시오의 독자로 지위가 높아 우선순위에 놓았습니다."

"결국 이게 딤니팔에 승리한 내 잘못이라는 겁니까?"

"……."

"입조심을 시키는 것이 좋겠습니다."

그는 침묵을 지켰다. 디무어는 고개를 내려 탁자에 놓인 동부 공화를 바라보았다. 벽의 절반을 채운 창문에서 정오의 햇살이 흘러들어 온다. 불완전한 공화가 둔탁하게 빛났다.

발렌시아는 조금도 긴장하지 않고 있었다. 나가기 전까지도 한참이나 공화를 응시하고 있다가, 돌아와서 또한 저토록 미심쩍어하는 디무어에게조차 의심을 품지 않았다. 저 모양은 가짜다. 왜냐하면…….

"경, 그러게 내가 두려워하지 말라 했잖습니까."

그리했다.

"디무어 함, 일전의 당신은 그 동전으로 딤니팔에 유리한 판정을 내려 주었습니다."

"그랬습니다."

"나는 딤니팔에게 유리한 판정을 내린 당신을 보고, 혹여 당신이 동부 연합을 배반하고 싶어진 것은 아닌가 하는 의혹을 품었습니다. 그래서 망명을 제안했습니다. 그러나 당신은 거절했고, 나는 한동안 동부 공화에 대한 답을 찾지 못했습니다."

"찾게 된 계기가 궁금합니다, 공작."

"제14장."

디무어가 벌쭉 웃었다.

"젠장, 이제야 아셨습니까? 황혼의 감시자여?"

"나는 제14장을 번역할 때 무의식중 「황혼」의 관점으로 그것을 해석하는 실수를 범하고 말았습니다. 나에게는 그 관점이 너무도 당연해 그리 읽었지만, 그런 나의 주관적인 시선을 주석본을 읽는 모두에게 강요할 수는 없습니다. 번역된 글이 원본과 현저히 달랐습니다. 그것이 번역가였던 제 잘못입니다."

"내가 언짢았던 이유는 공작이 내 책을 망쳐 놨기 때문이 아닙니다. 외려 너무 훌륭했기 때문입니다. 당신은 나의 지식을 공유했습니다. 저 낙오자들에게 지나치게 귀중한 살코기를 떼어 줬단 말입니다. 당신은 내 정신이 신체의 대가라는 점을 명심해야 합니다."

저 여자는 항상 타인과의 접점이 필요 없다고 말한다. 그는 그녀의 눈을 똑바로 응시하며 진실을 밝혔다.

"나는 이제 당신이 제14장을 누구도 해석하지 못하길 바랐다는 사실을 압니다."

"동부 공화를 안다는 사람이 뭘 또 새삼스레 그리 말씀하십니까? 당연한 것을?"

발렌시아는 동부 공화를 한 번 내려 보다가, 다시 디무어를 올려 보았다. 자신이 칼로 내려친 탓에 그녀에게는 이제 더 이상 비녀가 필요 없었다. 귀밑까지 짧게 잘려 헝클어진 머리칼. 그처럼 부스스한 삼십 대 여인의 모습은 어쩐지 장난스러운 소년을 떠올리게 하는 면이 있었다.

"당신은 그 어떤 자도 제14장을 당신 구미에 맞게 조리할 수 없으리라 생각하며 세상에 내놓았습니다. 사실 공간公刊된 도서는 애초에 타인의 관심을 필요로 하는 물건입니다. 그럼에도 불구하고 당신은 완벽히 불가해한 내용으로 제14장을 채웠습니다."

"당신이 해석했잖습니까."

"내가 해석했기 때문에, 당신이 내 얼굴을 보길 원했던 것입니다. 그러나 나는 당신에게 소환당했을 당시, 당신이 왜 그토록 내게 몰두하고 있는지를 이해하지 못했습니다. 당신은 내 몰이해를 무관심으로 착각하고는 실망한 채 놓았습니다.”

“웃기지 마라. 나는 실망한 일이 없다.”

“실망이 아니라면 민망함이었을 것입니다.”

이번에는 부정의 답이 돌아오지 않았다. 발렌시아는 스스로 사람을 이해하지 못한다고 생각했던 것이 기나긴 착각에 불과했다는 사실을 깨달았다. 매우 잘 보였다. 디무어의 ‘읽는다.’는 말을 정확히 납득할 수 있었다.

“당신은 무관심한 내 모습을 보자마자 본디의 자신을 깨달았습니다. 처음 보는 이방인이 신기하여 달려왔지만, 당신 자신이야말로 그런 행동과 가장 먼 사람이라는 사실을 뒤늦게 깨달은 것입니다. 동시에, 당신은 자신이 평소 어떤 눈으로 자신에게 관심을 가지는 자들을 재단해 왔는지 또한 상기했을 확률이 높습니다. 때문에 내게 흥미를 보이는 스스로를 느끼자 갑작스레 계면쩍어진 것입니다. 때문에 당신은 그 뒤 단 한 번도 내게 제14장에 관해 언급한 적이 없습니다. 내가 당신과의 동질성을 부정했다고, 아니 그 동질성에 무관심했다고 믿었기 때문입니다.”

“…….”

“각설하고. 무타스 디무어, 당신은 누가 이해할 것이라는 기대조차 없이 제14장을 썼습니다. 당신에게는 애초에 타인의 관심이 필요 없습니다. 「전술」을 쓴 것 자체가 그 사실을 뽐내기 위함이었습니다.”

“…….”

“당신은 또한 이 동부 공화를 이용해 연합에 피해를 안겼습니다. 연합군의 지휘관으로서 결코 저지르면 안 되는 잘못입니다. 그러나 당신은 그리했습니다. 바로 그제처럼 딤니팔에게서 승리를 걷어 가기도 하는 동시에, 이처럼 이득을 안겨 주기도 하는 것입니다. 이런 자유로움은 이치에 맞지 않습니다. 당신에게 지워진 의무를 고려한다면 완벽히 모순되는 일입니다."

디무어의 손이 뻗어 나와 동부 공화를 쥐었다. 쥐었다기보다는 덮었다는 말이 옳겠다. 그녀는 그것을 햇살에게서 보호하고 있었다.

"당신에게는 당신뿐입니다."

그녀의 핏줄 시퍼런 손등에는 움직임이 없었다.

"당신에게는 타인의 시선이 조금도 중요하지 않습니다. 동부의 의무, 독자의 감상, 휘하 수뇌부의 은근한 경멸. 그 어떤 것도 당신과는 상관이 없습니다. 오로지 자신입니다. 스스로가 하고 싶으면 합니다. 저번에 내게 그와 같은 호의를 보였던 것도, 동부는 당신과 아무 관련이 없고, 그나마 「전술」을 이해한 내게 더 심리적 밀착감이 들었기 때문일 것입니다."

"빗나갔습니다."

"……."

"나는 공작에게도 관심이 없습니다."

그는 경청했다.

"내가 그때 공작의 입장을 돌봐 준 건, 그래야 내가 재미있기 때문입니다. 자뷔호 방면에서까지 딤니팔을 발라 버리면 나는 휴전 이후 몇 달 동안이나 당신과 마주하지 못하고 저지대에서 휴식해야 했을 것입니다. 그것이 싫었습니다. 나는 내가 좋아하는 일만 합니다. 공작, 공작은 내가 왜 이 자리에 올랐는지 아십니까? 물론 자기 본위라는 공작의 말이 정답이기는 하지만, 좀 더 상세하게 말입니다."

"……."

"나는 이 정상의 위치가 좋습니다. 첫째, 내가 펼칠 수 있는 능력이 최대 한도까지 확장되는 직위가 바로 이 절대 권력의 군사 지휘관이기 때문입니다. 둘째, 이처럼 정상에 있어야 당신과 같은 사람이 붙습니다."

발렌시아는 천재에 대한 자카리의 불평을 상기했다.

"이처럼 꼭대기에 서 있으면 꼭 싸움을 걸어 오니……."

그러나 무타스 디무어는 그것을 원했다.

"당신 아버지도 나쁘지는 않았습니다. 톨레도 백작도 꽤나 머리를 굴릴 줄 아는 사람이었습니다. 하지만 나는 끝내 당신을 건졌습니다. 이제야 조금 만족합니다. 솔직한 마음으로 나는 당신이 평생토록 내 대적자의 자리에 서서 내 흥미를 돋워 주기를 바랍니다."

"……."

"자뉘호의 휴전을 용납한 것은 내가 당신과 적당한 균형을 유지하는 것이 낫다고 보았기 때문입니다. 이전의 모든 이가 먼지였다면 당신은 흥미로운 입담을 보이는 광대쯤 됩니다. 내게 광대의 목을 자르는 취미는 없습니다."

그의 시선이 동부 공화에, 그녀의 손등 위에 멈췄다. 핏줄이 불거진 거친 손등을 가만히 내려다보았다. 디무어는 그와 똑같은 눈으로 제 손을 훑어보더니, 이내 서서히 들어 올렸다. 짧은 손톱이 곤충 다리인 양 하나하나 떨어져 나갔다.

그녀는 그처럼 정교하게 손가락을 들어 올려 인사하듯 여러 번 흔들었다. 발렌시아는 왼쪽 검지만을 노려보고 있었다. 그녀는 그 사실을 눈치챈 듯 왼쪽 검지를 제 눈에 가져다 댔다. 가까스로 시선이 마주쳤다.

"내가 말했습니다. 두려워하지 말라고. 당신이 끝내 겁을 떨쳐 냈기 때문에 나를 읽을 수 있었던 겁니다. 이해는 읽는 것만으로도 충분합니다. 원래의 당신으로 돌아오십시오. 동기 탓에 당신의 고매한 정신이 피해를 입는다면 그 보상은 누가 해 줍니까?"

"……."

"나는 당신을 인간 같지 않다고 평가했습니다. 내게 읽히지 않는 자는 인간이 아닙니다. 당신이 너무도 강력한 자기 보호 기제 안에 갇혀 있었기에 나로서도 도저히 당신을 읽을 수 없었던 겁니다. 물론 그 반대로, 당신 역시 그 틀에 막혀 나를 읽을 수 없었던 것이기도 합니다만. 하지만 나는 당신이 본디 그런 사람이 아니란 것을 압니다. 당신은 사람을 이해하는 데 있어 나와 다를 것이 없는 동류입니다. 그런데 주변 때문에 완벽한 겁쟁이가 되어 버렸습니다. 도대체 왜 그런 어처구니없는 삽질을 하십니까? 당신대로 사십시오?"

"……."

"당신에게 집착하다 버려진 게 하나, 당신이 집착하다 버림받은 게 하나. 후자는 동기인 게 확실한데, 전자의 그 여자는 무슨 일이랍니까? 아니지, 여자는 상관없지, 당신에게 이게 웬일입니까? 버렸으면 잊으면 되잖습니까? 왜 질질 끕니까?"

발렌시아는 얕은 한숨을 쉬었다.

"사람이 버려지고 잡아지는 것이라 생각하지 않습니다."

디무어는 뜨악한 얼굴을 보였다.

"공작이 아직도 뭘 모르시나 본데 인간관계란 원래 그렇습니다? 내 치맛자락 붙들고 울지 말고 스스로에게 물어보십시오. 당신은 당신 자신이 아우에게 버림받지 않았다고 생각합니까?"

"사람은 버려지고 잡아지는 것이 아니라고 말했습니다. 나는 내 가치관을 번복하지 않습니다. 나는 아우에게 버림받은 것도, 그 아이를 버린 것도 아닙니다. 우리는 합의하에 결별했습니다."

그녀는 불신의 눈빛을 쏘아 보내더니, 전혀 믿지 않지만 나니까 넘어가 준다는 양 다음 말을 꺼냈다.

"그렇다면 그 여자의 경우는 어떻습니까? 암만 그녀가 당신에게 집착했다지만 당신은 그런 것에 신경 쓸 위인이 정말 아닙니다. 왜 기억에 남았지? 무슨 무기로 당신 같은 사람의 평생을 옭아맸지? 사랑을 시험했나? 어떻게? 시동생을 내쫓았나? 바람? 이런, 이건 당신이 신경 쓰지 않을 텐데. 아일 배고 자살이라도 했나? 아비가 너무 냉담해서?"

"나는 미혼입니다."

"아, 자살했습니까?"

"……."

"그런데 아이가 없었다면, 당신은 그녀의 죽음에 아무런 의미도 두지 않았을 텐데? 아이는 실질적인 후계자라도 되니까. 여자는 아무것도 아니지. 신경 쓸 필요가 없지."

나를 그런 정신병자로 만들지 말라 반박하고 싶었지만, 동류의 스승이 하는 말이라 어떻게 부정할 수가 없었다. 영영 남과 공감하지 못하리라는 말이 없었다면 자신은 지금 그녀를 이 정도까지 기억하고 있지도 못했을 것이다. 애초에 무언가 결여되어 있기는 하다.

"아, 동기와 똑같은 소리를 지껄이고 영영 갔습니까? 당신은 남과 공감하지 못할 거라고? 이해도 공감도 불가?"

이제는 놀랄 기력도 없었다.

"나 참, 안 그래도 민감한 사람에게 그런 저주를 남기고 죽어? 지랄병은 지위 고하를 가리지 않는다더니 딱 그 짝입니다. 그런데 더 웃긴 건, 당신이 그 말에 낚여 대롱대롱 말라 찌그러지고 있단 거고."

"……."

"당신의 전술에선 희한하게도 공포의 맛이 좀 나더이다. 내 공포 말고 당신 공포. 여기서 당신과 나의 큰 차이가 드러납니다. 나는 겁날 게 없습니다. 그런데 당신은 태생부터 겁쟁이야. 이제와 드러난 당신을 보니 진짜 겁이 많기는 많습디다. 발렌시아 경, 왜 스스로 잘났단 사실을 인정하지 못합니까? 나는 당신을 나와 동급으로 여기지는 않습니다만,

그래도 노력하는 사람 정도로는 여기고 있습니다. 그럼에도 불구하고 바깥과는 격차가 큽니다. 내 입에서 나올 만한 가치가 있는 사람이란 말입니다, 경은. 그런데 왜 겁을 먹습니까?"

디무어의 입술은 바싹 말라 있었다. 그는 그 부르튼 입매를 보다가 미세하게 떨리는 인중, 높은 콧대, 검은 눈으로 올라갔다. 그 눈은 그녀의 목소리보다 음계가 낮았다.

"왜 두려워합니까? 황산이 주변을 침식할까 봐 무서워 죽겠습디까? 날개를 펴면 당신을 감싼 종이 상자가 우그러들까 걱정됩디까? 경, 뭘 모르시나 본데 그것이 당신 의무입니다. 나야말로 안하무인의 표본처럼 보이지 않습니까. 아무도 아랑곳하지 않습니다. 나는 나대로 있으면 됩니다. 존재의 공포를 느끼고 일그러져야 하는 것은 저들입니다. 당신은 왜 당당하질 못합니까? 왜 당신이 풍화되고 앉아 있냔 말입니다. 왜 당신이 변합니까? 왜 네가 변하냐? 너는 가만히 있으라니까? 영향받지 말고, 주변 같잖은 충고에 귀 막고, 너대로 있으라니까? 왜 모자란 놈 말을 듣냐? 그렇게까지 네 가치를 떨어뜨리고 싶어?"

"……."

"동부 공화를 줄레줄레 들고 온 네 본새를 보면 난 먼저 요청받은 거지, 홀로 나서 이야기하는 게 아니야. 그러니 말하겠다. 신경 쓰지 마라. 바보에겐 공감해 줄 필요가 없다. 공감하면 너는 땅으로 끌려 내려가. 벌써, 봐라? 너, 네 동기와 네 여자에게 신경 쓰다가 인생 망했잖아? 도대체 몇 년을 말아먹은 거야? 그러지 마라. 버려. 깔끔하게 버려. 나는 애초에 소유하지도 않지만 너는 그것까진 무린 것 같고, 그러니 그냥 버려라. 그 정도는 할 수 있잖나?"

"……."

"경, 잘 보면 세상엔 도통 가치 있는 게 없다. 그걸 알아야지."

디무어는 초장에 합의해 둔 지도를 들고 벌떡 일어섰다.

"이것을 고상한 고독이라고 일컫지 마십시오. 모르는 자들의 우스꽝스러운 헛소리입니다. 나는 홀로 있는 것에서 피해를 보지 않습니다. 이것은 고상한 고독이 아니라 지극히 이기적인 고독입니다. 이것은 때때로 유치할 만큼 자기만족적이 되기도 합니다."

세 살짜리 삼류 철학이라고 말하고 싶었다. 하지만 그녀가 설파하는 삶의 방식이 그야말로 매력적이라 감히 비난할 수가 없었다. 자기 본위. 그 자체가 유아기적 발상이지만, 동시에 행복이기도 하다.

저 여자도 저토록 성공해 주변에 신경 쓰지 않고 생을 영위하는데 내가 그리 못할 이유가 있나? 나는 겁을 잃었다. 이제 호흡처럼 상대를 읽을 수 있다. 이해는 읽는 것으로 충분하다. 공감은 애초에 필요가 없다. 타고난 성격 자체가 다른데 어찌 서로를 맞추려 든다는 말인가?

그는 인상을 찌푸렸다.

"공작, 그런데 당신은 「황혼」을 몇 살 때 완독했습니까?"

벌써 반쯤 걸어 나가던 디무어가 고개를 돌리고 있었다. 발렌시아는 반사적으로 대답했다.

"열."

디무어는 가벼운 발걸음으로 방을 나섰다. 문이 닫힌다. 발렌시아는 어쩐지 그 얼굴에서 의기양양한 웃음을 본 것 같다고 생각했다.

그는 손을 뻗어 동부 공화를 쥐었다. 품에 넣었다. 이제 자신의 소유라는 생각이 들었다.

발렌시아는 동부 공화를 받아들이는 행동으로 사고의 이식을 전부 끝냈다. 무타스 디무어가 지금껏 무덤덤하게 지켜 온 삶의 방식을 받아들였다. 그녀는 완벽히 성공하고도 조금도 압박받지 않았을뿐더러, 심지어 실질적인 피해조차 입지 않은 사람이었다. 삶에 승리한 그녀의 요지는 간단했다.

타인에게 자신을 맞추지 말 것. 두려워하지 말 것. 상대를 읽을 것.

사실 이것은 발렌시아에게 있어서 대단한 구원의 속삭임과도 같았다. 저것은 자신을 굽히지 말고 유지하라는 이야기다. 누구의 핀잔도 듣지 말고 저 홀로 완전해지라는 충고다. 그녀의 말은 분명 매력적이다.

물론 발렌시아가 그것을 수용하려는 이유는 그녀와 같은 자기애가 아니었다. 그는 그저 편한 길을 가고 싶었다. 자기애는 그런 그에게 있어서 한 줌 가치도 못되었다.

발렌시아는 공감의 측면만 제한다면 스스로에게 그다지 큰 흠이 없다는 사실을 알고 있었다. 그렇게 생각하는 것이 아니라, 그저 읽고, 알고 있었다. 그러니 자기애는 아니다. 자기애는 지나치다. 지금 이상으로 스스로를 인정하는 것은 역겨운 일이라고 생각했다.

때문에 자신의 이유는 '편하고 싶어서' 일 뿐, 달리 어떤 특별함도 없었다. 자신에게 육체적 피로감은 장애가 되지 않는다. 그러나 정신적 응어리란 한 번 맺히면 평생토록 푹 꺼져 있기 마련. 그런 지독한 상흔. 발렌시아는 그것을 마냥 견딜 수가 없었다. 그런데 드디어, 그것을 묵살할 수 있는 방법을 그녀가 사사한 것이다.

"아으, 차차차! 비가 왜 이렇게 춥지. 너무 빨리 말했습니까? 그러니까 발렌시아 경처럼 전방을 순회하면 차라리 죽이기라도 할 텐데, 이겁니다."

"디무어 함 역시 자신에게 신체적 능력이 부족하다는 사실을 압니다. 칼 솜씨는 평범한 기사 정도가 되지 않겠습니까? 그녀의 무기는 오로지 그 머리입니다."

"칼로는 일백을 죽일 수 있지만 머리로는 일만을 죽일 수 있지……. 위로가 안 돼."

"몇 번째지?"

"오늘이 네 번째."

"발렌시아 경 말씀대로 참기는 참는다만……."

"사실 옆에서 죽어 나가는 꼴에 무조건 인내하긴 힘들지 말입니다."

"오늘이라 하잖나."

"저도 들었어요."

"참은 만큼 받아야지."

"디무어 함에게 지병은 없답니까?"

"그만큼 정력적으로 일하는 사람에게 무슨 망발인가. 연합군은 외려 발렌시아 경께 지병이 없냐고 조롱하네. 뭐라고 하던데. 말도…… 사촌…… 기억이 나지 않는군. 동부 속담에는 익숙지가 않아서."

"말도 사촌까지 상피한다더니."

약간의 침묵. 누군가 불쾌하다는 듯 헛기침을 몇 번 했다.

"거, 말본새 좀 보게."

"친족끼리 배가 붙었으니 정상인은 아닐 거라고 빈정거리더이다."

"귀족 피가 섞이고 섞이는 건 당연하지, 그걸 가지고 비웃는 게 더 어처구니가 없습니다."

"음? 가까운 미라이예 직계에 사촌 간의 결합이 있었나?"

"말 그대로 받아들이지 말게. 두 대 전에 미라이예와 그 육촌 조카뻘 되는 몬탈레테 사이에 혼사가 있었지."

"육촌 조카? 와. 동부 것들은 그걸 한 피로 친답니까? 남매끼리 결혼하는 북부로 가면 아주 기절하겠습니다. 으앗! 차가! 아, 물 좀 튀기지 마십시오!"

"이미 다 젖은 상태에서 웬……. 엄살 부리지 말게."

"그치들 되게 웃기지 않습니까? 자기들 총사에게도……."

"총지휘관."

"총지휘관에게도 동일한 건수가 있는데, 우리 총사께만 눈에 불을 밝혀? 좀 웃깁니다? 그러는 지들 지휘관은!"

"예? 무타스 디무어의 직계에 근친상간의 혐의가 있습니까?"

"디무어 함의 모친이 부친의 이복동생이라던데요?"

"이복동생이라니. 그건 정말……."

"응? 시누사, 그건 아니다. 이복동생이 맞기는 한데 피는 안 섞였어."

"아니, 아버지. 무타스 수를이 무타스 리하반과 결혼했는데 어떻게 같은 피가 아니에요?"

"본디 리하반에게는 성이 없었다. 지위가 미천했지. 그런 그녀를 무타스 수를이 가문에 입적시킨 거야. 그 뒤에야 아내로 들인 거고."

몇몇 이들 사이에 깨달음의 침묵이 있었다. 추적추적 내리는 빗소리 사이에 묘한 정적이 흘러가더니, 퉁명스러운 말이 터졌다.

"'자유민' 좋아하네."

"하긴."

"자유민, 자유민. 그게 진짜 자유민이면 함이라는 경칭을 쓸 이유도 없겠지."

"애초에 자유민이라는 단어를 말 그대로 받아들이는 게 더 웃기지 않습니까? 다 권력 놓고 권력 먹기예요."

"기득권에서 쫓겨난 놈들이 다시 기득권을 형성하는 모습을 우리가 한두 번 봅니까……. 어차피 당연한 일이니 비난하고 싶지도 않습니다. 물론 자유민이란 단어에 대한 자존심만큼은 조롱하고 싶습니다만."

"무타스 디무어도 힘들겠네요. 그러면 그것들은 여자라는 걸로 한 번 불평하고 미천한 태에서 났다는 걸로 두 번 불평한답니까?"

"그치들을 그렇게 비난하지 마라, 시누사. 역지사지로 생각해 봐. 남작위의 누군가가 총사를 맡아 우리에게 명령을 내린다고 생각을 해 봐라."

"……."

"더군다나 그 여잔…… 여자잖나? 우리는 후계에 성性을 가리지 않지만, 저들에게는 그것이 우리의 작위만큼이나 중요한 문제라고 하더라. 그러니 다시 돌아와서, 총사 자리에 남작이 있다고 생각해 봐."

"어으……."

그 즉각적인 부정에 몇몇이 킬킬댔다.

"폐하께서 설마 그런 위험한 결단을 내리시겠습니까?"

"나는 싫다."

"저도 좀……."

"어, 그건 진짜 아니에요. 저는 진짜 싫어."

"……모르겠습니다. 하지만 지금 같지는 않았을 겁니다."

"같은 이치야. 우리가 못 참듯이 저들도 못 참는 거지. 우리 역시 십이공회의 일원만이 사령부 고위층의 자리를 차지할 수 있지 않나. 항상 전장에 나가 있는 십이공회를 위한 암묵적인 규율이지. 그걸 어겨? 존중받기는 힘들지."

"십이공회가 딤니팔에 기여한 것이 어마어마한데……. 바친 피가 가장 많으니 그 대우도 당연한 일입니다."

"그래."

"사실 딤니팔의 귀족이란 곧 기사잖아요? 그래서 칼에 이름을 하사받을 때 기사이자 귀족이 되는 거고, 그걸 버리면 기사도 귀족도 아닌 거고. 표장도 있긴 하지만 결국 칼인데. 그러니 흘린 피의 양으로 보답을 계산해야지."

"그러고 보니……. 여기서 잡다하게 늘어놓을 이야기가 아닌 것은 압니다만, 듣기에 공작의 아우는 칼, 그러니까 스투레를 버렸다 했습니다. 그렇다면 그분의 신상은 어찌 되는 겁니까?"

발렌시아는 시간을 재는 시계를 응시하고 있었다. 곧이다.

어쨌든 디무어의 방법은 벌써 효과가 있었다. 그는 앙히에의 이름을 흘려듣고도 이를 악물지도, 시선을 벼리지도 않았다. 그저 임시 막사 안에서 시간을 보며, 약간 떨어진 곳의 잡담을 귀에 담고 있을 뿐이다. 빗소리와 거리 때문에 명확한 내용이 들리지 않으리라 생각한 것일까? 그러나 아쉽게도 온 대화가 들리고 있었다. 그는 약간 짜증스러워졌다.

"표장을 가져갔다고 들었는데? 아닌가?"

"폐하께서 그리 언질을 주셨으니 말씀 옳습니다. 앙히에 경에게는 잉그레의 표장이 있습니다."

"그러면 됐네."

"스투레는?"

"이건 특수한 경우야. 모든 성문법 위에 선 것이 바로 왕명이네. 앙히에 경의 표장은 우리처럼 일괄적으로, 형식에 따라 하사받은 것이 아니라 폐하께서 직접 내리신 걸세. 이것은 폐하께서 앙히에 경이 폐하께 복종하는 기사가 되기를 바라셨다는 직접 증거네. 겨우 칼 따위로 왕명을 번복할 수는 없지."

"스투레는 왕실 대장간에서 만들어졌다고 들었는데……."

"더군다나 네젠-롬바지."

"칼이 아깝네요."

"부러우면 네 테다누아 버리고 폐하께 가서 빌어 봐라."

"싫어요."

"너 지금 그 같은 꼴로 돌아다니다간 오 년 내로 칼이 부러진다에 딱 한 병 남은 즈스와 화주를 건다."

"아니, 아버지. 제 물건을 내기에 거신다니 말씀이 조금 그렇습니다?"

"그게 왜 네 것이냐?"

"제가 마셨거든요."

"뭐?"

그 순간 발렌시아가 바깥으로 나왔다. 그는 비가 진창 내리는 와중에도 투구를 쓰지 않고 있었다. 머리칼이 맥없이 젖고, 순식간에 물이 흘러 온 얼굴에 습기를 채웠다. 그는 귀여울 정도로 옹기종기 모인 사령부 기사들에게 걸어갔다.

그나시오가 기가 딱 막힌다는 표정으로 시누사를 노려보는 모습이 처음 눈에 들어왔고, 그 옆 여럿 모인 십이공회 기사들이 다음이었다. 기사들이 한꺼번에 경례를 했다. 발렌시아는 시야를 훔치며 호명했다.

"사투르니나 경."

"예."

"경이 식조式鳥를 날려라."

"존명."

직전까지 바람 맞은 시장 통처럼 떠들고 있던 기사 치고는 퍽 엄중하다. 사투르니나는 빨리 산개하라는 듯 주변 기사들에게 손을 흔들어 보였다. 그들은 발렌시아에게 깍듯이 예를 표하고는 자리를 떴다.

홀로 남은 그는 약간 주저하다가, 끝내 상관에게 말을 걸었다.

"발렌시아 경."

"……."

"오늘 최종 추적대로는 누구를 보낼 예정이십니까?"

"가 봐야 안다."

"그래도 디무어 함입니다. 녹록지 않을 겁니다."

"전승은 기대하지 않는다."

군의 총사령관이, 그것도 전투 직전에 저런 말을 내뱉는 것은 큰 흠이지만, 그 상대가 디무어일 때는 다소 이야기가 달라진다. 사투르니나는 그 말을 무척 자연스럽게 인정했다. 항상 일진일퇴하는 전선이다. 지난 세 번의 패배 또한 근소한 피해였으니 딱 그 정도만 만회하면 된다. 그는 이따위 사고방식으로 '원정'에 임하고 있는 자신을 자각하곤 약간 자괴감에 빠졌다.

"오늘은 내가 할 일이 많다. 그나시오 경이 돌아오면 그에게 임시 사령부를 인계할 예정이다."

"저번처럼 중간중간 전장에 나서시는 것이……."

"일 초라도 느리게 움직이면 모두 허사가 된다. 나는 내 눈으로 상황을 직접 보지 않고서는 디무어 함을 뛰어넘을 자신이 없다."

"경, 그래도 몸을 조심하셔야 합니다. 경께 혹 불측한 일이 생기기라도 하면 딤니팔군은 돌이킬 수 없게 됩니다."

"괜찮다."

"전쟁터에서는 어떤 일이 일어날지 모릅니다. 발렌시아 경, 저는 톨레도 백작의 지휘가 아직 몸에 익어, 이처럼 몸을 혹사시키는 경이 낯섭니다. 경의 안위가……."

"네가 내게 익숙해져라."

칼로 자르는 듯한 말이다. 사투르니나는 그 냉정함에 약간 질린 표정이었지만, 감히 반박하지는 못했다. 발렌시아는 무어라 다독이는 말도 없이 뒤돌아 걸어갔다. 뿌연 비를 맞고 있는 말고삐.

새벽의, 비의, 하얀 입김. 그는 말에 올랐다.

그나시오는 혀를 찼다. 발렌시아는 그 모습을 몇 초 바라보다가 다시 적의 진형을 바라보았다. 그것은 군대의 진형이라기보다는 이미 하나의 기형적 구조가 되어 있었다. 죽지 못해 움직이는 애벌레처럼. 우습게도, 그럼에도 불구하고 살아 있다.

"추적대는 누가 맡습니까? 곧 떠날 것 같습니다."

"경을 필두로 본잘, 데군다 전부 데려가라."

"전부 말씀이십니까? 경, 지금 연합군이 떠나는 방향이 몇 갈랜지 보시고도……."

"정동 방향."

"……."

"디무어 함은 그곳에 있다."

니소르는 전투가 잦아든 지금까지도 흉흉한 이를 드러내고 있었다. 비 역시 잠잠해진 한낮, 발렌시아는 그것이 제 손에 쥐여 있다는 사실조차 잊은 양 반대 방향을 노려보고 있었다.

그나시오는 주저하며 말머리를 돌렸다. 본잘과 데군다를 찾아 함께 제대로 된 명을 받고 떠날 생각이었다.

발렌시아는 그가 자리를 뜨는 모양을 보지 않았다. 앞만 보았다.

디무어는 제자리에 앉아, 자신은 온갖 전선을 돌면서 방금의 전투를 치렀다. 그 불편함은 그에게 있어서 별로 억울한 일도 아니었다. 디무어에게는 보지 않아도 눈에 선할 전투의 진행 광경. 그러나 자신은 그만한 능력이 못 된다. 제 눈으로 직접 본 뒤에야 그녀에게 대항할 수 있었다.

그로써 가까스로 이겼다. 물론 전승은 아니다. 그러나 자신이 맡았던 전투 중에는 가장 큰 승리였다. 일반적인 기준에서 보자면 소소하지만, 어쨌든 디무어는 상당히 오랜만에 반-나티나모에 소환당해 불평을 듣게 될 것이다. 조금 더 집중해서 전투를 치러 달라. 원래의 당신은 이런 사람이 아니지 않느냐. 혹시 이것은 시위인가. 대우에 무슨 불편함이 있나. 고쳐 주겠다. 열심히 일해라. 그녀가 얼마나 짜증스러워할지 뻔했다.

그러나 기껏해야 그뿐이다. 그것만이 그녀가 감수하는 유일한 피해였다. 그녀에게는 연합군이 아무 의미가 없으니, 패배 또한 심정 변화를 부르지 못할 것이다. 자신은 딤니팔이란 짐을 지고 있는데 저 여자에게는 아무것도 없다. 그나마 상부의 타박에 언짢아하기라도 하는 사람이라는 것이 유일한 위안이었다. 짜증스럽게, 내키지 않게, 파리를 쫓아내는 모양으로. 반-나티나모에 소환당해…….

발렌시아는 문득 정신을 차렸다. 갑자기 목울대가 뻣뻣해지며, 니소르를 쥔 손에 힘이 꽉 들어갔다.

정동 방향이라니?

소름이 쫙 끼쳤다. 너무 정확히 알려 주었다. 무슨 생각으로 디무어함이 도주하는 방향을 저토록 정확히 알려 주었나. 어마어마한 규모의 추적대를 그 여자가 가는 곳에 몰아 버렸다. 그들이 즉결하든 이곳까지 끌고 오든, 끝내 죽는다. 머리가 가빠지는 기분이었다.

자신이 그녀를 읽지 않았다면 딤니팔은 그녀가 어느 방향으로 가는지 결코 알 수 없었을 것, 그만큼 예리한 분산이었고 박수 쳐 줄 만한 속임수였다. 그런데 그것을 스스로 들추어낸 것이다. 디무어를 포획할 수 있도록. 제 같잖은 머리를 봉하지 못하고 아무렇게나 내뱉었다.

다시 돌아올 그나시오에게 말을 바꾼다면 그는 자신을 의심할 것이다. 지금껏 말을 번복한 일 없는 스스로가 원망스러운 적은 이번이 처음이었다. 말을 바꿀 수는 없다. 추적대가 정동 방향에 내리는 것은 필연이었다.

물론 발렌시아도 스스로를 잊지는 않았다. 그는 순간적으로, 이처럼 꺼림칙해 하는 자신에게 긴장했다. 목이 꽉 막혔다. 어이가 없다. 딤니팔군의 총사령관이 지금 연합군의 총지휘관을 놓아주고 싶어 하는 것이다.

발렌시아는 이런 자신의 감정을 설명할 수 없어 더 당혹하고 말았다.

'무타스 디무어가 저 자리에서 끌려 내려오는 모양을 보고 싶지 않다.'

그런데 이 감정에 도저히 논리적인 이유를 댈 수 없는 것이다. 물론 논리적인 이유를 댄다 하더라도, 딤니팔군의 총사령관으로서 결코 하면 안 되는 행위이기도 했다.

그런데…….

발렌시아는 칼을 들었다.

니소르가 번개같이 솟아올라 내리꽂혔다.

다리를 살짝 베인 그의 말이 순간적으로 펄쩍 뛰었다. 신음과 함께 발바닥이 높게 서자, 발렌시아는 그 바닥까지 꽉 찍어 버렸다. 말은 데인 듯 여러 번 뛰며 제자리걸음을 쳤다. 육식동물이었다면 이를 드러냈을 만한 험악함이다.

물론 그가 조절한 만큼 그리 큰 상흔은 아니었다. 말은 몇 번 성을 부린 뒤 이내 다시 가라앉았다. 일곱 시간의 전투 동안 상처 한 번 안 입었건만 주인의 칼 한 번에 화드득 베인 것이 아니꼬운 듯했다.

발렌시아는 칼을 회수했다.

잠시 뒤 그나시오가 본잘, 데군다와 함께 그 앞으로 말을 몰아 왔다.

"이미 추적대의 절반을 정동 방향으로 몰아 두고 왔습니다. 바로 떠나겠습니다."

"그나시오 경."

"예?"

"경의 말이 피로를 삭이지 못한 듯하다."

"아, 예. 저는 후반부에 출전했으니 그럴 만도 합니다……."

"내 것을 써라."

그나시오는 기겁한 눈으로 발렌시아를 바라보았다. 총사령관의 말을 빌려 주겠다니? 그러나 발렌시아가 인상을 찌푸리며 턱짓하자, 그 또한 더 이상 놀라고만 있을 수는 없었다. 그는 약간 얼떨떨한 채로 하마했다. 갈색 말의 고삐를 잡아당겨선, 몸에 익은 동작으로 단박에 올랐다. 발렌시아는 뒤로 한 걸음 물러났다.

그는 약간 묘한 얼굴로 명령했다.

"무타스 디무어를 생포해라. 여의치 않을 시 죽여도 좋다."

"공작, 나에게 들킬 줄 알고도 그 짓을 했습니까?"

"나는 당신에게 사실을 숨기는 일을 오래전에 포기했습니다."

"전쟁에서 온 뼈가 굵은 그나시오가 낙마했다니 알 만합니다. 날 살리겠다고 마음먹었으면 애초에 다른 방향을 가리키지 그랬습니까? 왜 정확히 알려 주고 애꿎은 부하를 낙마시킵니까?"

"당신이 신경 쓸 일이 아닙니다."

디무어는 탁자를 타닥타닥 두드리며 인상을 찌푸렸다. 그러나 이미 전투는 일주일도 더 전, 발렌시아는 모든 생각을 정리한 뒤였다. 냉정을 잃을 이유가 없다. 그는 뻔뻔해졌다.

"보답이라 생각하십시오."

그녀는 어처구니가 없다는 얼굴을 했다가, 이내 일광처럼 바스러뜨렸다. 삽시간에 대답이 들렸다.

"내가 해 준 충고의?"

"당신 충고의."

"그런들 내가 당신 배려를 받았다는 사실에 흡족하겠습니까?"

"그리고 하나 더. 당신 역시 내 입장에 섰더라면 기필코 그리했을 것입니다."

디무어는 팔짱을 꼈다.

"이제는 허락도 없이 나를 막 읽습니다?"

"내가 당신을 읽은 것이 아니라 당신이 내게 알려 준 것입니다. 당신은 나와 균형을 이루고 싶다고 말했습니다. 그 이유로 이 년 전 자뉘호에서 양보를 보였습니다."

"……."

"나도 마찬가지입니다, 디무어 함. 당신은 저번 전투에서 전패하지 않았습니다. 전패는커녕, 깔끔한 뒷수습 이후에 내가 감히 꿈꿀 수도 없는 복잡한 방식으로 도주했습니다. 내가 당신이 가는 방향을 짐작했다 해서 그만한 가치도 없는 승리로 당신 목을 앗고 싶지는 않습니다."

"완전히 나를 굴복시킨 뒤에야 죽음을 허락하겠다는 말씀입니까?"

"당신은 어차피 군이 아니면 갈 곳이 없습니다. 연합군이 끝장나면 그것은 곧 당신의 끝이기도 합니다."

"내 무병장수를 기원해 주어 고맙습니다, 공작."

발렌시아는 그녀를 물끄러미 바라보았다. 사납다기보다는 딱딱한 시선이었다.

"연합군의 수효가 몇이고 보급이 얼마나 어마어마하고를 따지기 전에, 당신은 나에게 전승하지 못합니다. 영영. 결코. 그렇다면 당신은 기회가 생겨도 나를 죽이지 않겠다는 겁니까? 그때까지?"

그것은 여유로운 농담처럼 들렸다. 그는 그녀의 말씨가 이 이상 험악해지지 않는 이유를 알고 있었다. 도움이라면 치를 떨며 경멸하는 그녀가 소리를 지르지 않고 이처럼 잠잠한 이유. 현재 그녀의 생각 또한 자신과 같기 때문이다. 상대를 완전히 박살 내기 이전에는 결코 그 목에 손을 대지 않으리라는 다짐. 그것은 다짐 이전에 예의였고 예의 이전에 본능이었다.

"바꿔 말하면, 승패가 완전히 갈린 뒤에는 자비가 없으리라는 이야기입니다. 그리 생각하십시오. 나 역시 그리 믿겠습니다."

디무어는 말문이 막힌 얼굴로 그를 바라보다가, 자리에서 일어서려는 듯 팔에 힘을 주었다. 그러나 끝내 일어서지는 못했다. 무언가가 그녀의 몸에 엉겨 붙은 양 어설프게 걸터앉았다. 그녀의 목에서 당황을 감추기 위한 짜증이 튀어나왔다.

"내가 당신을 그리 살려 두는 이유는 당신이 내가 생전 처음으로 흥미를 느낀 대상이기 때문입니다. 물론 이 흥미는 내게 대단히 중요한 개념입니다만, 어쨌든 나는 그것이 아니라면 당신의 죽음을 지체시킬 이유가 없습니다. 그런데 당신의 이유는 뭡니까? 당신은 기회만 생기면 나를 죽이려 해야 합니다. 그 기회란 놈도 당신에겐 가뭄에 콩 나듯 찾아오는 행운입니다. 그게 또 언제 온다고 이리 대범하게 나를 놓겠다는 배짱을 부립니까? 당신은 그런 여유를 보이기에는 능력이 부족합니다."

"무타스 디무어."

"예?"

"나는 당신을 존경합니다."

그녀는 어안이 벙벙한 얼굴로 그를 바라보았다. 그러나 무슨 반응을 보이기도 전에 발렌시아가 먼저 이야기를 이었다.

"나는 스승을 넘는 기분으로 당신을 상대하고 있습니다. 비열한 수는 쓰고 싶지 않습니다."

"허."

"당신은 공사 양면으로 내게 전수해 준 바가 큽니다. 나는 첫째, 당신의 전술에 큰 영향을 받았습니다. 당신 말마따나 노력가일 뿐인 내가 그런 감화도 없이 당신과 비등해질 수는 없습니다. 또한 둘째, 나는 당신 삶의 방식을 받아들였습니다. 타인에게 개의치 말라는 당신의 이야기를 긍정했습니다."

일반적인 사람이라면 그런 말을 얼굴 한 번 붉히지 않고 지껄이는 능력이 대단하다고 이야기했겠지만, 디무어였다. 디무어는 그의 말 어디에서 민망함을 느낄 수 있는지조차 발견하지 못했다. 너무도 당연한 이야기니까. 그녀는 탁자에 손을 올렸다.

두 마디 깊이의 정적이 있었다.

"내가 누군가에게 도움이 되었다니 기분이 좋지 않습니다."

"……."

"한데 생각해 보니 스스로 자초한 면이 없잖아 있어 더욱 기분이 안 좋습니다. 공작, 당신은 자랑스러워해도 됩니다. 제14장 하나로 나를 굴에서 끌어내지 않았습니까. 내가 해 준 말마따나, 앞으로도 계속 정신적인 나태를 부리며 평온하시기를 바랍니다."

"당신이 그런 말씀을 하실 처지는 못 됩니다. 내가 당신의 충고를 들은 이후에야 마음을 바꿨다면 당신은 태생부터 그런 성질을 지니고 있었습니다."

"그래서 말씀드렸잖습니까, 칭찬이라고. 나랑 비슷하단 말은 칭찬입니다?"

디무어는 하품을 했다.

"결국 우리 중 진심인 자는 누구도 없게 되었습니다. 나는 나만을 위해 만인을 등쳐 먹습니다. 그들이 어떤 피해를 입든, 내게 얼마나 압도

당하든 그건 알 바 아닙니다. 사실 나는 당신에게 나를 존경하는 마음조차 없었으면 합니다. 나는 당신과 조금도 유대를 쌓기 싫습니다. 당신이 내 헛된 잔상을 눈에 담고 우러러보는 종자일까 두렵습니다. 나는 찬양 분자를 경멸하고, 더 나아가 결코 가까이 올 수 없도록 선을 긋는 사람입니다. 내게는 당신이 필요 없습니다."

"무엇을 잘못 생각하고 계시는 것 같습니다. 나는 결코 당신을 찬양하는 것이 아닙니다. 나는 당신을 존경함으로써 전패시키겠다는 말씀을 드리고 있습니다. 전자가 무조건적인 숭배라면 후자는……."

그는 잠깐 말을 잇지 못했다. 디무어는 인상을 찌푸렸다가, 폈다가, 다시 확 찌푸렸다. 그것은 불쾌함이라기보다는 반사적인 행동처럼 보였다.

"청출어람이라."

"……."

"공작, 나는 당신이 본 최고의 인생 모형입니다. 나처럼 되고 싶습니까? 얄궂습니다. 그런 내가, 동시에 당신이 결코 넘어서지 못할 적이기도 하니. 그 격차가 당신에게 나를 추종하고자 하는 욕구를 불러일으키는 겁니다. 계속 부정하지만 결국 같습니다. 공작, 당신이 나를 존경한다고 말한 이상 이 길은 벗어날 수가 없습니다."

"길?"

"나를 따르는 것. 내가 무너지면 함께 무너지는 것."

발렌시아가 희미하게 웃었다. 보일 듯 말 듯 한 미소였지만, 디무어는 알아차렸다. 그녀는 한숨을 쉬며 입을 다물었다. 발렌시아 자신이 말을 하겠다는 신호인 것이다.

"디무어 함, 나는 당신을 무찌를 수 있다고 말씀드렸습니다. 언제가 될지는 모르지만 분명 가능합니다. 따라서 나는 결코 당신과 함께 무너지지 않습니다. 내 손으로 당신을 패퇴시키고, 그런 뒤에도 여전히 감사하는 마음으로 당신의 끝을 볼 것입니다."

"당신이 아니면 나, 디무어 함의 끝을 볼 사람이 없다 이 말씀이십니까?"

"그렇습니다."

"다른 사람이 끝을 보면?"

"살아남지 못할 것입니다."

이번에는 디무어가 웃었다.

"추종자 맞네."

"아닙니다."

"추종자 맞고, 찬양 분자 맞습니다. 좀 이상한 방향으로 비껴 나가서 그렇지. 그래도 그 정도는 용납하겠습니다. 날 따르겠다는 맹목이 아닌 날 무너뜨리겠다는 맹목이니까. 어차피 우리 목표는 같지 않습니까? 비록 나는 봄 생목을 부러뜨리는 아이의 순수한 기쁨으로 당신을 죽이려 드는 것이고, 당신은 바뀐 스스로를 시험하는 첫 상대로 스승을 선택한 것이지만."

"……."

디무어는 피곤한지 손을 들어 마른세수를 했다. 싹싹 생이 스치는 소리가 들렸다. 그녀는 헛기침을 몇 번 하다가, 눈만 내놓은 채 상대를 응시했다. 그는 잠자코 그녀의 말을 기다렸다.

그녀가 말했다.

"멍청한 세상 등쳐 먹었으니, 그래, 이렇게라도 베풀어야지……."

발렌시아는 약간 놀랐다.

"나를 믿나?"

"어쩌면."

“너는 내게 패할 리 없다고 단언했다.”

“그랬지.”

“그런데 네가 떠난다니?”

“떠나는 방식이 하나만 있나?”

“너는…….”

“배고프다. 이만 파합시다.”

“…….”

548년 1월까지의 미라이예 산하 딤니팔 동부원정 전적은 누계 16승 17패. 그리고 그것은 방금 전, 다시 17승 17패의 동률이 되었다.

발렌시아는 잘게 간 얼음 같은 시선으로 전장의 뒷모습을 노려보았다. 다들 지나치게 흥분한 나머지 피로조차 느끼지 못하는 모양이었다. 그 여분의 피로는 전부 그의 몫이었다.

유례없는 대승.

그러나 발렌시아는 승리에 의혹을 느끼고 있었다. 자신은 지휘부에서 디무어를 선명하게 읽어 냈다.

오늘, 그녀가 연합군을 지휘하고 있다는 사실은 자명했다. 그런데 그처럼 둔한 명령과 움직임이라니, 도저히 자신을 상대로 보일 수 있는 전술이 아니다. 분명 디무어는 디무어인데, 어딘가에서 머리라도 두어 번 찍히고 온 듯 갈팡질팡 경황이 없었다.

자신은 분명히 디무어를 이겼다.

전승했다.

처음으로 그녀에게 하나부터 열까지 전부 빼앗아 왔다. 그녀가 쥔 군대에서 온 숨골을 발라냈다. 연합은 스스로 기사회생하기 위해서 앞으로 몇 달은 족히 내실을 다독여야 할 것이다. 생선 가시를 골라내듯 상대를 완전 무력하게 만든 딤니팔의 섬세함이 인상적이었다. 드디어 디무어를 죽여도 후회가 없게 된 셈이다.

그런데 그 중요한 승리에 이상한 의심이 드는 것이다. 스스로 네게 이길 수 있다 호언장담을 해 놓고선, 정작 이처럼 실제 승리한 제 손은 믿을 수가 없다. 웃기는 일이다. 근소한 승패에 익숙한 나머지 총사령관의 미덕인 전승에조차 기뻐할 수가 없는 것이다.

그녀에게 무슨 일인지 묻고 싶었지만, 조롱은 취향이 아니라 그저 두었다. 어쨌든 이제 자신은 디무어에게 아량을 두지 않을 것이다. 전부 끝났다. 만족스럽다.

발렌시아는 말머리를 돌렸다.

"발렌시아 경, 무명無名에게서 연통이 왔습니다."

발렌시아는 난처한 얼굴로 종이를 들고 있는 데군다를 발견했다.

여기서 무명이란 왕의 밀정과 동의어다. 그 인장으로 단단히 밀봉된 모양이 그가 앉은 자리에서도 선명히 보였다. 그가 고개를 끄덕이자, 데군다는 성큼성큼 다가와 책상에 서간을 놓고 나갔다.

그는 손을 뻗어 서간을 잡았다. 이상하다. 잉그레의 밀정이 전장에 있는 총사령관에게 직접 소식을 보낼 이유가 없다. 왕의 인허도 받지 못한 채 가장 긴급한 사항을 전하는 모양이지 않나. 그러나 그럴 만큼 동부의 상황이 화급하던가?

발렌시아는 의아함을 가라앉히지 못한 채 종이를 펼쳤다.

근계謹啓. 동부원정 딤니팔군 총사령관 발렌시아 마조레 기지 얀 미라이예.

사안이 전장에 중하다고 판단하여 220년 공포된 달메로 칙령에 의거 폐하와 군의 총사께 동시 서간을 보냅니다.

548년 1월 21일 새벽, 연합군 총지휘관 무타스 디무어가 반-나티나모의 인수관에서 주검으로 발견되었습니다. 단검으로 목을 찌른 평이한 자살이었습니다. 타살 의혹이 없는지 살펴보았습니다만, 무타스 디무어가 연합의 가장 소중한 자산인 까닭에 그 호위가 자못 엄중했습니다. 타살은 불가능합니다.

무타스 디무어는 1월 2일 밤부터 1월 3일 새벽까지 이어진 다호르티 회전의 전패 이후 즉각 반-나티나모에 소환당했습니다. 반-나티나모는 무타스 디무어에게 연합 피해의 책임을 물어 자유민 지대의 오분지 일과 사 순간의 부지휘관 격하를 함에 물어 봉했습니다.

그러나 제가 개인적으로 조사한 결과, 연합군의 다호르티 패배는 무타스 디무어의 판단 오류가 아닌 수하 지휘부의 군단 반란에 기인합니다. 이번은 그것에 항의하는 자진이었다고 사료됩니다.

연합군에서 다호르티 전패 이후 2월까지의 휴기를 요청한 것으로 알고 있습니다. 묵살하십시오. 그 문서는 무타스 디무어가 소각했습니다.

반-나티나모 무명無名.

발렌시아는 다시 한 번 읽었다.

근계. 동부원정 딤니팔군 총사령관 발렌시아 마조레 기지 얀 미라이예.

사안이 전장에 중하다고 판단하여 220년 공포된 달메로 칙령에 의거 폐하와 군의 총사께 동시 서간을 보냅니다.

548년 1월 21일 새벽, 연합군 총지휘관 무타스 디무어가 반-나티나모의 인수관에서 주검으로 발견되었습니다. 단검으로 목을 찌른 평이한 자살이었습니다.

그는 조심스러운 손길로 서신을 내려놓았다. 재차 고쳐 놓았다. 다시 원래 온 대로 반듯이 접었다. 문진으로 눌렀다.

정적.

약간 숨이 가빠졌다. 그러나 역시 고요하다.

발렌시아는 고개를 들어 천장을 바라보았다. 다시 내렸다. 앞이 아닌, 편지를 향해.

그의 시선은 마치 거푸집에 안료를 넣고 순간적으로 냉각시킨 철 조각처럼 보였다. 손이 홀로 나가 다시 서간을 쥐어 들었다. 온몸의 피가 얼굴로 쏠리는 양 호흡이 받았다. 찢어발길 듯한 힘으로 다시 펼쳤다.

548년 1월 21일 새벽, 연합군 총지휘관 무타스 디무어가 반-나티나모의 인수관에서 주검으로 발견되었습니다. 단검으로 목을 찌른 평이한 자살이었습니다.

서간이 찢어졌다.

의식하지 못한 채 지나치게 힘을 준 까닭에 끝내 두 동강이 나 버렸다. 손이 미세하게 떨렸다. 그것은 점차 눈에 띌 정도의 떨림으로 변해갔다. 주먹을 쥐려 했는데 도통 깍지가 맞지 않았다. 손톱끼리 대단한 힘으로, 정신없이 부딪히자 미처 다듬지 못했던 부분이 죄 부러졌다.

자살이라.

자살.

네가 '승리자' 라고? 네가? 그 삶이?

디무어는 완벽히 실패했다.

그는 그 사실에 끔찍한 화가 치미는 것을 느꼈다. 멍청한 연합 정부나 주제를 모르는 연합군 지휘부에게 화가 나는 것이 아니었다. 자신이 그녀를 온전히 이긴 것이 아니라는 사실에도 감흥이 없었다. 그녀가 어떤 이유로 자존심을 다쳤는지, 무엇이 그녀를 그토록 상심하게 했는지조차 그의 관심사가 아니었다. 이상의 것들은 마지막에 비한다면 무척, 굉장히 사소한 문제였다. 티끌보다 더 못했다.

제 뇌리에 남은 것은 그저 무타스 디무어. 오로지 그 여자의 자살. 이 한 단어.

그토록 제 길이 완벽하다 자신하고도 디무어는 자살했다.

자살이라니? 그것만큼이나 생에 대한 실패를 드러내는 행동이 또 있던가? 실패한 삶의 방식에 그토록 자신만만해? 내게 그런 충고를 해서, 내게 그 삶을 이식시켜 두고서, 너는 완전히 망가져? 매번 누구에게도 조탁당하지 않을 것처럼 고독에 당당하더니, 단 한 번에 박살이 나?

할 수만 있다면 시간을 돌려 혀를 부러뜨리고 싶었다. 너를 존경한다고 말했다. 그 기억을 모른 척할 자신은 없다.

그러나 지금에 이르러 드러난 디무어는 '틀렸다'. 완벽히 틀렸다. 제 손으로 제 목을 찌른 행동에서 도대체 어느 부분이 옳을 수 있는지 그는 알 수 없었다. 디무어가 어떤 식으로 정신 승리를 다짐하며 자살에 들었는지는 모르지만, 그의 관점에서 그녀의 행동은 오로지 하나를 뜻했다. 패배.

그러니 그처럼 스스로를 망친 그녀의 삶, 혹은 그녀의 방식은 근본부터 부정되어야 했다. 뿌리째 들어내어 자신에게 흔적이 남지 않게 해야 했다. 패배자의 방식은 남겨 두면 안 된다. 자신이 그 독 섞인 입김에 해를 입는다.

이제 무슨 행동을 어떻게 해야 할지 모르겠다. 타인에게 자신을 맞추지 말 것. 홀로 독야청청 갈 것. 공감하지 말 것. 디무어는 자신의 죽음으로 그것이 잘못된 방식이었다는 사실을 증명했다. 감사하며 그를 받아들였던 나는 이제 어떻게…….

숨이 막혔다.

548년 6월 21일. 딤니팔군은 반-나티나모를 점령했다.

불안하리만큼 서쪽에 위치하고도, 무타스 디무어의 이십 년 봉공에 힘입어 터를 옮기지 않은 연합의 임시 수도. 그러나 디무어 사후 반년, 반-나티나모는 동부 스물네 개 주와 함께 합병당했다.

발렌시아는 인수관의 입구에 섰다.

자뉘호의 신에게 기도를 바치는 예배당이라고 했다. 파란 하늘과 담홍색 벽돌, 지붕 사이로 길쭉길쭉 말려 올라간 나무들. 그는 얇고 높은 문을 잠시 바라보다가, 숨도 들이켜지 않고 안에 들어섰다.

긴 줄이 있었다. 양옆으로 기기묘묘한 기둥과 함께 중앙에만 홀로 뚜렷한 길이 나 있다. 그 끝에는 어마어마한 크기의 석상과 네모난 제단이 보였다. 제단은 오랜 유산인 듯 이곳저곳이 세월에 닳아 있었다. 조용히 걸어도 온 홀이 웅성거렸다.

발렌시아는 주의 깊은 동작으로 그 끝까지 걸어갔다. 홀로 선 줄에만 햇볕이 내리 쪼였다. 허리에 걸린 니소르가 바닥에 끌리고 만다. 성소를 유린하는 정복자의 칼이 고까운 양, 그 작은 소리마저 만 배로 커져 관 안에 울렸다. 그는 제단 앞에 섰다. 아무 생각 없이 걸음을 돌려 이곳에 왔지만, 지금 이 시점에서 자신이 해야 할 일은 명확했다. 발렌시아는 품에 손을 넣었다.

다시 나온 손에는 디무어의 동부 공화가 들려 있었다.

그는 그것을 제단 위에 놓은 뒤 왼쪽에서 짧은 칼 하나를 뽑아 들었다. 단단히 벼린 군용 단검이다. 그는 숨조차 고르지 않았다. 손을 튕기는 것보다 자연스러운 동작이었다.

들어 올린다. 내리찍는다. 짐승이 울부짖는 듯한 소리가 났다.

스투레와 달리 동부 공화는 그의 힘을 견디지 못했다. 강철과 놋쇠. 승패는 자명하다. 공화는 조금씩 금이 가기 시작하더니 이내 반으로 쪼개져 버렸다. 깡깡 험악한 소리와 함께 끝내 단검이 제단을 찍었다. 삽시간에 제단의 대리석이 쩍 하고 갈라졌다. 돌과 칼의 비명 소리가 멈췄다.

발렌시아는 박살이 난 제단과, 휠 대로 휘어 버린 단검과, 세 조각 난 동부 공화를 던져두고선 뒤로 한 걸음 물러났다.

어깨가 크게 움직였다. 이것으로 확실히 끝났다. 디무어 역시 제 무례한 손짓을 기억할 것이다.

너는 틀렸다.

그 삶의 방식은 정말 아니었다. 네가 어떤 괴상망측한 자기애적 논리로 만족하고 목을 끊어 냈는지는 내 알 바 아니다. 하지만 그것이 틀렸고, 세상과 충돌하는 네 방식에 네가 못 견디고 죽어 버렸다는 사실은 안다. 스스로 만족을 했든 어쨌든, 그것은 옳지 않았다.

이 자각에 끔찍하게 실망한 것이 벌써 넉 달도 더 전이었다. 그 절망을 잊어버리기 위해 디무어가 준 기회를 이용했다. 전투에 열중했던 것이다. 휴전 문서의 파기로 드러난 그녀의 바람은 명확했다. '쓸어버려.' 그녀는 지휘관이 교체된 뒤 갈기갈기 찢기는 연합군을 감상하고 싶었을 것이다. 그는 그녀의 의도에 말려들었다는 사실을 알면서도 연합군을 전패시켰다. 저가 실망한 자라 그 사람의 소망을 이루어 주기가 지독히도 싫었지만, 그러기에 자신은 이미 지나친 '자신' 으로 돌아와 있었다.

딤니팔에 충성하고, 주변을 부정하지 못하고, 어설픈 공감에 속을 삭이는, 본연의 자신. 이런 자신은 딤니팔군의 부름을 따라 연합군을 능력껏 패퇴시킬 수밖에 없다. 디무어의 방식을 따랐다면 충성과는 상관없이 자신이 고깝기 때문에 결코 하지 않았을 일이지만, 자신은 이미 걸음을 되감은 지 오래였다. 디무어의 방식을 부정하자마자 그녀의 의도를 따를 수밖에 없다니. 발렌시아는 이런 제 행동마저 그녀가 계산했으리라는 생각에 소름이 돋았다.

그는 문득 누군가가 다가오고 있다는 사실을 알아차렸다. 세 발자국 이내로 들어온다면 칼을 내기 위해 서서히 긴장하는데, 이상한 일이 있었다. 주저 없이 잰 걸음으로 다가오던 그자는 정확히 제 경계 바깥에서 멈추었다.

"공작."

그는 뒤를 돌아보지 않았다.

"디무어 함께서 당신이 이곳에 도달했을 시 전하라 명하신 서한이 있습니다."

디무어는 자신이 반-나티나모까지 쓸어 올 것을, 이곳에 도달해 인수관에 방문할 것을 알고 있었다. 발렌시아는 약간 자조적으로 생각했다. 그래, 그 여자가 자기 뜻대로 하지 못한 것은 없다. 죽음마저 제 뜻이다.

발렌시아는 뒤돌아 그자에게로 걸어갔다. 그는 공손한 몸짓으로 그것을 바친 뒤, 상대가 서한을 여는 모습조차 보지 않은 채 총총 중앙 열을 걸어 나갔다.

발렌시아는 무심히 그 서간을 열었다. 처음 눈에 들어온 글씨는 이러했다.

나 무타스 디무어는 무타스 민지대民地帶와 그에 소속된 인력, 재화 전반을 딤니팔의 공작 발렌시아 마조레 기지 얀 미라이예에게 인계한다.

그는 접혀 있던 마지막 장을 펼쳤다.

공백.

발렌시아는 그녀에게서 무슨 말을 기대했던 자신을 자각하고는 순간적인 역겨움을 느꼈다. 그럴 리가 있나. 유언만큼 감상적인 말이 있을 리 없건만, 설마 디무어가 그따위 것을 썼겠는가. 심지어 나에게. 디무어는 그럴 사람이 아니다.

'디무어는 그럴 사람이 아니다.'

그는 자신의 생각에 얼어붙었다. 지금의 그는 무타스 디무어를 읽고 있었다. 공감이 아니라, 그저 읽고 있다. 이런 이해는 그녀의 사고방식을 듣기 전에는 제게 불가능하던 일이었다. 본래의 자신은 이해조차 미숙한 불초였다. 그런데 이처럼 상대를 다시 논리로 보고 있다…….

본디의 자신으로 돌아오고도, 제게 얼룩처럼 남은 그녀의 방식.

머리가 약간 아찔했다. 완전히 실패한 디무어가 자신에게 남아 있었다. 지워지지 않는 이부자락의 그슬음처럼 선명한 검정으로 머물러 있다. 분명 버렸는데. 혹은 버렸다고 생각했을 뿐인지도 모르겠다. 자신이 원래 그러했지 않나. 버리지 못하는 천치. 본디로 돌아와 이제 영영 놓지도 못하는 스스로가 된 것인가 싶었다. 앙히에도, 리베 몬테도, 이제는 디무어까지 버리지 못한다. 짐이 늘어만 간다. 점점 더 빨리 파멸로 향하는 느낌이었다.

발렌시아는 자신에게 제 모든 재산을 남긴다고 말하는 디무어의 서신을 내려다보았다. 고개를 약간 돌려, 박살 난 동부 공화 또한 바라보았다. 시선은 다시 종이로 돌아왔다. 그는 이를 악물듯 종이를 구겨 제 품에 우겨 넣었다.

그녀를 완전히 버릴 수 없다는 사실을 안다. 그 완벽한 실패를 보고도 유혹적인 삶의 방식을 버리지 못하고 있는 자신을 안다. 어설픈 실뿌리로 남았지만 끝내 가장 매력적인 디무어의 삶으로 끌려갈 것을 안다. 이 모든 것을 깨달은 발렌시아는 더 이상 무타스 디무어를 부정할 수가 없었다.

또.

다시.

내게 사람이 남는다.

"나는 당신이 본 최고의 인생 모형입니다."

그런 그녀의 말을 부정할 수는 없다. 무타스 디무어야말로 자신이 본 최고의 인생 모형이 맞았다. 하지만 그런 그녀조차 완벽하지 못했다. 완벽하다면 오로지 실패로 완벽했다. 실패자. 실패자. 완벽한 실패자. 그런 당신을 받아들인 나는, 당신도 죽은 이 순간 이제 무슨 수로 그것을 벗어나나. 발렌시아는 얼굴을 가렸다.

또 남겼다.

살이 빠개질 듯한 역설.

남기지 말라고 단언한 사람이 다시 제게 남았다. 무엇으로, 누구로 이 난장을 그만 둘 수 있는지 모르겠다. 이제는 포기했다. 조금의 기대도 없이 갈팡질팡하는 자신의 모습으로 오롯이 살 것이다. 되는 대로, 부랑자 같이 정돈되지 못한 정신으로 막막히 살 것이다.

물론 이 모든 것을 겪고 결심한 것이 아예 없는 것은 아니었다.

다시는 사람을 받지 않을 것이다. 이 결심만큼은 명확했다. 스스로를 박살 내고 떠나는 사람은 이미 충분히 겪었다. 남은 평생 동안 누군가를 다시 담으면 자신은 이미 자신이 아닐 것이다. 다시 한 번 자신을 옭아매었다 떠나면, 또 한 번 이 같은 일을 겪으면.

그때 나는…….

발렌시아는 잔해를 남겨 둔 채 디무어의 묘비를 떠났다.

아이가 태어나면 화단에 꽃을

"안 놓으면 걷어찬다?"

"걷어차면 반역죄로…… 윽!"

"거봐."

"야흐……. 헉……."

"당신 할 일 없어? 가서 일해."

"으……."

"무슨 놈의 엄살이."

"너……."

레아는 자카리를 밀치고 벌떡 일어섰다. 침대 위에서 여러 번 비틀거리다, 나뭇잎에 내려앉듯 사뿐히 바닥에 내려섰다. 그러나 그것도 잠시였다. 그녀가 한 걸음 내딛는 순간 다시 한 번 자카리의 손이 뻗어 왔다. 그녀는 악 소리도 내지 못한 채 들려 올라갔다.

"정말……."

그리 악력이 강하지 않은 자카리라도 그녀쯤은 쉽게 들어 올려 쉽게 누를 수 있었다. 그녀는 아등바등 그 힘 아래서 발버둥 치다 다시 한 번 그의 급소를 노렸다. 한데 이번에는 그것마저 여의치가 않았다. 그녀는 닥치는 얼굴을 되는 대로 피하다가, 그 꼴이 우스운지 웃음을 터뜨렸다.

"아니, 하하! 대낮 아니야. 할, 일, 프핫, 없어?"

"오늘 쉬는 날이다."

"폐하께 휴일이 어디 있어요? 사시사철 만민을 굽어 살피셔야지."

"휴일은 없어도 아내를 사랑할 시간 정도는 벌 수 있거든."

"어머."

"그러니 순순히……. 윽!"

"난 당신 애태우는 일이 세상에서 제일 재밌더라."

그가 쩔쩔매는 사이 레아는 누워 있던 몸을 일으켰다. 고개를 돌려, 아니 몸을 돌려 문득 창가를 바라보았다. 튕겨 오르듯 일어난 동작에 비하면 그 시선은 퍽 느렸지만 이번에는 자카리도 그녀를 막지 않았다. 맞은 코가 얼얼해서 붙잡고는 그녀가 하는 양을 바라보고 있을 뿐이다.

레아는 다시 도망치지 않았다. 다만 그저 몸을 세워, 가부좌를 튼 듯 평온한 모습으로 그에게 뒤를 보이고 있었다. 작은 인형처럼 동그마니 앉은 뒷모습. 다르다. 묘하게 달랐다.

정오의 햇살이 데카를로의 방에 비스듬히 비치는, 그 끔찍스럽게 아름다운 광경. 갑자기 온 소리가 그 햇살 아래 묻힌 분위기였다. 방금 전의 장난스러운 말과는 분명 판이하다. 자카리는 그런 레아의 등을 물끄러미 바라보다가, 삭삭 이불 소리를 내며 그녀에게 다가갔다.

그는 그녀의 어깨를 껴안고, 둥그스름한 머리를 품에 넣었다. 레아에게서 미세한 숨이 터졌다. 자카리는 그 가마에 입을 맞췄다. 그녀가 꿈틀거렸다. 그것은 반항이라기보다는 반사적인 행동이었다. 자카리는 다시 여러 번 그 백금발에 입을 맞추고는, 방금보다 더 단단히 그녀를 품에 안았다. 조용한 목소리가 새어 나왔다.

"갈까?"

그녀는 대답하지 않았다. 그는 기실 평생토록 인내심이 깊은 사람이었지만, 레아에게 있어서 그런 역사는 없다. 그녀만 나타나면 온 정신이 초조해져 손이 떨렸던 것이다. 서약을 마친 지 두 해가 가까워져 가는 지금도 그것은 마찬가지였다. 그는 그녀에게 인내를 두지 않았다. 재촉했다.

"레아."

"……."

"레아."

"……뭘, 또 어떻게 알고 다독이려 해?"

"갈까 물었어."

"그만 좀 해."

"레아."

"참……. 당신이 가면 욕을 먹어. 신성한 폐하께 잡귀가 붙는다고."

"레아, 입조심해라. 우리 아이다."

"당신에게 죽은 아이는 필요 없어."

자카리는 화를 내지 않았다. 그녀의 말에 진심이 없다는 사실을 알기 때문이다. 이해가 담긴 고요였다. 결국 레아는 약간 먹힌 목소리로 말했다.

"고마워."

"……."

"오늘이 백 일인 걸 알고 왔지? 일이라곤 다 제치고, 나 때문에."

자카리는 한숨으로 긍정했다.

“자카리, 당신이 매번 그렇게 불안 불안한 눈으로 날 보지 않아도 난 괜찮아.”

“나는…….”

“예상치 못한 불행이었지만 그래도 나는 괜찮아. 내 아이에게 그런 일이 닥쳤다는 것이 좀 억울하기는 하지만…… 뭐…… 괜찮아.”

“레아.”

그녀는 눈을 여러 번 깜박이다가, 그를 향해 몸을 돌렸다. 자카리는 반쯤 일그러진 표정을 수습하지도 못한 채 그녀를 마주하게 되었다. 레아는 빙그레 웃으며 그의 양 뺨을 잡아당겼다.

“괜찮대두. 정말 괜찮으니까 이만 가 봐. 무턱대고 일을 작파하게 된 십이공회는 심기가 불편할 거야.”

“다시 부를 수도 없고 부를 마음도 없다.”

“…….”

“그리고 나는 네가 사산死産에 그리 멀쩡할 수 있다는 사실을 안 믿어.”

“자카리. 좀.”

“한숨도 우울한 기색도 없다. 난 네가 지난 석 달 동안 온전한 슬픔을 보여 주었다고 생각한 적이 없어. 너는 분명 혼자 애끓고 있다. 내게는 조금도 드러내지 않고.”

“아냐. 나는 당신에게 날 숨긴 적 없어.”

“레아.”

그녀는 입을 잠깐 다물었다. 그의 뺨에서 얇은 손이 스르르 떨어져 내렸다. 그녀는 남편의 품에 얼굴을 묻었다. 그것은 바람 맞은 나뭇가지처럼 보였지만, 어쩌면 꿋꿋한 그루터기에 가까울지 몰랐다.

“어떻게 해야 당신이 믿어 줄까.”

“배가 불렀을 때 그토록 희희낙락하던 기억을 내 머릿속에서 지워 주면 믿어 주마. 그 모양을 기억하면서 네가 상심하지 않았다는 사실을 어찌 믿나? 나는 네가 내게만 속을 숨기려 든다는 추측을 도저히 떨칠 수가 없어."

"으음."

"차라리 화를 내라. 누구라도 좋으니, 나라도 좋으니 원망해서 그 속을 비워."

"화가 안 나는데."

"내가 너를 살렸다. 이러면 화가 나겠어?"

"응? 왜?"

"아이와 택일할 때가 오면 무조건 너라고. 널 못 살리면 가감 없이 모조리 사형이라고 경고했다."

"그래, 그래."

자카리는 그녀를 밀어냈다. 레아는 두 어깨가 잡힌 채 눈 검은 아이처럼 똘망똘망 그를 바라보고 있었다. 그는 의혹을 떨치지 못한 채 가까스로 다시 입을 열었다.

"화 안 내냐?"

"내가 왜?"

"애초에 아이를 살리겠다는 마음이 없었다는 거잖아."

"말이 달라. 당신은 아이를 죽이겠다는 생각을 한 게 아니라 나를 살리겠다는 생각을 한 거야. 나는 당신의 애정을 알아. 그 사랑에 어떻게 화를 내?"

냉정하게 보자면 맞는 말이다. 하지만 자카리는 아이를 사산한 지 채 넉 달도 지나지 않은 레아가 저토록 멀쩡하게 생각할 수 있다는 사실이 놀라웠다.

첫 일주일, 약간의 무감각 상태만 제한다면 정말로 그간 내내 저 평온함이었다. 이해가 가지 않았다. 제 배로 아이를 낳은 어미보다 그 아비가 넋을 놓을 때가 더 많은 이 상황.

"자카리."

그는 정신을 차렸다. 그녀의 호명 한마디면 목 끝까지 침전했다가도 순식간에 끌려 나와야 했다.

"얘기하면 들을 거야?"

"나는 네 이야기를 경청하지 않은 일이 없다."

"나 더워."

자카리는 조심스레 그녀를 품에서 놓고는, 베개를 괴어 그 자리에 눕혀 주었다. 그러나 정작 그 자신은 눕지 않았다. 그는 그녀 옆에 반만 걸터앉아, 말없이 그 조막만 한 얼굴을 내려 보았다. 그녀는 빙그레 웃었다.

앙히에가 열네 살 되던 해의 겨울.

그가 가출한 지 한 달도 못되어 솔 톨레도는 발칵 뒤집혔다. 소꿉친구가 날아갔으니 자신 역시 나갈 권리가 있다는 리베 톨레도의 당당한 투정으로 온 톨레도가 시끌벅적했기 때문이다. 그 어처구니없는 억지에 아연실색하지 않는 자가 없었다. 어린 딸을 다잡기 위한 톨레도 백작의 훈계는 한나절마다 지치지도 않고 반복되었다. 물론 효과는 없었고, 톨레도 백작은 고명딸의 애원에 끝내 넘어갔다.

그가 허락한 것은 알로지아드였다. 톨레도가 지배하는 딤니팔 전역의 알로지아드에 통행할 수 있는 권리. 백작은 그 권리와 더불어 알로지아드 가도의 중심이자, 봄 알로지아드의 중심인 알로지아드 졸피의 소유권을 딸에게 넘겼다.

물론 그 대단한 것을 받은 그녀에게는 필수적으로 항시 봄 알로지아드를 따라다녀야 한다는 조건이 붙었다.

알로지아드 기사단은 알로지아드 가도의 보수, 치안 등을 맡은 톨레도 직속의 군대였다. 귀족 출신의 기사와 평민의 보병으로 이루어진 애매한 집단이었지만, 그 애매함 덕분에 더욱 진득한 핏줄로 뭉친 그런 군대. 태어날 때부터 알로지아드를 위해 길러지는 경우가 많았기 때문에, 어쩌면 전장에 선 기사단보다 그곳의 묵계가 더 엄격할지도 몰랐다. 어쨌든 그 톨레도 백작이 막내딸을 안심하고 맡길 만한 엄중함이 있었다.

특히나 개중에서도 봄 알로지아드로 일컬어지는 알로지아드 기사단 총괄 지휘부는 톨레도 가문과는 한 식구나 다름없었다. 톨레도를 따르는 봄 알로지아드의 승계 방식은 이러했다. 선임자가 스무 살 미만의 후임자를 추천하여 제 후계로 정해 두는 것. 가문은 상관이 없다. 이로써 평민에서 귀족으로 승급한 이도 역사상 대여섯 가문은 되었던 것이다.

봄 알로지아드의 첫 시작은 쉰 명이었다. 그러나 급사한 기사들이나 후계를 만들지 않고 지위를 반납한 기사들 덕분에, 시작한 지 사백 년이 지난 지금 총계는 서른.

톨레도는 아직까지 수혈의 필요성을 느끼지 못한 듯 그 서른을 반백 년 동안 유지하고 있었다.

이들 간의 유대는 톨레도의 손이 태어나는 자리를 봄 알로지아드가 지키는 일로 대표되곤 했다. 톨레도는 알로지아드에 내려가 아이를 출산하는 일이, 봄 알로지아드는 탄생일의 성을 지키는 일이 정례화되어 있었던 것이다.

이번 대에도 예외는 없었다. 작위를 물려받을 라톤 카라치올로 자나얀 톨레도는 물론이거니와, 그의 아우, 삼남, 그리고 그 막내까지 모두 봄이 지키는 가운데 세상을 보았다.

백작은 그 봄 알로지아드에 레아를 맡긴 것이다.

톨레도의 장남, 차남, 삼남의 탄생을 보았던 봄 알로지아드는 현재 거의 세대교체가 되었지만, 막내는 달랐다. 톨레도의 고명딸은 삼남과의 나이 차도 열 살이 넘는다. 때문에 당시 그녀의 어릴 적을 보았던 봄들은 지금 기껏해야 서른 중후반.

레아는 비록 오래도록 알로지아드를 떠나 있었지만, 태어나 첫 두 해를 알로지아드에 머물었던 기억과, 중간중간 제멋대로 놀러 나온 휴가 등에 힘입어 어느새 봄 알로지아드의 딸 격이 되어 있었다.

열네 살 때 대중없이 짧았던 머리는 열일곱에 이르러 허리에 닿았다. 백금발이 그처럼 긴 모양은 어쩐지 봄 햇살 같은 느낌이 들어, 그녀는 봄 알로지아드에게 무지막지한 예쁨을 받곤 했다. 물론 그 예쁨은 어린아이를 귀엽게 보는 어여쁨이다. 봄 알로지아드에서는 어느새 그녀 자체가 행운의 상징이 되어 있었다.

그녀의 일반적인 호칭은 레아, 야, 너, 저기, 누이, 동생, 아우, 그리고 가끔 비꼬고 싶은 기분이 들 때 리베 톨레도. 그 반대도 마찬가지였다. 제 큰 오라비조차 반공대를 차려야 하는 봄 알로지아드에게, 이름, 아저씨, 야, 너, 저기, 당신, 형, 그리고 가끔 비아냥거리고 싶을 때 경. 지나치게 격이 없어 문제가 되는 사이였다.

그러니까 이처럼.

"아저씨."

"……."

"형."

"……."

"파스쿠알."

"……."

"아, 대답 좀 해 봐요!"

"오라버니라고 해 봐."

"미쳤…… 아니, 이게 아니라, 아! 자기들이 형이라 부르게 해 놓고서 웬 말이 많아!"

"우리가 시켰냐? 네가 우리 말을 따라한 거지."

"내 입에 오라버니가 익었어도 아저씨한테는 오라버니라고 안 불러요. 결혼한 지 십 년도 넘은 시꺼먼 인간이 무슨."

파스쿠알은 짜증스럽게 제 머리를 헝클었다.

"레아. 오랜만이라 반갑긴 한데, 일단 내려와."

"난 여기가 좋은걸."

"위험하다. 내려와."

그녀는 마구간의 높은 턱 위에 앉아 있었다. 다리만 대롱대롱 내놓다가, 그가 잡으려 할 때마다 놀리듯 발을 모아 획획 올렸다. 파스쿠알은 오기가 일었는지 그 옆에 선 말을 잡아탔다. 레아는 까르르 웃으며 앉은 자리를 슬금슬금 옮겨 갔다.

"레아! 위험하다니까!"

그러나 그녀는 경고를 들은 체 만 체, 그 위태로운 턱 위에서 벌떡 일어섰다. 제 발의 가로 너비도 안 되는 나무판자 위에 아슬아슬하게 선 꼴이다. 그 모습은 기어이 파스쿠알에게 불을 댕겼다. 그는 즉각적으로 말을 몰아 그녀에게 다가갔다. 그리고 레아가 다시 한 번 도망치기도 전에 그녀의 팔을 끌어내렸다. 양쪽으로 곧게 들어 중심을 잡던 팔이 기우뚱하자, 레아는 비명을 지르며 떨어졌다. 물론 비명보다는 고래고래 악을 썼다는 말이 더 맞다.

"파스쿠아악!"

그러나 그녀는 제 긴 머리칼만큼도 떨어지지 못했다. 정신을 차린 순간 이미 노련한 파스쿠알에게 들려 있었던 것이다. 그녀의 얼굴이 순식간에 부루퉁해졌다. 파스쿠알이 씩 웃었다.

"파스쿠알, 내가 불렀을 때 대답 안 했잖아요."

"하려고 했어."

"당신, 창창한 서른넷에 가는귀가 멀었어."

"언제는 늙다리라고 하고 언제는 창창하다고 하니 이 못난 놈은 갈피를 잡을 수가 없습니다, 리베 톨레도."

"시끄러워요."

그는 먼저 말에서 내리고는, 두 팔 벌린 채 내려 주기만을 기다리고 있는 레아를 비웃었다.

"……."

"너 혼자 내려와."

그녀는 얼굴이 시뻘게져선 단박에 뛰어내렸다. 그리고 곧장 그의 등에 주먹질했다.

"애 받아 주면 어디가 덧나나!"

"네가 어디가 애야?"

"애가 아니야? 난 아저씨 나이 반 토막이라고!"

"반 토막이긴…… 하군."

키가. 그는 무슨 말을 하려는 양 검지를 올렸다가, 어설픈 표정으로 이리저리 흔들었다. 그녀는 그의 손가락을 따라 고개를 돌리는 자신을 보며 상당히 참기 힘든 기분이 되었다. 흔들개비를 눈으로 좇는 세 살배기가 된 느낌이었기 때문이다. 그녀는 손을 들어 그 손가락을 뒤로 꺾어 버렸다. 물론 강단 있는 기사에게 그 알량한 힘은 소용이 없었지만.

"그게 될 거라 생각해?"

"……."

"쪼끄만 게."

"참 나, 애가 아니랬다가 쪼끄맣다고 했다가."

"됐다. 들어가자."

레아는 그 낮은 목소리를 비웃었다.

"나 태어났을 때 처음 보고 기절한 사람이 위엄은 무슨……."

"기절 안 했어."

"바누 아저씨한테 다 들었거든요."

"……."

그녀는 의기양양한 표정이 되어 마구간을 나섰다. 파스쿠알은 약간 토라진 기색으로 작은 뒷모습을 따랐다. 뒤에서, 잘 들리지도 않는 목소리로 불평한다.

"기절 안 했어."

"바누 아저씨가 정확히 알려 줬어요. 오라버니들 때도 마찬가지였지만 나 때는 특히, 톨레도의 고명딸이 될 거라고 온 집안이 들썩들썩했대요. 어머니께선 알로지아드 졸피에서 날 보셨는데, 관례대로 태어난 지 사흘 만에 봄 알로지아드에 요람이 돌아갔죠. 다들 아, 하, 이런 내가 예뻐서 죽으려 했다고요. 그런데 어머…… 고개를 돌려 보니 한 명이 기절해 있었다는 거야."

"사실이 아니야."

"막 열일곱 된, 거의 사상 최연소나 다름없던 봄이 거품 물 겨를도 없이 기절. 바누 아저씨가 그러길, 자기가 안 받아 줬으면 파스쿠알은 그 돌바닥에서 열일곱 인생을 끝냈을 거랬어요. 남자들 사이에서만 자라서 갓 태어난 아이를 볼 겨를이 없었고, 때문에 날 처음 보고 기겁해 넘어갔다나?"

"너 처음 용건이 뭐였지?"

"순식간에 소란이 일지, 소란이 이니 나는 깨서 왕왕 울지, 요람 든 봄은 어쩔 줄 모르고 발만 동동 구르지, 한 명은 숨 막힌 채로 넘어가 있지, 어느 쪽에 신경을 써야 될지 잠깐 갈팡질팡하다가 바누 아저씨가 중재를 봤대요. 저놈은 던져 두고 다시 우리 아가씨나 보자."

"……."

"그래서 파스쿠알이 깼을 때 졸피의 곁방에서 혼자였던 거예요."

"……."

"불쌍해라."

그녀의 걸음은 점차 가벼워지고 있었다.

"그거 누구누구 아냐? 후배들한테는 이야기 안 했지?"

"아저씨 후배가 몇 명이나 된다고. 다섯? 여섯? 정확한 수는 잘 기억이 안 나요. 내가 저번에 식사할 때 다 모아 두고 얘기해 줬거든요."

"……."

파스쿠알은 레아의 음흉한 미소에 덴 듯 물러났다. 그녀는 휙 뒤를 돌아보았다. 돌아보는 동작과 함께 팔을 쭉 뻗어 그를 가리켰다. 그는 긴장하며 말을 기다렸다.

"농담인데."

"……."

"그러니까 앞으로는 내가 부르면 바로바로 대답해 줘, 응?"

"……처음 용건이 뭐라고?"

"알로지아드 졸피에 아저씨 부인이 왔다면서요?"

"응. 너 아직 못 뵈었냐?"

"파스쿠알은 나한테 관심이 없는 게 틀림없어. 나 어제까지 바누 따라 북부 오대五帶 돌고 왔잖아요."

"바누 경이 고생이 많으셨겠군."

"아저씨가 날 얼마나 좋아하는데 그런 말을……."

"과연?"

"적어도 무뚝뚝한 파스쿠알보단 날 좋아할걸. 바누 아저씬 딸이 없거든요."

"나는 아예 자식이 없는데."

그럼에도 너를 짐 덩이로 여기는데 바누라고 널 예뻐하겠냐? 레아는 숨겨진 말을 듣고는 약간 씩씩댔다.

"파스쿠알, 나 싫어해?"

그가 무어라 대답을 하려는 순간, 돌연 누군가 나서 말을 막았다.

"알?"

레아는 명주처럼 부드러운 말투에 소름이 돋았다. 머리를 한 대 맞은 듯 얼떨떨한 채 뒤를 돌아보았다.

평범한 옷차림의, 그보다 더욱 평범한 외모의, 약간 웃음기가 머문, 흰 가루 같은 여인이었다. 레아는 단박에 그녀가 누구인지 깨달았다. 저 파스쿠알을 알이라고 부를 수 있는 여인이 두 명 있을 리 없다.

레아는 그의 부인을 처음 보았다. 스물넷에 본가에서 결혼하여, 그를 격 달에 한 번은 반드시 고향으로 돌아가게 만드는 부인. 레아는 제 감상에 솔직해지기로 했다. 그녀는 누가 봐도 수려한 미남인 파스쿠알이 저토록 무난한 여인에게 십 년 수절을 하고 있다는 사실에 약간 놀랐다.

그는 순식간에 레아를 떨치고는 그녀에게 다가갔다. 레아는 팔짱을 낀 채 그 둘을 바라보았다.

"왜 나왔어요?"

어, 소름.

"알. 비야돌리드 경께서 이 성의 주인을 뵙고 인사를 올리는 것이 바르겠다고 말씀하셨어요. 저는 그 말씀에 십분 동의해요. 이 성에 머물면서 그 주인께 예를 표하지 않다니 몹쓸 무례함이어요."

"주인이요?"

"예? 리베 톨레도께서 성의 주인을 맡고 계신다 하셨어요."

"아, 저 아이요?"

그가 성의 없이 손가락질로 가리킨 '저 아이'는 약간 뾰로통한 얼굴이었다. 여인은 놀라 자신을 반쯤 안고 있는 파스쿠알을 떨쳐 냈다.

"알, 저분께서 리베 톨레도……."

"레아 이스말 디 얀 톨레도. 레아라 부르세요."

"그래. 소개는 내 몫이 아닌가 보지. 아저씨가 다 해, 다."

그녀는 황급히 레아를 향해 예를 차렸다. 파스쿠알이 귀족이니 그녀 또한 어딘가의 귀족이겠지만, 어쨌든 어떤 작위도 십이공회에 비할 수는 없다. 레아는 머리를 긁으며 그 인사를 받았다.

"리베 톨레도, 경의 무례를 대신 사죄드리고 싶어요. 너무 오랜 기간 격 없이 지내와 마땅한 예를 잊으셨나 보아요. 저는 앙히에라 불러 주시면 되어요."

그녀는 풋 하고 웃음이 터지는 것을 막지 못했다.

"아, 앙히에?"

"예. 앙히에 발디세베 델라 얀 반."

"푸, 푸훗, 읍……."

"예? 제 이름에 무슨 문제라도……."

"아니, 음, 예쁜 이름이야. 응, 예쁜 이름. 그런데 내가 아는 녀석 중 똑같은 이름을 가진 놈이 있어서……."

앙히에가 여성스러운 이름이라는 것은 그녀도 잘 알았다. 지위 높은 귀족가에서는 종종 악운을 막기 위한 미신으로 여자 이름을 떡하니 붙여 주기도 하는 것이다. 머리로는 그리 이해하고 있었는데, 앙히에라는 명명이 그리 흔한 것이 아니라 지금껏 동명이인을 만난 적이 없었다. 때문에 처음으로 눈앞에 같은 이름의 여인이 나타나자 웃음을 참을 수 없었던 것이다.

저 여자를 앙히에라고 불러야 한다고? 레아는 웃음이 새어 나가지 않도록 입술을 꾹 깨물었다.

그런 대우에 기분이 나빠할 만도 하건만, 앙히에는 — 일단은. — 빙그레 웃었다.

"가까우신 친우분 중 저와 비슷한 이름을 가지신 분이 있으신가 보아요. 저는 엔잘로 부르셔도 되어요. 서부 발음이라, 알은 항상 저를 잘이라 부르지요."

"그러면 나도 잘이라 부르면 안 돼?"

파스쿠알이 짜증스럽다는 표정을 지었다. 그러나 잘은 웃음을 지우지 않고 답했다.

"물론 그리 부르셔도 되어요."

"좋아, 잘. 그럼 이제 인사는 물론이고 통성명까지 끝낸 것 같은데?"

"예. 말씀 옳아요. 이만 물러나, 성안에서 뵐 때는 공한 예의로 뵙도록 하겠어요."

"그래, 들어가."

잘은 파스쿠알의 손을 한 번 잡아 주고는 뒤돌아 사뿐사뿐 걸어갔다. 레아는 그 여성스러운 걸음걸이에 약간 넋을 놓았다.

"레아."

"……."

"레아."

"응?"

"너 나한테 혼날래?"

"어?"

"제대로 대우해 드리지 않고 그게 무슨 말버릇이냐?"

레아는 도끼눈을 세웠다.

"제대로? 무슨 제대로? 이 정도면 충분하지."

"말!"

"파스쿠알……."

파스쿠알은 한숨 같은 목소리를 들으며 인상을 확 찌푸렸다. 그녀는 그가 답지 않도록 둔하게 구는 모습에 다소 마음이 쓰였다. 레아는 목을 가다듬었다.

"큼, 크흠. 파스쿠알, 아저씨까지는 내가 봐줄 수 있어요. 봄 알로지아드는 나를 키운 사람들이니까. 하지만 그 이상은 아니에요. 나는 톨레도의 외동딸이야. 지위가 다르잖아. 당신이 자작의 후계자니 저 여자도 그쯤 되겠지. 같은 작위라도 십이공회의 손에게는 마땅히 허리를 굽혀야 하는데 하물며 더 낮은 위치라니. 경, 현실을 좀 보세요. 원래 이게 정상이에요."

"네가 본디의 위치에서 잘을 대했더라도 이 같은 문전박대는 틀린 거다. 성에서 제대로……."

"아저씨, 이게 뭐가 문전박대예요? 나는 잘을 졸피에 머물도록 허락한 기억이 없어요. 그런데도 화를 안 내고 넘어간 게 다행 아니에요?"

"네가 너무 오랫동안 떠나 있어 말할 기회가 없었어."

"그래요. 내가 바누 아저씨랑 좀 떠나 있기는 했어요. 그런데 서신이란 걸 보낼 줄 몰라요? 고작해야 알로지아드 북부 오대를 돌고 오는데, 거기에 성이 있으면 얼마나 있다고요. 모든 곳에 연락을 보내 두었으면 지금 체면이라도 차릴 수 있잖아요. 내가 오늘 형을 찾은 게 이 때문이었어요. 아침에 막 도착했는데 당신 아내가 성에 머물고 있다는, 나는 듣도 보도 못한 이야기가 떠돌고 있더라고요. 아저씨, 내가 아무리 아이처럼 보이고, 아무리 아저씨가 크는 날 보아 왔다고 해서 하극상이 허락되는 것은 아니에요."

"레아! 그놈 그만 쪼고 어여 와라."

조금 떨어진 거리에서 들리는 외침에, 레아의 눈이 기쁨을 담고 동그래졌다. 그녀는 웃음꽃을 피우며 고개를 돌렸다. 바누가 큰 손짓을 하며 그녀를 부르고 있었다. 그녀는 그를 향해 가볍게 몇 걸음 걸어갔다. 달음박질치기 직전, 침묵을 지키고 있는 파스쿠알에게 흘리듯 말했다.

"파스쿠알 경, 알로지아드 졸피는 내 땅이에요."

레아는 답을 듣지 않고 바누에게 달려갔다.

레아는 포크를 입에 문 채 제 앞에 한쪽 무릎을 꿇은 파스쿠알을 바라보았다. 약간 얼떨떨한 표정이었지만, 그렇다고 일어서서 그를 일으켜 주지는 않았다. 그는 고개를 반쯤 숙이고 있어 검은 눈을 볼 수 없었다.

"리베 톨레도, 불충한 신의 잘못을 꾸짖어 주십시오. 신 파스쿠알 빌랄타 레 얀 반은 톨레도의 허락 없이 봄 알로지아드의 권위를 운용했습니다. 그에 감히 리베 톨레도의 심기를 불편케 한바, 제 불찰에 마땅한 치죄를 받겠습니다."

"경, 경이 생각하기엔 자기가 구체적으로 어떤 잘못을 저지른 것 같아?"

"제 아내를 여타의 예고 없이 함부로 알로지아드 졸피에 머물게 한 것이 제 돌이킬 수 없는 죄입니다. 친족의 방문 각각에도 주인의 허락을 구해야 하는 종복으로서 변명의 여지가 없습니다. 또한 리베 톨레도의 아량에 눈이 멀어, 그런 제 죄를 한동안 깨닫지 못한 것, 더불어 리베께 무례한 행동을 보인 것 또한 큰 죄입니다. 시말서와 함께 공란을 제출하겠습니다."

공란이란 어떤 벌을 받든 그에 저항하지 않고 수행해야 하는 봄 알로지아드 최고의 형벌이었다. 말 그대로 공란, 빈 종이에 적힌 내용을 죄인이 그대로 행해야 하는 것이다. 보통 공란까지 가는 죄는 기사직 박탈로 끝나곤 했다.

"그만한 죄인 줄 알면서도 왜 그랬어요?"

"……."

"경, 대답."

"공란을 제출하겠습니다."

"파스쿠알 경."

그는 일어서서 뒤 한 번 돌아보지 않고 식당을 떠났다. 레아는 기가 막혀 그의 뒷모습을 멀거니 바라보았다. 몇 초 동안이나 우두커니 있다가, 옆에서 같은 광경을 보고 있던 봄들을 건드렸다. 시선은 여전히 파스쿠알의 뒷모습에 둔 채로.

"바누, 데스테, 루아단. 봤지? 봤죠? 나 어떡해야 해?"

"저놈이 왜 저런……."

"내가 이걸 아버지께 가감 없이 말씀드리면 어떻게 되지?"

"백작께선 경을 주저 없이 제적시키실 겁니다. 저건 정도를 넘다 못해……."

"역시 그렇겠죠?"

바누가 확 일그러진 얼굴로 나머지 봄들을 노려보았다. 노익장에 가까운 최고위 선배인지라, 그 시선을 받은 모두가 삽시간에 고개를 기울이는 것이 느껴졌다.

"도대체 너희는 내가 다녀올 동안 뭘 했나?"

"형님, 저희는 사실 그제까지 그분이 반 부인이신 줄도 모르고 있었습니다."

"그러면 뭘로 보고 있었는데?"

"어……."

"말씀드리기가 조금……."

"하지만 자기 입으로……."

"넌지시……."

"뭐? 말해라."

서넛이 난처한 시선을 교환하더니, 전위대를 맡은 듯 각오한 표정의 루아단이 나섰다.

"여자를 산 줄 알았습니다."

레아가 눈을 동그랗게 떴다. 바누는 제 앞에 있던 바구니를 들어 루아단에게 던졌다. 그것을 얼굴에 정통으로 맞은 루아단은 죽는 소리를 냈다. 바누는 벽력같은 음성으로 외쳤다.

"루아단 일라이 솔 얀 조르바!"

"바누 경……."

"감히 그런 천박한 말을 리베 앞에서 지껄여?"

"바누, 바누. 괜찮아."

"네가 괜찮고 괜찮지 않고는 상관이 없단다. 저놈들이 쉽게 쉽게 대해 주니까 자꾸만 예를 잊는 것 같은데! 네 이놈! 방금 전 파스쿠알이 어떤 추태를 부리고 갔는지 벌써 새까맣게 잊었느냐! 지금 저놈 꼴이 말이 되느냔 말이다! 하문하시는 리베 톨레도 말씀에 일언반구도 없이 돌아나가? 저놈이 공란을 제출하면 내 기필코 제적을 놓을 것이다!"

다들 기가 죽었다. 레아는 입안에 물었던 포크를 뺐다.

"바누, 그만. 형, 얘기 좀 해 봐요. 저 여자 언제부터 있었어요?"

"응. 내가 처음 봤다. 보름 전 도개교에 둘이 나란히 있는 모양을 보고 어라 이상타 싶었지. 그래서 파스쿠알에게 인사하고, 옆 사람에게도 알쏭달쏭하게 인사한 뒤 뉘신지 물었어. 여인은 잠자코 있고 파스쿠알만 가만히 웃는데……. 아, 그게 우리가 자주 사용하는 신호라서……."

"루아단!"

바누의 고함에 루아단은 또다시 꼬리를 말고 입을 다물었다. 그러나 그에겐 아쉽게도, 레아는 루아단의 설명이 가장 정확하리라 판단했다.

"루아단, 그러면 여자를 산 것 같다는 소문은 아저씨가 퍼뜨린 거야?"

"뜬소문은 아니다! 그 웃음은 우리가 정말 자주 교환하는 시선이거든. 저기 가만히 있는 데스테, 모르가니, 라제니오, 민체바 니들도 수도 없이 걸렸……."

"그만!"

"더 해 봐요."

"물론 우리로서는 여자를 사는 게 아니라 눈 맞아서 깔끔하게 데려왔다 깔끔하게 보내는 경우가 많지만 아무튼……. 단발성이면 그런 무언의 시선을 보내서 이러저러하니 알아듣고 지나가라, 이런다고. 딱 그 모양이었다, 파스쿠알이. 그래서 나도 어련히 알아듣고 그런가 보구나 했지."

"자기 아내한테만 수절하기로 유명한 파스쿠알이?"

"그래. 그것에 놀라서 내가 좀 떠들고 다닌 거고……. 결국 그 정체가 아내로 드러나기는 했지만……."

"사실 루아단 저놈 말고도 여럿 목격했다. 나도 봤어. 식겁해서 '진짜냐?' 하고 물으려 했는데, 암만 그래도 그건 옆에 선 여자한테 너무 무례한 일이라 그만두었다."

"하룻밤만 지낼 여자라고 생각했다면서요? 보름 내내 성에 있었는데 아무도 지적을 안 한 거예요?"

봄들은 약간 난처한 기색이 되었다. 루아단만이 입을 열었다, 닫았다 여러 번 반복하다가 다소 작은 목소리로 말했다.

"레아, 너도 알잖나. 남의 방에는 신경 쓰지 않는 우리 철칙."

"그래서…… 사람 한 명 더 들어온 시일이 보름인데 아예 신경을 안 썼다고?"

"……."

"우리는 전시가 아니죠. 그러니 여자 정돈 숙소에 허락해 주는, 그 암묵적인 방식은 나도 알아요. 그런데 그렇다고 이따위로 사태를 만들어 버리면 어떻게 해? 응? 경들, 이게 지금 무슨 추태야? 저 여자가 진짜 부인이 아니었고, 여자를 들인 이가 그 파스쿠알이 아니었으면 경들은 지금 다들 모가지야. 알아?"

"……."

"보름 동안…… 믿기지가 않는다. 그래서 정체가 공개된 게 그제? 그제는 또 어떻게 알았고?"

"제가 반 부인의 얼굴을 알고 있었습니다."

그녀는 고개를 돌려 식당에 들어오고 있는 아브르초를 바라보았다. 그는 우선 약식 경례를 한 뒤, 그녀가 고개를 끄덕이자 아무 자리나 잡아 앉았다. 그는 제 앞에 놓인 물그릇에 손을 씻으며 설명을 이어 갔다.

"저번 회기에 제가 서부에 갔을 때 반 부인을 뵌 일이 있습니다. 반 경의 직접적인 소개를 통해 안 것은 아니지만, 알로지아드에 나와 계신다는 이야기를 들어 알음알음 찾아가 보았습니다."

생략된 말은 '그 파스쿠알이 눈물 나게 사랑하는 부인이 보고 싶었기 때문.' 이었으리라. 레아는 풋 웃으며 계속하라는 듯 손을 흔들었다.

"저는 부인과 짧은 만남을 가지고 봄 알로지아드의 동료로서 마땅한 인사와 선물을 드렸습니다. 그리고 그 뒤, 나오는 길에 결투 신청을 받았습니다."

"……."

"파스쿠알에게?"

"첩첩산중이다……."

"형님, 왜 지금까지 얘길 안 하셨습니까?"

"이야기해 봐야 파란만 일지. 아무튼 제가 어안이 벙벙하여 이게 지금 무슨 짓이냐 꾸짖으니, 아내를 바깥으로 끌고 나온 죄라고 합니다."

"어? 아저씨가 끌고 나왔어?"

"아니요. 그분이 알로지아드 근방에 계셨습니다. 그분을 뵈러 만 하루를 걸어 간 제가 더 발품을 판 셈입니다. 반 부인께서 즉각 저를 따라 나와 파스쿠알 경을 말리지 않으셨더라면 경은 정말 칼을 뽑았을지도 모르겠습니다."

"아브르초, 그걸 왜 나한테까지 숨겼니?"

"리베께 큰 심란함이 될 것이라 생각했습니다."

"파스쿠알이 사과는 했나?"

"음……. 저를 향했던 화가 바로 부인께 향해서……. 그 당시엔 어떻게 사과를 받을 기회가 없었습니다."

"부인한테 화를 내? 이야, 우리 형 파도 파도 끝이 없구나."

아브르초는 허탈하게 웃으며 마른 수건에 손을 닦았다.

"부인의 건강이 좋지 않으신 듯했습니다. 그곳은 반 영지에서 그리 먼 곳이 아니었습니다만, 바람을 쐬러 큰 도시에 나와 봤다는 부인의 조곤조곤한 말씀에도 경은 화를 가라앉히지 못했습니다. 겨울에 이것이 무슨 만용이냐고 펄펄 뛰는 모습이…… 제가 아는 파스쿠알이 맞나 싶어 부인 얼굴을 똑똑히 기억하고 있었습니다."

"멀쩡한 사람이었는데 왜 갑자기 그런……."

"우리 앞에서는 평소와 같지 않습니까. 돌연 바뀐 것이 아니라 부인께만 유난스러운 것 같습니다. 부인께서 파리하신 모습이 유독 병약해 보이셨습니다."

"그렇게 건강이 걱정되면 애초에 쌩쌩한 여자를 골라잡든가요."

레아는 짜증스레 포크를 내려놓았다. 얼마나 큰 성이었는지, 포크에 부딪힌 접시가 쨍그랑하고 이를 빼물었다. 그녀 옆에 앉은 바누 역시 끙 하는 소리를 내며 팔짱을 꼈다.

"아브르초, 형이 이틀 전에 알아보고 부인께서 왜 여기 계시느냐 물으니 뭐라던?"

"제가 이 식당에서, 거의 모든 봄 알로지아드가 모인 자리에서 공표하지 않았더라면 필시 또 다른 결투 신청을 받았을 겁니다. 저는 그것을 내심 짐작하고 저녁 시간에 공개적으로 물었습니다."

"응, 형님께서 물으셨지. 파스……."

"파스쿠알, 부인께서 왜 알로지아드 졸피에 계시냐?"

"그때 파스쿠알도 웃으면서…… '결국 들켰습니까, 형님?' 하고 농담처럼 답했잖습니까? 형님, 정말 결투 운운할 만큼 기세가 대단했습니까?"

"적어도 나를 노려보는 눈빛만큼은 이전과 똑같았다. 그나마 일 년 전에는 사달이 있고 보름쯤 뒤 내게 직접 와 사과하더니, 지금은 그런 것도 없다. 방금 전 나와 스쳐 지나갈 때엔 아예 눈길도 주지 않더군."

레아는 포크를 한 번 더 던졌다. 시선이 확 집중되었다.

"참을 수가 없어."

"……."

"내가 아는 파스쿠알은 그런 사람이 아니에요. 정말 그런 사람이 아니야. 가끔 바보 같을 때는 있지만 그건 우리 앞이라 보이는 천치 짓이라고요. 항상 무뚝뚝하고 성실하고 착하고 화 안내고 아무튼 진짜 좋은 사람인데, 그 여자가 도대체 뭐기에? 젠장, 그 여자가 뭐기에 봄의 파스쿠알을 망쳐?"

"그래……. 심허다. 나야 레아와 북부에 다녀와 상황을 알지 못허지만, 도대체 저놈 갑자기 왜 저렇게 절박해진 게야? 감히 제 주인의 따님께 온 성깔을 다 부리고 떠나는 모습을 보려니 내 눈앞이 다 컴컴허군."

잠깐 난처한 침묵이 세로로 긴 식탁을 채웠다. 다들 파스쿠알이 아내에게 충실하다는 단편적인 내용만 알았지, 이처럼 현실로 겪은 적은 없었던 것이다. 아내를 사랑하는 남자야 딱히 적지는 않으려니 해서 이상하게 여기지 않았다. 그런데 저런 지나친 애정이라? 저건 유별난 것이 맞다. 우애를 망치는 유별남이다.

레아는 한숨을 쉬며 두 손을 깍지 꼈다.

"봄, 내가 그 여자를 보러 갔다 올까?"

"네가?"

"이래서야 민폐도 보통 민폐가 아니야. 아브르초는 방금 파스쿠알이 뭔 짓을 하고 갔는지 못 봤지?"

"그건 못 봤지만 얼마나 무뚝뚝한 기색인지는 확인했습니다."

"……그럼 여기 있는 전부가 방금 전 나한테 그 모양으로 대하던 파스쿠알을 보셨단 건데……. 경들, 말씀해 보세요. 내가 지금 끓고 있는 게 이상한 것 같아요?"

"이처럼 차분하신 것이 더 놀라운 일입니다."

"아무래도 여자를 보러 가는 게 좋겠지?"

바누는 솥뚜껑 같은 손으로 그녀의 깍지를 잡아 내렸다. 레아는 그에게 묻는 시선을 보냈다.

"성내지는 말고."

"괜찮아요. 나 화 안 났어요."

"조용히 퇴거를 요청해 보아라. 당신이 이곳에 있는 게 남편에게 해가 되는 것 같다고 이야기해 드려."

"알겠어요, 바누."

그녀는 제 양손으로 바누의 한쪽 손을 간신히 감쌌다. 그는 물끄러미 작은 손을 바라보았다. 레아는 낮게 반복했다.

"알겠어, 바누."

"다시 말해 봐."

"저, 반 부인께선 지금 이곳에 계시지 않습니다."

"들어오는 것도 제멋대로. 나가는 것도 제멋대로……."

"리베 톨레도, 정확하지는 않지만 어디로 가셨는지는 알고 있습니다. 사람을 보내시겠습니까?"

"어디로 갔길래?"

"성의 동부 방면으로 나가셨습니다."

"그 빈민촌에는 왜?"

"죄송합니다. 모르겠습니다. 동부 이상의 위치도 모르겠……습니다."

"넌 내가 시부장에게 처리를 맡길 거야. 각오해."

"……."

레아는 자신이 어느 방향으로 나가는 줄도 모른 채 한 발자국 한 발자국 꽉꽉 밟으며 계단을 내려갔다. 어제 저녁에 잘을 만나기로 봄들과 합의를 봤다. 즉각 가 보려 했지만 그 밤에 또 예의가 아니라 아침까지 기다려 주었다. 그것이 자신의 한계였다. 아침을 먹는 둥 마는 둥 허둥지둥 잘의 방에 다다랐지만, 제게 들어온 이야기는 부인께서 이미 자리를 뜨셨다는 말.

어이가 없어 눈에 불이 섰다. 어제 남편이 그리 사죄한 모습을 보았으면 입 다물고 제자리에 가만히 있어야지, 또 나돌고 있는 이 상황이 믿기지가 않았다. 병약하다는 말도 혹 거짓은 아닌가? 그녀가 향한 동부라면 상점 밀집지도, 알로지아드 봄의 사유지도 아닌 평민들의 휑뎅그렁한 구역. 도대체 그따위 곳에 왜 나갔는지 짐작할 수가 없다. 이유를 짐작할 수 없으니 어느 곳에 갔는지 역시 한참 모호했다.

그녀는 졸피를 나와 약간 고민하다가, 옆 연무장에 걸린 중검 하나를 허리띠에 졸라맸다. 다소 느려진 발걸음으로 동문을 향했다. 홀로 평민지대라니, 좋지 못하다. 충분히 알고 있었다. 그러나 레아는 그 여자에게 퍼붓고 싶은 말을 참을 생각이 없었다. 직접 끌고 오기라도 해서 몸가짐 조심하고, 남편 보전을 위해 다시 제자리로 돌아가라고 충고할 예정이었다.

동문을 지났다. 봄 공기가 쌉싸름했다. 레아는 두 손을 여러 번 비빈 뒤 바지에 문질렀다. 내가 웬 고생인지. 바누와 행복하게 북부를 돌고 있을 때에는 자신을 기다리고 있는 것이 이런 난처함일 줄은 생각도 못했다.

파스쿠알이 냉정을 잃는 것은 첫째, 물론 공적인 문제다. 아브르초가 사려 깊고 노련한 사람이었기에 파스쿠알의 온 사나움을 인내할 수 있었던 것이다. 루아단이 그와 똑같은 위치에 섰더라면 이미 봄 알로지아드는 쪼개져도 오래전에, 그것도 심각한 절벽으로 쪼개졌을 것이다. 게다가 졸피의 주인인 자신을 대하던 파스쿠알의 태도 역시 큰 문제였다. 죄송하다 말하면서 조금도 죄송해 보이지가 않는다. 그녀가 톨레도라는 사실을 자각하고 있기는 한지 의구심이 일 정도였다.

그리고 둘째, 비단 공적인 문제만은 아니었다. 이 문제에는 저와 봄 알로지아드 전부의 사적 감정이 섞여 있기도 했다. 이것을 공사로 처리한다면 파스쿠알의 문제는 그 본인에게 죄를 묻는 선에서 종결, 반 부인에게 닦달하러 갈 이유가 없다. 그런데 봄과 자신은 도저히 그리할 수가 없었다. 몇 년을 함께해 온 파스쿠알인지 그 햇수는 이미 셀 수도 없다. 때문에 그보다는, 그 곁에 선 무고한 부인을 잡아들이려는 이 억지. 사실 자신도 이 고집 센 억지를 알았다. 가소롭다. 남편 옆에서 바람 난 여자 머리채를 쥔 아내인 양 아주 멍청했다.

순식간에 멍청해진 레아는 한숨을 쉬었다.

부인이 곁에 오자 자신이 알던 파스쿠알은 사라졌다. 자신의 탄생에 자리를 지켰고, 새파란 십 대 적에 그녀의 투정을 받았고, 참 허다히도 그녀 손을 잡고 알로지아드를 돌아 주던 파스쿠알.

그녀와 파스쿠알은 다들 제 갈 길로 떠나 버린 친오라비들보다 더 가까운 사이였다. 바누야 나이가 들고 난 뒤에야 자신에게 애정을 보여 주었지만 파스쿠알은 달랐다. 끊임없이, 평생토록. 그가 아내에 관해 하극상을 저지르지만 않았더라면 말조심하라는 경고 역시 곧이곧대로 들어 주었을 것이다. 그 정도의 친밀함이었다.

레아는 조금 짜증스럽게 자신이 어느 정도나 걸어왔는지를 가늠해 보았다. 분명 방금까지는 대로에 서 있던 것 같은데, 지금 제 눈에 띄는 것은 드문드문 늘어선 집들뿐이었다. 그녀는 첫 번째로 말을 꺼내기 전에 잔뜩 결심해야 했다. 레아는 속으로 여섯까지 센 뒤 허름한 집 앞에 기댄 중년의 여인을 툭 건드렸다.

"혹시 이곳에서 값나가는 차림의 부인을 못 봤어?"

자신에게는 평범해 보여도 저들에게는 한없이 값비싼 옷일 것이다.

어쨌든 귀족가의 부인이니까. 여인이 얼굴을 일그러뜨리며 답했다.

"네년은 나이가 몇이기에 그런 말버릇이냐?"

"응, 내 말에 답이나 해. 성에서 나온 부인이 어느 쪽으로 갔니?"

"이것이……."

"제대로 답하지 않으면 사지를 갈라 버릴 줄 알아라."

여인이 순간적으로 입을 꽉 다물었다. 의혹을 감추지 못하고 인상을 확 찌푸리다가, 레아에게 걸려 있는 검에 약간 겁을 먹은 표정이 되었다. 레아는 다시 맑게 물었다.

"묻잖아."

"……."

"……."

"저……."

"……."

"저는 못 봤습니다요."

"주변에 묻고 와."

"그것은……."

"기다릴게. 묻고 와. 어서."

"저기……."

"렘파, 이만 갈게요. 그 정도면 되었지요?"

레아는 시선을 획 돌렸다. 제 앞에 선 중년의 여인은 어떤 담을 지키고 있었다. 바로 그 담 너머에서 들리는 소리였다. 그녀는 그 목소리를 잊지 않고 있었다. 그녀는 다시 여인을 쏘아보았다. 그녀는 어느새 상당히 주눅 든 표정을 짓고 있었다.

"숨겨?"

"저…… 그것이 아니라……."

레아는 징검다리를 건너듯 훌쩍훌쩍 뛰어 고개만 돌려도 보이는 옆집으로 넘어갔다. 그 추레함에 절로 미간이 좁아졌다. 그녀는 약간 낮은 목소리로, 아직 제게 등을 보이고 있는 여자를 불렀다.

"잘."

잘이 뒤를 돌아보았다. 빈 바구니를 품에 안은 채.

"뭐 하는 짓이야?"

"리베 톨레도?"

"왜 여기 있어?"

"어찌 이곳까지 나오셨는지요?"

"그건 내 질문이잖아."

"제 하녀의 친정에 잠시 머무른 거여요."

"하녀의 친정에 귀족가의 부인이?"

"예. 오래도록 저를 고웁게 보살펴 주신 분이라……."

"'분'? 하녀라고……."

"저는 그것이 입에 익어 그리 말씀드렸어요. 명칭이 언짢으시다면 되돌리겠어요."

"도대체……."

레아는 그녀를 향해 성큼성큼 걸어갔다. 그 팔뚝을 확 잡아당기려는 순간, 그녀는 문득 잘이 병약하다 하던 아브르초의 말을 기억했다. 손이 멈칫했다. 제대로 팔뚝에 닿지도 못한 손마디가 허공에 떴다가, 어설프게 뒤로 돌아갔다. 그녀는 제 두 팔을 뒤로 숨긴 채 말했다.

"졸피로 돌아가."

"예. 그리할 예정이었어요. 이만 가 볼게요, 렘파. 리제에게 소식을 전할 수 있으면 좋겠지만 다시 돌아가기가 힘들 것 같아 정말 미안해요. 후일 사람을 놓아서라도 이야기를 전하도록 하겠어요."

"아이고……. 아닙니다, 마님. 저희로서는……."

"그만. 잘, 당장 와."

잘은 눈을 몇 번 깜박이더니 미안하다는 양 상대에게 웃어 주었다. 레아는 그 웃음을 보며 문득, 왜 파스쿠알이 그녀에게 목을 매는지를 알 것 같다고 생각했다. 그저 그뿐. 설명은 불가능하다.

"예, 그러도록 할게요."

잘은 마지막까지 미소로 인사했다. 여자들은 황송하다는 듯 몇 번이고 허리를 굽혔다. 레아는 뒷짐을 지고 그 웃기지도 않는 상황을 바라보다가, 잘이 자신 옆에 서자마자 몸을 휙 돌렸다. 그녀가 조심조심 자신을 따르는 것이 느껴졌다.

"리베 톨레도."

"……."

"연통을 보내 드렸는데 직접 행차해 주셔서 남편을 뵐 면목이 없게 되었어요. 귀하신 분 걸음 하시게 만든 제 무례가 이루 말할 수 없어요."

"연통을 보냈어?"

"예, 아침 일찍 리베께 말씀을 올리었어요."

레아는 어리둥절한 기색이 되었다. 자신은 그런 말을 받은 적 없다. 저 여자가 거짓을 말하는 것 같지는 않은데. 레아는 약간 의심쩍은 표정으로, 어딘가에서 착오가 있었던 듯하다는 결론을 내렸다. 잘에게는 그것만 문제되는 것이 아니니 상관없다.

"잘, 연통만 보내 두면 다야? 내 허가가 없었잖아. 이 성에서는 아무리 사소한 일이라도 나나 바누, 아브르초를 지나야 해."

"리베……. 죄송해요. 제가 이런 중심에 머무른 것이 처음이라……. 높은 분을 대하는 데 어려움이 많게 되었어요. 정말 죄송해요."

"말은 쉽지. 당신은 어제 당신 남편이 사죄하던 모습을 못 봤어?"

"예? 제가 방에서 나온 일이 없어서 못 뵈었어요. 그런 일이 있었나요?"

레아는 그 무지에 불쑥 화가 나는 것을 느꼈다.

"너…… 그게…… 모른다니……. 그건 아니지. 잘, 당신 탓에 파스쿠알이 얼마나 큰 손해를……."

사실 엄밀히 말하자면 그녀의 잘못은 아니지만, 레아는 그런 사소한 사항은 우선 묻어 두기로 했다.

"리베, 저 때문에……."

"그래, 당신 때문에 파스쿠알이 공란을 각오했어. 공란이 뭔지는 알지? 제적까지 무릅썼다는 얘기야. 내가 아버지 선까지 올리기만 하면 바로 제적이라고. 십칠 년 동안 봄 알로지아드의 모범으로 있던 사람이, 당신 때문에……."

"저어, 말씀드리기 저어되지만 제가 졸피에 온 것이 불법적인……."

"잘! 머리가 있으면 생각을 해! 당연히 불법이지! 불법이 아니라고 생각해? 졸피에 머무르기 위해서는 톨레도의 허가가 필요할 거란 사실을 짐작 못하겠어? 당신은 내가 보지도 못한 사이에 졸피에 보름이나 들어와 있었다고. 그것도……."

그녀는 자신을 잡아당기는 힘에 당혹하여 뒤를 돌아보았다.

레아는 무슨 표정을 지어야 할지 알 수가 없었다.

"파스쿠알."

"리베 톨레도, 시말서와 공란은 꼭대기 층에 올렸습니다. 확인해 주십시오."

"알, 리베 말씀이 사실인……"

"아저씨, 내가……."

"처분을 기다리겠습니다. 후일 뵙지요."

파스쿠알은 전부 무시했다. 그는 레아를 본 체 만 체하고 — 심지어 밀치고 지나가 — 잘을 감쌌다. 레아는 그의 팔꿈치에 약하게 얻어맞고도 사과 한마디 듣지 못했다.

그는 그대로 아내를 감싸 성을 향해 걸어가기 시작했다. 불 뿜는 용에게서 공주를 감추려는 듯한 몸짓이다. 레아는 어안이 벙벙하여 그 자리에 고스란히 못 박혔다. 저 대담한 무시. 그녀는 욱하여 외쳤다.

"파스쿠알! 멈춰!"

잘이 발을 멈추려고 애쓰는 것 같았지만, 그녀를 안은 파스쿠알이 멈추지 않았다. 걸음은 계속되었다. 레아는 정신이 황망해 더 이상 무어라 소리를 높일 수조차 없었다. 그녀가 그처럼 우두커니 서 있는 동안, 그는 뒤 한 번 돌아보지 않고 부인과 함께 대로를 떠났다.

화는 뒤늦게야 찾아왔다.

파스쿠알!

레아는 숨을 들이켜며 얼굴을 감쌌다. 도무지 말이 되지 않는다. 아무리 친밀해도 항상 정도를 알던 파스쿠알에게 이것이 무슨 사달인지 짐작조차 할 수가 없다. 이 정도 불복종이라면, 봄 알로지아드 안에서도 경원시당해 배제되는 수준. 심각했다.

그럼에도 그녀는 이 사안을 아버지께 올릴 수 없었다. 때문에 공란을 두는 그의 행동은, 배짱인 동시에 지독한 무례였다. 자신이 그를 내쫓을 수 없음을 그도 아니까. 자신이 아버지께 성토할 수 없음을, 이 어처구니없는 하극상을 묵인해야 함을 그도 아니까.

레아는 어찌할 바를 모르고 그 자리에 주저앉았다.

사람이 왜 저렇게 변했는지 모르겠다.

레아는 입이 댓 발 나왔다. 바누는 그런 그녀를 향해 한숨만 푹푹 내쉬고는, 방금 전 했던 말을 다시 한 번 반복했다.

"레아, 봤잖느냐. 안 돼, 안 돼. 파스쿠알 놈이 얼마나……."

"부인이 없을 때는 정상이잖아."

"그래도…… 도무지 안심이 되지 않는다. 저놈 널 제대로 꾸리기나 할지……."

"바누, 잘이 없을 때 그와 제대로 된 이야기를 해 보고 싶어서 그래. 아저씨도 평생을 봤잖아. 파스쿠알이 나를 얼마나 애지중지했는지 알잖아."

"알지만 이번에는 경우가 다르다. 그를 거어의 기른 나조차 저놈이 저토록 초조해진 모습을 본 일이 없다. 내 절박하다고 했던 표현은 거짓이 아니다. '절박' 하다. 부인께 무슨 병환이 있느냐 넌지시 물어도 자리를 피하기만 할 따름이다. 레아, 맹수가 굴에 들어가 있을 때에는 건드리지 않는 것이 좋다."

"바누……."

"너를 생각해서 하는 말이다. 레아 네가 아니라, 리베 톨레도를."

"바누 경, 허락하십시오."

바누는 한숨을 끊지 못한 채 옆을 돌아보았다. 레아의 시선 역시 그를 따라갔다. 방금 전 제 요청을 듣고 가타부타 말도 없이 나가더니, 한참 뒤에야 이처럼 돌아와 툭 내뱉는 아브르초다. 바누는 약간 떨떠름한 표정으로 말했다.

"아브르초, 너도 파스쿠알을 봤지 않나."

"잠시."

아브르초는 바누에게 살짝 손짓을 하더니 이번엔 레아에게로 고개를 돌렸다. 그녀는 그에 답하듯 높은 단 위에서 다리를 흔들어 보였다.

"파스쿠알에게 통고하고 왔습니다. 의외로 아무 말이 없더군요. 저녁에 함께 떠나시면 될 겁니다. 동부 이대二帶는 그리 오랜 순회가 아니 될 테니 다행입니다."

"어……. 방금 내 요청을 듣고 바로? 바로 가서 파스쿠알에게 물어본 거야?"

"예."

"아저씨 행동이 빠른데?"

아브르초는 희미하게 웃었다.

"아니요. 어쩔 수 없는 일은 딱 보면 압니다. 그 때문입니다."

"……내 고집이 안 꺾일 거라고?"

"십 년을 보아 와 허황된 기대는 하지 않습니다. 아무튼 바누 경, 동부 이대 순회는 기껏해야 보름 남짓 걸릴 뿐입니다. 왕도를 거치는 길이니 다른 대에 비해 현저히 쾌적하기도 합니다. 아무리 파스쿠알이 저지른 일이 많아도 리베 톨레도를 모시게 되면 온전히 반성할지도 모릅니다."

"지금 저 모양으로? 말 마라. 레아, 고생할 거다. 리베 톨레도를 대우하지 않는 알로지아드 봄이 얼마나 민망한 모습이 될지 헤아려다오."

"바누, 내가 요청한 건 아브르초 말마따나 동부 이대 순회뿐이에요. 아저씨랑 북부 다녀온 건 석 달도 넘게 걸렸지만, 이건 정말 단거리 달리기나 다름없다고. 잠깐 외출하는 거나 마찬가지잖아요."

"하지만 그 외출에 파스쿠알을 대동하겠다는 말이잖나. 너는 지금 그토록 모멸적인 대우를 받고도……."

"파스쿠알에게도 이유가 있겠지."

"……."

"바누."

바누는 잠시 침묵했다. 아브르초는 느릿느릿 팔짱을 꼈다. 레아는 높은 단 위에서 풀썩 뛰어내렸다.

"그럼 간다?"

바누는 주름진 손으로 눈가를 짚었다. 그녀는 머리를 묶어 올리며 방을 나섰다.

레아는 폭발할 기회만 노리고 있었다. 지난 닷새, 파스쿠알은 그녀에게 단 한마디 말도 걸지 않았다. 물론 리베 톨레도의 안위를 살피는 자는 마땅히 알로지아드 봄 본인이어야 한다. 때문에 파스쿠알 역시 그녀의 차림, 식사, 잠자리, 이동 등을 자신이 직접 챙겨 주고 있었다. 그러나 딱 거기까지였을 뿐이다.

마치 처음 보는 사람처럼, 주인으로서 대우하기는 하지만 고작 그뿐인 예의. 십칠 년 동안 저런 무심한 친절을 받아 본 일이 없던 레아는 너무 당황스러웠다. 그리고 언제나 그러했듯, 당황 뒤에는 노여움이 깃들었다.

자신은 동부를 순회하는 그의 뒤꽁무니에 애써 붙어 왔다. 그런 노력을 보여 준 레아에게 이토록 한마디 고해가 없는 것이다. 다른 봄에게 눈치 보이지 말라고 일부러 몸을 빼낸 것인데, 그마저도 전부 무시당했다. 그녀는 저 냉대에 속이 부글부글 끓고 있는 중이었다. 반드시 기회를 잡아 말을 퍼부어 주리라고 다짐하고 있었다.

그러니까 지금 이 순간처럼…….

"아저씨, 나랑 얘기 좀 해."

관문 대장들을 보낸 뒤, 한참 동안이나 멀거니 서 있던 파스쿠알이 몸을 돌렸다. 그녀의 반대편으로. 레아는 확 쫓아가 그의 앞을 막았다.

"얘기 좀 하자니까요."

"리베 톨레도, 밤이 늦었습니다. 숙소에 들어가 주무십시오."

"나한테 무슨 억하심정 있어? 내가 떠났던 석 달간 아저씨 무슨 큰 충격이라도 받은 거야?"

"리베."

"이건 말도 안 돼! 파스쿠알, 도대체 왜 이토록 무례해? 내가 나한테 맞춰서 놀아 달라는 거 아니잖아? 나는 지금 최소한의 예의를 말하는 거라고. 리베 톨레도와 봄 알로지아드의 관계에서 당연해야 하는 예의! 졸피에 허가도 없이 아내를 끌어들여? 그걸 사죄하면서 그 배짱이야? 나를 그 꼴로 무시해? 이게 도대체 무슨 짓이야!"

"……."

"지금 이렇게 억지를 쓰는 이유가 설마 정말로 하극상을 한번 부려 보자는 의도야? 내가 아저씨를 내쫓지 못할 것을 알아서, 그래, 간덩이가 그렇게 커졌어? 그래! 내가 못났다! 이따위로 구는 부하 쫓아내지도 못하는 이 내가 멍청이다! 하지만 그렇다고 당신이 날 그렇게 보고 막 대하……."

"레아."

그녀는 나오던 말을 꽉 깨물었다. 파스쿠알은 한 손으로 제 얼굴을 가렸다. 정확히는, 눈을 가렸다. 피로가 그 손아귀 안에 갇힌 듯한 느낌이었다.

"제발……. 아니다. 설마……."

"자기 행동을 좀 돌아보고 얘기해."

"내 말은 전부 진심이었다. 레아, 너는 나를 내쫓아도 된다. 봄 알로지아드에서 파스쿠알 빌랄타 레 얀 반을 제적시켜도 된다 이 말이야. 결코 널 우습게 보고……."

"말이 된다고 생각해? 파스쿠알, 아저씨는 전날에 나를 그렇게 무시했어. 리베 톨레도로 있을 때도 한 번 무시했고, 레아로 있을 때도 한 번 무시했어. 아저씨, 나는 인간적인 모멸감을 느껴. 계속해서, 끊임없이! 당신이 요새 보이는 행동이란 행동은 정말이지 하나같이 날 모욕하는 짓거리들뿐이야. 아저씨 왜 이래? 봄을 이렇게 저버릴 거야? 아내 때문에?"

"너……."

"아내가 사소하다는 의미는 절대 아니야. 그럴 수도 있겠지. 나야 상상조차 할 수 없지만, 그래, 그럴 수 있으니 당신 누이나 마찬가지인 나를 이렇게 던져 두는 거겠지. 하지만 정도를 지키란 말이야. 내가 졸피에 없으면 알로지아드 봄의 사택에 머무르게 했어야지. 내게 사죄한다고 무릎까지 꿇을 지경이면, 적어도 네 아내에게 자기가 얼마나 잘못했고 일이 어떻게 돌아가고 있는지 정돈 이야기해 줬어야지. 그리고 그만큼이나 잘을 아끼면, 그 같잖은 빈촌에 들어가 맨몸으로 그녈 끌어낸 내게도 감사했어야지!"

"레아, 내가 미안해."

"그 한마디로 끝내기엔 당신이 그간 저지른 일이 너무 많아. 이유까지 설명해. 정말 아내 때문이야?"

"네게 할 말이 없다."

레아는 성을 못 이기고 제자리에서 벙벙 뛸 뻔했다.

"할…… 말이…… 없다고……! 내가 일부러…… 이렇게까지…… 아저씨를 쫓아……!"

"사죄뿐이다. 정말 미안하다. 내가 요즘 경황이 없어 스스로를 잃는 것에…… 정말로…… 나는 심지어……."

"심지어 뭐?"

파스쿠알은 입을 다물었다. 그의 손이 서서히 쓸려 내려갔다. 레아는 그의 눈가가 벌게졌다는 느낌을 받고 당혹스러워 뒤로 한 발자국 물러났다. 그녀는 얼기설기 엮인 움집 같은 목소리로 물었다.

"파스쿠알, 심지어 뭐?"

"……."

"설마 지금 이것보다 더 잘못한 게 있단 말이야?"

"리베 톨레도, 부디 신을 제명해 주십시오."

"밑도 끝도 없이……! 그렇게 말한다고!"

"……."

"파스쿠알!"

그는 피곤한 듯 눈을 꾹 감았다 뜨더니, 곧 뒤돌아 걸어가기 시작했다. 레아는 답답한 속을 부여잡고 그를 쫓았다.

"아저씨, 내가 도와줄게. 무슨 일인지는 모르지만, 괜찮아. 내가 다 해 줄게."

"……."

"당신 손에 닿지 않는 곳이 있어? 내가 닿게 해 줄게. 돈이 모자라? 얼마든지 줄게. 사람이 근심거리야? 처리해 줄게. 필요한 게 있어? 전부 구해 줄게. 아저씨, 철부지의 제안이라고 넘겨듣지 말고……. 그래……! 철이 안 들어 이따위 제안을 하는 거다! 하지만 진심이란 말이야! 할 수 있어!"

"……."

"파스쿠알이 내게 먼저 부탁했더라면 당연히 다 해 줬을 거야. 이건 심지어, 당신이 나를 어긴 지금도 마찬가지고. 내가 참을게. 우리 그 정도는 되잖아……. 전부 해 줄게. 파스쿠알, 나는 아저씨를 알아. 웃길 정도로 점잖은 사람이라는 걸 안단 말이야. 그 사람이 이 정도까지 광태를 보이는 건 무슨 중차대한 이유가……. 나는 그걸 해결해 줄 수……."

"되는 일이 있고……."

"뭐?"

그는 다시 입을 다물었다. 침묵. 그러나 그의 침묵은 일순이었다. 그녀가 다시 한 번 상대를 설득하려는 순간, 파스쿠알이 낮게 말했다.

"열 사람을 조금씩 사랑해라."

레아는 말을 이해하지 못하고 걸음을 멈췄다.

"응?"

"열 사람에게서 조금씩 사랑받고 열 사람을 조금씩 사랑해라. 너는 부디 그래라. 이 나이가 되어 네게 줄 충고란 이것뿐이다."

"파스쿠알?"

"……."

"아저씨! 결국 아내 때문인 거 맞지?"

"……."

"도대체 어디가 문젠데 그래! 왜 나한테 얘기를 안 해 줘! 이미 사람 손을 뜬 일이면 얘기해 줘도……."

"너는 몰라!"

그녀는 그 노성에 놀랐다. 그는 거칠게 뒤돌아 성큼성큼 그녀를 향해 걸어왔다. 레아는 눈만 동그랗게 뜬 채 자제심을 완전히 잃어버린 상대를 바라보았다. 코앞까지 다가왔다. 그는 팔을 뻗어 그녀의 양 어깨에 손을 얹었다. 손아귀에 힘이 들어갔다가, 서서히 풀리는 것과 동시에 그의 목덜미까지 함께 내려갔다.

레아는 한숨을 쉬었다. 그에게서도 역시 한숨 같은 소리가 터져 나왔다.

"이건……. 입 밖에 내면 진실이……. 도저히……."

"아저씨."

"나는……."

"이미 현실이잖아. 입 밖에 낸다고 달라질 게 있어? 차라리 말해. 내가 도와줄게."

"……."

"여기까지 십칠 년 걸렸어. 내가 아저씨를 위해 감수하지 못할 게 어디 있겠어?"

"리베 톨레도."

그녀는 저를 감싼 그의 팔 사이로 제 손을 우겨넣었다. 지금까지 꾹꾹 눌러두었던 분노가 한꺼번에 터진 듯, 레아는 돌연 날개 돋은 양 그의 팔을 떨쳐 냈다. 그녀는 역겨운 것을 치우는 모양으로 그의 손을 떨어뜨렸다. 눈도 가늘어졌다. 한 발자국 뒤로 물러났다. 너무 화가 나 아무 말도 꺼내지 못했다.

"리베 톨레도, 제가 미처 말씀드리지 못한 것이 있습니다. 제게 톨레도의 가문 의원을 멋대로 운용한 죄까지 추가해 물어 주십시오. 아내를 졸피에 몰래 머무르게 한 것이 바로 이 때문입니다. 저는 톨레도의 의원에게 아내를 보이고, 리베께서 오시기 전 바깥으로 보낼 계획이었습니다. 그래서 누구에게도 잘의 정체를 밝히지 않고 있는 듯 없는 듯 지나가려 했던 것입니다."

"아저씨……."

"가문의 의원은 그 친족이 아니라면, 또한 직계의 허락이 없다면 결코 진료하지 않습니다. 제가 친분을 이용해 졸피에 머무르는 전담 의원을 겁박했습니다. 두말할 필요도 없이 제명입니다. 아니, 제명 이상의 벌을 물으셔도 됩니다. 면목 없습니다."

그러나 레아는 그 큰 죄에도 불구하고, 그에게 화를 낼 수가 없었다. 이번 사과는 진심이었다. 조롱하는 빛도, 무시도 없다. 정말, 죄송함에 견디지 못하는 기사 그대로였다. 턱에 힘이 들어간다.

그녀는 그가 등 돌려 사라지는 모습을 바라보았다.

"그래서, 어디가 문제란 거야?"

잘은 문을 쾅 열고 들어온 레아를 보고도 전혀 놀라지 않은 기색이었다. 상대가 그리 전투적일 것을 예상했다기보다는, 원체 침착한 성격이기 때문에 고요한 듯했다.

레아는 문도 닫지 않고는 방 한가운데로 들어와 앉을 자리를 찾았다. 이 널찍한 파스쿠알의 방은 그녀가 열일곱 해 동안 제 둥지처럼 드나든 곳이다. 그런데 희한하게도, 이전엔 허다히 많던 의자나 잡동사니들이 사라져 있어, 레아는 제 한 몸 붙일 자리도 찾을 수 없었다. 그녀는 두리번대다 결국 잘이 앉아 있는 침대에 살짝 엉덩이를 걸쳤다.

즉각, 속사포 같은 말이 터져 나왔다.

"잘, 병명이 뭐야? 어디가 아파? 얼마나 아파? 얼마나 된 병이야?"

"……리베?"

"이번에 왕도에 들러서 솔 톨레도의 의원을 데려왔어. 내가 자신하건대, 이자는 지금 졸피에서 나를 전담하고 있고, 파스쿠알이 몰래 데려다 써먹은 가문의 의원보다 훨씬 나은 자야. 당신 역시 이전번보다 더 잘 진료 받을 수 있을 거야."

"잠시…… 리베 톨레도, 드리고 싶은 말씀이 너무 많아서……. 알이 감히 리베의 허락도 없이 저를 의원에게 보였다는 말씀이시어요? 아가씨만을 전담하는 톨레도의 의원을 제게……."

"응, 이번에 동부에 갔을 때 그가 고해했다. 사실 이건 제적을 넘어서 아저씨 신상에 위해가 갈 만한 죄인데."

잘의 얼굴이 하얗게 질렸다.

"나는 그러고 싶지 않고, 절대 그럴 리 없고."

"……."

"그러니 내가 할 수 있는 건 당신을 어떻게든 평소로 돌려놓는 거. 그래서 아저씨도 평소로 돌려놓는 것뿐이야. 그래서 조시모를 들이기 전에 사정이라도 좀 들어 보려고 왔어."

"조시모는……."

"솔 톨레도 의원."

"저 때문에……."

"잘, 미안하지만 자기 때문이 아니라 아저씨 때문이야."

잘은 시선을 약간 내렸다. 휑뎅그렁한 양탄자에 잠시 머물렀다가, 무엇에 놀랐는지 번뜩 고개를 들어 창 밖을 바라보았다. 레아는 멀뚱히 그녀의 눈을 따라갔다. 물론 재촉을 빠뜨리지는 않았다.

"잘, 이야기해 봐."

"……."

"파스쿠알에게 여러 번 물었는데도 자긴 입 밖에 내기가 싫다더라고. 그런 게 어디 있어? 어? 상황 파악을 했으면 고치려고 노력을 해야 할 거 아냐? 현실로 인정하고 싶지가 않아? 그래서 입 벙긋 안 해? 아니, 그런다고 그게 꿈속의 일이 되기라도 한대?"

"음……. 리베, 어머니를 따라오는 병을 아시어요?"

레아는 그녀의 뜬금없는 말을 이해할 수 없었다. 잘은 조곤조곤 설명했다.

"모계를 따라 발병하는 병이 있어요."

유전? 정신병 같은?

레아는 그것을 감히 입 밖으로 내지 못했지만, 잘은 충분히 알아들은 듯했다. 그녀는 미소를 지은 뒤 긍정했다.

"예, 대를 이어오는 광증처럼요. 고조모님 대에 한 번, 제 조모님 대에 다시 한 번 있었어요. 병명은 알지 못해요. 지금껏 명쾌히 밝힌 이가 없으니 말이어요. 제 어머님께서 이 사실을 숨기려 부단히 노력하셨기에, 저는 상당히 어린 나이에 혼처를 찾게 되었어요. 아, 조혼은 제 외가 쪽 여인에게는 흔한 풍습이어요. 나이가 들어 발병하면 이미 일을 그르치게 되니 말이어요. 물론 당시 저는 제 외가에 그런 피가 흐르는 줄 알지 못했어요. 더군다나 진실을 아는 이들조차 제게 병이 있는지 판명할 수 없는 이른 시기이기도 했고요. 물론 변명 삼으려는 것은 아니어요."

"……."

"열넷에 이야기가 교환되어 열다섯에 반 가문에 들어왔어요. 처음에는 알이 치를 떨었어요. 가뜩이나 어린 저인데 발육까지 늦어 거의 어린아이를 데려온 모양과 다름없었으니 말이어요. 아마 알은 저를 제 누이 보듯 했을 거여요."

"열 살 차이네."

"예. 알은 부부의 의무를 수행하지 못하는 제게도 충실했어요. 물론 아무리 어린 저라도 잠자리에는 문제가 없었을 테지만…… 그가 싫어해서……. 나중에 들어 보니 외려 그렇게 키울 때 정이 들었나 보더라, 하고 말씀하셨어요. 그렇게 시간은 흐르고, 믿기지 않지만 저도 열여덟이 되고…… 저는 끝내 그를 제 세상의 전부로 삼게 되었어요. 그리 건강하지 못했지만 그가 저를 안는 것을 걱정할 정도로 병약하지는 않았고, 그 역시 아무리 바빠도 한 달에 열흘은 제게 머물렀으니 말이어요. 음……. 문 닫고 올게요."

잘은 자리에서 일어났다. 레아는 그녀에게 건강상의 문제가 있다는 것을 떠올리고는 저도 모르게 벌떡 일어섰다. 늦었다. 상대는 이미 문

앞에 서 있었다. 잘은 등으로 문을 밀어 닫은 뒤, 그것에 기댄 채 허공을 바라보았다. 백지 같은 시선이었다.

한참 동안.

레아는 불안해졌다.

"잘?"

"……."

"잘!"

그녀는 화닥닥 달려가 잘의 어깨를 감쌌다. 잘은 그제야 약간 놀란 듯 고개를 내렸다. 레아가 어쩔 줄 몰라 하는 얼굴로 그녀를 올려 보고 있었다.

"아……. 잠시만, 잠시만 이렇게 있으면 되어요."

"잘…… 어디 아파? 지금 당장 조시모 불러올까? 응?"

"잠깐……."

그녀는 앞으로 성큼 발을 내딛었다. 걸음이 흔들리지는 않는다. 곧고, 완벽한 걸음. 발끝부터 목덜미까지 곧다. 빳빳한 고개가 정말 건강한 사람처럼 보이기까지 했다.

그러나 레아는 그 모습을 보며 덜컥 깨달았다.

"잘."

"……."

"앞이 안 보이는 거야?"

잘은 어설프게 웃었다. 레아는 그 모습을 긍정으로 받아들였다. 그녀는 겁을 먹은 채 상대의 답을 기다리다가, 무언가 결심한 양 제 팔을 풀었다.

"음……. 잠시……."

"잘."

"아주 잠시만……."

"잠시, 잠깐 이 소리 좀 그만해. 사람 속 터지게 그게 뭐야? 조시모를 불러올게. 기다려."

"아니, 괜찮아요. 처음 있는 일이 아니어요. 곧 나아질 거여요."

그러나 레아는 이미 방을 쌩 하니 달려 나간 뒤였다.

잘은 잠깐 동안 컴컴한 시야를 가늠했다. 어둠도 괜찮다. 그러나 빛이 낫다. 그녀는 점차 밝아지기 시작하는 귀퉁이를 느끼고선 빙그레 미소 지었다.

"아니요."

"너, 제대로 대답 안 할래?"

"리베 톨레도, 대물림 병을 제게 맡기시면 어찌합니까……? 저런 건 본시 답이 없습니다."

"그래서 지금……."

레아는 팔짱을 낀 채 말꼬리를 흐렸다. 조시모의 이마가 아주 약간 꿈틀거렸다. 그는 한숨을 쉬며 말을 반복했다.

"이미 졸피의 람벤이 진찰했다는 이야기를 들었습니다. 모르긴 몰라도 그 역시 똑같은 말을 했을 겁니다. 리베 톨레도, 저분은 언제든 폭발할 수 있는 불을 속에 지니고 사는 분이십니다. 이런 말씀은 죄송하지만, 반 가문이 사전 조사에 미진했던 것 같습니다. 가문의 직계에, 그것도 알로지아드 봄께 저런 짝을 지어 주다니요? 지금 부인께 아이가 있기는 하지만 그마저도 가문의 대를 이을 수 있을지……."

"뭐? 아이?"

"예, 부인께서는 익히 아시는 듯한데요. 아무튼 아이를 순산할 가능성도 희박할뿐더러, 아이가 온전히 나와도 부인은 목숨을 보전치 못하실 겁니다."

"뭐……."

"평범한 산모에게도 초산은 생사를 넘나드는 일입니다. 하물며 저분께선…… 목숨을 장담하기 힘들지요. 홀몸으로 계셨더라면 그래도 병의 악화쯤으로 숨을 유지하실 수 있었을 텐데…… 가문의 압박이 심했나 봅니다. 아니, 대물림 병이 있다는 것을 반 가문에서 알았다면 부인을 가만두지 않았을 텐데 어떻게 가문의 손을……."

"조시모, 입 다물어."

그는 그 이상 네가 참견할 일이 아니라는 경고에 조용해졌다. 레아는 손짓으로 그를 보내 버렸다. 아마 그의 말은 전부 사실일 테지만, 그래도 걷어차고 싶은 이 심정만큼은 부정할 수가 없다. 파스쿠알이 전부 알면서도 입 밖에 내고 싶어 하지 않은 이유를 이제야 조금 이해했다.

그녀는 따끔거리는 손을 부여잡고 안으로 들어섰다. 방금 전 자리를 떴을 때와 마찬가지로, 뿌연 햇살만 깔린 부드러운 품이었다. 십칠 년 동안 그러했다. 그 속에서 누군가가 말했다.

"처음에는 두통이었어요."

레아는 그녀를 바라보았다.

"하지만 머리가 아픈 것 정도는 괜찮아요. 고작해야 지끈지끈 반나절을 견디면 되는걸요. 당연히 그리 걱정하지도 아니했어요. 그런데 어느 순간부턴 앞이 잘렸어요. 깜박깜박 시야가 닫히는 게 아니라 정말 세상의 절반이 없어졌어요. 이젠 평소에도 눈에 물이 찬 양 대부분이 흐물흐물하게 보여요. 심지어 그마저도 완전히 닫힐 때가 있어요."

레아는 아까 전 저가 의아하게 여겼던 '황량한 방바닥'을 이해했다.

잘이 가끔 시력을 잃을 때를 대비해, 그 남편 되는 사람이 결벽증처럼 자리를 치워 놓은 것이다. 부딪히지 않도록.

“반 가문은 얼마 전에야 제 외가 쪽에 이런 병이 대물림된다는 것을 알아냈어요. 자작께서 노발대발하시며 당장에 소박을 놓으라고 하셨어요. 그것이 손녀에게 대물림되면 얼마나 수치스러운 일이겠어요. 저는 그분의 마음을 십분 이해하여요.”

“……”

“알이 고집을 피웠어요. 제게 실제로 그 병이 있는지는 모를 일이니, 적어도 튼튼한 부인에게 아들을 보는 것은 그리 큰 문제가 되지 않을 것이라고요. 딸은 나중에 가서 생각하고, 가문의 적장자를 우선 고려한다면 괜찮지 않느냐고요. 몇 번 대립각을 세웠지만 끝내 알이 자기 고집을 관철시키었어요. 그 이야기를 들은 뒤, 그가 제게 있어서만큼은 너무 과보호를 해서…… 저는 진실을 말한다면 그가 결코 아이를 주지 않으리라는 것을 깨달았어요.”

“……”

“저는 어느 순간부턴가 제게 징조가 스며들었다는 것을 알고 있었어요. 호흡이 조이고, 잠이 많아지고, 거동이 나른해지고, 온갖 잔병을 앓고……. 언제 한 번은 친정에 찾아가 어머니께 징후를 여쭈었어요. 답은 들을 수 없었어요. 저는 그때 확실히 깨닫고 말았어요. 제게는 그 병이 있어요.”

“……”

“병이 있다면 저는 십중팔구 죽게 되어요. 그것이 언제가 될지 분명히는 모르지만, 저는 가만히 있었어도 서른두엇 내로 요절하게 되었을 거여요. 저는 그때까지 알을 희망도 없는 채로 둘 수가 없었어요. 그는 하루라도 빨리 저를 털어 내고 새 부인을 맞이해야 해요.”

"……."

"하지만 저는 알이 그럴 리 없다는 사실을 알아요. 제가 먼저 도주를 놓았더라도 기필코 다시 붙잡아 왔을 거여요. 그러나 그렇다고 스스로 영영 떠나기에는 그에게 남길 상처가 너무 커요. 그래서 저는 아이를 가지고 싶었어요."

레아는 머리가 아찔했다. 그녀는 파스쿠알이 왜 냉정을 잃었는지를 점차 이해하고 있었다.

"리베 톨레도, 병이 있던 전대 여인들은 전부 출산 직후 세상을 떴어요. 저 역시 그리될 거여요. 약한 몸으로는 두 사람을 견딜 수 없는가 보아요. 그래도 항상 아이까지 죽는 것은 아니라 하니…… 이것을 수단으로 이용했다 하여도 큰 죄책감은 없어요. 그리고 저 또한 그와 제 아이를 보고 싶지 않다면 거짓말이라 생각해요."

"잘, 너는 못 보잖아."

"그런 것은 문제가 되지 않아요. 이것은 결국 제 이기심이어요. 언제든 떠나게 될 제가 흔적을 남기고 싶다는 마음이 하나, 저를 빨리 떠나보내 그에게 새 여인을 찾아 주고 싶다는 마음이 둘. 이율배반이기는 하지만……. 저는 온갖 좋다는 방법을 동원해 잘 붙지도 않던 아이를 가졌어요. 사실 저는 알의, 그 불안하면서도 기쁨을 숨기지 못하는 얼굴에 죄책감을 느끼었어요. 제가 어떤 생각을 가졌는지 그는 알지 못하니 말이어요. 저는 돌이킬 수 없는 달수에 접어들 때까지 입을 열지 않았어요."

"지금이……."

"지금 오 개월이 조금 넘었어요. 그에게 고해한 것은 네 달 남짓 되었을 때여요. 날이 가면 갈수록 쇠약해지는 저를 어찌 숨기겠어요? 저를 누구보다 잘 아는 그에게 숨길 수 있을 리가 없어요. 저 또한 아무 말 없이 끝까지 간다는 것이 저어되기도 하였고요. 알이 사실을 알고…… 음……."

레아의 얼굴이 백지장처럼 질렸다.

"바로 졸피로 불러내 허가도 없이……."

"아무래도 좋아. 허가 문제는 빼."

"톨레도의 의원에게 진찰을 받게 하였어요. 결과는 다를 수가 없어요. 대물림되는 병은 영영 불치여요. 의원이 제가 짐작한 모든 것을 털어놓자…… 음…… 알이 최근 리베께 몹쓸 무례를 보였다면 진심으로 사과드리어요. 그것은 변명의 여지없이 전부 제 잘못이어요. 남편을 속이고 아이를 가지었어요. 그가 제 죽음에 기뻐하게 만들었어요. 항상 그렇지만 이 시점에 들어서면 죄렛조차 열이면 아홉 아무 의미 없는 독약일 따름이어요. 그는 그런 모험을 시도할 수가 없어요. 저는 이대로 있으면 되어요."

"잘……."

"알의 무례를 전부 제 탓으로 돌려주시면 아니 되어요? 리베 톨레도, 저는 리베의 자비를 믿어요. 후일 알에게 마음이 돌아서 옛 죄를 탓하고 싶은 마음이 드시더라도…… 인연이 아니었던 부인 하나에 한순간 실수를 했다고 생각해 주시고…… 잊어 주시길 간곡히 바라요. 부디 간청해요."

레아는 할 말을 잃었다.

레아는 창가에 팔을 괸 채 아래를 내려다보고 있었다. 이 층. 바닥이 그리 멀지 않았다. 고요하지만, 무료하다기보다는 우울한 시선이었다.

그녀는 문득 누군가를 발견했다.

"여기."

그는 그녀를 올려 보았다. 인사한 즉각 떠나려던 그림자는, 레아가 창틀에 발을 올리자마자 놀라 길을 벗어났다. 그녀는 괜한 소란이라는 듯 가볍게 바닥으로 뛰어내렸다. 다급한 침묵. 그는 가까스로 다가와 그녀를 받아 냈다. 물론 레아는 숨이 막혀 밤이 떠나가라 소리를 질렀다.

"아! 파스쿠……! 그냥 떨어지게 내버려 두지! 켈록, 콜록, 콜록!"

늦은 손에 외려 숨을 다친 것이다. 레아는 가슴을 두드리며 그 품에서 벗어났다. 원체 작은 그녀라 웅크려 되새김을 하고 있는 모습은 어쩐지 새끼 고양이를 연상하게 하는 면이 있었다.

"괜찮으십……."

"말, 말, 말."

"예?"

"원래대로 해요."

"무슨……."

"낮에 들었어요."

파스쿠알은 한 걸음 뒤로 물러났다. 달은 그리 밝지 않았지만, 정원에 피워 둔 등불만큼은 그녀의 머리칼보다 더 밝았다. 레아는 아직까지도 충격이 가시지 않은 듯 호흡이 밭았다. 어깨가 들썩이다가, 서서히 서서히 진정되었다. 파스쿠알은 시선을 기울였다.

"파스쿠알."

"……."

"우선 람벤을 내줄게요. 조시모 녀석은 대물림 병에는 자기가 할 수 있는 일이 없다고 배짱이야. 그놈을 두들겨 일을 하게 만드는 방법도 없는 건 아니지만, 마음이 없는 놈에게 치료를 맡기는 것 또한 웃기는 일이라. 그나마 아저씨랑 오래전부터 친했던 람벤이 나을 거예요."

"……."

"아저씨, 괜찮아요?"

답이 돌아오지 않았다. 레아는 고개를 흔들며 제 옆에 있는 긴 의자에 주저앉았다. 그녀가 손을 끌어당기자, 그는 반항 한 번 없이 느릿느릿 따라왔다.

"람벤에게 할 말이라 생각되지만…… 염치 불고하고 물어볼게요. 아저씨는 어느 쪽을 바라요? 낙태, 아니면 병구완."

"낙태."

그것은 어쩐지 동굴 속의 메아리처럼 들렸다. 레아는 눈을 크게 떴다가, 좁혔다가, 다시 동그랗게 만들며 몇 번이나 시선을 깜박였다. 그녀는 주저하는 모습으로 더듬더듬 말했다.

"어…… 파스쿠알도 낙태는 방도가 적다는 것 알고는 있지? 다섯 달에 죄렛이면 즉사예요."

"죄렛 말고……."

"다른 것도 써 볼 수는 있겠지만…… 그럼 효과가 미심쩍지 않아요? 검증조차 안 된 걸 이것저것 복용시켰다가는…… 외려 더…… 낙태라는 게 영……."

"면목이 없다."

"예?"

그녀는 나란히 앉은 상대를 바라보았다. 방금 전과 마찬가지로 여전히 바르게 앞을 보는 모양이다. 그는 한숨처럼 말하기 시작했다.

"면목이 없다. 네게 여러모로 폐를 끼쳐서……."

"정말! 아까 이미 그 얘기는 그만하라고 했잖아요."

"하지만 나는 네가 바누 경과 돌아온 그날부터 제대로 행동한 일이 없어. 계속해서 네 아량에 호가호위를……."

"이런 상황에? 아저씨, 호의는 호의대로 받아들여요. 아저씨는 내가 지금 자기한테 굴복해 들어간다고 생각해서 스스로를 부끄러워하는 거란 말이에요. 그것 때문에 자꾸만 면목 없다, 죄송하다, 면구하다. 아저씨는 자기가 정을 이용해 주인을 부려 먹는다고 생각하는 거야. 부탁인데 부디 그러지 마."

"……."

"파스쿠알, 예절을 아부로, 양보를 굴종으로 보지 말아요."

레아는 꽉 쥔 주먹에 습기가 차는 것을 느꼈다. 그녀는 제 바지 자락에 손을 몇 번 문대고는, 이번에는 의자의 팔걸이를 잡았다. 여름이 제법 덥다.

"한 번만 더 내가 붙여 주는 거에 미안해 하면……. 아니, 아니야. 그러지 않는 게 좋을 거예요. 그러니 이제 좀 생산적인 얘기를 해요, 파스쿠알."

"……."

"정말 낙태를 원해요? 사실 어떤 쪽으로든 부인의 건강이 위험한 것은 마찬가지 아니에요?"

"잘의 대물림 병은 증세가 그리 독특하지 않다."

"……."

"몸이 위험해지면 먼저 시력이 떨어지고, 그 뒤로 여러 시일을 인내하다 마지막으로 연소되었을 때 몸살처럼 앓기 시작해. 그리고 구완의 여지없이 열흘도 못 되어 죽는다. 시력의 악화라는 징후는 병자 스스로가 숨기거나, 아니면 주변에서 그리 유난한 증세가 아니라고 생각하는지 많은 기록이 없어. 때문에 심한 몸살로 죽는 것, 그것도 몇 대에 한 번. 이 정도만을 얼핏 보고 대물림 병을 상상하는 것은 힘들지. 이 다난함 탓에 나는 외려 아버지께서 그 사실을 알아 오셨을 때 더 놀랐다. 그처럼 교집합이 적은 병을 용케도 수소문하셨구나 싶어서. 하지만 그뿐이었다. 나는 그 이상 잘의 병에 대해 알고 싶지 않았어. 지나치게 무섭거나 막막한 것을 보면 아예 외면하는 행동과 마찬가지지. 나는 모든 것을 덮고, 그저 그 절반쯤의 확률이 잘에게 적용되지 않았겠거니 막연히 생각했다. 이게 얼마나 천치 같은…….”

“…….”

“잘이 우리 아이를 가지고 내게 사실을 밝혔을 때…… 나는 노여움과 공포에 먹히기 전 그녀의 모계 기록을 이 잡듯 뒤졌다. 병은 기록의 시작까지 거슬러 올라가더군. 아이를 낳지 않고 서른 전후에 죽은 이가 셋, 아이를 본 뒤에 죽은 이가 일곱. 보통은 아이를 가진 뒤에야 자신에게 병이 있다는 것을 깨닫는 것 같았다. 시력이 떨어지는 것을 스스로가 알아차리면서부터. 그리고 출산의 결과는 앞서 말한 바와 같다. 무조건, 열흘 안쪽으로. 그러니 낙태뿐이다.”

“……이런 말은 정말 미안한데…… 아이를 낳지 않아도 결국 죽잖아. 잘이 스물다섯이니 시한은 다섯 해도 안 남았어.”

“적어도 지금 이 상황보다는 낫다.”

“아저씨, 나도 조사를 해 봤어. 그 세 사람은 스물아홉, 서른하나, 서른둘에 죽었지만 그건 숫자에 불과해. 그들은 수년을 병마에 시달리다 사망했어. 전부 눈이 멀었지. 둘은 열이 너무 높이 올라 목소리도 잃었어. 구토는 일상이지. 뭘 먹어도 다시 토해 내고 피골은 상접하고 계속 약도 안 듣는 열이 나서 고통 속에, 손끝 하나 꿈쩍할 수 없는 날들이 점점 많아지는 거야. 이게 수년인데……. 게다가 부인이 앓기 시작하면, 가문은 대물림 병을 눈치채지. 그녀가 받는 가문의 박대는 상상을 초월할걸. 나는 누구 편을 들어야 할지 모르겠어. 정말로.”

“내가 고작 그런 이유로 그녀를 홀대할 리…… 잘이 그 공포에 자살을 자처한 것이라면…….”

레아는 빽 소리를 질렀다.

"완전히 틀려! 아마 아저씨도 같은 말을 들었겠지만, 내가 들어 보니 잘의 이유는 명확했어. 자기는 어차피 죽을 거라는 거야. 그러니 당신이 마땅한 새 부인을 최대한 빨리 맞을 수 있도록, 당신이 흠 잡힐 일 없이 떠나고 싶다고. 자기가 살면 몇 년간을 침상에서 추하게……. 미안해. 잘이라면 이렇게 말했을 거야. 어쨌든 그렇게 앓아야 할 텐데. 자신이 그 고통을 겪기 싫고 그런 모습을 보이기 싫다는 것을 차치하고라도, 당신이 그것을 수발하는 모양이 보기 안 좋다는 거지. 새로 결혼해야 하는 신랑의 품새에 걸맞지 않다고. 아저씨, 잘은 아저씨가 자길 버릴까 봐 그러는 게 아니야. 외려 그 반대라고."

"……."

"그리고 여기에 아이가 남는 것은 덤이지. 적어도 잘의 흔적 하나는 남는 셈이니까. 후계자 딸린 홀아비보다 재혼이 힘든 사람이 있느냐고 물을 생각은…… 설마 없지? 아저씨도 그 정도는 알잖아."

"아버지께서……."

뒷말은 이어지지 않았다. 그러나 레아는 속으로 읊조렸다. 아이를 '처리' 하시겠지. 물론 죽인다는 뜻은 아니다. 어쨌든 가문의 손이 아닌가. 그러니 이 '처리' 의 의미. 잘의 아이는 결코 후계자가 될 수 없으리라는 것. 그 아이가 사내아이라도 튼튼한 어미가 아니었다는 이유로 부적격 판정을 받을 것이다.

가문보다 중한 것은 없다. 파스쿠알에게는 정말 미안한 일이지만, 솔직히 레아도 그 아비를 비난할 수 없었다. 더 솔직해지자면, 파스쿠알과 이만한 사이가 아니었더라면 거리낌 없이 후계자를 상징하는 석류 가지를 내던졌을 스스로이다. 어차피 레아가 보기에 — 그리고 파스쿠알이 짐작하고도 현실을 외면한 것으로. — 그 아버지는 파스쿠알의 설득에 넘어가 잘을 용납한 것이 아니었다. 그보다는 몸을 숙인 채 둘의 아이가 나오기만을 노심초사 기다리고 있다는 말이 옳다. 아이에게 트집을 잡아 가장 정당한 소박을 놓을 수 있도록.

레아는 한숨을 쉬었다. 어쩌면 이렇게 하나부터 열까지 엉켰을까.

"봐봐. 결국 아저씨도 잘을 전부 알잖아……. 물론 난 파스쿠알 역시 지금 너무 힘들단 거 인정해요. 아이가 생겨 흔흔했는데 갑자기 시한부라니……. 아저씨한테 먼저 알려 주지도 않았잖아요. 무지했던 스스로를 자책하고…… 하지만 말 안 한 잘에게도 화가 나고, 그러는 와중에도 시간은 가는데…… 그 초조함이……."

"……."

"아저씨. 무슨 생각을 하고 있어요?"

"……."

"무슨 생각해요?"

"입 맞추고 싶어."

레아는 고개를 들었다. 빠개질듯 아픈 목덜미에도 밤은 한바닥 지나치게 아름다웠다. 누구를 가리키는지는 구태여 추론할 필요도 없다. 그녀는 눈을 감았다가, 종종 시력을 잃는 잘을 상기하고는 놀라 다시 떠버렸다.

"내가 지금 무슨 계획이 있는지 정말 모르겠다. 병구완은 애초에 불가능해. 솔 톨레도의 의원조차 손을 떼고 떠나는 병이다. 낙태는 네 말처럼 위험이 너무 높거나 아니면 아예 효과가 없고……. 더군다나 잘과 정면으로 대치하는 길이기도 하지. 나는 그러고 싶지 않아. 하지만 그렇다고 저렇게, 남은 네 달 동안 그녀가 말라 가는 모습을 보고 싶지도 않다. 설혹 낙태가 성공하고 잘이 그 사실을 인정한다 하더라도…… 남은 시간이……."

"……."

"모르겠다……. 그저……."

그녀는 옆을 돌아보았다.

그녀는 옆을 돌아보았다. 잘이었다. 일부러라도 그녀와 마주치지 않도록 노력했던 까닭에 레아는 순간적으로 대단히 당황했다. 보름 만이다. 레아는 제 생각보다 더 빨리 자리에서 일어섰다.

"왜 여기까지 왔어?"

"음……. 한 층을 사이로 두고 뵐 수가 없어 많이 초조하였어요, 리베톨레도."

"용건만."

"면구한 일인 줄은 알지만 리베께서 무슨 말씀을 하셨기에 그가, 제가 리베께 고해한 직후 감정을 가라앉혔는지 여쭙고 싶어요."

레아는 손을 휘휘 흔들었다.

"별말 안 했어. 그도 전부 아는 사실들을 정리해 줬을 뿐이야. 아저씨도 내 말은 들어 주니까."

"……."

"잘…… 있지, 나는 이 이상 파스쿠알과 당신에게 주의를 쏟고 싶지 않아. 정말로 그래. 피곤하고 힘들더라. 내가 아무리 애지중지하는 파스쿠알이라도 이…… 답 없는 악순환은 못 참겠어."

"이해되어요."

레아는 문득 울컥하여 쏘아붙였다.

"잘, 당신도 당신 아이가 정식 후계자로 임명되지 못하리란 사실은 알지?"

"리베?"

"남자아이든 여자아이든 반 자작이 막을 거야. 석류 가지를 못 받을 거라고."

"인지하고 있어요."

"그래도 상관없어?"

"저는 이미 자작과 약속을 하였어요."

레아는 놀라 그녀를 바라보았다. 그녀는 약간 부른 배를 쓰다듬다가, 몇 걸음 걸어가 의자 등받이를 잡았다. 레아는 자신의 실수를 깨닫고는 얼굴이 붉어진 채 고개를 끄덕였다. 잘은 그제야 자리에 앉았다.

"이것만큼은 알에게 말하지 않았어요. 부자간에 노성이 터질 테니 말이어요."

"무슨?"

"저는 대물림 병을 숨기고 온 죄로 가문에서 파적을 당해도 할 말이 없어요. 하지만 자작께서는 그리하지 않으신다 하셨어요."

"대가는?"

"이 아이는 알론조 캄비에 보내질 거여요."

"……."

"알에게는 아버지의 권한이 있지만, 그래도 그것은 자작의 권한에 훨씬 못 미쳐요. 그러니 이 아이는 자작과 제 합의에 따라 승계와는 무관한 삶을 살게 될 것이어요. 물론 알은 얼마든지 아이와 만날 수 있어요. 하지만 서부의 반 영지와 동남쪽에 위치한 알론조 캄비……. 왕래가 힘들 것이어요. 때문에 알에게는 말하지 않았어요."

"알론조 캄비……. 너는 도대체 아저씨한테 숨긴 사실이 몇 가지나 되는 거야? 이것 말고도 또 있어? 장난 아니다. 차마 눈 뜨고 볼 수가 없다. 진짜 너무한다…….”

잘은 별다른 표정을 보여 주지 않았다. 그러나 뼈가 있는 침묵. 그녀는 약간 시간이 지난 뒤에야 운을 뗐다.

“리베 톨레도, 저는 저를 수습하고 있는 것이어요.”

“무슨…….”

“저는 제 삶을 수습하고 있어요. 제가 벌린 소동을 마무리 지어야 해요.”

레아는 턱에 힘을 준 채 그녀를 응시했다. 그것은 거의 노려보는 시선으로 느껴졌다.

“저는 제가 본디 없었던 것처럼 모든 일이 돌아가도록 손을 쓰고 있어요. 애초에 나지 않았고 알과 결혼하지 않았고 그를 사랑하지 않았고 따라서 사라지지도 않은 것처럼요. 물론 저는 그것이 불가능함을 알아요. 때문에 실질적인 부분이나마 처리하고 떠나려 해요.”

“…….”

“제가 아이를 낳고 가면 알에게는 좋은 혼담이 들어오기 힘들어요. 때문에 아이는 건강 등을 문제 삼아 공식적으로 알론조 캄비에 보낼 예정이어요. 그러면 알은 다시 서쪽 요충지 반 가문의 유일한 후계자이자, 봄 알로지아드의 일원이자, 덤으로 인상까지 훌륭한 신랑감이 되어요. 좋은 가문의 여식을 만날 수 있을 거여요.”

“아저씨가 당신을 얼마나…… 지금 당신이 이 말을 하고 있는 꼴을 보면……. 좋은 것을 누릴 때에도 좋은 사람을 만날 때에도 항상 팔을 잘린 기분일 텐데……. 받은 애정이…… 그렇게 쉽게……. 무엇이 중요한 건지 절대 잊지 못할 사람한테 이토록…….”

레아는 이 절절한 말에 그녀가 입술이라도 깨물어 주지 않을까 생각했다. 그러나 그녀는 여전히 미동도 없었다. 결코 깎이지 않는 유연함.

그것이 상대에게 얼마나 잔인한 일이 되는지 알면서도, 변치 않는 얼굴로 보듬을 뿐이다.

그녀가 말했다.

"괜찮을 것이어요. 전……."

"나가!"

그것이 보통 노여움처럼 들리지 않았기에, 잘은 순순히 자리에서 일어서려 했다. 그러나 몇 초 뒤까지도 그녀는 온전히 몸을 일으키지 못했다. 무언가에 옷자락이 꽉 잡혔기 때문이다. 그녀는 일어선 힘의 반동으로 다시 털썩 주저앉게 되었다. 잘은 고개를 내려 자신을 부여잡은 손을 보았다.

그 주인 역시 고개를 들지 못하고 있었다.

"리베?"

"당신이 죄인은 아니잖아……."

"……."

"잘, 처음부터 막말해서 미안해. 아이 이야길 꺼내서 심기를 불편하게 한 것도, 당신 죽음에 인정을 보이지 않은 것도 전부 미안해. 나는 파스쿠알 생각밖에 못하겠어. 죽는 장본인이 누군데 나는 이토록…… 이기적으로…… 마치 너는 죽든 말든 상관없다……, 파스쿠알만 온전하면 된다는 식으로.…… 세상에…… 내가…… 왜……. 지금 누가 가장 절박한데…… 그걸…… 몰라서……."

잘은 자세를 고쳐 앉았다. 그녀는 제 옷을 조심스레 떼어 낸 뒤, 그 작은 양손을 곱게 포개어 주었다. 레아의 눈에는 벌써 눈물이 그렁그렁했다.

"리베 톨레도."

"내가 모자라서 미안. 할 수 있는 게 없어서 미안해. 그런데도 파스쿠알에게 더 주의가 쏠려서……. 이건 정말 자괴감이 들 정도로…… 정말 미안해……."

"저는 괜찮아요."

"괜찮을 리가……. 지금 그 괜찮다는 말도 이해가 가질 않는데 처음에는 어땠을지……. 도대체 이 모든 이야기들을 언제 세웠을까……."

"제 고향에서 돌아오는 길에 전부 끝내었어요. 어머니의 침묵은 확답과 진배없기 때문이어요."

"울었어?"

"울지 아니했어요."

"충격 받았어?"

"평온하였어요."

"가능해?"

"제게는 알 생각뿐이었어요. 하찮은 걱정은 할 겨를이 없었어요."

"하찮은 걱정이 바로 당신 목숨이야."

"제 목숨이 알이어요."

"……."

"알에게는 미안함을 느끼고 있어요. 저도 그가 어떤 심정일지를 짐작하니 말이어요. 그에게 미안하지만 않다면…… 떠나는 것도 수월할 텐데……."

레아는 그 순간 처음으로 잘의 슬픔을 발견했다. 당황스럽다. 자신 같이 좁고 이기적인 소견머리로는 이 사람을 포용할 수 없으리라는 느낌이 들었다. 감화가 아닌 설득은 괜찮다. 자신도 잘의 입장을 이해할 수는 있었다, 이토록 선명한 논리로, 세상 돌아가는 이치가 그렇다고 딱딱거릴 수 있었다.

그러나 스스로라면 결코 저런 행동을 보여 주지 못하리라는 것 역시 확신하고 있다. 죽음을 알고도 침착하고, 침착한 채로 남편에게 봉공하고, 모든 것을 바친 채로 다시 조용히 끝을 기다리는.

잘은 그녀의 먹먹한 표정을 살피는가 하더니 이내 쓴웃음을 지었다.

"리베, 저도 사람이어요."

"……."

"저도 이리 고요한 저 자신이 싫었어요."

"어떻게 극복했어?"

"극복하지 못하였어요. 자기혐오에 압도당하였어요."

"하지만 지금 이처럼 평온히……."

"애정이 혐오보다 강하였어요. 아니면 애정이 전보다 더 자라났는지도 모르겠어요. 그리되면 이미 혐오는 소용이 없어요."

"지금 이게 어떻게 애정이야……."

"저는 이렇게 사랑해요."

레아는 말을 잇지 못한 채 그녀의 담갈색 눈을 바라보았다. 잘의 손이 올라와 레아의 눈 아래를 부드럽게 문질렀다. 눈가에 사람의 손이 닿자, 애써 꺼풀 안에 담아 두었던 눈물이 와르르 떨어졌다. 잘은 당황하지도 않고 그녀의 눈물을 훑어 주었다. 레아는 남은 연민까지 쓸려 나오지 않도록 무진 애를 썼다.

"전부 잘될 것이라 믿어요. 걱정하지 마세요."

그녀는 실패했다. 소리는 억누를 수 있었지만, 눈물은 그리되지 않았다.

"아저씨는? 내가 절대 일하지 말라고 했는데."

"본가에서 소식이 와 잠시 나갔어요. 보지 못하셨어요?"

"응, 나도 방금 들어와서……. 잘, 왜 그러고…… 또?"

잘은 눈을 감은 채 창가를 올려 보고 있었다. 그녀는 오른 검지를 들어 입가에 대 보였다. 레아는 침대 끄트머리에 걸터앉았다. 잘은 가부좌를 튼 모양으로 앉아 있었는데, 이제 충분히 부른 배 탓에 제법 힘이 들어 보였다.

"잘, 그렇게 앉지 마. 힘들잖아."

"아니요. 이 편이 편해요. 긴장을 풀어 주는 덕분이어요."

"또 안 보여?"

"잦아지고 있어요."

"몸은?"

"참을 만해요."

갑자기 그녀가 눈을 떴다. 레아는 그녀의 동공을 보는 순간 아직 빛이 돌아오지 않았다는 사실을 깨달았다. 잘은 콧숨을 내쉰 뒤 다시 눈을 감았다. 레아는 입술을 앙 다물었다가 겨우 물었다.

"잘, 아저씨한테 알론조 캄비 이야기를 안 꺼냈어? 아직도?"

"예."

"언제까지……."

"언젠가는 하겠지요."

그녀는 그 시한이 채 두 달도 남지 않았다는 말을 간신히 삼켰다.

"잘, 알론조 캄비에 가 보기는 한 거야?"

"아니요."

"그런데 친자식을 맡긴다는 말을 그렇게 쉽게 하나?"

"캄비는 들어 알아요. 적어도 반 영지보다는 좋을 거여요."

"암만 가문의 박대가 저어된다 해도, 파스쿠알이 있잖아……."

"리베 톨레도, 아이 입장을 생각해 보세요. 제 아이에겐 반 영지보다는 알론조 캄비가 훨씬 나아요. 세 살 이전의 아이라면 누구든 공평하게 캄비의 자식으로 키워 줄 것이어요."

"그렇기야 하지……."

"부족함 없는 삶이어요. 저는 이것이 제가 할 수 있는 최선이라고 믿어요."

레아는 잘을 물끄러미 바라보았다. 그녀는 아직도 눈을 감고 있었다. 눈꺼풀 속의 눈동자에는 움직임이 없다. 레아는 무언가를 기다리듯 침묵하다가, 어쩔 수 없이 제 생각을 토해 냈다.

"잘은 좀…… 뭐랄까, 묘하게 관점이 어긋나 있는 것 같아."

"예?"

"아저씨를 사랑한다면서 그러는 것 하고……. 아이를 위한다면서 캄비에 보내는 것 하고……. 진심이 아닐 리는 없지만…… 이해하기 힘들다."

잘은 자세를 고쳐 앉았다.

"리베 톨레도."

"……."

"서로 생각하는 방향이 달라 리베께 옳은 이해를 드릴 수 없다는 것이 죄송스러워요. 또한 저는 이미 끝이 멀지 않아요. 삶이 매듭지어진 저 자신이, 스스로의 생각을 리베께 맞추어 바꿀 리 없다는 사실에는 더욱 송구하여요."

"그래서 그 생각이란 게 뭔데? 언제나 불행에 대비하라?"

"오, 아니요. 저는 외려 생이 기쁘기에도 촉박하다고 생각해요."

하마터면 큰 숨을 몰아 쉴 뻔했다. 자신은 마치 슬프지도 않은데 불행을 흉내 내고 있는 광대처럼 보였다.

"모든 건 괜찮아요. 저는 그것이 이치라고 생각해요. 무슨 일이 생길

때까진 아무 일도 없는 것이어요. 일이 생기면 그때 대답해야 해요. 행, 불행에 몰두하다간 삶을 잃어요."

"……."

"리베, 저는 고통보다는 만족을 이야기해요. 후회하지 않을 만큼 했다면 그것으로 된 거여요. 그것조차 못해 살아가는 사람이 너무 많아요. 적어도 저는 제 생을 알로 꼽을 수 있을 만큼 최선을 다하였어요. 또한 이 아이에게도요."

"그렇게 일방적으로?"

"일방적이지 않아요."

"거짓말."

"이기적일 수는 있어요, 리베. 하지만 일방적이지는 않아요."

레아는 입을 다물었다. 무언가가 발견될 듯 발견될 듯하면서 스러지는 느낌이었다. '이기적일 수는 있으나 일방적이지는 않다.' 그녀는 이해하려 애쓰며 상대를 기다렸다. 하지만 더 이상의 설명은 들리지 않았다.

"잘?"

침묵. 그녀는 귀가 멍멍한 가운데 문득 자신이 이곳에 온 이유를 기억해 냈다.

"잘, 잠깐만. 잊고 있었어."

"말씀하시어요."

"아이는 친정으로 돌아가 낳지 않을래? 졸피에서 가깝다고 들었어."

"알에게도 말씀하셨나요?"

"아니. 곧 이야기할……."

"안 돼."

레아는 고개를 돌려 방 안으로 들어오는 파스쿠알을 바라보았다. 그녀는 벌떡 일어서서 뒤로 한 걸음 물러났다.

"잘, 이동은 말도 안 됩니다. 최대한 편히 계세요. 한데 혹 친정으로 가고 싶으신지……."

"아니요. 그런 것은 아니어요."

잘은 그제야 눈을 떴다. 갈색 눈이 낮달처럼 묘한 빛으로 떠 있었다. 파스쿠알은 그녀에게 다가가 가볍게 입을 맞추었다. 잘은 미소 지었다.

"자작께서 무슨 말씀을 하시었어요?"

"작위 승계 서류를 주시더군요. 몇 가지 대표 사항뿐이라 근시일 내에 가능한 일로 보이지 않았습니다."

"적어도 내후년……. 그래도 자작께선 기뻐하실 거여요."

"예."

"리제에게 줄 전언은 어찌 되었나요?"

"반의 심부름꾼입니다. 잘 전달되었지요."

"리제도 여기 있었으면 좋았을 텐데……."

"그 하녀가 필요하십니까? 원하신다면, 그리고 리베께서 허락하신다면 졸피로 데려올 수 있어요."

"아니요. 저를 위해서가 아니라 그녀의 가족들을 위해서여요. 타지에서 고생하는 그녀에게 보답해 주고 싶었어요."

"그 하녀도 당신을 충분히 알 겁니다. 그리고 지금까지 해 주신 것으로 충분하기도 하고요. 졸피로 오기 전 당신께서 딸의 결혼을 주선해 주셨다더군요."

"나중에 제가 사내아이를 보길 바랐다고 전해 주시어요, 리제에게."

"예?"

"서로 한 이야기가 있어요. 그녀에게 말한다면 이해할 것이어요."

"예."

"알, 혹시 저번에……."

레아는 뒤로 한 걸음 더 물러났다. 저 두 사람을 제 시야 속에 전부 잡아 두고 싶었다.

제삼자인 그녀의 눈에는 마치 예술의 한 장면을 보는 것처럼 외경하게 만드는 광경이었다. 임박한 죽음을 모두가 알고 있는 상황에서도 상냥함을 잃지 않는 그녀의 눈길, 입매, 손짓. 그리고 그런 그녀를 보면서도 고요하고 침착한 그. 인상적이었다. 어쩐지 이 광경을 잊을 수 없을 것 같다는 생각이 들었다.

"그럼 난 이제 잔다."

자카리는 어처구니가 없어 레아를 바라보았다.

"뭐?"

"뭐?"

"무슨 소리냐? 다 안 끝난 것 아니냐?"

"끝났어."

"방금 이야기 어디에 네 '이유' 가……."

"있었어."

그는 인상을 찌푸리고 싶은 것처럼 보였지만, 주제가 주제니만큼 감히 그럴 엄두가 나지 않는 듯했다. 자카리는 약하게나마 반박을 시도해 보았다.

"적어도 어떻게 끝났는지는 말해 줘야지."

"아, 잘은 아이를 낳고도 천운으로 살아남았어. 생각해 보니, 대를 건너뛰고 발병했다는 추측은, 대물림 병을 가지고도 멀쩡히 살아남은 사람들을 간과한 거더라고. 아이는 사내아이였지. 파스쿠알이 어찌 자기 아버지를 설득해서 인정도 받았고. 언제 한번 당신이 후계 결재를 해 줬을 텐데? 서쪽 브레타냐 아래의 반 가문. 아직도 둘이서 잘 살아."

"그랬던가……."

"그럴 리가."

"……."

"잘은 아이를 낳고 딱 열흘 숨을 쉬었어. 그간 그녀와 한 방에 있던 사람은 파스쿠알밖에 없어서 누구도 그들이 무슨 이야기를 했는지 몰라. 아니, 이야기가 오갔는지도 잘 모르겠어. 잘의 상태가 말이 아니었으니까. 아이는 사내아이가 맞아. 잘의 주검이 반의 본 영지로 가는 동안 갓난아이는 알론조 캄비로 보내졌어. 파스쿠알은 이듬해에 재혼했어. 브레타냐의 질녀랑. 지참금이 무지막지해서 잘이 처음에 들고 온 땅을 기억한다면야 정말 귀중한 신부였지. 그리고 다시 이듬해에 후계자가 태어났어. 당신이 결재한 건 이 아이겠지. 그 이듬해에는 딸, 이듬해에는 다시 아들. 그리고 작년에는 봄 알로지아드에서도 제 발로 걸어 나갔어. 뭐가 할 일이 많나 봐."

"……."

"내가 스무 살 때까지 봄 알로지아드에 있었단 사실은 당신도 잘 알지? 열일곱 겨울에 잘이 죽고 열여덟, 열아홉, 스물. 삼 년간 파스쿠알은 대부분 자기 영지에 내려가 있었어. 졸피로 올라와도 나와는 별로 이야기를 안 했고. 그러려니 여겼지. 지금은 연락도 안 해. 이야기 끝."

자카리는 쓴웃음조차 짓지 않았다. 레아는 눈을 깜박이며 그의 무표정을 바라보다가, 슬며시 웃었다.

"자카리?"

"……."

“알을 이해 못하겠어?”

그는 여전히 대답하지 않았다. 표정도 딱딱하다. 레아는 몸을 반쯤 일으켰다. 그리고 다음 순간, 대뜸 발랄하게 외쳤다.

“우리 있지!”

“…….”

“아이가 태어나면 화단에 꽃을 심자!”

“무슨 소리냐?”

“나무는 싫더라. 한번 심으면 그뿐이잖아. 우린 일년생 꽃으로 심는 거야. 붉은 씨를 받고, 심고, 다시 받고, 심고. 매년 새로, 하지만 같은.”

“레아.”

“베고니아? 옥슬립 앵초? 버베나?”

“…….”

“자카리, 당신은 뭘 그리 무뚝뚝하게 있어?”

자카리는 제 머리를 여러 번 대차게 헤집었다. 레아는 혀를 쯧쯧 차며 엉망이 된 남편의 머리를 다듬어 주었다. 그가 퉁명스레 말했다.

“그렇게 뒤 찝찝한 이야기를 해 주고 뭘 웃으라는 건지. 레아, 너 혹 조울증 아니냐?”

그녀는 코웃음을 치며 그의 금발을 이전보다 더 엉망으로 만들어 버렸다. 그의 머리는 이제 금으로 만든 새둥지처럼 보였다.

“자카리, 꽃을 심자니까.”

“그러던가.”

“됐다……. 일 보러 가세요, 폐하.”

“아니, 내 말은, 심자고!”

“가!”

“…….”

"윽, 무거……."

"……."

"엄마야!"

잿더미 용

일곱 살 때 첫 망아지를 받았다. 저와 똑 닮은 놈이었다. 곁에서 온종일 지켜보는 동안 세상을 향한 첫 시선이라곤 상상하기 힘든 사나움이 눈을 떴다. 그 어린 나이에 받은 생명은 경이로워야 마땅할 텐데, 그녀에게 그 망아지는 이해하기 힘든 난폭함에 불과했다. 그것은 가까스로 주변을 둘러보더니 홀로 마구간을 나가려 만용을 부렸다. 눈도 말발굽도 기가 막히게 반항적이었다. 리볼텔라는 놀라 뒤로 물러났고, 마구간지기가 달려들어 저지했다. 그녀는 그때까지 들고 있던 수건을 그 말의 뺨에 내리쳤다. 말이 울었다.

그렇게 그 뒤 십 년을 함께한 짐승이다. 자신의 모든 마술은 그 난폭함에서 비롯되었다. 그 망아지로 처음 말에 올랐고 달렸으며 마침내 뛰어넘었다. 씨앗이 툭 터질 때의 경이와 놀라움으로 제 기술은 점차 자라 어느새 시작을 몰랐다. 처음은 땅에 묻혀 있었다.

그러나 여전히, 자신이 키운 하고한 종마 중 가장 훌륭한 말은 발터였다.

그녀는 말의 갈기에 입 맞추었다.

"그래."

먼지 맛이 났다.

"그래……. 그래, 괜찮다."

리볼텔라는 오른손으로 검을 감아쥐었다. 매정한 감각이었다. 이윽고 부드럽게 찔러 넣었다.

숨죽인 비명이 울렸다. 수년간의 단련으로 애써 무릎을 세우고는 있으나 그리 오래갈 것 같지 않은 발악이었다. 그것은 그 주인이 바랐기에 더욱 그러했다. 그녀는 부들부들 떨리는 짐승의 무릎마디를 주의 깊게, 혹은 기회를 노리며 바라보았다. 그 신중한 시간 동안 상처에 배어든 피가 손목을 타고 뚝뚝 흘러내렸다. 손목에서 팔뚝, 땅바닥까지. 그 피가 한 웅덩이를 만들었을 즈음 깊이 파고든 검으로 배를 북 찢었다. 김 서린 내장이 쏟아졌다.

리볼텔라는 자리에서 일어났다. 오른쪽 팔뚝은 온통 피투성이로 흉흉한 데다, 피비린내 탓에 코를 감싸 쥐지 않곤 견딜 수 없었다. 누군가가 사방을 뚫고 달려와 그녀에게 따듯한 물수건을 건넸다. 그녀는 본체만체 그 수건으로 팔뚝에 묻은 피를 걷어 냈다. 피로 흠뻑 젖은 수건은 흉 진 곳 없이 돌려주었다.

"누님."

리볼텔라는 마지막 남은 핏자국을 닦는 시종에게 신경 쓰느라 그를 바라보지 않았다. 마침내 팔뚝에 남은 습기와 희미한 피가 전부 사라졌다. 시종을 물린 뒤 고개를 돌리자 마구간의 문이 비스듬히 열려 있었다.

"말을……?"

"시체는 알아서 치워라."

"누님께서 칠 년간 길렀다."

"고마울 일이지."

그녀는 몸을 돌려 여전히 입구에 서 있는 발터에게로 걸어갔다. 동족 살해자를 본 흥분으로 온 말들이 떠들썩했다. 리볼텔라는 콧김을 푸르릉 내뱉는 소리, 말발굽 소리, 분리대에 이유 없이 몸통을 처박는 소리, 구유를 걷어차는 소리 등을 무시했다.

발터가 물었다.

"저놈을 왜 죽였나?"

"가자."

리볼텔라는 먼저 바깥으로 나섰다. 마구간이라도 비사인 까닭에 주변은 아주 고상했다. 그녀는 턱을 매만지며 고민했다. 고민하는 와중 동기가 앞으로 나섰다.

"들어가자."

"마치 내가 무단으로 네 구역을 이탈하기라도 한 것처럼 말하는구나. 분명 아까 통고했다."

"들었으니 쫓아왔지. 몸 조심해."

"왜 이래? 난 지금 세상에서 제일 안전한 사람이라고."

그녀는 그를 위해, 곧 죽을 사람을 해칠 필요는 없지 않냐고 덧붙이지 않았다. 제 고운 심성이 놀라웠다.

"안다."

"발터, 가자니까. 늦게 깼을 녀석이 일찍부터 왕왕 소란이로군."

"늦게 깨? 누가?"

"너 어제 엄청 마셨잖아."

"연회는 내게 아무 짝에도 쓸모가 없다. 어제 일이 영향을 끼친 건 차라리 누님이겠지."

"내가 왜?"

"그걸 말이라고 묻나?"

"이런. 부디 내 아들 때문이라고 하진 마라."

"그렇게 말할 건데."

"이해가 안 가."

"……."

"내실에서 독을 주었으면서 무에 그리 놀랄 일이냐?"

발터는 말을 말자는 듯 앞으로 앞으로 걷기만 했다. 그녀는 발터의 넓고 흉흉한 등을 바라보았다. 그의 등에는 일견 왕가의 상징처럼 보이는 검고 긴 조끼, 바프렘 레가세가 둘러져 있었다. 상체가 드러난 단단한 선이 인상 깊다.

"독을 빼앗은 행동은 아무리 누님이라도 옹호하기 힘들다."

"그럼?"

"아랫사람들에게 맡겨야 했어."

"다르지 않다."

"누님도 그게 다르다고 생각했기 때문에 걷어 갔겠지. 수하의 손으로 독을 받는 것과 제 어미의 손으로 독을 받는 것은 분명 다르다."

"죽는 게 다르지 않다고 말한 거다."

"품위는 달라."

"지켜본 이는 너와 나뿐이었다."

"그리고 문 바깥에는 수많은 시종과 수하가 서 있었지. 나는 앞으로도 장한 뒷공론에 시달릴 거야. 그때 왕손에게 독을 먹인 자가 누구냐고 지치지도 않는 질문을 받고, 근본 없는 소문에 시달리겠지."

"네가 독을 먹였다고 여겨질까 두려운 거냐?"

"아니. 누님이."

"아하! 내가 변명조차 못할 것 같아 겁나는 거로군?"

발터는 대답하지 않았다. 어쩌면 대답할 가치가 없다고 느꼈을지 모르겠다. 리볼텔라는 그의 뒷깃을 잡아당겼다. 지금 이 땅에서 그리할 수 있는 유일한 사람이므로, 발터는 반항하지 않고 뒤를 돌아보았다. 그녀는 손을 내린 뒤, 보란 듯 툭툭 털었다.

"바쁘냐?"

"전혀……."

"그러면 좀 앉았다 가자. 어차피 들어가 봤자 내 자린 없어."

아무 답도 들리지 않았는데 그녀는 어느새 몸을 틀고 있었다. 당연히 발소리가 따라왔다. 발소리와 함께, 이제는 완연히 낮고 묵직해진 동생의 목소리가 피어올랐다.

"롤란드가 내게 처음 왔을 때를 기억한다."

"얼마나 오래된 일이라고 잊겠냐."

"누님을 죽여 달라고 했어. 자기 목숨이 어떻게 될지 알고도 악에 받쳐 있었다. 도대체 누님은 왜 그랬나?"

"내가 뭘?"

"왜 자식에게 배반당했나? 늙어 가며 배반당하는 것은 어쩔 수 없다지만 아직 누님이 왕관을 쥐기도 전이다. 왜 이렇게 이른 시기에 그리 멍청했나?"

"딱히……. 내 잘못이라면 반 게르츠를 예상 못한 것뿐이다. 그가 배반하지 않았더라면 틀림없이 롤란드도 달아나지 못했겠지. 그게 내 잘못인 거야."

"누님. 지금 내가 헛소리하는 것 아니잖아. 똑바로 대답하는 게 예의다."

그녀는 무시했다. 그저 왕이 될 동생을 꼬리에 단 채 길고 긴 바다뱀처럼 정원에 스며들었다. 누구도 걸음에 주의하지 않아 옷자락 스치는 소리가 시끄러웠다. 리볼텔라는 정원에 접어들며, 그 사이 잎사귀에 비벼지는 바프렘 레가세를 상상했다. 북방 특유의 두꺼운 잎과 두꺼운 천자락이라면 어찌나 아름다울지. 그것은 유랑민이 온 공을 들여 만든 전설적 직선이었다. 사람을 절도 속에 가두어 허리는 곧게 세우고 목은 빳빳하게, 시선은 고압적으로, 몸짓은 빠르고 정확하도록. 옷은 정말 아름다웠다.

"대답해."

"음?"

발터는 그녀를 끌어당겨 의자에 앉혔다. 그녀는 완연한 힘에 저항하는 것을 포기했다.

"대답하라고."

"뭘?"

"금세 잊었나? 누님, 누님 자식에 대해 해명을 해. 나는 그 해명을 들어야 한다."

"어떤 의미의 해명을 말하는 게냐? 내가 그 아이를 왜 제대로 감시하지 않았는지? 이미 말했다. 충분히 감시했지만 정작 그 감시역이었던 반 게르츠가 배반했으니 내 어찌 버티겠느냐. 반 게르츠를 경계하지 않은 죄? 그래, 그게 죄지. 하지만 어쩌란 말이냐? 넌 그자가 배반하지 않았으면 죽었어. 말도 안 되는 변명으로 네 승리에 흠집을 내고 싶지 않다. 추하다."

"전부 아니야."

그들의 말투는 한 거푸집에서 빼낸 듯 똑같았다. 누가 누구에게로 흘러 들어간 것인지 확신할 수는 없지만, 손위가 손아래에게 영향을 주었다는 말이 논리적으로 옳을 것이다. 아니, 더 자세히 보면, 발터는 최대한 제 손위 누이의 입을 본뜨고 싶어 하는 듯 보였다.

"그러면?"

"왜 그렇게까지 앙금을 쌓게 두었냐는 거다."

"……."

"나는 그놈이 내게 투항한 날 갈비뼈 세 대와 오른팔을 부러뜨렸어. 전부 순수하게 구타로 이루어진 고문이었다. 한데 그 애는 끝까지 어머니가 싫다는 이야기만 반복하더군."

"내가 싫었나 보지."

"이유는 나도 안다. 당연히. 누님의 증오를 그 인간이 버틸 수 있을 리 없지. 자길 비극의 주인공으로 만들고 싶었던 거야. 조연은 안 된다. 주인공으로. 안 그러곤 제 사소한 아픔이 억울해 견디질 못했을 거다. 누님은 그런 빌미를 제공해서……."

"발터. 너는 나와 함께할 때 한 번도 롤란드에 대한 내 행동을 지적하지 않았다. 왜 지금에 와서 나는 예전에 다 알았다는 둥 하는 식으로 윽박지르나? 이런 건 전혀 도움이 안 돼."

"도움이 돼. 나한테 도움이 된다. 난 누님이 왜 실수했는지 알고 싶다."

"장담하는데 네겐 도움 안 돼."

"돼."

그녀는 어느새 제 옆에 앉은 발터를 돌아보았다. 귀족 남성의 조끼, 바프렘 레가세가 거듭 아름답게 보였다. 조끼를 따라 시선을 올려 부산스레 정돈되지 않은 동생의 턱을 바라보았다. 웃음이 나오지 않았다.

"도움이 안 된다."

"감정적인 이유라도 내겐 도움이 돼. 나는 누님을 본받았다."

"도움이 안 된다고 했어. 고집 피우지 마라."

"도움 돼."

"안 돼."

"유치하게 굴지 마, 누님."

"정말 안 돼."

"도대체 왜 그놈을 그렇게 싫어했어?"

"그만. 넌 지금 지난 일을 트집 잡는 눈 먼 병신이야. 무어라 답해야 할지도 모르겠고…… 아니, 사실 내겐 답해야 할 의무도 없다. 네가 뭐라고 내게 의무를 지우겠느냐."

"아니. 누님에겐 왕의 동기 된 의무가 있다."

갑자기 그녀의 움직임이 멈췄다. 그 이전까지도 발랄한 손짓은 아니었지만, 지금 이 순간, 정말 호흡까지 정지했다. 물론 발터는 조금도 조심스럽지 않았다. 반듯이 앉아서 세월에 탄 뺨을 지켜볼 뿐이다. 그것은 어쩐지 막간의 여유까지 가지고 있는 것처럼 보였다. 정말 기이했다.

"누님에겐, 왕의 동기로서 내게 스스로의 패인을 가르쳐야 할 의무가 있어."

"네겐 필요 없는 이유다."

"판단은 내가 한다."

"내가 판단하는 게 아니라, 정말 현실적으로 필요 없는 이유……."

"누님."

그녀는 눈을 가늘게 떴다. 여전히 동생을 바라보지는 않는다. 나이테가 다섯 개는 더 적은 동생. 가소롭다고 생각한 적은 없지만 그렇다고 동등하게 사랑한 적도 없다.

"들으면 네가 고칠 테냐?"

"누님의 단점은 못 고치지. 만일 내가 가진 종류라면 고칠 수 있겠지."

"다시 정식으로 물어봐."

"왜 롤란드를 그렇게 증오했나?"

"억지로 캐물은 것을 후회할 거다."

"후회 안 해."

리볼텔라는 땅을 내려다보았다.

"나는 내가 여자인 것이 슬프다."

발터는 한 대 맞은 기분이 되어 그녀의 옆모습을 바라보았다.

"네게 이런 이야기도 하고 기가 막히지……. 이제 되었느냐? 너완 상관없다고 했잖아. 꼭 이 늙은 동기를 끌어내 답을 들어야 했나."

"그건……."

"음."

"아니, 언제부터?"

"길을 고른 뒤 언제나 항상."

"누님은…… 항상 본인이 여자란 사실을 잘 이용했잖나. 한 번도 그런 언급을 안 했던 걸로 기억한다. 왜? 어떻게?"

그는 말을 조심할 줄 몰랐다. 리볼텔라는 어련하겠느니 하는 얼굴이었다.

"그만. 민망한 말은 두 번 안 해. 그저 그래서 내 여성성의 증거인 롤란드를 증오했지. 별것도 아니야. 그냥 그런 거다."

"……."

"이번과 같은 만일의 경우를 짐작했다면 나는 자궁을 없애서는 안 되었다. 그런데 그때 난 참 이상하리만치 급하게 죄렛을 들이켰지. 한시라도 더 빨리, 남자는 못 되더라도, 중성이라도 되고 싶었다. 그때 내겐 아이를 낳는 것만이 여자의 전부였거든. 그런데 내 자궁을 들어내니 그제야 깨달음이 들더군. 자궁은 아무것도 아니다. 그건 여자에게 있어 아무것도 아니야. 내가 알아야 했던 건 사람이었지. 사람이 어떻게 보느냐가 중요할 뿐 자궁은 그저 신체 기관의 일부에 불과하다는 것, 그 당연한 사실을 구태여 나서서 내 몸을 망치고서야 알아차렸다."

"……."

"발터, 나는 내게 아이가 있든 없든 왕위엔 못 올라. 너는 그것이 내게 얼마나 큰 짐으로 다가왔는지 아느냐? 방금 전 네가, '왕의 동기 된 의무'를 언급했을 때 스스로 뜻을 굽힌 이유를 헤아릴 수 있겠느냐? 부디 왕위가 감투에 불과하다고 말하지는 마라. 실질적인 권한은 누님 것이라는 말 좀 하지 마. 그만큼 멍청한 소리가 또 없다. 난 내 동생이 멍청한 꼴을 통 볼 수가 없어."

"누님 마음이 신산스러워 그런 것으로 이해하겠다."

리볼텔라는 눈썹을 치켜세웠다. 실망한 것은 물론 아니다. 어차피 말한다 한들 상대에게서 경악 이상의 반응을 얻어낼 것 같지도 않았다. 이삿된 말을 듣겠노라 떼쓴 동생이 우스울 따름이다. 큰 미련이 없다. 그녀는 하품을 한 번 했다. 공기 내음 맡을 날을 사흘 남기고도 몸은 잘만 돌아간다.

"부인이 아이를 가졌다 했지?"

"……."

"그래, 뭐. 잘해."

그녀는 무성의했다. 상대도 그 사실을 눈치챘음이 틀림없다. 리볼텔라는 사나워진 동생을 응시해야 할지, 아니면 계속해서 무시한 채 눈앞 덤불을 바라봐야 할지 고민했다. 물론 여전히 무성의한 고민이라 생각은 금세 다른 곳으로 샜다.

발터를 아끼고 앙히에를 아낀 것은 전부 제 바람에서 기인한 내용일지 모르지. 제 환상의 투영. 입맛이 썼다. 발터의 무반응에는 전혀 다치지 않았지만 항상 되새겨지는 제 어리석음에는 머리를 얻어맞은 것 같다. 말은 너무 짧다. 그녀는 자신의 감정을 설명할 수 없었다.

"너는 우리처럼 싸우지 않도록 안배해 두어라. 네 아들딸이 감사할 거다."

"'우리처럼?'"

"우리처럼 전쟁을 치르게 하지 말란 말이야. 그것으로 우리가 얼마나 국력을 낭비했는지 돌이키는 것만으로도 나는 이가 갈린다. 자질이 보이면 그냥 밀어 줘. 우리 폐하께선 전부 무시하고 순풍순풍 낳기만 하셨잖아. 그러니 당연히 문제가 생기는 거다. 넌 그렇게 하지 마."

"그럴 거다."

"아무나 용기 있는 녀석이 좋겠다. 자기 하나도 못 거는 인간이 도대체 나라를 어떻게 걸겠느냐?"

"그래."

"넌 잘할 거다."

"알아."

리볼텔라는 자리에서 일어섰다. 조금 가벼운 이야기로 상대와 노닥거리러 이 자리까지 왔는데 외려 자신의 속내를 털어놓고 말았다. 물론 곧 독을 먹을 사람에게 이것은 그리 큰 문제가 아니다. 그녀는 고해만 남긴 채 태연한 태도로 등을 돌렸다. 자신이 따라오라 말하지 않아도 제 그림자를 밟을 동생을 안다. 침묵 속에 걸음을 떼는데, 돌연 찔렸다.

"누님, 다시 한 번 말해."

"뭘?"

"누님이……."

"난 내가 여자인 게 싫다. 되었느냐?"

그의 입이 꾹 다물리는 것이 느껴졌다. 보이지 않았지만 알았고, 알았지만 묵살했다. 리볼텔라는 다소 애매한 기분으로 걸음을 떼기 시작했다.

그녀는 반 볼랑디스트의 손목을 쥐었다. 차갑고 단단했다. 그의 뺨에도 손등을 대었다. 싸늘한 냉기가 전해져 왔다. 다시 한 번 팔뚝을 잡아 보려 했지만, 그녀로서도 이 이상은 무례가 될 것 같아 조심스레 물러났다. 리볼텔라는 일어섰다가 다시 의자에 걸터앉았다. 그는 정오 속에 죽어 있었다. 그녀는 그가 취한 것이 무엇이었든 좋은 독이었길 바랐다.

어젯밤도 아니고 오늘 아침, 그들은 아침식사를 들며 사소한 대화를 나눴다. 고작해야 세 시간 전이었다. 말을 죽이는 사이 숨을 끊은 모양이다. 아니, 어쩌면 자신이 발터와 징검다리 같은 이야기를 나누는 동안 눈을 감았을까?

"스스로 어리지 않다고 생각했던 나이에도 난 참 어렸소."

"……."

"물론 지금이라 그리 말할 수 있는 거겠지. 나이가 드니 그 치기 어렸던 편린이 안타깝소. 어쩌면 후회도."

"나는 현재도 안타까워."

"왜 그렇소? 나는 당신이 결과에 승복한 줄 알았소."

"승복했다. 다만 안타까운 것은 여전히 안타깝기 그지없어. 발터를 인정했고 또한 죽음이 아쉽지는 않지만, 그저 내가 안타까운 거지."

"당신은 스스로 더 잘할 수 있었을 거라 믿소?"

"아니."

"그런데 왜?"

"상황이 더 나았으면 좋았을 텐데."

"그건 우리의 아들을 일컫는 거요?"

"아니……."

그녀는 끝내 대답하지 않았다. 그가 굳이 들을 필요가 없는 말이었고, 그 역시 자신의 질문에 큰 집착을 보이지 않았다. 반 볼랑디스트는 언제나 그러했듯 그다운 침착함으로 식기를 다루고 있었다. 그의 침착함은 팽팽하게 당겨진 줄 같은 것이었다. 아무리 세게 눌러도 휘는 정도는 정해져 있는 데다, 심지어 언제나 제자리로 돌아오는 직선. 물론 그녀조차 그 줄의 양쪽이 어디에 매여 있는지 몰랐다. 물어본 적 없다는 말이 더 맞겠다. 무엇이 양손을 지탱하고 있기에 과녁이 되고도 무던한지 궁금했다. 이토록 그에게 관심이 없었나?

"전하는."

"나?"

"당신의 동기."

"그 아이가 왜?"

"병신 짓 다 하고 바닥까지 쳐도 당신을 못 잊을 거요. 증오라도 남아 절대 잊히지 않을 테니, 종국에 당신은 죽어도 죽은 게 아니오."

"안 그럴 거야."

"그럴 거요."

"어디서 오해가 생겼는지 모르겠군."

"당신이야말로 동기를 오해하는 듯하오. 나는 종종 당신이 무슨 생각을 하고 있는지 모르겠소."

그것은 일종의, 뒤통수가 일그러지는 느낌의 충격이었다. 그녀는 자신이 그를 몰라도, 혹은 그가 자신을 몰라도 서로 간의 근본적인 바탕만큼은 유사한 줄로만 알고 있었다. 특히 자신은 아주 단순해서 그 바탕만 알면 이해 못할 것이 없었다. 그런데 우리 사이에 헤진 부분이 있다고? 리볼텔라는 턱을 괴었다.

"발터는 왕가를 인정한 지 오래되었다."

"왕가를 인정하되 당신은 인정 못했소."

"……."

"리볼텔라, 나는 당신을 아오. 항상 당신과 생각이 같아 롤란드를 대하기도 그러했소. 하지만 전하는…… 단 한 순간도 그러지 못했소. 그 사람은 왕가를 인정했을 뿐 당신을 인정한 것이 아니오. 그걸 모르오?"

"비사 오필라의 법도를 인정하지만 내 죽음은 인정하지 못한다고? 델반트, 나는 그 두 가지가 어떻게 양립할 수 있는지 모르겠다. 내 굳이 설명하지 않아도 알잖나."

"나는 나만 죽으면 되오. 부모님은 돌아가셨고 하나뿐인 자식은 사랑하지 않았으며 어린 누이는 좋은 사람과 잘 살고 있소. 볼랑디스트의 물밑 열쇠를 넘겼으니 박대당하지도 않을 거요. 나는 그 아이의 안위를 걱정하지 않소."

"하나 내겐 발터가 있다?"

턱을 괴었던 손이 삐끗 흐트러졌다. 그녀의 고개가 곧장 다시 올라와 반대편을 향했다. 반 볼랑디스트는 여전히 음식을 들고 있었다. 먹는 동안 잇몸을 보이지 않는 것이 미덕이라고 생각하는 사람답게 그는 꼬박꼬박, 규칙적으로 침묵했다.

"나는 애정을 가벼이 생각하지 않소. 오래전부터 전하를 보아 왔다면 나오는 결론은 하나요. 내가 아는 것을 당신이 모르오?"

"아, 그래, 그래. 그 아이가 날 사랑한다고."

"아니. 나는 그가 당신에게 의존한다고 말하고 있소."

"델반트."

"전하는 내가 알아차렸을 때 이미 당신이 목표였소. 언제, 왜 그렇게 되었는지는 내가 아니라 당신이 해명해야 하는 바요. 그가 당신을 사랑하지 않는다고는 못 말하오. 당연히 사랑하오. 하지만 그보다 더한 느낌이 분명 있소. 경외와 의존, 신성시 같은."

"죽기 전이라고 막 지르나?"

"어쩌면."

그는 가볍게 답한 뒤 구운 생선을 자르기 시작했다. 썩은 피 같은 즙이 밀려나왔다.

"델반트, 발터는……."

"별짓 다해도 당신 못 잊소."

"설득시키지 마라."

"설득시킨다기보다는 여태껏 하지 않았던 말을 할 뿐이오. 지금이 아니면 달리 어느 때 하겠소? 당신 동생을 인정하는 게 좋을 거요. 그가 왕실 법도에 굴복했듯 그의 감정에 굴복하는 방식도 나쁘지는 않소. 어쨌든 그게 현실 아니오."

"도대체 난 몇 년을 이 이야기에 낭비해야 하는지 모르겠다. 정신 차리고 보면 항상 이 이야기로 돌아와 있더라. 그 아이가 날 못 잊는다고?"

"그건 아마 당신이 스스로를 너무 드러내지 않기 때문일 거요."

"내겐 드러난 게 전부다. 알드 바제사께 맹세할 수 있다."

"아니. 중요한 건, 아무도 당신 약점을 모른다는 거요. 약점이야말로 그 사람의."

그는 나이프로 생선의 흰 배를 콱 찔렀다.

"전부요. 그런데 당신은 그것을 알려 주지 않소. 그리고 짐작하건대 당신은 전하의 약점을 전하 본인의 입으로, 혹은 외치는 듯한 행동으로 알고 있을 거요. 전하의 그 행동은 당신의 약점을 알려 달라는 이야기와 진배없소. 하지만 내가 모르는 약점을 그가 알 리 없고…… 아니, 어느 누구도 모르지 않겠소?"

"나조차 내 약점을 모르는데 어찌 알려 주나? 난 내가 무결하다는 이야긴 안 한다. 내가 모르는 어느 부분이 있겠지. 하지만 난 몰라. 약점은 남의 눈에 더 잘 보이기 마련인데 내 어찌 숨기겠느냐?"

"내게 변명하지 마시오. 나는 관심이 없으니까. 난 당신을 왕으로 생각했고 그거면 충분하오. 그 얘기는 전하께 직접 하는 편이 낫겠소."

"그럼 뭐가 달라지나?"

"전하의 병이 호전되지 않겠소?"

"내 약점을 안다면?"

"적어도 비밀을 공유한 자끼리의 동질감은 가질 수 있으리라 믿소. 그것만으로도 위로가 될 거요."

"뭐…… 어쨌든."

"안으로 굽는 것도 때가 있소. 희망이라도 주오."

그녀는 몇 입 들지 않은 식사를 마치고 일어섰다. 식기가 달그락거리는 소리를 들었다.

그는 그녀의 뒷모습에 대고 말했다.

"리볼텔라, 내가 당신이 가장 아낀 개라 영광이오."

"……."

"모든 존경을 제한다 해도 나는 당신을 좋아했소. 당신이 아니었다면 평생을 허덕이며 살 뻔했소. 지금에 와서는 무엇이 달이고 무엇이 손가락인지 모르겠소. 나는 이미 달이 손가락이고 손가락이 달인 수준에 이르지 않았나 싶소."

리볼텔라는 몸을 돌이켰다. 탁자 모서리를 돌아 그에게 다가갔다. 반볼랑디스트는 자신의 인상을 새겨 넣는 느낌으로 조곤조곤 웃었다. 그가 냅킨으로 입을 닦은 뒤 고개를 들었을 때, 리볼텔라는 그의 앞에 서 있었다. 그녀는 그의 뺨에 살짝 키스하고, 조용히 떨어졌다가 다시 콧등을 마주했다. 그의 표정은 무덤덤했다. 리볼텔라는 그의 턱만 당겨 입을 맞췄다. 건조했다. 그의 눈이 약간 가늘어졌다.

"놀라지 말라는 말을 하고 싶었소."

"알겠다."

"다녀오시오."

그녀는 다시 옆자리를 바라보았다. 그는 여전히 안락의자 위에서 자는 듯 죽어 있었다. 그의 옷차림 역시 바프렘 레가세였다. 오래도록 검을 든 사람답게 단정하고 흠 없는 품이 고요했다. 리볼텔라는 눈길만 주검에 둔 채 안락의자에 몸을 푹 묻었다.

"그렇게 한 것 같아."

침묵.

"당신 말대로."

침묵.

"그런데 말하고 나니 내가 정말 그걸 약점으로 생각했는지 모르겠더군. 입 밖에 내면 현실로 다가온다던데 난 아리송하다. 외려 지옥처럼 굳건하던 것이 말하는 순간 흔들리는 기분이었다. 어쩌면 발터가 극구 부정하는 꼴을 봐서인지도 모르지. 그 꼴을 보려니 상대에게도 별 쓸모 없던 고해로 보인다. 남편, 양심은 안녕하신가?"

침묵.

"당신에게 이야기하지 않은 건 순전히 당신 기대를 무너뜨리고 싶지 않기 때문이었어. '가장 아낀 개라 영광이다.' 라고 말할 만큼의 신뢰와 존경을 확보하고 싶었다. 그러려면 난 내게 부족한 무언가에 아쉬워하는 모습을 보여 주면 안 되었지. 왕은 어쨌든 모든 걸 가진 사람이지 않느냐. 실수는 있을지 몰라. 오히려 실수는 매력적일 수 있다. 그건 행동의 실수지 사람의 실수가 아니니까. 하지만 겉껍질 밖으로 드러나는, 변치 못할 내용은 감히 내 약점이라 말할 수 없다. 말하는 순간 이후 언제나 그 방향으로 공격당할 테니까. 나는 내가 바꿀 수 없는 걸로 공격받는 것이 싫었다."

침묵.

"때문에 이로써 당신에게 미안하진 않아. 내가 당신에게 미안한 것은 롤란드 하나뿐이다. 난 당신 같은 공포감으로 그 아이를 싫어한 것이 아니거든. 내 자리를 뺏길까 노심초사하는 체했지만 전혀 아니다. 난 그 아이를 질투했어."

침묵.

"이유도 새로울 것 없다. 남자아이라 질투했다. 일곱 살 때부터 전혀 나아지지 않은 사고야. 아까는 내 동생의 바프렘 레가세를 보며 그런 생각이 들더군. 이 서른두 해 동안 난 가슴에 손을 얹고 발터가 내 그늘 아래 있다는 사실에 만족한 적 없나? 구태여 그를 내 권속에 두려 노력하지는 않았지만, 그래도 날 벗어나지 못하는 그의 모습에 기뻐하지는 않았나? 일종의, 세상은 남자가 지배하지만 나는 그를 지배한다는 청맹과니 같은 논리에서 벗어나지 못한 것은 아닌가? 이 지경에 이르러선 항상 내 속에서 읊조리던 질문으로 돌아온다. 나는 그를 질투했나? 내 질투를 사는 인간이 아래에 있어 그래 흔흔했나?"

침묵.

"살펴보면, 나는 실패작이다. 열등감을 지우지 못해 끝내 치달았다. 당신 말을 들으니 발터도 그것을 알 권리가 있다는 생각이 들었다. 다행히 발터의 우상을 지우는 일은 당신의 우상을 지우는 일보단 훨씬 쉽다. 앙히에에게도 비슷하겠지. 결국 동등하지 않다고 생각하는 이들에게만 던질 수 있는 고해다. 동등하지 않은 이에게만 가볍다는 것은 아마 나도 그 사람들이 내 말을 진지하게 듣지 않으리라 믿기 때문일 거다. 참 비겁하다."

침묵.

"당신의 좋은 충고는 감사히 받았다. 내 약점을 당신에게 고백했으면 더 빛났을 테지. 하지만 양심보다는 내 안심이 우선이더라. 당신은 내 약점을 이해한 뒤 무너지기라도 할 수 있는 사람이다. 하지만 발터는 그조차 못해. 난 사실 그럴 거란 걸 알고 있었어……. 그저 당신이 나를 지주 삼아 평안히 떠났기를."

리볼텔라는 긴 말에 바짝 마른 입술을 다물었다.

"일로너 데샤."

긴 밤을.

발터는 시계를 바라보고 있었다. 그것은 어느 정도 습관적인 고갯짓이었다. 앞으로 이틀과 열몇 시간. 짧아지려면 짧아졌지 결코 길어질 수는 없는 시간이다.

"폐하?"

그는 주의를 구하는 목소리에 상대를 노려보았다. 새끼 제비 같은 여자였다. 혹은 자신의 부인.

"'폐하?'"

"폐하가 아니라면 어찌 제 일천한 입에 담겠습니까."

"아직 대관식 안 치렀다. 사흘이나 남았지."

"하지만 폐하의 아이는 이미 왕의 피를 탄 것입니다. 저는 폐하를 폐하라 부르고 싶습니다."

"아니. 하지 마."

"왜 그렇습니까?"

"자리가 사람을 만드니까. 아직은 아니다."

"사람이 변했을 때 저어하실 분이 주변에 계십니까?"

그것은 다분히 누군가를 노린 질문이었다. 발터는 그녀의 짙은 눈을 바라보았다. 가장 밑바닥의 거름이 자존심과 증오로 된 듯한 검정이었다. 그는 적어도 자신에겐 증오가 없기를 바랐다. 저런 시선이 되고 싶지는 않았으니까.

"그와는 무관한 일이다."

"폐하."

"지금 내 말을 이리 묵살하면 앞으로 평생을 어떻게 지내려고?"

"전하께서는 아직 제 왕이 아니십니다."

"그대 남편이지."

"하지만 왕이 아니십니다. 저는 남편으로 폐하를 원합니다."

"그러면 사흘 뒤까지 당신 아이는 유복자겠군."

부인은 괜히 배를 매만지며 다른 곳을 바라보았다. 발터는 팔걸이에 턱을 괴었다. 빛을 받은 여성의 옆모습에 비할 수 있는 것은 비사뿐만이 아니라 이 세상에도 얼마 없다. 자신이 그녀에게 애정이 있든 없든 자신감, 당당함만으로 뭉친 뼈와 살덩어리는 매력적인 구석이 있었다. 인간이 아니라 일종의 물체로서 인상적인 셈이지만.

그러나 발터는 다시 그녀를 인간으로 바라볼 필요가 생겼다. 잠깐 흔들린 밤색 머리칼, 느릿느릿 배를 쓰다듬는 손길, 쇄골부터 미끄러져 내려온 가슴, 그리고 눈꺼풀. 그는 문득 의문이 생겼다.

"그대는 그대가 여자란 사실에 불만을 가진 적이 없나?"

"그런 민망한 말씀은 처음 들어 봅니다. 왜 그런 생각을 하셨는지요?"

"질문은 내가 했다."

"대답했습니다. 그런 민망한 말씀은 처음 들어 봤다고 이미 입에 올렸습니다. 저는 단 한 번도 그런 불경한 생각을 가진 적이 없습니다. 알드 바제사를 원망하는 꼴이 될 겁니다."

"불경임을 제한다면."

"제해도 답은 같습니다. 저는 제게 만족하고 있습니다. 언제나."

"나도 그래."

부인은 뜬금없는 질문에 부연할 필요를 못 느낀 듯했다. 그저 가만히 앉아서 창밖을 바라보며, 모든 사람들의 집중을 강요하듯 배를 쓰다듬을 뿐이다. '내 뱃속을 봐라.' 그 모습은 거의 배가 입을 벌려 시선을 끄는 것처럼 보였다.

"이만 가겠다."

"예. 피곤하여 저녁 연회에는 못 나갈 듯합니다. 왕녀 전하께 안부를 전해 주십시오."

그는 대답 없이 방을 돌아 나왔다.

자신이 귀중한 이틀 열 시간의 일부를 이 자리에 낭비한 것은 부인이 보고 싶어서가 아니다. 자신의 아이가 보고 싶었던 것은 더더욱 아니었다. 그저 이 자리가 리볼텔라의 거처와 가깝고 — 적어도 그의 방보다는 — 현재 그녀가 어딘가 헤매고 있어 대화하기가 여의치 않았기 때문이다. 그는 방금 전 한 시간 동안 살을 산 채로 뜨인 것처럼 초조하고 고통스러웠다. 리볼텔라를 찾으면 언질을 달라 시종에게 명해 두었거늘 전혀 말이 없었다. 마치 급한 사람은 자신뿐인 것 같았다.

나 홀로 초조하다.

물론 그 사실을 원망하기엔 너무 늦었다. 어차피 스스로 이미 알고 있던 부분에 새삼 불균형을 느낄 수도, 이의를 제기할 수도 없다. 허공에 발길질하는 꼴이다. 자신은 항상 리볼텔라에게 찾아들었지만, 그녀는 운이 좋으면 그 자리에 있거나, 혹은 비겁하게 없다. 다섯 살 차이 나는 누이는 언제나 동생을 배려하지 않았다. 끝끝내 동기를 무시하고 턱 괸 채 왕가의 흑룡만 바라보는 침착함. 사실 이 반년뿐만이 아니라 스물일곱, 자신의 평생 동안 그런 모습을 담았다. 자신에게 보여 주는 것은 그저 가끔 솟아오르는 손길과 말씨뿐이다. 그 단단한 개암을 부서뜨린 적이 없다. 불가능했다.

발터는 복도 모퉁이를 돌아 계단을 올랐다. 다시 한 번 그녀의 자리를 확인할 생각이다. 보통이라면 사형수가 도망쳤겠거니 생각할 위치인데 차라리 그러길 바라는 자신이 우스웠다. 언제나 목 메여 치맛자락을 붙드는 낯짝이군. 그런 자신이 추하지도 않았다. 추해 봤자 언제까지 추하겠는가. 아마 사흘 뒤면. 그는 방문을 두드렸다.

"그래."

목소리가 살아 있다는 사실에 안도했다. 세상 모든 바닷물이 반 뼘 정도 위로 올랐다가 훅 가라앉은 듯하다. 그는 문을 열고 정반대편에 앉아 있는 리볼텔라를 바라보았다. 그녀는 약간 조는 것처럼 보였다.

"왜? 발터."

"어딜 갔던 거야?"

"말 못해서 미안하다. 반 볼랑디스트를 보고 왔어. 방에 들르기 전에 갔었는데 독을 먹었더라. 그래서 남편에 대한 애도와 고해 삼아 잠시 머물다 왔지."

"죽었어?"

"어, 아직 확인 안 했나? 감시도 없고 아주 배짱 좋군."

"감시는 두 층을 봉쇄한 것으로 끝이다. 어차피 도망칠 마음이 없는 건 모두가 알고, 불신하는 자가 있더라도 어수대의 이 층 봉쇄면 충분하지. 지금 주검을 치우라 말해 두겠다."

"그래."

발터는 문 옆의 작은 나무 지렛대를 밀어 내린 후, 곧 도착할 시종이 두려워하지 않도록 일부러 문을 열어 두었다. 잠시 뒤 발에 불붙은 듯키 큰 소년이 달려왔다. 발터는 위층에 주검이 있으니 반 슈체친에게 인계하라 명했다. 소년은 고개를 깊게 숙여 미래의 왕에게 굴종했다. 그는 문을 닫았다.

할 말이 너무 많아 감히 입을 열 수 없었다.

"발터."

"……."

"델반트와 마주하고 보니 내 고해가 불완전했다는 것을 깨달았다. 남편이 오늘 아침에 그러더군. 내가 스스로를 지나치게 드러내지 않은 것이 모든 문제의 시발점이라고. 발터, 네가 나를 경외하기까지 하는 건 정말 큰 문제다. 문제를 넘어 죄지. 그는 죽기 전에라도 네게 고해하고 내 발자국을 지우라 했다. 옳은 말이라고 생각했어."

"……."

"오, 이런. 너까지 정말로 내가 나를 드러내지 않았다고 생각하나 보군. 고작해야 이 서른두 해간, 모두에게 단 한 줄을 공개하지 않았을 뿐인데 그게 그리 아쉬웠나?"

"……."

"발터, 나는 내가 여자인 것이 싫었다. 네가 농담으로 받아들이려는 기미가 있어 거듭 말해 둔다. 나 같은 실수는 하지 마라. 바꿀 수 없는 것을 후회하지 마라. 바꿀 수 없는 것이 원망스러워 일부러 달리지 마라. 솟아오른 감정은 이해하되 어떻게든 그 구멍을 메우고 가라. 안 그러면 그 홈은 끝의 끝까지 널 고꾸라지게 만들 것이다."

"……."

리볼텔라는 자리에서 일어섰다. 발터에게는 그녀가 살아 움직이는 것조차 기적으로 보였다.

"나는 내 죽음에 슬퍼하거나, 혹은 살아남을 너를 애도할 수 없다."

"왜?"

"이미 너무 멀리 왔어. 용암으로 굳은 돌은 다시 불이 되지 못한다. 미안하지만 정말 큰 감정이 들지가 않아. 왕가에 동화됐다. 그것이 내 전부라서."

"누님을 좋아했던 사람들은 왕가에 충성한 것이 아니다. 왕가의 성을 가졌다면 여기 나부터 시작해 일곱이나 있었다. 그러니 그 사람들은 누님에게 충성한 거야. 그런 사람이 어떻게 왕가로 굳었다고 해? 이율배반이다. 누님은 누님이었어."

"왕가의 바닥에 서 있는 나였지. 기초를 쌓은 돌을 파낼 수는 없는 일이다. 내게 슬픔을 구걸하지 마라."

"하나도 이해가 안 간다. 제발 날 이해라도 시켜."

"이해하지 못하는 네가 천치 머저리다. 뭘 어쩌라고? 난 다 설명했잖아."

"왕이 되지 못하는 여자라 싫었다고 했지. 하지만, 누님이 말하지 말라고 했어도 난 말해야겠다, 그게 도대체 무슨 차인데? 롤란드가 왕위에 오른들 권력은 누님에게……."

그녀는 미친 듯이 손사래를 쳤다. 그 격렬한 기색에 입을 다물 수밖에 없었다. 그녀는 옆 탁자 위에 올라 있던 작은 장식품을 꽉 쥐었다.

“나는 내가 네 우상이 아니었으면 한다. 그러지 마라. 나도 네 속의 나를 무너뜨릴 수 있는 사람은 나밖에 없다는 사실을 안다. 그래서 말해. 발터, 부디 내가 단 한 번도 완벽히 당당한 적 없었다는 사실을 믿어라. 나는 어렸을 적부터 그렇게 생각하고 있었어. 그래서 일부러 남성편력을 자랑한 것도 있다. 그건 발터, 절대 자존감의 발현이 아니다. 아무리 필요를 위해서라 해도, 혹은 내가 취사선택取捨選擇을 했다고 해도 딱히 자랑스러울 일은 아니지. 델반트가 첫날밤에 그러더군. 전하께선 소문과 다르시다고. 그야 당연하지. 그 이전까지는 어떤 관계를 쌓든 내가 항상 우위에 섰는데 델반트와는 아니었거든. 그는 적어도 나의 동반자였고, 아니 어쩌면, 그가 나의 ‘남편’이기 때문에 내 우위에까지 설 수 있었다. 적어도 나는 그런 두려움을 가지고 있었지. 그러니 내가 ‘소문과 같아질 수’가 있나. 그는 그것을 일종의 예의로 해석했지만 전혀 아니었다. 고해라도 할걸.”

“…….”

“발터, 나는 내가 감상할 수 있는 인간이 참 좋았다. 첫째로 앙히에가 그랬어. 나는 모든 조건을, 그러니까 내가 부족한 성性까지 갖춘 인간이 만족스러웠다. 그처럼 조건을 갖춘 인간이 자라는 모습은 더 좋았다. 그가 후일 어떻게 될지 궁금했어. 가능성을 사랑했다. 내겐 제약이 있을지 모르지만 그 아이에게는 그 어떤 것도 없다. 심지어 미라이예를 떠난 아이가 아니냐. 그냥 되는 대로 달리고 찌르는 거지. 사람임에도 진주로 완성되는 모습이 경악스럽고 즐거웠다. 그를 사랑했다기보다는 그의 앞날을 사랑했다. 나를 투사해서.”

발터는 그다음 말을 들어야 할지 갈등했다. 이미 귓전에 들리는 말을 거부해야 하나? 구태여 앞을 막아야 하는지? 하지만 그는 앞으로 나올 그녀의 말을 듣기가 죽기보다 싫었다. 어쩌면 그녀가 죽는 것보다 더 싫은지도 모르겠다. 놀랍군.

“너도 그랬다.”

“…….”

“나는 너를 물론 사랑하지만, 너의 앞날을 보다 더 사랑했다.”

“…….”

“우상은 깨졌어?”

“…….”

리볼텔라는 성큼성큼 발터의 앞으로 다가갔다. 그녀는 팔을 들어 그의 목덜미를 껴안았다. 그가 딱딱한 나무껍질처럼 곤두서는 기색이 느껴졌다.

“넌 내가 아무렇지도 않게 죽음을 맞이한다고 했지. 이렇게까지 해도 내 죽음을 준비하는 게 아닌 것으로 보이나?”

“…….”

“결국 넌 내가 죽음을 준비하는 모습을 보고 싶은 게 아니라 널 위로해 주는 모습을 보고 싶었던 거다. 나는 그러진 않아. 나는 내가 죽어서 다른 사람을 위로하지 않아. 물론 내가 죽어 다른 사람이 고통 받는 것도 원하지 않는다. 그래서, 그냥 묻으라 말하는 거다.”

“…….”

“나는 네가 사랑하고 존경할 만한 사람이 아니다.”

그의 손끝이 살짝, 누이의 어깨에 닿았다가 떨어졌다. 어깨라기보다는 어깨뼈에, 어깨뼈라기보다는 그에서 솟아난 냉정에 닿았다가 모든 것이 바스러져 힘을 잃었다. 죽음을 준비해 달라 간청했더니 발톱으로 후려발기고 떠나는군. 그는 어쩐지 이것마저 그녀의 계략 같았다. 그렇게 생각하는 편이 마음이 놓였다.

하지만 목소리는 그렇지 못했다.

"외르타는?"

"어?"

"누님은 외르타를 사랑했다. 아, 사랑이 아니라고 하지 마. 나는 누님이 외르타에게 준 것이 내가 누님에게 준 것과 비슷하다는 사실을 안다. 평생 보고도 모를 천치는 아니다."

"그 아이를 사랑했지. 그래서 뭐?"

"나를 사랑하지 않았다면서 그 아이는 어떻게?"

돌연 리볼텔라가 몸을 뒤로 물리고는 또렷한 눈으로 그를 응시했다. 그녀의 시선에는 그림자가 생길 지경이다.

"상황이 달라. 나는 그 아이를 질투하지 않는다."

"……질투? 그럼 나를 질투해? 앙히에 그 천치를 누님이 질투해?"

"그래."

"……."

"난 외르타를 사랑한다. 그 아이는 나와 겹치는 부분이 아예 없기 때문이다. 물론 지금 이 순간까지 겹치지 않을 것이라 확신할 수는 없지만. 지난 몇 년이 그 아이를 어떻게 바꿔 놓았을지는 짐작조차 안 간다. 어쩌면 나처럼 구석진 곳에 몰려 스스로를 깎아 냈을지도 모르겠군. 하지만 그 아이가 나만큼 지독해졌다 한들 난 외르타를 아낀다. 그 아이는 내 질투를 사지 않는다. 난 그 아이를 사랑한다."

"……."

"그리고 뭔가 오해하고 있는데 내가 널 사랑하지 않았단 뜻이 아니다. 넌 네 미래가 네게 속해 있지 않다고 생각하느냐?"

발터가 한숨과 유사한 웃음을 터뜨렸다. 흡사 발 잘린 맹수 같았다.

"그렇지……."

"그래."

"내 미래를 사랑하는 사람에게 난 현재를 사랑 받고 싶어 발버둥친 셈이군. 아니, 누님은 심지어 내 미래를 사랑하는 것도 아니고 내 가능성을 사랑한 거겠지. 이렇게 생각하면 누님이 지금 이리 초연하신 것도 이상할 일이 아니다. 어차피 누님이 보고 있는 사람은 내가 아니니까. 하지만 나는 미래를 가지고 있지 않다. 그냥 살고 있는 사람일 뿐이야."

"아니. 넌 미래를 가졌어."

"그렇게 생각하는 건 누님이 이제 미래를 잃었기 때문이지. 죽음 때문에 흔들린 거다."

"미안하지만 이렇게 생각한 지 서른 해에 가깝다. 나는 네 미래를 사랑했고 또한 질투했다. 질투는 애정이다. 걱정하지 마라."

발터는 양손으로 머리를 감쌌다. 한숨은 그 비슷한 종류조차 새어 나오지 않았다. 다만 침묵 속에 호흡만 달싹거렸다. 리볼텔라는 느릿느릿 팔짱을 낀 채 자신의 칼이 박힌 곳을 지켜보았다. 자신이 잘하는 것인지 의구심 같은 것은 있지도 않았다. 자신이 하는 일은 항상 옳았다. 그 정도 자신감도 없었다면, 그 큰 열등감을 진 채로 여기까지 오지 못했을 것이다.

"리볼텔라."

"그래. 객관화는 좋지."

"난…… 누님께 잘못한 게 없다. 하나도 없다."

"알아. 항상 고마운 동생이었다."

"그런 내게 이래?"

"예전에는 왜 죽음에 신경 쓰지 않느냐며 고통스러워했고, 이젠 내가 너를 질투한다는 사실에 고통스러워하는군. 도대체 내가 무슨 행동을 해야 기운 차리겠느냐? 차라리 두 번째가 낫단 생각은 안 드나? 날 잊을 수 있는 무기를 제공한 셈이잖아."

"차라리 말없는 누님을 지켜보는 게 나았다."

"애새끼처럼 굴지 마라."

"누님께 사랑받을 수 있다면 애새끼라도 좋다."

리볼텔라는 깊은 한숨을 쉬었다. 고백은 여전히 쓸모가 없었다.

"이제는 사랑인지 정인지 미련인지 모르겠군."

"위로를 하라는데 오히려 무너뜨리니……."

"일부러 그랬어. 지금 이걸 겪어야 나중에 편할 거다. 네겐 아직도 서른 해가 넘게 남아 있다. 그동안 미련으로 밤을 지새우지 마라."

"나쁜 일이 항상 더 오래 남지."

"발터, 너 계속 이럴 테냐?"

그녀는 그를 스쳐 지나갔다.

"델반트나 보고 오마. 아직 옮기는 중이겠지?"

그는 대답하지 않았다.

리볼텔라는 반 슈체친의 희끗희끗한 머리를 세기 시작했다. 제법 늙수그레하게 나이가 들은 것을 보니 사람이라고 세월은 피해 갈 수 없는 모양이다. 그는 사냥감을 탐색하는 맹수처럼 이리저리 시선을 돌리다가, 못 이긴 듯 그녀를 정면으로 바라보았다.

"왜 여기까지 오셨습니까?"

"어수대가 따르고 있다. 걱정 마라."

"알고 있습니다. 한데 왜 여기까지 오셨습니까? 폐하와 소회를 나누기에도 바쁘실 겁니다."

"폐하라고?"

"편의상."

"반 볼랑디스트가 어디에도 없기에 왔다. 내 동생이 당신에게 보내라 명했던 것으로 안다. 어디 있지?"

"예. 제게 왔습니다. 바로 목을 매달라고 보낸 참입니다."

그녀는 잠깐 침묵했다. 그가 제 침묵을 노렸다는 사실을 알지만 그래도 여전히 할 말이 떠오르지 않았다. 반 슈체친은 만족스럽게 부연했다.

"위치는 동쪽 성벽입니다. 가장 먼저 돌아가신 만큼 가장 왼쪽, 아니 정확히는, 롤란드 전하의 오른쪽입니다."

"롤란드를 꼭 걸어야 했나?"

"이제야 모성이 떠오르십니까? 어제 전하의 손으로 죽이셨습니다."

"아니. 내가 반 볼랑디스트를 많이 아낀다."

"……."

"꼭 걸어야 하나?"

"원칙은 그렇습니다. 저는 원칙을 따릅니다."

리볼텔라는 뒤를 돌았다. 이미 성벽으로 보낸 상황에서 명령이 조율되리라고는 생각지 않았다. 더군다나 반 슈체친, 그러려니 한다. 델반트도 배신자를 이해하겠지. 물론 여기서 배신자는 자신이었다.

"전하."

그녀는 살짝 들었던 발끝을 다시 내려놓았다.

"폐하께 말씀을 잘해 주십시오. 전하 없이 왕이 되실 분입니다."

"지금 애 돌보나?"

"아니요. 폐하를 배려하는 겁니다."

"배려? 폐하라면서 네가 감히 그리 말하느냐? 도대체 그놈은 이 모양이 짝이면 나중에 어떻게 위엄을 차리려는지 모르겠군."

"전하, 저는 폐하를 존경합니다. 항상 절대적으로 신뢰합니다. 저는 폐하를, 언제나 제가 부복해 마땅한 패왕이라 믿었습니다. 하지만 그 모든 것에도 불구하고 전하는 그분의 약점입니다."

"그래서 죽잖나."

"죽음이 끝인 것은 아닙니다."

"네가 원하는 것을 말해라."

"말씀드렸습니다. 폐하께 말씀을 잘해 달라고요."

"정확히."

"전하께서 존경할 만한 인간이 아니란 점을 증명하십시오."

"무례하군."

"거짓말이라도 좋습니다."

"그거면 되나?"

"예."

"안 되던데."

"예?"

"그것 해 봤는데, 안 되더라고. 다른 방법을 제시해라."

"……."

"당신 데리고 몽니 부리는 거 아니야. 나도 멍청하지는 않아서 이미 시도했다. 하지만 소용이 없었지. 당신 상상력을 발휘해 봐라."

"……."

그녀는 다시 뒤돌아 반 슈체친을 바라보았다. 슬쩍 비껴 본 그의 시선이 정말 어마어마한 무게였기 때문이다. 그는 그녀를 노려보고 있었다. 거의 이를 갈 정도의 분이라 리볼텔라는 영문을 몰랐다. 자신의 말 중 어떤 것이 그의 화를 불러 일으켰는지 알 수 없었다.

"전하, 왜 그러셨습니까?"

"뭘?"

"왜 전하의 그림자를 남겨 두셨습니까? 많은 사람이 괴로워합니다."

가지가 많으면 뿌리에서 관리하기 힘든 법이다. 리볼텔라는 제가 언제 이렇게 수많은 씨앗을 뿌렸고, 또한 언제 모두가 무럭무럭 자랐는지 기억나지 않았다. 그 씨앗은 애정이기도 하고 분노기도 하며 경이이자 경멸이기도 하다. 씨앗에서 자란 사람이 많단다.

"내가 의도한 게 아니다. 왜 스스로 나서 엉켜 놓고 내게 책임 전가를 하지?"

"주인 의식이라도 가지십시오."

"네 폐하의 주인이라도 되란 말이냐?"

"전하의 책임감으로써 폐하께서 안위를 찾으신다면 충분합니다."

"놀랍군. 죽은 사람에게 양육을 맡기는 건가."

"도대체 왜 그러셨습니까? 왜 그러십니까? 어렸을 적 다른 동기처럼 외따로 지내셨으면 될 일입니다. 도대체 왜? 이렇게 될 줄 모르셨습니까?"

"몰랐다. 난 내가 이길 줄 알았지. 그때 난 그 아이를 조용히 죽였을 거야."

갑자기 누군가가 집무실의 뒷문을 벌컥 열었다. 리볼텔라는 그쪽으로 고개를 돌리지도 않고, 다만 반 슈체친의 벽안만을 뚫어져라 바라보고 있었다. 그 또한 마치 먼저 끈을 놓는 사람이 죽는 양 시선을 포기하지 않았다.

그리고 뺨을 맞았다.

리볼텔라는 어처구니가 없어 허허롭게 웃었다.

고개를 들어보니 악착같이, 한 손은 여전히 배를 감싼 여자가 있었다. 그 여자는 뺨을 때린 제 손이 더욱 얼얼한지 벌써부터 허공을 움켜쥐고 있었다. 반 슈체친이 놀라 그녀의 어깨를 잡아당겼다.

"뭐하는 짓이냐?"

"아버지, 저 여자 말하는 것 좀 보십시오. 위아래가 없습니다. 어디서 폐하의 위에 서려 난장입니까? 자기 아들도 죽이고 남편도 팔아먹고 심지어 폐하까지 감히 죽인다 운운하는……."

"루이제, 사과드려라."

"저 여자가 자신의 언행에 사과한다면 저도 그리하겠습니다."

리볼텔라는 그녀의 배를 걷어찼다. 여자는 비명을 지르며 쓰러졌다. 그녀는 아무도 받쳐 주는 사람이 없자 간신히 옆 안락의자에 몸을 의지했다. 리볼텔라는 입술을 꽉 깨문 반 슈체친에게 먼저 검지로 경고했다. 어차피 이어 때릴 생각도 없었다.

"예의바르게 행동해라."

"내…… 배에는…… 폐하의……."

"여자야 많지. 애도 많고. 그깟 것에 의미를 두는 네가 우습다."

그녀는 스스로 말하고도 공격당해 미소를 지었다. 정말 깊은 구렁이 아닌가.

"루이제……. 들어가라. 의원을 보고 상태를 확인하는 게 좋겠다."

"아버지……!"

"내 널 뒷방에 들어가 있으라 한 이유가 있다. 그만 아래층으로 내려가."

여자의 노려보는 시선 끝에서, 리볼텔라는 무관심하게 자기 손을 뜯어보고 있었다. 칼을 쥐었던 마디나 혹은 얼룩처럼 남은 상처 두엇. 일종의 자기만족적 감상이었다. 여자는 증오를 감추지 못한 채 뒤로 물러났다. 더듬더듬, 아직까지 고통이 가시지 않은 모습으로 기어이 말을 덧붙였다.

"네 아들은…… 왕이 되지 못했지. 얼마 남지 않은 생이라도…… 자기가…… 얼마나 한심한지 생각해 봐…….”

“잘 모르겠는데.”

“감히…… 주제에 잠자코 석녀로 남지 않고 어디서 왕위에 나서? 흘레붙은 년.”

반 슈체친은 뒤돌아 딸을 억지로라도 뒷방에 넣으려 했다. 그러나 그 순간 문이 달칵 닫혔다. 그는 방향 잃은 구두와 함께 잠시 주춤했다가, 다시 반 뼘쯤 옆을 돌아보았다.

“죄송합니다.”

“아니. 어차피 저 여자가 나오기 전 네가 내게 말하던 것도 딱히 다를 것 없는 이야기였다.”

“아니요. 저는 전하를 인정하기 때문에 죽이려는 겁니다. 예전에 텐베르크에서 있었던 사건을 기억하십니까?”

“같을 정도로 불쾌하다는 뜻이야. 무슨 사건? 텐베르크? 웃기는군. 당신은 그걸 사건이라고 칭하나?”

“아무튼 당시 제가 성 밖 궁수를 부린 일을 아실 겁니다. 그것이 처음은 아닙니다. 제가 전하를 죽이려 했던 일은 수도 없습니다. 저는 폐하를 모신 뒤부터 전하를 죽이고자 했습니다. 전하께선, 있어서는 안 되는 사람입니다.”

“그게 불만이면 날 모셨어야지. 나한텐 그런 사람이 없으니까.”

“아니요. 전하께서는 결정적으로 제 마음에 안 드는 부분이 있었습니다. 저는 그것을 견디지 못했을 뿐입니다.”

“뭐였지?”

“전하께선 자기혐오에 빠져 있으십니다.”

리볼텔라는 짧게 웃었다. 이제 와서는 정말로 그냥 웃겼다.

“제가 그것을 어떻게 알았는지 궁금하지 않으십니까?”

"읊어 봐."

"전하께선 제 손녀를 아끼셨습니다. 무엇보다 더요."

그녀는 얼굴을 짚고 웃었다. 피식피식 흐르던 웃음은 어느새 끓었다. 냄비 사이로 흐르던 김이 탄 물로 변한 모양이다. 어깨가 유쾌하게 들렸다가 내려왔다. 하하하 소리까지 났다. 리볼텔라는 견디지 못하고 제 어깨를 짚었다가, 그조차 힘들어 안락의자의 등받이를 쥐었다. 아까 전 유산을 염려한 여자의 동작과 똑같았다.

"무정함과 잔인함에 있어선 전하께서 폐하보다 훨씬 뛰어나십니다. 전하께선 스스로 잔인한 것을 뛰어넘어, 심지어 다른 사람의 혹독함을 지켜 주기 위해 복잡한 간계까지 꾸미셨습니다. 전하께선 우리 비사의 상징과 같으신 분입니다."

"고맙다."

"하지만 전하, 저는 다른 모든 것을 견뎌도 자기혐오는 못 참습니다."

"이해한다."

"저뿐만 아니라, 전하를 지지한 많은 분 중 자기혐오를 참으실 수 있는 분은 얼마 안 계셨을 겁니다. 반 볼랑디스트는 물론이고요. 그것을 숨기는 데 특별한 재주가 필요했으리라 생각합니다. 찬사를 보냅니다."

"알아주어 고맙군."

리볼텔라는 사그라지는 웃음을 혀 속에 불어넣고 있었다. 그녀는 허리를 세웠다가 다시 웃으며 배를 감쌌다. 소리가 나지 않아 그것은 어쩌면 울음처럼 보이기까지 했다.

다섯 살 때 동생이 태어난 것은 당황스러운 사건이었다. 당황스러운 사건에 '불과' 했다기보다는, 자신에게 정말 자연재해 같은 충격을 안겨 주었다는 뜻이다. 본디부터 딸을 돌보지 않던 어머니였지만 배가 부른 이후로는 그녀를 더욱 모른 체했다. 전혀 아쉽지는 않았고 다만 궁금했다. 어머니의 다음 관심은 뭐지? 사람이었다. 그것은 충격이라는 단어로 표현하기에도 상당히 부족했다. 물론 이번 자식 역시 낳은 즉시 무관심하게 버렸지만.

그 아이는 잘 울거나 웃지 않았다. 자신이 적응했던 것처럼 어머니의 무관심에 신경 쓰는 눈치가 아니었다. 내가 저러했던가? 기억력이 엉망이라 그 어린 날에도 감회가 불가능했다. 다만 관찰할 수는 있었다. 그 아이는 어른이 종용하는 일을 전부 따르며 모두의 바람을 충족시켜 주었다. 항상 교육 시간에 뻗댄 자신으로서는 재미있는 광경이었다. 항상 이야기를 나눠 왔고 제법 친했기에 발터가 어찌 느꼈을지 모르지만, 그가 열 살이 될 때까지 자신은 여전히 동떨어져 그 아이를 감상하고 있었다. 이것은 오랜 버릇이었다.

발터가 열 살 때, 그와 자신은 처음으로 연무장에서 마주쳤다. 그 전까지 각자 검을 배운 적 없었던 것은 아니나 우연하게라도 칼을 든 채 마주한 것은 그때가 처음이었다. 그녀는 갑작스레 꾀병을 피우며 주변 의자에 드러누웠다. 발터는 제 누이에게 몇 번 바람을 넣다가 포기한 채 터덜터덜 혼자 연습하러 떠났다. 그녀는 긴 의자에 누워 잠을 자기 시작했다. 눈을 떴을 때 주변에는 약간 어스름한 빛이 덮여 있었다. 그녀는 어스름이 마음에 들지 않아 벌떡 몸을 일으켰다. 동생은 제 키만 한 칼을 품에 안은 채 바닥에 앉아 있었다. 스승은 어디로 갔는지 보이지 않았다.

"왜 안 깨웠어?"

"깨지 말라고."

발터는 그제야 옆에 두었던 병을 그녀가 보이는 쪽을 향해 적당히 돌려 밀었다. 햇빛을 담은 병이었다. 작지만 충분히 살아 있는 빛. 아마 신전의 것이리라.

"내가 잘할게."

"뭐?"

"그러니까 싸울 만하다고 얘기해 줘."

그는 주섬주섬 자리에서 일어났다. 칼과 병을 동시에 챙기자 약간 기우뚱거리는 느낌이었다.

"난 누님이 세상에 꼭 필요한 사람이라고 생각한다."

"그래?"

"누님은 삶이 가르쳐 준 것을 이미 살아 낸 느낌이야. 그 삶을 견뎌내서 내게 전해 주고 있어. 나는 그걸 받았어. 그래서 난 누님을 보는 것만으로도 기쁘다."

리볼텔라는 땅거미를 털어 내고 일어섰다. 아직 그녀보다 작은 발터는 품에 빛과 검을 끌어안은 우스운 몰골이었다. 그녀는 성큼성큼 다가가 동생의 어깨를 툭툭 건드려 주었다.

"칭찬 고맙다."

"혼자서 성전聖傳을 치를 순 없어."

"남세스럽게."

"내가 잘할 테니까 나랑 싸울 만하다고 얘기해 줘."

그녀는 한 발자국 물러나 발터를 바라보았다.

"제대로 설명해 봐. 도대체 내게서 뭘 봤다는 거야?"

열 살짜리한테 뭘 바라는 건지.

"현명한 기수는 항상 몸을 쭉 뻗고 똑바로 앉아."

그는 빛을 안고 뒤돌았다. 이해 못할 뒷모습이었다. 리볼텔라는 세상에서 선문답을 제일 싫어하는 사람이었다. 풀어 말하지 않고는 입안에 가시가 돋아 견딜 수 없었다. 그래서 짐을 나르는 동생의 어깨를 끝끝내 잡아채 물었다.

"좀 더 정확히 말해."

"죽을 때 알려 줄게."

그는 주어 없이 다시 걸어갔다. 광원이 움직였다.

리볼텔라는 꾸벅꾸벅 졸다 번뜩 깨어났다. 눈앞은 연회가 한창이었다. 그 광경 속에는 반 볼랑디스트가 없고, 또한 몇몇 주요 인물들이 증발했지만 어쨌든 자신은 눈을 뜬 셈이다. 즉 살아 있다. 그녀는 그런 발견이 새삼 새롭고 즐거웠다. 고개를 기울여 제 옆에 놓인 오렌지를 먹었다. 오른쪽으로 시선을 돌리자 발터 역시 반쯤 조는 자세로 기울어 있었다. 홀의 거의 모든 사람이 우리를 주시할 텐데 둘 모두 밤에 흔들거릴 뿐인 모습이 웃겼다. 가관이다.

"예전에 내가 열 살 때."

발터는 여전히 눈을 반 감은 채였다.

"누님께 호승심을 고백했던 일이 있다."

"알아."

우연히도 나 역시 떠올린 참이다.

"난 그걸 한 달을 미뤘다. 항상 오늘 저녁엔 말해야지 생각하고도 겁먹어 그만 두었다. 정작 내가 무슨 말을 할지는 생각하지도 않았는데 마음만 앞서 밀어붙였지."

"그게 열 살짜리 입에서, 즉석으로 나온 말이라고? 난 안 믿는다."

"내가 그때 뭐라고 말했지?"

"……."

"정말 기억이 안 난다."

"잘할 테니까 싸워 달라고 했어."

"뭐야, 열 살짜리 말 맞잖나."

"'난 누님이 세상에 꼭 필요한 사람이라고 생각한다.'"

"……."

"'누님은 삶이 가르쳐 준 것을 이미 살아 낸 느낌이다. 그 삶을 견뎌내서 나한테 건넸다. 그래서 난 누님을 보는 것만으로도 기쁘다. 성전을 혼자 치를 수는 없으니 날 인정해다오.'"

그는 이제 두 눈을 똑바로 뜨고 있었다. 자신과 하나도 닮지 않은 밤색 눈이 동기의 회상마저 의심하는 듯했다. 그래, 이런 발터. 닮지 않았기 때문에 믿음직한 셈이지.

"그래서 난 물었지. 도대체 내 무엇을 보고 그렇게 좋아하냐고. 그랬더니 웬 기수의 예시를 들더군. 좋은 기수는 자세가 곧고 똑바르다고. 설명을 요구하니 너든 나든 죽을 때 이야기해 준다고 했다. 지금에 와서 넌 아예 기억도 못하는 낯짝이지만."

"미안."

"정말 기억 못하나 보군."

"아니. 그건 아니다."

"그럼 대답해라. 나는 내가 어떻게 동기의 사랑을 샀는지 궁금하다."

"기억나. 하지만 여전히 답은 말할 수 없다."

"선문답?"

"누님께서 그걸 싫어하시는 건 삼십 년 동안 충분히 알았어. 선문답 아니다. 문제는 그때도 지금도 난 답을 모른다는 거지. 설명할 수 없는 일도 가끔은 있어. 모든 것을 누님이 원하듯 풀어 말할 수는 없다."

리볼텔라의 눈썹이 살짝 들렸다 내려갔다.

"불가해한 애정과 존경이라 이거지."

"그래."

그녀는 자리에서 일어섰다. 상석에 있었던 것도 아닌데 순식간에 모든 시선이 그녀에게로 쏠렸다. 그녀는 얼마 떨어지지 않은 복도를 향해 걸어갔다. 보지 않아도 발터가 뒤에서 팔걸이를 꽉 쥐는 것이 느껴졌다. 그녀는 다소 신물이 났다. 언제까지 같은 이야기를 쳇바퀴 돌듯 빙글빙글 반복해야 할지 모르겠다. 심지어 제 최대 약점을 고백한 뒤까지도. 제 약점을 말했잖아. 아무리 삶에 불만이 많았다 하더라도 자기혐오에 빠지면 끝장이다. 난 처음부터 끝장이었어.

그녀는 모퉁이를 돌아 느릿느릿 걸음을 뗐다. 항상 사저에 가던 길이다. 열심히 걸었다. 걷고 또 걸었다. 그러다 갑작스레 걸음을 뚝 멈추고는 무늬 가득한 벽지를 정면으로 마주보았다. 서른 해를 담아 익숙하다. 한 벽에 주먹을 쥐어 가만히 짓눌렀다. 텁텁한 감촉만 났다. 이마를 기댔다. 까끌까끌하고 서늘했다.

지쳤을 수도 있겠다. 서른 해 만에 지치다니, 만일 산다 해도 앞으로 서른 해를 어찌 버틸지 모르겠다. 이기지 못한 것은 천운이리라. 그녀는 차분히 벽을 짚고 숫자를 헤아렸다. 열다섯 즈음에서 마음이 진정될 것이라 확신했는데 안타깝게도 백여든을 세어도 변함이 없었다. 그녀는 오랫동안 화를 내지 않았던 사람이라서, 어느 시점에 화를 터뜨리려면 항상 속이 답답했다. 지금도 그런 느낌을 받고 있었다. 생을 이틀 남겼는데 꼭 한 번 화를 내고 가야 하나. 마지막으로 노여웠던 상대는 로크뢰로, 그것이 꼬박 삼 년 전이니 지금 얼마나 힘이 드는지. 마지막으로 화낼 대상이 동생이라는 사실도 참 기막힐 일이었다.

"내가 잘못했다."

그녀는 돌아보지 않고 물어보았다.

"무엇을?"

"전부."

"멍청한 소리 좀 하지 마라, 발터."

"알겠어. 안 할게."

리볼텔라는 벽에 이마를 비볐다. 그것은 마치 하늘에 굴종하는 것처럼 보였다.

"나는 네 신이 되고 싶었던 적 없다. 그래서 약점을 드러낸 거다. 도대체 왜 그러느냐. 도대체 내가 무슨 잘못을 해서 돌이킬 수 없게 되었는지 모르겠다."

"아니, 누님은 잘못한 것 없다."

"그만."

"그렇게 말하지 마. 나는 지금 날 훈계하는 누님과 싸우고 있다. 단 한 번도 그런 적 없지만 지금 그러고 있다. 내 반항, 내 선택에 책임질 셈이다."

"그 선택이 날 신으로 만드는 거냐?"

"……."

그녀는 움켜쥘 수 없는 벽지를 움켜쥐려 했다.

"발터, 내가 인간인 것이 슬퍼?"

그는 고요했다. 급하게 사람을 따라 나온 것처럼 보이지 않는 바프렘레가세. 바깥문이 딸린 통로는 길고, 좁고, 한 방향이었다. 발터는 멀리 떨어져 있는 문을 바라보았다. 어두컴컴한 밤이 신전의 불에 몇 바늘 꿰여 있었다. 나의 비사. 그는 속으로 반복했다. 내 비사. 숄렘. 이틀 뒤면 저 모든 것이 제 것이다. 나는 왕이자…….

그는 천천히 주저앉았다.

"누님, 죽지 마라."

"……."

"제발……."

재회 이후 처음 듣는 애원이었다. 리볼텔라는 입을 꽉 다물었다. 고개를 아주 조금, 살짝만 돌려 주저앉은 동기를 향했다. 행여나 누가 볼까 무섭지도 않은가 보다.

"누님만 살면 된다. 아무도 바란 적 없다. 난 누님 빈자리를 버틸 수 없는 금치산자다. 내 세상엔 누님밖에 없다. 누님이야말로 내가 가진 유일한 관계다."

"……."

"좋은 옷을 입어도 좋은 음식을 먹어도 내가 노력해서 잃었다는 생각에 미치게 된다. 아무것도 의미가 없다. 나는 애써 자살한 낯짝으로 살 거다. 도대체 내가 왜 이랬는지 모르겠다. 그때, 내가 누님과 싸울 만하지 않느냐고 묻기보단 살아 달라고 빌어야 했다. 내 용기를 왜 그렇게 과대평가했는지 알 수가 없다."

신을 향한 긴 기도였다. 리볼텔라는 자신의 노력이 아무 짝에도 소용없었다는 사실을 깨달았다.

"발터, 나는 신이 아니다."

"신으로 생각한 적 없다."

"네 누이로 봐라."

"그렇게 보고 있어."

"누이의 죽음을 애도해라. 그러면 나도 네가 혼자 남음을 위로해 주마."

그는 대답하지 않았다. 리볼텔라는 벽에 등을 붙이고 섰다. 그녀의 얼굴은 삼베를 뒤집어쓴 꽃다발 같았다.

"네 고독을 동정한다. 네겐 구렁이 없어 고독을 보관할 곳이 없었나 보다. 내가 그것을 대신 채워 주었다는 사실에 사과한다. 하지만 모자란 것을 으스대 봐야 무엇 하고 또한 이 긴 생은 어찌 살아가려느냐. 오스트레반트 도르커 팔메. 혼자 가거라."

"……."

"내가 이 모양이라 미안하다. 하지만 나는 비사 오필라를 말할 수밖에 없다. 내가 가진 것은 그뿐이다. 다만 누이를 그리워한다면 누이처럼 행동해 줄 수는 있어. 물론 이 감정이 거짓이라는 것도 아니고……. 나는……."

그녀는 말꼬리를 흐렸다. 발터는 여전히 입을 열지 않았다. 우리가 한두 살 차이였다면 차라리 나았을까? 그가 좀 더 나의 심정을 헤아리고, 나 또한 그의 고통을 헤아릴 수 있었을까? 회의적이다. 리볼텔라는 이 모든 것이 인격적 성숙도와는 무관하다는 사실을 알았다. 그저 사람의 종류가 다를 뿐이다.

"나는…… 발터…… 나는 널 사랑한다. 믿어다오."

"……."

"널 사랑해서 내가 비사 오필라로 남아야 한다는 거다. 나까지 널 사랑하면 이 구조가 버티질 못한다. 내가 왕가로 남아야 한다. 내가 특별히 잔인해야 해. 네가 날 지지대로 삼을 수 있도록 차곡차곡 땅바닥에 묻혀야 한다. 발터, 나도 네가 이 모든 것을 무던하게 여길 수 있으리라곤 생각지 않아. 하지만……."

"……."

"난 네게 약점을 고백했다. 네가 명심하길 바란다……. 발터, 인간을 그리워하는 편이 훨씬 나을 거다."

발터는 숙이고 있던 고개를 쳐들었다. 무언가 말하려 했지만 목이 갈라져 쉿소리만 났다. 그는 입을 다물었다. 비는 것은 소용이 없다. 그토록 빌었건만 그녀의 약점은 주워 담아지지 않고, 죽음 역시 변함없다. 자리에서 일어섰다.

"왕좌만 바라던 사람이 이젠 금록조차 아쉬워하지 않은 채 죽겠다고……."

"그때가 아님을 우리 잘 알잖아."

"……."

"네가 걸으면 삶은 달려간다. 인간을 잊는 건 생각만큼 끔찍하지 않을 거다."

대답은 돌아오지 않았다. 그녀는 자신보다 오래 살 동생을 바라보았다.

생은 빛이었다. 그 빛을 가르는 긴 기둥이 있었다. 빛은 기둥에 걸려 제 배를 개복했다. 그때 처음 본 왼쪽과 오른쪽. 그것이야말로 이후 자신의 방향 감각을 잡아 준 광경이었다. 가장 컴컴한 밤중에도 걸어갈 수 있다는 확신이 있었다. 확신은 또한 자신감이고 책임감이며 동력이었다. 그는 자신의 종교적 신념에 한 점 의혹을 느끼지 못했다. 무신론자에게도 농담 삼아 기도할 거리가 있다. 그러니 종교가 인간에 대한 것이어도 이상하지는 않을 것이다.

그것은 종교였지만 자신은 한 번도 그녀를 신으로 생각한 적이 없었다. 신이라기보다는 원칙에 가까웠다. 그녀가 비사 오필라의 정신머리를 스스로에게 이식했듯 자신 역시 결국 비사를 동경했는지 모른다. 성격이 인간인지라 별수 없이 원칙보다는 원칙을 체화한 사람을 좇았다.

종내 다르지 않다는 치명적인 사실을 깨달았지만, 그것은 가장 나중의 일이다.

아마 처음 따를 때에는 사람에게 구애하는 일이 형체 없는 것에 구애하는 일보다 편할 것이라 생각한 듯싶다. 적어도 전자는 반응이 있고, 그로써 자신을 변화시킬 수 있기 때문이다. 하지만 그녀 속에서 그것을 본 만큼 그녀 또한 그와 다르지 않다는 사실을 몰랐다. 큰 차이가 없다는 것. 그 발견은 자신이 그녀에게 인간적인 감정을 가지게 되었을 때 치명적인 상처가 되었다. 그러니까, 아마 자신이 기억하는 가장 처음부터. 과거의 첫 손아귀부터 부정당한 것 같다.

담담하게 풀기가 고통스럽다.

자궁은 제 인생의 명암을 갈랐다. 유일한 오점이었다. 자신은 심지어 석녀가 된 뒤 모든 것을 놓고 편히 살까 생각한 적도 있었다. 물론 가장 처음의 일이고 결정한 뒤 단 한 번도 뒤돌아 본 적 없지만, 그렇다고 변명이 되는 것은 아니다. 우스운 것은 자신이 자궁을 인정하든 인정하지 않든 그것을 생각하는 행위 자체가 자궁과 면밀히 얽혀 있다는 사실이었다. 자신이 가장 혐오하는 것에 제 인생을 판정당해야 하는 그 아이러니가 그녀를 미치고 팔짝 뛰게 했다.

나는 왜 왕이 되지 못하지? 깊은 의문이었다. 한 번쯤은 입 밖에 내보고 싶기도 했다. 그러나 모두가 당연히 가지고 있는 사고방식에 의문을 제기하는 것이 무섭고 민망해 그만두었다. 그만큼 자신은 겁이 많았다. 다들 제 동기가 겁쟁이라 두려움 섞인 손가락질을 하지만, 그는 진정 자랑스러운 겁쟁이였다. 자신의 두려움이 무언지 떳떳하게, 모두에게 말하면 인파가 박수치며 인정하니까. 그녀가 겁내는 것은 그와는 판이한 종류였다. '나는 왜 왕이 되지 못하나?' 가까스로 숨어 들어가 옷장 사이로 난 틈에 속삭여야 하는 그런 물음이다. 이래서야 자기혐오에 빠지지 않기가 더 힘들다.

모두가 놀랄 테지만 자기혐오도 부정할 수 있다. 그녀는 자신이 가진 얼마 안 되는 재산을 꺼내 들었다. 스스로를 숨기기 위해, 자신의 가장 깊은 물음을 단 한 번도 말하지 않았을뿐더러 심지어 반대편 극단까지 치달았다. 그녀는 세상에서 가장 보수적인 인간이 되기로 결심했다. 비사의 원칙은 나쁘지 않았다. 그것은 날선 틀처럼 손톱을 세워선 그 아래 얼굴을 그대로 찍어 눌러 주었다. 그러면 모자란 곳은 잘려 나가고 세상에 내보이기 편리한 무관심만 남았다. 그녀는 그리한 순간, 왜 이것이 비사의 사고방식으로 자리매김했는지 깨달았다. 아주 편하니까.

그녀는 그림자 진 곳을 밟지 않는 그가 부러웠다. 이렇게 생각하고 나면 항상 무언가 찐득한 것이 쩍 하고 분리되는 듯한 느낌이 든다. 동생이 부러웠던 것 같다.

그에게 그녀는 확신을 담아 아름다운 사람이었다. 스스로 그녀가 아름답다고 확신하는 것이기도 하고, 그녀가 언제나 확신하는 모양으로 아름답다는 것이기도 하다. 죽음에 두려움을 가지지 않게 된 것은 순전히 그녀 덕분이었다. 처음부터 죽는 것이 무섭지 않은 사람은 없다. 항상 모사품이 곁에 있어 한 발 한 발 따라하다 보면 갓 태어난 말 정도로 움직일 수 있는 것이다. 다행히 자신의 곁에 선 사람은 승마술의 정점에서 있는 기수였다. 현명한 기수는 항상 몸을 쭉 뻗고 똑바로 앉는다.

그는 죽은 뒤에 무엇이 있다고 믿지 않았다. 알드 바제사가 그들에게 가르친 것이 그러했지만, 딱히 신을 믿지 않는 자신이라도 그런 생각은 가진 적 없었다. 생에 바빠 생각할 겨를이 없었다기보다 진심으로 저 너머엔 무엇도 존재하지 않는다고 믿었다. 이유가 있어서가 아니라 직감이 그러했다. 아주 어렸을 적부터 그랬기 때문에, 죽음에 대한 첫 공포는 그 믿음에서 기인했다. 지나치게 무서워했다. 눈이 감기는 순간을 상상할 수 없었다. 그렇다고 세상 너머로 위안을 가지기엔 바보가 되는 기분이었으므로 떠올리지도 않았다. 무서워도 천치는 싫었다.

그녀가 그리 말했다. 위안할 거리가 생긴다면 무뎌진다고. 그래서 자신은 사후를 기대하지 않는다고 말했다. 어떤 면에선 자신의 생각과 아주 유사했다. 두려움은 사람을 날카롭게 만드는 가장 효과적인 무기다. 제 살갗 곁에 있는 두려움을 포기하고 싶지 않았다. 그러나 그러고도 살 수 있을지 의아했다. 물론 그녀는 살았다. 그는 살 수 있었다.

죽음은 언제나 자신의 삶과 동떨어진 것이었다. 항상 죽을 것이라 생각했지만 또한 그것은 내 일이 아니라는 확신이 있었다. 그래서 그토록 많이 죽일 수 있었던 것인지도 모르겠다. 죽이다 보니 죽음은 더욱 단순해졌다. 철학이고 종교고 아무것도 없었다. 그저 숨이 끊어지는 것으로 이해했다. 가장 쉽고 간결하다. 정신 차려 보니 어느새 그것이 자신의 목숨에도 적용되어 있었다. 사람은 이기적이라 공평하기가 어렵다는데, 의외로 자신은 그다지 욕심 많은 인간이 아니었나 보다.

물론 그녀는 자신이 덤덤한 이유를 알았다. 자기혐오나 비사는 딱히 생을 유지하는 데 도움이 되는 무기가 아니었다. 제 것 아닌 왕위를 향해 치닫겠다는 목표는 강력하다. 하지만 제 손에 쥔 무기는 양날이었다. 특히 우리 친애하는 비사 오필라. 자신을 보호해 주지만, 언제라도 수틀리면 제 목을 내줄 비사다. 그녀는 그 사실을 충분히 익힌 뒤에야 머리를 의탁했다. 정신 차리니 자신을 보호해 주면서도 수틀리면 목을 내 줄 사람은 그녀가 되어 있었다.

무엇이 이상한지도 잘 몰랐다. 비사의 왕은 단 하나며, 단 한 순간이라도 왕위를 욕심낸 인간이 동시대에 존재한다면 반드시 죽여 없애야 한다. 마지막 생존자가 왕이다. 그것만이 이 땅이 왕을 택하는 방식이다. 효율적인 신전이 보장하는 승계 원칙이 아닌가. 그가 고통스러워하는 것이 잘 이해되지 않았다. 나를 보고 비사를 배우지 않았던가? 자신은 마침 그가 자신에게 비사를 배웠다는 사실이 자랑스러운 참이었다. 언제 이렇게 되었는지 알 수 없다. 그것을 알지 못했다면 도대체 내게 무엇을 배운 게냐?

무슨 정신으로 지냈는지 모르겠다. 자신의 마음 고통이 너무 커서 초연하지도 못했다. 길어야 며칠이었다. 일 초 일 초가 천금인데 그것이 지나가든 지나가지 않든 자신이 할 수 있는 일은 아무것도 없었다. 다시 찰나가 흐르고 또한 정해진 시간 앞에서 잘금잘금 살이 깎여 나갔다. 내가 무엇을 해야 조금이라도 덜 후회할 수 있을지 알 수 없다.

그녀를 신이라고 여긴 적 없기에 다시 한 번 인간으로 받아들였다. 몇 번의 고민을 거치자 곧게 서 있던 직선이 여기저기 깎여 인간 여자의 그림자로 화했다. 그러자 고통은 더욱 깊어졌다. 차라리 내 앞에 서서 변치 않을 기둥이라고 여기는 편이 훨씬 안정감을 주었다. 그것이 사람의 그림자로 변하면 매 순간 몸 한 구석의 뼈가 부러져 나간다. 그는 도저히 그 그림자가 밤에 먹히는 것을 견딜 수 없었다. 생이 온통 빛이었기에 그 그림자가 없어지면 제 삶 또한 밤이다.

그녀가 약점을 고해하는 것은 이와는 전혀 별개의 일이다. 그것은 아무 의미가 없다. 그녀는 동기의 우상을 지지하는 단 한 가지 지지대를 부러뜨렸다고 믿었겠지만, 그것은 기실 수만 개의 지지대 중 하나에 불과했다. 누이를 사람으로 받아들이라 했다. 사람을 한 가지 이유만으로 사랑할 수는 없다. 그는 그저 그 저묾이 고통스러웠다.

담대하게 있는 사람 앞에서 죄인이 되었다. 행여 바람이 해가 될까 두렵다. 무언가 분명히 있었고 무언가 분명히 지나갔는데 그 어떤 것도 남아있지 않았다. 어쩔 줄 모르겠다. 혼자 방황한다. 이 세상에 없는 계절이었다.

나는 괜찮다.

발터는 리볼텔라의 얼굴을 바라보았다. 그녀는 온전히 들어오지 않고, 문지방 즈음에 발을 하나 걸친 채 그를 응시하고 있었다.

"힘들어하지 마라."

그는 자리에서 일어서지 않았다. 때문에 그녀가 더 다가왔다. 그녀는 내키지 않는 듯, 그러나 그럴 수밖에 없다는 태도로 몸을 가라앉혔다. 그녀는 그를 껴안았다. 어떤 말도 흐르지 않았다. 둘 모두 당연히 그러리라 생각한 것처럼 낮았다. 리볼텔라는 그의 어깨를 몇 번 두드려 준 뒤 자리에서 일어서려 했다.

그러나 이번에는 그가 그녀를 꽉 껴안고 있었다. 그녀는 어설픈 자세로, 팔걸이에 한쪽 무릎을 기댄 채 그의 지체를 견뎠다. 그의 손가락에는 살을 바스러뜨릴 듯 힘이 들어가 있었다. 그녀는 그 사실에 실망하거나 우울해 하지 않았다. 그녀도 이해했다.

한참 뒤, 그녀는 떠났다.

발터는 리볼텔라가 마지막으로 잡았던 제 오른손을 뚫어져라 응시했다. 공기가 실로 뭉쳐 제 손을 감싸는 듯한 느낌이 들었다. 손아귀를 빠져나간다. 가까스로 잡았다. 다시 빠져나간다. 다시 쥐었다. 그러자 이번에는 흘러내렸다. 미끄러져 내려가 철렁 하고 제 발치에 떨어졌다. 손에는 감각이 없다.

팔걸이를 쥐었다. 내일 꼭두새벽에 대관식이 있고 아직 창밖은 초저녁이지만, 자신은 온밤을 지새울 수밖에 없다. 추억을 물고 살 스스로가 공포스럽다. 어쩌면 그녀의 방까지 따라가야 할지도 모르겠다. 그러나 기색을 보건대 역시 바라지 않는 모양이었다. 감히 말도 꺼내지 못했다. 사실 용기가 나지 않기도 했다. 내 비겁함을 배려했나? 자신이 동부 연합 즈음에 있었으면 좋겠다. 그것도 가장 외진 산, 지도에도 없는 동굴에 처박혀 있었으면 했다. 이곳은 지나치게 밝다. 지나치게 화려하고 지나치게 죽어 있다. 또 다른 죽음이 자리할 것이다.

그는 자신이 속으로 두서없이 중얼거리고 있다는 사실을 알고 있었다. 리볼텔라가 어떻게 누울지는 그조차 알 수 없었다. 목이 매달리기 전까지는 자유다. 죽을 자유라니, 얼마나 파렴치한 언어인가. 사실 그녀의 끝은 궁금하지도 않다. 가장 피하고 싶었다. 살해 도구가 무엇이든 어수대에게 몇 초만 시간을 할애하면 답을 들을 수 있을 텐데, 그는 그 모든 것이 부디 제 눈에 뜨이지 않기를 바랐다. 아무것도 할 수 없었다. 내가 좋은 방법으로 도와주는 편이 나았을까? 하지만 그녀가 그것을 바랄까? 이 갈등을 하라고 밑바닥에 내버려 둔 것은 아닌가?

갑작스럽게, 제 밑동이 뽑혀 나간 듯한 감각으로 그녀의 얼굴이 보고 싶었다. 해일 같은 충동이었다. 지금은 볼 수 있겠지. 하지만 그에게 중요한 것은 그 사실이 아니었다. 앞으로도 분명 이런 순간이 다시 올 텐데 이것을 도대체 어떻게 이겨 내야 할지 도무지 감이 잡히지 않았다. 사람 잡아먹는 그리움을 어떻게 죽일지 모르겠다. 죽이려다 먹힐 것이다. 그는 제 앞날이 어마어마하게 불안해졌다.

그나마 위로의 말을 몇 마디 들은 것이 위안이라면 위안이다. 정상적인 상황에서라면 있느니만 못한 위안이지만 자신에게는 몹시 절실했다. 삶의 어느 순간에서라도 제 죄가 고개를 내밀 텐데, 그에 위로라도 없으면 당혹스러울 것이다. 그는 이제 사소한 일에도 고마워할 줄 알게 되었다. 흑룡에서 개미새끼로 소심해졌다. 이제는 아량조차 없다.

발터는 책상 위에 놓인 불을 바라보았다. 몽롱한 것이 꼭 이 배경 안에 유일하게 살아 있는 이는 자신이 아니라 저 불 같았다. 차라리 그랬으면 좋겠다. 잠깐이라도 처지를 바꿨으면 한다. 적어도 저 불에는 지금 자신처럼 천치 같은 이야기를 지껄이는 머리가 없을 테니까. 어차피 그도 현재 언어를 잃어버린 것처럼 행동하고 있었다.

그는 자리에서 일어섰다.

급하게 걸어 방문을 열어젖혔다. 복도는 조용했으나, 마치 없는 듯 서 있는 어수대원이 하나 있었다.

"전하, 어수대의 대리 수장 슈트람 요오스입니다. 전하께서 나오실 때까지 대기했습니다."

그래서?

"사망 시각은 오후 일곱 시 정각입니다. 사인死因은 오파린 독입니다."

전혀 바라지 않았던 말이 튀어나왔다. 발터는 찬물을 맞은 것처럼 그를 바라보았다. 노려보는 것도 아니었다. 그저 무언가에 크게 놀란 듯 공손한 복종을 응시했다.

"그것을 지금 말하나?"

목소리가 떨리지 않은 것이 천만다행이었다.

"죄송합니다. 왕녀 전하의 명이셨습니다. 정확히는 '그가 나올 때까지 기다리라.' 고 명하셨습니다. 선행 명령이 없었고, 또한 아직 폐하께서 즉위하시지 않은 상황이라 그분의 말씀을 따를 수밖에 없었습니다. 사죄드립니다. 앞으로 다시는 이런 일이 없도록 하겠습니다."

"……."

"아직 주검을 확인한 이는 저뿐입니다. 대략 반 시간쯤 지났는데 보시겠습니까?"

"……."

발터는 대답하지 않고 걸음을 뗐다. 눈을 감고도 찾아갈 수 있었다. 지난 스무 해를 보낸 비사 오필라. 그는 인간처럼 걸었다. 슈트람 요오스는 어느 순간까지 따라오다가 그의 손짓 한 번에 멈춰 섰다. 그는 제 손 끝에 그를 멈추는 실이라도 달린 양 새삼 뚫어져라 응시했다. 두 번째로 찬물을 맞았다. 어수대가 내게 복종한다고?

그는 계단을 지나고 복도를 걸어 여태껏 수없이 방문한 문 앞에 섰다. 아직도 자신의 권력에 놀라 완전히 이성을 잃지는 않은 상태였다. 어떤 면에서는 태연하다고 말할 수도 있겠다. 발터는 조심스레 방문을 열었다. 정면의 창문으로 마지막 석양이 비치고 있었다. 한눈에 그녀가 잡히지 않자 초조해졌다. 그래서 억지로 몸을 밀고 들어와 문을 쾅 닫았다.

대각선 방향에 사람이 보였다.

마치 잠이 든 듯, 옆으로 길게 누운.

그의 어깨가 약간 들썩였다. 걸어가면서 차츰 무너졌다. 마지막 걸음에서는 무릎이 꺾였다. 그녀의 눈은 감겨 있었다. 차라리 뜨여 있길 바란 자신이 안 되었다. 눈이 기억나지 않는다. 손을 들어 목을 만져 보았다. 코끼리 가죽인 양 뻣뻣했다. 팔뚝. 볼. 아직은 괜찮다. 그는 그녀의 뺨에 손등을 얹었다가, 더 나아가 고개를 숙여 제 뺨까지 대 보았다. 적어도 아직은…….

그는 리볼텔라의 턱에 제 뺨을 마주한 채 정면의 창을 바라보았다. 창밖이 서서히 밝아졌다. 옛 낮이 사그라지자 드디어 또 다른 낮이다. 비사 오필라의 밤. 신전이 불을 밝힌다. 제 얼굴이 주검에서 스르르 미끄러져 내려왔다. 잠깐 멍하니, 바닥에 앉은 채 바깥을 응시했다. 오래도록 본 비사의 밤이건만 이 순간에는 무언가 머리를 때리는 듯한 충격이 있었다. 밤의 식물처럼 한 멍울 한 멍울 트이는 빛. 마치 바구니가 채워지듯 창 바깥을 점점이 수놓고, 다시 세로로 수놓고, 또한 가로로, 대각선으로 흩뿌린 듯 퍼져 어느 순간 어렴풋이 가득 찼다.

그것은 그에게 어떠한 확신을 심어 주었다.

불빛은 리볼텔라의 얼굴을 비추고 있었다. 그는 상체를 돌려 다시 그녀를 응시했다. 그녀는, 잠들어 있었다. 그는 아무렇게나 흐트러져 있는 그녀의 손을 붙잡아 한곳에 놓았다. 자신이 모아 쥐었다. 고개를 숙였다. 시트러스 향이 가득한 소파에 이마를 짓눌렀다. 약속을 증명하듯. 그의 목덜미가 떨렸다. 손은 움직이지 않는다. 다만 낮게 우는 짐승처럼 목덜미가 떨렸다. 비사가 비추는 입매도, 움푹 팬 뺨도, 눈썹 끄트머리도, 모두, 어쩌면.

한참 동안 떨림으로 소란한 정적이 흘렀다.

그는 주검에 얼굴을 묻고 잠들었다.

부록

부록

◆ **딤니팔**

현재 대륙이 쓰는 듀아네일력 원년은 딤니팔 건국 연도이다. 게외보르트와 라르디슈는 각기 자신들의 원년을 이용하나, 대륙 공용 달력은 듀아네일력으로 고정되었다. 따라서 다른 두 나라에도 각국의 원년력이 부, 듀아네일력이 주가 되었다.

딤니팔의 왕족은 팔백 년이 넘도록 대륙을 통일 지배했던 리마네레 제국의 오대 공작가에 적을 두고 있다. 당시 그들의 성은 딤니팔이 아니라 딤니파였고, 그것은 아직까지도 초대 왕, 데카를로 쏘노의 성姓에 남아 있다. 딤니파 공작가의 데카를로 쏘노 — 우슈탈어로 매우 위대한 — 와 그의 벗 눌라레는 리마네레력 827년에 제국에 반기를 들어 7년 만에 독립에 성공했다. 특기할 만한 것은, 이 기사의 나라에서 마법사 눌라레가 후대에 더 많은 영향을 미쳤다는 점. 쏘노와 눌라레는 건국 이후 딤니팔이 전 대륙을 다스릴 수 없다는 중앙 집권 능력의 한계를 인정하고, 가장 중요한 요충지인 대륙 중부만을 차지한다.

영토 남부에는 세계의 눈으로 불리는 알론조 캄비가 있다. 둘레 넓이가 작은 지방만 한 호수로 아직까지 누구도 횡단, 혹은 종단해 본 역사가 없다. 중간에 섬이 있을지 모른다는 추측을 하지만 아직까지 밝혀진 것은 없다. 배를 타고 두 시간 이상 들어가야 하는 위치부터는 그 넓이와 깊이, 기후가 전부 미궁에 빠져 있다. 딤니팔 국민들에게 유일하게 일치되는 신앙이다.

◆ **라르디슈**

듀아네일력 62년 개국. 딤니팔 독립 반세기 뒤, 남해의 비앙쇼즈 섬이 후기 리마네레 제국에서 독립했다. 이곳은 세계에서 가장 큰 섬이며 리마네레 제국 시절에는 제국의 모든 해군력을 담당했던 유서 깊은 곳이다. 딤니팔이 딤니파 공작의 집권을 목적으로 반역을 일으켰다면 라르디슈는 제국 부속령의 굴레에서 독립하기 위해 반기를 들었다. 넓은 섬으로 처음 독립한 라르디슈는, 건국왕 리무쟁 1세, 리무쟁 2세, 리무쟁 3세, 트레귀에 1세, 레제르브 1세, 마누아 1세, 트레귀에 2세 등 일곱 왕이 지배했던 초기 부흥기, 즉 '메엥르그랑의 확장'으로 불리는 팔십여 년간의 영토 확장으로 남부를 점령한다. 150년, 비앙쇼즈 섬의 메엥르그랑에서 생 로욜로 천도遷都한다. 딤니팔이 게외보르트 진압에 온 힘을 쏟던 153년, 드디어 딤니팔과 국경을 맞댔다. 그러나 츠반라이트 동맹이 깨진 이후로도 400년간이나 북부로의 확장은 막혀 있다.

딤니팔과의 국경에 사막을 두고 있다. 본디 이름이 없던 사막이고, 공문서에 포함하기 위해 각국에서 기놋사막이라 명명했지만 그 이름을 아는 이는 많지 않다. 라르디슈의 왕 직속 행정 구역인 2부는 전부 이 사막 부근에 포진해 있다. 라르디슈는 이백여 년이 넘도록 사막 유목민, 황무지 유랑 부족들과 격렬한 무력 충돌을 빚었으나 종내 '행정 구역에 포함하여 안전을 보장하고 조세를 공수하나 자치권은 침범하지 아니함'을 골자로 하는 흡수 통합 협정을 맺었는데, 이는 곧 르주뢰 협정으로 불린다. 르주뢰 협정 이후 동서남부의 침범을 경계하지 않게 된 유목민들은 공지인 딤니팔령 사막 지대나 그 주위 황무지, 평야 지대를 약탈하게 되었다. 딤니팔은 유목민과 협상하지 않겠노라고 공표했고, 그러한 적대적 노선에 따라 '눈의 방패'를 신설하여 100년이 넘도록 사막과 적대하고 있다.

◆ **게외보르트**

듀아네일력 154년 개국. 딤니팔 영내에 터전을 잡았던 유목민들인, 바르데나 파뇌는 당시 남아 있던 유목민 무리 중 가장 규모가 컸고, 덕분에 딤니팔의 유목민 말살 정책에서 가장 마지막까지 살아남았다. 그러나 딤니팔의 국력이 절정에 이르고 있던 130년경에는 그 생존마저 보장받지 못하게 되었다. 종내 바르데나 파뇌는 딤니팔 영외에서 작은 나라를 세워 독립한다. 그것이 바로 게외보르트의 시작이다.

바르데나 파뇌의 명줄을 쥐고 있던 국조 노트란트는 타고난 제왕으로 평가받는다. 그는 고금에 비할 바 없는 전술, 전략의 천재였고 동시에 그것을 이용하는 정치력과 카리스마도 놀랄 만한 수준이었다고 기록되어 있다. 물론 그의 정치력은 대부분 군사적 능력에서 비롯된 것이었다. 그는 유목민 잔존 세력, 서부 소규모 국가들, 후기 리마네레 제국 세력, 명망 높은 용병 집단을 서부로 모아들였다. 명분과 실리는 각 집단마다 달랐지만 그들의 공통 목적은 단 하나, 딤니팔의 패퇴였다. 스스로 쌓은 적을 간과하고 바르데나 파뇌를 얕보던 딤니팔은 첫 진압에서 전패했다.

첫 진압 실패 이후, 딤니팔은 5년간 국내의 달레카를리아 분란으로 영외에 영향력을 미칠 수 없게 되었다. 바르데나 파뇌는 그 같은 천운으로 그 5년간 기틀을 다져, 이제 규모가 작지 않은 지역을 소유하게 되었다. 이것은 정확히 140년의 일이지만, 이때까지도 그들은 국가가 아니라 소규모 지방정부에 불과했다. 그들은 마지막으로 후기 리마네레와 혈맹을 맺은 뒤 딤니팔의 보호국 중 하나인 야코비를 침공한다. 야코비는 잉그레로 지원을 요청했고, 이 소동은 달레카를리아 분란을 봉합한 딤니팔의 주의를 끌게 된다.

딤니팔은 이에 군사를 출전시키지만 이번에도 역시 패배한다.

141년, 딤니팔에서는 또 다른 북부 반란이 일어났다. 그러나 당시만큼은 딤니팔도 바르데나 파뇌에 집중하지 않을 수 없었다. 물론 이번에도 노트란트에게 패배한 후, 딤니팔은 146년, 전략적으로 서부 동맹, 후일 '츠반라이트 동맹'이라고 불리는 동맹을 만든다. 그 와중 양측 간에 벌어진 전투에서 딤니팔은 역사상 유래 없을 대패를 당하기까지 했으니, 130년부터 150년까지 딤니팔에 새겨진 것은 굴욕적 패배의 기록뿐이었다.

이후 딤니팔은, 남부 대국인 라르디슈가 딤니팔 내부 반란을 조장하는 것을 핑계로 하여 츠반라이트 동맹을 파기한다. 그들은 그 뒤 즉각 외부와 결탁한 서부를 격파하고, 공식적으로 바르데나 파뇌 사태에서 손을 뗀다.

154년, 게외보르트가 건국되었다. 노트란트는 바르데나 파뇌라는 이름을 파기했다. '연합'의 국가이기에 구성 민족이 많은데, 이에 특별한 대우를 받는 부류가 있다는 불안 요소를 두고 싶지 않았던 것으로 보인다. 하지만 나라의 주신으로는 바르데나 파뇌의 신이었던 알드 바제사를 남겨 두었다. 알드 바제사만이 지도자의 핏줄을 감별할 수 있기 때문이다. 참고로 바르데나 파뇌, 알드 바제사, 이 같은 두 어절 단어의 영향으로 게외보르트에는 두 어절 명칭이 많다.

BLACK LABEL CLUB 001
나무를 담벼락에 끌고 들어가지 말라 1.5부

1판 1쇄 2012년 9월 26일
1판 5쇄 2017년 8월 1일

지은이 윤진아
펴낸이 신현호
편집부장 김은주
편집 박상희 김수민 조미연 최윤정
편집디자인 한방울
마케팅 · 관리 김민원 이주형 조인희
물류 이순우 최준혁 김명일

펴낸곳 ㈜디앤씨미디어
출판등록 2002년 5월 1일 제117-90-51792호
주소 서울시 구로구 디지털로 26길 111 JnK디지털타워 503호
대표전화 (02)333-2513 **팩스** (02)333-2514
전자우편 dncbooks@dncmedia.co.kr
디앤씨북스 블로그 http://blog.naver.com/dncbooks
디앤씨북스 로맨스 카페 http://cafe.naver.com/dnc2007
블랙 라벨 클럽 트위터 @blacklabel_c

ISBN 978-89-267-2623-5 (04810)
ISBN 978-89-267-2611-2 (SET)